## ... ET DU *VIDE*

(Prix Saint-Pacôme du roman policier 2007)

« JE L'AI DÉVORÉ. [...]
J'EN SUIS SORTIE BOULEVERSÉE. »
*TVA – Salut Bonjour Weekend*

« VIRULENTE CRITIQUE SOCIALE
OÙ LA TÉLÉ APPARAÎT COMME UN MIROIR
GROSSISSANT DE NOS PIRES TRAVERS. »
*La Presse*

« AVEC LE VIDE, [SENÉCAL] CONFIRME PAR-DESSUS
TOUT SON FORMIDABLE TALENT DE RACONTEUR. »
*Le Soleil*

« PATRICK SENÉCAL RÉUSSIT
À NOUS ATTRAPER DANS SON FILET. »
*Le Devoir*

« UN TRÈS GROS ROMAN ABSOLUMENT FASCINANT.
CE QUE LES AMÉRICAINS APPELLENT
UN *PAGE-TURNER*. »
*SRC – C'est bien meilleur le matin*

« UN DES MEILLEURS POLARS QUÉBÉCOIS
QUE J'AI LU. »
*Télé-Québec – Libre échange*

« ON RESSORT DE CE LIVRE
NON PAS AVEC L'IMPRESSION D'AVOIR ÉTÉ SER-
MONNÉ SUR LA FAÇON DE VIVRE DES HOMMES,
MAIS D'AVOIR TOUCHÉ À UN INSTANT DE LUCIDITÉ. »
*La Tribune*

# HELL.COM

# HELL.COM

## PATRICK SENÉCAL

ALIRE

Illustration de couverture : SUMO

Photographie : KARINE PATRY

Distributeurs exclusifs :

Canada et États-Unis :

**Messageries ADP**
2315, rue de la Province
Longueuil (Québec) Canada
J4G 1G4
Téléphone : 450-640-1237
Télécopieur : 450-674-6237

France et autres pays :

**Interforum editis**
Immeuble Paryseine
3, Allée de la Seine, 94854 Ivry Cedex
Tél. : 33 (0) 4 49 59 11 56/91
Télécopieur : 33 (0) 1 49 59 11 33
Service commande France Métropolitaine
Tél. : 33 (0) 2 38 32 71 00
Télécopieur : 33 (0) 2 38 32 71 28
Service commandes Export-DOM-TOM
Télécopieur : 33 (0) 2 38 32 78 86
Internet : www.interforum.fr
Courriel : cdes-export@interforum.fr

Suisse :

**Interforum editis Suisse**
Case postale 69 – CH 1701 Fribourg – Suisse
Téléphone : 41 (0) 26 460 80 60
Télécopieur : 41 (0) 26 460 80 68
Internet : www.interforumsuisse.ch
Courriel : office@interforumsuisse.ch
Distributeur : OLS S.A.
Zl. 3, Corminboeuf
Case postale 1061 – CH 1701 Fribourg – Suisse
Commandes :
Tél. : 41 (0) 26 467 53 33
Télécopieur : 41 (0) 26 467 55 66
Internet : www.olf.ch
Courriel : information@olf.ch

Belgique et Luxembourg :

**Interforum Benelux S.A.**
Fond Jean-Pâques, 6, B-1348 Louvain-La-Neuve
Tél. : 00 32 10 42 03 20
Télécopieur : 00 32 10 41 20 24
Internet : www.interforum.be
Courriel : info@interforum.be

Pour toute information supplémentaire
**LES ÉDITIONS ALIRE INC.**
C. P. 67, Succ. B, Québec (Qc) Canada G1K 7A1
Tél. : 418-835-4441    Fax : 418-838-4443
Courriel : info@alire.com
Internet : www.alire.com

Les Éditions Alire inc. bénéficient des programmes d'aide à l'édition de la Société de développement des entreprises culturelles du Québec (SODEC), du Conseil des Arts du Canada (CAC) et reconnaissent l'aide financière du gouvernement du Canada par l'entremise du Programme d'aide au développement de l'industrie de l'édition (PADIÉ) pour leurs activités d'édition.

Gouvernement du Québec – Programme de crédit d'impôt pour l'édition de livres – Gestion Sodec.

Dépôt légal : 4e trimestre 2010
Bibliothèque nationale du Québec
Bibliothèque nationale du Canada

40   39   38e MILLE

# TABLE DES MATIÈRES

*Je me crois en Enfer, donc j'y suis.*

Arthur Rimbaud

*L'Enfer même a ses lois.*
Goethe

# PREMIÈRE PARTIE

## *LES MORTELS*

# CHAPITRE 1

Excédé, Daniel monte les marches qui mènent à la chaire, décroche du mur l'énorme crucifix et le jette au sol.

— Attention, ça vaut peut-être quelque chose.

C'est la voix de Marie, derrière lui. Il a un geste indifférent.

— Le prêtre m'a dit qu'il avait déjà sorti tout ce qui avait de la valeur.

Il frotte ses mains poussiéreuses l'une contre l'autre pour ne pas salir son pantalon à cinq cents dollars et revient aux deux ouvriers dont le ruban à mesurer, quelques secondes plus tôt, s'empêtrait dans le crucifix. Autour d'eux sont éparpillés sacs, coffres et outils, ainsi que deux lampes halogènes portatives qui pallient l'éclairage blafard fourni par les vitraux colorés.

— Bon ! Vous pouvez mesurer le mur, maintenant.

— Je ne parlais pas de valeur monétaire.

— Hein ?

Il se tourne vers Marie qui se tient toujours dans l'allée, les mains croisées devant son tailleur. Très élégante, comme d'habitude.

— Je parlais de valeur tout court, dans le sens premier du terme.

Daniel penche la tête sur le côté. Il respecte beaucoup Marie mais trouve lassante sa manie de vouloir faire réfléchir les gens sur tout et n'importe quoi. Elle veut peut-être se donner des airs de sage, de philosophe. C'est là l'une des deux causes qui l'empêchent de tomber amoureux d'elle.

L'autre étant qu'il n'a tout simplement pas envie d'être amoureux.

— Tu veux le rapporter chez toi ?

La jeune femme se contente de sourire, habituée à l'ironie de son patron.

— Vingt-quatre pieds huit pouces, annonce l'un des ouvriers en laissant retomber la partie de son ruban.

Daniel, les mains sur les hanches, étudie le mur en soupirant. Sa collègue sort un calepin de son sac à main, le consulte, écrit quelque chose et annonce :

— Si on défonce les murs, on peut gagner dix pieds, mais ce ne sera pas assez.

— Ça fait presque trente-cinq pieds !

— Lauzon en a besoin de quarante.

— C'est quoi, là ? En bas de quarante pieds, son orchestre ne peut plus jouer ? Le violoniste va avoir le tuba de son voisin dans le front ?

— Il a besoin de quarante pieds, répète la femme en rangeant son calepin.

Daniel la rejoint.

— S'il n'est pas content, qu'il n'achète pas, c'est tout. Il y a Sauvageau qui veut aussi l'église pour faire des condos. Un client ou l'autre, je m'en fous.

Daniel se rend compte qu'il y a quelqu'un là-bas, près de l'entrée. Manifestement un homme. Sans doute un fidèle qui n'a pas encore compris que l'église n'offre plus de «service» depuis trois mois.

— C'est pas vrai, rétorque Marie.

— Quoi ?

— Que tu t'en fous. T'aimerais mieux que ce soit une compagnie orchestrale qui soit ici plutôt que des condos, j'en suis sûre.

Il laisse tomber son air irrité et se détend.

— Ça m'étonne toujours de constater à quel point tu me connais.

Elle ne dit rien, mais il y a de l'orgueil dans son regard. Daniel passe délicatement la main dans une mèche de ses longs cheveux noirs.

— Est-ce que c'est ma manière de te baiser qui en dit si long sur moi ?

— Daniel…

Elle a une petite moue amusée, mais sa voix se fait tout de même réprobatrice.

— … on est dans une église.

— Je croyais que tu étais athée…

— Je le suis.

— On défonce ou pas ?

C'est un ouvrier qui pose la question. Lui et son collègue attendent les ordres. Daniel consulte Marie du regard. Celle-ci répond à sa question muette :

— Que ce soit pour l'orchestre ou les condos, va falloir défoncer…

Il approuve, puis donne le signal aux ouvriers. Après quoi, il se met en marche dans l'allée centrale de l'église.

— Tu appelles Lauzon, tu lui expliques la situation et on verra.

Marie le suit en disant que c'est noté. Daniel remarque que le fidèle est toujours au bout de l'allée, les mains dans le dos. Quel pourcentage de la population pratique encore réellement ? Vingt pour cent ? Peut-être moins. À quand remonte la dernière fois où lui-même est allé à la messe ? Alors qu'il est presque à la hauteur de l'individu, il lance à ce dernier en ralentissant à peine le pas :

— Il n'y aura plus de messes ici : l'église est fermée.

— Je vous remercie, mais les offices ne m'intéressent pas. Je suis ici pour vous, monsieur Saul.

Daniel s'arrête et se tourne vers l'inconnu, l'œil interrogatif. L'inconnu ajoute :

— À votre bureau, on m'a dit que je vous trouverais ici.

Il précise cela en évitant de regarder directement son interlocuteur. En fait, il semble surtout intimidé par Marie, à qui il jette un ou deux rapides coups d'œil. Daniel est sur le point de congédier poliment l'inconnu : il y a tellement de gens qui souhaitent le rencontrer, impressionnés par son succès et sa fortune, que ce soit des journalistes, des étudiants ou de petits hommes d'affaires sans envergure qui espèrent lui soutirer un secret ou deux. Néanmoins, il prend une seconde pour étudier l'homme. Celui-ci doit avoir à peu près son âge, donc autour de quarante-trois ans, mais toute ressemblance s'arrête là, ou peu s'en faut : pas très grand, le cheveu sec plus jaune que blond, un menton presque inexistant, des lunettes à la mode qui n'arrivent pas à embellir ses yeux globuleux et cernés... Bref, l'homme n'a pas été gâté côté physique, mais son manteau et ses souliers ne peuvent provenir que d'un portefeuille en pleine santé. Finalement, Daniel a peut-être affaire à quelqu'un d'intéressant.

— Monsieur... ?

— Charron. Martin Charron.

La Rolex qui scintille au poignet de la main tendue ne laisse plus aucun doute sur son échelon social. Daniel se met donc sur le mode « affaires » et serre la main, plutôt solide, et cette fois l'inconnu le regarde droit dans les yeux, avec l'air de celui qui attend quelque chose de précis.

— Enchanté, monsieur Charron.

Charron hoche la tête d'un air entendu, comme s'il avait prévu cette réaction, ce qui laisse Daniel perplexe, lui qui n'a pas l'impression d'avoir démontré quelque réaction que ce soit.

— Madame Marie Dubois, ma collègue.

Charron lui donne la main en marmonnant un « enchanté » maladroit, mais un éclair de concupiscence qu'il a bien du mal à camoufler traverse ses pupilles, aussi éclatant qu'inattendu.

— Et… qu'est-ce que je peux faire pour vous, monsieur Charron? demande Daniel. Je suis très occupé et…

— Je n'en doute pas. En fait, j'ai une proposition d'affaires très intéressante pour vous.

Sa voix a un timbre bas, riche, une voix agréable en parfait contraste avec son physique ingrat.

— Vous auriez dû prendre rendez-vous avec ma secrétaire, cela vous aurait évi…

— C'est déjà fait. Le 5 juin, en après-midi.

Il affiche un bref sourire, ce qui laisse voir ses dents parfaitement blanches mais tellement mal alignées et si tordues que Daniel se demande comment elles arrivent à tenir en place.

— Mais je souhaitais que vous me voyiez avant notre rencontre officielle…

Là-dessus, il plante à nouveau son regard de poisson dans celui de son interlocuteur. Ce dernier, intrigué par ce comportement, l'examine avec un peu plus d'attention.

— Est-ce qu'on s'est déjà rencontrés, monsieur Charron?

L'inconnu cligne brièvement des yeux de satisfaction.

— À jeudi, monsieur Saul.

En bredouillant un « au revoir » à peine audible à Marie, il déambule lentement vers la chaire de l'église. Puis, comme s'il se sentait obligé d'expliquer, il se retourne:

— Je vais rester un peu.

Et il se met à observer les deux ouvriers qui démolissent les murs. Daniel hausse les épaules puis se dirige vers la porte, suivi de sa collègue. Sur le trottoir, ils marchent côte à côte.

— Drôle de gars, commente Marie. Tu le connais ou pas?

— Je ne sais pas. J'ai l'impression de l'avoir vu il y a longtemps… Mais un tel visage, on ne tient pas tant que ça à s'en souvenir.

— Toujours aussi délicat… En tout cas, il a une très belle voix.

— T'as vu le *look* qu'il t'a lancé en te donnant la main ?

Elle hoche la tête, l'air troublé, ce qui étonne son patron.

— T'es quand même habituée à te faire regarder comme ça par les hommes.

Elle esquisse un geste vague de la main, puis, s'arrêtant à un coin de rue :

— Ma voiture est là-bas. On mange un morceau quelque part avant de retourner à Montréal ? Je ne connais pas Saint-Lambert, mais je pense qu'il y a un petit resto par là…

— Non, j'ai un autre rendez-vous. Je vais partir tout de suite.

— On se voit ce soir ?

— Je sais pas trop. On a une réunion très tôt, demain…

Elle s'approche et lui serre les fesses. Un ado qui passe devant eux leur lance un regard amusé.

— *Come on*, Daniel, ça fait presque deux semaines.

Il a un petit soupir vaincu. Au fond, il a résisté uniquement pour la forme. Il ne veut pas avoir l'air trop « facile », quand même.

— OK. Mais on ne reste pas jusqu'à quatre heures du matin !

— Promis.

Elle lui lance un clin d'œil, puis s'éloigne. Il la regarde marcher un moment, déjà émoustillé en songeant à la soirée qui l'attend, puis se dirige vers sa Rolls garée dans une autre rue en remettant son cerveau sur le mode « travail ». Pour lui, il ne fait pas l'ombre d'un doute que Lauzon va acheter, même s'il manque cinq pieds.

Et si l'affaire se conclut, ce sera la quatrième église que vendra *Saul inc.* en six mois. Son père, qui n'y croyait pas au départ, devra bien admettre que c'était une brillante idée !

Appuyé contre le capot, le chauffeur lit son journal. En voyant son patron approcher, il lance la feuille de chou sur le siège du passager et ouvre la portière arrière.

— Bonjour, monsieur.

— Bonjour, Benoît.

Daniel monte. Une minute plus tard, tandis que la voiture passe devant l'église qu'il vient de quitter, il aperçoit Charron sortant du lieu désacralisé. L'homme porte un gros objet dans ses bras et Daniel reconnaît l'impressionnant crucifix qu'il a lui-même décroché du mur. Charron serait-il un fervent pratiquant ? Drôle de type. Quel genre de proposition peut-il bien vouloir lui faire ?

De nouveau, il ressent la vague impression de l'avoir déjà vu.

◆

En sortant de la voiture, Daniel dit à Benoît qu'il n'aura plus besoin de lui pour aujourd'hui. La Rolls s'éloigne donc et l'homme d'affaires, tout en marchant vers la maison, considère sa somptueuse demeure d'un œil calculateur. Ce n'est pas la première fois, depuis que Valérie est partie il y a six ans, qu'il songe à vendre la baraque. Il l'a payée deux millions en 1998. Dix ans plus tard, il arriverait sans problème à en avoir trois et demi, peut-être plus. Pourquoi s'obstiner à vivre seul dans une si vaste demeure ?

Enfin, il n'est pas vraiment seul. Il y a Simon.

Tout de même, deux dans ce palace, c'est un peu ridicule. Il y a certaines pièces de la maison dont il ne se souvient même plus de la décoration.

Il monte les quelques marches de l'entrée en soupirant. Allons, qui veut-il convaincre ? Encore une fois, il repoussera l'idée de cette vente tout bêtement parce que l'éventualité de s'occuper d'un déménagement le déprime trop. Il cherchera une nouvelle maison quand Simon quittera le nid familial, donc d'ici deux ou trois ans. Enfin, il l'espère. N'y a-t-il pas des fils qui restent chez leurs parents jusqu'à trente ans ? Non, ça n'arrivera pas à Simon. Il est trop autonome pour cela, trop fier.

*Vraiment ? Tu le trouves si autonome et si fier que ça ?*

Bon, peut-être pas encore, mais dès le mois d'août, ça va changer : l'adolescent commencera son cégep. Ça forge un homme, ça. Surtout à Brébeuf.

Et puis, c'est un Saul. C'est son sang. Il est condamné à réussir.

Daniel entre en souriant, content de cette formule, et il est aussitôt happé par les sons du jeu vidéo, ce qui ne l'étonne guère. Mais il perçoit aussi des exclamations, des rires, des voix provenant de plusieurs personnes, ce qui est déjà moins habituel. Tandis qu'il traverse l'immense hall, Denise vient à lui.

— Bonjour, monsieur. J'étais sur le point de préparer un souper pour Simon et ses invités seulement, mais si vous restez à la maison…

— Non, non, je repars presque tout de suite… Simon a des invités ?

Il va au salon où deux adolescents sont assis dans l'un des nombreux divans de la vaste pièce, face à la télévision. Ils s'agitent sur des manettes vidéo tandis que, sur l'écran géant devant eux, une bataille épique se déroule entre deux soldats-mutants. Sur un autre divan, Simon et une jeune fille observent la partie en passant des commentaires moqueurs. L'adolescent aperçoit son père.

— Salut, p'pa.

Il sourit, de son sourire toujours un peu figé, un peu plaqué.

— J'ai invité une couple de *chums*.

Très rapidement, pour ne pas perdre le rythme de leur partie, les deux joueurs saluent « monsieur Saul ». Daniel retourne la politesse avec prudence, en se demandant s'il les a déjà vus. Simon invite rarement des amis à la maison. De qui s'agit-il au juste ? Il s'approche de son fils.

— Comment ç'a été à l'école ?

— Comme d'habitude.

Daniel hoche la tête en observant l'adolescente aux côtés de son fils. En tout cas, elle, il est certain de ne l'avoir jamais vue, sinon il s'en souviendrait. Un sacré canon. Il pavoise intérieurement, fier de son *gars*. Surtout que le bras de Simon passé autour des épaules de la jolie ne laisse aucun doute sur la nature de leur relation.

— Je te présente Laurie, p'pa.

Polie, elle donne la main, éblouissante. Daniel ignorait que son fils avait une blonde, ça doit être récent. Il se souvient de ses propres seize ans. Lui aussi sortait avec les plus belles filles de son école… et il ne passait pas des mois à seulement leur tenir la main. Il reluque son fils avec complicité, se sent envahi d'une bouffée d'amour et déclare avec enthousiasme :

— Bon, la maison est à vous. Je vais aller manger au resto et, après, j'ai une soirée.

— Cool, fait Simon.

Il a une brève hésitation, puis demande à son père où il va.

— Jeune curieux ! Est-ce que je te demande où tu vas, toi, quand tu sors ?

Le petit air condescendant de son fils le fait tout à coup douter : Simon sait-il où Daniel se rend ? Bien sûr que non. Comme Daniel s'absente souvent le soir, l'adolescent doit se douter que son père s'éclate de temps à autre, mais ses présomptions ne vont sans doute pas plus loin. Comment pourrait-il connaître les détails ?

— Tu vois Marie, ce soir ?

Daniel hésite à dire la vérité à son fils, puis répond que oui.

— Salue-la pour moi, alors.

Simon n'a vu Marie qu'une dizaine de fois. Manifestement, ces rencontres ont été suffisantes pour qu'il sympathise avec la jeune femme. Il est toujours content de la voir, de lui parler. C'est d'autant plus étonnant que Simon a un naturel plutôt taciturne. Peut-être espère-t-il qu'elle et son père forment un couple ? Si c'est le cas, il risque d'être déçu…

— Amusez-vous bien, finit par dire Daniel en marchant vers le grand escalier.

Il prend une bonne douche chaude, troque son complet-cravate pour des vêtements décontractés puis se regarde dans le miroir. Comment ne pas être satisfait de ce qu'il voit ? Daniel a toujours été beau et charismatique, avec ses cheveux noirs épais, sa gueule carrée et ses yeux d'un bleu céleste, mais depuis qu'il dirige la compagnie fondée par son père, il a un atout de plus : la fortune. La fortune qui rend fier, qui donne de l'assurance, qui ajoute de l'éclat au regard et au sourire. Et cet argent, il ne l'a pas eu tout cuit dans la bouche. Bien sûr, il a hérité de la compagnie, mais c'est parce qu'il le méritait. Et à force de travail et d'audace, il a permis à l'entreprise de devenir encore plus importante, plus prospère. Résultat : à quarante-trois ans, il n'a jamais été aussi séduisant.

Il repense soudain à ce gars rencontré cet après-midi, Charron… Lui aussi semblait riche, mais c'était manifestement insuffisant pour le rendre beau. Daniel ricane, puis se demande pourquoi il songe à ce type, tout à coup. Il le connaît, il en est persuadé. Il va tirer cela au clair au moment de leur rencontre, jeudi.

Dans l'escalier, il se demande s'il prendra la Jaguar ou la Bentley lorsqu'il entend des jurons poussés par son fils. Au salon, il trouve Simon, manette en main, qui hurle vers l'écran de télé.

— Criss, y fait pas c'que j'lui dis de faire ! Je tourne le bouton à gauche, pis l'autre cave tourne à droite !

— Maudit mauvais perdant, réplique son adversaire en rigolant.

— Ta gueule, toi, ç'a rien à voir ! Compris ?

Le ton est si agressif que l'ami se tait aussitôt, déconcerté. Daniel intervient :

— Simon, calme-toi, voyons.

— C'est c'te câlice de manette-là qui est fuckée !

Et il lance l'objet de sa frustration contre le mur.

— Ostie de cochonnerie !

— Wo, Simon, là, *wo* !

La voix de l'adulte claque et le silence tombe. Simon se passe une main dans les cheveux. Il y a du malaise chez les autres jeunes. Laurie s'approche de son amoureux, le prend par la main.

— Voyons, Simon…

— OK, OK, j'me calme, là…

Daniel ne sait jamais comment réagir face aux sautes d'humeur de son fils. Elles empirent depuis quelque temps. Un dommage collatéral de l'adolescence, sans doute. Pour dissiper l'embarras, il sort de son portefeuille deux billets de vingt dollars et les tend à son fils :

— Tiens, vous vous ferez venir de la pizza.

La gêne disparaît aussitôt et tous approuvent, enchantés. Seul Simon, en prenant l'argent, demeure morose. Daniel hoche la tête, rassuré, puis va dire à Denise que, finalement, la maison n'aura plus besoin d'elle ce soir et qu'elle peut partir. Son attaché-case en main, il revient au salon : les deux amis de son fils jouent à nouveau, Simon est retourné s'asseoir près de sa douce.

— Ça va, mon grand ?

— Oui, oui… mais appelle-moi pas « mon grand ».

— OK, mon petit.

Les copains se marrent. Laurie, avec un sourire qui provoquerait la fonte des glaces, commente :

— Vous êtes très gentil, monsieur Saul. Et très élégant.

Daniel, ravi, remercie la jeune fille. Après quoi il marche vers la porte, convaincu que les compliments de l'adolescente sont de bon augure pour la soirée.

◆

Serviette de bain enroulée autour du corps, Daniel et Marie émergent du vestiaire pour se retrouver dans la salle des bains, où la musique *lounge* est beaucoup moins forte que dans le bar proprement dit. L'éclairage est tamisé mais permet de bien distinguer les deux jacuzzis et, plus important encore, leurs occupants. Dans le premier patouillent deux couples, l'un dans la cinquantaine, l'autre dans la vingtaine mais plutôt moche. Les deux paires s'étudient en silence, comme s'ils se demandaient s'ils doivent se résigner ou non. Ils toisent Daniel et sa compagne avec espoir, mais ceux-ci, sans même avoir à se concerter, s'aiguillent prudemment vers le second bassin vide dans lequel, après avoir laissé tomber leur serviette, ils s'immergent jusqu'au torse.

— On pourrait aller tout de suite aux chambres, voir s'il y a des portes ouvertes ? propose Marie.

— Patientons un peu. Il y avait du beau monde dans le bar, non ?

— Oui, mais ça ne veut pas dire qu'ils vont venir jusqu'ici.

C'est vrai. Normalement, à leurs visites à *L'Éden*, lui et Marie finissent par trouver au moins un couple intéressant, parfois même plusieurs, mais à quelques occasions ils sont rentrés bredouilles, déprimés par le choix de la soirée. Heureusement, ces déconvenues ne sont pas fréquentes.

— De toute façon, c'est toi la plus belle de la soirée, comme d'habitude.

Elle sourit sans jouer la fausse modestie : elle sait que Daniel le croit vraiment… comme elle sait qu'il n'a pas vraiment tort. Marie n'est pas qu'une splendide femme de trente-quatre ans, elle est une splendide femme tout court, plus belle et plus sexy que bon nombre de *pin-up* de vingt ans. Et dans dix ans, elle les supplantera encore, Daniel en est convaincu.

— Faut avouer qu'on voit de moins en moins de nouveau monde, constate Marie. On devrait peut-être fréquenter un autre club.

— Lequel ?

— Voyons, Dan, il y en a au moins quatre ou cinq autres à Montréal !

— Oui, mais des plus cheap. *L'Éden*, au moins, c'est le club le plus chic en ville. Et surtout, le plus sélect. Tant qu'à nous faire parfois reconnaître ici, aussi bien que ce soit par des gens comme nous, qui ont avantage à demeurer discrets.

— N'empêche que l'élite n'est pas toujours séduisante, rétorque Marie en indiquant du menton le premier jacuzzi.

— T'as vraiment envie d'aller dans les mêmes clubs que les petits comptables de Brossard ?

Marie secoue la tête, vaguement découragée, rejette ses longs cheveux noirs sur sa nuque et se laisse descendre dans l'eau jusqu'au menton.

— Le pire, c'est que tu le penses pour vrai.

— Absolument.

Et il lui envoie une petite giclée d'eau. Un nouveau couple apparaît dans la salle, déclenchant l'attention spontanée des douze yeux présents. Daniel ne les a jamais vus. Il remarque nonchalamment que l'homme est plutôt beau puis concentre son attention sur la femme. Elle doit avoir une quarantaine d'années. Un peu ronde, mais rien de dramatique. Son visage est assez joli, surtout ses yeux. Un visage qui…

… qui…

L'eau devient glacée.

— Les deux me conviennent très bien, lui souffle Marie. Et toi, comment tu trouves la fille ?

La bouche serrée, Daniel a un signe de dénégation. Sa compagne se moque de lui :

— Tu joues les difficiles, ce soir ?

— C'est pas ça, je... J'aime mieux pas, c'est tout.

Il ne quitte pas la fille des yeux et se dit que si elle choisit leur bassin, il quitte le club immédiatement. Mais le nouveau couple préfère manifestement la quantité à la qualité, car après réflexion il descend lentement dans l'autre jacuzzi, à la grande joie de ses occupants. Daniel ne peut s'empêcher de pousser un petit soupir rassuré. Oui, *rassuré*.

— Ça va ?

C'est Marie. Il remarque enfin qu'elle le dévisage.

— T'avais l'air vraiment...

— Ça va, c'est correct.

Elle n'est pas dupe. Il précise donc :

— J'ai eu un... j'ai eu un mauvais flash.

— Quel genre de flash ?

Il prend un air entendu, et elle comprend parfaitement.

— C'est pas de mes affaires, je sais.

Il lui est reconnaissant. Cette compréhension mutuelle, claire et sans ambiguïté des règles doit expliquer en partie le succès de leur relation. Ils sont amants depuis six mois, parfois seulement à deux, souvent en groupe comme ce soir, et jusqu'à maintenant tout baigne. Pour la simple et bonne raison qu'ils cherchent la même chose : du bon temps sans engagement. C'est d'ailleurs elle qui, après leur quatrième relation sexuelle, a demandé sans ambages : « Et les clubs échangistes, ça t'intéresserait ? » Ses explications étaient toutes simples : elle a trente-quatre ans, elle a été fidèle au même homme pendant onze ans, et maintenant qu'elle est seule et encore jeune, elle veut s'amuser le plus possible avant que l'âge et la fatigue l'obligent à se ranger de nouveau. Comment ne pas approuver ? Mais ce soir, cette règle du non-investissement personnel semble embêter Marie un brin. Daniel se sent obligé de brandir un carton jaune.

— Marie, si notre relation actuelle ne te convient plus, on arrête tout ça immédiatement.

Marie éclate d'un rire franchement amusé.

— Inquiète-toi pas, je ne suis pas en train de tomber en amour avec toi. Ni avec aucun autre de mes amants.

Elle n'a jamais caché qu'elle voit parfois d'autres hommes, tout comme elle sait que Daniel aussi s'éclate à l'occasion de son côté. L'homme d'affaires a toujours cru aux contrats clairs. Plus sérieusement, elle précise :

— On peut quand même se parler de nos vies personnelles sans être en amour. Et on le fait à l'occasion, d'ailleurs.

— C'est vrai. Mais il y a des choses que… dont j'aime mieux ne pas parler.

— Je comprends.

Il hoche la tête. Tout de même, le visage de cette fille, dans l'autre bassin… Ça faisait longtemps que cela ne lui était pas arrivé. Il s'appuie contre la paroi du jacuzzi et ferme les yeux pour éloigner ces pensées lorsqu'il sent une main lui caresser les cuisses sous l'eau. Il ouvre les paupières.

— Faudrait bien qu'on s'amuse un peu, murmure Marie.

Son regard se dirige vers l'extérieur du bassin.

— … et je pense qu'on va être enfin servis.

Daniel tourne la tête dans la même direction. Un couple vient d'entrer, dans la trentaine, un Blanc et une Noire. Très sexy, la Noire. Daniel et Marie ont déjà couché avec eux, il y a six ou sept semaines, et la rencontre avait été un franc succès. Les nouveaux venus lancent un regard sans enthousiasme vers le premier bassin, puis tournent la tête vers le second.

Ils reconnaissent aussitôt Daniel et Marie et, au grand ravissement de ceux-ci, descendent les rejoindre dans le jacuzzi.

◆

En entrant dans le salon, il remarque immédiatement, et ce, malgré la noirceur, le désordre de la pièce. La cuisine est encore pire, à croire qu'ils ont préféré jouer avec la pizza plutôt que de la manger. Il monte l'escalier avec l'intention de passer un savon à son fils.

Dans la chambre de Simon, l'écran illuminé de l'ordinateur semble flotter dans le vide. Daniel s'en approche. Il a toujours été curieux jusqu'à l'indécence ; il adore mettre son nez dans les affaires des autres pour en connaître le plus possible sur eux, même ce qui ne le regarde pas. Pourquoi s'en vouloir de ce péché véniel ? C'est en fouinant dans la vie des gens qu'il a réussi à poser ses pions aux bons endroits et qu'il a pu se rendre si loin en affaires, de sorte qu'il s'agit moins d'un défaut que d'un « outil d'approche ». Il appuie donc, sans hésitation, sur une touche de l'ordinateur. Les spirales psychédéliques de l'écran de veille disparaissent pour faire place à une page de Facebook. Il lit les derniers échanges entre son fils et ses amis et trouve la discussion (qui porte sur des groupes de musique qu'il ne connaît pas) parfaitement insignifiante. D'ailleurs, c'est tellement mal écrit que le sens de la moitié des phrases lui échappe.

Mais il est ici pour gronder son fils, pas pour lire des échanges entre ados. Il s'approche du lit, mais le spectacle du garçon endormi l'attendrit aussitôt. Il a carrément l'impression de se voir plus jeune : mêmes cheveux noirs fournis, même mâchoire carrée, même bouche charnue… En tout cas, Simon ressemble plus à son père qu'à sa névrosée de mère, et Daniel ne s'en plaint pas. Valérie était physiquement sublime, mais pour le reste…

Daniel contemple son fils encore un moment. Ce dernier ira aussi loin que son père, peut-être même plus encore. Il a l'air si serein quand il dort, si paisible, alors qu'en temps normal il affiche un air parfois tendu… Comme s'il avait senti une présence, Simon se réveille brusquement, un peu alarmé.

— Quoi ? Qu'est-ce qu'il y a ?

— Rien. Je voulais juste… Il y a pas mal de désordre en bas.

L'adolescent se frotte le visage en se tournant sur le dos.

— Denise va ramasser ça demain.

— Denise fait le ménage, pas des rénovations.

— T'exagères ! (Il jette un œil au réveil.) Tu rentres tard…

— Vas-tu me donner une punition ?

Court silence, durant lequel Simon semble sur le point de se rendormir. Daniel commence même à tourner les talons lorsqu'une idée lui traverse l'esprit.

— Tu ne m'avais pas dit que tu sortais avec une fille.

Simon, qui s'est remis sur le côté, dos à son père, répond :

— Tu me l'as jamais demandé.

— Voyons ! Faut pas que t'hésites à me parler de ta première blonde.

— C'est pas ma première.

Daniel ne dit rien, pris au dépourvu. L'adolescent se retourne enfin, tout à coup intéressé.

— Pis ? Comment tu la trouves ?

— Super belle fille ! Elle a l'air gentille. Polie, aussi.

— À part ça ?

— Je ne l'ai vue que deux minutes. Elle est dans les mêmes cours que toi ?

— Dans deux cours, ouais…

— Tes amis aussi ?

— On a pas de cours ensemble, mais ils vont aussi à Olympia.

Daniel approuve en silence, rassuré par les fréquentations de son fils.

— C'est rare que t'amènes des amis ici.

— Depuis le temps qu'ils entendaient parler de ma super grosse maison, ils voulaient voir de quoi ça avait l'air.

Simon bâille, puis regarde son père comme s'il attendait une suite. Daniel se demande bien ce qu'il pourrait dire d'autre. Tout ce qu'il a envie de demander, c'est ce que font les parents de Laurie dans la vie, mais il n'ose pas : cela agacerait sans doute son fils.

— J'espère que… que tu te protèges.

Point d'interrogation dans le visage de l'adolescent.

— Tu sais… Les condoms…

Simon hausse les épaules avec dédain.

— Se protéger… On vit dans un monde surprotégé, qui a peur du moindre risque…

Daniel fronce les sourcils. De quoi parle Simon ? Mais il est trop fatigué pour ces discussions énigmatiques d'ado blasé et répète simplement sa question :

— Tu te protèges, oui ou non ?

— Ben oui. Sinon, elle veut pas.

— Elle a bien raison ! Franchement, Simon, t'es plus brillant que ça !

Une vague déception flotte dans l'expression endormie de son fils, comme s'il aurait souhaité que la discussion prenne une autre tournure.

— Bonne nuit, p'pa…

Il se met sur le ventre et ferme les yeux. Daniel souhaite bonne nuit à Simon et sort de la pièce, attiré vers son lit comme une mouche vers la lumière.

Quatre minutes plus tard, il dort profondément. Un rêve désagréable vient le hanter, dans lequel flotte le visage qu'il a cru, pendant un pénible moment, revoir ce soir en celui d'une inconnue. Mais au matin, il a déjà oublié ce sinistre songe.

◆

— Alors, monsieur Charron, qu'est-ce que je peux faire pour vous ?

Charron, assis dans un confortable fauteuil, étudie discrètement l'immense pièce sobre mais de bon goût, insistant sur les deux affiches de vieux films européens sur les murs, l'un du *Voleur de bicyclette* et l'autre de *Cris et Chuchotements*.

— Des originaux ?

— Bien entendu. Je suis maniaque de cinéma.

Charron hoche la tête, comme si cela ne l'étonnait pas. Son regard se dirige ensuite vers l'immense fenêtre derrière le bureau qui, du vingtième étage, procure un panorama splendide sur le centre-ville de Montréal.

— Belle vue…

Daniel, installé dans son propre fauteuil, se tourne légèrement vers la fenêtre.

— C'est vrai. Je ne m'en rends plus compte, mais vous avez raison.

Il revient à son visiteur en affichant un sourire poli.

— Alors, monsieur Charron ? J'ai un souper dans une heure, je vous défie donc de me mettre en appétit.

Charron se replace sur sa chaise et commence :

— Vous êtes à la tête d'une entreprise très prospère, monsieur Saul. Vous possédez la compagnie immobilière la plus riche du Québec et sans doute l'une des plus importantes de toute l'Amérique du Nord.

— Pas sans doute.

Aucune arrogance dans sa voix. Juste l'assurance de celui qui est parfaitement conscient de ce qu'il est.

— Vous avez développé d'immenses projets immobiliers à travers le monde. Et les églises que vous avez achetées il y a un an, c'était un joli coup.

— Je ne suis pas le seul à avoir pensé à cela.

— Non, mais vous êtes le seul à avoir couru le risque d'en acheter tant d'un seul coup. Vous avez même fait des recherches auprès du clergé pour avoir une liste des églises les plus susceptibles de « fermer » dans un futur plus ou moins proche et vous avez pris des options d'achat sur celles-ci.

— Il s'agissait juste d'être lucide. La religion est en chute libre depuis un moment, il n'y a pas de raison que ça change. Je me doutais que l'architecture des églises, si apaisante, si unique, intéresserait plusieurs acheteurs potentiels, spécialement dans le domaine des arts. J'ai pris une longueur d'avance. Mais j'imagine que vous n'êtes pas ici pour dresser un bilan de ma situation actuelle.

Charron, contrairement à la première fois, évite moins le regard de Daniel. Mais on le sent tout de même distant.

— Vous êtes milliardaire et ne manquez évidemment pas de fonds, mais une entreprise telle que la vôtre est tout de même intéressée à rencontrer des investisseurs sérieux, j'en suis convaincu. Et moi, je cherche des projets sérieux.

Daniel croise les doigts sous son menton.

— Vous m'offrez un partenariat ?

— Seulement sur le ou les projets dans lesquels j'investirai. Disons que… la stabilité ne m'intéresse pas vraiment.

— Qu'est-ce que vous faites dans la vie, monsieur Charron ?

— Je viens de vous le dire : j'investis. Et je récolte les dividendes quand les projets fonctionnent. Ce qui arrive souvent, car j'ai du flair.

Il sourit en prononçant ces mots, un sourire qui met en évidence ses vilaines dents mais qui lui donne, malgré son attitude réservée, une aura de fierté inattendue chez lui, presque indécente.

— Oui, beaucoup de flair…

— Vous avez donc beaucoup à investir ?

— Mes parents étaient riches, très riches, et j'ai su faire fructifier leur fortune.

Daniel remarque l'utilisation de l'imparfait. Un riche héritier, donc, qui est devenu investisseur. Avec succès, selon lui. Daniel précise :

— Comme vous l'avez mentionné, je n'ai pas vraiment besoin de fonds...

— Non, mais outre mon argent, j'offre aussi mes conseils en tant qu'expert-analyste. Et quand vous vous serez renseigné sur moi, vous verrez que mon taux de réussite est impressionnant.

Daniel songe qu'effectivement, ça reste à vérifier. Il avance le torse et joint les mains sur le bureau.

— Et pourquoi choisir *Saul inc*. pour vos prochains investissements ?

Charron a un hochement de tête ambigu et, tout à coup, toute distance disparaît de son attitude :

— Tu ne te souviens vraiment pas de moi, hein ?

Daniel ne s'était donc pas trompé. Il connaît ce type. Du moins, il l'a déjà vu. L'air désolé, il dit :

— Depuis notre rencontre de l'autre jour, j'avoue que ça me chicote. Je *sais* que je vous connais mais...

— Connaître est sans doute un trop grand mot.

Puis, plus sérieux, Charron précise :

— Collège Olympia...

En deux secondes, Daniel voit défiler dans sa mémoire tous les copains de ses années de secondaire, copains qu'il a d'ailleurs perdus de vue. Martin Charron... Ça n'allume rien du tout. Il est convaincu qu'aucun de ses camarades du collège ne portait ce nom. Et surtout, qu'aucun n'était affligé d'un physique si disgracieux. C'est triste à reconnaître, mais à Olympia, les laiderons étaient isolés, on les ignorait et...

Tout à coup, il se rappelle. Et son interlocuteur, qui le comprend en apercevant son expression, a un sourire aigre.

— Eh oui… Charron le moucheron…

Daniel recule sur sa chaise en posant ses bras sur les accoudoirs, voulant ainsi afficher une allure décontractée, petit jeu dans lequel il excelle.

— On était jeunes, Martin. Les ados sont cruels sans le savoir.

— J'imagine, oui…

Daniel fouille frénétiquement dans ses souvenirs. Il revoit cet adolescent aux lunettes démodées, aux cheveux intraitables, aux dents grotesques, à qui presque personne ne parlait, qui passait ses récréations et ses heures de lunch seul, sur un banc le long du mur, à grignoter son dîner en évitant les regards que de toute façon on posait rarement sur lui. Daniel se souvient de lui comme on se souvient toujours de l'étudiant le plus rejeté de son école. Entre copains, on le surnommait «Charron le moucheron», sobriquet qui manifestement s'était rendu jusqu'aux oreilles du principal intéressé. Mais Daniel a-t-il déjà ridiculisé Charron ouvertement, face à face? Il n'en a pas souvenance. Il espère bien que non.

— Tes parents sont morts? Je suis désolé.

— Ça fait déjà longtemps. (Courte pause, puis:) Quand j'ai appris tes réussites financières dans les magazines, je me suis rappelé de toi.

Son visage s'imprègne de respect.

— Daniel Saul, le *wonder-boy* d'Olympia. Celui qui fréquentait les plus belles filles du collège. Celui qui pétait des scores dans tous les cours. Que tout le monde aimait, que tous les profs chouchoutaient.

— Tu avais sans doute de bonnes notes aussi. Olympia n'a pas l'habitude d'accepter les cancres.

— Mais disons que, socialement, j'étais loin du compte. Et avec les filles, n'en parlons même pas. Tout le contraire de toi.

Il est presque admiratif, maintenant, ce qui déroute quelque peu Daniel. Comme s'il s'en rendait compte, Charron change de sujet.

— Tu es marié, j'imagine ?

— Divorcé depuis quelques années.

— Des enfants ?

— Un fils. Seize ans, presque dix-sept. D'ailleurs, il va à Olympia.

— C'est vrai ? Tu l'as une fin de semaine sur deux, j'imagine…

— Non. J'en ai la garde à plein temps.

— Il ne voit jamais sa mère ?

— Presque jamais. Elle est en Europe et…

Il s'humecte les lèvres. Ça devient un peu trop personnel. Charron dit d'un air entendu :

— Tu dois être mieux sans elle dans les pattes, non ?

Daniel est d'abord étonné, puis ne peut s'empêcher de ricaner. Si Charron savait à quel point il ne pouvait mieux dire ! Mais il est temps que cette discussion reprenne la direction business :

— Alors, Martin, tu veux être une sorte de… d'investisseur-analyste chez *Saul inc.* ?

— Pour un de tes projets européens, par exemple. Si ça t'intéresse. En échange, j'ai une part des actions dans le projet et je récolte mes bénéfices.

— Tu es venu proposer tes services parce qu'on est des anciens copains du secondaire ?

— On n'était pas copains, Daniel.

Il l'affirme avec une certaine amertume. De nouveau, le PDG se demande s'il s'est déjà moqué de Charron ouvertement. Ce dernier reprend :

— J'ai passé les dernières années en Europe. Quand je suis revenu au Québec il y a quelques mois et que j'ai lu cette histoire d'églises, dans une revue d'affaires, j'ai su que je devais te rencontrer.

— Uniquement à cause de ça ? Mon projet de « recyclage » d'églises est tout de même une réussite modeste en comparaison de mes succès internationaux.

— Modeste, peut-être, mais qui m'a tout de suite séduit.

Courte pause.

— Et puis, qu'on ait été à la même école en plus, c'est un hasard plaisant.

Plaisant… Manifestement, il ne garde pas rancune à Daniel du passé.

— Tu comprendras, Martin, que j'ai besoin d'un peu de temps pour réfléchir.

— Bien entendu.

Charron affiche à nouveau cette distance étrange. Daniel se dit que cette attitude n'est pas provoquée par la gêne de parler aux gens. C'est une distance qui s'apparente à un malaise plus fondamental, lié à l'environnement même. Il promet à Charron de lui donner des nouvelles dans une semaine, puis l'investisseur se lève aussitôt, comme pressé de partir. Daniel l'imite, piqué que ce soit l'autre qui prenne l'initiative de terminer l'entretien.

— Allez, je te laisse, fait Charron. Tu as un souper important, m'as-tu dit?

— Oui. Un souper-conférence avec le premier ministre.

— *Wow!* Tu le fréquentes souvent?

— Seulement lorsque c'est nécessaire.

Ils rient tous deux, puis Daniel, en marchant vers la porte, se souvient d'un détail.

— En passant, je t'ai vu partir de l'église, l'autre jour, avec l'énorme crucifix qu'on avait décroché du mur. Veux-tu bien me dire ce que tu vas faire avec ça?

— Je l'ai mis quelque part…

Le ton est neutre et Daniel comprend qu'il n'en saura pas plus. Il raccompagne Charron jusqu'à la réception. Là, ils se donnent la main et l'investisseur devient chaleureux un court moment.

— Je trouve ça très intéressant qu'on se rencontre après toutes ces années.

Daniel se demande s'il doit ajouter la même chose, mais Charron est déjà parti après avoir lancé des regards méfiants autour de lui. Le PDG s'adresse alors à la réceptionniste, sans la regarder :

— Véro, est-ce que tu as les coordonnées de ce Charron ?

— Heu… je m'appelle Nadine, monsieur Saul…

Daniel se tourne vers elle, ahuri. La jeune fille, aux cheveux foncés et aux lunettes très chics, précise timidement :

— Véronique est partie la semaine derrière, c'est moi la nouvelle réceptionniste.

Daniel s'excuse, avoue qu'il avait oublié, puis répète sa question, à laquelle Nadine répond par l'affirmative.

— Parfait, dit Daniel. S'il veut un autre rendez-vous, vous lui expliquez que c'est moi qui le rappellerai.

Il se dirige vers l'ascenseur, descend deux étages plus bas (le tiers de l'immeuble renferme les bureaux de la compagnie) et va voir un de ses employés dans un petit bureau.

— Stéphane, je veux que tu me trouves tout ce que tu peux sur un dénommé Martin Charron, un investisseur qui vient de passer quelques années en Europe. S'il est aussi brillant qu'il le prétend, tu ne devrais pas avoir de difficultés à trouver plein d'infos sur lui.

— C'est noté, monsieur Saul, fait l'employé en jetant des notes sur son calepin, tout excité que le PDG soit venu lui demander cette requête en personne. En passant, Toronto a rappelé et se dit très intéressé par…

— Raconte ça à Christian.

— Oui, monsieur.

Là-dessus, le milliardaire sort du bureau et, empruntant les escaliers qu'il grimpe toujours deux par deux pour garder la ligne, il retourne dans le sien. Cinq minutes plus tard, occupé par d'autres dossiers, il a complètement oublié Charron.

◆

— Alors, qu'est-ce que t'en penses ?

Assise face à lui, séparée de son patron par le bureau de ce dernier, Marie réfléchit en jouant avec son bracelet.

— C'est un ancien ami d'école ?

— Ami, pas vraiment. C'était le *reject* du collège. Charron le moucheron.

— Très délicat.

— Tu sais comment on est, à cet âge.

— Dans ton cas, pas juste à cet âge, très cher : même aujourd'hui, tu n'as pas l'habitude de fréquenter des *reject*.

— Je ne te parle pas d'amitié, je te parle d'un possible investissement.

Elle replace une mèche de ses cheveux.

— Est-il vraiment fiable ?

— Si on se fie aux résultats des recherches que j'ai demandées sur lui la semaine dernière, Charron est vraiment un investisseur doué. Tiens, c'est la liste des compagnies avec qui il a traité ainsi que les effets qui en ont découlé.

Marie prend la feuille de papier et la consulte.

— Impressionnant. (Elle dépose la liste sur le bureau.) De toute façon, tu as déjà pris ta décision puisqu'il va être ici d'une minute à l'autre.

— C'est vrai, dit-il en se levant. Mais tu sais à quel point j'aime avoir ton opinion.

Il s'approche de sa collègue et lui passe une main dans les cheveux. Elle ferme les yeux, apprécie la caresse.

— Je te respecte autant comme bête de sexe que comme collaboratrice d'affaires.

— Flatteur. Au moins, je sais que tu le penses vraiment. Tu as bien des défauts, mais tu n'es pas menteur.

— Bien des défauts ?

On frappe à la porte. La main de Daniel quitte rapidement les cheveux, il recule même un peu et le visage rêveur de Marie devient sérieux. La porte s'ouvre et un homme dans la cinquantaine, maigre et presque chauve, entre dans la pièce.

— Salut, Christian.

Christian Wilson, le vice-président aux ventes, s'avance en épongeant la sueur sur son front. Daniel n'a jamais compris comment un homme aussi maigre pouvait suer ainsi constamment.

— *Hi, Daniel. Hi, Marie.* C'est Lewis qui vient de m'appeler. Il jure qu'il aura les cinquante mille qui lui manquent dans un mois.

Il explique la situation en détail. Daniel écoute poliment mais finit par trancher :

— Dis-lui qu'il perd l'affaire.

— *He's doing his best*, Dan. Il tient vraiment à cet achat.

— Il n'est pas le seul, alors tant pis pour lui. S'il a de la difficulté à trouver une somme aussi misérable, c'est la preuve qu'il n'est pas encore prêt à faire affaire avec nous.

En soupirant, Wilson quitte le bureau. Marie secoue la tête, dit à son patron qu'il pourrait laisser une chance à Lewis. Mais Daniel change de sujet :

— On a failli être pris en flagrant délit, remarque-t-il en ricanant.

— Ça va finir par arriver.

— Tu dis ça comme si on passait notre temps à se minoucher…

— Jamais pendant le service, tu le sais bien !

Elle glousse. Daniel a comme principe de ne pas mêler le bureau et le sexe. En couchant avec Marie, il se permet une entorse à ce principe d'autant plus délicate que la jeune femme est vice-présidente depuis neuf mois, ce qui, vu son jeune âge, a fait grincer les dents de quelques jaloux. Mais il n'est pas vraiment inquiet puisqu'il reprend :

— Tu es vraiment comme moi.

— Pas sur tout.

— Ah, bon ? Sur quoi, par exemple ?

Elle réfléchit à sa demande en croisant les jambes. Daniel connaît cette pose : elle va se lancer dans ses réflexions profondes qui ont le don de l'agacer. Il regrette d'avoir posé la question mais trop tard, Marie répond déjà.

— Par exemple, cette idée de recycler les églises… Moi, je n'étais pas d'accord.

— Je sais. Et là-dessus, je ne t'ai pas écoutée. Tu n'avais pas de raisons claires.

— C'est vrai qu'elles ne l'étaient pas à l'époque. Maintenant, elles se clarifient un peu.

— C'est-à-dire ? demande Daniel, intéressé malgré lui.

— Je me demande si une société qui a de moins en moins de repères moraux peut se permettre de laisser disparaître de tels symboles.

Daniel croise les mains en se renfrognant. Il s'attendait à des raisons économiques, pas métaphysiques.

— Pour une fille qui ne croit pas en Dieu, tu es dure à suivre.

Le téléphone sonne. « Sauvé par la cloche ! » pense Daniel en répondant. La réceptionniste annonce que monsieur Charron est arrivé.

— Parfait, Véro, il peut venir.

— Heu… Nadine, monsieur.

— Oui, c'est ça, Nadine.

Il raccroche.

— Incroyable que tu n'aies pas encore enregistré que Véro n'est plus là, se moque Marie.

— On parle d'une réceptionniste, pas d'une vice-présidente, tout de même !

Remarquant à peine l'air désapprobateur de son interlocutrice, il demande :

— Alors, tu crois qu'on devrait accepter son offre ?

— Je crois que oui.

— Tout à fait d'accord.

Regards complices. Et Daniel songe qu'il pourrait sans doute être amoureux de cette femme. Mais il ne le veut pas. Une fois en couple, Marie accepterait-elle de pratiquer encore l'échangisme ? Et même si elle le voulait, ce ne serait plus pareil. Évidemment, il pourrait avoir une relation stable avec elle et la tromper en cachette, comme le font la plupart des mecs qu'il connaît. Mais justement, il n'est pas la plupart des mecs. Il est Daniel Saul. Et le rôle du mari infidèle qui ment à sa femme est trop minable pour un homme de sa trempe. Il a d'ailleurs tenu ce rôle pendant des années, et tout cela pour découvrir que sa femme s'adonnait au même jeu. Quelle dérision ! Son couple faisait l'envie de tous – l'homme d'affaires riche, puissant et beau, avec la mannequin superbe et ambitieuse –, ne manquait de rien et avait le monde à ses pieds… et finalement ils se livraient tous deux aux mêmes tromperies mesquines que le commun des mortels.

On frappe à la porte : c'est Diane, la secrétaire du PDG, qui introduit Charron. Ce dernier est habillé d'un complet impeccable. Les deux hommes se donnent la main.

— Tu te souviens de ma collègue Marie Dubois ? Elle était à l'église l'autre jour.

— Bien sûr.

Charron donne la main à la jeune femme. Son regard se pose sur elle pendant une seule seconde, mais avec une intensité que Daniel remarque et qui l'amuse : une autre victime de la beauté foudroyante de Marie.

Tout le monde s'assoit. Daniel, derrière son bureau, entre directement dans le vif du sujet et annonce qu'il est intéressé par l'offre de Charron.

— Tu es prêt à investir combien ?

— J'avais pensé à dix millions.

Daniel ouvre un énorme dossier devant lui :

— Bien. Tu pourrais peut-être investir dans le projet que nous sommes en voie de finaliser en Norvège : des condos de luxe dans un quartier défavorisé de la capitale que le gouvernement veut revamper…

Ils discutent pendant un bon moment. Comme prévu, Charron s'avère un brillant analyste. Cependant, sa voix demeure basse et discrète, et ses yeux s'arrêtent plus souvent qu'autrement sur la fenêtre panoramique derrière le bureau. Bref, malgré la pertinence de son discours, son attitude est celle d'un homme qui ne s'intéresse que médiocrement à la situation. Au bout de quatre-vingt-dix minutes, le trio a néanmoins convenu d'un terrain d'entente satisfaisant. Daniel se lève et propose à Charron de participer à la réunion d'équipe du lendemain, ce que ce dernier accepte, non sans reluquer à nouveau vers la fenêtre :

— Les hommes puissants ont toujours leur bureau en hauteur, tu as remarqué ?

Daniel jette un regard nonchalant vers la grande vitre.

— C'est pour la vue. Toi-même, tu la trouvais splendide l'autre jour.

— Oui, mais ça donne aussi l'impression d'être au-dessus de tout.

Le ton n'est pas accusateur. Au contraire, on sent même une sorte de connivence. Puis, après leur avoir serré à tous deux la main, Charron s'en va.

— Un peu spécial, non ? souligne Daniel en retournant derrière son bureau.

Marie, qui se rassoit, acquiesce silencieusement. Le PDG poursuit :

— T'as remarqué comme il a l'air gêné ? Pas étonnant qu'il ait été si *reject* au secondaire, timide comme ça !

— Ce n'est pas de la timidité.

— Il a de la difficulté à nous regarder dans les yeux !

— Les quelques fois qu'il m'a observée, je te jure que je ne le sentais pas timide. Au contraire, j'ai rarement perçu un regard aussi… aussi solide sur moi. Et quand il m'a serré la main…

Elle a une petite grimace, puis reprend :

— Ce ne sont pas les gens qui le gênent. En fait, on dirait qu'il n'arrive pas à être à l'aise, comme s'il… comme si tout cela l'ennuyait.

Daniel ouvre un tiroir et prend une pomme.

— En tout cas, s'il trouve ennuyant d'investir dix millions de dollars, il est vraiment blasé !

Il se lève et se tourne vers la grande fenêtre.

— Il n'a pas tort.

— Sur quoi ?

— Son commentaire, sur la hauteur des bureaux…

Toujours en observant la ville à ses pieds, il ricane en croquant dans sa pomme.

# CHAPITRE 2

— Donc, on se dirige vers des profits de vingt-sept pour cent. En tout cas, c'est ce que je m'attends à annoncer au conseil dans deux semaines.

Daniel referme le dossier, recule dans son fauteuil et attend la réaction du septuagénaire assis devant lui. Ce dernier sourit d'un air entendu :

— On dirait bien que ce n'est pas encore aujourd'hui que l'ancien PDG va réprimander le nouveau.

— Après quatre ans, p'pa, le terme « nouveau » ne s'applique plus vraiment…

Roland Saul en convient. Daniel a toujours trouvé ces bilans « non officiels » inutiles, surtout que son père participe à toutes les réunions du CA. Mais il s'agit d'une sorte d'entente tacite : papa a légué les rênes de la compagnie à fiston, mais fiston devait résumer la santé de la compagnie à papa quelques semaines avant les dépôts officiels. À l'époque, la raison officielle était que le vieux voulait se tenir au courant et donner un conseil ou deux à son fils avant que celui-ci affronte les membres de son conseil d'administration. Mais Daniel n'a jamais été dupe : Roland Saul espérait ainsi donner l'impression d'avoir encore un certain pouvoir dans la compagnie, lui qui a pris sa retraite à soixante et onze ans contre son gré, pour des raisons de santé. Cependant, avec le temps, il a bien été obligé de reconnaître que non seulement *Saul inc.* se débrouillait très bien sans lui, mais que l'entreprise connaissait même une montée impressionnante sous la gouverne de son nouveau jeune PDG, de sorte que ces visites, d'abord prévues pour être des contrôles déguisés, se sont transformées en séances de congratulations. Désormais, l'ex-homme d'affaires ne se lasse pas, à tous les quatre mois, d'écouter avec orgueil Daniel énumérer les réussites de la compagnie, gages de l'excellence des Saul qui, Dieu merci, se perpétue à travers les générations. Et manifestement, la réunion d'aujourd'hui ne fait pas exception à la règle, car Roland conclut le compte-rendu de son fils par sa bénédiction habituelle :

— Excellent, Daniel. Je suis vraiment fier de toi.

Même si le vieux est du genre plutôt parcimonieux dans les démonstrations de cette fierté, Daniel sait que son père le pense vraiment. Il se permet donc un sourire et ajoute :

— De plus, le contrat avec la Norvège va bon train. Je suis optimiste.

— La compagnie est vraiment entre bonnes mains. Comme elle le sera entre les mains de Simon plus tard.

Daniel lève une main prudente.

— Pas sûr que Simon va aller en affaires…

— Il veut faire quoi, alors ?

— Il ne sait pas encore.

— Seize ans et il ne sait toujours pas ce qu'il veut ?

Daniel lui dit que ce n'est plus comme dans le temps, que c'est maintenant souvent au cégep que tout ça se décide.

— Je ne serais pas surpris qu'il se dirige vers la médecine. Ou le droit.

Plus ou moins attentif, Roland sort un paquet de cigarettes de sa poche, ce qui a le don d'exaspérer son fils.

— Vas-tu finir par comprendre qu'on ne fume plus ici maintenant ?

— J'ai fumé dans ce bureau pendant trente-huit ans, c'est pas les abus de la *political correctness* qui vont changer ça !

Daniel sort en soupirant un vieux cendrier de son tiroir, qu'il conserve justement pour son père, et le tend vers ce dernier. Il observe le vieillard s'allumer, cet homme qui malgré ses soixante-quinze ans conserve des traces évidentes de son charme d'antan, qui s'obstine à fumer malgré son cœur fragile et les avertissements du médecin, bref, qui continue à se tenir la tête haute, comme il l'a toujours fait, et Daniel se sent un brin attendri.

— Comment va maman ?

— Elle trouve qu'on ne vous voit pas assez souvent, Simon et toi. Tu sais comment sont les mères.

Daniel est conscient qu'elle n'a pas tort. Mais elle devrait aussi savoir qu'il est occupé, elle qui a vécu avec le PDG de la compagnie durant si longtemps. Maintenant que Saul senior est à la retraite, le couple rattrape-t-il enfin le temps perdu ? Daniel en doute.

— On pourrait tenir ces réunions à la maison, comme ça je verrais maman.

Daniel se dit qu'il ferait ainsi d'une pierre deux coups. Mais le paternel rejette cette idée d'un geste énergique de la main :

— Non, non ! Lucie a pas d'affaire à se mêler de la «bizniss». Et puis, je suis plus à l'aise ici.

Daniel n'insiste pas. Son père a sans doute raison. Si ces réunions avaient lieu à la maison, sa mère tiendrait à ce qu'il soupe avec eux, ce qui deviendrait compliqué.

Les deux hommes parlent encore de choses et d'autres pendant une dizaine de minutes, puis Daniel annonce, en regardant sa montre, qu'il a rendez-vous dans dix minutes, ce qui n'est pas un mensonge. Son père, qui connaît les règles du jeu, n'insiste pas et écrase sa seconde cigarette dans le cendrier.

— De toute façon, j'ai mon tournoi de quilles cet après-midi.

Les quilles. L'autre passion de Roland Saul après sa compagnie. À l'époque de sa présidence, malgré les soixante-dix heures qu'il passait à travailler, il trouvait toujours le temps d'aller lancer sa boule deux fois par semaine.

— Dommage que tu ne te sois jamais intéressé à ce sport, observe le vieil homme en se levant.

Daniel se lève aussi.

— Comment aurais-je pu ? Tu m'as amené jouer quatre fois !

— Quatre fois seulement ?

— Peut-être cinq.

Roland frotte son menton rasé de près, qui dégage une odeur d'*after-shave* démodé.

— Ah bon… De toute façon, ça ne t'intéressait pas, tu passais ton temps soit à étudier, soit à *cruiser* les filles.

En fait, Daniel se souvient d'avoir regretté que son père ne l'amène pas jouer aux quilles plus souvent, ou à quoi que ce soit d'autre. Maintenant, il est plus conciliant : c'est grâce à ces sacrifices s'il peut aujourd'hui se vanter de mener une vie si réussie.

Le téléphone sonne et Daniel, après s'être excusé, répond.

— Salut, Dan, c'est Martin.

Voix chaude et riche. Daniel songe que si Charron avait été moins doué en affaires, la radio aurait été une belle alternative pour lui. Combien de femmes, après l'avoir entendu au téléphone, sont tombées des nues en le rencontrant face à face pour la première fois ?

— C'est pour notre petit meeting de fin d'après-midi, poursuit l'investisseur. Je ne pourrai pas y être. J'ai le plombier qui doit venir et il faut que je sois ici.

— C'est embêtant. Je dois appeler la Norvège demain et j'aurais aimé avoir ton opinion sur leurs dernières propositions.

— Pourquoi tu ne viens pas chez moi ? On regardera tout ça ici.

Court moment de réflexion. Aller chez Charron, c'est sortir du cadre du travail et effectuer un premier pas dans la sphère de l'intimité. Daniel souhaite-t-il cela ? Il se souvient de la phrase de Marie, la semaine dernière : « Même aujourd'hui, tu n'as pas l'habitude de fréquenter des *rejects*. » Elle n'a sans doute pas tout à fait tort… Mais Charron est-il encore un « rejet » ? Un peu, quand même, avec sa gêne dans les discussions, son allure empruntée dans les lieux publics, son physique peu invitant… Comme dans ce resto où ils sont allés discuter il y a trois jours : Charron détonnait complètement.

Et puis merde ! il ne va pas jouer au poker chez lui, il va parler affaires !

— Pourquoi pas ? Donne-moi ton adresse.

Daniel la prend en note : c'est dans Parc-Extension. Pas très *class* comme quartier, qu'est-ce que Charron fout là ? Il raccroche et tandis qu'il raccompagne son père à la porte, celui-ci demande :

— Un conseiller pour le contrat norvégien ?

— Oui, et investisseur en plus. D'ailleurs, c'est un ancien élève d'Olympia : Martin Charron.

— Ça me dit quelque chose…

— Ça m'étonnerait.

Il lui explique les circonstances de leurs retrouvailles récentes. Le visage du vieux s'éclaire soudain.

— Ça me revient, là ! Ses parents sont morts, non ?

Daniel confirme. Son père explique qu'il a lu ça dans le journal, il y a plusieurs années. Un incendie. En lisant les noms des victimes et la profession du père, Roland s'était rappelé que leur fils était allé au même collège que le sien.

— Un incendie ? demande Daniel.

— Ben oui, il y a vingt-deux ou vingt-trois ans. Les parents étaient à la maison avec leur fille qui vivait encore chez eux. Ils sont morts carbonisés tous les trois. Affreux, hein ?

Charron a vraiment traversé de terribles épreuves, songe Daniel. En tout cas, il s'en est plutôt bien sorti quand on regarde le brillant conseiller financier qu'il est devenu.

— Viens voir ta mère, là, pour lui faire plaisir, suggère Roland pour la forme.

— Je vais essayer, répond aussi pour la forme son fils.

Poignée de main, puis Roland Saul sort du bureau et Daniel demeure songeur. Les visites de son père le mettent toujours dans un état émotionnel contradictoire, un mélange d'ennui, de mélancolie et de perplexité. Ennui parce qu'il est convaincu que ces visites ne sont pas nécessaires. Mélancolie parce qu'après tout, c'est un bon prétexte pour prendre des nouvelles de son paternel et se rappeler un passé de plus en plus lointain… Curieux, tout de même, d'évoquer cette époque avec émotion alors que son père a surtout été remarquable par son absence. C'est peut-être celle-ci, d'ailleurs, qui provoque cette énigmatique mélancolie… et, par ricochet, la perplexité, car Daniel se dit que ce genre d'émotion est inutile, au point qu'il se demande chaque fois si ces visites lui plaisent ou non.

Et il n'arrive pas à décider.

◆

L'immeuble est un énorme rectangle de béton de dix étages, perdu au milieu d'un quartier industriel. Un chemin de fer passe à une vingtaine de mètres de l'édifice. Daniel fixe un moment l'immeuble, relit l'adresse, revient au bloc gris. C'est bien la bonne adresse. Dubitatif, il actionne le système antivol de sa Bentley et marche vers l'entrée de l'immeuble.

Près de la porte, un homme fait le pied de grue. Ses vêtements sales et usés, sa barbe hirsute et son regard chassieux ne laissent aucun doute sur son « état ».

Comme pour confirmer le diagnostic de Daniel, l'homme tend la main et marmonne d'une voix grasse :

— Un 'tit peu d'change, s'i'v'plaît ?

Eh oui, l'été est la saison des vacances, des belles filles et des mendiants. Daniel ignore l'homme totalement et entre. Les locataires de l'immeuble endurent-ils la présence du sans-abri depuis longtemps ? Peut-être n'est-il pas là normalement…

Le hall d'entrée est exempt de décoration. Un simple panneau sur lequel est indiqué ce qui se trouve à chaque étage. En lisant les noms, Daniel réalise que l'immeuble sert essentiellement de locations pour différentes entreprises : post-production visuelle, graphisme, studio de photographie, école de danse… En fait, Charron semble être le seul particulier de l'immeuble. Sur le panneau, à côté du dixième et dernier étage, se trouvent inscrites ces simples lettres : M. C.

Daniel appuie sur le bouton de l'ascenseur. La porte s'ouvre et deux hommes en sortent en discutant entre eux, manifestement de contrats de photographie en retard. Daniel entre et appuie sur le 10. Quand la porte s'ouvre quelques instants plus tard, le milliardaire se retrouve dans un petit couloir à deux portes, une à chaque extrémité. Daniel consulte son papier : porte A.

Il sonne. Charron répond rapidement, d'excellente humeur.

— Hé, Daniel ! Entre !

L'appartement est un immense loft dont la première moitié est occupée par la cuisine et la salle à manger, et la seconde par le salon, le bureau et le lit. Ce qui frappe Daniel, c'est l'allure très luxueuse et à la fois très moyenâgeuse de tout cela : une bonne partie de la cuisine est en *stainless* mais avec un design ancien ; la table de la salle à manger en chêne massif est affublée de chandeliers très gothiques ; les meubles en acajou du salon ressemblent à des trônes et la tête du lit est un salmigondis d'arabesques métalliques incompréhensibles.

Daniel a l'impression d'être dans le domaine d'un grand seigneur mégalomane.

— Finalement, j'aurais pu aller te rejoindre en ville, le plombier vient tout juste de partir. Tu l'as sûrement croisé en bas.

— Non.

— Mais tant qu'à être ici, aussi bien rester, hein ?

Daniel a peine à reconnaître l'investisseur tant Charron affiche une décontraction inhabituelle, au point qu'il en est même un peu moins laid. Le PDG essuie ses pieds sur le petit tapis et se laisse conduire vers le coin salon. Son attention est attirée par de grands tableaux sur les murs. Il y en a sept ou huit et Daniel reconnaît l'un d'eux : une reproduction du panneau central du *Jugement dernier* de Bosch. Cette peinture, qu'il a vue pour la première fois dans un cours complémentaire à l'université, lui a toujours paru effroyablement sinistre, avec tous ces mortels torturés par moult démons grotesques et autres monstres difformes, tandis que l'arrière-plan de l'œuvre laisse deviner le reste de la Terre en proie aux flammes et à l'apocalypse. À l'époque, il s'était demandé qui aurait osé accrocher une œuvre aussi troublante au mur de sa maison. Il a la réponse aujourd'hui. D'ailleurs, les autres toiles ne sont guère plus rassurantes : créatures de toutes sortes, flammes infernales, religieux tourmentés… Il y en a bien une qui, à première vue, semble plus paisible, voire sensuelle : on y voit un homme et une femme à demi nus sur un lit, manifestement sur le point de faire l'amour, dans une pièce qui ressemble à une salle de bal. Mais de près, les traits de l'homme dénotent de l'agressivité tandis que l'expression de la femme pourrait être autant celle de la douleur que de l'extase. Étreinte amoureuse ou début d'un viol ? Difficile à dire. Déconcerté, Daniel s'assoit, imité par son hôte.

— Oui, ces tableaux sont assez provocateurs, j'en conviens. Mais l'art, le véritable art, doit servir à ça, non ?

— Je ne sais pas. L'impressionnisme n'était pas choquant.

— Par ses sujets, non. Mais par sa technique, oui. Du moins, à l'époque.

Charron se tait, attend une réaction. Il sait que ses toiles font réagir et cela doit l'amuser, pense Daniel. Mais celui-ci n'a pas envie de lui donner satisfaction.

— Tu es le seul locataire résidentiel de l'immeuble ?

— Oui, tous les autres étages sont occupés par des petites entreprises. Il y a un autre loft à cet étage, mais je l'ai loué aussi.

— Pour en faire quoi ?

— Rien. Il est vide. Je veux juste m'assurer de ne pas avoir de voisin.

Il ajoute :

— Pour être sûr d'avoir la paix.

À quoi joue-t-il ? Peu importe, Daniel n'a pas envie de participer. Il est ici pour le boulot. Il sort donc des papiers de son attaché-case en expliquant :

— Voilà, j'ai les dernières propositions de la Norvège…

Pendant un moment, ils discutent du contrat. Une première phase de restauration des immeubles s'enclencherait d'ici la fin de l'été, la phase deux pourrait débuter dès janvier 2009. De nouveau, Charron analyse et argumente brillamment, mais avec cette nonchalance, cette absence de passion inexplicables. Au bout d'une heure, le propriétaire de l'endroit consulte sa montre.

— On n'a pas encore fini et je meurs de faim. Je commande quelque chose pour le souper ?

Daniel jongle avec l'idée un bref moment, puis, comme il a vraiment faim, accepte. Charron propose du libanais, son invité acquiesce. Tandis que l'investisseur appelle le restaurant, Daniel ne peut empêcher son regard de retourner vers les tableaux. Charron vit sûrement seul pour se permettre une telle décoration. Le PDG remarque que l'une des œuvres, plus petite, détonne par rapport aux autres. Il s'agit clairement d'une représentation de la Vierge Marie qui porte l'enfant Jésus dans ses bras, qui lui-même tient un oiseau entre ses mains. Icône religieuse classique qu'on verrait volontiers chez un prêtre. Que fait-elle sur ce mur en compagnie de toiles violentes et infernales ? Charron veut-il illustrer sur ses murs le combat entre le bien et le mal ? Daniel se souvient à nouveau de cette immense croix que l'investisseur a rapportée de l'église il y a deux semaines. Qu'en a-t-il donc fait ?

Toujours assis, il examine le reste du loft. Sur le bureau, là-bas, un *lap-top* est ouvert. Il remarque deux autres portes dans l'appartement : une petite près du lit, dont l'entrebâillement laisse deviner la salle de bains, et une autre près de la porte d'entrée, plus grande et en métal, fermée. Un placard ? Un débarras ? Charron revient à son fauteuil et dépose sur la petite table centrale une bouteille de scotch et deux verres.

— Notre récompense quand notre réunion sera officiellement terminée.

Daniel sourit, charmé par l'idée. La discussion reprend donc et, au bout de trente minutes, le PDG conclut avec satisfaction :

— Bien ! Je crois que tes idées sont bonnes, Martin, et *Saul inc.* va présenter une contre-proposition en conséquence demain.

Il range ses papiers dans son attaché-case, tandis que Charron remplit les deux verres.

— Franchement, tu es un investisseur doué, reconnaît Daniel. Tu aurais dû arriver dans ma vie plus tôt.

— J'ai été dans ta vie plus tôt, Dan. Il y a vingt-six ans.

— Oui, mais nous n'étions pas… Enfin, nous ne nous…

— Nous n'étions pas amis.

— Voilà.

— Mais j'aurais bien aimé. Sérieusement.

Daniel n'ajoute rien, embarrassé. Charron lève son verre et conclut :

— Mais ça va changer ! Buvons à ça.

Daniel lève son verre mais conserve un silence prudent. Avoir Charron comme investisseur, il veut bien, mais comme ami ? Se voit-il sortir avec lui, aller dans les cinq à sept, les cocktails, les soirées ? L'ancien mal-aimé est riche, certes, mais il n'a tout de même pas la prestance de Daniel. Tous deux boivent une gorgée de leur verre. En voyant l'expression d'émerveillement sur le visage de son invité, Charron annonce avec fierté :

— Black Bowmore, 1964.

— Sérieux ?

— Je le sors pour les grands événements. Et se retrouver après vingt-six ans pour travailler ensemble, je considère que c'en est un.

— Je suis flatté !

Daniel prend une seconde gorgée. Dieu du Ciel ! C'est un nectar ! Charron affiche un air entendu.

— Tu sais ce que ça goûte ?

— La perfection !

— Non : le pouvoir.

Sur le moment, Daniel s'étonne de la métaphore… puis, presque malgré lui, il sourit avec complicité.

— J'aurais pas pu mieux dire.

La sonnerie de la porte annonce l'arrivée du souper. Quelques minutes plus tard, les deux hommes sont attablés à la massive table moyenâgeuse et, tout en mangeant et en buvant un excellent vin, résument leur cheminement respectif. Daniel relate ses années universitaires, son entrée dans l'entreprise de son père, puis son accession au statut d'actionnaire majoritaire et de PDG. Il glisse un mot sur son mariage et son divorce, mais sans insister. De son côté, Martin explique qu'à vingt ans il est allé aux États-Unis pour commencer des études de finance, qui l'ont ennuyé assez vite. Puis c'est la mort de sa famille dans ce terrible incendie. Il hérite de l'immense fortune, quitte l'université avant l'obtention de son diplôme, effectue quelques placements judicieux… et devient de plus en plus riche. Daniel s'étonne quelque peu.

— Étonnant que tu aies trouvé tes études de finance ennuyantes et que tu sois néanmoins devenu investisseur…

— Ce n'est pas faire de l'argent qui m'intéresse, mais ce que cet argent fait de moi.

Il remplit le verre de Daniel. Ce dernier trouve Charron parfait dans son rôle d'hôte. Il est beaucoup plus affable et relax qu'à l'habitude, regarde sans gêne son interlocuteur… Rien à voir avec l'autre Charron, l'embarrassé, le taciturne, l'antisocial. Pourquoi n'est-il pas toujours comme en ce moment ? Le repas est terminé, la bouteille de vin presque vide. Daniel ose demander, de plus en plus familier :

— Et les amours ?

— Jamais rien de sérieux. Aucune liaison à long terme.

Même avec son argent, Charron n'a jamais eu de vraie conjointe ? Surprenant. L'Histoire regorge pourtant d'hommes laids mais riches mariés à de superbes femmes.

— Désolé, vieux.

— T'as pas à l'être. C'est par choix.

Daniel n'est pas convaincu de la sincérité de son hôte. Il regarde enfin l'heure, s'étonne du temps qui a passé.

— Je vais devoir rentrer. J'ai encore un autre dossier à terminer ce soir…

— Finis au moins ton verre.

Daniel approuve en prenant une gorgée. Absolument délicieux, ce vin ! Charron est vraiment un homme de goût… sauf en peinture. Daniel revient aux tableaux et Charron suit son regard.

— Je sais que ces peintures t'apparaissent douteuses, mais je te jure que, pour la plupart, ce sont des reproductions de toiles de maîtres, dont plusieurs se trouvent dans des musées.

— Oui, je connais le Bosch…

— Bien sûr, c'est la toile la plus célèbre. Mais ma préférée n'est pas très connue; celle près de mon bureau, là-bas.

Il s'agit plus d'un dessin que d'une peinture, une sorte de bacchanale sur une terrasse parisienne. Sept femmes nues (plus une autre, habillée) se languissent autour d'une table, verres à la main. Au milieu d'elles, le diable, en habit de soirée, s'amuse tel un fêtard grandiloquent. En haut du tableau est écrit en grosses lettres : *Les Diaboliques*.

— C'est une illustration signée Pierre Georges Jeanniot, pour le livre *Les Diaboliques* de Barbey d'Aurevilly. J'aime le côté festif de cette scène. Satan qui s'amuse comme un bon vivant, entouré de femmes et d'alcool, tel un mondain qui profite de la vie… Comment lui en vouloir ?

Daniel glousse. L'humour cynique de Charron est plutôt distrayant.

— Toi-même, Dan, avec tout ton argent, tu dois parfois laisser libre cours à tes désirs diaboliques, non ?

Cette fois, Daniel éclate carrément de rire.

— Diaboliques, c'est un peu fort. Disons que… je ne me prive pas beaucoup.

Il s'étonne de se laisser autant aller avec un homme qu'il considérait encore comme un *nerd* deux heures plus tôt. Mais le vin est bon, l'ambiance est agréable, Charron est vif d'esprit… Ce dernier souligne :

— PDG et milliardaire à quarante-trois ans, c'est un exploit rare !

— Mais pas unique : pense à Maxime Lavoie… Sauf que quand je regarde ce qui lui est arrivé il y a deux ans, j'aime mieux ne pas trop me comparer.

Les deux hommes rient. Charron revient à la toile de Jeanniot et ajoute :

— Le diable, au fond, ce n'est que ça : quelqu'un qui n'impose aucune limite à ses délices.

Il se tourne vers son invité, goguenard.

— Pourquoi se retenir quand on a les moyens d'aller plus loin ?

La tête penchée sur le côté, son verre de vin à la main, Daniel a un vague sourire aux lèvres, comme si rien ne comptait plus sinon l'instant présent, satisfaisant.

— C'est vrai, marmonne-t-il.

Charron approuve en silence, puis se lève.

— Faut que j'aille pisser… Profites-en pour examiner la toile de plus près. Tu vas voir, les détails sont très intéressants.

Bon joueur, Daniel se lève, s'étire un peu et, verre à la main, il s'avance vers la petite toile tandis que son hôte disparaît dans la salle de bains. Le PDG passe près du bureau, puis examine le tableau. Le diable porte un monocle à l'œil gauche, ce qui lui donne un air encore plus « noble décadent ». Les femmes nues autour de lui ont des expressions langoureuses, manifestement provoquées par l'ivresse et la volupté. Seule celle étendue sur le sol montre une attitude ambiguë : elle se couvre le visage des deux mains. De honte, de peur ou de fatigue ? Daniel doit reconnaître que la scène incite au plaisir et donne même envie au spectateur de participer. Mais de là à accrocher une telle toile dans son salon, il n'est pas convaincu… Il prend une dernière gorgée et tourne les talons. Face à lui se trouve l'ordinateur sur le bureau et, alors qu'il est sur le point de retourner à la table, il s'immobilise en apercevant ce qu'il y a sur l'écran.

Sur un fond noir, une douzaine de petites fenêtres projettent silencieusement des vidéoclips pornographiques différents. D'abord surpris, Daniel tourne un œil vers la salle de bains : la porte est toujours fermée.

Il s'approche donc et regarde avec plus d'attention. Chacune des fenêtres est chapeautée d'un mot qui la catégorise et il lit ceux du haut : « *threesome* », « *bukkake* », « *lesbians* »… Bref, il a devant les yeux le menu principal d'un site porno. Et au-dessus de ces minis écrans pervers trône le nom du site qui flamboie en lettres de flammes : *Hell.com*.

Daniel émet un petit ricanement. Quel homme ne visite pas ce genre de sites de temps à autre ? Mais les fréquentations de son hôte dans le cyber-sexe doivent être plus régulières, pour ne pas dire assidues : Charron le moucheron, moche et sans charisme, rejeté des femmes, évacue probablement sa libido frustrée en fantasmant sur des exploits sexuels qu'il rêve de reproduire… Un peu triste, tout de même. L'homme d'affaires lève la tête vers la porte : son hôte étant toujours aux toilettes, il revient à l'écran, curieux malgré tout. Il est vrai que la plupart des filles qui s'agitent sur l'écran sont sacrément belles. L'un des clips du bas attire son attention. La femme qui se tortille sous l'homme a quelque chose de particulier, comme si… comme si elle était incomplète. La fenêtre est évidemment toute petite, mais Daniel finit par discerner que la fille n'a pas de mains. Des bras sans mains. Dérouté, il lit le titre de la catégorie écrit au-dessus du clip.

Freaks

— Ahhhh ! C'est ça qui arrive quand l'écran de veille de notre ordinateur ne fonctionne pas…

Daniel sursaute. Charron s'approche lentement, les mains dans les poches. Seigneur ! Ne produit-il donc aucun bruit lorsqu'il sort d'une salle de bains ? D'abord gêné, Daniel s'éloigne de l'ordinateur en direction de la table, puis décide d'en rire.

— Bah ! *Boys will be boys*, comme on dit !

Mais Charron le retient par le bras.

— Tu veux que je te montre ?

— Quoi, ça?

Charron désigne l'ordinateur du menton. Daniel, sur le moment, croit que son hôte veut blaguer, mais en voyant l'air de ce dernier, il comprend qu'il est sérieux. Daniel demeure poli même s'il a envie de rire:

— Heu... non, franchement, Martin, c'est... D'ailleurs, il faut que je m'en aille.

— C'est un site vraiment intéressant, tu sais...

Il ne quitte pas son invité des yeux. Dieu du ciel! Il ne s'attend tout de même pas à ce que Daniel explore un site porno avec lui?! Ils ne sont plus des ados, tout de même!

— J'ai vraiment du travail qui m'attend, Martin.

Charron lui lâche le bras.

— Comme tu veux.

Une étincelle de déception dans son regard? Ou Daniel se fait-il des idées?

Deux minutes après, devant la porte ouverte, ils se donnent la main. Charron affirme qu'il faut remettre ça, et Daniel n'est sincèrement pas contre. En sortant de l'ascenseur, il jette un rapide coup d'œil dégoûté au mendiant qui dort dans un coin du hall d'entrée, puis rejoint sa voiture. Tout en roulant, il repense à ce meeting avec une certaine incrédulité. Qui aurait imaginé qu'un jour il trouverait agréable la compagnie de Charron le moucheron? Bien sûr, celui-ci est un peu déstabilisant, avec ses tableaux et ses commentaires picturaux, et son invitation à explorer avec lui un site porno n'était pas du meilleur goût, mais pour la première fois, Daniel a ressenti des affinités avec l'investisseur. Même goût pour les choses de qualité, même humour cynique, même fierté... Même conscience de sa valeur.

◆

En ouvrant la porte, Daniel entend les cris. Une engueulade. La voix féminine est beaucoup plus forte que la voix masculine. Il effectue quelques pas dans le hall en dressant l'oreille et aperçoit alors Laurie, la blonde de son fils, qui descend l'escalier quatre à quatre et fonce vers la porte d'entrée, furibonde. Ses cheveux sont en bataille et son jeans déboutonné.

— *Fuck you*, mon ostie !

— Laurie, criss…

C'est Simon qui la suit mais lentement, plus lassé qu'éperdu. Il est en jeans, torse nu. Daniel n'a pas besoin d'un dessin pour comprendre la situation.

— Parle-moi même pas, as-tu compris ? poursuit la jeune fille. Parle-moi plus jamais !

— Ben c'est ça, décrisse !

Elle ne constate la présence du père de son nouvel ex qu'en passant devant lui.

— Votre fils, monsieur Saul, y a des maudits problèmes !

Daniel n'a pas le temps de répliquer qu'elle est déjà sortie. En soupirant, il marche vers son fils qui s'est immobilisé au pied de l'escalier, les mains sur les hanches, l'air dédaigneux.

— T'as voulu coucher avec elle et elle a pas voulu, c'est ça ? T'as insisté et…

— Non, non, c'est pas ça.

— Voyons, Simon…

— C'est pas ça, j'te dis ! On a déjà couché ensemble avant à soir, voyons !

— Ah, bon, remarque bêtement Daniel.

Simon ne montre aucune gêne à dévoiler ainsi son intimité à son père, ce qui désarçonne quelque peu celui-ci.

— Bon… C'est quoi, alors, mon grand ?

— Appelle-moi pas mon grand !

— C'est quoi, alors, mon p'tit ?

Simon soupire, se gratte la tête, puis :

— Toi, tu couches avec plein de filles, hein ?

Daniel est totalement pris au dépourvu. Quand il répond enfin, il tente de conserver une voix neutre.

— Eh bien, je rencontre parfois des femmes, mais de là à dire que…

— *Come on*, p'pa, je te vois aller, tu sais, je suis pas con! Pis tu fais bien! Avec l'argent que t'as, profites-en!

Ahuri, Daniel se demande quelle réaction adopter et, finalement, opte pour la plus sincère: l'amusement. Il ricane donc en se frottant la nuque.

— En tout cas, c'est clair que t'as vraiment plus douze ans!

Mais Simon ne trouve pas la situation amusante. Comme si quelque chose le tourmentait.

— Tu m'as toujours dit qu'on était de la même trempe, tous les deux! Qu'on était des forts, toi pis moi!

Daniel lui met la main sur la nuque, attendri et fier.

— Absolument.

— Bon, ben, pourquoi Laurie comprend pas ça?

Daniel fronce un sourcil et lâche la nuque de son fils.

— Qu'est-ce que Laurie t'a refusé, exactement?

L'adolescent, tout à coup dégoûté par cette question, tourne les talons avec un geste de la main:

— Laisse tomber, ç'a ben l'air que tu comprendrais pas toi non plus!

— Simon…

— Laisse tomber, j'te dis!

L'adolescent est déjà en haut. Daniel soupire. De toute façon, il a encore du boulot, aussi bien remettre cette discussion à plus tard.

Peu après, Daniel est installé à son bureau et il travaille deux bonnes heures d'affilée pour terminer son dernier dossier de la journée. Après quoi, il s'étire longuement, satisfait. Un petit quelque chose pour se relaxer avant d'aller se coucher lui procurerait le plus grand bien. Un autre verre du formidable scotch de Charron, par exemple. Celui-ci est-il en train d'en boire, en ce moment? Ou navigue-t-il sur son site porno?

Daniel reluque son ordinateur.

Pourquoi pas ? Il n'est pas vraiment un assidu du cyber-sexe, mais de temps en temps, ce n'est pas désagréable. En ricanant, il se branche sur Google. Juste deux minutes pour voir si ce site est aussi intéressant que le prétend Charron…

Daniel se souvient du titre écrit en lettres de feu sur la page d'accueil : *Hell.com*. Il tape ces huit caractères en songeant qu'il s'agit sans doute d'un site payant. Si c'est le cas, tant pis. Il veut bien aller zieuter de belles salopes sur le Net de temps à autre, mais jamais il ne déboursera d'argent pour une aussi vaine activité. Ce serait indigne de lui. Il lui arrive de payer pour des prostituées de luxe, mais au moins, il s'agit de vrai sexe, pas de simulacre.

Google fait apparaître une série de noms. Un seul, le premier, a comme dénomination précise *Hell.com*. L'homme d'affaires clique dessus. Pas de lettres rouges, pas de filles nues, ni même de filles tout court, mais un fond complètement noir avec un cercle blanc en plein centre, renfermant une flèche qui pointe vers le bas. Daniel clique sur la partie inférieure du cercle. Le fond de l'écran devient blanc, faisant disparaître le cercle pour laisser place à un bref texte en noir :

*Hell.com* is a private parallel web.
There is no access via web browser.

Qu'est-ce que ça signifie ? Daniel a beau cliquer partout, il n'arrive nulle part. Il finit par revenir à la liste de Google. Le second site renvoie à Wikipedia, qui explique ce qu'est *Hell.com* : créé en 1995, il s'agit d'un regroupement de designers et d'artistes du Net ; impossible d'y accéder sans être un initié. Le *New York Times* et le *Time* se sont déjà intéressés à ce site, et certaines universités y collaborent. Un site d'artistes branchés, donc, qui n'a rien à voir avec la pornographie. Bref, mauvaise adresse.

Des pas de l'autre côté de la porte, puis le silence à nouveau : Simon est entré dans sa chambre. Daniel revient à son écran et réfléchit. Chez Charron, le nom sur l'écran était bien *Hell.com*, mais l'adresse électronique doit donc contenir des mots supplémentaires. Daniel revient à Google, consulte les autres sites de la liste, mais ne trouve pas celui qu'il recherche. Il inscrit même au hasard des noms similaires, du genre « *Hellporn* », « *Pornhell* », et même « *Porn in Hell* » ; certains d'entre eux l'amènent bien sur des sites pornos, mais aucun n'est celui entrevu chez Charron.

Au bout de vingt minutes, il abandonne en haussant les épaules. Il ne s'agit que d'un site de cul, il ne va quand même pas perdre sa soirée là-dessus ! Il se déconnecte d'Internet, descend au rez-de-chaussée, file dans sa salle de cinéma-maison et choisit dans sa vidéographie un bon vieux film de John Cassavetes.

# CHAPITRE 3

— Légalement, tout est en ordre, Daniel. Leur contrat est fiable et solide.

Daniel dépose sur la table la pile de papiers qu'il examine depuis quelques minutes et lance un regard radieux à la jeune quinquagénaire en tailleur assise à sa droite.

— Toujours aussi efficace, Louise.

— Au prix que tu me paies, j'ai avantage à l'être.

Marie sourit en terminant son verre. Elle et Daniel sont arrivés il y a une demi-heure et le chic bar est maintenant bondé d'hommes et de femmes d'affaires qui viennent profiter du cinq à sept. Louise Ouellet, rare avocate à avoir trouvé sa place dans ce monde de requins mâles, les a rejoints il y a une quinzaine de minutes et le verdict qu'elle vient d'annoncer à son client est plus qu'encourageant.

— Bref, conclut Ouellet, tu peux t'envoler pour Oslo sans inquiétude.

— Ça mérite un autre verre, lance Daniel en faisant signe à la serveuse.

— Sans moi, merci. J'ai un autre rendez-vous. Tu me paies bien, c'est vrai, mais pas au point d'être mon unique client.

— Finis au moins ton gin tonic.

Elle se lève en disant qu'elle n'a plus soif. Quand Louise ne termine pas ses consommations, le PDG sait ce que cela signifie : elle a envie d'une ligne de coke. Ni Daniel ni Marie ne vont la juger là-dessus. Eux-mêmes en consomment de temps en temps, dans des fêtes particulièrement enlevées. Dans le cas de Louise Ouellet, c'est un peu plus souvent, mais jusqu'à maintenant, son vice n'a jamais nui à son professionnalisme ni à ses compétences. Et c'est tout ce que Daniel demande. L'avocate félicite Daniel une dernière fois en lui donnant la bise, salue Marie, puis sort de l'établissement. La jeune femme regarde sa montre :

— Faudrait que j'y aille aussi, j'ai encore du boulot…

Mais Daniel commande déjà deux scotchs à la serveuse. Puis il explique à sa collègue qu'il a bu le meilleur scotch de sa vie chez Charron, l'autre soir. D'ailleurs, où se cache-t-il, celui-là ? Il essaie de le joindre depuis cet après-midi, en vain. Il attrape son cellulaire et compose un numéro :

— Salut, Martin, c'est encore moi. Faut vraiment que tu me rappelles, vieux ! La Norvège accepte toutes nos contre-propositions et nous a même faxé une copie du contrat ! Rappelle-moi !

— Ça fait trois messages que tu lui laisses.

— Il m'a tellement aidé dans cette affaire…

— Comme ça, t'es allé prendre un verre chez lui ?

Daniel paie la serveuse qui apporte les deux scotchs, puis résume sa soirée de lundi avec l'investisseur.

— Franchement, ç'a été très agréable. Mais ses tableaux, c'est vraiment… D'un côté, il trouve le diable d'une de ses toiles sympathique, de l'autre il possède un tableau ultra-religieux représentant la Madone avec l'enfant Jésus. Et je ne t'ai pas dit ça : l'autre jour, quand on l'a vu la première fois à l'église, il a emporté avec lui l'énorme crucifix.

— Ah oui ? Pour en faire quoi ?

— Aucune idée. Je l'ai vu nulle part dans son loft.

— Peut-être que c'est un mystique. Un tourmenté qui balance entre le bien et le mal.

— S'il est mystique, ça ne l'empêche pas d'aller s'amuser sur Internet.

— Qu'est-ce que tu veux dire ?

Le cellulaire de Saul sonne. C'est Charron. Daniel lui annonce encore une fois la bonne nouvelle et lui propose de venir les rejoindre au bar. Tandis qu'il range son portable, Marie annonce à nouveau qu'elle rentre chez elle.

— Voyons, bois un verre avec nous !

— Si j'en prends un de plus, je ne pourrai plus travailler ce soir.

Daniel avance la tête, le regard allumé par l'alcool.

— Alors, ne travaille pas. On pourrait aller à *L'Éden*, tout à l'heure. Moi, des nouveaux contrats, ça me rend *horny*…

Pendant un court moment, les tentacules de la tentation caressent le visage de Marie, mais elle les tranche d'un mouvement de la tête : elle doit vraiment terminer un dossier si elle veut se relaxer ce week-end. Elle avale une ultime gorgée de son scotch.

— Bonne soirée avec ton ami.

— Mon ami, tu y vas fort ! De toute façon, c'est pas toi qui étais convaincue que je refuserais de le fréquenter hors du travail sous prétexte qu'il n'est pas assez « *in* » ? Finalement, c'est toi, la snob !

Elle se lève en hochant la tête, l'air de dire : « J'embarquerai pas là-d'dans ! » Daniel lui saisit la main.

— Allez, on prend un verre tous les trois, ensuite on se débarrasse de lui et on va au club tous les deux !

— La semaine prochaine, promis.

Elle se penche, l'embrasse sur le front et murmure :

— À notre prochaine baise, je te fais exploser la queue…

Le genre de remarque qui, normalement, l'aurait enchanté, mais cette fois il se contente de grogner.

Une fois Marie partie, il fixe son verre presque vide avec une moue contrariée. Il a bu juste assez d'alcool pour comprendre que ce serait bête d'arrêter maintenant. Sauf qu'il est seul. Un contrat du tonnerre avec la Norvège, et personne pour fêter ça avec lui! Il y a bien Charron qui s'en vient, mais ce n'est pas tout à fait ainsi qu'il envisageait sa soirée. Bien sûr, sa compagnie est agréable, il en a eu la preuve l'autre soir, mais il y a une différence entre une sympathique discussion et une nuit potentiellement festive. Et Daniel est loin d'être convaincu que Charron le moucheron puisse se transformer en Charron le *party animal*.

Dix-neuf heures dix. Allez, il prend un verre avec son collègue et après il va à *L'Éden* seul. L'idée de se coucher ce soir sans s'envoyer en l'air lui paraît trop *loser*. À moins qu'il trouve ici même, dans le bar, une fille intéressante, ce qui est très envisageable. Mais avec Charron en sa compagnie, ce ne sera pas évident...

— Alors, on célèbre, c'est ça?

L'investisseur est là, narquois. Daniel, tout content de le voir, se lève, lui tend la main et lui secoue même chaleureusement l'épaule.

— On l'a eu, Martin! C'est dans la poche! Mais où tu étais?

— Je m'entraînais au gym. Donc, c'est signé?

— Presque! Je m'envole pour Oslo dans un mois. Et c'est beaucoup grâce à tes conseils.

Tous deux s'assoient. Daniel commande une bouteille de champagne et remercie à nouveau son collègue. Ce dernier adopte un ton modeste.

— Je n'ai pas tous les mérites, quand même. On a monté ça ensemble. On est un bon *team*.

Il insiste sur ces derniers mots. Daniel approuve.

— C'est vrai. On forme une bonne équipe.

— On est pareils, tous les deux.

Daniel, diplomate, se sent obligé de préciser:

— Sur certaines choses, c'est vrai.

Charron ne semble pas froissé par la nuance. Le champagne arrive et les deux collègues trinquent. Pendant quelques minutes, ils reviennent sur le contrat, précisent certaines choses. Charron, comme à son habitude, donne l'impression d'être mal à l'aise, surtout dans ce bar qui, bien que moins rempli que tout à l'heure, compte encore bon nombre de clients – ceux qui ont décidé que le cinq à sept allait s'allonger de quelques heures. L'investisseur regarde partout et nulle part à la fois, bouge souvent sur sa chaise, remonte ses lunettes sur son nez. Daniel s'ennuie du Charron de l'autre soir et décide de le faire réapparaître, ne serait-ce que pour la petite heure qu'ils vont encore passer ensemble.

— Finis donc ton verre que je le remplisse une deuxième fois !

Charron boit une gorgée. Daniel insiste :

— T'es pas mal raisonnable pour un gars qui admire le diable ! Tu sais, celui sur ton tableau, avec son monocle et entouré de femmes à poil…

— Le diable s'ennuierait, ici.

Voilà une répartie que Daniel n'a pas vue venir. Tout à coup, il se rappelle ce que Marie lui a expliqué, l'autre jour, sur l'attitude gênée de Charron en société qui, selon elle, démontrait moins son malaise que son ennui.

— Le diable s'ennuierait ? Dans ce bar fréquenté uniquement par des gens comme toi et moi ?

— Il y a quelques jeunes filles dans la vingtaine qui ne sont sûrement pas dans le monde des affaires.

— Celles-là, elles sont ici justement dans l'espoir de rencontrer des gars comme nous. Elles savent que la plupart des hommes de la place sont mariés et que c'est justement pour cette raison qu'ils ont tous la libido dans le plafond. Et puis, coucher avec des hommes de notre caste, ça les excite au max.

Daniel a un sourire goguenard.

— Je peux pas croire que je t'apprends tout ça !

Charron hausse les épaules.

— Oui et non. C'est juste que je fréquente rarement ce… genre d'endroits.

Daniel balaie la foule du regard, mélange de têtes grises à la réussite éclatante, de femmes de carrière aux chignons détachés, de loups novices à l'affût d'occasions tant professionnelles que personnelles, et de jeunes nymphes prêtes à tout pour se frotter, ne serait-ce qu'une nuit, au pouvoir. Son regard s'arrête sur l'une d'elles.

— Regarde cette fille, au bar. Elle est seule mais ça ne durera pas longtemps, tu peux être sûr. Méchant canon, hein ?

Charron daigne l'observer un moment.

— Oui, jolie.

— Arrête, avec tes jolies ! Tu lui as vu le corps ? Un cul pareil, ça doit te pomper la queue comme une foreuse de pétrole !

Il a peine à croire qu'il parle ainsi avec l'ancien laissé-pour-compte du collège !

— Allez, si on va pas la voir tout de suite, on va se la faire piquer dans cinq minutes.

Et Daniel sait très bien qu'il peut avoir cette fille en claquant des doigts. Il a bu un peu, certes, mais il est encore en pleine possession de ses moyens. Il n'aura qu'à s'asseoir près d'elle et à lui lancer un « bonsoir » avec son célèbre sourire dévastateur. Et Charron ? Eh bien, il observera l'expert à l'œuvre et il prendra des notes. Après tout, on ne sait jamais : peut-être que la fille, enivrée par Daniel, acceptera de coucher avec les deux ? Ce serait étonnant, mais, bon… Charron, la moue dédaigneuse, rétorque :

— Non. J'aime pas draguer les filles.

Condescendance ou dépit ? Est-ce que Charron, conscient de ses désavantages face à Daniel, veut impressionner celui-ci en jouant les blasés ? Si c'est le cas, il ne s'en sortira pas si facilement. Le milliardaire termine son verre de champagne, le remplit et, juste avant de prendre une gorgée, demande en feignant le doute :

— Mais dis-moi… T'es aux femmes ?

— Bien sûr.

— Pas juste sur Internet, j'espère !

Daniel ricane, conscient que la blague est peut-être un peu de mauvais goût. Son compagnon ne montre cependant aucun malaise devant la remarque de son acolyte, au contraire.

— Si tu avais accepté de jeter un coup d'œil avec moi, l'autre soir, tu ne rirais pas d'Internet ce soir.

Amusé, Daniel joue le jeu :

— J'ai voulu y aller, sur ton site, imagine-toi donc !

— C'est vrai ?

Charron est tout à coup intéressé, presque content.

— Ça s'appelle bien *Hell.com*, non ? J'ai vu le titre sur la page d'accueil.

— Ce n'était pas la page d'accueil, mais, oui, c'est le nom du site.

— J'ai pas réussi à le trouver. Je suis tombé sur un site d'artistes branchés impossible à comprendre…

Charron n'est pas surpris.

— Oui, je sais de quel site tu parles. Ça n'a rien à voir. Mais pour aller sur le « vrai » *Hell.com*, c'est plus compliqué.

— Ah, oui ?

— Oui.

Il n'en ajoute pas plus, mystérieux. Daniel trouve la situation tout à coup risible. Charron parle de ce site porno comme s'il s'agissait d'un dossier top secret de la CIA ! Comme pour accentuer son lamentable effet, l'investisseur ajoute :

— Malgré les apparences, je suis… j'ai un côté *wild*, disons.

Daniel éclate de rire. Son compagnon ajoute du tac au tac :

— Et toi, tu te penses plus *wild* en allant *cruiser* des midinettes dans des bars d'hommes d'affaires ?

Sa réplique a un ton provocateur. Il porte son verre à ses lèvres en ajoutant :

— Je suis sûr que tes désirs profonds sont moins banals que ça... à moins que je me sois trompé sur toi.

Le PDG relève le menton en plissant les yeux. Il pourrait toujours lui rétorquer que coucher avec des *groupies* de riches est déjà plus intéressant que de se masturber devant un site Internet, mais il sent que cela ne convaincrait pas Charron, qui continuerait à le voir comme un simple dragueur de bar... comme il y en a des milliers, autant chez les riches que chez les pauvres. Il sait qu'il devrait laisser tomber, mais son orgueil l'emporte et il demande sur un ton de défi :

— T'as quelque chose de prévu, ce soir ?

◆

Contrairement à ce que Daniel aurait cru, Charron a tout de suite accepté, sans hésitation. Daniel donne donc congé à son chauffeur, qui l'attendait dans le stationnement, et les deux hommes d'affaires prennent la BM de Martin. Daniel lui dit de monter vers le nord, puis lui demande (même s'il se doute de la réponse) s'il a déjà participé à une telle activité.

— De l'échangisme ? Non. D'ailleurs, ne faut-il pas être en couple pour aller dans ce genre d'endroits ?

— Le jeudi, pas besoin. Et en tout temps, je peux venir avec un invité qui n'est pas membre.

Ce n'est que la troisième fois que Daniel amène un non-membre à *L'Éden*, mais il faut avouer que dans les autres cas, les invités étaient plus séduisants. Daniel réalise enfin que le succès de Charron au club risque

d'être plutôt mitigé. Dans un endroit aussi sélect que
*L'Éden*, l'argent n'est pas un aphrodisiaque suffisant.
Il est vrai que les membres ne sont pas tous des canons
de beauté, loin s'en faut, sauf qu'en accompagnant
officiellement Charron, Daniel n'attirera sans doute pas
les plus belles femmes de la soirée. Le PDG regrette sa
décision impulsive. Qu'est-ce qui lui a pris de vouloir
impressionner son collègue ? C'est tellement puéril !
L'alcool a tendance à le rendre trop prompt, ne peut-il
pas se le rappeler une fois pour toutes ? Lui et Charron
se connaissent à peine et voilà que Daniel lui révèle
une partie très privée de sa vie !

— En passant, tu ne parles de ça à personne, hein ?

Charron tourne un visage vaguement surpris vers
lui.

— Tu as honte de tes plaisirs ?

— Mais non, c'est pas ça, c'est juste… *Come on*, tu
sais ce que je veux dire.

— Pourquoi je parlerais de ça ?

Daniel est rassuré, puis lui demande de tourner sur
Saint-Joseph. Charron ajoute :

— Je suis surpris que tu fréquentes ce genre d'endroit. Tu dois pourtant avoir beaucoup de succès avec
les filles. Au collège, en tout cas, je te voyais toujours
avec un super pétard…

Sans quitter la route des yeux, Daniel a un petit
rictus d'orgueil. Charron poursuit :

— Comme la fille avec qui tu sortais en secondaire V… Elle s'appelait comment, donc… Mylène,
c'est ça ?

Le rictus de Daniel se crispe.

— Je ne sais pas de qui tu parles.

— Mais oui, cette fille que tu as amenée au bal des
finissants…

Daniel s'étonne que l'investisseur, qui n'était pas du
tout son pote, se souvienne de ces détails. D'ailleurs,
Charron lui-même était-il au bal ?

— Oui, je vois de qui tu veux parler. Mais on n'est vraiment pas sortis ensemble longtemps. Tourne à gauche à la prochaine.

Vrombissement du moteur pendant quelques secondes. Puis, sourire complice de Charron :

— As-tu couché avec elle, au moins ?

— Pourquoi tu t'étonnes que je fréquente des clubs échangistes ?

Il l'a presque coupé d'une voix quelque peu brutale, mais Charron ne s'en formalise pas et répond :

— Les clubs échangistes, c'est pour les couples tranquilles qui veulent tromper leur ennui, non ?

Piqué, Daniel rétorque :

— Pas L'Éden. C'est LE meilleur club échangiste en ville. Rien à voir avec les endroits où les banlieusards vont s'exciter un week-end par mois.

Peu après, ils se garent dans le discret stationnement arrière du club. Alors qu'ils sortent de la voiture, Daniel tente de se résigner : ce ne sera pas la soirée du siècle, mais il est sur le point de faire découvrir à Charron des plaisirs que, jusqu'à maintenant, ce dernier s'était contenté soit de payer, soit d'imaginer. Et, par la même occasion, il lui montrera qu'il n'est pas aussi *banal* que l'investisseur le prétendait tout à l'heure !

Quinze minutes plus tard, ils sont au bar. Daniel s'était promis de ne boire qu'un Perrier, mais l'ambiance l'amène à changer d'idée. La musique de Portishead est parfaite, il y a pas mal de monde et du assez joli par surcroît. Curieusement, Charron ne manifeste ni fébrilité ni gêne. Il observe un peu tous ces gens d'un air détaché. Daniel décide qu'il est temps de passer à l'action. Mais il a beau décocher ses regards les plus enjôleurs aux plus belles filles du bar, celles-ci évitent manifestement d'être dans sa ligne de mire, ou alors leurs sourires sont trop polis pour signifier une quelconque avance sexuelle. Et il en connaît très bien la raison : elle est assise à ses côtés, inconsciente ou indifférente de l'effet qu'elle provoque.

— Alors, Dan, c'est quoi la suite ?

L'homme d'affaires conclut qu'il est inutile de continuer ses approches dans le bar proprement dit. Il y a bien ces deux moches, là-bas, qui vont finir par se fendre les lèvres à force de leur envoyer des sourires aussi peu discrets que leur imposant arrière-train, mais Daniel n'a tout de même pas bu à ce point. De nouveau, il regrette d'avoir amené Charron et, pour combattre au plus vite cette désagréable sensation, il passe à l'action.

— OK. On va tout de suite au « dortoir » et on cherche les portes entrouvertes. Quand les portes sont entrebâillées, ça veut dire que ceux qui sont dans la chambre acceptent tout nouveau venu.

— Une convention, quoi…

Convention ! C'est la première fois que Charron se trouve dans un club échangiste et il parle de convention ! Décidément, cette soirée s'annonce plus déroutante qu'excitante.

Tandis qu'ils se déshabillent au vestiaire et s'entourent les reins d'une serviette de bain, le PDG constate avec étonnement que son compagnon, malgré sa taille moyenne, possède un corps qui, sans être celui d'un boxeur, susciterait l'envie de bien des hommes : le ventre plat, les épaules larges, les pectoraux bien découpés et le sexe, ma foi, généreusement développé. Daniel se rappelle que Charron lui a dit qu'il s'entraînait, tout à l'heure. Un tel corps, ici, sera un atout non négligeable qui pourra, du moins en partie, compenser le visage. C'est donc avec une bouffée d'optimisme qu'il entraîne son invité dans les couloirs du dortoir.

Comme toujours, la plupart des portes sont fermées, mais Daniel en déniche trois entrebâillées. Si les deux premiers coups d'œil le convainquent rapidement de poursuivre son chemin, le troisième est l'hôte d'un trio intéressant, dont les deux membres féminins, même si elles ne sont pas de potentielles candidates pour le prochain *Playboy*, déploient une ardeur et un enthousiasme qui les rendent assurément désirables. Daniel entre donc, suivi de Charron. Non seulement aucune des deux filles ne manifeste de dédain vis-à-vis de ce dernier, mais elles s'empressent d'intégrer rapidement les nouveaux venus. L'investisseur est docile, ne montre ni malaise ni excitation. Au bout de quelques minutes, tout le monde est en action. L'homme qui faisait partie du trio initial et qui avait déjà une longueur d'avance lors de l'arrivée des deux autres ne tarde pas à avoir son orgasme et annonce qu'il va se rafraîchir au jacuzzi. Daniel peut donc s'occuper librement de la brunette qu'il prend en levrette. Ce n'est peut-être pas le plus beau cul qu'il s'est enfilé, mais la fille a une façon de le bouger plutôt opérante. Il tourne la tête vers son invité pour voir comment celui-ci s'en tire. Mais Charron ne prend manifestement pas son pied. Lui aussi enfile la rouquine dans la même position, mais son visage est étrangement crispé. Daniel comprend que le pauvre ne sait trop comment procéder. Charron applique tout à coup une petite claque sur les fesses de la fille, qui émet un ricanement d'approbation. Le PDG sourit : le novice serait-il en train de trouver son rythme ? C'est tout de même incroyable : le voilà en train de baiser aux côtés de l'ex-*reject* de son école ! Il ne manquerait plus qu'ils se fassent un *high five* ! Charron allonge alors une seconde claque, beaucoup plus énergique.

— Un peu moins fort !

La rouquine prononce ces mots en ricanant, mais on la sent un brin désarçonnée. À ces mots, Charron a une grimace de dépit. Toujours amusé, Daniel songe qu'il devra expliquer à son collègue qu'il faut « sentir » la fille, deviner à ses réactions et à son attitude jusqu'où on peut aller. Daniel s'est toujours targué de posséder cet atout. Comme cette brunette qu'il pénètre en ce moment : il est convaincu que les claques sur les fesses, c'est pas son truc. Par contre, ses cuisses très écartées et sa main droite qui écarte une de ses fesses expriment un désir très précis et peut-être même inconscient. Daniel mouille donc son pouce et, doucement, l'enfonce très lentement dans l'anus de la fille, qui apprécie au plus haut point. Mais une exclamation le déconcentre tout à coup :

— Ouille, tu me fais mal !

C'est la rouquine. Charron lui rentre littéralement les doigts dans la chair des fesses. Il relâche son étreinte et poursuit son mouvement qui manque maintenant de conviction. La rouquine, qui pousse de légers gémissements de plaisir, renverse la tête vers l'arrière en fermant les yeux. «Les cheveux, songe Daniel. Lâche-lui le cul et tire-lui les cheveux, c'est ça qu'elle veut ! » Mais Charron persiste à pétrir le postérieur de sa partenaire, et cette fois avec une telle hargne que la fille se fâche presque :

— Tu me fais mal, j'te dis !

Cependant, pas rancunière, elle garde la position et attend la suite. Charron réfléchit un moment, effectue un ou deux mouvements de bassin, et finalement se retire, son imposant membre déjà à moitié ramolli. Il émet un ricanement ambigu qui, aux oreilles de Daniel, sonne presque méprisant. Il descend de l'immense matelas, va à la porte et, sur un ton négligent, lance au PDG :

— Je t'attends au bar…

Il sort, sous les regards ahuris des trois autres. La rouquine ne se gêne pas pour exprimer sa frustration. La brunette lui propose de se joindre à eux.

Bien sûr, Daniel approuve l'idée.

◆

À nouveau habillé mais les jambes molles, Daniel marche vers le bar où est installé Charron. Ce dernier fixe son verre entre ses mains, l'air totalement emprunté au milieu des autres clients.

— Qu'est-ce qui t'a pris ?

Charron ne dit rien. Il a son attitude habituelle, son air mésadapté. « Ennuyé », préciserait Marie. Daniel comprend enfin : cet endroit, c'est trop d'émotions en même temps pour son collègue. Il a réagi comme la fille qui rêve de discuter avec sa vedette préférée depuis des lustres et qui, une fois devant elle, demeure sans voix.

— Je n'aurais pas dû t'emmener ici. C'était sans doute trop… trop…

Alors qu'il se demande comment terminer sa phrase, l'investisseur ricane :

— Trop ?

Le même ricanement que tout à l'heure avec la rouquine, teinté de mépris. Charron regarde autour de lui en se frottant le nez, puis lâche sur un ton las :

— Allez, on s'en va.

Daniel n'a pas l'habitude qu'on lui dicte ses actions, mais il suit son compagnon en pensant que c'est sans doute mieux ainsi. Quelques minutes après, ils montent dans la voiture de Charron et le PDG dit :

— Tu me laisseras aussitôt que tu verras un taxi stationné quelque part. Westmount, c'est pas dans ton coin du tout.

La BM s'engage dans la rue et ses phares éclairent une femme traversant la rue : il s'agit de la rousse, presque méconnaissable tout habillée. Charron la reconnaît car il crache avec dédain :

— Je devrais l'écraser, la sainte-nitouche. Ça lui montrerait c'est qui qui mène.

Daniel éclate de rire, puis :

— Sainte-nitouche mon œil ! Elle s'est fait bouffer la chatte par sa copine que j'enculais !

— *Wow*, rétorque Charron avec ironie.

— Toi, t'aimes mieux gicler sur l'écran de ton *lap-top*, c'est ça ?

Charron se tourne vers son compagnon :

— C'est ça, pour toi, aller au bout de tes désirs ? Les possibilités de la richesse, ça se limite à ça ? Des voyages dans des pays exotiques, une grosse maison, des gros partys, des maîtresses occasionnelles et de l'échangisme dans le meilleur club en ville ? C'est tout ? Tu vas me faire croire que t'as pas des envies plus profondes, plus enfouies, plus exclusives ?

— Où tu veux en venir, Martin ?

— La prochaine fois, c'est moi qui t'amène quelque part.

Daniel a envie de rire face à la présomption de son collègue, mais il est tout à coup frappé par une hypothèse imprévue : lui qui croit que Charron a été intimidé tout à l'heure se trompe du tout au tout. En fait, Charron a été *déçu*. Parce qu'il a connu mieux. Est-ce possible ? Ce serait improbable et, surtout, ironique. Piqué dans son orgueil pour la seconde fois de la soirée, il dit :

— OK, Martin, j'ai voulu t'impressionner et je me suis fourré un doigt dans l'œil. Avec tout ton fric, y a effectivement pas de raison que tu n'aies pas déjà connu tout ça. Mais oublie pas que c'est pareil de mon côté. Tu veux m'amener où, au juste ? Dans un bordel où on sniffe de la coke sur la chatte des filles ? Si c'est ça, tes plaisirs extrêmes de riches, je peux t'assurer que j'y ai déjà goûté, moi et bien d'autres !

Après un petit soupir, il ajoute :

— On est dans le même bateau : il n'y a plus grand-chose qui nous impressionne.

Il s'étonne du ton amer de sa remarque. Et pourtant, il doit bien admettre que c'est vrai.

— Parle pour toi, marmonne Charron.

Daniel fronce les sourcils, tandis que son compagnon continue :

— Je ne fais pas référence à ces distractions banales, mais à la puissance, la *vraie* puissance !

Daniel ne comprend pas, il attend la suite. Charron ajoute :

— J'ai accès à quelques adresses intéressantes, tu vas voir…

Comme si Daniel ne connaissait pas « quelques bonnes adresses » ! Charron manœuvre pour engager la BM dans le flot du boulevard René-Lévesque puis poursuit :

— Tu as admis que tu étais de moins en moins impressionné. Ça, c'est ce qui arrive au commun des mortels. Mais il n'y a aucune raison que ça nous arrive à nous. Il n'y a aucune raison pour que nos vies deviennent banales.

Daniel garde le silence, un peu dépassé. Charron commence à se prendre un peu trop au sérieux, on dirait. C'est presque avec soulagement qu'il voit trois taxis stationnés plus loin et il s'empresse de les indiquer à son collègue.

Une fois sorti, Daniel tend la main à Charron par la vitre ouverte. Celui-ci propose :

— On se voit à ton retour d'Oslo ? À moins que je te propose une petite sortie d'ici là…

Daniel a un sourire poli.

— On verra.

Dans le taxi qui le ramène chez lui, Daniel fixe la banquette en gloussant tout seul.

« Je te parle de puissance… De vraie puissance… »

Comme si lui, Daniel Saul, ne savait pas ce qu'est la puissance ! Comme si l'autre pouvait vraiment l'impressionner avec ses supposés « plaisirs exclusifs » !

Chez lui, dans la salle à manger, il se verse un grand verre d'eau à la fontaine et le boit en regardant par la fenêtre panoramique. À une cinquantaine de mètres, la piscine éclairée de l'intérieur ressemble à une masse radioactive.

Qu'est-ce que c'est que cette agitation, dans la piscine ? Des gens se baignent ! Simon ? À une heure du matin ? Un *jeudi* !

Il sort et s'approche. Ils sont quatre dans l'eau, son fils et trois autres gars de son âge, dont deux qu'il croise de plus en plus souvent lorsqu'il revient à la maison. Le soir, ça peut aller, mais pas la *nuit* ! Les jeunes pataugent en rigolant. Du moins les trois invités rigolent, car Simon, un peu à l'écart, les fixe sans un mot, l'air lointain. Daniel toussote pour manifester sa présence et les adolescents se taisent soudain. Comme le seul éclairage provient des lumières sous l'eau, Simon rétrécit les yeux pour distinguer le nouvel arrivant.

— C'est toi, p'pa ?

— Qu'est-ce que vous foutez là ?

— Ben... Je veux pas être audacieux dans mes affirmations, mais je pense qu'on se baigne.

Il rit et, encouragés par cette réaction, les autres l'imitent.

— Se baigner à cette heure quand on a de l'école le lendemain, tu trouves ça raisonnable ?

— C'est la dernière journée de classe, demain !

— Justement, c'est pas tes examens ministériels ?

— Non, c'est lundi. Je te l'ai déjà répété au moins cinq fois.

— Peu importe : t'as de l'école demain !

— Pis toi, tu travailles pas demain ?

Daniel serre les lèvres, les poings sur les hanches. Simon lui sert ce genre de répliques arrogantes de plus en plus souvent, comme s'il le défiait. Ses yeux, qui s'habituent à la noirceur, distinguent maintenant des formes sur la table de patio, qui ressemblent fort à des bouteilles de bière.

— Vous n'avez pas bu dans la piscine, j'espère ?

— Qu'est-ce que t'en penses ?

Il le cherche vraiment, ma parole ! Daniel est cette fois sur le point de répliquer vertement quand un des amis répond :

— Non, non, monsieur Saul, inquiétez-vous pas !
On est dans l'eau juste pour se baptiser !

— Vous baptiser ?

Simon prend de l'eau au creux de sa main et la
verse sur la tête de son compagnon le plus près en
psalmodiant d'une voix caricaturale :

— Je te baptise, mon frère, au nom de la religion
des grands de ce monde ! *Amen* !

Il y a presque de la rage dans sa voix, ce qui n'empêche pas les autres de s'esclaffer. Daniel sent sa détermination flancher quelque peu. Ce genre de petite
fiesta lui en rappelle des dizaines auxquelles il a lui-
même participé dans sa jeunesse. Rien de bien grave,
au fond. Tout de même, il y a école demain, dernière
journée ou non. Et lui-même a un déjeuner d'affaires
à huit heures trente avec deux PDG européens.

— Sois baptisé, mon frère ! poursuit Simon.

Et il enfonce la tête de son ami sous l'eau. Ce dernier
se démène en battant des mains, mais Simon tient bon.
Les autres, d'abord amusés, finissent tout de même par
lui dire de le lâcher, mais Simon maintient sa prise et
Daniel doit intervenir :

— Simon, arrête ça, franchement !

L'adolescent obéit. Le gars remonte à la surface,
furieux.

— Criss, je t'ai dit tantôt de pas faire ça !

Simon soutient son regard, mi-amusé, mi-sérieux.
Coupant court à l'engueulade, Daniel ordonne à tout
le monde de partir. Son fils soupire puis commence à
sortir de l'eau.

— *Anyway*, c'était plate…

Les autres ne semblent pas partager cet avis, car
ils ne cessent de pouffer en s'extirpant de la piscine.
Daniel tourne les talons vers la maison :

— Pis je te préviens, Simon : gueule de bois ou non,
tu vas à l'école demain !

— À condition que tu ailles travailler aussi !

— Fais-toi-z-en pas pour ça.

Quand il sort de la douche dix minutes plus tard, il entend Simon passer dans le couloir qui mène à sa chambre. Son fils va avoir dix-sept ans en septembre, mais il doit savoir que c'est encore son père qui dicte les règles dans cette maison.

◆

Sa soirée le poursuit jusque dans ses rêves. Daniel se retrouve en train de pénétrer la rouquine de *L'Éden* par-derrière, mais celle-ci change constamment de visage, tandis que son postérieur, lui, demeure identique.

— Pourquoi tu ne l'écrases pas pour lui montrer qui est le plus fort ?

C'est Charron. À l'écart, complètement nu, il est en train de clouer au mur l'immense crucifix qu'il a emporté de l'église. Une solide érection dresse son membre et Daniel constate à nouveau qu'il est vraiment doté d'un sexe spectaculaire. L'investisseur a un ricanement méprisant en indiquant l'horizon du menton.

— C'est ça, tes plaisirs exclusifs ?

Daniel regarde autour de lui. Des dizaines, des centaines d'autres couples forniquent à perte de vue, des gros, des maigres, des beaux, des laids, certains portant des chemises griffées, d'autres des guenilles. À croire que la Terre entière est couverte de ce magma copulateur. Le milliardaire se sent pris d'une soudaine nausée. Il se dégage de la fille et marche vers des toilettes, semblables à celles que l'on trouve dans les établissements publics... sauf que celles-ci lui sont étrangement familières. De plus, des sons proviennent de ces toilettes : des gloussements malsains, des gémissements ambigus, et une musique rock floue, en sourdine. Daniel s'arrête, angoissé.

— Tu n'iras pas seul, voyons, fait la voix de Charron.

Daniel se retourne. Son collègue est maintenant habillé d'un smoking et porte un monocle à l'œil gauche. En fait, il ressemble au diable du tableau, chez lui. Et comme sur la peinture, une femme nue gît à ses pieds, le visage recouvert de ses mains. Impossible de savoir si elle est en extase ou en souffrance.

— Tu dois l'amener avec toi, ajoute Charron.

— Qui ça ?

D'un air entendu, l'investisseur baisse la tête vers la fille à ses pieds, qui camoufle toujours ses traits. Mais Daniel ne veut pas la regarder. Il ne veut *surtout pas* voir son visage. Il se détourne donc vers les toilettes, desquelles provient toujours cette rumeur vérolée…

Daniel se réveille. C'est encore la nuit. Il ne comprend rien à ce rêve. Tout ce qu'il sait, c'est qu'il était très désagréable.

Il se rendort néanmoins rapidement et, cette fois, ne rêve plus.

# CHAPITRE 4

— Tu l'as amené à *L'Éden* ?

Marie est si incrédule qu'elle s'est exclamée avec un peu trop de force, au point que Daniel, assis devant elle, fait le tour du restaurant des yeux pour s'assurer qu'elle n'a pas trop attiré l'attention des clients. Il en profite pour saluer de la tête une ou deux connaissances, puis revient à sa collègue.

— Pas obligée de le crier…

— Quand ça ?

— Il y a quatre jours. Il fallait bien que je fête notre contrat norvégien avec quelqu'un.

Marie est découragée et Daniel lève les bras au ciel :

— Quand même, il s'agit d'un club d'échangisme, pas d'un regroupement du Ku Klux Klan ! T'as oublié qu'on y a déjà rencontré quelques connaissances ? De toute façon, je te rassure : je ne lui ai pas dévoilé que tu étais une habituée de l'endroit.

Elle avale une gorgée de son apéro en silence. Sa vive réaction étonne Daniel. Il lui aurait annoncé qu'il avait amené quelqu'un d'autre au club qu'elle n'en aurait eu cure. Est-ce parce qu'il s'agit de Charron ? Taquin, il précise :

— T'aurais dû venir : il est membré comme un cheval !

— Il aurait une queue rotative à trois vitesses que je ne coucherais pas avec lui.

Daniel se marre en prenant à son tour une gorgée de son apéro. Comme Wilson n'est toujours pas arrivé pour leur petit lunch d'affaires, il en profite pour résumer la soirée à Marie qui, peu à peu, paraît intriguée. À la fin, elle demande de quel genre « d'adresses » Charron parlait. Daniel n'en a aucune idée.

— De toute façon, je m'en moque.

— Ouais, ouais… Comme je te connais, je suis sûr que tu penses à ces fameuses adresses depuis jeudi.

Elle fait chier ! Car elle a raison, évidemment ! Et il se trouve si ridicule de penser à ça ! Il s'est donc juré de refuser toute invitation de Charron, même si au fond il sait que ce refus est tout aussi enfantin que sa curiosité.

— Je crois pas que je vais sortir très souvent avec lui.

— Bonne idée.

— Mais qu'est-ce que tu as contre lui ?

— Je ne sais pas. Je te jure que lorsqu'il me regarde…

Elle a une moue de répulsion.

— Dans ses yeux, on dirait que… On dirait qu'il n'a pas d'âme.

— Pas d'âme !

Il s'esclaffe.

— Une athée qui parle d'âme !

— On a une âme, Daniel, et Dieu n'a rien à voir là-d'dans.

Ça sent le début de la discussion métaphysique… mais Daniel voit avec soulagement Christian Wilson entrer dans le restaurant. Quelques minutes après, ils ont commandé et le VP aux ventes lance la discussion :

— Bon. *Bad news first* : on a perdu Laval. C'est pas trop grave, mais, bon…

— Laval ?

Wilson rappelle à son patron que *Saul inc*. était sur le point de signer un contrat avec la ville de Laval pour le développement d'un quartier *lifestyle* avec centre commercial intégré. Finalement, une autre entreprise leur a piqué le contrat.

— Qui ? demande sèchement Daniel.

— *Bégin inc*.

Daniel s'étonne, puis rit carrément. Marie le regarde de travers.

— Je ne vois pas ce qui t'amuse. Bégin est un concurrent sérieux.

— C'est pas ça… C'est juste qu'il y a une dizaine de mois, j'ai croisé Philippe Bégin et…

— Et quoi ?

— Bon. Vous êtes au courant de ce qui s'est passé à la mort de l'ancien PDG de la firme ?

— Bien sûr, fait Marie.

— Vaguement, ajoute Wilson.

Daniel prend une gorgée de son verre avant d'expliquer à son VP :

— *Bégin inc*., comme *Saul inc*., était à l'origine une entreprise familiale. Mais quand Normand Bégin, le paternel, est mort il y a deux ans, il a divisé ses actions entre trois de ses associés et n'en a laissé aucune à son fils Philippe, qui avait pourtant travaillé pour son père pendant vingt-deux ans. Manifestement, le père n'avait pas confiance au leadership de son fils. Leur CA, pour respecter les volontés du vieux, ne l'a donc nommé ni président ni directeur général. Et avec raison. Je connais Philippe et il n'a pas l'étoffe d'un dirigeant. Évidemment, il trouve la pilule vraiment dure à avaler, mais il continue tout de même à travailler dans l'entreprise. Il espère sans doute faire ses preuves un jour…

Le serveur dépose les assiettes sur la table. Marie dit :

— Je sais tout ça, Daniel. Mais quel rapport avec le contrat de Laval ?

— Il y a donc dix mois, dans un souper-bénéfice du Parti libéral du Canada, on était deux ou trois gars au bar, on causait, et Philippe Bégin est venu nous rejoindre. Moi, je l'ai toujours trouvé mou, sans intérêt, et le voilà qui se met à se plaindre de son sort, à affirmer que son père est un salaud qui l'a trahi, et ainsi de suite. Je lui ai dit assez sèchement que son père avait pris une décision d'affaires plutôt qu'une décision familiale.

— Toujours aussi diplomate, glisse Marie avec un sourire.

— Il est monté sur ses grands chevaux et m'a lancé, presque en criant, que j'étais mal placé pour parler, moi qui ai tout eu parce que j'étais le fils de Roland Saul.

— J'imagine la suite de cette charmante discussion, marmonne Wilson.

— Il l'avait bien cherché, alors il l'a eu ! Je lui ai répliqué ce que tout le monde dans le milieu pense en silence. Je lui ai dit, très calmement, sans hausser le ton, que mon père et le sien connaissaient très bien leur fils respectif et avaient pris leurs décisions en conséquence. Le mien, d'ailleurs, est toujours vivant et ne m'a donc pas légué toutes ses actions, et mon CA a accepté de me nommer PDG parce que je le méritais. Le vieux Bégin et son CA, de leur côté, ont très bien vu le simple employé que resterait Philippe toute sa vie. J'ai ajouté quelques pointes, mais j'avoue que je ne me souviens plus trop.

Daniel, en coupant sa viande, jubile au rappel de cette soirée au cours de laquelle il a cloué le bec à cet avorton braillard. Marie murmure :

— C'était cruel, Daniel, avoue.

— Comment, cruel ? Il n'a pas les épaules, un point c'est tout, et à la limite, je lui ai rendu service en le lui disant ! Il n'y a pas de chance ou de malchance dans ce milieu. S'il n'est pas capable d'entendre ça, il n'est vraiment pas fait pour les affaires ! D'ailleurs, sa réaction m'a donné raison, car il s'est éloigné, les larmes aux yeux, tu imagines ? *Les larmes aux yeux*, criss !

Il mastique sa viande, puis, bon joueur :

— Alors voilà, il a eu sa petite vengeance, il doit être bien content.

— C'est *Bégin inc*. qui nous a piqué le contrat de Laval, pas nécessairement Philippe lui-même.

— Je suis sûr que c'est Philippe qui s'est personnellement occupé du dossier. C'était une affaire de peu d'importance pour la compagnie et nous n'y avons pas accordé assez d'attention, donc cela a dû être facile pour lui. Quand je le verrai, je suis même prêt à le féliciter. Mais si cette petite victoire lui donne l'impression qu'il est quelqu'un, tant pis pour lui : ses prochains échecs le ramèneront plus durement sur terre.

— Content que tu prennes ça comme ça, dit Wilson.

— C'est chiant, c'est vrai, mais c'était un contrat à *Laval*, on ne va pas en faire une tragédie.

Daniel se promet que lorsqu'il félicitera Bégin, il ne manquera pas d'en profiter pour glisser un mot sur son contrat en Norvège, question de rappeler au fils déchu les modestes proportions de sa victoire.

Wilson poursuit son compte-rendu, qui ne comporte plus que de bonnes nouvelles, et le repas se déroule plutôt bien jusqu'à ce que le cellulaire de Daniel sonne. Le PDG répond et son visage, après quelques secondes d'écoute, se crispe. Après avoir raccroché, il se met à manger plus vite en expliquant qu'il va devoir partir rapidement.

— Qu'est-ce qui se passe ? demande Marie.

— Disons que… c'est personnel. Allez, Christian, continue.

◆

Daniel n'aime pas Sylvain Ruel. C'est un jeune directeur de la discipline qui, malgré la rigidité de l'école, veut avoir l'air cool et les efforts qu'il déploie pour parvenir à cette fin l'enfoncent dans la caricature. Ses petites lunettes noires à la mode lui vont mal, ses cheveux stratégiquement ébouriffés soulignent sa calvitie frontale, sa barbiche n'est jamais coupée égal et ses cravates à l'effigie de dessins animés ne sont plus à la mode depuis le début des années 90. Daniel est convaincu qu'il est la risée de ses étudiants.

Quant à Jean-Denis Roberge, assis un peu à l'écart, Daniel ne l'aime pas non plus pour une raison encore plus simple : Roberge est un psychologue.

Mais l'antipathie que Daniel ressent pour ces deux hommes n'est pas la principale raison de sa morosité : si le directeur lui a demandé de venir la journée même des examens ministériels, c'est qu'il a une mauvaise nouvelle à lui annoncer. Comme cela a été le cas il y a trois mois. Et en octobre dernier. De même que lors des deux rencontres de l'année dernière. Chaque fois, Daniel s'est juré de ne plus revenir dans ce bureau. Chaque fois, il a fait promettre à son fils de ne plus *l'obliger* à revenir. L'air insupportablement désolé, Ruel dit :

— Que votre fils, en plein milieu d'un examen ministériel, saute sur son voisin pour lui flanquer une raclée, c'est déjà embêtant. Mais qu'en plus il bouscule violemment le surveillant qui a voulu intervenir, c'est… plutôt grave, vous l'admettrez.

Daniel tourne un regard assassin vers Simon, assis à ses côtés. L'adolescent affecte la même pose qu'il affichait lors des visites précédentes : un mélange de « je-m'en-foutisme » et de lassitude qui, le père le sait bien, n'est habituellement que façade orgueilleuse. Mais aujourd'hui, cette attitude ne semble pas jouée et la sincérité qui s'en dégage affûte la colère de Daniel.

— Tu as sauté sur un de tes voisins ?

— Il se foutait de ma gueule ! Il me regardait et il arrêtait pas de rire ! Ça fait deux mois qu'il me cherche !

— Et tu as agressé un surveillant ?

— Ben… je l'ai poussé un peu !

— Un peu ? nuance doucement Ruel. Il est tombé sur le dos et s'est blessé légèrement à une hanche.

Daniel hoche la tête, dépassé. Ruel prend une feuille de papier et poursuit, toujours aussi mielleux :

— De plus, nous avons examiné l'examen qu'était en train de faire votre fils quand a eu lieu son… heu… son altercation, et je peux vous affirmer que cela s'annonçait mal. Sans aucun doute, il se dirigeait vers un échec.

— Un échec ? souffle le PDG.

— Pas très étonnant si on considère les mauvaises notes qu'il a eues dernièrement…

Daniel est consterné :

— Comment ça, les mauvaises notes ?

— Juste une ou deux, là ! réplique Simon.

— Au cours des trois derniers mois, sept échecs dans différentes matières, rectifie doucement le directeur.

Daniel en demeure sans voix. Ruel poursuit :

— Mais les mauvaises notes ne sont pas le plus grave problème, monsieur Saul, même si, dans notre école, les échecs ne doivent pas devenir monnaie courante, n'est-ce pas ? Non, le vrai problème est l'agressivité montante de votre fils. Le surveillant aurait pu être plus gravement blessé par la… heu… réaction de votre fils.

Daniel se frotte le front. Il sait ce qu'entend Ruel par « agressivité montante ». Il y a trois mois, lors de sa dernière visite, Simon avait insulté un prof, puis avait donné un coup de pied dans la poubelle. Celle-ci avait effectué un vol plané jusqu'à la poitrine de l'enseignant. En temps normal, Olympia, une école si austère, aurait dû renvoyer l'adolescent pour de bon.

Mais les généreuses donations annuelles de Daniel au collège avaient convaincu ses dirigeants d'être conciliants. Comme ils l'avaient été il y a six mois. Et lors des deux incidents de l'année dernière.

— *Anyway*, l'école est finie, vous me reverrez plus ! dit Simon avec arrogance.

Le directeur se tourne vers l'adolescent et Daniel remarque avec agacement que le langage de Ruel se veut tout à coup plus jeune.

— C'est vrai, Sim, mais t'as pas passé tes examens ministériels. Donc, *problemo, muchacho*.

« Ta gueule, ostie de *loser*, pis va droit au but ! » songe Daniel qui n'en peut plus. Il lance un regard vers Roberge. Le psychologue, dans la quarantaine, l'air impassible, n'a pas pipé mot depuis le début de la rencontre. Il observe beaucoup le père et le fils, mais particulièrement Daniel, ce qui énerve profondément ce dernier. Le directeur se tourne alors vers l'homme d'affaires et affiche l'air d'un grand bienfaiteur qui possède la solution.

— Heureusement, il y a des examens de reprise le 4 août. Mais il faut vraiment que Simon se retrousse les manches, car ce sera sa dernière chance s'il veut entrer au cégep à la fin de l'été.

— Comptez sur moi, il va se reprendre en main. Et il va les réussir, ses examens !

— Arrêtez de parler comme si j'étais pas là ! s'énerve l'adolescent. Pis je suis ben content d'avoir fini mon ostie de secondaire poche qui a servi à rien ! Surtout dans cette école de snobs !

— Simon, ça suffit !

— Tu vois un psychologue, Simon ?

C'est Roberge qui émet enfin des sons, produisant un effet de surprise si réussi que toute l'attention se porte sur lui.

— Quoi ? demande bêtement Daniel.

— Je parle à votre fils, monsieur Saul.

L'homme d'affaires, peu habitué à être traité ainsi, est si outré de cette attitude qu'il n'arrive pas à répliquer quoi que ce soit. Calme, le psy revient au jeune :

— Alors ?

— Non, j'en vois pas, pis je veux pas en voir !

— Il n'en a pas besoin ! ajoute Daniel.

Roberge continue de s'adresser à l'adolescent :

— Il y a deux mois, je t'avais conseillé de…

— Ben oui, pis je vous ai pas écouté ! Pis après ? Vous pensez que je suis fou ?

— Tu es trop sur la défensive.

L'adolescent se lève.

— J'en ai plein le cul ! Je vais aller attendre dans le corridor !

Daniel vient pour intervenir, hésite, ne sait plus comment réagir. Simon marche vers la porte et Roberge lui demande :

— Simon, tu me donnes la permission de parler de toi à ton père ?

Simon bondit alors vers le psychologue, les mains dressées comme s'il voulait l'attaquer, et pousse un beuglement aussi spectaculaire que grotesque. Mais il se fige net à quelques centimètres de Roberge, qui n'a même pas bronché. Ruel pousse un petit couinement de stupeur. Daniel se lève pour se précipiter vers son fils, mais Roberge, toujours en soutenant le regard de l'adolescent tout près de son visage, lève une main autoritaire vers l'homme d'affaires, comme pour lui signifier qu'il a le contrôle. Simon, sans reculer son visage, émet alors un son étrange, une sorte de claquement de langue que son père ne lui a jamais entendu émettre…

*C'est faux… Tu l'as déjà entendu à quelques reprises, il y a longtemps…*

… et qui lui donne instantanément la chair de poule. Puis, l'adolescent marmonne :

— Tu vois, Roberge ? Si j'étais fou, je me serais pas retenu à temps.

Daniel, écartelé entre l'inquiétude et le soulagement, opte pour la colère et explose :

— C'est pas drôle, Simon ! Pas drôle pantoute !

Simon marche vers la porte et lance avec moquerie :

— Pis, oui, je te donne la *permission* de parler de moi à mon père.

Il sort en prenant soin de claquer la porte derrière lui. Le silence dans la pièce souligne le malaise ambiant. Daniel se passe les deux mains dans le visage en poussant un profond soupir.

— Je suis désolé… C'est la première fois qu'il est si… si baveux, si hostile…

— Quand on vous a rencontré la dernière fois, vous nous avez dit que durant les mois qui ont suivi votre divorce, il était très agressif, lui rappelle Roberge.

— Justement, il y avait le divorce, ça le perturbait ! Mais c'est arrivé il y a six ans, ça commence à faire un bail !

Roberge avance le haut du corps, pose ses coudes sur ses genoux et joint le bout de ses doigts.

— Quand il s'est battu, en octobre dernier, je lui avais proposé quelques séances avec moi, mais il a refusé. Je lui ai encore offert mon aide quand il a envoyé cette corbeille à papier sur son professeur…

— C'était un accident, il ne la visait pas, quand même !

— … et il a encore refusé. C'est donc vers vous que je m'étais tourné, monsieur Saul, pour que vous le convainquiez de voir un psy. Et vous m'aviez assuré que vous le feriez.

— Il n'a pas voulu. Et je vous avoue que je n'ai pas insisté. Il en a déjà vu un, à mon divorce, et ça le mêlait encore plus ! C'est quand on a arrêté de voir ce psy qu'il a commencé à aller mieux !

— Ou qu'il a commencé à se taire, ce qui est bien différent.

Daniel lève le doigt vers lui, sur le point de l'envoyer promener, mais finalement renonce, se lève et marche vers la porte, digne.

— Ne vous inquiétez pas : je vais régler cette situation.

Dans le couloir, il s'arrête. Son fils n'est pas là. Il doit être parti à la maison pour attendre le sermon. Daniel se masse la mâchoire. Qu'est-ce qu'il va lui dire ? Quelle réaction adopter ?

— Monsieur Saul…

C'est Roberge qui est sorti pour le rejoindre, pas du tout sur le mode affrontement. Au contraire.

— Je sais que vous ne tenez pas à ce que votre fils consulte un psychologue, mais je vous propose ceci : laissez-moi passer des tests à Simon. Une seule rencontre.

Daniel le considère comme s'il s'agissait d'une chiure de mouche. La voix du psychologue prend un rythme plus rapide :

— Même si je n'ai jamais « suivi » votre fils, je l'ai regardé agir au cours des derniers mois et ce que j'ai constaté m'inquiète. M'inquiète beaucoup.

— Je ne suis pas aveugle, je vois tout cela et je vous assure que je vais m'en occuper. Alors mêlez-vous de vos affaires.

Daniel veut partir, mais Roberge le retient par le bras.

— Je crois que vous ne voyez pas tout.

Et Roberge ajoute gravement :

— Ne laissez pas votre orgueil l'emporter sur votre raison, monsieur Saul, c'est trop important…

— Lâchez mon bras immédiatement.

Ce ton calme mais sec a fait ses preuves plus d'une fois durant de nombreuses négociations serrées, un ton qui démontre à l'interlocuteur qu'il a affaire à quelqu'un qu'on ne contredit pas, à qui on ne parle pas comme s'il était borné, à qui, surtout, on ne fait pas la leçon. Jamais. Roberge doit saisir tout cela dans les quatre mots articulés par Daniel, car son air imperturbable est enfin ébranlé par un clignement de paupières intimidé tandis qu'il lâche le bras du milliardaire. Sans le quitter des yeux, Daniel replace la manche de son veston Zilli puis se met enfin en marche vers la sortie.

◆

— Je te donne une des vies les plus enviables qu'un jeune peut avoir, et c'est comme ça que tu me remercies ?

Intérieurement, Daniel sait que c'est une très mauvaise façon de commencer la discussion, mais il ne peut tout simplement pas s'en empêcher. Simon, étendu sur le divan avec négligence, profite aussitôt de la maladresse de son père.

— C'est ça. Prends ça personnel. Tu ramènes toujours tout à toi…

— Hey, t'es pas en position de jouer les baveux, toi, j'te préviens !

Daniel se lance dans une sorte de monologue consterné et rageur qui mélange pêle-mêle reproches, questions et inquiétudes. Pourquoi ses notes sont-elles moins bonnes depuis quelques mois ? Qu'est-ce qui lui prend d'agresser les surveillants d'examens ? Et cette attitude provocatrice, dans le bureau du directeur ? Et ce petit numéro grotesque devant le psy ? D'ailleurs, tout a commencé à se dégrader lentement l'année dernière, alors qu'est-ce qui se passe ? Pendant cette mitraille verbale, l'adolescent, toujours affalé sur le divan, hausse les épaules, se défend mollement de quelques mots banals, trouve une ou deux excuses indéfendables, tout cela en feuilletant nonchalamment

une revue d'affaires qui traînait sur la petite table…
Et c'est bien ce qui exaspère Daniel : l'adolescent ne
paraît pas vraiment affecté par tout cela. En fait, cette
situation semble surtout l'ennuyer profondément.

— Y a six ans, t'avais eu une passe difficile du
même genre, mais on s'en était sortis ! Tu t'étais botté
le derrière, alors tu vas encore te le botter, fie-toi à
moi !

— J'suis prêt à botter ben des derrières, si tu veux.

— Contente-toi du tien ! Pis lâche cette revue, criss !
c'est insultant !

Simon lance la revue sur le sol en soupirant profondément. Denise, qui sort de la cuisine, leur jette un très
bref coup d'œil avant d'aller faire du ménage à l'autre
bout de la maison. Simon se redresse sur le divan.

— Je vais repasser mes examens au mois d'août, là,
je vais pouvoir rentrer au cégep !

— Si tu les réussis ! Ruel semble croire que c'était
pas parti pour ça ce matin !

— Je vais les réussir, inquiète-toi pas…

C'est clair qu'il dit cela pour rassurer son père,
comme si lui-même s'en souciait peu. Daniel se lisse
les cheveux. Voilà exactement le genre de situation
où il regrette que Simon n'ait pas de mère. Enfin, qu'il
n'ait pas de mère *présente*. Il est convaincu que la
psychologie maternelle est meilleure que la paternelle
dans ce type de problème. Du moins quand la mère
est normale. Ce qui n'est pas le cas de Valérie. Qui a
sans doute été la pire mère qu'on puisse imaginer.
D'ailleurs, Daniel le lui a bien fait payer. Pas juste par
vengeance, mais pour le bien de son fils. Encore heureux qu'elle soit en Europe et qu'elle n'apprenne pas
tout ça : même si elle n'a plus aucun droit sur Simon,
même si elle le voit rarement, elle serait bien capable
de piquer une crise dont elle a le secret. Il s'oblige au
calme et va s'asseoir dans un fauteuil, face au divan.

— Qu'est-ce qui se passe, Simon ? Depuis l'année passée, tu… T'as l'intelligence, l'argent, la beauté… Pourquoi tu veux gâcher ça ? Qu'est-ce qui marche pas ?

Pour la première fois depuis son retour à la maison, le visage de l'adolescent se crispe, ébranlé.

— Je sais pas…

Il se frotte les mains.

— C'est juste que c'est plate.

— Comment, plate ? Qu'est-ce qui est plate ?

Simon ne répond rien. Il fixe ses mains d'un air terne. Daniel avance le torse, sa voix devient conciliante.

— Tu parles de l'école ?

Silence.

— Je sais que tu ignores encore dans quoi tu veux étudier, mais comme tu t'es inscrit en sciences pures, ça va te donner beaucoup de choix. Il y a sûrement un domaine là-dedans qui t'intéresse.

— Pas vraiment.

— Voyons, Simon, va falloir que tu te spécialises dans quelque chose !

— C'est-tu si important ? Avec ta compagnie pis toute…

Il dit cela avec une candeur presque arrogante. Daniel se redresse, sidéré. Ses intentions de conciliation et de douceur s'envolent d'un coup et la colère réapparaît sur ses traits.

— Qu'est-ce que tu penses, que tu vas avoir tout cuit dans la bouche ? Tu vis déjà dans une des plus grosses maisons de Montréal, t'as un char neuf, deux ordis, une télé, des jeux vidéo à plus finir, des voyages tous les étés dans trois résidences secondaires à travers le monde, de l'argent quand tu veux, tout ça sans travailler, et en plus, tu voudrais avoir un beau poste dans la compagnie sans étudier ? C'est ça ?

— C'est pas ça que j'ai dit…

— J'espère bien, parce que c'est pas comme ça que ça marche, mon p'tit garçon ! Si je suis PDG aujourd'hui d'une des plus grosses compagnies immobilières de l'Amérique du Nord, si je suis puissant et que je suis un *winner*, c'est parce que j'ai agi en conséquence, pis tu le sais ! Mon père a fait de moi un homme, pis je vais faire la même chose avec toi, que tu le veuilles ou non !

La gravité de Simon est balayée d'un seul coup par l'indifférence arrogante qui revient allonger son visage. Il s'enfonce à nouveau dans le divan en soupirant. Daniel continue son discours autoritaire :

— Tu vas étudier d'ici tes examens, c'est moi qui te le dis ! Je veux plus que tu invites d'amis à la maison ! Ni la semaine ni la fin de semaine ! C'est pas un YMCA, ici ! Pis toi-même, tu sors plus la semaine !

Simon relève la tête.

— Hey, c'est pas toi qui vas me dire quoi faire !

Furieux, Daniel s'approche du divan, surplombe son fils.

— Oui, je vais te dire quoi faire ! C'est pas arrivé souvent, mais là, je vais me rattraper ! Pis ça va être comme ça tant que tu vas vivre ici, dans *ma* maison ! Rentre ça dans ta petite tête de fendant !

Simon, écarlate de colère, semble sur le point d'exploser, mais il se contente de croiser les bras, avec la force de quelqu'un qui voudrait les casser. Daniel regarde sa montre, puis marche vers l'escalier en lançant :

— J'ai du travail.

Il monte dans son bureau. Il est peut-être temps qu'il mette son poing sur la table. Les enfants ont besoin d'encadrement strict. Enfin, il ne sait pas trop, mais avec Simon, peut-être est-ce le bon principe.

Il attrape un dossier et, tout en l'ouvrant, il consulte rapidement ses courriels. Tous peuvent attendre d'être lus ce soir, sauf un qui l'intrigue suffisamment pour qu'il en prenne connaissance immédiatement. Ça provient de Charron.

Salut, Dan.
Je t'écris parce que j'ai une petite soirée à
te proposer avant ton départ. Ce serait
dans deux semaines, le 7 juillet. Je ne veux
pas te donner de détails afin de te laisser
le plaisir de découvrir tout cela par toi-
même. Je pense que tu ne le regretteras
pas. Il est temps que tu vives les plaisirs de
ta caste.
J'attends ta réponse.
M.

Il a vraiment de la suite dans les idées, celui-là. Et
Daniel qui s'est bien promis de ne pas accepter l'éventuelle invitation de l'investisseur. Pas de temps à perdre
avec ces facéties. Qu'est-ce que Charron pourrait lui
offrir que Daniel ne s'est pas encore offert?

Pendant quelques secondes, il feuillette le dossier,
puis il le referme et, le tenant d'une main, il redescend
et traverse le salon en vitesse. Du coin de l'œil, il
constate que son fils est toujours dans le divan, où il
a repris la position horizontale.

— Si j'étais toi, lance-t-il d'une voix énergique, je
commencerais à étudier dès maintenant…

Il sort sans attendre la réaction de Simon, qui fixe
le plafond avec des yeux aussi noirs que l'abîme.

◆

Assis au bar, Daniel étudie la quinzaine de clients
autour de lui. Le monde est beau ce soir à *L'Éden*. En
provenance des dortoirs, un couple traverse le bar et
marche vers la sortie. Daniel reconnaît les partenaires
avec lesquels Marie et lui viennent de baiser. La femme
l'aperçoit et, juste avant de sortir, lui envoie un petit
sourire. D'ailleurs, tout à l'heure, elle avait été surprise
de reconnaître le célèbre homme d'affaires dans un tel
club. Marie, assise aux côtés de Daniel, les voit aussi
en buvant une gorgée de son verre de vin.

— Ils étaient bien, hein ? commente-t-elle. Le gars était correct, mais la fille était en feu. Elle m'a fait venir deux fois !

Elle sourit à Daniel :

— Sans compter le formidable orgasme que tu m'as toi-même donné !

— Ce fut un plaisir, très chère. Et je n'ai pas à me plaindre non plus.

Il prend une gorgée de son propre verre, songeur, puis :

— J'ai demandé tout à l'heure à nos deux partenaires dans quel domaine ils travaillaient. La fille a une boutique de fleurs et le gars est auteur de théâtre…

Marie attend la suite, qui ne vient pas. Elle croit comprendre et secoue la tête.

— Tu regrettes d'avoir couché avec de simples gens du peuple ?

— C'est pas ça, arrête ! (pause, puis :) Au prix que ça coûte d'être membre ici, ça doit représenter toute une somme pour eux. Finalement, même si le sacrifice monétaire est plus grand pour certains, beaucoup de gens peuvent venir ici. Je pensais…

Il regarde les clients autour de lui.

— Je pensais que c'était un club plus sélect que ça…

Marie arbore un air désapprobateur, puis il esquisse un geste vague de la main :

— Allez, oublie ça. C'est vrai que la soirée était cool.

Une demi-heure plus tard, il laisse Marie chez elle, au centre-ville, et retourne chez lui. La soirée a de fait été très agréable. Alors pourquoi ce vague arrière-goût dans sa gorge ?

En marchant vers sa chambre, il entend des bruits de fusillade et des cris en anglais en provenance de la chambre de son fils. Après hésitation, il va frapper. Un « ouais » blasé lui répond et il ouvre la porte. Simon est installé devant sa télévision et joue à un jeu vidéo.

Il n'a aucun regard pour son père. Depuis leur dispute il y a une semaine, leur relation est plutôt tiède. Il est sans doute temps de tenter un rapprochement.

— Tu joues tard…

Simon ne répond pas, le regard rivé à l'écran, le visage fermé. Daniel, les mains dans les poches, s'humecte les lèvres, puis :

— Tu ne peux plus inviter d'amis ici, mais toi, le week-end, tu as encore le droit de sortir…

— Mes *chums* aimaient ça venir ici.

La voix se veut neutre, mais on sent la rancœur. Daniel fait quelques pas, dans l'intention d'aller mettre les mains sur les épaules de son fils, mais même si Simon ne le regarde pas, Daniel le voit clairement se raidir et sent *littéralement*, comme s'il s'agissait de la fragrance d'un parfum, l'hostilité émaner du corps de l'adolescent. Daniel s'arrête, vaincu, puis réussit enfin à articuler :

— Tout ce que je veux, mon grand, c'est le meilleur pour toi.

— Appelle-moi pas mon grand.

Daniel s'apprête à répliquer sa phrase habituelle (« D'accord, mon petit ») mais n'ose pas. Il finit par sortir.

Une fois dans sa chambre, il enlève rageusement sa chemise. Bravo pour la tentative de rapprochement ! Et ce criss d'arrière-goût incompréhensible qui refuse de quitter sa bouche ! Frustré, il lance sa chemise sur le sol et va à son ordinateur pour lire ses courriels, question de se changer les idées. Il retombe sur l'invitation de Charron. Il ne l'a toujours pas effacée. Pourquoi l'avoir conservée si longtemps ? Il la relit malgré lui.

> Je ne veux pas te donner de détails afin de te laisser le plaisir de découvrir tout cela par toi-même. Je pense que tu ne le regretteras pas.

Les bras croisés, il lit encore le message. La soirée en question est dans neuf jours.

*Il est temps que tu vives les plaisirs de ta caste.*

Daniel essuie ses lèvres du revers de sa main, autant pour chasser le mauvais goût dans sa bouche que son orgueil, qu'il trouve décidément très puéril. Il appuie sur la touche « Répondre à », puis tape ces simples mots :

Pourquoi pas ?

# Chapitre 5

À l'intérieur du taxi qui roule dans la rue Ontario vers l'est, Daniel observe le décor nocturne d'un œil incertain. La dernière fois qu'il est passé dans ce coin de la ville, c'est lorsqu'il est allé voir les Expos au stade Olympique, il y a douze ans. L'est, c'est pauvre, sans commerces intéressants, et Daniel n'y connaît personne. Aucune raison, donc, d'y venir. Sauf si, comme ce soir, on lui donne rendez-vous coin Ontario et Viau. Mauvais signe : comment une soirée peut-elle être intéressante dans un tel quartier ? Daniel se dit qu'on l'a dupé : Charron va sans doute l'amener dans une espèce de party crasseux avec des putes de seconde zone et de la dope de mauvaise qualité…

Allons, laissons une chance au coureur : l'investisseur a tout de même parlé de plaisirs de « sa caste »… Daniel observe les immeubles bon marché, les façades de magasins populaires, les panneaux de tavernes minables, puis le taxi s'arrête au coin de Viau. Tout en payant le chauffeur, il reconnaît Charron dehors, appuyé contre la façade d'un *Pawn shop*, habillé d'un jeans, d'un t-shirt noir et d'un petit manteau en nylon. C'est la première fois que Daniel le voit en tenue si décontractée. Daniel lui-même s'est habillé relax mais avec goût : pantalon propre, chemise sport griffée, court veston de cuir. Il sort enfin et Charron s'approche de lui. Les deux hommes se serrent la main et Daniel remarque que son camarade semble très à l'aise ce soir, un peu comme lors de la soirée chez lui. Il dégage même une excitation contenue, comme s'il avait hâte d'impressionner Daniel. En tout cas, dans ce quartier, ça commence plutôt mal…

— Tu n'as pas pris ta voiture ?

— J'aime pas l'idée de laisser traîner une de mes bagnoles dans le coin…

— Sage décision. Je suis aussi venu en taxi.

Charron regarde sa montre.

— Onze heures et quart. Parfait : on ne sera pas les premiers et il n'y aura pas encore trop de monde.

— Et on va où ? Dans une des superbes tavernes que j'ai croisées en venant ?

Charron lui indique de le suivre. Ils marchent dans Ontario vers l'est. La rue est encore humide de la pluie de la soirée. À cette heure, un lundi, elle est à peu près déserte. Charron parle affaires normalement et Daniel lui répond, la tête tout de même ailleurs. Au bout de trois ou quatre minutes, Charron tourne dans une ruelle et Daniel lui demande où il va.

— Eh bien, à notre soirée.

— Dans cette ruelle ?

Charron sourit, laissant voir ses dents mal alignées. La réaction de son compagnon l'amuse vraiment.

— Viens, je te dis.

Daniel soupire et le suit. La ruelle est sombre, remplie de poubelles cabossées et de détritus multiples. Le pied de Daniel envoie valser une bouteille de gin vide et l'odeur qui pénètre peu à peu ses narines évoque en lui moult images désagréables, tournant autour de déjections corporelles en tous genres. Alors qu'ils s'enfoncent de plus en plus dans l'étroit boyau et que la noirceur est sur le point de devenir complète, Charron s'approche du mur à sa droite, sur lequel Daniel réussit à distinguer une porte en métal. Charron frappe trois coups. Presque aussitôt, elle s'ouvre et un colosse d'une trentaine d'années apparaît. Il ressemble telle-ment à une brute que son costume veston-cravate lui va aussi mal que s'il portait une robe. Tout en mastiquant avec véhémence une gomme, il soupèse d'un regard soupçonneux les deux visiteurs.

— Oui ?

— Nous venons pour la soirée-donjon.

— Va falloir être un peu plus précis…

— Le mot de passe est « rouge-gorge ».

La brute soutient le regard de Charron tout en mâchant sa gomme. Puis :

— Contre le mur.

Sans se formaliser, Charron pose ses mains sur le mur, comme sur le point d'être fouillé par un flic. C'est d'ailleurs exactement ce que fait la brute, sous l'œil sidéré de Daniel, qui ne peut s'empêcher de commencer une phrase :

— Voyons, qu'est-ce que…

Sans changer de position, Charron lui décoche un regard réprobateur tandis que le portier demande :

— Quelque chose vous déplaît, monsieur ?

Même si la phrase est polie, elle est en totale oppo-sition avec l'air menaçant de la brute. L'homme d'af-faires secoue la tête et marmonne « Non, non… ». Le portier poursuit sa fouille et sort le portefeuille de Charron, qui semble bourré de billets de banque. Il consulte ses cartes, examine encore Charron qui attend patiemment, puis lui remet son portefeuille.

— OK. À vous.

Maladroitement et vaguement humilié, Daniel se tourne vers le mur. Tandis que les mains rapides de l'homme le tâtent partout, une petite voix intérieure le conjure de partir, qu'une soirée où l'on doit être fouillé comme un criminel n'est certainement pas un événement sécuritaire… mais il ne bouge pas. Le portier, qui a maintenant le portefeuille de Daniel en main, examine ses papiers, puis remet le tout à son propriétaire. Il considère les deux hommes avec une certaine satisfaction, mâche sa gomme quelques secondes puis, comme s'il avait bien jugé de la situation, déclare :

— OK. Vous pouvez entrer. Trois mille chacun.

— Trois mille dollars ? s'écrie Daniel.

La brute, en serrant les mâchoires, commence à refermer la porte en laissant les deux hommes dans la ruelle, mais Charron s'empresse de la retenir d'une main ferme.

— Attendez, attendez ! C'est la première visite de mon ami, laissez-lui une chance !

Toujours la main sur la poignée, le portier marmonne avec sarcasme en fixant Daniel :

— Si monsieur n'a pas les moyens de payer un misérable trois mille dollars, il devrait peut-être aller dans un bar du centre-ville.

— J'ai les moyens, inquiète-toi pas ! C'est juste que…

— Tais-toi, Daniel, le coupe Charron d'une voix calme mais ferme, en lui mettant une main sur l'épaule. De toute façon, c'est moi qui invite.

Charron sort des billets de cent et de cinquante dollars de son portefeuille et les tend au portier qui, après hésitation, laisse entrer les deux hommes ; ces derniers se mettent en marche dans un couloir lisse et obscur. Daniel regarde derrière lui : le portier est assis près de la porte et attend. Tout à coup, l'homme d'affaires sent deux mains l'agripper aux épaules brusquement. C'est Charron, qui le dévisage avec désapprobation.

— Daniel, si t'es pas plus relax, on va se mettre dans le trouble !

Daniel le repousse sèchement : il n'a pas l'habitude qu'on le traite ainsi !

— OK, OK, j'ai compris, là !

Charron hoche la tête, puis ils se remettent en marche. Des sons proviennent jusqu'à eux : musique en sourdine, bruits de conversations. Les deux hommes arrivent devant un rideau rouge. Charron l'écarte.

— Après toi, vieux.

Daniel découvre une grande salle au plafond élevé, à la superficie d'environ deux terrains de tennis, aux murs richement décorés de peintures modernes abstraites, à l'éclairage doux et savamment étudié. Le tout serait très semblable à une luxueuse salle de musée si ce n'était de cette sorte d'arène centrale. Daniel voit bien qu'il y a quatre ou cinq hommes assis autour, il discerne aussi deux femmes dans l'arène, assises dos à dos, mais il ne saisit pas encore ce qui se passe exactement. Il avance donc de quelques pas et, stupéfait, constate que les deux jeunes femmes, dans la vingtaine, sont nues et se masturbent chacune avec un vibrateur, sous les regards attentifs des quelques spectateurs.

— Tu veux un verre ?

C'est Charron, qui n'a même pas daigné jeter un œil vers l'estrade et qui se dirige vers un coin de la salle. Daniel le suit et, après un dernier regard aux deux filles qui se caressent toujours, examine le reste de la pièce. Là-bas, deux hommes jouent au billard. Dans la direction opposée, un coin causerie avec fauteuils, dont deux sont occupés par des hommes, un Asiatique quadragénaire et un homme plus âgé.

— Qu'est-ce que tu prends ?

Daniel revient à son compagnon. Ils sont maintenant devant un bar, à l'autre bout de la salle. D'autres fauteuils sont dispersés çà et là, deux hommes et une femme sont assis et discutent, verre à la main.

— Un scotch.

Charron commande la même chose. Il sort son portefeuille, mais Daniel dit que c'est pour lui : il veut se donner une contenance pour ne pas trop montrer qu'il est « nouveau ». Une discrète musique *lounge* plane dans la salle, sortant de haut-parleurs invisibles.

— Soixante-dix dollars, réclame le barman.

Daniel paie, puis les deux hommes trinquent.

— À ton baptême, Daniel, propose Charron.

— La clientèle est essentiellement masculine, on dirait.

Charron jette un regard vers la seule cliente, dans la trentaine, qui discute non loin d'eux avec les deux hommes.

— Un peu plus tard dans la soirée, il y aura peut-être deux ou trois femmes supplémentaires, sûrement en couple.

Daniel prend une gorgée de son verre, déçu. Qu'est-ce que cette soirée a de si spécial? À l'exception des filles qui se branlent sur l'arène, il s'agit d'un *lounge* chic comme on en voit des dizaines à Montréal.

— Et tu prétends qu'on va s'éclater plus ici qu'à *L'Éden*?

— Attends, rétorque Charron sans se démonter. Dans cette salle, ce ne sont que les apéritifs.

Daniel affiche un air interrogatif. Au même moment, une voix derrière lui s'exclame:

— *Is this that dear Daniel Saul? What a surprise!*

Un homme obèse d'une cinquantaine d'années, aux cheveux plats poivre et sel, s'avance vers lui d'un air goguenard. Après une seconde de jonglerie mentale, Daniel reconnaît Alan Perry, un des hommes d'affaires les plus puissants de New York, que le PDG a rencontré à quelques reprises dans des colloques américains, notamment lors d'un congrès républicain. C'est la première fois qu'il le voit sans cravate, habillé d'un simple veston sport mais de belle coupe; c'est sans doute pour cette raison qu'il a mis un certain temps à le reconnaître... et aussi parce qu'il ne s'attendait vraiment pas à trouver l'Américain ici.

— *Alan! Good to see you.*

Ils se donnent la main et Daniel, qui trouve cette rencontre presque surréaliste, ne peut s'empêcher de demander à Perry ce qu'il fait ici. Ce dernier, qui se targue de parler français, répond donc dans la langue de Molière avec un accent à couper au couteau :

— *Well*, j'avais *une* petit voyage de business à faire *dans* Montreal, mais quand j'ai su qu'un «*donjon night*» se préparait ici, *j'ai* me suis *dite* que je pourrais m'arranger *que* mon voyage *dans* Montreal se fasse dans *même* temps…

— Je comprends.

Daniel dit cela d'un air entendu, mais en lui les questions caracolent. Est-ce que ce genre de soirée est populaire au point que même les *big shots* de New York en entendent parler ? Se rappelant alors la présence de Charron, il lui présente l'Américain qui le regarde en plissant les yeux.

— *I think I saw you the last time I came here, last year…*

— *It's possible.*

— *It's not your first visit at this… event ?* demande Daniel à Perry.

Le New-Yorkais, qui a commandé un verre, en prend une bonne gorgée.

— *Dans* Montreal, c'est ma deuxième visite. Mais *dans* New York, j'y *allé* presque chaque fois que *a une* organisée.

— Il y a aussi des soirées comme celle-ci à New York ?

— *Well, it's not exactly the same thing, but, you know, it's very similar.*

Perry considère le PDG québécois avec curiosité.

— *It's your first time ?*

Daniel hoche la tête. L'Américain le fixe toujours, comme s'il avait envie de vérifier quelque chose, puis, avec son terrible accent, demande enfin d'un air mystérieux :

— Es-tu ici parce que quelqu'un a parlé à toi *du* soirée ? Ou bien tu es membre de… du… ?

Charron intervient :

*— He heard about this evening. From me.*

Perry approuve et Daniel remarque le regard que s'échangent les deux hommes, comme s'ils avaient une sorte d'entente tacite qui les rendait presque complices. Et pourtant, ces deux individus ne se connaissent pas, se sont à peine entrevus il y a un an. Daniel, qui n'apprécie pas cette exclusion, dit en regardant autour d'un air hautain :

— J'avoue ne pas trop comprendre ce que cet événement a de si spécial.

Perry réplique d'un air goguenard :

— C'est parce que tu *as* pas allé encore en haut…

— En haut ?

Perry indique un coin de la salle du menton. Là-bas, un escalier métallique en colimaçon, très design, monte et s'engouffre dans une large ouverture du plafond. Le New-Yorkais cligne de l'œil.

— C'est justement là que je *vais*.

— Et qu'est-ce qui s'y passe ?

Perry, les yeux brillants, met sa main sur l'épaule de Daniel.

*— You must go up, my friend.*

*— We will*, le rassure Charron.

L'Américain hoche la tête, salue les deux hommes et, verre à la main, marche d'un pas guilleret vers l'escalier, qu'il gravit jusqu'à disparaître à travers le plafond. Daniel ramène son regard vers son compagnon.

— Qu'est-ce qu'il y a, à l'étage ?

— Tu verras.

Daniel s'envoie une gorgée de scotch puis entend des cris de plaisir. Dans l'arène, les deux filles jouissent à l'unisson, ce qui provoque un rictus sceptique sur les lèvres de Daniel :

— Ça m'a l'air un peu trop arrangé avec le gars des vues, ça. Elles simulent, évidemment.

— Il n'y a rien de faux ici, Daniel.

Charron a l'air sérieux. Trois autres hommes entrent dans la salle, souriants et très à l'aise. Ils marchent vers l'arène où les deux jouisseuses ont été remplacées par une jeune femme et un homme, nus eux aussi, qui commencent à se caresser sous les regards de quelques nouveaux spectateurs. Daniel demande :

— De quoi parlait Perry, tout à l'heure ? Si je suis membre de quoi ?

Charron affiche un sourire énigmatique, puis dépose son verre sur le bar.

— On monte ?

Daniel est quelque peu agacé par l'attitude de son comparse, mais l'idée de monter le titille vraiment.

— Il paraît que je dois voir ça, non ?

Il joue les décontractés, mais au fond il est très curieux de ce qui se passe là-haut. En fait, il ressent le même genre de fébrilité que lorsqu'il a participé à son premier *threesome*, et aussi à sa première visite dans un club échangiste. Il n'a pas éprouvé ça depuis un bon moment et tandis qu'il suit son compagnon dans l'escalier, il se rend compte que cette formidable sensation lui manquait beaucoup. En haut, ils débouchent dans une pièce toute simple, dans laquelle se trouvent cinq ou six fauteuils de cuir vides. Dans le mur d'en face s'ouvre un long couloir d'une quarantaine de mètres, à l'éclairage blafard mais apaisant, flanqué d'une série de portes en acajou, certaines ouvertes, d'autres fermées. Le sol est recouvert d'un tapis luxueux, les murs agrémentés de boiseries finement travaillées. Charron explique :

— Si la porte est ouverte, tu peux entrer. Si elle est fermée, c'est occupé. Et si rien te plaît, tu reviens attendre ici qu'une chambre se libère.

Il indique les fauteuils vides, semblables à ceux d'un bureau de dentistes. Il y a même, empilées sur une table basse, une dizaine de revues, mais un simple coup d'œil sur celles-ci permet de constater qu'il ne s'agit pas vraiment des magazines classiques des salles d'attente. Daniel résume :

— Des petites chambres à baise où on peut entrer si c'est ouvert… Un peu comme à *L'Éden*, finalement.

Daniel a un ton déçu. Mais le rictus moqueur de Charron indique que sa comparaison ne tiendra peut-être pas la route longtemps.

— Allez, fait l'investisseur, on se retrouve plus tard en bas. Amuse-toi bien !

Charron se met en marche dans le couloir. Daniel, hésitant, le suit des yeux un moment sans bouger. Charron sait manifestement ce qu'il cherche, car il passe devant six ou sept portes, dont certaines sont ouvertes, sans même regarder. Il s'arrête enfin devant une, regarde à l'intérieur et, content, lance vers Daniel :

— J'ai de la chance, ma chambre est libre !

Il entre, et la porte se referme. Seul, Daniel fronce les sourcils. « Sa » chambre ? Chaque pièce doit toujours loger la même fille et Charron a sans doute sa préférée. Le PDG se met enfin en marche, dubitatif : alors c'est *ça* ? Une fille de type différent par pièce ? Une blonde dans l'une, une rousse dans l'autre, une noire dans la troisième, et ainsi de suite ? Si c'est le cas, il aura deux mots à dire à Charron. Les deux premières portes sont fermées. Il distingue des gémissements sexuels qui proviennent de derrière la première, mais les sons qui fusent de la seconde sont beaucoup plus agressifs, beaucoup plus violents. Daniel avance toujours et ralentit devant la première porte ouverte. À l'intérieur, il fait noir et une chandelle allumée réussit à éclairer une femme assise dans un fauteuil de bois. Du moins, il finit par comprendre que c'est une femme en distinguant son corsage pointu en acier et sa minijupe tellement courte qu'elle n'arrive pas à cacher le sexe complètement rasé, mais sa gueule dure et son crâne chauve n'ont pas grand-chose de féminin. Elle fume une cigarette et, tout en caressant un chien boxer étendu à ses pieds, fixe Daniel dans les yeux en laissant la fumée s'échapper lentement de sa bouche. Daniel poursuit son chemin. Très peu pour lui ! Et ce chien, qu'est-ce qu'il fout là ? L'idée que l'animal puisse *servir* à quelque chose le fait d'abord grimacer, puis rigoler. Eh bien, il en faut pour tous les goûts ! Il doit bien admettre qu'on ne retrouve pas ce genre de pratique à *L'Éden*.

D'une autre porte fermée lui parviennent des cris de jouissance et des rires. Ils sont au moins trois ou quatre, là-dedans. Puis il croise une porte mal fermée, qui laisse passer une très faible lumière. Le son qui en provient n'en est que plus clair et Daniel, même s'il ne distingue pas les mots, reconnaît la voix de Perry. Incapable de résister à sa curiosité pathologique, il s'assure que le couloir est toujours vide puis pousse la porte d'un ou deux centimètres pour y glisser un œil prudent. La pièce est petite, décorée avec des tableaux classiques de la période Renaissance. Il y a une table sur roulettes qui offre plusieurs alcools divers. Au milieu de la pièce, Perry, nu, énorme, est assis sur une chaise au fond troué. En érection mais les mains appuyées de chaque côté de la chaise, il contemple d'un regard fiévreux le corps nu d'une femme couchée à ses pieds, qui se caresse doucement, son visage sous la chaise, tout près des fesses de l'Américain. Daniel comprend aussitôt ce qui est sur le point de se passer et en entendant la femme marmonner : « *Come on, you fat pig, drop in on my dirty face !* », il recule brusquement, refusant d'assister à la conclusion de cette scène.

Il reluque le reste du couloir qui s'étend devant lui, perplexe. Il doit y avoir des choses un peu moins dégoûtantes plus loin, non ? Il avance de quelques pas dans le luxueux corridor et regarde par une nouvelle porte ouverte : cette fois, deux jumelles, belles et nues, se caressent dans un lit en lançant des regards langoureux vers Daniel.

— Tu veux voir à quel point on a l'esprit de famille ?

Aucun doute : ce sont de vraies jumelles. Daniel sent un début d'érection dans son pantalon… mais il est trop curieux de voir les autres chambres, alors il décide de poursuivre son chemin, quitte à revenir dans cette chambre tout à l'heure.

Zoophilie, scatologie, inceste entre sœurs… Mais dans quel genre de soirée se trouve-t-il donc ? Charron a raison sur un point, en tout cas : ce n'est vraiment pas *L'Éden*. Raison de plus pour poursuivre la visite… Il passe devant une porte fermée, de laquelle sortent des sons multiples, autant masculins que féminins, puis s'approche d'une autre porte ouverte. Daniel se rend compte qu'il a hâte de voir, peu importe ce que ce sera. Il se promène ni plus ni moins dans un catalogue vivant de toutes les perversions, ce qui n'est tout de même pas banal. Qui peut se vanter de contempler une telle panoplie en une soirée ?

La pièce n'a ni décoration ni meuble, si ce n'est, collé contre le mur du fond, un matelas épais, sans couverture, à même le sol, sur lequel est couchée une femme sur le dos. L'éclairage est mystérieux, comme s'il provenait de sources peu puissantes mais multiples, et zèbre le corps de stries lumineuses. Pour tout vêtement, un soutien-gorge noir en dentelle qui laisse deviner des seins volumineux. Les hanches sont larges mais le ventre plat, les genoux pliés vers le haut et écartés laissent voir un sexe rasé en attente d'une éventuelle visite. Quand le PDG veut juger du visage, il réalise qu'il ne peut le voir pour une raison tout à fait déconcertante : le cou gracile de la femme disparaît dans un trou à peine plus large à la base du mur. Daniel fixe la scène un bon moment, fasciné : un beau corps de femme offerte, qui se caresse doucement le ventre et les cuisses… sans tête. Et c'est justement ce détail, cette absence, qui l'excite singulièrement. Ce n'est pas l'idée de la décapitation qui l'émoustille, ni l'évocation d'une malformation physique. C'est autre chose, et il n'arrive pas à préciser quoi.

Il hésite à entrer, puis se met en colère contre lui-même. N'est-il pas venu ici justement pour vivre quelque chose de différent ? S'il recule chaque fois que cela sort de l'ordinaire, aussi bien retourner à *L'Éden* ! Daniel s'avance donc dans la pièce et referme la porte derrière lui. Il examine la femme sans bouger. Comment a-t-elle pu entrer sa tête dans un trou pas plus gros que son cou ? Cette cloison doit se démonter, forcément… Et maintenant, qu'est-il censé faire ? Il ne va tout de même pas parler à une fille dont la tête disparaît dans un mur ! La baiser sans un mot ? Une voix résonne alors :

— Français *or english* ?

Daniel sursaute. Dans un coin, il aperçoit une silhouette qui ressemble à une… nonne ? Il cligne des yeux : c'est bien une religieuse, debout avec sa grande robe sombre et sa cornette sur la tête, mais avec un visage tout à fait ravissant. Daniel a un air entendu : une nonne perverse, un des plus vieux fantasmes masculins ! La pseudo-religieuse elle-même sourit, mais sa voix demeure sérieuse quand elle répète :

— Français *or english* ?

— Français.

— Tu vas devoir punir cette pécheresse.

Elle désigne du menton la femme étendue sur le matelas. Amusé par la mise en scène, Daniel demande :

— Et comment dois-je m'y prendre, ma sœur ?

— Déshabille-toi.

Et elle-même laisse tomber une à une ses robes multiples, dévoilant un superbe corps, mais conserve sa coiffe de religieuse, détail qui ravit Daniel. Ce dernier se déshabille en vitesse tandis que la religieuse s'approche de lui et lui susurre :

— Laisse-moi te mettre en état de la punir.

Elle s'agenouille et commence à le sucer, avec une habileté qui rappelle à l'homme d'affaires les pipes de Marie. Très rapidement, il durcit et son regard de plus en plus allumé va du visage doux de la religieuse au corps sans tête qui ondule avec de plus en plus d'impatience. La nonne, sans s'arrêter, plonge la main dans sa cornette, en sort un condom qu'elle enfile en un clin d'œil au PDG.

— Maintenant, punis-la.

— Je vais faire de mon mieux, ma sœur.

Il se met à genoux devant le matelas, caresse le ventre et les cuisses qui se raidissent littéralement sous l'excitation… et Daniel comprend enfin ce qui l'allume tant dans ce corps décapité : l'aspect impersonnel. Sans tête, cette femme devient un pur instrument de plaisir, sa contribution au monde se limite à ce qu'elle a à offrir entre le cou et les jambes. Elle peut être belle ou laide, elle peut avoir un regard innocent ou pervers, elle peut être de n'importe quelle nationalité, ça n'a aucune importance puisqu'en ce moment, elle est résumée à son essentiel : un corps à fourrer. Cette absence de visage, et donc de regard, lui donne l'impression qu'il est sur le point de baiser une femme qui n'est personne. Sans spécificité. Sans âme. Et c'est cette idée qui l'excite tant.

Daniel la pénètre sans préambule, lui qui, normalement, cherche dans le regard et dans le souffle de sa partenaire le moment idéal pour le faire. La religieuse, qui s'est agenouillée à la droite du matelas, approuve de la tête.

— C'est bien… Vas-y…

Daniel saisit les hanches généreuses et accélère la cadence. La femme se caresse le ventre avec une certaine rage, laissant de petites marques d'ongles sur sa peau. Et la nonne parle toujours d'une voix sensuelle, basse :

— Elle sait qu'elle est pécheresse… Elle veut souffrir pour gagner son ciel…

À froid, en temps normal, ce genre de discours aurait paru grotesque au PDG, mais ici, dans cette ambiance, c'est plutôt efficace.

— … elle veut avoir mal, poursuit la nonne.

D'un geste brusque, les mains de la femme sans tête détachent le soutien-gorge et libèrent ses énormes seins, qui demeurent trop érigés pour être naturels. Daniel remarque qu'ils sont couverts de petites cicatrices. Marques de chirurgie plastique ? Non, il y en a trop. Tandis qu'il continue son va-et-vient, la femme se caresse les seins avec violence, plante ses ongles dans la chair.

— … elle veut être punie…

Plus la femme se moleste les seins, plus son corps se tord de plaisir, ce qui allume encore davantage Daniel. La nonne le regarde et demande :

— C'est toi, son punisseur… n'est-ce pas ?

Daniel approuve de la tête et il donne une bonne claque sur la cuisse de la femme qu'il baise pour montrer qu'il est bon joueur.

— Alors punis-la vraiment.

Elle fouille de nouveau dans sa cornette et ramène un objet qu'elle tend au PDG. Une sorte de court cylindre creux en caoutchouc, orné de quelques boursouflures métalliques. Daniel ralentit son mouvement en fronçant les sourcils.

— Enfile ça, ordonne la nonne.

Daniel hésite.

— Ça va lui faire mal, souffle-t-il.

— C'est ce qu'elle veut.

Il hésite toujours. Il s'arrête enfin, se retire et, rapidement, glisse son pénis dans la gaine. Il observe son membre ainsi habillé, avec son gland qui dépasse à l'extrémité. Malgré son incertitude, il est toujours en érection et l'excitation bouillonne en lui.

— Vas-y, l'encourage la nonne…

Cette fois, il pénètre la femme plus doucement, comme s'il redoutait qu'elle se recule brusquement en sentant les boursouflures. Mais le bassin avance plutôt, comme si le sexe lubrifié à l'extrême cherchait à avaler goulûment cette nouvelle sensation. Rassuré, Daniel reprend son mouvement de piston. La religieuse, le visage tout près du ventre de la femme, approuve :

— Vas-y… Punis-la…

Maintenant, les ongles de la femme sans tête lacèrent littéralement ses seins et de fines lignes sanglantes apparaissent. Cette vision déstabilise Daniel un court moment… mais c'est elle-même qui s'inflige ces blessures, c'est elle qui le veut ! Et ces sons qu'il perçoit… Ces gémissements étouffés qui proviennent de l'autre côté du mur… C'est elle qui, derrière, pousse des couinements de plaisir.

— Vas-y ! insiste la nonne.

Elle saisit la main droite de Daniel et la plaque contre un sein de la femme. Sans réfléchir, de plus en plus allumé, Daniel griffe l'énorme globe de chair d'un long mouvement. Il sent quelques gouttes de sang sous ses doigts et, cette fois, il entend clairement la femme crier derrière le mur, autant de douleur que de plaisir. D'ailleurs, les halètements augmentent, l'orgasme est proche… Et la nonne, son regard plongé dans celui de Daniel, se met à lécher le sang sur les seins de la femme. Daniel sent sa tête qui tourne, perdue dans un tourbillon de vague répulsion mais surtout d'une forte excitation provoquée par le simple fait que le jeu va *si loin*… que cela pourrait aller plus loin encore… aussi loin que *lui* le désire…

Tout à coup, le corps de la femme se cambre de manière spectaculaire, s'élevant de plusieurs décimètres au-dessus du matelas. Un long cri de jouissance traverse le mur et Daniel éjacule simultanément, ivre des contorsions de ce corps soumis et de sa propre puissance sur celui-ci. Ses yeux se ferment sous la vague de plaisir, mais il les rouvre très vite, les écarquille même. Il veut voir ce corps arqué, ces seins meurtris mais durs de plaisir, cette chatte incroyablement mouillée… et c'est à ce moment qu'il distingue enfin, alors que son orgasme n'est toujours pas terminé, tout ce rouge poisseux sur son membre qui continue son va-et-vient dans le sexe de la femme. Cette vision déclenche en lui un sentiment d'horreur, et pourtant ses deux dernières contractions éjaculatoires n'en explosent que plus intensément.

Peu à peu, Daniel reprend son souffle et ses esprits. Il observe le corps qui s'apaise lentement, mais surtout les filets écarlates sur les seins et le sang sur son propre membre. Pendant une seconde de panique, il songe au sida, puis se rassure : sous la gaine de caoutchouc, il y a toujours le condom. Il n'ose cependant enlever tout ça de ses propres mains, effrayé à l'idée de toucher à ce sang inconnu. Comme si la nonne était habituée, elle attrape une de ses robes, s'en couvre les mains et, avec des gestes sûrs, elle dégage la verge de Daniel.

— Bravo, approuve la nonne en se relevant. Tu l'as bien châtiée.

Les blessures vaginales n'émeuvent pas la nonne ; elles sont manifestement prévues au programme. Cette constatation redonne tout son aplomb à Daniel, qui se relève en gloussant :

— Oui, je pense que la leçon a été bénéfique pour nous deux...

La nonne se contente de sourire et commence à se rhabiller. Daniel l'imite, puis sort son portefeuille en songeant qu'il n'a que cinq cents dollars sur lui. Il aurait dû apporter plus de fric.

— Je vous dois combien ?

— Tout est inclus dans le prix d'entrée, monsieur. Pour le reste, c'est à votre discrétion.

Daniel sort deux cents dollars et les dépose sur la petite table. Il donnerait bien plus, mais il veut s'en garder un peu.

— Eh bien... Merci bien. C'était...

Mais la nonne ne s'occupe plus de lui : elle nettoie le corps immobile de la femme sans tête et remet en place le soutien-gorge. Daniel se frotte le nez, puis comprend qu'il doit partir. Ce qu'il fait discrètement, comme s'il quittait la chambre d'un bébé endormi.

Il parcourt le couloir en sens inverse. Au passage, il remarque que certaines portes tout à l'heure ouvertes sont maintenant fermées, tandis que deux ou trois closes plus tôt sont maintenant béantes, laissant voir d'autres protagonistes en attente (une obèse qui mange de la nourriture à même le sol, deux Sud-Américaines transsexuelles aux seins siliconés qui se caressent mutuellement le pénis), mais Daniel y prête à peine attention, se sentant maintenant totalement à l'aise. Il salue même le couple installé dans les divans d'attente, un homme et une femme très dignes qui répondent poliment à sa salutation.

De retour dans la salle, Daniel cherche Charron des yeux. Il y a un peu plus de monde que tout à l'heure, surtout dans les fauteuils près du bar. Les voyeurs qui mataient l'arène se sont dispersés, car la scène est maintenant vide. Sûrement une pause avant le prochain duo. Aucune trace de Charron. Il doit être encore là-haut. Daniel marche donc vers le bar et aperçoit Perry, dans un fauteuil, qui s'entretient avec d'autres clients. L'Américain le voit et l'invite à s'approcher. Daniel lui fait signe: « Dans une minute », puis poursuit sa route jusqu'au bar. Pas sûr qu'il ait envie de discuter avec ce gros porc qui vient tout juste de déféquer sur le visage d'une fille.

*Et alors? Toi, tu viens bien de fourrer une femme jusqu'à la faire saigner!*

Daniel tique en s'appuyant au bar. Tout de même, cette femme avait l'air d'aimer ça, non? C'est vrai qu'elle est payée, mais une prostituée a toujours le choix de ses propres limites. Si cette fille se spécialise dans le masochisme, c'est qu'elle a choisi cette spé-cialité…

*… comme la fille qui s'est fait déféquer dessus.*

Daniel commande un scotch et boit une gorgée en repassant son expérience dans sa tête. La vue des ongles griffant les seins l'a vraiment excité… Et cette vision du sexe meurtri, sanglant, provoquant un mélange d'horreur et de jouissance… Comment expliquer cela ?

— Excusez-moi…

Daniel se tourne. L'Asiatique entrevu plus tôt lui sourit.

— Une partie de billard, ça vous tente ?

En attendant Charron, pourquoi pas ? Ça lui évitera de parler avec Perry. Tandis qu'il s'approche, Daniel remarque que la table est un peu plus grande que la norme. De plus, elle est tout d'une pièce, sans dégagement entre le tablier et le plancher, un immense bloc rectangulaire qui repose sur celui-ci. Daniel choisit une queue au râtelier qui est situé non loin de la table et l'Asiatique, courtois, lui propose de briser. Les deux hommes ne ressentent même pas le besoin de se présenter, comme si leur seule présence ici était un lien suffisant. Daniel s'approche de la table, se met en position pour le bris… puis se fige net. Il ignore complètement en quelle matière est fabriquée la surface de la table (verre ? plastique ? autre ?), mais elle est transparente, ce qui permet de voir que, sous le tablier, enlacées l'une à l'autre, deux jeunes filles nues s'embrassent et se caressent. Daniel se redresse lentement, incrédule. L'Asiatique sourit :

— C'est votre première visite, à ce que je vois.

Daniel, revenu de sa surprise, prend un air narquois.

— Je ne sais pas si une telle surface de jeu permet une grande concentration, mais ça donne une vue plus intéressante.

— Aussi bien, alors, vous préciser les règlements : le gagnant monte dans une chambre avec les deux filles pendant une heure.

Daniel a une petite moue admirative, puis se remet en position pour briser.

— Après ça, on viendra dire que le billard n'est pas un vrai sport…

Il positionne la pointe de la queue derrière la blanche, vise avec attention, puis jette un rapide coup d'œil à l'intérieur de la table. Les deux filles, leurs langues emmêlées, lui lancent des regards langoureux.

De nouveau en pleine érection, Daniel percute la blanche.

◆

Daniel se rhabille, les gestes engourdis, l'esprit confus de toutes les sensations éprouvées par son corps. Les deux filles sont toujours étendues sur le matelas.

— Satisfait, monsieur le champion de billard?

Daniel remet ses souliers avec un air entendu. Comment ne pas l'être? La perversité, l'imagination et l'audace déployées par les deux coquines feraient passer n'importe quel film porno pour un épisode de *Passe-Partout*. Il sort tout l'argent qu'il reste dans son portefeuille, soit un peu plus de deux cents dollars (il va passer pour un vrai radin!), le dépose sur une table, puis, après avoir lancé un petit baiser, quitte la chambre. Cette fois, il est temps de rentrer: il n'a plus d'argent, plus de force, et plus de sperme.

Il se retrouve dans le couloir où il y a de l'animation. Vers le fond, devant une porte ouverte, il reconnaît Charron en train d'enfiler son t-shirt. Devant lui se trouvent un gorille en habit, du même genre que le portier de tout à l'heure, ainsi qu'une jeune femme d'une trentaine d'années, aux cheveux blond filasse. Malgré sa blouse chic et sa jupe rouge griffée, elle dégage une vulgarité brute que le son de sa voix souligne avec plus d'évidence:

— En bas de deux mille, Charron, ça passe pas!

— Tiens, les voilà, tes deux mille!

Et le compagnon de Daniel, l'air las, sort plein de billets de son portefeuille et les tend à la fille. Celle-ci compte, tandis que le gorille à ses côtés semble n'attendre qu'un signal pour sauter sur Charron. Ce dernier fixe avec effronterie Monsieur Muscle, comme pour lui montrer à quel point il est peu impressionné. Daniel, que personne n'a encore remarqué, ne bouge pas, intrigué. La fille soupire :

— OK, c'est correct pour cette fois…

Au même moment, deux autres hommes, dont un porte un étrange haut-de-forme, surgissent de la chambre devant laquelle se trouve le trio. Ils portent une fille affublée d'un soutien-gorge de métal et d'un masque noir en cuir, de style sadomaso, qui sanglote faiblement. Elle est rapidement transportée dans une autre pièce un peu plus loin, mais Daniel a le temps de remarquer plusieurs traces de sang sur le corps féminin dénudé. La jeune femme blonde, qui semble être la patronne, secoue la tête en voyant passer le cortège, puis revient à Charron, furieuse :

— Veux-tu ben me dire, câlisse, à quoi tu penses ? Pas sûre qu'elle va vouloir retravailler ici !

— C'est une sadomaso, merde ! Elle s'attendait à quoi ?

— Même avec les sadomasos, y a des limites ! Si tu veux aller plus loin que ces limites-là, y a d'autres places pour ça, tu le sais !

— Correct, Queen, correct…

Il remet son portefeuille dans son pantalon puis voit enfin Daniel. Il veut le rejoindre quand la dénommée Queen lui met la main sur l'épaule.

— J'te préviens, Charron. J'te laisse une chance, j't'en laisserai pas deux. La prochaine fois, tu t'expliqueras avec Ron.

Et le gorille a un petit signe d'acquiescement. Charron hausse les épaules, dédaigneux, puis rejoint enfin Daniel, tout sourire, comme si rien ne s'était passé.

— Hé ! Comment a été ta soirée ?

— Heu… Très bien, mais toi, tu… Est-ce que…

— Tantôt, tantôt…

Ils passent devant deux ou trois curieux qui ont assisté à la scène, descendent l'escalier et se retrouvent dans la salle. Ils décident qu'il est temps de rentrer et, tandis qu'ils marchent vers la sortie, Daniel tourne une dernière fois les yeux vers le bar. Il voit encore Perry qui, toujours hilare, lève son verre dans sa direction.

Une fois dans la rue, le PDG s'empresse de demander des éclaircissements sur la scène à laquelle il vient d'assister. Avec un certain ennui, comme si tout cela n'était que pacotille, Charron explique qu'il a couché avec une sadomaso qui, finalement, n'était pas si maso. Daniel ne peut s'empêcher de s'inquiéter.

— Tu l'as gravement blessée ?

— Mais non ! Je l'ai brassée un peu fort, c'est tout ! Rien de grave ! Les autres fois que je suis allé dans ce genre de soirées, les filles ne se plaignaient pas ! Je suis tombé sur une douillette, c'est tout. J'espère pour elle qu'elle va changer sa spécialité !

Ils marchent quelques instants en silence dans la nuit. Charron cherche un taxi des yeux et Daniel l'observe à la dérobée, indécis. Cet homme au physique ingrat, ancienne tête de Turc de son école, non seulement participe à des soirées complètement *wild*, mais aime les relations sadomaso ! Le PDG a envie de lui demander pourquoi il aime ce genre de relations, mais en songeant qu'il a lui-même baisé une fille jusqu'au sang, il se sent mal à l'aise et décide de se taire. Cependant Charron, tout à coup, veut des précisions :

— Et toi ? Raconte-moi !

Daniel lui raconte l'épisode des deux filles de la table de billard, avec plein de détails croustillants. Charron affiche l'air du gars poli qui écoute mais qui s'attend à plus.

— Pas mal. Rien d'autre ?

Daniel hésite un brin, feint de s'intéresser à un couple de l'autre côté de la rue.

— Eh bien… Il y a eu une autre fille… C'était très spécial…

— Spécial comment ?

Daniel n'ose pas raconter, par peur d'être jugé. Non, en réalité, c'est faux : Charron serait bien mal placé pour le chapitrer. En fait, le PDG a peur de se juger lui-même.

— Disons que je ne pensais pas faire ça un jour.

— Et t'as aimé ça ?

Daniel ne répond rien, mais Charron traduit son silence par un «oui», car il poursuit avec enthousiasme :

— T'as aimé ça parce que c'est en toi, Dan. Caché, mais là. C'est en nous. C'est dans une grande majorité de personnes, mais nous, contrairement à la plupart des gens, on *peut* le faire.

Daniel fixe le trottoir en marchant, tandis que la pluie recommence à tomber en fines gouttelettes, puis demande :

— Comment tu as appris l'existence de cette soirée-là ? Par du bouche à oreille ?

— Non, non…

— Comment, alors ? Pas en voyant une pub dans le *Voir* certain !

— Je connais beaucoup de choses que la plupart des gens ne connaissent pas.

Il songe à nouveau à l'allusion de Perry, qui voulait savoir si Daniel était membre de « quelque chose »… Quelque chose que l'Américain et Charron semblaient connaître. Sceptique, il demande :

— C'est sur *Hell.com* que tu trouves ce genre de soirées ?

Charron s'arrête, regarde son ami avec un rictus énigmatique, puis désigne un point derrière lui. Daniel se retourne : un taxi approche.

— Prends-le, suggère Charron. Je vais marcher un peu. J'aime la pluie.

— Tu trouves ça sur ton site, oui ou non?

— On en reparlera. Ton taxi attend.

Agacé par tant de mystère, le PDG monte dans la voiture. Charron se penche à la fenêtre, ses cheveux jaunes collés par la pluie, et serre la main de Daniel, la conservant longuement dans la sienne. L'air radieux, il sourit de ses mille dents entremêlées.

— Je le savais que tu aimerais ce genre de soirées. Il y en aura peut-être d'autres, sait-on jamais.

Et avant que Daniel puisse ajouter quoi que ce soit, le taxi se met en route. Mais à quoi joue Charron, avec tout ce mystère? C'est un peu enfantin, non?

*En tout cas, la soirée ne l'était pas du tout.*

Le chauffeur, un Haïtien de fort bonne humeur, demande où on va et le PDG, en fixant sa main qui vient de quitter celle de l'investisseur, lui donne son adresse.

— Alors? demande l'Haïtien. La soirée a été bonne?

— Étonnante.

— Ah! C'est bien, ça, se laisser surprendre! Je connais ce genre de soirées!

Daniel considère la nuque du conducteur un moment, puis un petit sourire condescendant retrousse ses lèvres.

— J'en doute.

◆

Daniel pénètre violemment la fille dont la tête disparaît dans le mur. Il l'entend hurler de plaisir de l'autre côté de la paroi et cela redouble son ardeur. Du sexe de la femme, du sang gicle et même si cela le perturbe, il ne peut s'empêcher de se sentir terriblement stimulé. Mais le décor change autour de lui. Ce n'est plus une chambre vide, mais une salle de bains... une salle de bains avec plusieurs petites cabines, comme s'ils étaient dans un lieu public, un hôtel ou...

Et les cris, de l'autre côté du mur... Ce n'est plus le plaisir qui s'en dégage, mais la détresse. Pourtant, le corps vibre de volupté, les mains féminines caressent toujours les seins. Daniel, confus, sans cesser son va-et-vient, fixe ce cou qui disparaît dans le mur... et tout à coup il *sait* à quoi ressemble le visage de l'autre côté, il en est même convaincu. Et cette révélation, malgré l'horreur qu'elle déclenche en lui, l'excite au plus haut point.

Juste sur le point d'éjaculer, il se réveille dans son lit. Perplexe, Daniel pense longuement à ce songe déroutant. Dans son rêve, il savait à quoi ressemblait le visage de la femme, mais maintenant qu'il est éveillé, il n'en a plus aucune idée.

Troublé et excité en même temps, il décide de s'octroyer une bonne douche froide.

# CHAPITRE 6

La conférence a attiré plusieurs hommes d'affaires importants de Montréal. Assis à une table, Christian Wilson, Marie et Daniel écoutent le conférencier américain terminer son portrait des nouvelles tendances du marché immobilier, puis on l'applaudit. En peu de temps, la plupart des cent cinquante auditeurs se retrouvent au bar de l'hôtel pour le cocktail. Tandis que Daniel discute avec ses deux collègues et deux autres participants, il cherche Charron des yeux. Il l'a invité à la conférence, mais on dirait que l'investisseur n'était pas intéressé. Il finit tout de même par l'apercevoir dans un coin de la salle, un verre à la main.

Daniel s'excuse :

— Martin Charron est là. Je vais le saluer.

Il se met en marche quand il entend une voix l'interpeller. Il reconnaît Philippe Bégin qui s'approche en tendant la main, goguenard. Daniel camoufle à peine son déplaisir en tendant la sienne.

— Bonsoir, Philippe. Ça va ?

— Moi ? Très bien. Et toi, les affaires ?

Son sourire outrecuidant s'élargit davantage. Philippe Bégin doit avoir le même âge que Daniel, peut-être quelques années de plus, mais n'a certes pas son panache. Il est grand et mince, avec une barbichette bien taillée et élégante, mais la mollesse qu'il dégage est un handicap sans merci dans un tel monde de requins. Daniel se rappelle sa discussion au resto avec Marie et Wilson et, bon joueur, reconnaît :

— Disons que tu m'as fait une belle jambette dernièrement.

— Le contrat de Laval ? C'est vrai, c'est nous qui l'avons eu…

— Qui me l'avez enlevé, tu veux dire.

Bégin jubile littéralement.

— Allons, Daniel, tu sais comment ça marche, rien n'est à personne tant que ce n'est pas signé.

— Je suis sûr que c'est toi qui as négocié ce contrat, pas vrai ?

Tout à coup, la joie de Bégin se teinte un tantinet de férocité.

— Ça, c'est pour cette soirée où tu m'as humilié devant tout le monde en affirmant que je ne serais jamais un *winner*. T'as pas idée de l'énergie que tu m'as donnée, ce soir-là.

— Alors félicitations, Philippe, tu as réussi un joli coup. Mais si tu crois qu'un simple contrat lavallois fait de toi un grand de ce monde…

— Mais ce n'est que le début, mon cher.

Il tente d'avoir l'air menaçant, effet que le PDG trouve plus triste qu'effrayant.

— Bien sûr, Philippe… Bien sûr.

Il songe à lui tapoter l'épaule, mais se dit que ce serait pousser le bouchon un peu loin. Il se contente donc de tourner les talons et de se remettre en marche vers Charron.

Quand l'investisseur reconnaît Daniel qui s'approche, il sourit enfin, mais d'un sourire beaucoup plus retenu que ceux qu'il affichait l'autre soir. Charron explique qu'il a assisté à la conférence, mais en demeurant debout à l'arrière.

— Je déteste être assis au milieu des gens.

Les deux hommes discutent un peu des points saillants de la présentation de l'Américain, ce qui permet à Daniel de remarquer à nouveau la différence entre le Charron officiel et le Charron des soirées festives. Ce soir, l'investisseur est de toute évidence dans son rôle officiel : mal à l'aise, introverti.

— Écoute, finit par dire Daniel. J'ai un autre projet, en Italie cette fois, pour lequel j'aimerais encore profiter de tes lumières.

Il lui en glisse quelques mots. Charron, malgré une certaine indifférence, se montre intéressé. Ils sortent leur agenda électronique et réussissent à se fixer un rendez-vous ; ce sera après le voyage de Daniel à Oslo. Après quoi, ils se taisent un moment, sirotant leur verre respectif. Charron marmonne enfin :

— Assez soporifique comme ambiance, pas vrai ?

Daniel observe la foule autour de lui.

— C'est sûr que ces soirées finissent par toutes se ressembler. En tout cas, ça n'a rien à voir avec notre petite sortie d'il y a deux jours. Comment ça s'appelait, déjà ? Une soirée-donjon ?

— C'est ça.

Le PDG hoche la tête.

— Il y en a souvent ?

— Pourquoi, ça t'intéresse ?

— *Come on*, Martin, tu sais bien que oui ! On y est allés ensemble, alors arrête avec tes sous-entendus et réponds-moi : où tu déniches tes renseignements, pour ces soirées ?

Charron prend une gorgée de son verre en promenant son regard inexpressif dans la salle. Daniel s'impatiente :

— Sur ton site, là, *Hell.com* ? C'est pour ça que tu me disais que c'est un site spécial ?

— Je ne peux pas parler de *Hell.com* à n'importe qui.

Daniel éclate de rire.

— Qu'est-ce que tu racontes ? Et moi, je suis n'importe qui ?

— Mais non. Tu crois que j'aurais invité n'importe qui lundi soir ?

— Alors, arrête ton numéro et crache-le : c'est bien sur ce site que tu trouves ce genre de soirées ?

— Ça et bien d'autres choses.

— Comme quoi ?

Daniel est conscient qu'il ressemble à un enfant qui veut que son copain plus vieux lui raconte sa première baise, mais il ne peut s'empêcher de poser ces questions. Si on peut y découvrir d'autres événements du même genre que celui de lundi soir, ce site vaut peut-être mieux, finalement, qu'un banal site porno. Charron le considère, réellement amusé :

— Ça t'intéresse, maintenant, on dirait...

— Oui, ça m'intéresse, t'es content ? Alors explique-moi comment accéder à ce foutu site.

— Tu veux devenir membre ?

Daniel hausse une épaule, tentant d'avoir l'air dégagé.

— Pourquoi pas ?

En effet, pourquoi pas ? Un petit montant mensuel pour avoir une liste d'événements sexuels aussi particuliers, cela pourrait valoir la peine. Si ça s'avérait décevant, il n'aurait qu'à se désabonner. Comme s'il avait lu dans ses pensées, Charron ajoute discrètement :

— Tu penses que c'est un site comme les autres ? une plate-forme olé olé pour des partouzeurs du dimanche ? un site qui coûte une centaine de dollars par mois et qu'on paie avec sa carte de crédit ?

— Eh bien...

— Tu crois que *Hell.com* est légal, Daniel ?

Daniel hausse les sourcils. Il ne s'attendait pas à celle-là. Des sites illégaux, ça peut quand même mener loin. En fait, ce n'est pas l'illégalité en soi qui l'incite à reculer : il ne serait pas l'un des hommes d'affaires les plus puissants du Canada s'il avait toujours respecté la loi. Contourner les législations pour la business, c'est une chose, mais pour un site sexuel, pas sûr que ça vaille le risque.

— Alors ? demande Charron. Ça t'intéresse toujours ? Tu es chanceux, tu sais : le simple fait que j'accepte de te parler de ce site fait de toi un privilégié, mon vieux.

Daniel le regarde de travers. Il y va un peu fort, non ?

— Des sites illégaux, c'est plutôt risqué…

— Pas avec *Hell.com*.

— Je vais y penser.

Charron n'insiste pas, l'expression sardonique. Il regarde vers la foule puis indique Marie, qui discute avec Wilson.

— Vraiment bandante, ta collègue.

Daniel hoche la tête en silence.

— Tu la baises de temps en temps, j'imagine…

Le PDG songe d'abord à nier, mais, trop fier d'impressionner celui qui lui en a mis plein la vue dernièrement, acquiesce d'un air entendu. Charron se tourne vers lui en clignant de l'œil.

— Elle est salope ?

Daniel hésite, puis marmonne :

— Pas mal, oui…

Il prend une gorgée, conscient que Marie n'apprécierait pas ce genre de discussion. Mais bon, entre gars… Il voit alors sa collègue et Wilson qui s'avancent vers eux. Marie donne la main à Charron et Daniel lui est reconnaissant de l'effort qu'elle met dans son sourire. Le PDG présente Wilson, puis le quatuor discute quelques minutes de la conférence. Daniel remarque à nouveau l'attitude froide et maladroite de Charron, qui évite les regards et finit même par annoncer qu'il doit partir. En le regardant s'éloigner, Wilson commente :

— *Strange guy…*

— C'est le moins qu'on puisse dire, approuve Marie. Il allait à Olympia avec Daniel.

— C'était le *reject*.

L'anglophone rigole.

— J'ai l'impression que ça n'a pas beaucoup changé.

— Pourquoi tu dis ça ?

— Il avait l'air très mal à l'aise, tout à l'heure. Et il est parti vite. Probablement le genre à passer ses soirées seul à regarder la télé.

— Tu pourrais être surpris.

Le ton sec de Daniel étonne quelque peu ses deux collègues. Le PDG poursuit :

— Et toi, monsieur *party-animal*, avec ta femme et tes deux enfants qui t'attendent chaque soir à la maison, je suppose que tu as des soirées beaucoup plus excitantes que celles de Charron ?

Wilson ricane un peu, déconcerté, et réplique maladroitement pour alléger l'atmosphère :

— Mes filles n'habitent plus chez nous.

Marie toise Daniel avec perplexité, mais d'autres connaissances s'approchent pour les saluer et on change de sujet.

◆

En sortant de l'hôtel, Daniel consulte sa montre : vingt-trois heures dix. La soirée est chaude, il y a de l'animation dans les rues du centre-ville. Le PDG hésite à se rendre directement au stationnement, rongé par une idée saugrenue. Il sort son portefeuille et fait le compte : six cents dollars. Il hésite encore, s'assure que ni Marie ni personne qu'il connaît sort de l'hôtel derrière lui, puis marche jusqu'à un guichet automatique. En se servant de plusieurs cartes, il retire quatre mille dollars. Une minute plus tard, il monte dans sa Rolls et annonce à Benoît :

— On s'en va dans l'est. Tu prendras Ontario vers Pie-IX.

— Bien, monsieur, acquiesce le chauffeur, un peu étonné.

Une douzaine de minutes plus tard, la voiture s'arrête au coin de Pie-IX. Daniel hésite, puis explique à son chauffeur :

— Attends ici. Si, dans dix minutes, je ne suis pas revenu, tu pourras rentrer et je m'arrangerai.

Benoît, qui a appris à ne poser aucune question, acquiesce d'un signe de tête. Daniel, qui se sent tout de même quelque peu ridicule, sort et se met en marche, examinant chaque ruelle qu'il croise. Enfin, il s'arrête devant l'une d'elles. C'est là, il reconnaît l'endroit.

Pourquoi s'abonner à un site illégal maintenant qu'il connaît cette adresse ?

Il s'assure que personne ne le voit. Deux adolescents, assis plus loin sur un banc public, rigolent en buvant des bouteilles dissimulées dans des sacs de papier et ne prêtent aucune attention à Daniel. Ce dernier entre enfin dans la ruelle et repère la grosse porte de métal. Il s'approche, enlève sa cravate qu'il enroule dans la poche de son veston, puis frappe. Pas de réponse. Il frappe encore. Puis il hoche la tête, comme si au fond il s'y attendait. Pour confirmer son impression, il tente carrément d'actionner la poignée : verrouillée. Qu'espérait-il donc ? Que ce genre d'événements se tienne quotidiennement ?

Il rebrousse chemin vers sa Rolls.

— On rentre.

C'est plutôt morose qu'il fait le trajet. Au centre-ville, il regarde distraitement par la vitre la faune de la rue Maisonneuve. À une intersection, il voit une Audi identique à celle de son fils se stationner. La portière s'ouvre… et Simon apparaît !

— Benoît, arrête-toi le plus vite possible !

La Rolls s'immobilise quelques secondes plus tard en double file et Daniel, en sortant rapidement, ordonne au chauffeur de l'attendre. Le PDG voit son fils tourner dans une rue plus loin et, confus d'un tel hasard, il s'empresse de marcher dans cette direction. Une fois au coin, il aperçoit une terrasse pas très loin. Simon y est déjà, debout devant une table autour de laquelle sont assis trois gars de son âge. Daniel les reconnaît, ils sont déjà venus à la maison.

Simon est sorti un soir de semaine! Il a désobéi! Et c'est par un hasard extraordinaire que Daniel s'en est rendu compte! Le PDG marche vers la terrasse, mais les jeunes sont dans une discussion trop animée pour le voir venir.

— Écoute, dit l'un des ados à Simon avec un certain malaise, si t'es venu pour nous engueuler, tu peux lais...

— Pourquoi vous m'appelez plus? À cause de ce qui m'est arrivé l'autre jour aux examens? Vous avez honte de moi, c'est ça?

— Tu capotes! On t'a appelé, en fin de semaine!

— Oui, mais quand vous avez su que vous pouviez plus venir chez nous, vous avez pas rappelé! Méchant criss de hasard!

— Écoute ben, Simon...

— Vous étiez *chums* avec moi juste pour ma maison, ma piscine, mon cash pis...

— Ferme donc ta gueule, un peu, tout le monde nous regarde, marmonne un second jeune.

Sans avertissement, Simon allonge un solide coup de poing au garçon, qui tombe carrément à la renverse. Les deux autres adolescents veulent intervenir mais Simon saisit une chaise qu'il brandit, menaçant. Les deux jeunes s'immobilisent, tout comme Daniel qui, maintenant tout près, est tétanisé de stupeur. Simon considère alors le gars qu'il a frappé en émettant à trois reprises l'étrange son que son père reconnaît une nouvelle fois, ce claquement de langue incongru que son fils avait l'habitude d'émettre il y a six ans, surtout pendant la période où il se battait tant avec ses petits camarades… Simon soulève sa chaise plus haut, dans l'intention évidente de la fracasser sur le jeune affalé au sol. Des cris éclatent sur la terrasse, un serveur se précipite et Daniel réagit enfin :

— Simon, non !

L'adolescent reconnaît cette voix, car la chaise demeure en l'air. Il cherche des yeux tout autour et, en voyant son père, il ouvre une grande bouche estomaquée. Au même moment, le serveur saisit Simon par-derrière et Daniel, qui les a enfin rejoints sur la terrasse, s'écrie :

— Lâchez-le, c'est mon fils ! Je m'en occupe !

Le serveur hésite un instant, mais en constatant que Simon ne se débat pas, il finit par lâcher prise. Tous les clients de l'établissement fixent la scène d'un air outré pendant que Daniel attrape son fils par le bras et lui ordonne de le suivre. Le serveur commence un petit laïus moralisateur, mais Daniel a déjà plongé son autre main dans une poche et il met trois billets de cent dollars dans celle de l'autre. Se penchant vers l'ado toujours sonné au sol, le PDG lui glisse d'autres billets de cent dans la poche de sa chemise.

— Tiens… et on n'en parle plus, OK ?

Enfin, sans un regard pour personne, il entraîne son fils. Derrière eux, un des jeunes lâche un « Ostie de malade ! » et Simon fait mine de retourner vers eux, les dents serrées, mais Daniel le tire vivement par le bras :

— Hey, calme-toi, là ! Je te préviens : s'ils appellent la police, je te laisse croupir en prison toute la nuit !

C'est évidemment faux : jamais un Saul ne passerait une nuit en prison ! Mais la menace produit son effet et Simon, tremblant de rage, suit son père. Ils marchent sans un mot jusqu'au coin de la rue, puis Simon finit par cracher :

— T'as-tu entendu ce qu'il m'a dit ? Le tabarnac !

Daniel s'arrête, se tourne vers l'adolescent :

— Pis c'est pour ça que tu lui sautes à la gorge comme un fou furieux ?

— Faut se faire respecter ! C'est ce que tu m'as toujours dit !

— C'est ça ! Mets-moi ça sur le dos ! T'allais lui donner un coup de chaise sur la tête, Simon ! Un coup de chaise, pour l'amour du ciel ! Réalises-tu que ça peut tuer quelqu'un, ça ? Pis qu'est-ce que tu fous dans un bar un mercredi ? Je t'ai interdit de sortir la semaine ! Tu m'as désobéi, Simon !

— Si t'étais plus souvent à la maison, tu te serais rendu compte que c'est pas la première fois !

Simon affiche cet air de défi qui déroute tant son père, mais derrière cette arrogance, Daniel décèle un certain trouble. Le PDG secoue la tête et lance d'une voix épuisée :

— On se rejoint à la maison. Pis pas de niaisage.

Sans un mot, Simon se rend à sa voiture, alors que Daniel marche d'un pas lourd vers sa Rolls.

Sur le chemin du retour, il ne peut empêcher le passé de remonter à la surface : Simon qui, à dix ans et durant presque un an, est devenu une sorte de petit monstre qui défiait l'autorité et se battait sans cesse, qui a même failli doubler sa quatrième année de primaire. Et ce claquement de langue décalé qu'il émettait durant ses révoltes et ses bagarres, qui faisait frissonner Daniel… Sauf qu'à l'époque il y avait une explication : le divorce. Et le comportement de sa folle de mère. Tout cela avait perturbé le jeune Simon, au point qu'il avait été suivi par un psychologue inefficace. Heureusement, Daniel avait pris la situation en main et Simon s'en était sorti.

Et six ans plus tard, la rechute ! Pourquoi ? Bon, Simon a toujours été un peu soupe au lait, un tantinet agressif et arrogant, mais pas comme ces dernières semaines !

*Ces derniers mois, tu veux dire… Et même depuis l'année dernière, si on se fie à Ruel…*

En tout cas, pas de manière aussi spectaculaire que maintenant.

Pourquoi ?

En arrivant chez lui, le milliardaire constate que son fils est dans la piscine. Après avoir désobéi à son père et après s'être battu, il va se baigner, tout bonnement ! Daniel, furieux, s'approche de la piscine et pointe le doigt vers l'adolescent :

— On va resserrer la vis encore plus, monsieur le rebelle ! Non seulement tu ne peux plus sortir la semaine, mais tu ne sors plus non plus les week-ends jusqu'à la reprise des examens ministériels dans un mois ! Compris ?

Simon, qui fait du surplace sans regarder son père, demeure silencieux, le visage fermé. Puis il disparaît sous l'eau. Daniel marche vers la maison. La crise d'il y a six ans se répète peut-être, mais elle ne durera pas un an comme la dernière fois, pas question ! À l'époque, Daniel a agi avec trop de mollesse, trop de compromis. Aujourd'hui, il n'y a plus de raison pour endurer ça. Aucune ! Et ce petit prétentieux de seize ans, même s'il ne comprend pas en ce moment, saura bien le remercier plus tard.

Il entre dans la maison en claquant la porte. Dans la piscine, Simon est toujours sous l'eau.

◆

Affirmer que Daniel est obsédé par sa soirée-donjon serait exagéré. Au cours des jours suivants, il continue à travailler de façon consciencieuse et efficace. Le samedi après-midi, il joue au golf avec trois futurs clients et le dimanche, il va à la cinémathèque voir un classique d'Orson Welles, *Le Procès*. Mais le soir (tandis que son fils boude dans sa chambre en passant des heures sur Facebook), il songe invariablement à *la* soirée et surtout aux moyens de retrouver ces incroyables sensations. Il a beau se traiter d'idiot, se convaincre qu'il n'est pas un obsédé sexuel et qu'à son âge et avec son expérience, il a tout de même vu neiger, ses pensées reviennent toujours au même pôle, comme un homme qui voudrait sortir d'une forêt et qui tourne en rond malgré lui. Ce qui l'amène donc, le vendredi soir suivant, à dénicher sur Internet le site d'une masochiste. Daniel la contacte et elle lui donne rendez-vous dans son appartement le lendemain soir.

La fille n'est pas une beauté, mais ça peut aller. Pendant une couple d'heures, Daniel tente de revivre les sensations de la soirée-donjon. La fille accepte de se faire griffer les seins, d'être pénétrée avec une gaine à pointes. Elle offre même à Daniel de la fouetter, mais il refuse, trouvant cette pratique un peu trop *hard* pour lui. Lorsqu'il quitte l'appartement et qu'il se retrouve dans sa Rolls, il reconnaît que c'était pas mal, mais que ça n'avait tout de même rien à voir avec *la* soirée, où il y avait l'ambiance, les choix multiples de chambres, la nonne, la mise en scène, la fille sans tête…

Le lundi, alors qu'il sort vers vingt-trois heures d'un long et laborieux souper d'affaires, il demande de nouveau à Benoît de rouler dans Ontario vers Pie-IX. Peut-être que les soirées-donjons sont hebdomadaires ?

Cette fois, on lui répond à la porte de métal et on le laisse entrer sans payer. La salle est méconnaissable et ressemble maintenant plus à un bar de jeunes artistes intellos, qui composent l'essentiel de la modeste foule d'une trentaine de personnes, rassemblée devant la petite scène sur laquelle une jeune fille, au lieu de se masturber, lit de la poésie d'une voix maniérée. Daniel, avec son complet-cravate, commence même à attirer l'attention. Déçu, il avise l'escalier qui monte à l'étage et gravit les marches, se doutant bien qu'il n'y retrouvera rien de la dernière fois. Effectivement, le couloir lui-même est transformé, comme si on l'avait repeint. Les pièces sont maintenant vides, sauf une, dans laquelle un homme, derrière un bureau banal, comptabilise des papiers. Daniel entre sans même s'annoncer.

— C'est vous, le proprio de l'endroit ?

Le gars, un quinquagénaire quelconque, le considère, contrarié.

— Non. Je suis le gérant de la place.

— C'est-à-dire ?

— Vous voulez quoi, au juste ?

— La salle en bas, et l'étage ici… On peut tout louer pour des événements, c'est ça ?

— Exact. Pis c'est moi qui gère ça.

— Le groupe, en bas, il loue souvent ?

— Les poètes ? Une fois par mois. Des bons clients. (Il se radoucit un peu.) Vous voulez louer la place ?

— Vous avez d'autres clients réguliers ?

La méfiance, cette fois, apparaît.

— Vous êtes flic ?

— Non, non, je suis juste…

Daniel, qui se trouve ridicule, ne sait trop comment poursuivre.

— Il y a eu un événement ici et… je me demandais si… s'il aurait lieu à nouveau ou…

Mais le regard du gérant lui montre qu'insister n'est pas une bonne idée, et même qu'il s'impatiente.

— Alors, vous voulez louer la salle ou non ?

— Ne me parlez pas comme ça ! rétorque Daniel.

Et sans attendre la réponse de l'autre, il sort. Dix minutes plus tard, dans sa Rolls, il se dit qu'il pourrait appeler Charron, puis se traite aussitôt d'imbécile. Merde ! Jusqu'à maintenant, il a très bien pu se passer de Charron et de *Hell.com* pour s'amuser dans la vie, ça ne va quand même pas changer à cause d'une criss de soirée ! En ce moment même, il peut aller à *L'Éden* ! Ou, plus simple encore, appeler deux « escortes » et les baiser en même temps ! Pas besoin d'un site illégal pour s'envoyer en l'air ! D'ailleurs, c'est ce qu'il va faire, tout de suite !

Il appelle l'agence la plus prestigieuse en ville et se retrouve au Reine Élisabeth avec deux filles de rêve.

Les deux heures qui suivent s'avèrent très stimulantes et agréables, mais Daniel ne peut s'empêcher d'avoir des flashs des deux salopes de la table de billard, ou alors de la femme sans tête, des zébrures rouges sur ses seins, des mots prononcés par la nonne…

Plus tard, seul dans son lit king, il comprend enfin que son attirance pour la soirée-donjon ne tient pas essentiellement au sexe. Le problème, c'est que la *mistress* masochiste qu'il a baisée il y a trois jours, tout comme les deux « escortes » qu'il vient de s'envoyer, sont à la portée de n'importe qui prêt à payer quelques centaines de dollars. Alors que la soirée-donjon de l'autre soir n'était disponible que pour les rares à connaître son existence.

Une soirée pour une *vraie* élite.

# CHAPITRE 7

Daniel, qui doit prendre le jet privé de la compagnie dans deux heures, finalise certaines choses au bureau. Il ne part que trois jours, mais il donne tout de même des consignes à son équipe. Marie, seule avec lui dans son bureau, demande si Simon l'accompagne et Daniel, le nez dans un tiroir, relève la tête, étonné.

— Non. Pourquoi ?

— Tu ne l'amènes jamais avec toi, dans tes voyages d'affaires.

— Parce que justement, ce sont des voyages d'affaires. Quand je vais en Europe avec lui, c'est pour des vacances.

— Même en vacances, tu ne l'as pas amené souvent.

— Cinq ou six fois, quand même.

Il ferme son tiroir avec brusquerie.

— C'est déjà mieux que la majorité des enfants de son âge qui ne sont jamais allés plus loin qu'Old Orchard !

— Hou ! On se calme, monsieur Susceptible !

Daniel s'excuse. Il explique qu'avec Simon ça ne va pas très bien ces temps-ci. D'un air sincèrement inquiet, Marie s'enquiert de ce qui se passe. Le PDG se demande pourquoi elle montre toujours tant d'intérêt pour son fils. Peut-être parce qu'elle n'a pas d'enfants elle-même. Elle lui a déjà précisé que son ex n'en voulait pas et que ce refus avait été l'une des nombreuses causes de leur séparation. Comme elle n'a pas envie d'être en couple avant un petit bout de temps, elle pense sans doute qu'elle ne sera jamais mère, ce qui l'amène à s'intéresser aux enfants des autres. Dans le cas de Simon, ça tombe bien, car l'ado aime beaucoup Marie, même s'il ne l'a pas vue très souvent. «Elle écoute beaucoup», a-t-il expliqué à son père, il y a quelques mois, avec un air entendu.

Mais pas question que Daniel donne plus de précisions sur les problèmes de son fils. Ça le regarde lui seul. Tout en rangeant des papiers dans sa mallette, il se contente donc de dire que Simon est en période de rébellion.

— C'est la première fois qu'il est si contestataire ? demande Marie.

— C'est arrivé une autre fois, durant les mois qui ont suivi mon divorce.

Il en dévoile déjà trop. Il se tait et cherche des yeux un dossier qu'il n'arrive pas à trouver.

— J'imagine que c'était une réaction normale face à une crise, commente Marie, qui ne connaissait pas Daniel à l'époque. Un divorce, c'est bouleversant pour un enfant.

— Oui, mais en ce moment, il n'y a rien qui justifie un tel comportement.

Daniel fouille partout sur son bureau avec de plus en plus d'impatience. Marie, assise en face de lui, a une moue dubitative.

— Tu penses ça ? Il a seize ans, presque dix-sept, il va entrer au cégep, il est de plus en plus conscient du pouvoir que tu as…

— Justement ! Ce pouvoir et cet argent, il peut les avoir lui aussi, je le lui ai assez souvent répété ! Coudon, t'as pas vu mon dossier norvégien ?

— Il se rend peut-être compte que, justement, ce pouvoir-là n'est pas vraiment ce qui donne du sens à sa vie.

— De quoi tu parles, Marie ? Tu...

Rageur, il soulève une pile de feuilles et la rabat avec force sur son bureau.

— Criss ! Y est où, cet ostie de dossier-là ?

Sa collègue montre le classeur du doigt. Daniel saisit le dossier qui se trouve dessus et, bourru, le fourre dans son attaché-case. Il se masse la joue un moment, comme s'il vérifiait la qualité de son rasage, puis sort une pomme d'un tiroir.

— Écoute, Marie, j'apprécie ta sollicitude, mais j'ai le contrôle, je t'assure.

En croquant dans le fruit, il se remémore la discussion qu'il a eue, ce matin, avec son fils. Enfin... une ombre de discussion. Il lui a expliqué qu'il partait en Norvège.

— Je te rappelle que, le soir, tu ne sors plus de la maison jusqu'à tes examens. Je pourrais demander à Denise de dormir à la maison pour qu'elle te surveille, mais je ne veux pas t'humilier. À la place, je vais appeler tous les soirs, sur le téléphone de la maison, et tu as intérêt à répondre.

Simon, en mangeant ses œufs, n'a eu aucune réaction. Daniel a essayé de se rappeler s'il avait déjà connu une période aussi contestataire dans sa jeunesse, vis-à-vis de son père. Il lui semble que non. De toute façon, Roland Saul ne s'en serait sans doute même pas rendu compte.

— Simon a juste besoin de vieillir, ajoute Daniel à l'intention de sa collègue. Et c'est ce qu'il est en train d'apprendre.

Marie ne réplique rien et son patron s'efforce d'ignorer son air peu convaincu. Elle lui souhaite bon voyage et sort. Quarante-cinq minutes plus tard, le téléphone sonne. C'est Charron.

— C'est aujourd'hui que tu t'envoles pour Oslo, non ? Bon voyage, vieux !

— Merci. À mon retour, on se rencontre pour le projet italien dont je t'ai déjà parlé.

— C'est déjà dans mon agenda, mon cher.

Daniel, de sa main libre, dessine des ronds sur une feuille de papier. Il a évidemment envie de lui parler d'un autre sujet, mais il hésite. Pourtant, il a la nette impression que Charron songe à la même chose. D'ailleurs, l'investisseur ajoute :

— On est de vrais collègues, maintenant, pas vrai ?

— On dirait bien…

Est-ce une perche ?

— Si on est collègues, tu pourrais me faire signe quand il y aura une autre soirée-donjon.

— Pourquoi pas ?

Silence. Puis Charron ajoute :

— Mais ce serait plus simple si tu devenais membre, tu aurais tous les renseignements que tu veux.

— Tu parles du site *He*…

— Ne le nomme pas au téléphone, Daniel.

Le PDG éclate de rire. Est-ce que Charron se fout de sa gueule ? L'investisseur ajoute :

— Penses-y. En passant, tu auras accès à tes *mails* à Oslo ?

— Évidemment.

— Je vais t'en envoyer un demain matin.

— À quel sujet ?

— Tu verras bien. Un petit cadeau pour la signature de ton contrat. Et si tu veux en profiter encore plus, apporte cinquante mille dollars cash avec toi.

— Cinquan… Mais pourquoi ?

— Tu verras, je te dis !

Il lui souhaite bon voyage et raccroche.

Cinquante mille dollars ? Qu'est-ce que c'est encore que cette histoire ? Daniel a besoin de plus d'explications pour transporter une aussi grosse somme avec lui.

Mais il doit avouer que, jusqu'à maintenant, les idées de Charron ont toujours été bonnes, que ce soit en business ou en divertissement… Néanmoins, il tente de chasser cette idée de sa tête et continue de régler les questions de dernière minute. Ce qui n'empêche pas ses pensées de glisser inexorablement vers *Hell.com*. L'éventualité d'être membre d'un site illégal l'inquiète vraiment. Il songe à tous ces hommes d'affaires ou à ces vedettes qui ont été pris à fréquenter des sites criminels ou d'extrême droite… ou, pire encore, de pédophilie. Il ne se voit absolument pas dans une telle situation. Est-ce que ça vaut vraiment le coup ? Juste pour quelques soirées sexuelles spéciales ?

Il appelle Diane, sa secrétaire de longue date, pour lui demander s'il n'a rien oublié. Ils dressent ensemble l'inventaire de ce qui devait être fait avant son départ, puis elle dit :

— Ah, tiens, c'est la fête de votre mère aujourd'hui.

Daniel se pétrit le front en maugréant. La secrétaire ajoute, ironique :

— C'est vous qui voulez que je vous le rappelle chaque année…

— J'irai la voir en revenant.

— Vous avez fait la même chose l'année dernière et elle a pleuré pendant un mois. Ça aussi, vous vouliez que je vous le rappelle.

Il raccroche en jurant. Tant pis, Wilson et Dubreuil attendront un peu à l'aéroport. Il finit de ranger son bureau en catastrophe, puis il attrape son attaché-case d'une main, l'étui contenant son *lap-top* de l'autre et, sur le point de sortir, hésite tout à coup. Il pense au coup de téléphone de Charron.

Cinquante mille dollars… Après tout, c'est une bagatelle, alors pourquoi ne pas jouer le jeu ?

Il appelle sa banque et demande qu'on lui prépare la somme en question. Enfin, il sort.

◆

Avant d'amener son patron à l'aéroport, Benoît doit effectuer trois arrêts : un premier à la banque, de laquelle Daniel ressort avec les cinquante mille dollars dans son attaché-case, un autre chez le fleuriste et un troisième, qui est un véritable détour, devant une magnifique maison d'Outremont. Fleurs en main, Daniel se dirige vers l'entrée, frappe deux petits coups et entre.

Lucie Saul, née Falardeau, ne sera jamais prise en flagrant délit de laisser-aller, même seule dans sa maison. À soixante-sept ans, elle continue de s'habiller avec goût et élégance. C'est donc avec une jupe et un chemisier très chics qu'elle accueille son fils et ce dernier, avant qu'elle ne l'enlace de joie, a juste le temps de remarquer qu'elle a reçu un lifting récemment, le second en dix ans, ce qui commence à la faire ressembler dangereusement à un cri de détresse.

— Tu n'as pas oublié ! s'extasie-t-elle.

— Pas deux ans en ligne, tout de même !

Elle prend les fleurs en demandant ce qu'il veut boire, mais il explique qu'on l'attend à l'aéroport. Elle le dévisage avec reproche.

— Maman ! Je suis là, non ?

— C'est vrai, c'est très gentil de ta part. Mais j'ai hâte de te voir plus de cinq minutes. Pourquoi te rends-tu en Norvège ?

— Je vais signer un gros contrat. Papa a dû t'en parler.

— Tu sais bien qu'il ne me parle jamais affaires.

Elle se tait, feint de replacer l'une des fleurs de la gerbe, mais Daniel sait qu'elle était sur le point d'ajouter : « … ni de quoi que ce soit, d'ailleurs. » Quel genre de vie a-t-elle eu aux côtés de Roland Saul ? Quand il arrive à Daniel d'évoquer son passé

familial, il voit sa mère courir les boutiques, les co-
mités, les réceptions, faire du sport, mais il éprouve
beaucoup de difficultés à forger des images dans lesquelles apparaissent ses deux parents côte à côte. Il
se rappelle bien les avoir vus s'embrasser quelques
fois, mais cela demeure si flou que ces réminiscences
pourraient tout aussi bien provenir d'un film ou d'une
émission de télé. Il regarde autour de lui et demande
où est son père. Lucie se met en devoir de placer les
fleurs dans un pot.

— Il est avec un ami qui veut démarrer une entreprise. Ton père est allé le conseiller.

— Le jour de ta fête?

— Allons, je suis sûre qu'il va me gâter ce soir.

Malgré son sourire, le reste de son visage demeure
figé, et Daniel sait que ce n'est pas seulement à cause
de la chirurgie plastique.

— Il va revenir bientôt. Si tu l'attendais…

Mais Daniel répète qu'il est déjà en retard. Il embrasse donc sa mère en lui souhaitant encore un bon
anniversaire, elle le serre contre elle avec force, puis
le contemple longuement en marmonnant:

— Dieu! que tu me fais penser à ton père…

Daniel perçoit parfaitement la note d'inquiétude
dans ce commentaire. Mal à l'aise, il l'embrasse encore,
puis sort.

Alors qu'il parcourt le long sentier boisé menant
au stationnement, il croise Roland Saul qui revient à la
maison. Surpris de voir son fils, le septuagénaire lui
serre la main en lui racontant avec fébrilité la petite
business de son ami pour laquelle il est conseiller.
Daniel lui rappelle qu'il a pris sa retraite justement
pour ne plus s'occuper de «bizniss». Le vieil homme
rejette ces arguments d'un geste négligent, ordonne à
son fils de venir boire un verre à la maison mais
Daniel, de plus en plus pressé, explique à nouveau
que son jet l'attend. Contrairement à sa femme, Saul
senior comprend parfaitement.

— Allez, p'pa, va gâter maman pour son anniversaire afin qu'elle te pardonne d'être parti aujourd'hui !

Roland cligne des paupières, puis serre les dents en fermant les yeux.

— Papa, c'est pas vrai ! Tu as oublié !

— Merde ! Je n'ai plus de secrétaire pour me le rappeler, moi !

Voyant l'air gêné de Daniel, le vieil homme ajoute :

— Pratique, une secrétaire, hein ?

Daniel se rappelle les cinq ou six fois où Diane a dû lui rappeler la fête de Simon… et tout à coup, il imagine son père, affolé en apprenant par sa secrétaire que c'est aujourd'hui l'anniversaire du petit Daniel.

« Dieu ! Que tu me fais penser à ton père… »

— Allez, p'pa, fais comme si de rien n'était et amène-la au théâtre. J'ai des places toujours réservées à mon nom au TNM, vas-y, je les préviens.

Roland remercie Daniel, lui donne la main, puis se dirige vers la maison. Daniel le regarde s'éloigner et réalise que c'est sans doute l'image la plus récurrente qu'il conserve du vieil homme : son père qui s'en va.

En vitesse, il retourne à sa Rolls.

◆

Le lendemain matin, à Oslo, Daniel, Wilson et Dubreuil, le directeur des ventes de *Saul inc.*, rencontrent Klaus Sbjorn (ou Bjnors, Daniel ne sait trop…), leur nouveau partenaire d'affaires norvégien, qui les accueille à son bureau. L'homme, parfait bilingue, s'informe si le voyage a été bon et s'ils n'ont pas trop de difficulté avec le décalage horaire. Daniel le rassure en affirmant que le jet de la compagnie possède d'excellents lits. Puis Jnobrs (ou Nobjsr) joue la grosse légume, veut donner l'impression qu'il offre une occasion en or à Daniel alors que ce dernier sait pertinemment que c'est l'inverse. Après plus d'une heure de tractations, le directeur norvégien et quelques collègues amènent les Québécois en ville pour leur montrer les bâtiments que *Saul inc.* rachètera en partenariat avec Sbornj afin de les convertir en condos de luxe. En se promenant à travers les huit quadrilatères d'immeubles ternes et délabrés, Daniel rassure son futur partenaire : son équipe saura revamper ces tas de pierres.

— J'imagine qu'en ce moment la plupart de ces immeubles sont vides ? demande soudain Dubreuil.

— Pas du tout. Ce sont des logements à prix modique et il y a eu beaucoup de contestation pour qu'ils le demeurent. Mais en plein centre-ville, ça n'avait plus de sens et on a finalement obtenu le feu vert du conseil exécutif de la ville pour démarrer le projet !

— Et tous ces gens vont être relogés où ? s'enquiert Dubreuil.

— Tous ceux qui ne se seront rien trouvé d'ici le début des travaux iront dans les nouvelles barres HLM qui ont été érigées dans la banlieue.

— J'espère qu'il n'y aura pas de controverse, lance Daniel en regardant le Norvégien droit dans les yeux, parce que ça risque de vous coûter cher.

— Ne vous inquiétez pas, monsieur Saul, nous savons très bien ce qu'impliquerait le moindre retard pour notre groupe, alors vos équipes vont pouvoir travailler l'esprit en paix.

— Excellent ! clame le PDG. J'ai déjà hâte de voir les bulldozers à l'œuvre.

On retourne au bureau où l'on règle quelques derniers détails, puis les contrats sont signés. Applaudissements, poignées de main, sourires plein la bouche. Comme Sbjorn a un important meeting impossible à déplacer, on se donne rendez-vous le lendemain midi pour une petite fête.

À quinze heures dix, Daniel se retrouve seul dans sa chambre d'hôtel. Il songe au message que Charron est censé lui envoyer. Il branche son ordinateur portatif, consulte ses courriels et tombe sur celui de Charron :

> Salut, Daniel.
> J'ai deux propositions pour toi ce soir si tu veux passer du bon temps. Premièrement, il y a un match de boxe très important aujourd'hui, en fin d'après-midi, à Oslo même (je te donne un lien pour l'adresse et l'heure). Si tu veux gagner beaucoup de pognon, mise cinquante mille dollars sur Youger, même si sa cote est à dix contre un. Je te jure qu'il n'y a aucun risque. Deuxièmement, avant de partir pour le combat de boxe, appelle au numéro de téléphone qui suit. Tu diras que tu es mon invité pour ce soir. On te demandera un mot de passe, mais tu sauras quoi répondre, j'en suis sûr.
> Amuse-toi bien.
> M.

Mais qu'est-ce que c'est encore que ces mystères ?

Par curiosité, Daniel clique sur le lien donné par Martin. Il y a effectivement un combat de boxe tôt ce soir et le dénommé Youger est à dix contre un. Si Charron lui propose de miser sur lui, c'est sans doute qu'il s'agit d'un combat truqué. Comment Charron est-il au courant de ça ? Daniel n'a jamais été un grand parieur, mais si le coup est sûr, il serait fou de ne pas en profiter. Mais, justement, le coup est-il sûr ? Et ce numéro de téléphone ? De quoi s'agit-il ? Il aura beau résister, il sait très bien que sa curiosité va l'emporter de toute façon. Au pire, il raccrochera si c'est trop louche ou bizarre.

Assis sur son lit, il compose donc et attend. Une phrase du courriel lui revient alors en mémoire.

« Ils te demanderont un mot de passe, mais tu sauras quoi répondre, j'en suis sûr. »

En fait, Daniel ignore quoi répondre ! Pourquoi Charron a-t-il… Mais on décroche tout à coup à l'autre bout de la ligne. On parle en norvégien, en plus ! Daniel songe à raccrocher, puis opte pour un tir d'essai :

— Heu… Vous parlez français ?

— Très petit peu.

— *English, maybe ?*

— *English is fine, sir.*

— *I'm a… heu… a guest of Martin Charron.*

— *How do you spell that ?*

La voix n'est ni aimable ni hostile. Neutre. Daniel épelle le nom de son collègue. Il entend des bruits ressemblant à des touches de clavier d'ordinateur.

— *Country and city ?*

— *Excuse-me ?*

— *Mister Charron lives in wich country and wich city ?*

— *Heu… Canada, Montreal…*

Nouveaux pianotements, puis :

— *OK. And your name, please ?*

Daniel hésite un bref moment :

— *Daniel Saul.*

Pas très prudent, ça. Mais il n'a pas le choix : Charron a évidemment donné le vrai nom de Daniel.

— *And, finally, the password, please.*

Daniel se tait.

*Tu ne le sais pas, alors raccroche, idiot.*

— *The password, sir ?*

Sur l'oreille du PDG, le combiné est tout chaud.

« … tu sauras quoi répondre… »

— *Sir ?*

— *Hell.*

Le mot a franchi ses lèvres aisément, comme s'il se blottissait contre les dents de Daniel depuis longtemps, attendant juste le bon moment pour se révéler.

— *Very well, mister Saul.*

Daniel doit mettre sa main devant sa bouche pour réprimer un petit ricanement incrédule.

— *Which level of violence do you want : soft, moderate, hard or no violence at all ?*

Merde, de quoi s'agit-il au juste ?

*Raccroche !*

Il n'a qu'à dire qu'il ne veut pas de violence du tout ! Mais il songe à la fille sans tête… aux seins grafignés… à la gaine aux pointes métalliques…

— *Soft*, s'entend-il répondre.

Le combiné est maintenant glacial. Pourquoi a-t-il dit cela ? Il n'a aucune idée de ce dont il s'agit ! À l'autre bout du fil, l'homme explique à Daniel de se rendre pour vingt et une heures à un restaurant, où une table sera réservée à son nom. On lui explique comment se rendre au resto en question, puis :

— *Have a pleasant evening, mister Saul.*

On raccroche. Daniel conserve longuement le téléphone contre son oreille, assis bien droit sur son lit, puis finit par raccrocher très lentement. *Hell.com* offre donc des services jusqu'en Norvège ? Il regarde sa montre : quinze heures quarante-cinq. Le combat de boxe est à dix-sept heures. Alors, il parie ou non ?

Le téléphone sonne et, bêtement sur ses gardes, il répond. C'est Dubreuil.

— Wilson et moi, on va en ville. On mange un morceau, et ensuite… *party time, baby.* Tu es des nôtres ?

— Heu… Non. J'ai mal à la tête, je vais rester ici tranquille.

Dubreuil n'en revient pas : Daniel Saul qui ne sort pas ? À l'étranger en plus ?

— Tu ne vas pas me laisser seul avec Christian ! Il va entrer à dix heures !

— Désolé, vieux.

Il raccroche, toujours songeur. Au pire, il ne perdra que cinquante mille dollars, ce qui n'est quand même pas la fin du monde pour lui.

Il se lève donc et va ouvrir le petit coffre-fort de la chambre qui renferme son fric.

◆

Dès qu'il entre dans sa chambre d'hôtel à trois heures du matin, Daniel se laisse tomber sur son lit, les jambes molles, les muscles des cuisses et des bras endoloris. Il fixe le plafond d'un air hébété, puis émet un rire rauque. Il vient tout simplement de vivre la soirée la plus délirante de sa vie.

Tout d'abord, à la boxe, Daniel a parié les cinquante mille dollars (ce qui était de toute façon le maximum permis, autre point qui montre que Charron est vraiment au courant) sur Youger, ce qui lui a valu un drôle de regard de la part du commis. Moins d'une heure plus tard, Daniel repartait avec sa mallette qui contenait un demi-million de dollars. Dans le taxi qui le menait à l'hôtel, il n'en revenait tout simplement pas. Bien sûr, gagner un demi-million si facilement est amusant, mais la cause de sa fébrilité était ailleurs : il avait eu un tuyau sûr sur un combat truqué, lui qui pourtant n'avait jamais eu aucune relation avec une mafia quelconque. Par contre Charron, lui, en avait manifestement.

À l'hôtel, il a placé la mallette dans le coffre de l'hôtel, pris une douche, bu un verre au bar puis s'est rendu au restaurant indiqué où, en effet, une table était réservée à son nom dans une alcôve privée. Une superbe serveuse, très distinguée, est venue prendre sa commande. Daniel, qui ignorait s'il devait attendre quelqu'un ou non, a fait son choix. À la moitié du repas, il a commencé à s'impatienter : alors, c'était quoi, la suite ? Qu'est-ce qu'il foutait là, au juste ?

Tout à coup, une fille en robe de soirée, d'une beauté à couper le souffle, est entrée dans la pièce en expliquant dans un anglais parfait qu'elle s'appelait Nadia, qu'elle était seule et cherchait de la compagnie. Daniel a évidemment compris que la mise en scène commençait enfin et, amusé, a invité la pauvre esseulée

à s'asseoir. Après quelques minutes de discussion
pleine de sous-entendus, Nadia s'est faufilée sous la
table et a commencé à tailler une pipe au PDG qui,
ravi, continuait à boire son vin. Mais soudain, la serveuse
a surgi dans la pièce. Ignorant totalement l'air ahuri du
client, elle a soulevé la nappe et a commencé à engueuler Nadia en norvégien. Puis en anglais, cette fois,
elle a ordonné aux deux dévergondés de la suivre : elle
allait les expulser du restaurant par une sortie de se-
cours pour ne pas créer de scandale. Daniel, déconfit,
a tenté de s'excuser, mais la serveuse les guidait déjà
tous deux vers une porte discrète. Tandis que le trio
se retrouvait dans une ruelle déserte sur le côté du
restaurant, le milliardaire se disait que, finalement, l'organisation de *Hell.com* manquait de professionnalisme.
Il se tournait vers la serveuse dans l'intention de lui
donner un dédommagement monétaire lorsque cette
dernière, au lieu de rentrer dans l'établissement, s'est
approchée d'eux en affirmant, toujours en anglais, que
Nadia méritait une punition pour son comportement.
Là-dessus, elle a ouvert une poubelle de la ruelle et en
a sorti… un fouet ! Un fouet aux lanières légères et
pas très menaçantes, mais un fouet tout de même.
Après une seconde et demie de stupéfaction, Daniel a
compris que le « jeu » continuait.

Trois minutes vingt-sept secondes plus tard, il sodo-
misait la serveuse appuyée contre le mur. D'une main,
il lui tirait les cheveux et, de l'autre, il donnait des
coups de fouet à Nadia qui, couchée nue sur le ventre,
contre l'asphalte sale, poussait de jolis couinements
tandis que son dos se zébrait de marques rouges. Daniel
sentait sa tête tourner : baiser et fouetter en même
temps, dans une ruelle obscure du centre-ville d'Oslo,
c'était plutôt décadent, sordide et foutrement excitant.
Rapidement, il a eu son orgasme, puis il s'est assis à
même le sol, les culottes aux genoux, en soupirant
d'aise.

À ce moment, deux flics sont apparus dans la ruelle, les foudroyant de leur lampe de poche. Les deux filles, avec une vitesse étonnante, ont disparu par la petite porte du resto et Daniel, qui finissait à peine de remonter son pantalon, s'est vu bombardé de questions dans une langue dont il ne comprenait strictement rien. Il répétait sans cesse qu'il ne parlait qu'anglais ou français, mais les flics, exaspérés de ne rien saisir, ont fini par l'obliger à monter dans leur voiture.

Durant le trajet, Daniel a gardé un silence de mort, totalement atterré. Ah! Charron l'entendrait à son retour! Il en était à se demander si ce faux pas allait retarder son retour au Québec et nuire à sa réputation (s'il fallait que des journalistes apprennent ça!) lorsqu'il s'est rendu compte que la voiture avait quitté le centre-ville et roulait maintenant lentement dans les rues d'un quartier sordide. Daniel, tout en sentant une vague de soulagement le submerger, s'est traité de naïf: ça faisait encore partie du jeu, évidemment! Et il devait bien admettre que ces petites peurs, malgré tout, mettaient du piquant dans toute cette aventure. C'était là sans doute le but: avoir peur, mais sans danger réel.

Quelques minutes plus tard, les deux flics guidaient Daniel vers un entrepôt abandonné en lui expliquant (en anglais, cette fois) qu'il passerait la nuit en prison, avec d'autres prisonniers. À l'intérieur, les fenêtres étaient condamnées. Plusieurs néons éclairaient crûment la salle, qui ne renfermait que quelques matelas à même le sol de ciment, ainsi que sept femmes, toutes décoiffées et habillées de sous-vêtements déchirés, comme si elles se trouvaient là depuis longtemps, ce qui n'amenuisait en rien leur beauté foudroyante. Elles étaient toutes dans la jeune vingtaine, et les chandelles du dix-huitième anniversaire de deux ou trois ne devaient pas avoir été soufflées depuis très longtemps. Les flics, qui jouaient de manière exagérée leur rôle de méchants, leur ont expliqué (toujours en anglais) que l'homme qu'ils amenaient devait être enfermé là car il n'y avait plus de place dans le baraquement pour hommes. Puis ils sont sortis tandis que les prisonnières s'approchaient du «détenu»…

La partouze a duré deux heures et demie. Une débauche qu'on imagine seulement dans les rêves les plus fous. Un tourbillon de copulations, de perversions, d'orgasmes et, aussi, de quelques éclairs de violence, car deux filles voulaient absolument se faire fouetter et, cette fois, il y a eu des éclaboussures de sang. En temps normal, Daniel ne se serait pas rendu si loin, mais l'orgie était si étourdissante qu'il lui était impossible de raisonner. Tout n'était qu'instinct, désirs, pulsions. Au milieu de la nuit, les filles ont fini par comprendre que «leur homme» n'en pouvait plus et, sans un mot, elles ont quitté l'entrepôt. Étendu sur un matelas humide de fluides de toutes sortes, un énième condom ratatiné autour de son sexe à vif, Daniel a fixé le plafond un bon moment, assommé de béatitude, jusqu'à ce qu'il remarque les visages des deux policiers au-dessus de lui.

Quinze minutes après, on le laissait devant son hôtel. Daniel s'est penché vers la fenêtre du conducteur et, la voix molle, a demandé combien il leur devait. Le faux flic, offusqué, a rétorqué que la police norvégienne n'acceptait jamais de pot-de-vin, puis la voiture a démarré. Le PDG les a regardés s'éloigner, admiratif : ils avaient vraiment joué le jeu jusqu'au bout. Bravo !

Et le voilà étendu dans son lit, puant la débauche à plein nez mais trop épuisé pour aller sous la douche. Brave, Charron ! Il lui en devrait une autre ! Combien a pu lui coûter une telle folie ? Dix mille dollars ? Plus ? Car la mise en scène était spectaculaire, aucun doute là-dessus ! Faux flics, putes comédiennes, resto chic de mèche avec l'organisation, minutage parfait… Tout cela dans un pays étranger en plus !

C'est donc cela, *Hell.com* ? Une énorme, une gigantesque machine internationale à fantasmes ?

Peu à peu, la fatigue l'assomme et tandis qu'il glisse doucement vers le sommeil, il se rappelle qu'il était censé appeler son fils tous les soirs.

◆

Le lendemain midi, une réception est organisée aux bureaux de Snobjr. Alcool, bonne bouffe, invités de marque, dont deux ministres du pays. Wilson semble en pleine forme, alors que Dubreuil ressemble à un zombie.

— Évidemment, Christian est allé se coucher à dix heures et demie, marmonne-t-il à Daniel à un moment donné. Tu as vraiment passé la soirée dans ta chambre ? Pourtant, tu as l'air fatigué.

— J'ai mal dormi.

— En tout cas, moi, j'ai pas l'air magané pour rien. J'ai ramené une Norvégienne dans ma chambre. Je te laisse imaginer le reste.

— Content pour toi, mon vieux.

Les mondanités durent plus de trois heures et Daniel n'en peut plus quand ils serrent enfin la main à Bjorsn, qui leur répète combien il est heureux de faire affaire avec eux. Puis, avec un clin d'œil, il chuchote à Daniel qu'une surprise l'attend à son hôtel.

En effet, en ouvrant la porte de sa chambre, le millionnaire trouve deux jolies jeunes femmes assises sur son lit. Mais après une quinzaine de minutes de caresses et de préliminaires, Daniel se lasse et, étonné de sa propre décision, s'excuse auprès des deux demoiselles. Il leur donne un généreux pourboire, parle de décalage horaire et les deux « escortes » quittent la chambre, ravies de s'en tirer à si bon compte. Assis sur son lit dans sa robe de chambre, l'homme d'affaires réfléchit un moment, puis retrouve le numéro de téléphone de la veille.

L'homme qui répond à l'autre bout du fil n'est pas le même, mais il parle français avec un accent acceptable. Daniel explique qu'il a reçu la veille un cadeau d'un ami, Martin Charron, et qu'il voudrait bien revivre le même genre d'expérience, avec un scénario différent si possible. Évidemment, il paierait cette fois lui-même.

— Il n'y a pas d'activité de ce genre ce soir, monsieur. Mais je peux sans doute vous trouver quelque chose qui fera votre affaire. Votre nom, déjà ?

— Daniel Saul.

Cliquetis d'ordinateur, puis :

— Je n'ai pas votre nom dans nos archives, monsieur Saul. Vous n'êtes donc pas membre, c'est cela ?

— Membre de quoi ?

Pourquoi pose-t-il cette question ? Il sait très bien de quoi il s'agit. La voix demeure polie, mais un rien plus sèche.

— Désolé, monsieur, nous n'offrons des services qu'aux membres.

— Mais hier, alors ?

— Hier, vous étiez l'invité d'un membre. Pas aujourd'hui.

— Je suis prêt à payer cher, vous savez. Vingt mille couronnes, qu'en dites-vous ?

— Désolé, monsieur.

— En argent américain, alors ? Dix mille ?

La ligne est coupée. Le PDG raccroche en maugréant. Qu'ils aillent au diable, après tout !

Daniel va casser la croûte en ville, arpente les rues, visite quelques endroits pittoresques. Merde ! S'il avait su, il aurait gardé les deux filles de tout à l'heure !

Il s'ennuie tellement qu'il appelle Dubreuil et Wilson pour leur ordonner de préparer leurs valises parce qu'ils retournent à Montréal cette nuit.

◆

Durant les deux premières heures de son vol, Daniel, qui n'a pas sommeil, travaille sur un ou deux dossiers tandis que Wilson lit et Dubreuil dort à poings fermés. Mais peu à peu, *Hell.com* reprend le contrôle de ses pensées. Au fond, ce site est un *dispatcher* d'événements sexuels. Illégal puisqu'il s'agit de prostitution. Devenir membre ne serait donc pas plus risqué que d'appeler des « escortes » par Internet. Peut-être même moins, puisque ce site semble vraiment bien organisé. Et ce n'est sans doute pas plus dangereux que les petites magouilles fiscales auxquelles il s'adonne depuis quelques années.

Et puis, ce nom, *Hell.com*… Un peu ridicule, non ? Qu'y a-t-il d'infernal dans le sexe ? Bon, il est vrai qu'à la soirée-donjon, certaines pratiques semblaient plutôt tordues. Daniel lui-même développe un certain goût pour le sadomasochisme, mais tout de même rien d'alarmant : tout cela se pratique avec des filles consentantes.

*Que serait-il arrivé si, hier, tu avais choisi* hard *comme degré de violence ?*

Il ne l'a pas choisi, justement, et c'est ça l'important. Et s'il y a des filles prêtes à aller très loin dans la violence, qu'est-ce que ça peut lui foutre ? En fait, le nom du site a sans doute été choisi pour des raisons de marketing : *Hell*, ça impressionne, ça sonne important. Peut-être même que c'est de la dérision.

Un site pas pour tout le monde, a précisé Charron. Et n'est-ce pas ce que Daniel a tant aimé dans ces deux événements ? Leur aspect différent, exclusif… Et le tuyau sur le combat de boxe truqué ? Daniel doute. Qu'est-ce que ce genre de renseignements viendrait faire dans un site sexuel ?

Charron est membre de *Hell.com*. Perry, le *big shot* de New York qu'il a vu à la soirée-donjon, l'est aussi. D'autres hommes d'affaires le sont sans doute. Alors pourquoi ne le serait-il pas ?

Il arrive chez lui à vingt-trois heures. Tandis qu'il monte les marches qui mènent à la porte d'entrée, il se cherche des excuses pour expliquer à son fils pourquoi il n'a pas appelé une seule fois alors qu'il lui avait assuré le contraire. Mais il arrête de se creuser la tête quelques secondes après son entrée dans la maison : Simon est absent.

Quand l'adolescent entre à une heure du matin, il trouve son père au salon, furieux.

— T'étais pas supposé rentrer demain ? bredouille Simon.

— Et toi, t'étais pas supposé rester à la maison ?

— T'étais censé m'appeler tous les soirs.

— J'ai pas appelé parce que j'avais décidé de te faire confiance !

— Mon œil ! T'as oublié, oui !

Simon marche vers l'escalier. Daniel l'examine rapidement de loin : il n'a pas l'air soûl ni gelé.

— D'où tu viens ? De chez tes copains ? Ceux qui venaient ici avant ?

— Ces trous du cul ne sont plus mes amis !

— Alors, d'où tu viens ?

— C'est pas d'tes affaires !

Daniel bondit vers lui, l'accroche par un bras et le retourne violemment vers lui. L'espace d'un clignement d'œil, il se revoit en train de jouer avec Simon quand il avait neuf ans, peu de temps avant le départ de sa folle de femme. Les rares fois où il rentrait tôt à la maison, il sautait sur son jeune fils et lui agrippait le bras, comme maintenant, mais uniquement pour feindre de se battre avec lui, ce qui faisait bien rire l'enfant. Pris au dépourvu par ce flash, Daniel lâche l'adolescent qui le fusille des yeux. Il y a quelque chose de brisé dans ce regard, le PDG s'en rend compte.

— Simon... Dis-moi où tu étais ce soir.

Simon secoue la tête. Daniel le trouve tout à coup vieux, tellement vieux... et si jeune en même temps.

— Tu vois ? rétorque l'ado. Malgré tout ton argent, tu peux pas tout savoir…

— Simon !

— Je suis allé au cinéma voir un programme double, c'est tout !

Il monte enfin l'escalier, laissant un père dubitatif en bas. Après tout, ce n'est peut-être pas un mensonge. Mais même s'il est allé au cinéma, il a désobéi. Comment réagir, alors ? Le punir encore plus sévèrement ? Daniel monte l'escalier en soupirant.

Dix minutes plus tard, il consulte ses courriels. Il y en a un de Charron, qu'il s'empresse de lire.

On se voit lundi pour le projet italien ?
J'ai hâte que tu me parles de ton voyage…

Daniel a un petit sourire et le souvenir de son incroyable aventure à Oslo lui fait presque oublier sa mauvaise humeur.

Quand il se couche une heure plus tard, il a pris la décision de s'abonner à *Hell.com*.

# CHAPITRE 8

— Notre équipe sera à pied d'œuvre dans dix jours et les travaux pourront commencer dès la semaine suivante. Si tout va bien, les premiers condos seront prêts dans trois mois.

Assis devant lui, Marie et Charron approuvent en silence. Durant toute la rencontre, Charron, malgré l'air renfermé qu'il adopte toujours en société, a jeté plusieurs regards malicieux au PDG et celui-ci sait très bien pourquoi. Il a d'ailleurs hâte de se retrouver seul avec lui.

— C'est gentil de me tenir au courant, commente l'investisseur.

— Tu as tout de même des parts dans ce projet. Je suis impatient de te parler de L'Aquila, notre projet italien.

— Est-ce que monsieur Charron est désormais un de nos consultants ?

Marie prend le ton de la boutade, mais Daniel n'est pas dupe. Charron lui décoche un regard amusé mais duquel suinte un certain mépris. Décidément, se dit le PDG, ces deux-là se portent mieux quand ils s'évitent. Il répond donc diplomatiquement :

— Disons un investisseur occasionnel.

— Oui, et j'aime bien mener plusieurs projets de front.

Marie n'ajoute rien. Daniel la trouve morose. Pourtant, au déjeuner ce matin, elle allait bien : il s'était levé très tôt pour aller la réveiller chez elle. Ça n'a pas été la baise la plus explosive, mais ça commençait tout de même bien la journée, non ? Alors, pourquoi, en ce moment, affiche-t-elle cette hostilité ?

C'est Charron. Elle le supporte de moins en moins.

Comme pour confirmer ses pensées, elle se lève en annonçant qu'elle a un autre rendez-vous. Elle salue Daniel et tend une main peu avenante à l'investisseur. Ce dernier la serre mollement, en regardant à peine sa propriétaire. Une fois Marie sortie du bureau, Daniel se lève, s'étire et va se planter devant la fenêtre qui donne sur Montréal.

— Alors ? demande Charron dans son dos.

Daniel se tourne vers lui, décidant délibérément de ne pas attaquer le *vrai* sujet tout de suite.

— L'Aquila, une ville dans le centre de l'Italie. Tout un quartier à construire, avec habitations et centres commerciaux. Notre partenaire sur place serait le groupe Lycaune.

Charron hoche la tête, bon joueur.

— Ça peut m'intéresser, mais je pars en Allemagne demain. Laisse-moi le dossier et j'y jetterai un œil.

— Tu vas faire quoi en Allemagne ?

— M'amuser.

Daniel l'imagine alors, à Berlin, en train d'appeler différents numéros de téléphone, de fréquenter certaines soirées particulières, le tout fourni par son site Internet préféré…

— En parlant de s'amuser… C'était comment, le *night life* d'Oslo ?

Daniel croise les bras et ricane.

— T'es complètement fou, Martin. Dis-moi combien ça t'a coûté, je vais te rembourser.

— Raconte pas de niaiseries. Alors, c'était comment ?

— C'était… C'était génial, évidemment ! J'imagine que tu en sais quelque chose.

— Et comment. Je l'ai vécu en Hongrie, en Espagne, à Montréal… Le meilleur circuit, c'était au Japon.

Cette énumération donne un léger vertige à Daniel. Charron continue :

— Et le combat de boxe, tu as parié ?

— Oui. J'ai gagné un demi-million.

— Si on pouvait partout encaisser du dix contre un !

— Ce tuyau, tu l'as eu comment ?

— D'après toi ?

*Hell.com* aussi ? Ce site n'est donc pas qu'un site de sexe. C'est vrai que l'illégalité, ça peut couvrir beaucoup de sphères…

— Et pour la violence ? demande Charron.

— Hein ?

— Pour ta virée, tu as choisi quel niveau de violence ?

Cette information semble vraiment l'intéresser. Daniel hésite, s'assoit sur le bord de son bureau.

— Aucun.

Charron arbore un air dubitatif. Daniel se trouve ridicule : n'assume-t-il pas son choix ? Il a donné quelques coups de fouet à peine à deux ou trois filles consentantes, il ne les a pas défigurées à coups de poing !

— D'accord, j'ai demandé *soft*.

— *Soft* ? Tu as eu peur ou quoi ?

— Pas du tout. Plus que *soft*, ça ne m'intéresse pas.

L'investisseur n'a pas l'air convaincu. Daniel se souvient alors de Charron à la soirée-donjon, de cette fille qu'il avait manifestement tabassée un peu trop fort…

— Je ne suis pas comme toi, Martin. Enfin, pas sur tout, disons.

— Vraiment ?

Daniel n'est pas sûr d'aimer la tangente de cette discussion et décide d'aller droit au but.

— Écoute, si les deux surprises que tu m'as réservées à Oslo avaient pour but de me convaincre que le site est vraiment génial, tu as réussi : je voudrais m'abonner à *Hell.com*.

Le sourire de Charron devient carrément complice, comme s'il retrouvait un vieux copain. Sans se lever, il s'assure que personne n'est sur le point d'entrer dans le bureau, puis fouille dans sa poche.

— Je me doutais que tu profiterais de ma présence ici pour effectuer le grand saut. J'ai donc apporté l'adresse d'abonnement avec moi.

Daniel prend le papier que lui tend son collègue, qui poursuit :

— Ne l'écris pas dans Google, aucun moteur de recherche ne trouvera ce site pour toi. Tu dois la taper au complet dans la barre d'adresse.

Daniel, toujours assis sur le coin de son bureau, découvre sur la feuille une suite de chiffres et de lettres sans aucun sens, impossibles à retenir tant ils semblent aléatoires et d'une longueur inimaginable.

— Avec ça, tu obtiendras la page d'abonnement. Là, ils vont te demander beaucoup d'informations qui vont te sembler très personnelles. Mais tu dois y répondre. Ils veulent savoir si tu es vraiment la personne que tu prétends être.

— Et pour le paiement du *membership*, ce sera par carte de crédit ?

— Non. C'est trop cher pour payer par carte de crédit, ils te proposeront un autre mode de paiement.

— Ça coûte combien ?

— Cinq cent mille dollars pour un an. Américains.

Daniel bondit de son bureau comme si un piranha venait de lui mordre une fesse.

— Criss, Martin ! C'est de la démence !

— Allons, tu peux facilement te le permettre. C'est ce que tu as gagné à Oslo en un seul pari !

— C'est pas la question ! Cinq cent mille piastres ! Ils se prennent pour qui ?

— Daniel, ce que je t'ai montré des possibilités de ce site n'est que la pointe de l'iceberg.

Le PDG déambule dans son bureau en se passant une main dans les cheveux.

— C'est tellement… Merde ! est-ce que je peux vraiment avoir confiance ?

— Je suis membre, Daniel. Perry, que tu as vu l'autre soir, est membre aussi. Est-ce qu'on a l'air, tous les deux, de le regretter ? Et, si j'en avais le droit, je pourrais te nommer d'autres noms prestigieux que tu connais sans doute, et qui ne regrettent vraiment pas leur abonnement.

— Tu es membre depuis quand ?

— Trois ans. Mon abonnement annuel se termine dans quatre mois. Tu peux être certain que je vais le renouveler.

— Et toi, comment as-tu découvert ce site ?

— Mais de la même manière que toi, mon cher : quelqu'un m'en a parlé. Quelqu'un qui a vu que j'avais ce qu'il fallait pour faire partie de ce club très sélect.

Daniel se remet à marcher, secoue la tête.

— Cinq cent mille piastres, va falloir que j'y pense…

— C'est ça. Penses-y. Moi, je pars demain en Europe, donc… D'ailleurs, tu me files le dossier de ton projet de partenariat avec Lycaune ?

Daniel, préoccupé, le lui donne sans un mot. Charron promet de le lire en Allemagne. Les deux hommes se serrent la main, puis, juste avant de sortir, l'investisseur lance :

— Si tu t'abonnes, tu ne le regretteras pas. Le vrai Daniel Saul va enfin pouvoir s'amuser.

Le PDG a un rictus incertain, partagé entre l'excitation et le malaise que lui procure cette remarque.

◆

Quand Daniel rentre chez lui, vers dix-neuf heures, Simon finit de manger, songeur. Daniel le salue, s'attendant à un silence morose ; non seulement son fils lui répond, mais il lui demande :

— As-tu mangé ? Denise a préparé du pâté pour douze.

Surpris, Daniel le remercie en expliquant qu'il a déjà soupé. Est-ce enfin une ouverture au dialogue ? L'adolescent se lève lentement et range son assiette sale dans le lave-vaisselle, l'expression tourmentée. Daniel l'aide un peu :

— Tes reprises d'examens sont dans deux semaines, c'est ça ?

— Oui…

— Tu vas les réussir, mon grand, tu le sais bien.

— Appelle-moi pas mon grand.

— OK, mon petit.

Daniel sourit. Simon a un timide mouvement des lèvres qu'on pourrait interpréter, avec de la bonne volonté, comme un sourire. Daniel ose s'approcher de son fils et lui met même la main sur l'épaule. Simon se laisse faire.

— C'est juste une mauvaise passe, Simon. Tu en as déjà eu une, plus jeune. Tu te souviens ?

Simon, le regard bas, hoche la tête.

— Tu t'en étais sorti. Tu vas encore t'en sortir. Tu es fort.

Daniel ajoute avec fierté :

— Tu es un Saul.

Le visage de Simon devient encore plus tendu, Daniel sent même les muscles du jeune homme se durcir. L'adolescent semble sur le point de dire quelque chose, les traits modelés par la vulnérabilité, mais rien ne sort. Daniel, ne sachant lui-même comment l'encourager, risque enfin :

— Le monde est à tes pieds si tu le veux.

Simon, cette fois, grimace carrément.

— Je vais aller étudier…

— Bonne idée.

L'adolescent monte en silence. Daniel se prend une bière dans le frigo, encouragé. Ce n'était pas la joie ni les éclats de rire, mais au moins ils se sont parlé un peu. Simon va réussir ses examens, cela va le revaloriser, et au cégep, il se sentira traité en adulte. Dans un an, on repensera à cette mauvaise passe en riant et cette histoire servira de preuve irréfutable qu'un gagnant sort toujours plus fort des épreuves.

Bière en main, il monte dans son bureau, referme la porte et écoute ses messages sur sa boîte vocale. Seulement trois, dont un de sa mère.

« Je crois que tu reviens d'Europe aujourd'hui. Rappelle-moi donc. C'est important. »

Daniel soupire. Avec sa mère, c'est toujours important. Il est vrai qu'il y a cette fois une certaine inquiétude dans sa voix. Il l'appellera tout à l'heure.

Parce que pour l'instant…

Il s'installe à son bureau, sort le papier de sa poche et fixe un moment son ordinateur, comme s'il s'attendait à ce que la machine lui affiche un message dissuasif. Enfin, il lance Firefox, inscrit la longue adresse dans la barre du haut, en s'assurant de n'oublier aucun des nombreux chiffres et lettres de cette suite incongrue. Puis il appuie sur « enter ».

Pendant de longues secondes, il ne se passe rien et tout à coup, l'écran devient noir… puis complètement blanc. Un simple message, en plein centre.

Choose a language.

Apparaît une boîte à défilement dans laquelle Daniel a le choix entre une dizaine de langues. L'homme d'affaires est évidemment parfaitement bilingue, mais puisqu'on lui offre le français… Il clique. Nouveau message, toujours sur fond blanc.

> Identité de la source qui vous a parlé de
> notre site.

Une petite boîte pour le nom, une autre pour le prénom, une troisième pour la ville et une dernière pour le pays. Daniel les remplit : Charron, Martin, Montréal, Canada. Il réalise que ses doigts moites glissent sur les touches et il les essuie vivement sur ses cuisses.

> Veuillez patienter. Nous vérifions la source.

Daniel en profite pour s'envoyer une gorgée de bière. Après ce qui lui semble des heures, un autre message apparaît enfin.

> Source validée. Vous êtes sur le point de
> vous abonner à un site très sélectif. Par
> sécurité, nous devons savoir exactement qui
> vous êtes. Veuillez répondre aux questions
> suivantes. Vous avez dix minutes. Après
> quoi, vous ne pourrez plus vous abonner.

On lui demande alors son nom, son âge, sa profession, son adresse, ses adresses de courriel, ses numéros de cartes de crédit, son numéro d'assurance sociale, de permis de conduire, les principales banques avec qui il fait affaire, les clubs privés dont il est membre, etc. Des renseignements que Daniel n'aurait jamais donnés à personne. Et voilà qu'il est sur le point de les livrer à un site Internet inconnu *et* illégal. Il veut prendre une autre gorgée de sa bière, constate que la bouteille est vide. Ses doigts demeurent au-dessus du clavier, n'osant pas inscrire les réponses. En haut de l'écran, un compteur égrène : 9:25… 9:24… 9:23…

On frappe à la porte. Daniel sursaute avec une telle violence qu'il se fait mal aux tendons du cou.

— P'pa ? Je peux entrer ?

— Non, je… je travaille, là. Qu'est-ce qu'il y a ?

— Ben… Je voudrais te parler…

— Je suis en plein *rush*, tu… Un peu plus tard, OK ?

Il tend l'oreille dans l'attente d'une réponse, tout en fixant l'écran, convaincu de voir le site se déconnecter d'une seconde à l'autre. Mais Simon ne répond pas. Daniel l'entend seulement s'éloigner, le pas traînant. Peut-être devrait-il aller voir son fils, non ? Mais il ne lui reste que huit minutes pour s'inscrire, ce serait bête de… Rapidement, l'homme d'affaires commence enfin à écrire les informations demandées, n'en revenant pas de sa propre imprudence. Quand il a terminé au bout de six minutes, son index voltige au-dessus de la touche *enter* pendant un moment, puis finit par appuyer. Charron est membre depuis trois ans et il ne lui est rien arrivé ! C'est bon signe, non ?

Quelques secondes d'attente, puis un nouveau message :

> Le coût pour devenir membre pendant un
> an est de 500 000 dollars américains.
> Vous devrez payer cette somme en liquide
> en la transférant dans un compte que vous
> ouvrirez dans la banque suivante.

Le nom d'une succursale de cette banque à Montréal apparaît, ainsi que les instructions à suivre pour ouvrir ledit compte. Il est précisé que le tout passera comme un don pour une œuvre de charité et que des reçus en conséquence lui seront fournis.

> Si demain, à treize heures trente (heure de
> Montréal), nous constatons que la transaction
> n'a pas été effectuée, il ne vous sera plus
> jamais possible de devenir membre du site.
> Notez toutes les informations de ce message,
> car il s'effacera d'ici une minute.

Déboussolé, Daniel note les instructions, tandis qu'une petite voix raisonnable lui répète que tout cela est un gag, que demain matin, à la banque, Charron et ses complices l'attendront en se foutant de sa gueule. Quand il a fini de tout écrire, il revient à l'écran, appuie sur l'icône « continuer » et un dernier message, bref, apparaît :

> Si tout se déroule comme convenu, nous
> entrerons en contact avec vous.
> Bonne soirée.

Voilà.

Irait-il vraiment, demain matin, ouvrir un compte dans une banque qui n'est pas la sienne pour y transférer cinq cent mille dollars ? La nuit lui ferait sûrement retrouver ses esprits.

Il se rappelle alors que Simon, son fils avec qui il est en guerre depuis un mois, a voulu lui parler tout à l'heure. Daniel s'empresse de sortir de son bureau et marche vers la chambre de l'adolescent. Mais il trouve celui-ci couché, le torse nu, les yeux déjà fermés. Il s'approche, s'assoit sur le bord du matelas.

— Tu dors ?

Simon entrouvre un œil. Impossible de savoir s'il dormait ou non.

— Tu voulais me parler ?

Simon réfléchit un moment, puis il a une petite moue.

— Laisse faire… Y est trop tard, là…

Il n'est pourtant que vingt-deux heures… Étonnant que son fils soit couché si tôt.

— OK… Tu me raconteras ça demain.

Simon se retourne sans un mot et Daniel sort.

Toute la nuit, il rêve de Charron lui répétant qu'il est temps qu'il s'adonne à des activités dignes de lui.

◆

Assis à l'arrière de sa Rolls qui l'emmène au travail, Daniel est préoccupé. Il revient de la banque où il a ouvert un compte pour transférer l'argent, en suivant les instructions reçues la veille (il a effectué le transfert lui-même, n'osant pas en parler à son comptable). Il n'arrive pas à croire qu'il a fait une chose pareille, mais il sait qu'il s'en serait voulu encore plus s'il ne l'avait pas fait. Merde ! s'il existe une élite secrète, il n'y a aucune raison pour qu'il n'en soit pas ! Et s'il l'a trompé, Charron saura ce qu'il en coûte de se foutre de la gueule de Daniel Saul. Il peut se permettre de perdre cinq cent mille dollars, mais pas de perdre la face.

À onze heures quinze, dans son bureau, il écoute Wilson lui expliquer que le contrat pancanadien avec Toronto n'est plus aussi assuré qu'avant.

— Tu ne devineras jamais qui leur a fait une contre-proposition.

— Hmmm…

— *Bégin inc*. Et j'ai entendu dire que c'est Philippe lui-même qui s'occupe du dossier. On parle pas de Laval, là, mais d'une cinquantaine d'immeubles à travers le pays. Philippe Bégin s'attaque délibérément à nos contrats, c'est clair qu'il s'en prend personnellement à toi. Il n'est pas trop tard pour Toronto, mais…

— C'est un minable ! Il ne peut pas…

Le téléphone sonne. Sa secrétaire.

— Voyons, Diane, je suis en meeting !

— C'est votre mère sur la deux. Elle dit que c'est *vraiment* urgent.

Merde ! il a complètement oublié de la rappeler hier ! Il s'excuse auprès de Wilson et, juste avant que ce dernier ne sorte, Daniel lui demande de s'occuper du dossier de Toronto au plus vite.

— Écrase Bégin d'aplomb, qu'on lui montre une fois pour toutes qu'il ne devrait pas jouer dans la cour des grands !

Wilson jure qu'il va s'en occuper, puis sort. Daniel attrape une pomme dans son tiroir puis accède à la seconde ligne de son téléphone. Accusatrice, sa mère lui demande quand il est revenu.

— J'allais t'appeler, m'man. Qu'est-ce qui se passe ?

— Ton père est à l'hôpital.

Daniel croque dans sa pomme. Avant de savoir s'il doit s'inquiéter ou non, il demande rapidement, la bouche pleine :

— C'est grave ?

— Il a eu un infarctus.

Malgré lui, comme il le fait lorsqu'un client l'appelle pour lui apprendre une nouvelle délicate, il se met sur le mode « analyse ». Son père doit être hors de danger, sinon sa mère serait en larmes et, surtout, n'aurait pas laissé un message la veille. Elle serait venue chez son fils directement. Comme pour confirmer le tout, elle lui résume la situation : Roland, depuis trois jours, passe son temps à parler business avec son vieil ami qui s'ouvre un petit commerce, et hier, en pleine discussion, l'ex-PDG a piqué du nez, le cœur en chamade. Les médecins ont expliqué qu'il s'en tirerait avec un affaiblissement du cœur encore plus prononcé. Donc, plus que jamais, le vieil homme devra se reposer. Le message que Lucie Saul envoie à Daniel est limpide : va voir ton père et essaie de le raisonner. Daniel lance son trognon de pomme dans la corbeille d'un geste exaspéré :

— Maudite tête de cochon ! Est-ce qu'il va falloir qu'on l'attache pour qu'il se repose pour vrai ?

— Je t'appelle de l'hôpital, Daniel, je ne peux pas te parler longtemps.

Daniel se frotte les yeux. Il promet de passer dans la soirée.

— Et Simon ? insiste sa mère.

— Il viendra aussi.

Lucie, rassurée, l'embrasse à distance et raccroche. Daniel réalise qu'il est plus en colère qu'inquiet. Pour la première fois de sa vie, il se demande ce qu'il ressentira à la mort de son père. Il sera triste, bien sûr. Beaucoup ? Regrettera-t-il ses visites au bureau, ses redondants conseils d'affaires d'un autre âge ? Pas particulièrement, il doit bien l'admettre. Mais il s'ennuiera d'autre chose, sans doute.

Comme quoi ?

Et puis, merde ! Il n'est pas mort, il est à l'hôpital !

Il se remet au boulot, en se demandant vaguement si, en ce moment même, on n'est pas en train de retirer les cinq cent mille dollars de son nouveau compte.

◆

Il rentre chez lui vers dix-neuf heures. Il se prépare un scotch, va à son bureau et consulte ses courriels. Aucun expéditeur n'a un nom qui ressemble à *Hell.com*. Mais il y a un message d'un certain Réjean Lafleur. Qui peut bien être ce type ? Il ouvre le courriel.

> Bonjour, monsieur Saul.
> Merci pour votre paiement. Pour les
> dossiers de votre comptabilité, le retrait a
> été fait au nom d'une fondation de charité
> à laquelle vous avez donné généreusement.
> Votre bureau recevra les papiers attestant
> ce don sous peu.

Daniel termine son scotch d'un trait. Et voilà, son demi-million de dollars est entre *leurs* mains. Daniel est maintenant officiellement membre de *Hell.com*. Il poursuit sa lecture, s'attendant à trouver un lien vers le site.

> Merci et au revoir.

C'est tout ? Daniel, incrédule, relit le message deux, trois fois, puis éprouve un doute intolérable, qu'il n'a ressenti que très peu de fois dans sa vie : se serait-il fait avoir ? Spontanément, il appuie sur la touche « Répondre » et inscrit en vitesse :

> Qu'est-ce que c'est que ces histoires ? J'ai
> payé, j'exige le service auquel j'ai droit.

Il envoie le message. Moins de deux minutes après, une réponse apparaît :

> Monsieur ou madame,
> Veuillez préciser la nature de votre message.
> À quoi faites-vous référence ? Qu'avez-vous payé au juste ? Peut-être vous êtes-vous trompé d'adresse ?
> Bien à vous,
> Réjean Lafleur, Gérant
> Le Coin du sportif

Daniel lit ce message la bouche grande ouverte. *Le Coin du sportif* ? Mais qu'est-ce que ça veut dire, ce bordel ? Il revient alors au message envoyé par *Hell.com*. Le nom de l'expéditeur est effectivement Réjean Lafleur. *Le Coin du sportif* serait la couverture de la filière québécoise de *Hell.com* ? Non, c'est impossible.

Il croit comprendre enfin : n'a-t-il pas déjà entendu parler de pirates de l'informatique qui, pour envoyer leurs messages, volent momentanément des adresses de courriel existantes ? Ou quelque chose du genre… Ce pauvre Réjean Lafleur n'est probablement même pas au courant qu'on a utilisé son adresse de courriel. Donc impossible de retrouver la source des envois de *Hell.com*.

Il pourrait appeler la banque, mais à quoi bon ? On lui donnerait le nom d'une fondation de bienfaisance, comme c'est prévu. Pour creuser plus loin, il faudrait l'aide de la police… Mais comment mêler la police à cela alors que la transaction elle-même concerne un site criminel ?

*Tu t'es fait fourrer, mon vieux !*

Il marche de long en large. Du calme : peut-être que ce délai est normal. Sans doute recevra-t-il d'ici demain de nouvelles instructions à suivre.

Du moins, il l'espère.

Charron doit connaître les procédures. Daniel saisit donc le téléphone et compose le numéro de l'investisseur. La belle voix radiophonique explique que le propriétaire sera absent pour les dix prochains jours. Beau hasard, tout de même, qu'il parte en vacances à un tel moment…

Charron aurait-il pu le baiser ? Charron le moucheron qui réapparaît vingt-six ans plus tard, qui lui apprend subtilement l'existence de ce supposé site, qui l'embobine… Et au moment où Daniel mord à l'hameçon, l'investisseur s'en va en Europe… Pour rejoindre ses complices ?

Pas de chance à prendre. Le PDG appelle son comptable et lui explique la situation : il doit annuler toutes ses cartes de crédit, appeler les différentes banques avec lesquelles il fait affaire pour les prévenir qu'il y a un risque de fraude. Le comptable ne comprend pas trop mais promet d'être vigilant. En raccrochant, Daniel se dit que les plus grandes fuites sont colmatées, les dommages devraient donc être limités.

*Mais pourquoi Charron t'aurait-il arnaqué de cinq cent mille dollars après t'avoir fait gagner le même montant à la boxe ? Ça ne tient pas debout.*

Daniel ne sait plus que penser. Malgré la confusion qui l'habite, il se souvient qu'il doit aller voir son père à l'hôpital. Il va donc à la chambre de son fils. Comme la porte est entrouverte, il pousse dessus. Simon est devant son ordinateur et pianote sur son clavier. Il se retourne vivement, offusqué.

— Hey ! On frappe avant d'entrer !

Le Simon de la veille qui voulait se confier semble bien lointain, tout à coup. Mais Daniel y prête à peine attention :

— Viens, on s'en va à l'hôpital. Je vais t'expliquer en route.

◆

Sa mère est en train de prier. Elle n'est pas à genoux et ne bouge pas les lèvres, mais le simple fait qu'elle soit assise, les yeux fermés, en tenant la main de son mari endormi, démontre qu'elle est en pleine discussion avec Dieu. Daniel entre doucement dans la chambre.

— Pas besoin de prier, m'man, il est hors de danger.

Elle ouvre les paupières, rayonne en voyant son fils et lévite presque de joie en reconnaissant Simon. Elle les embrasse tous les deux et même si l'adolescent s'efforce à peine de sourire, la grand-mère est trop heureuse pour s'en rendre compte.

— Comment va-t-il ? demande Daniel.

Elle explique qu'il dort beaucoup, épuisé par son infarctus, mais que tout se déroule normalement. Il pourrait même sortir de l'hôpital dans quatre ou cinq jours si son état demeure stable.

— Le docteur insiste quand même sur le fait que son cœur est plus fragile que jamais.

Ses yeux s'emplissent de larmes même si elle sourit. Daniel la serre contre elle, maladroit, incapable de s'enlever de la tête l'hypothétique arnaque dont il a peut-être été victime. Elle remarque son air lointain et lui demande ce qui ne va pas.

— Tout va bien. Grosse journée, c'est tout.

— Et toi, Simon ? Fini, le secondaire ? Ça s'est bien passé ?

Simon hausse un sourcil et a un air presque narquois, cet air que Daniel déteste tant.

— Il a eu de bonnes notes, comme d'habitude, s'empresse-t-il de répondre.

Lucie Saul félicite son petit-fils, qui la dévisage comme si elle était une demeurée, puis elle annonce qu'elle va chercher du café pour tout le monde. Daniel s'assoit près de son père, Simon demeure debout à l'écart, s'ennuyant déjà à périr. L'homme d'affaires a beau tenter de se mettre dans l'ambiance de la situation, il n'y arrive pas vraiment.

Roland Saul ouvre les yeux et, en voyant les deux membres de sa descendance, a un sourire lumineux que Daniel lui a rarement vu.

— Daniel… Simon…

Simon daigne lui marmonner un «bonjour, pappy» sans éclat, puis s'intéresse à une série de fioles sur la petite table. Daniel le fusille du regard, mais ce n'est pas le moment d'engueuler son fils. Il revient donc à son père et lance mi-sérieux, mi-blagueur :

— Maudite tête dure ! Va falloir combien d'avertissements pour t'arrêter ?

Il s'attend à voir son père s'opposer, mais Roland prend un air grave.

— J'ai eu peur, tu sais. Quand mon bras s'est engourdi et que j'ai senti mon cœur qui se… se ratatinait, j'ai *vraiment* eu peur. Je me suis dit : «Mon Dieu, cette fois, c'est la bonne !» Et j'y ai vraiment cru.

Il tourne la tête vers son fils et Daniel remarque enfin que le paternel semble avoir vieilli de dix ans.

— J'ai enfin compris qu'on allait mourir un jour, Daniel. Tout le monde, toi aussi.

— Ça t'a pris soixante-quinze ans pour comprendre ça ?

— Ris pas, mon gars. On le sait tous qu'on va mourir, mais on ne le *comprend* pas. J'ai passé ma vie à ne pas penser à ça… comme si ma fortune me mettait à l'abri. Et quand tu vis en occultant l'idée de la mort, tu…

Il se tait, le visage funèbre. Daniel, troublé, ne sait comment réagir à cet état d'âme et se tourne vers son fils. À sa grande surprise, Simon a oublié les fioles et écoute attentivement le vieil homme. Celui-ci soupire.

— Je vais mourir bientôt. Ah, peut-être dans un an ou deux, mais le compte à rebours est commencé, je le sais.

— Mais non. T'as juste à te tenir tranquille.

— Le docteur m'assure que mon cœur est drôlement magané. Y est temps que j'envisage l'inéluctable.
Surtout quand on n'est pas sûrs qu'il y a quelque chose
de l'autre bord…

— Je pensais que tu croyais en Dieu.

— Je ne sais pas.

Il se tait un moment, puis :

— Toi, tu crois en Dieu ?

Daniel hausse les épaules. Malgré lui, il se demande
plutôt si Charron est vraiment en Allemagne.

— Je ne sais pas trop moi non plus. Je ne me suis
jamais vraiment interrogé là-dessus.

— Quand on se croit immortel, on ne se pose pas
trop de questions…

Daniel se gratte la tête, dans un effort pour cacher
son agacement. Le vieux tourne la tête vers l'adolescent.

— Et toi, Simon, tu crois en Dieu ?

Ça y est, Simon va éclater de rire, c'est sûr ! Mais
l'adolescent, qui a écouté gravement son grand-père,
répond avec fatalisme :

— Non, y a rien après. Pis y a rien avant non plus.

Oh ! Pour l'amour… Daniel s'empresse de changer
de sujet :

— P'pa, le commerce de ton *chum*, celui qui te consulte… Va falloir que t'arrêtes ça.

Roland ne répond rien, songeur.

— Et je ne veux plus que tu viennes au bureau pour
qu'on discute des états financiers.

— Ça, ça doit t'arranger, hein ?

Un peu, bien sûr, mais Daniel ne va quand même
pas le lui dire, surtout maintenant. Il opte donc pour la
diplomatie :

— Ça nous permettait quand même de nous voir.

— Va falloir que tu viennes à la maison.

— Ça va me faire plaisir.

— Menteur.

Le paternel articule le mot avec un léger sourire, sans animosité mais teinté d'une vague amertume. Daniel, mal à l'aise d'être mis ainsi au jour, proteste mollement :

— Voyons, p'pa…

— Je le sais ce qui se passe dans ta tête, comment tu penses. Je le sais tellement. On est pareils, tous les deux.

Sa mère lui a dit la même chose, la semaine dernière. Avec le même mélange de fierté et d'inquiétude. Troublé, Daniel ramène la discussion où il l'avait laissée :

— Finies, les business. Reste à la maison, occupe-toi de maman…

— Là, demande-moi-z-en pas trop, quand même.

Il ricane et Daniel l'imite, rassuré de retrouver un Roland Saul plus familier. Le PDG reluque discrètement sa montre.

— Je suis content que tu sois venu. Vraiment content.

Daniel sourit, un peu gêné par cet élan d'affection peu commun chez son paternel. Il se tourne vers Simon : ce dernier, à nouveau ennuyé, a recommencé à examiner les fioles, il en a même une dans ses mains.

— T'as l'air préoccupé, Daniel…

— C'est juste que… J'ai peut-être été arnaqué aujourd'hui, mais ce n'est pas sûr. Je sais pas trop…

Merde ! Lui qui vient d'ordonner à son père de ne plus se préoccuper de la business ! Qu'est-ce qui lui prend de parler de ça ? C'est sorti tout seul, par réflexe. Contre toute attente, son père fait un geste las de la main.

— Bah… C'est juste de l'argent.

Voilà une remarque inattendue de la part de l'ex-PDG ! Mais après tout, tant mieux s'il réagit ainsi. Daniel se lève, met la main sur l'épaule du convalescent en disant qu'il doit y aller mais qu'il reviendra bientôt. Roland saisit la main de son fils, le regard à nouveau intense.

— Merci, Daniel… Je t'aime, mon gars.

Seigneur! Son infarctus l'a vraiment ébranlé! Daniel grimace un sourire.

— Moi aussi, p'pa.

— Je te l'ai pas dit souvent, hein?

— Non, mais c'est pas grave. Je l'ai toujours senti.

Il prononce ces paroles mécaniquement pour rassurer son père, mais le vieil homme a un petit haussement de sourcils qui montre qu'il n'est pas dupe.

Un bruit de verre attire l'attention des deux hommes : la fiole entre les mains de l'adolescent a glissé et s'est cassée sur le sol. Simon regarde les fragments de verre, puis, inexpressif, les écrase lentement sous sa semelle.

◆

— Bravo pour l'effort! Je serais venu avec un croque-mort que ç'aurait été plus gai!

Daniel se moque complètement que Benoît entende une altercation familiale. De toute façon, ce ne sera pas la première. Assis aux côtés de son père, Simon regarde dehors.

— Pappy a raison. On va tous mourir.

— C'est quoi, ce nouveau nihilisme complaisant? C'est la mode chez les ados blasés, c'est ça? Et puis, qu'est-ce que tu foutais quand je suis entré dans ta chambre? T'avais pas l'air d'étudier fort!

— Hey, déjà que tu m'empêches de sortir, vas-tu contrôler chacun de mes mouvements en plus? Tu t'attends pas à ce que j'étudie vingt-quatre heures sur vingt-quatre, quand même? Respire, là!

— Simon, sois poli!

Silence. Simon n'est même plus dans la colère, il se contente de se recroqueviller dans sa coquille. Daniel croit deviner un vague sourire sur le visage de son chauffeur et cela l'oblige à se calmer un peu.

Tandis qu'ils sortent de la voiture devant la maison, le PDG se rappelle que son fils voulait discuter, hier. Peut-être se confier ?

— Tu voulais me parler, hier.

Simon marche vers la maison en marmonnant :

— Oublie ça…

Daniel renverse la tête par-derrière.

Journée merdique.

# CHAPITRE 9

Semaine merdique.

Mardi soir : Daniel rencontre son avocate Louise Ouellet chez elle. Sans entrer dans les détails, sans lui parler de *Hell.com*, il explique qu'une compagnie prétendant être une fondation de charité l'a peut-être escroqué. Louise propose d'appeler la police, mais Daniel précise qu'il ne peut pas mêler les flics à ça, car lui-même, en amont de toute cette affaire, a joué dans l'illégalité. Louise, comme d'habitude, ne lui fait pas la morale, dit qu'elle va s'en occuper mais que, sans la police, la filière sera difficile à remonter. Elle suggère tout de même à son client d'être prudent avec ce genre de magouilles et, avant qu'il ne parte, lui offre une petite ligne de coke qui, selon ses propres dires, est la meilleure en ville. Il refuse et s'en va en se disant que, tout de même, prendre de la coke toute seule à la maison, un mardi soir, ça devrait sonner une alarme dans la tête de l'avocate.

Mercredi matin : Au bureau, on lui apprend que tout le système informatique de l'entreprise a planté. Sans raison. Des spécialistes passent quatre heures à chercher le problème, puis finissent par tout remettre en marche, sans qu'on sache trop ce qui s'est passé. Un avant-midi de perdu.

Mercredi après-midi : Louise Ouellet lui apprend qu'il est impossible de dénicher la vraie identité de sa fondation frauduleuse. Du moins sans l'aide de la police. Daniel, tout frustré soit-il, n'est pas vraiment surpris. Pendant une seconde, il songe à parler de *Hell.com* à l'avocate pour qu'elle effectue des recherches là-dessus, puis renonce : peut-être qu'en revenant chez lui, ce soir, il aura un nouveau message du site lui annonçant enfin qu'il est officiellement membre.

Mercredi soir, déception : aucun message de *Hell.com*. Son inquiétude monte de plusieurs crans. Pour se changer les idées, il va voir un film européen avec son ami René Guénette, un gars qu'il a rencontré à l'université et qui travaille aussi en affaires. Les deux hommes ne se voient pas souvent, mais comme ils ont tous deux la passion du septième art, ils s'organisent cinq ou six fois par an une petite soirée cinéma. Le vieux film de Blier réussit à dérider Daniel, ainsi que le verre pris ensuite avec son ami.

Jeudi : toujours aucun courriel du site. Daniel envisage de plus en plus l'idée qu'il s'est fait avoir par Charron et ses complices. Ce qui le frustre le plus n'est pas d'avoir perdu cinq cent mille dollars, mais d'avoir été aussi naïf. Lui ! S'il remet la main sur Charron...

Vendredi après-midi, coup de grâce : pendant un meeting d'équipe, Wilson, la mine basse, annonce qu'ils ont définitivement perdu le contrat de Toronto, gracieuseté de Philippe Bégin. Daniel est incrédule : comment un freluquet comme Bégin, qui ne serait pas foutu de vendre à rabais une console vidéo à un adolescent, a-t-il pu les coiffer au poteau de la sorte ? Qu'il leur pique un contrat à Laval, passe toujours, mais un contrat national ? Marie réplique :

— Il faut croire que l'humiliation que tu lui as infligée il y a quelques mois l'a motivé à s'améliorer.

Daniel la dévisage. Elle ajoute :

— Il veut ta peau, Daniel. Métaphoriquement parlant, bien sûr.

Daniel demeure calme. S'il a su si bien faire prospérer l'empire *Saul inc.*, c'est parce qu'il n'a jamais laissé l'émotif l'emporter sur le rationnel. Bégin attend justement que Daniel perde les pédales et prenne des risques idiots. C'est d'ailleurs ce qui finira par perdre Bégin lui-même : il est si préoccupé de piquer les contrats de Saul que, fatalement, il ira trop loin et accomplira un faux pas. Daniel propose donc d'être plus prudent que jamais avec les autres contrats qui sont en négociation et surtout de garder un œil ouvert sur *Bégin inc*. La réunion est terminée. Tout le monde sort de la salle, sauf Marie qui demeure assise. Daniel interpelle Wilson, sur le pas de la porte :

— Je t'avais dit de t'occuper personnellement du contrat de Toronto, non ?

— *I know*, Dan, mais franchement, Bégin a fait une contre-of...

— C'est ta plus grande gaffe depuis que tu travailles ici, Christian. Et je n'en accepterai pas une seconde.

L'anglophone blêmit, secoué par la menace non dissimulée. Daniel poursuit :

— Je veux que tu surveilles *Bégin inc*. de près. Procède comme tu veux, mais je veux tout savoir. C'est clair ?

Christian bredouille que c'est clair, puis sort. Marie intervient, toujours assise :

— Tu y vas un peu fort avec Christian.

— Justement, c'est parce que j'ai confiance en lui que je lui donne cette responsabilité.

Daniel contourne la table, va se placer devant l'une des grandes fenêtres.

— Perdre Toronto... *Fuck !*

— En tout cas, ça prouve que ta vision simplifiée du monde ne fonctionne pas toujours.

— Hein ?

— Ta manie de diviser les gens en *winners* et en *losers*...

— De quoi tu parles ?

— Faut croire que Philippe Bégin n'est pas qu'un *perdant*.

— C'est un *loser* qui a été chanceux.

— Deux fois ?

— Et ça s'arrête là. La prochaine fois qu'il voudra nous mordre, il va se casser les dents, et je te jure qu'elles repousseront pas.

Marie le dévisage. Même si le ton de Daniel est calme, ses paroles manifestent une agressivité qui déconcerte la vice-présidente. Elle lui demande si ça va, et Daniel, sans être précis, lui confie qu'il a vraiment eu une semaine infernale.

— C'est Simon, c'est ça ?

Daniel soupire en s'appuyant près de la fenêtre. Si ce n'était que ça ! Mais c'est vrai qu'avec son fils, la galère se poursuit. Quand il part le matin, l'adolescent dort encore, et quand il revient le soir, il est déjà enfermé dans sa chambre, à son ordinateur. Dieu seul sait ce qu'il fabrique de ses journées. Denise lui a dit qu'il sort souvent l'après-midi. Le PDG espère tout de même qu'il étudie un peu.

— Il traverse un moment vraiment dur, se contente-t-il de dire.

— T'as jamais pensé à un psychologue ?

— Allez-vous me lâcher avec ça ? Je suis capable de m'arranger tout seul avec lui !

— Je songeais justement que vous pourriez en voir un ensemble. Ça vous aiderait peut-être à mieux vous comprendre.

Il la dévisage avec incrédulité. Lui, voir un psy ? Elle est tombée sur la tête ou quoi ? En conservant son sang-froid, il lève une main.

— Marie, je pense que... Ce sont mes affaires, OK ?

Il retourne à la table et ramasse ses dossiers. Sa collègue hoche la tête en ébauchant une moue désolée.

Quand il se couche ce soir-là, il envoie au diable son fils, Bégin, Charron, *Hell.com* et, tant qu'à faire, l'univers entier. Il donnerait cher pour avoir quelqu'un devant lui sur qui il pourrait taper, de toutes ses forces, de toute sa rage.

◆

Lundi, vers quinze heures, la réceptionniste appelle Daniel à son bureau en l'informant qu'il y a un colis pour lui. Le PDG se rend à la réception et la jeune femme lui tend une petite boîte carrée, de la grosseur d'une console de jeu vidéo.

— Merci, Véro…

— Heu… Nadine, monsieur.

— Nadine, oui, reprend Daniel sur un ton négligent en s'éloignant.

De retour dans son bureau, il ouvre la boîte et tombe sur une sorte de bidule en métal qui ressemble à une petite coupole, avec deux câbles qui en sortent. Perplexe, il lit le très court message qui accompagne le truc :

«De plus amples informations vous seront fournies par votre courriel privé à la maison. H.»

Mais qu'est-ce que c'est que ça ? Et cette signature, H… Serait-ce…

Tout à coup fébrile, il s'empresse de terminer le dossier auquel il travaille puis, colis en main, quitte le bureau à seize heures, ce qui est rarissime.

Chez lui, il dit au chauffeur qu'il n'aura plus besoin de lui, puis à Denise qu'elle peut partir immédiatement. Il monte directement à l'étage, entend son fils jouer à son ordinateur, puis entre dans son bureau, en prenant soin de fermer la porte derrière lui. Il dépose le colis sur son bureau, puis consulte ses courriels à la recherche d'un expéditeur inconnu. Cette fois, il n'y a pas de Réjean Lafleur du *Coin du sportif*, mais une certaine Suzanne Bilodeau, parfaite inconnue, lui met la puce à l'oreille. Il clique sur le nom et le message qui apparaît a l'effet d'une bombe.

> Bonjour monsieur Saul.
> Nous avons la joie de vous annoncer que
> vous êtes accepté comme membre de
> *Hell.com.*
> Nom d'usager : DSaul659
> Mot de passe : 65h!fhy%#47%vl

Daniel se laisse tomber sur sa chaise, abasourdi. On ne l'a donc pas arnaqué ! Charron ne lui a pas menti ! Soulagement intense et rancœur trouble se percutent dans sa tête : pourquoi avoir attendu presque une semaine pour lui confirmer son *membership* ?

Un long message suit. Daniel est sur le point de le lire lorsqu'il entend des pas dans le couloir. Il se lève, sort du bureau et va se pencher à la balustrade de la mezzanine. Il voit son fils marcher vers la porte d'entrée.

— Tu vas où ?

Simon sursaute, étonné de voir son père si tôt à la maison. Il reprend rapidement son air morose.

— Je vais me promener un peu.

— J'ai donné sa soirée à Denise. Mais il y a plein de choses prêtes pour le souper et…

— Je vais plutôt manger dans un McDo.

— Tu n'as plus le droit de sortir le soir, t'as oublié ?

— Je vais revenir de bonne heure, monsieur l'agent, inquiétez-vous pas.

Daniel serre de toutes ses forces la rampe de la mezzanine.

— Huit heures, max !

Sans répondre, Simon sort. Daniel se demande où il peut bien aller. Au fond, cela l'arrange d'être seul à la maison : il pourra explorer le site en toute tranquillité, sans être constamment sur le qui-vive. Il retourne donc dans son bureau, s'assoit devant l'ordinateur et commence à lire le long courriel.

L'adresse du site se trouve dans le premier
des cinq fichiers joints à ce message. Nous
avons mis l'adresse dans une photo par
mesure de sécurité.

Daniel remarque qu'il y a en effet cinq icônes JPG
attachées au courriel. Il clique sur la première. Une
photo d'un simple mur de bois apparaît, sur lequel sont
inscrites les lettres suivantes :

http://176.143.152.184/fhhjeghdxnslcu
wkdd/gd"dxHdfhcosss/dhycndhqlmmcr.html

Merde ! Tu parles d'une adresse ! Et comme elle est
dans une photo, impossible de la copier/coller. Daniel
recopie donc péniblement le tout sur une feuille de
papier. En quoi envoyer une adresse dans une photo
est-il sécuritaire ? Cela laisse peut-être moins de traces
dans la mémoire de l'ordinateur. Daniel revient enfin
au message du courriel.

Vous êtes maintenant membre de *Hell.com*
et, pendant un an, votre accès y sera illimité.
Les cinq cent mille dollars que vous avez
déjà payés couvrent votre adhésion au site,
mais pas les événements de la section
« *calendar* » qui, pour la plupart, demandent
des frais de participation. De plus, les
événements « *Hell-VIP* » requièrent souvent
une inscription à l'avance. Consultez donc
régulièrement les événements « vip » à
venir dans les calendriers. Par contre,
toutes les photos et films sont gratuits mais
non téléchargeables. Ce message explicatif
est en français puisqu'il s'agit de votre
langue usuelle, mais nous vous prévenons
que le site lui-même est en anglais.

Daniel hoche inconsciemment la tête en parcourant
le texte, comme un banlieusard qui lirait les instructions
de sa nouvelle tondeuse à gazon.

Ce site ne s'adresse qu'à des gens de l'élite,
des individus dont la réussite sociale et

personnelle donne le droit à des privilèges
qui échappent au commun. Si vous avez
été approché pour vous joindre à nous,
c'est que vous correspondez, selon la
personne qui vous a contacté, à ces
critères et, surtout, êtes digne de confiance.
Vous ne devez parler de *Hell.com* à aucun
non-membre, sauf à quelqu'un qui serait
susceptible de s'inscrire, en qui vous auriez
une totale confiance (pour ce faire, l'adresse
d'abonnement, qui change fréquemment,
est toujours inscrite sur la page d'accueil
du site). Toutes les photos et tous les vidéos
de ce site sont pour votre usage personnel
seulement et ne doivent être montrés à
quiconque. Si nous apprenons que vous
avez brisé ce lien de confiance, ou si nous
avons le moindre doute sur votre cas, nous
serons dans l'obligation d'agir en révélant
nous-mêmes des renseignements confidentiels
sur vous. Par exemple, les informations qui
sont en fichiers joints avec ce message.

Avant de poursuivre sa lecture, il clique sur le premier des quatre JPG restants. Il s'agit d'un scan informatique qui, après examen, se révèle être un document,
marqué de sa propre signature, qui donne l'emplacement
d'un abri fiscal illégal. Daniel sent un long frisson lui
glacer l'épine dorsale. Ce document se trouve dans son
propre ordinateur au bureau, protégé et confidentiel !
Comment a-t-il pu aboutir entre les mains de *Hell.com* ?
Les autres icônes montrent aussi des copies d'autres
documents, provenant soit de son ordinateur, soit de la
comptabilité de la compagnie, et tous prouvent les magouilles fiscales auxquelles il s'adonne depuis quelques
années. Ces documents pourraient l'expédier derrière
les barreaux pour trois ou quatre ans. La fin de sa carrière, ni plus ni moins.

Mais qui l'a trahi, qui ? Daniel tremble littéralement.
Il revient au texte du courriel et continue sa lecture.

> Ne cherchez pas qui est le traître. Il n'y en
> a aucun. Nous avons la capacité d'aller
> chercher les renseignements dont nous
> avons besoin en toute discrétion.

Daniel comprend enfin : cette semaine, le système informatique qui a planté quelques heures au bureau… *Hell.com* a sans doute envoyé un ver informatique dans le système, ou quelque chose du genre, une foutue cochonnerie capable de rapporter toutes les informations au *hacker* qui l'a envoyé ! *Saul inc.* est pourtant équipé d'un bon système de sécurité informatique !

Pas assez bon, on dirait…

Ce serait donc pour cette raison qu'*ils* ont pris une semaine à lui répondre ? Pour effectuer ces petites recherches personnelles sur lui ? Ébranlé, il poursuit sa lecture.

> Ne vous inquiétez pas. Il n'est pas question
> de vous faire chanter pour vous soutirer de
> l'argent, encore moins pour vous dénoncer.
> Il ne s'agit là que de précautions. Tant que
> vous resterez discret sur nous, nous resterons
> discrets sur vous et ces documents ne seront
> jamais vus par quiconque. Nous vous le
> garantissons.

Aussi absurde que cela puisse paraître, Daniel a tendance à les croire. Ce site semble tellement organisé que ses propriétaires ne l'ont certainement pas créé pour s'adonner à du chantage de bas-étage. Mais il se sent mal à l'aise à l'idée qu'on a eu accès si facilement à son intimité, à ses secrets.

> Maintenant, avant de vous connecter au
> site, voici les précautions que vous devez
> prendre. Premièrement, utilisez toujours le
> même ordinateur pour visiter notre site.
> Ensuite, vous avez besoin de télécharger
> un logiciel qui s'appelle « Tor ». C'est un
> logiciel accessible à tout le monde. Voici le

> lien. Téléchargez-le pour l'installer dans
> votre ordinateur.

Daniel s'exécute donc : il clique sur le lien. Une page web apparaît, sur laquelle on lui explique qu'il peut télécharger Tor immédiatement et gratuitement. Il appuie donc sur « installation » et, tandis que le logiciel s'installe, il poursuit la lecture du courriel.

> Ce logiciel trafique le IP de votre ordinateur
> à chaque utilisation. Ainsi, vous devenez
> très difficile à découvrir par les services
> policiers. Chaque fois que vous explorerez
> notre site, cliquez d'abord sur l'icône de
> Tor, puis attendez que le logiciel vous ait
> octroyé un nouveau IP.

Daniel n'y comprend pas grand-chose, mais si c'est plus sécuritaire, il est tout à fait d'accord. La phrase qui parle de la police lui rappelle qu'il s'agit d'un site *vraiment* illégal et il sent sa bouche s'assécher.

Un message annonce que le logiciel Tor est maintenant installé dans son ordinateur et une icône apparaît sur le bureau de l'écran. Daniel poursuit sa lecture.

> Ensuite, vous devez installer l'antenne que
> vous avez reçue. Il s'agit d'une technique
> appelée « Wardriving » et vous devez
> brancher cette antenne dans la carte Wi-Fi
> de votre ordinateur. Si vous n'avez pas
> cette carte, vous devez vous en procurer une.

Daniel a déjà une telle carte. Sans hésiter, il sort l'antenne de la boîte ; il branche un des deux fils dans la prise du mur et l'autre dans la carte Wi-Fi de son ordinateur. Il revient au message.

> Chaque fois que vous voulez accéder au
> site, vous devez ouvrir cette antenne avant
> même de vous brancher sur Internet.
> L'antenne cherchera sur une très grande
> distance tous les réseaux sans fil non protégés
> des environs et elle vous branchera sur l'un

d'eux. Ajoutée au logiciel Tor, cette sécurité
supplémentaire rend votre communication
encore plus difficile à repérer.

Daniel émet un ricanement stupéfait et nerveux. Il
a l'impression d'être dans un film d'espionnage !

Dernière recommandation : si la plupart
des activités proposées par le site sont
payables sur le lieu même de l'activité,
certaines (comme les « Hell-VIP ») doivent
être payées à l'avance et par retraits
bancaires. Si vous voulez participer à ces
activités, nous prendrons l'argent directement
dans le compte que vous avez déjà ouvert
pour payer votre abonnement. Pour éviter
tout désagrément, nous vous conseillons de
vous assurer qu'il s'y trouve toujours une
bonne somme d'argent.

Le PDG a un rictus sceptique. N'est-ce pas là un bon
moyen de se faire extorquer de l'argent ? Il n'est pas
sûr qu'il va suivre ce conseil... Il avisera plus tard.

Encore une fois, monsieur Saul, nous vous
souhaitons la bienvenue parmi notre
groupe sélect. Sachez que l'enfer est
partout et qu'il accueille deux classes de
résidents : les démons et les damnés. La
grande majorité des humains font partie de
la seconde classe ; seuls les privilégiés
comme vous appartiennent à la première.
Et en enfer, les démons ont tous les droits.

Ils rigolent ou ils sont sérieux ? Difficile à dire. Mais
dans un cas comme dans l'autre, Daniel, curieusement,
n'a pas envie de rire.

Maintenant, nous vous donnons un lien qui
vous permettra de vous connecter à une
messagerie instantanée. Ce sera la seule
fois où vous pourrez y accéder. Une fois
sur place, vous aurez le droit de nous
poser une question, une seule. Il ne vous

sera pas permis d'en poser une seconde, ni
maintenant ni plus tard. Une fois sorti de
cette messagerie, vous n'y aurez plus accès
de quelque manière que ce soit. Nous vous
recommandons évidemment de détruire ce
message après sa lecture.

Bien à vous.

H.

Daniel vient pour cliquer sur le lien de la messagerie,
mais se souvient des précautions à prendre. Il allume
donc l'antenne. À l'écran, une boîte *searching* apparaît,
puis une série d'une dizaine de réseaux. À côté de
certains, il y a un petit cadenas, ce qui signifie qu'ils
sont sécurisés. Daniel clique sur l'un des réseaux sans
cadenas, puis sa page d'accueil Internet apparaît. Amusé,
il se demande quel réseau il utilise en ce moment. Celui
d'un de ses voisins? Un commerce du quartier? L'image
de l'espion lui traverse à nouveau l'esprit.

Il clique enfin sur le lien de la messagerie. L'écran
devient tout noir et, au milieu de l'écran, une seule
phrase:

Vous pouvez poser une seule question.

Puis le curseur qui clignote, en attente. Daniel se
frotte le menton. Une question… mais laquelle? Il en
aurait mille! Le mieux est sans doute d'aller jeter un
œil sur le site avant.

Sans la fermer, il fait disparaître la messagerie, puis
appuie sur l'icône du logiciel Tor. Encore une petite
boîte au centre de l'écran:

searching for a IP

Daniel devra passer par tout cela avant chaque visite
sur le site?

*Tu préfères que les flics t'attrapent, peut-être?*

Puis la fenêtre annonce que c'est «finish». Daniel va
dans la barre d'adresse et, en s'assurant de n'oublier
aucun caractère, il inscrit la longue et laborieuse adresse
du site. Enfin, après une brève hésitation, il appuie sur
*enter*.

L'écran se teinte de rouge. On lui demande en lettres blanches son nom d'usager et son mot de passe. Daniel, qui les a déjà sauvegardés dans un fichier, utilise la fonction copier/coller, puis appuie sur *enter*. En un clin d'œil, l'écran devient noir et, en haut de celui-ci, en lettres de flammes :

# HELL.COM

— Ostie ! marmonne Daniel, un sourire incrédule aux lèvres.

Pas de décors, de fioritures ou de design particulier. Seulement, en plein centre, une icône sur laquelle est inscrit « *Calendar* » et une boîte blanche qui porte la mention « *search* » avec un espace pour inscrire son choix. Juste à côté de cette boîte se trouve une flèche discrète tournée vers le bas : sûrement un index des différentes possibilités. Cette sobriété désarçonne un moment Daniel. Puis il se secoue : qu'est-ce qu'il attend pour fouiller ? Il va dans la boîte « *search* », ignore la flèche et inscrit directement « *sex* ». Pas très original et assez vague, il le reconnaît, mais aussi bien commencer par la base, non ? Il appuie sur *enter*.

L'écran change, mais le *Hell.com* demeure affiché en haut. Trois autres possibilités apparaissent : « *pictures* », « *videos* » et « *recruiting* ». *Recruiting* ? Sans doute pour des exhibitionnistes qui voudraient participer aux films et aux photos… Sans hésiter, il appuie sur vidéos. De nouveau, le nom du site demeure affiché en haut mais une série d'icônes avec images animées apparaissent : « *couples* », « *lesbians* », « *gay* », « *orgies* »… Daniel reconnaît la page aperçue chez Charron. Il appuie sur « orgies ». Le logo *Hell.com* ne bouge toujours pas, mais l'écran se remplit de titres de films et Daniel doit dérouler la page un long moment avant d'en atteindre la fin. Il y en a sûrement des centaines !

Il clique sur l'un au hasard et, deux secondes plus tard, une partouze impliquant une douzaine de personnes envahit l'écran. Bon. Rien de bien différent de ce qu'on trouve sur tout site porno. L'homme d'affaires revient au menu des vidéos et, contrairement à chez Charron, prend le temps de lire chaque catégorie. Outre les standards, il y en a vraiment pour tous les goûts, allant jusqu'à « *ugly* », « *old* », « *midgets* »… et cette catégorie déjà vue chez son collègue : « *freaks* »… Curieux, il clique sur cette dernière. À nouveau, des centaines de titres apparaissent et il en choisit un. Dans le film qui joue sous ses yeux, plusieurs hommes baisent une fille… cul-de-jatte. Estomaqué, Daniel observe la scène quelques secondes, puis, mal à l'aise, ferme le film. Pas vraiment sa tasse de thé. Il revient à la page d'accueil. Peut-être pourrait-il aller dans un domaine un peu plus pointu, un plaisir plus spécialisé qu'il a goûté récemment… Dans la boîte « *search* », il inscrit « *SM* ». À nouveau, la page se remplit d'icônes en mouvements : flagellation, *bondage*, brûlures, humiliation, etc. Daniel se frotte le nez, tourne un regard furtif vers la porte, tel un ado s'attendant à voir ses parents entrer subrepticement tandis qu'il se masturbe, puis revient au carré *search*. Pourquoi ne pas jeter un coup d'œil sur les choix offerts ? Il appuie sur la petite flèche : un rectangle-menu apparaît, rempli d'une liste de thèmes. Daniel les fait défiler rapidement et les quelques mots qu'il attrape au passage lui prouvent que ce site ne s'intéresse pas qu'au sexe.

*Art extreme*…

*Buy*…

*Buy* ? On peut acheter des trucs ? Comme sur eBay ? Daniel clique sur l'icône. Une autre liste apparaît et il saisit aussitôt que *Hell.com* ne se spécialise pas dans la vente de nourritures biologiques.

*Guns… sex toys… movies… drugs…*

C'est surréaliste ! De la drogue, cela peut se concevoir, mais s'il commande une mitraillette, il ne va tout de même pas la recevoir par la poste ! Il doit exister des procédures très précises, très secrètes, des lieux de rendez-vous pour recevoir la marchandise, par exemple... Il revient à la page précédente et continue la consultation des différents thèmes, n'en lisant qu'un sur trois.

*Fight... glory holes... gambling...*

Cette dernière catégorie lui rappelle son voyage à Oslo et il clique dessus. Un long message explique que chaque membre a droit, trois fois par année, à un tuyau solide sur l'issue d'une compétition sportive truquée. Une dizaine d'icônes donnent le choix entre différents sports. Voilà comment Charron a eu le tuyau sur le combat de boxe. Mais comment *Hell.com* peut-il avoir tant d'informations ? Daniel revient aux thèmes, continue à les faire défiler, à en lire quelques-uns au hasard.

*Golden showers... nihilism... pedophilia...*

Un grand froid envahit Daniel à la vue du dernier mot. De quel genre de pédophilie parle-t-on ici ? Des filles et des garçons de seize ans ? Ou pire encore ? D'une main hésitante, comme si la touche était brûlante, il clique sur la catégorie. D'autres choix apparaissent, écrits froidement, comme s'il s'agissait d'une simple liste d'épicerie : « *between 15 and 18 years old* », « *between 12 and 14 years old* », « *between 8 and 11 years old* »... Avec horreur, il voit même une icône « *less than 3 years old* »...

Il s'empresse de sortir de cette catégorie et fixe l'écran avec effroi, comme si une griffe géante allait en sortir et l'attaquer. Les paroles de Charron lui reviennent en mémoire :

« Ce que je t'ai montré des possibilités de ce site n'est que la pointe de l'iceberg. »

Daniel n'a tout à coup plus envie de regarder les autres choix, de peur de tomber sur pire encore. Il revient donc à la page d'accueil. À part la boîte *search*, il n'a qu'une autre possibilité : l'icône *calendar*. Daniel clique dessus. Une série de questions apparaissent.

Which country ?

Il inscrit Canada.

Which province ?

Il inscrit Québec.

Choose an area.

Une liste de régions devient visible : Montréal, Québec, Mauricie, Saguenay. Il clique sur Montréal. Une énumération d'événements suit, avec la date inscrite à côté. Le premier se passe aujourd'hui même :

Russian roulette, July 28th

S'agit-il vraiment de ce que Daniel croit ? Il clique sur ce titre et des précisions sont apportées : il s'agit bel et bien d'un concours de roulette russe ! On y explique le plus normalement du monde que les revolvers sont fournis sur place ! On y indique l'heure (vingt-deux heures) et l'adresse (quelque part sur la rive nord). Abasourdi, Daniel revient à la page précédente et s'intéresse aux autres événements annoncés :

Cum shower night, July 29
Miss SM, July 31
Right to fight, August 01
Night of the living squirts, August 02
Dogs of war, August 02
Brown and sticky, August 04

Et ainsi de suite, pour les trois prochains mois. Tout cela se passe dans la région de Montréal seulement ? Et si l'on se fie aux titres, il ne s'agit pas d'activités uniquement sexuelles…

Ce n'est plus le froid que Daniel ressent dans ses membres, mais de petits picotements brûlants. Il y a une clientèle pour chacune de ces soirées ? Et s'il cliquait sur une autre région du Québec, il aurait d'autres

choix du genre ? Ou s'il cliquait sur un autre pays ?
La main engourdie, il revient au menu « *calendar* » et
il entre « *Italy* », où on lui offre le choix entre « *Roma* »,
« *Milan* », « *Venise* » et « *Florence* »...

Il clique sur « *Roma* ».

> Young gangbangs, July 28
> To the extreme, July 28
> Cum shower night, July 31

Il choisit « *Greece, Athena* »...

> S&M brunch, July 29
> The zoo of blood, July 30
> Aim and shoot, July 31

Japan, Tokyo...

> Right to fight, July 28
> Food of gods (*Hell-VIP*), July 29
> Flood of piss, August 01

Ce n'est plus un ordinateur que Daniel a devant lui,
c'est une fenêtre ouverte sur un panorama mondial
secret, un paysage difforme et glauque duquel surgissent des chants de sirènes ténébreuses, et les voyeurs
privilégiés peuvent franchir cette fenêtre quand bon
leur semble.

N'importe quand.

N'importe où dans le monde.

Ses mains sont maintenant si engourdies qu'il ne les
sent plus. Il se souvient alors qu'il a le droit de poser
une question, une seule. Il revient donc à la fenêtre de
messagerie et écrit finalement la seule question qui
traverse son esprit fiévreux.

> Qui êtes-vous, exactement ?

La réponse apparaît moins de cinq secondes plus
tard, et ces mots, que Daniel avait trouvés vaguement
ridicules jusqu'ici, lui brûlent maintenant la rétine.

> Nous sommes *Hell.com*.

# DEUXIÈME PARTIE

## *LES DÉMONS*

# CHAPITRE 10

Daniel, en caleçon devant sa garde-robe, jongle un moment : veston sport ou simple chemise ?

Ce soir, il s'agit de sa troisième sortie en une semaine. La première a eu lieu mardi. Malgré l'effroi procuré par le premier survol du site, il n'a pu s'empêcher le lendemain d'aller consulter le calendrier et s'est laissé tenter par l'événement intitulé *Cum Shower Night*, qui avait lieu en plein centre-ville. Il y a trouvé exactement ce que le titre annonçait : une femme (tout à fait consentante, qui était là elle aussi comme participante), une dizaine de gars autour, et la douche promise. Sale, dégradant, et foutrement excitant. Jeudi soir, il a participé à une soirée de sadomaso *soft* sur la Rive-Sud. Les lendemains au bureau étaient difficiles, mais il se sentait si comblé qu'il en oubliait vite sa fatigue et tandis qu'il croisait des gens dans la rue, il ne pouvait s'empêcher de les jauger en souriant intérieurement, imaginant leurs journées et leurs soirées banales.

De plus, il y a deux jours, il est allé dans la section « gambling », a trouvé un tuyau sur un combat de boxe à Montréal et a misé dessus. Il a empoché quatre cent trente mille dollars dans le temps de le dire. Sympathique, non ?

Hier midi, au resto où il lunche souvent avec Marie, elle lui a proposé qu'ils passent la soirée ensemble, soit à *L'Éden*, soit chez elle.

— Désolé, Marie, je suis vraiment crevé.

— Ça paraît.

— Demain soir, par contre, je pourrais t'amener quelque part.

— Demain, je passe la soirée avec deux copines.

— Un trip à trois entre filles ? Ça, ça pourrait m'intéresser !

— Ben non, voyons ! Penses-tu que j'ai absolument besoin de sexe pour passer une bonne soirée ?

— La soirée à laquelle je t'invite demain va être vraiment *hot* ! Rien à voir avec *L'Éden*.

— Peut-être, mais demain, j'ai envie de souper avec mes amies, désolée.

Il a avancé la tête au-dessus de la table et, emporté par son enthousiasme, a précisé sans trop réfléchir :

— Écoute ça : il va y avoir des *squirters* !

— Des quoi ?

— Tu sais, des filles qui éjaculent. On en a déjà croisé une ou deux, à *L'Éden*. Demain, il va y en avoir plusieurs ! Elles te giclent dessus à plusieurs pendant que tu baises, tu imagines ?

Marie, sa fourchette à la main, l'a dévisagé en silence, déconcertée, et Daniel a songé qu'il y était peut-être allé un peu fort, de lui raconter tout ça à froid, hors contexte. Sa collègue a fini par demander :

— Où t'as déniché ça, cette soirée-là ?

— Je sais pas mal de choses, très chère.

Elle a eu une moue équivoque, ne sachant trop s'il était sérieux ou s'il s'agissait d'autodérision. Elle a fini par hausser les épaules.

— Eh bien, bonne soirée et essaie de ne pas te noyer.

— T'aimes mieux ta petite sortie ordinaire plutôt que cette soirée-là ?

— C'est pas une soirée banale, c'est une sortie entre amies ! Et puis, tes gicleuses, là… Si elles sont annoncées d'avance, c'est qu'elles sont prévues au programme. Donc, elles ne sont pas des participantes comme toi, mais des… disons des « employées », c'est ça ?

— Heu… J'imagine, oui.

— Alors, ça ne m'allume pas vraiment.

— Comment ça ?

— Tes *squirters*, Daniel, ce sont des putes.

— Seigneur ! tu es vraiment *straight* !

— *Straight* ? Moi ?

Elle était plus amusée que choquée et a mastiqué sa salade en ricanant.

— On partouze régulièrement, toi et moi, je baise autant avec des gars qu'avec des filles, et tu me traites de *straight* ?

— Oui, bon, d'accord, mais l'idée de baiser avec une pute te choque, alors…

— Ça ne me choque pas, ça ne m'excite pas, c'est pas mal différent.

Elle a pris une gorgée de son verre d'eau.

— Quand je fourre avec quelqu'un, c'est pas juste son corps que je veux baiser, mais son âme aussi.

Merde ! Elle n'allait pas recommencer avec ses histoires d'âme ! Daniel était donc revenu rapidement aux « affaires » :

— Parlant d'âme, on a réussi à mettre la main sur deux autres églises, une en Gaspésie et l'autre en Outaouais…

Donc, ce soir, il ira honorer seul ces *squirters*. Il finit par choisir une chemise rouge et, tout en l'enfilant, songe qu'il n'a pas vu Simon de la journée. Où peut-il bien aller ? Il devrait peut-être consulter le GPS qu'il a caché dans la bagnole de son fils lorsqu'il lui a acheté l'Audi il y a six mois. Il s'était senti un peu honteux d'agir ainsi, mais c'était surtout par sécurité. Il n'en avait pas parlé à Simon, car celui-ci y aurait vu une intrusion dans sa vie privée et aurait été furieux. D'ailleurs, jusqu'à maintenant, Daniel n'a jamais eu à consulter le GPS, directement relié à son ordinateur. Mais peut-être serait-il temps qu'il le fasse. Avec la crise que traverse Simon ces temps-ci, l'homme d'affaires est en droit de se demander où son fils peut aller traîner…

Une fois habillé, il cherche l'adresse de la soirée mais ne la trouve pas. Il a dû l'égarer, il va devoir retourner sur le site. Il se rend donc dans son bureau, allume l'antenne, actionne le logiciel Tor, puis, quand on lui dit que tout est OK, il va dans ses favoris et clique sur l'adresse de *Hell.com*. C'est sa septième ou huitième visite. Les premières fois, il hésitait de longues minutes, se sentant coupable de fréquenter un site qui propose de la pédophilie et de la violence en tous genres. Il a fini par se raisonner : ce qui l'intéresse, c'est le sexe entre adultes consentants, parfois avec un peu de sadomasochisme, ainsi que les paris sportifs. S'il ne consulte pas les rubriques vraiment malsaines, pourquoi devrait-il se sentir coupable ? Même s'il cessait d'aller sur le site, les activités condamnables qui s'y déroulent continueraient d'exister de toute façon. Il a payé pour un an, il serait idiot de ne pas en profiter. D'ailleurs, pour se donner bonne conscience, il n'explore plus la liste des thèmes dans le rectangle « *search* ». Moins il en saura, mieux ce sera. Il se contente de consulter le calendrier pour la région de Montréal, et c'est amplement suffisant.

Lorsque la page d'accueil aux lettres de flammes apparaît, il clique sur *Calendar*, inscrit « Canada », choisit Montréal, consulte la date d'aujourd'hui et clique sur *Night of the living squirts*. Voilà : le prix d'entrée est de cinq cents dollars et ça se passe à Ville Saint-Laurent. Il note l'adresse, puis, par curiosité, jette un œil aux événements des prochains jours. Quelques-uns ont des titres très prometteurs mais d'autres lui apparaissent plus obscurs. Comme cette activité appelée «Beat that tramp»… Ça ne sonne pas très sexuel, en tout cas.

Il ferme le site et marche d'un pas guilleret vers l'escalier, sans même lancer un regard vers la porte close de la chambre de Simon.

◆

Il rentre chez lui à presque deux heures du matin et monte l'escalier, l'air morose. Pourtant, la soirée a été vraiment, vraiment excitante et inusitée. Mais il y a environ une heure, alors qu'il se demandait s'il s'offrait une autre « douche », une nouvelle fille est apparue dans la place… et pendant une seconde, il a *réellement* cru qu'il s'agissait de Mylène. Il a rapidement constaté sa méprise, mais le mal était fait : il n'arriverait plus à baiser de la soirée. Il était donc parti.

C'est la quatrième fois que ce genre de choc lui arrive. La première fois, il avait vingt-trois ans et une fille l'avait ramené chez elle. Ils avaient flirté toute la soirée dans un bar et, malgré l'obscurité, Daniel avait cru bien discerner son visage, mais une fois dans la chambre, elle avait allumé la lampe… et le futur PDG avait reçu un coup de masse en plein estomac. Elle était belle, certes, encore plus qu'il ne l'avait deviné… mais ce visage avait fait surgir Mylène des recoins les plus sombres de sa mémoire, ainsi que toutes ces images qu'il nie littéralement depuis tant d'années. En bredouillant une excuse incohérente, il s'était sauvé de la maison de la jeune femme stupéfaite.

La seconde fois, c'était avec deux prostituées, neuf ans plus tôt. En entrant dans la chambre d'hôtel, il avait souri à la première fille et avait cessé de respirer devant la seconde. Encore une fois, il avait rapidement compris que ce n'était pas Mylène, que la vraie aurait alors évidemment été plus âgée, mais la ressemblance était suffisante pour qu'il quitte l'hôtel immédiatement.

La troisième fois, c'était il y a presque deux mois à *L'Éden*. Et enfin une quatrième fois ce soir. Jusqu'à maintenant, plusieurs années avaient séparé ces indésirables retours dans le passé, mais ce qui trouble l'homme d'affaires, c'est que quelques semaines seulement se sont écoulées entre les deux dernières fois.

Daniel passe devant la chambre de son fils, dont la porte est ouverte, et il s'arrête un moment. Simon est devant son ordinateur, en simple short. Il lui tourne le dos et il est manifestement en train de discuter avec des copains sur Facebook. Le milliardaire se demande vaguement s'il doit lui dire quelque chose quand Simon se retourne et, en le voyant, lâche avec ironie :

— Non, j'suis pas en train d'étudier. On est samedi pis c'est la nuit !

— Je n'ai rien dit.

Simon hausse une épaule, retourne à son écran. Daniel ne peut s'empêcher de marmonner :

— Tes examens sont quand même dans deux jours, couche-toi pas trop tard… Faut que tu sois en forme.

Aucune réponse de Simon. Daniel ajoute, doucement :

— C'est pas facile en ce moment, je le sais. Mais tu dois réussir tes examens, tu comprends ? Pour que tout redevienne comme avant.

Il voit le dos de son fils se raidir, ses doigts se figer un moment sur le clavier, mais c'est la seule réaction à laquelle il a droit. Sans un mot de plus, Daniel marche vers sa chambre.

Il se déshabille, s'assoit sur son lit puis, par automatisme, prend les messages sur sa boîte vocale. Sur l'un d'eux, il reconnaît la voix de Charron.

« Salut, vieux. Je suis de retour d'Allemagne. Beau voyage. Je t'invite à passer chez moi dimanche soir. Mettons vers huit heures ? Je vais te parler du groupe

Lycaune et de ce projet en Italie… et j'imagine que toi, tu as des choses à me raconter. Enfin, j'espère. Rappelle-moi ce soir ou demain matin.»

Charron… Dire que Daniel a d'abord cru que son collègue l'avait arnaqué! Étonnant, tout de même. Qui aurait cru que cet ancien *reject* réapparaîtrait pour l'éclairer autant dans sa vie professionnelle que dans sa vie sociale? Comme un bon génie. Mais un bon génie avec un côté sombre, Daniel le sait. Il n'a qu'à se rappeler la soirée-donjon, la fille amochée qu'on avait sortie de la chambre…

Daniel va prendre sa douche. L'effet est magique: en se couchant, dix minutes après, il ne garde de la soirée que les bons souvenirs, qui sont nombreux.

◆

En approchant de l'immeuble, Daniel remarque que le clochard est toujours là, assis sur son carton près de l'entrée. Impossible d'affirmer avec certitude si c'est le même que la dernière fois. Il tend une main vers Daniel.

— Un 'tit peu d'change?

Sans ralentir, Daniel entre dans l'immeuble et, quelques minutes après, Charron lui ouvre la porte de son loft.

— Toujours aussi tranquille, cet édifice…

— Les derniers employés des entreprises du dessous sont partis depuis deux heures. La paix totale.

Charron leur prépare chacun un verre, puis ils vont s'asseoir dans la section salon. Daniel lance un regard amusé aux déroutants tableaux sur les murs, puis se tourne vers son hôte.

— Alors, tu as eu le temps d'étudier un peu le dossier Lycaune?

— Bien sûr… Intéressant.

Ils en parlent pendant une dizaine de minutes, puis Charron propose:

— Écoute, je peux passer te voir cette semaine, à ton bureau, pour qu'on élabore. Mais pour l'instant, j'aimerais que tu me parles d'autre chose…

Derrière ses lunettes, ses yeux globuleux pétillent de malice. Daniel hoche la tête d'un air entendu, tout en faisant teinter la glace dans son verre.

— D'accord… Je suis maintenant membre du site.

Aucune surprise de la part de Charron. Il approuve en silence, comme si tout cela était normal. Daniel lui raconte comment, au début, il a presque cru qu'on l'avait escroqué, puis l'investisseur demande le plus naturellement du monde :

— Et les preuves criminelles qu'ils ont dénichées contre toi, de quoi il s'agit ? Des preuves de fraudes fiscales, j'imagine ?

Daniel en avale presque sa gorgée de scotch de travers, mais conserve un air innocent en demandant :

— De quoi tu parles ?

— Allons, Dan, pas entre nous ! Comment crois-tu qu'ils s'y prennent pour s'assurer du silence des membres ? Ils trouvent des choses compromettantes sur tout le monde.

— Tout le monde ?… Même toi ?

— Même moi.

Charron roule son verre entre ses paumes.

— Rien d'étonnant là-dedans. Pourquoi l'élite de ce monde suivrait-elle bêtement les lois du commun ? Avoue que quand tu réussis à fourrer l'impôt, tu te sens encore plus puissant.

Daniel ricane mais ne contredit pas son hôte. Celui-ci n'a pas tort. Pas tort du tout. Charron, rêveur, poursuit :

— C'est tellement grisant, de se révolter. Contre la norme, contre la loi… Contre Dieu.

Daniel hausse un sourcil sceptique.

— Tu crois en Dieu, toi ?

— Bien sûr. Je l'ai tellement haï durant toute mon adolescence…

Le visage de l'investisseur s'assombrit. Daniel pointe alors le doigt vers un tableau.

— Alors qu'est-ce que tu fais avec une telle peinture chez toi ?

Il s'agit de la toile représentant la Vierge Marie avec l'enfant Jésus entre ses mains, qui jure tant avec les autres tableaux. Charron semble content de la question.

— C'est *La Vierge et l'Enfant*, de Crivelli, fin XVe siècle. As-tu remarqué vers quoi converge le regard inquiet de la Vierge ?

Daniel constate que le personnage féminin regarde une tache noire sur une balustrade, devant elle.

— On dirait un insecte.

— De près, on voit très bien que c'est une mouche. Luther a souligné la nature démoniaque de cet insecte : il annonce la Passion du Christ. La mouche est là pour rappeler que le Christ mourra.

Là-dessus, comme s'il trinquait à cette idée, il prend une bonne gorgée de son verre. Daniel se demande jusqu'à quel point son hôte le charrie. Mais la mention du Christ lui rappelle alors quelque chose :

— En passant, le grand crucifix que tu as rapporté de l'église… tu ne m'as toujours pas dit ce que tu en as fait.

Charron désigne négligemment du menton le mur du fond.

— Je l'ai mis là-dedans.

Daniel examine la grande porte de métal, là-bas.

— Et… qu'est-ce qu'il y a «là-dedans» ?

— Je te montrerai ça à un moment donné. Bientôt, j'espère.

Daniel se sent à la fois fasciné et dérouté par cet homme au physique rebutant, vaguement ridicule en société mais qui, en privé, est tout aussi avenant que mystérieux. En fait, plus il fréquente Charron, moins il arrive à le cerner. Ce dernier l'inquiète et l'attire à la fois. Comme *Hell.com*.

— Et toi, Dan, tu crois en Dieu ?

Un autre ! Mais qu'est-ce qu'ils ont tous à lui poser cette question ? Sauf que, de la part de Charron, cela ne l'agace pas, il ignore pourquoi.

— Je ne sais pas, honnêtement. Agnostique serait peut-être un bon terme pour me désigner.

— Tu ne crois donc pas au diable, j'imagine.

Daniel s'esclaffe.

— Ça, non ! Ne me dis pas que toi, tu y crois ?

— Mais bien sûr ! Nous sommes membres de son site, tu as oublié ?

Ils rient tous les deux. Daniel enchaîne :

— Je me demande cependant qui est aux commandes d'un site si puissant. C'est quand même incroyable que cette organisation contrôle tant d'activités illégales…

— Je ne crois pas que *Hell.com* contrôle tout. Je crois que ce site est surtout une sorte de *dispatcher* qui se tient au courant de tout ce qui existe. Aux soirées-donjons, par exemple, j'ai rencontré des gens qui, manifestement, ne connaissaient pas l'existence du site. Ils ont entendu parler de la soirée d'une autre manière, tout simplement.

— Finalement, on paie un demi-million de dollars juste pour un catalogue qui offre des articles disons… hors normes, partout dans le monde ?

— C'est quand même pas mal, non ? Qui peut se vanter d'être au courant de tout ça ?

Daniel reconnaît que c'est effectivement pas mal. Charron poursuit :

— Mais j'ai fini par comprendre que certains événements sont bel et bien organisés par *Hell.com*. Ils sont identifiés par « Hell-VIP » et il faut souvent réserver d'avance. Et ces événements, c'est vraiment la crème de la crème : seuls les membres peuvent y participer.

Daniel retient l'information : participer à des événements *strictement* exclusifs aux membres, c'est alléchant. Mais Charron précise :

— Ces événements VIP doivent aussi être payés à l'avance et le site prend l'argent directement dans ton compte d'inscription. Tu as ajouté de l'argent dans ce compte ?

— Non. Dans le message explicatif que j'ai reçu, on m'a conseillé de le faire, mais je me méfie un peu.

— Mais non ! Depuis trois ans que je suis membre, jamais le site ne m'a soutiré de l'argent sans que je me sois inscrit à quelque chose. Si j'étais toi, je laisserais toujours une bonne somme dans ce compte. Comme ça, le jour où tu voudras t'inscrire à un événement VIP, tu ne seras pas pris de court.

Daniel songe que Charron a sans doute raison. Il s'occupera de cela dès demain. Ce serait effectivement bête de manquer sa chance de participer à un événement vraiment sélectif juste parce que son compte est vide… Le milliardaire prend une gorgée et, comme s'il réalisait tout à coup la teneur de leur discussion, marmonne :

— Quand même, Martin, tu imagines la racaille criminelle derrière ce site ?

— Les différentes mafias du monde doivent y participer, effectivement.

Charron affirme cela d'un ton égal, comme s'il parlait de la météo. Daniel grimace.

— Quand j'y pense, ça me rend plutôt mal à l'aise…

— J'espère que tu n'as pas passé la semaine à te sentir mal à l'aise et que tu en as profité un peu !

Daniel le rassure. Il lui raconte qu'il a gagné quatre cent trente mille dollars sur un combat truqué.

— Dommage qu'on ait droit à seulement trois tuyaux par année de ce genre.

— Tu imagines, si c'était illimité ? Ça causerait sans doute la ruine des criminels qui organisent ces combats truqués ! D'ailleurs, je te conseille de ne révéler ces tuyaux à personne et de les garder pour toi.

Daniel le rassure, puis il raconte ses trois virées nocturnes, émoustillé par leur simple évocation. Charron l'écoute et, à la fin, a une petite moue polie.

— Intéressant, mais assez sage, tout ça.

— T'es vraiment le blasé des blasés, toi !

— Il y a tant de possibilités… As-tu fouillé à fond le site ?

— Pas beaucoup. J'ai vu des sections qui m'ont tellement horrifié que ça m'a enlevé le goût d'approfondir.

— Voyons, Daniel, tu n'as pas payé autant d'argent pour n'utiliser qu'un infime pourcentage de ce qu'on t'offre !

— J'ai payé cinq cent mille piastres pour avoir du criss de bon cul et gagner quelques paris, rien de plus.

— Ça, ce sont les fantasmes de presque tout le monde. Mais maintenant que tu les as réalisés, quelle est la prochaine étape ? Comment vas-tu *dépasser* ces désirs de base ?

Daniel arbore une expression indécise. Son hôte, soudain intense, s'avance dans son fauteuil et pointe un doigt vers son invité :

— Il ne s'agit pas de ce que tu veux faire, Daniel, mais de ce que tu *peux* faire.

Daniel prend nerveusement une gorgée de son verre. Jusqu'où Charron est-il allé, lui ? Cette fille qu'il a tabassée un peu fort, l'autre soir, est-ce habituel de sa part ? Est-il déjà allé plus loin ? Si Daniel savait tout ce que Charron a fait avec *Hell.com*, continuerait-il à le fréquenter ?

*Ce n'est qu'une relation d'affaires.*

Vraiment ? En ce moment, vous travaillez, peut-être ?

Charron, plus posé, recule dans son fauteuil en disant :

— Tu serais surpris de ce qu'on est prêt à essayer quand on nous en donne les moyens…

Et il ajoute en terminant son verre :

— Tu en sais quelque chose, non ?

— De quoi tu parles ?

Ignorant la question, Charron reprend :

— Suis mon conseil, explore le site. Sans préjugés, sans fausse pudeur. Garde ton esprit ouvert. Et n'oublie pas que tout ça, tu peux le faire car rien ne t'en empêche.

Daniel lève les bras en soupirant.

— Je ne sais pas quoi te dire, Martin, mais… Juste les premières fois que j'allais sur le site, par exemple, je me sentais coupable et…

— Arrête-moi ça ! Tu es au-dessus de la culpabilité, tu es trop fort pour éprouver un sentiment si faible ! Je suis sûr que c'est un sentiment que tu n'as pas eu souvent, surtout en affaires !

Daniel a un sourire entendu :

— Pas souvent, c'est vrai.

— Et même adolescent, cela n'a pas dû t'arriver souvent.

Daniel se raidit en fixant son verre.

— On a tous fait des conneries dans notre jeunesse…

*Pourquoi dis-tu ça ?*

Charron ajoute :

— Voyons, Dan, on fréquentait la même école tous les deux et même si toi tu m'ignorais, moi, je te regardais aller. Je t'admirais tellement…

Le PDG lève la tête, pris au dépourvu. Charron le regarde droit dans les yeux en ajoutant :

— Je ne t'ai vu faire aucune connerie dont tu devrais te sentir coupable.

— Eh bien… Tu ne m'as pas vu tout faire…

Bon Dieu ! Mais qu'est-ce qui lui prend ? Troublé, il regarde l'heure et dit qu'il doit rentrer : une grosse journée l'attend demain. Charron n'insiste pas. À la porte, ils se donnent rendez-vous aux bureaux de *Saul inc.*, puis l'investisseur met sa main sur l'épaule de Daniel dans un geste de chaleur inattendu :

— Explore le site, Dan. Explore-le pour vrai. Tu as tous les droits.

Daniel approuve timidement, puis il quitte le loft.

◆

Une heure dix du matin. Le silence est total dans la maison. Simon dort. Dans le bureau de Daniel, la seule source lumineuse provient de l'écran de l'ordinateur, qui crée un modeste halo de lumière et éclaire le visage blafard de l'utilisateur assis en face de l'appareil, habillé de boxers et d'un t-shirt blanc.

Daniel s'humecte les lèvres en fixant la page d'accueil de *Hell.com*. Lentement, il dirige le curseur vers la petite flèche de la boîte *search* et clique.

La longue liste déjà entrevue la semaine précédente réapparaît, dans l'ordre alphabétique. Daniel la fait défiler, prenant cette fois le temps de lire les mots avec plus d'attention.

Adultery...
Art extreme...
Blood sports...
Buy...
Contracts...

Intrigué par ce dernier mot, Daniel clique dessus. Une simple question apparaît :

What is the number of your contract?

Daniel n'y comprend rien. Il renonce, puis revient à la liste dont il poursuit le défilement.

Fight...
Gambling...
Gastronomy...

Gastronomie ? Il y a aussi des catégories bien inoffensives, on dirait. Cela le rassure quelque peu. Il continue à lire les mots qui défilent.

Golden showers...
Masochism...
Necrophilia...

Dieu du ciel ! A-t-il bien lu ?
En secouant la tête, il reprend le défilement.

Scat...
Sadism...
Sadomasochism...
Sex slaves...

Qu'est-ce que c'est que ça ? Des prostituées, sans doute. Mais on n'*achète* pas des prostituées. Toujours en ressentant cette vague culpabilité qui ne le quitte pas depuis qu'il s'est assis devant l'ordinateur il y a dix minutes, il clique sur l'icône « sex slaves ».

Your country ?

Canada. Clique. Une série de noms de pays apparaît.

Ukraine...
Philippines...
Maroc...
Vietnam...

Il fronce les sourcils un moment, puis son visage devient si livide qu'il semble flotter dans la noirceur de la pièce. Il dirige son curseur vers Philippines et clique. Une série de photos apparaissent, toutes représentant des filles philippines. Les plus jeunes doivent avoir douze ou treize ans, les plus âgées vingt, vingt-deux. À côté de chacune, un âge et un prix.

16 years old, 357 000 dollars
21 years old, 239 000 dollars
12 years old, 480 000 dollars
Click to buy

*To BUY !*

Daniel recule légèrement sa chaise à roulettes en portant une main tremblante à sa bouche. Ce n'est pas possible, ça. Il ne peut pas être assis, en ce moment, devant un site qui se spécialise dans le trafic humain ! Et ce serait quoi, la suite des choses ? S'il cliquait sur l'une de ces filles, on la lui livrerait dans une boîte ?

Les paroles de Charron reviennent à sa mémoire.

« N'oublie pas que tout ça, tu peux le faire car rien ne t'en empêche. »

Les visages de ces jeunes filles, sur l'écran… Absents, éteints… Des visages de droguées…

Daniel s'empresse de sortir de cette page, puis songe à se déconnecter. Pourquoi consulter ces abominations ? Il n'y a rien pour lui là-dedans, il le sait ! Mais Charron, à nouveau, lui souffle à l'oreille.

« Explore le site, Dan. Explore-le pour vrai. Tu as tous les droits. »

Incapable de résister à la curiosité, il revient à la liste. Les mots défilent… *transsexual*… *torture*… *revenge* (Hell-VIP)…

*Revenge*, vengeance… Qu'est-ce que cela implique *exactement* ?

Mais le mot qu'il relit cinq fois, c'est « *torture* », comme pour se convaincre que sa vue ne lui joue pas des tours. En français comme en anglais, le mot envoie le même inconcevable message. Daniel clique dessus. Pour se persuader que c'est une blague, une fumisterie. Du moins, c'est la raison que lui envoie sa conscience. Quatre possibilités sont énumérées.

> Pictures
> Movies
> Live
> Recruiting

*Live*… De la torture en direct ? Il émet un grognement sceptique. De la frime, évidemment. Alors, pourquoi continuer, pourquoi appuyer sur *live* ? Pourquoi a-t-il besoin d'aller vérifier ?

*Parce que je le peux. J'en ai le pouvoir.*

Une liste de pays défile, pas loin d'une centaine. Il clique sur l'un d'eux au hasard, *Pologna*. Un message surgit :

> Next show : August 6, at 21:00, local hour.

Il revient à la liste des pays, clique sur un autre, *Sweden*.

> Next show : September 16, 19:00, local hour.

Il revient à la liste des pays en secouant la tête et la consulte à nouveau : même les États-Unis y sont ! Il clique. Une vingtaine d'États américains sont nommés, avec des dates inscrites à côté. Pour le Mississippi, par exemple, il y aurait un « show » demain soir ! Complètement ridicule. Il revient à la liste des pays et voit Canada. Il clique dessus.

Next show : August 18, 21:00 local hour of Toronto.

Cette fois, il ricane à haute voix. Alors, même sur un site où supposément tout est permis, il y a de la frime ! Tout en revenant à la liste des pays, Daniel ressent une curieuse impression, un mélange de soulagement et de déception. Comme s'il avait voulu croire, aussi scandaleux et choquant cela soit-il, qu'effectivement *tout* était possible sur *Hell.com*.

C'est alors qu'il remarque une brève indication en rouge à côté du nom de certains pays :

Live now

Daniel se sent mal, comme si un serpent parcourait tout à coup l'intérieur de ses artères. Pourtant, il y a deux secondes à peine, il ne prenait rien de tout cela au sérieux. Mais il y a deux secondes, tout ça n'était que théorique, il ne pouvait vérifier concrètement pour confirmer ses doutes.

Maintenant, il le peut.

Par exemple, il y a un « *live now* » à côté de *Greece*.

*Allez, prouve-toi une fois pour toutes que tout ça, c'est juste du toc !*

Il clique donc sur Grèce. Trois sections apparaissent : *room 1*, *room 2*, *room 3*. Au-dessus est écrit : *live from Thessalonique*.

De la foutaise, rien que de la foutaise. Il allait s'en rendre compte dans trois secondes. Il clique sur *room 1*.

Un écran apparaît, prenant presque la totalité du moniteur de l'ordinateur. L'image, de qualité passable,

représente une pièce dont les dimensions sont difficiles à évaluer mais manifestement modestes, toute
en bois, filmée de manière très stable, sans doute par
une caméra sur trépied. Malgré l'éclairage blafard, on
distingue nettement une femme maigre complètement
nue, suspendue au plafond par les poignets, les pieds
à quelques centimètres du sol, couverte de sang et de
plaies. Sa tête tombe mollement sur sa poitrine. Inconsciente ? Morte ? Près d'elle, une silhouette habillée d'un uniforme blanc et masquée d'une cagoule
noire dépose un long couteau ensanglanté sur une
table recouverte de plusieurs accessoires tranchants,
tous souillés, puis s'éloigne jusqu'à sortir du champ
de vision. Malgré le dégoût, Daniel s'empresse de se
raisonner : ça peut très bien être un *set up*. Même
cette plaie ouverte sur le sein gauche. Dans les films
d'horreur, on effectue ce genre de maquillage depuis
longtemps. La fille, maintenant seule, ne bouge toujours
pas et Daniel ne la quitte pas des yeux, convaincu
qu'elle va se trahir en bougeant ou en ouvrant un œil.
Mais deux hommes masqués finissent par s'approcher
et la décrocher. La fille est molle comme une poupée
de chiffon.

Daniel s'humecte les lèvres. Sa salive est pâteuse.
Il clique sur «page précédente», mais ça ne fonctionne
pas ; il doit sortir de cette fenêtre. Il le fait donc à
l'aide de sa souris et se retrouve devant le choix des
trois chambres. Il appuie sur *room 3*.

Cette fois, la scène commence en pleine action :
dans une pièce semblable à la précédente, un homme
nu, dans la quarantaine, attaché sur une chaise, reçoit
une série de coups de poing de la part d'un individu
(sûrement un homme, vu la force déployée) affublé
aussi d'un costume blanc et d'une cagoule noire. Les
coups sont précis, violents : sur le nez, sur la gueule,
dans le ventre… Entre chaque coup, la victime, le
visage tuméfié, marmonne des supplications en grec,

mais ces marmonnements faiblissent graduellement. Daniel observe la scène en se mordillant le pouce. Des coups de poing, c'est facile à imiter. Tout de même, ici, c'est rudement bien fait. Il y a même des gouttelettes de sang qui fusent à chaque impact. Le PDG étudie la scène avec attention, à l'affût de la moindre erreur, de la moindre défaillance chorégraphique. Cinq coups de poing, huit, dix… Ça semble très vrai, aucune erreur. La victime, maintenant, se contente de gargouiller, à moitié assommée. Douze coups, treize… Et le sang qui gicle toujours, à chaque contact… Daniel, qui mordille toujours son pouce, est de plus en plus mal à l'aise. Est-ce qu'une mise en scène fonctionnerait si longtemps ? Et puis, il y a quelque chose qui le chicote… et au bout du vingtième ou vingt-cinquième coup, il met le doigt dessus : le visage de la victime se dégrade de plus en plus. L'œil gauche, grand ouvert tout à l'heure, est maintenant enflé et purulent, comme s'il était crevé. Le son des coups lui-même change, devient plus flasque. Et le nez… Mon Dieu, le nez est *vraiment* démoli ! Ce genre de trucages peut-il avoir lieu en direct, sans coupe dans la séquence ? Car c'est le même plan depuis le début. Est-ce *possible* ? Avec sa souris, il ferme la fenêtre et examine son pouce : celui-ci saigne légèrement.

De la *vraie* torture, en direct ? Non, il ne peut pas concevoir ça.

Il reste une chambre à voir, la numéro 2.

*Allez, pour être absolument sûr…*

Il clique sur *room 2*.

Ce qui le frappe d'abord, ce sont les gémissements. C'est en grec, il ne comprend rien, mais les supplications, peu importe la langue, ont toutes cette tonalité universelle, sans équivoque. En vitesse, il baisse le son de l'ordinateur de moitié, puis revient à l'image.

Un homme dans la trentaine. Nu. Attaché debout contre un mur, les jambes allongées, les bras étendus

en croix, fixé à des crochets par les poignets et les
chevilles. Il est intact, mais la peur rend son visage
difforme, et il n'arrête pas de supplier. Un bruit électrique, semblable à celui qu'on entendrait sur un
chantier de construction, recouvre tout à coup ses
plaintes. Lentement, le bourreau (même habit blanc,
même cagoule noire) entre dans le champ de la caméra,
une perceuse électrique en marche entre les mains.
Avant que le PDG assimile le sens de ce qui se prépare,
la mèche pénètre à toute vitesse le bras gauche de la
victime, qui se met à hurler. Daniel se couvre la bouche,
comme si c'était lui qui criait.

C'est un faux bras…

*Non, c'est un vrai !*

C'est un trucage, juste un trucage…

*C'est vrai, calvaire, tu vois bien que c'est VRAI !*

La mèche sanguinolente creuse maintenant la cuisse,
s'enfonce avec un réalisme fou au milieu de flots de
sang. Et ce bruit bizarre… est-ce celui d'un os qui
éclate ? Daniel respire à toute vitesse, son regard fiévreux incapable de se détacher de l'écran. Il veut voir
une erreur, une faiblesse, une faille, il *faut* que ce soit
truqué, car si ça ne l'est pas, cela signifie que cet
homme, cet inconnu, ce pauvre type, est torturé en ce
moment même par un dingue et que lui, Daniel Saul,
homme civilisé et sain d'esprit, est en train de regarder
ça, à des milliers de kilomètres de la scène, dans le
confort de son bureau, et qu'il observe cette atrocité
parce qu'il l'a *choisi*, parce qu'il a *payé* pour ça !

Il voit alors la perceuse s'attaquer au ventre. L'instrument commence par effleurer l'épiderme, ce qui a
pour effet d'enrouler la peau autour de la mèche et de
la détacher sur une grande surface, jusqu'à la hauteur
du thorax. Cette fois, l'horreur implose en Daniel et
tandis que la mèche s'enfonce enfin en faisant gicler
une infâme bouillie, l'homme d'affaires bondit littéralement de son siège vers l'arrière. Il s'empresse de
diriger sa souris vers la fermeture de la fenêtre, mais

le curseur ne répond pas. Que se passe-t-il ? Ahuri, il remarque que le fil s'est détaché du périphérique : comme il tenait fermement la souris tandis qu'il reculait, le fil, trop court, a cédé. À l'écran, la perceuse fouille dans le ventre ravagé et Daniel, incapable d'en supporter plus, s'empresse de trouver les touches pour sortir de l'écran. Mais il ne se souvient plus des raccourcis clavier, merde ! Il pioche sur les touches, les enfonce toutes à la fois, s'acharne même sur la touche « escape », rien n'y fait ; à l'écran, la boucherie se poursuit, et le PDG a beau vouloir l'éviter du regard, il ne peut s'empêcher d'entrevoir le sang et les tripes, il a même l'impression d'en recevoir sur les mains, ses mains qui martèlent hystériquement le clavier, encore et encore, mais ça ne marche pas, pourquoi cette criss de fenêtre *ne se ferme-t-elle pas* !?!

Sur l'écran, la mèche se dirige vers l'œil droit du supplicié. En poussant un mugissement rauque, Daniel enfonce alors le bouton même du moniteur qui s'éteint aussitôt. Mais le son continue, car si l'écran est hors circuit, l'ordinateur, lui, fonctionne toujours : sanglots en grec, puis bruit gluant mêlé à des hurlements plus atroces que jamais. Daniel se lève et, haletant d'épouvante, recule lentement sans cesser de fixer l'écran noir duquel proviennent des sons intolérables, une symphonie de violence et de souffrance que l'oreille humaine ne devrait jamais entendre. Alors, d'un geste sec, Daniel saisit le fil de l'ordinateur et tire dessus. La prise se débranche, tout s'arrête enfin.

Le silence. Cela devrait rassurer Daniel. Mais il sait qu'à des milliers de kilomètres, les cris continuent.

Et la vérité, impossible à nier : tout est vrai, ce n'est pas de la mise en scène, et cela se passe en ce moment dans plusieurs pays. Cela se passe même ici, au Canada, il a vu des dates tout à l'heure.

Tout est vrai... et cela l'étonne vraiment ? Il est sur *Hell.com*, un site criminel, et il a vraiment voulu croire que c'était de la frime ? Sincèrement ? Ou n'était-ce pas là un alibi pour se donner le droit d'aller vérifier, d'aller *voir* ? La nausée s'empare soudain de lui… puis il pense tout à coup à quelque chose.

Il sort en vitesse et va appuyer sa tête contre la porte de Simon : il entend les ronflements de son fils. Tout va bien. L'adolescent ne s'est pas réveillé.

Secoué comme jamais il ne l'a été, Daniel descend au rez-de-chaussée avec la démarche d'un homme ivre. Une minute plus tard, il est à son bar en train d'engloutir un scotch. L'alcool le calme quelque peu et il peut réfléchir plus posément. Qui sont ces gens qui se font torturer ainsi ? Des criminels ? De pauvres types enlevés au hasard ? Et, surtout, qui sont leurs bourreaux ? Il se souvient alors d'un mot qu'il a vu dans le menu de la section « *torture* ». En vitesse, il remonte dans son bureau. Après avoir rebranché ordinateur, moniteur et souris, il retourne sur *Hell.com* et va dans la section *Torture*. Le menu réapparaît.

Pictures
Movies
Live
Recruiting

C'est ce dernier mot qui le chicote. Il clique dessus, sur le qui-vive, s'attendant au pire. Mais ce n'est qu'un message qui apparaît. Daniel le lit en le traduisant mentalement.

*Vous pouvez être bourreau pour une séance de torture. Si cela vous intéresse, répondez à la question suivante.*

La question est simple : *which country*. Qu'arriverait-il si Daniel y répondait ? On lui proposerait différentes séances de torture en sol canadien ? On lui expliquerait comment procéder pour devenir bourreau à l'une d'entre elles ? Devrait-il passer une entrevue ? avoir de l'expérience ? des références ? Bouleversé, il quitte la page et se couvre le visage des mains. C'est aussi fou que dans un film médiocre qu'il a vu il y a deux ans, *Hostel*, dans lequel des gens paient pour torturer d'innocentes victimes. Dans une des entrevues offertes sur le DVD, le réalisateur explique que son histoire a été inspirée par des rumeurs selon lesquelles ce genre de pratiques barbares existerait bel et bien dans certains pays européens. Ces hypothèses farfelues avaient bien fait rigoler Daniel. Ce soir, pourtant, il a la preuve non seulement qu'elles sont vraies mais que, pire encore que dans le film, tout cela est diffusé sur le Net !

Il revient à l'écran, fixe un long moment les lettres de feu à l'écran. Et dire qu'il croyait au départ que ce site était essentiellement un site de cul. Mais il semble qu'il y ait beaucoup d'autres moyens d'user de sa puissance. *Hell.com* est là pour les offrir.

Daniel ferme l'ordinateur. Il a mal à la tête. Il n'aurait pas dû s'abonner à ce site. C'est la faute de Charron. Du moins, en partie.

Est-ce que Charron regarde ces séances de torture mondiales tous les soirs sur son ordinateur ? Est-ce qu'il se masturbe en regardant une fille se faire couper les seins ?

Non… Non, il n'est pas cinglé, tout de même. Un peu bizarre, un peu *hard* sur les séances sadomaso, mais pas cinglé.

Daniel se dirige vers sa chambre, convaincu qu'il n'arrivera pas à dormir. Il programme son réveil pour sept heures : il veut déjeuner avec Simon avant que celui-ci parte pour ses examens. Couché dans son lit, il prend la décision de ne plus explorer *Hell.com* dans les détails. Il continuera à profiter des avantages sexuels et monétaires du site, sans plus. Et l'année prochaine, il ne renouvellera pas son abonnement.

Ça lui laisse un an pour vivre des plaisirs hors du commun. Ce qui est tout de même non négligeable.

◆

Il rêve.

Dans un décor noir et imprécis, une dizaine d'Asiatiques nues, côte à côte, se tiennent devant lui. Charron
apparaît et va d'une fille à l'autre en s'adressant à
Daniel.

— Elle, elle a vingt-deux ans. Deux cent vingt mille
dollars. Pas mal, hein ?

Le visage des filles est hagard, absent.

— Tu préfères peut-être celle-ci, seize ans ? De la
chair fraîche. Trois cent soixante mille.

Sur le mur derrière les esclaves se profile la peinture de Crivelli, représentant la Vierge et l'Enfant. Sur
le tableau, la mouche incongrue est plus visible que
jamais.

— Ah, je sais qui est ta préférée, poursuit Charron.
C'est elle.

Et il place ses mains sur les épaules d'une fille qui
n'est pas asiatique, une Occidentale qui ressemble
beaucoup à... Non, elle ne lui ressemble pas : c'est
Mylène. Mais une Mylène qui n'a pas vieilli, qui a
toujours dix-sept ans. Avec une infinie tristesse, elle
regarde Daniel qui ne parle pas, partagé entre l'excitation et la résignation.

Sur le tableau de Crivelli, il y a maintenant plusieurs
mouches, comme si l'on était venu les peindre sans
que personne ne s'en rende compte. Il y en a quelques-
unes sur le corps de l'enfant Jésus.

— Dans quelle pièce veux-tu l'amener ? poursuit
Charron, dissimulé derrière Mylène. Dans celle-ci ?

Il indique à gauche une porte qui s'ouvre, qui
dévoile un décor sombre, tout en bois, avec table
ensanglantée et instruments de torture.

— Ou celle-ci ?

À droite, une autre porte s'ouvre et laisse voir une
vaste salle de bains, avec plusieurs lavabos et plusieurs

cabinets. Des rires fusent de la pièce, ainsi qu'une vieille chanson des années 80, de John Cougar, *Hurts so good*. Daniel est tétanisé et, avec honte, réalise qu'il a une érection. Le sourire de Charron s'agrandit.

— Oui, je crois que cette pièce est un bon choix…

Sur le tableau, il y a maintenant tellement de mouches qu'on devine à peine la Vierge et son enfant. Le visage de Mylène devient désespéré. Daniel secoue la tête.

— Non. J'ai changé ! Je ne veux plus !

— À l'époque non plus tu ne le voulais pas vraiment, poursuit Charron. Mais tu le pouvais. Et ça, ça ne change pas…

Les mouches s'envolent du tableau, des centaines d'insectes qui se mettent à tournoyer autour de Charron, comme s'il en était le pôle d'attraction. L'investisseur guide Mylène vers la salle de bains, d'où les rires et la musique sortent avec plus d'intensité. Et Daniel, même s'il ne bouge pas les jambes, approche lui aussi de la pièce. Charron articule :

— … Ça ne change jamais…

Et il pousse d'un coup brusque Mylène, dont le visage est tapissé de mouches et de larmes.

# CHAPITRE 11

Malgré son lever matinal, Daniel se rend compte que Simon a déjà quitté la maison. Pourquoi donc partir si tôt? Pour ne pas affronter son père juste avant ses examens? Ou pour aller étudier un peu à l'école? Il tente de le joindre sur son cellulaire, mais comme il tombe sur sa boîte vocale, il lui laisse un message encourageant et lui souhaite bonne chance.

Au bureau, Dubreuil lui annonce en fin d'avant-midi que leur projet avec l'Italie se complique un peu: le groupe Lycaune demande des garanties plus élevées. C'est une volte-face inattendue. Daniel dit à Dubreuil qu'il va s'occuper de ça demain, avec Charron.

À l'heure du dîner, il va à la banque et transfère l'équivalent de deux cent mille dollars américains dans son compte d'inscription pour *Hell.com*. Ainsi, s'il veut s'inscrire à un événement VIP, il ne sera effectivement pas pris au dépourvu.

Il revient chez lui très tôt, à quinze heures trente: comme il a manqué Simon ce matin, il veut être là pour son retour des examens. Il l'attend en étudiant un dossier dans son bureau, puis en allant évaluer le travail du jardinier qui taille la haie. Comme son fils n'est toujours pas rentré à seize heures trente, il tente de le joindre sur son cellulaire, mais tombe encore sur sa

boîte vocale. Il en est à se demander si les examens
sont plus longs que prévu lorsque le téléphone de la
maison sonne. C'est Ruel, le directeur d'Olympia. De
sa voix suave et désolée, il assène un coup dans l'estomac de Daniel : l'adolescent ne s'est pas présenté
aux examens. Ni à ceux du matin, ni à ceux de l'après-
midi.

— Vous n'êtes pas sans connaître les conséquences
d'une telle absence, monsieur Saul. C'était sa seconde
et dernière chance. Votre fils ne pourra pas entrer au
cégep à la fin du mois et il devra, dans un an, revenir
passer ses examens s'il sou…

Mais Daniel raccroche sans attendre la fin du laïus
du directeur. Sidéré, il fixe le mur du bureau devant
lui, comme si une fissure géante venait de s'y ouvrir.
Comment Simon a-t-il pu faire *ça* ? Comment son
propre fils a-t-il pu agir de manière si inconséquente ?
Les mains tremblantes de rage, il l'appelle à nouveau :
encore cette maudite boîte vocale ! En guise de message, il songe à lui hurler un chapelet d'injures, mais
se rattrape : s'il agit de la sorte, Simon sera encore
moins pressé de revenir à la maison. Le PDG fait donc
les cent pas, sous le regard inquiet de Denise qui prépare le souper. Où est-il donc, ce sale joueur de tours ?
Il n'y a qu'un moyen de le savoir : pour la première
fois, il va consulter le GPS de l'Audi.

Daniel se rend à son ordinateur et clique sur l'icône
GPS. Un plan du quartier Ahuntsic de Montréal apparaît avec, en son centre, un cercle rouge qui clignote :
l'emplacement de l'auto de son fils. Daniel agrandit
l'image. Le cercle rouge est immobilisé sur le boulevard Gouin, en face du parc Louis-Hébert, près de
Christophe-Colomb. Qu'est-ce que Simon fout là ?
Est-ce qu'il a été assez idiot pour aller boire de la bière
toute la journée dans ce parc avec des amis ? Non…
Il a dit qu'il n'avait plus d'amis. À moins qu'il en ait
rencontré de nouveaux sur ce foutu Facebook, des

espèces d'irresponsables qui, eux aussi, ont décidé de ne pas se rendre à leurs reprises d'examens? Il appelle à nouveau le cellulaire de son fils. Toujours aucune réponse. Le p'tit criss!

Daniel prend moins de quinze minutes pour effectuer le trajet Westmount-Ahuntsic avec la Jaguar. Tout en descendant Gouin vers Christophe-Colomb, il espère que Simon sera toujours là et, en apercevant l'Audi stationnée près du trottoir devant le parc, il se sent autant soulagé que furieux. Il se gare derrière l'auto de son fils et marche vers le parc. Tout en le cherchant des yeux parmi les rares personnes présentes, il ressent peu à peu une impression de déjà-vu et se dit qu'il est déjà venu ici. Mais quand? Et pourquoi? Comme si son inconscient le guidait, il dirige ses pas vers le bord de la rivière des Prairies, contourne un énorme buisson puis s'arrête.

Devant lui s'ouvre une petite clairière isolée du reste du parc. La vue sur la rivière est magnifique, avec le soleil qui le foudroie de ses mille feux. Près de l'eau, tournant le dos à son père, Simon est assis sur une vieille souche, un carton de bière à ses pieds. Il porte une bouteille à ses lèvres, le visage vers l'eau. Personne d'autre en vue. La tranquillité totale. Daniel ne bouge pas, pris au dépourvu par la beauté de la scène, par la position paisible de son fils installé sur cette souche. Depuis combien de temps est-il assis là, à boire de la bière? Et pourquoi être venu ici? Daniel connaît ce parc, ça lui rappelle... quelque chose... un événement bref mais intense... Simon se lève alors brusquement, se retourne et lance la bouteille de toutes ses forces vers un bouleau, à environ quatre mètres sur la droite de Daniel, sur lequel elle éclate. Et si l'on se fie aux autres morceaux de verre sur le sol, ce n'est pas le premier projectile reçu par l'arbre. Daniel sursaute et Simon voit enfin son père. Il se fige net, stupéfait.

— Comment tu m'as trouvé ?

Sa voix trahit son ivresse. Daniel ne bouge pas.

— Je suis au courant !

— Comment t'as su que j'étais ici ?

— Je suis au courant pour tes examens, entends-tu ?

Simon, en soupirant, se penche, choisit une autre bière dans le carton et l'ouvre.

— Je te l'aurais avoué tantôt, en revenant...

— Mon œil ! Et à la fin du mois, t'aurais fait semblant d'aller au cégep aussi ?

— Je te jure que je te l'aurais dit ! L'autre soir, je voulais justement te parler de ça !

— Pourquoi tu l'as pas fait ?

— Tu travaillais ! Criss ! Tu m'as viré de bord ! T'as oublié, j'gage ?

Daniel se souvient alors de ce moment, il y a deux semaines, de l'air tourmenté de son fils, de la perche tendue... du ton de sa voix, derrière la porte...

« ... je voudrais te parler, p'pa... »

— Je t'avais dit qu'on pourrait se parler plus tard et t'as pas voulu ! Tu étais couché et...

— Plus tard, plus tard ! C'est toujours comme ça avec toi !

Daniel veut répliquer quelque chose et, tout à coup, il reconnaît ce parc, cette clairière précise. Ça s'est passé il y a six ans. Il avait reçu une bonne nouvelle et, tout heureux, avait voulu célébrer ça avec son fils de onze ans. Un ami lui avait parlé de ce parc, de cette clairière, et Daniel avait donc emmené Simon ici pour pique-niquer. Il se souvient comme il faisait beau, comme c'était agréable, comme ils avaient ri tous les deux.

— Pourquoi y a personne d'autre autour ? avait demandé le jeune garçon.

— C'est un endroit secret, juste pour nous deux.

Et Simon, ravi par cette idée, avait mordu dans son sandwich, les yeux étincelants de bonheur. Et c'était si bon de le voir serein, après les mois si pénibles qu'ils avaient traversés…

— Pourquoi t'es venu ici ? demande Daniel, ébranlé.

Simon devient mal à l'aise et hausse les épaules avec un faux détachement.

— Fais pas l'innocent, Simon ! Je t'ai amené en pique-nique ici, il y a des années !

— Je me souviens pas tellement, marmonne l'ado sans conviction.

Mais c'est faux, tout son corps contredit ce qu'il affirme. D'ailleurs, il ajoute avec une ironie acide :

— En tout cas, fallait que tu sois de bonne humeur en maudit pour m'amener à un pique-nique.

Daniel l'était, effectivement. Par délicatesse, il n'en avait jamais parlé à Simon, mais ce jour-là, il avait entendu le verdict des tribunaux. Tous les psychologues qui avaient examiné Valérie et qui avaient écouté les témoignages sur ses crises passées (hystérie, bris de meubles, abandon de son fils à quelques reprises dans des endroits publics, plusieurs coups portés sur lui) en étaient arrivés à la même conclusion et le juge avait rendu son verdict dans ce sens : cette femme souffrait de réels problèmes mentaux et, par conséquent, ne pouvait avoir la garde, totale ou partielle, de son enfant. Elle ne pourrait lui rendre visite qu'en présence du père et, donc, ne pouvait obliger son fils à la rejoindre à Paris, comme elle en avait eu l'intention. Mieux : même en cas de décès du père, la mère ne pourrait jamais avoir la garde légale de l'enfant. Oui, c'était une bonne nouvelle, pas juste pour le milliardaire mais aussi pour Simon, trop jeune pour comprendre que sa mère était trop cinglée pour s'occuper de lui.

— D'ailleurs, ajoute Simon après avoir ingurgité une lampée de bière, c'est pas arrivé souvent par la suite…

— Ah, non ! Tu me mettras pas ça sur le dos, c'est trop facile ! Oui, je suis occupé ! Non, je suis pas disponible souvent ! Mais je t'offre déjà mieux que ta folle de mère qui est venue te voir cinq fois en six ans ! C'est moi qui t'ai élevé tout seul depuis qu'elle est partie !

— Pis ça, tu me le pardonneras jamais, hein ?

Daniel avance d'un pas, exaspéré.

— C'est pas vrai ! J'ai cru, j'ai toujours cru en toi ! Je t'ai payé les meilleurs cours, les meilleures écoles ! T'es mon fils ! T'es dans une classe à part, comprends-tu ça ? *À part !* T'as tout ce qu'il faut pour suivre mes pas, pour avoir mon pouvoir !

— De quel pouvoir tu parles ? J'y ai cru un boutte, mais c'est juste de la marde ! L'école, mon ex-blonde, mes amis, y s'en sont crissés pas à peu près de notre argent ! Le fric, ça donne pas la vraie puissance, c'est de la *bullshit* !

— Seigneur, Simon, qu'est-ce que… De quoi tu parles ?

L'adolescent se passe la main dans les cheveux, piétine l'herbe autour de la souche, comme en proie à une détresse incontrôlable.

— Je ressens rien dans cette maison-là, dans l'idée d'aller au cégep, dans l'argent que tu me donnes… Je sens rien de personne, ni de la vie, ni de… ni de toi ! Rien !

Il effectue un pas vers son père, les traits si tendus par le désarroi que son visage semble sur le point de se fendre d'une seconde à l'autre.

— J'en veux pas, de ta fausse puissance ! Je veux pas être comme toi !

Une fine lame transperce le thorax de Daniel et lui racle le cœur. La voix tremblante, il demande :

— Tu veux quoi, d'abord ?

— *Je le sais pas !*

Et en crachant ces mots, Simon tend les mains vers son père en un geste de supplication, sur le point de fondre en larmes. Daniel sent bien qu'un début de chaleur lui remonte dans le ventre, qu'une frontière aussi mince qu'un soupir le sépare de l'empathie, que le levier de son amour profond vibre déjà pour actionner ses bras vers son fils, pour l'enlacer de toutes ses forces… mais il y a cette phrase prononcée par Simon, ces mots que l'homme d'affaires fier et conquérant n'aurait jamais cru entendre de son propre sang.

« Je veux pas être comme toi ! »

Et cet aveu est plus fort que tout le reste. Au point que Daniel en arrive à ignorer l'appel à l'aide de son fils et, d'une voix calme mais glaciale, articule :

— Fais ce que tu veux, Simon, je m'en fous. Tu passes pas tes examens ? Tu veux pas aller au cégep ? Parfait. Tu veux sortir jusqu'à deux heures du matin tous les soirs ? Parfait aussi. Gâche tout ce que j'ai accompli pour toi. Tu veux pas être comme moi, de toute façon. Alors sois comme la plupart des gens : insignifiant et quelconque.

Simon vacille, autant sous l'effet de l'alcool que de la stupeur. Quelque chose se liquéfie dans son regard, mais Daniel ne s'en rend pas compte, car il a déjà tourné les talons pour s'éloigner. Il n'a pas fait deux pas qu'il sursaute au bruit d'une petite explosion sur sa gauche : sur le même bouleau que tout à l'heure, une autre bouteille vient d'éclater. Daniel se tourne vers son fils. À contre-jour, la silhouette de Simon ne bronche pas, comme si toute trace d'alcool s'était évaporée de son corps. Daniel reconnaît cette lueur de défi désormais familière dans le regard de l'adolescent. Ce dernier dit enfin, la voix vide :

— Je sais pas ce que je veux, mais je sais que je serai pas faible. Je vais être plus puissant que toi, parce que moi, je vais l'être pour vrai.

— Sans même avoir ton diplôme de secondaire V ? J'ai hâte de voir ça !

Il attend une réplique, mais aucune ne vient. Simon reste immobile et, pour toute réponse, produit ce son incongru qu'il a recommencé à émettre depuis quelque temps, ce claquement de langue répétitif. Malgré la chaleur de cette fin d'après-midi, Daniel sent un furtif frisson lui parcourir le dos alors qu'il s'éloigne.

Sur le chemin du retour, le PDG dresse un bilan de cette pénible rencontre. Au fond, c'est la seule solution : les discours sont vains, alors rien de tel que le concret pour comprendre. Daniel n'interviendra pas, il le laissera faire. L'adolescent expérimentera lui-même les conséquences de ses actes. Après un été d'inertie totale, sans amis et sans réel projet, il va revenir à la raison. Il va comprendre la chance qu'il a.

La vraie puissance… De quoi parle-t-il ? Ces jeunes sont si naïfs…

« Je ne veux pas être comme toi. »

Daniel sent sa gorge se nouer. Il y a quelques années, Simon admirait tant son père. Et maintenant… Pourtant, il est venu *précisément* dans ce parc… Pourquoi ?

« Je sens rien de personne, ni de la vie, ni de… ni de toi ! Rien ! »

Enfant gâté ! Il va vraiment savoir, dans les semaines qui viennent, ce que « rien » signifie ! Et il va enfin réaliser à quel point il est choyé, privilégié !

Tout en roulant, Daniel n'arrive pas à chasser de son esprit l'image de Simon, dans le parc, qui marche vers lui, les mains ouvertes, tel un naufragé voulant rejoindre le rivage, et qui répète inlassablement : « Je le sais pas, je le sais pas… »

◆

Chez lui, Daniel tente de se calmer mais n'y arrive pas. Il se prend un verre, essaie de travailler, en vain. Il descend un autre verre, regarde l'heure : vingt heures. Simon va sans doute rentrer tard ce soir : son père vient de lui permettre d'agir désormais à sa guise, alors il ne va pas se gêner ! Daniel tourne en rond dans la maison, puis finit par piocher quelques bouchées dans le souper préparé par Denise avant qu'elle ne parte. Il ne se souvient pas d'avoir été si enragé, si bafoué ! Par son propre fils ! Mais pourquoi Simon fait-il ça ? Pourquoi agit-il en… en… Poussant un cri de frustration, le PDG lance son assiette sur le mur. Il doit faire quelque chose pour sortir cette furie de lui. Il monte donc rapidement à son bureau, se connecte à *Hell.com* et va directement à la section *calendar* en espérant trouver quelque chose d'intéressant pour ce soir dans la région montréalaise, quelque chose qui va apaiser l'ouragan en lui. Si le site ne propose rien, il va appeler des « escortes » et les baiser jusqu'à ce qu'elles…

Beat that tramp

C'est le nom de l'événement de la soirée. Il l'a déjà vu, d'ailleurs, en fouillant le site. Qu'est-ce que ça peut bien être ? D'une main toujours tremblante de rage, il veut cliquer sur l'activité lorsque le téléphone sonne. Convaincu que c'est Simon, il saisit l'appareil en se levant d'un bond.

— Allô, Daniel ? C'est moi.

Cette voix, qu'il entend rarement mais qu'il reconnaît à tout coup, le déprime tellement qu'il se laisse tomber dans son fauteuil. Dieu du Ciel ! Elle qui ne téléphone que deux ou trois fois par année, pourquoi choisit-elle ce soir *précisément* ? Est-ce un complot ? Serait-elle même à Montréal ?

— Où es-tu, Valérie ? À Paris ?

— Ben oui, quoi, évidemment que je suis à Paris, qu'est-ce que tu crois ?

Et cet accent ridicule qu'elle a adopté depuis qu'elle vit en Europe ! Il est donc deux heures du matin là-bas et elle l'appelle ? Elle doit revenir d'une de ses soirées mondaines qu'elle aime tant fréquenter et où, immanquablement, elle fait une folle d'elle. D'ailleurs, sa voix trahit qu'elle a bu :

— T'as pas l'air en forme, mon chou.

— T'as vraiment pas choisi le meilleur moment pour appeler, Valérie. D'ailleurs, Simon est pas ici, rappelle donc demain ou…

— Évidemment, avec toi, c'est jamais le bon moment pour appeler ! De toute façon, c'est à Simon que je veux causer !

— Je viens de te dire qu'il n'est pas ici !

— Je m'ennuie *tellement* de lui !

Elle prend sa voix de biche, comme lorsque, dans le temps, elle susurrait à Daniel en minaudant : « J'ai *tellement* envie de baiser ! » À l'époque, ça marchait bien, mais maintenant cette intonation paraît le comble du grotesque. En réalité, tout ce qu'elle réussit à faire, c'est attiser le feu de la colère du milliardaire.

— Si tu t'ennuies tellement, t'as juste à venir le voir ! Tu l'as pas vu depuis dix-huit mois, je te rappelle !

Normalement, elle débarque au Québec une fois par année ou à peu près. Chaque fois, elle passe une journée à la maison à câliner, embrasser et couvrir son fils de cadeaux. Chaque fois, Simon est partagé entre le malaise causé par la fausseté de Valérie et la nostalgie qu'il ressent face à cette femme qui, il s'en souvient, a déjà été sa mère. Quant à Daniel, il les laisse seuls, attendant avec impatience le départ de son ex.

Mais là, ça fait dix-huit mois ! Au fond, il s'en moque : elle disparaîtrait complètement de la vie de son fils qu'il n'en serait que plus heureux. Sauf qu'il tient un bon prétexte pour se défouler sur elle et, dans son état actuel, il ne va pas s'en priver.

— Un an et demi, c'est un nouveau record, non ?

— Arrête avec tes accusations merdeuses ! J'ai un boulot qui me bouffe tout mon temps, et tu le sais !

— Mon œil! Quand tu t'es sauvée en France, ta carrière de mannequin allait bien, oui, mais depuis deux ans, tu es au ralenti, je le sais! T'es rendue à trente-cinq ans, non?

— Je… Je ne suis pas au ralenti! Et si je me suis sauvée en France, c'est parce que tu refusais que je voie mon fils!

— Valérie, on va pas revenir là-dessus, c'est vraiment lassant!

— T'as acheté les psychologues! T'as acheté le juge! Et les avocats! Et…

— J'ai pas eu besoin d'acheter personne, tout le monde a compris très rapidement que tu étais totalement cinglée!

Il se demande encore comment il a pu épouser cette fille. En réalité, non, il le sait: elle était belle, c'était une bombe au lit et, dans le milieu des affaires, avoir une telle conjointe ne pouvait que le valoriser. L'a-t-il aimée? Sans doute que non. Mais il voulait un enfant. Il voulait un fils, pour assurer la descendance des Saul. Et il l'a eu. Mais il aurait dû se douter qu'elle était trop tarée pour élever un enfant! Il lui a fallu dix ans pour s'en rendre compte! Contre son oreille, le téléphone est chauffé à blanc.

— Passe-moi Simon!

— Criss, y est pas ici, j'te dis! Es-tu tellement rendue parisienne que tu comprends même plus le québécois?!

— Tu mens! Je suis sûre qu'il est là et que tu veux pas que je lui parle!

— Ostie! Valérie, je vais raccrocher!

— Dis-moi comment il va! À l'école, il réussit toujours bien?

— Non! Non, pas du tout!

Il se mord la lèvre inférieure en se traitant d'imbécile. Qu'est-ce qui lui prend de lui parler de ça, c'est vraiment, *vraiment* une mauvaise idée! Tout en continuant à faire les cent pas, il trébuche dans le tapis, manque de s'affaler de tout son long.

— Comment, pas du tout ? Mais qu'est-ce que tu fous, t'arrives pas à l'élever comme du monde ?

Quand elle s'énerve, elle reprend toujours son accent québécois.

— Qu'est-ce que ça te donne de m'empêcher de l'élever si toi-même t'es pas capable de t'arranger pour qu'il réussisse à l'école ?

Il serre le téléphone de toutes ses forces. S'il l'avait devant lui, il la frapperait, il en est convaincu. Il la frapperait comme il l'a déjà frappée, il y a longtemps, alors qu'elle avait fait une connerie qui avait carrément mis la vie de Simon en danger. Oui, il la cognerait, là, maintenant, parce que le feu dans son ventre refuse de s'éteindre, qu'il s'intensifie même de plus en plus, devient un véritable brasier, alors que s'il la frappait, elle ou n'importe qui d'autre, peut-être que ça le calmerait.

— Passe-le-moi ! Passe-moi mon fils ! Je sais qu'il est là pis que tu veux pas que je lui…

— *Ta gueule, ostie de folle !* T'as plus aucun droit sur lui ! Si je te laisse le voir une fois par année, c'est parce que je te donne la permission, oublie jamais ça ! Alors arrête de me faire chier, sinon ça va aller mal ! Ça va aller *très* mal !

Et il coupe la communication brutalement. Son fils qui se fout de sa gueule, et maintenant son ex-conasse de femme ! C'est trop, beaucoup trop, on n'a pas le droit de le traiter comme ça, personne n'a le droit ! Il faut que quelqu'un paie ! *Maintenant* !

Dans la brume de sa furie, il distingue l'écran de l'ordinateur, toujours ouvert à *Hell.com*. Il s'approche rapidement, lit à nouveau l'intitulé de l'événement de ce soir : *Beat that tramp*. Il clique dessus. Le descriptif apparaît en anglais et Daniel le traduit mentalement.

« Venez vous défouler sur un sans-abri. Coups de poing ou de pied seulement. Arrêt après dix coups ou évanouissement du sans-abri. Quinze cents dollars. »

Daniel relit trois fois le paragraphe pour être bien sûr d'avoir compris. Des sans-abris. Cette racaille qu'il a toujours méprisée. Allumé, il note l'adresse (une rue à Verdun), ferme l'ordinateur, fouille dans son coffre et compte deux mille dollars. Puis il dévale l'escalier et sort.

Durant le trajet, la colère ne tarit pas, mais une voix plus raisonnable commence à émerger : s'en va-t-il réellement battre quelqu'un ? Va-t-il vraiment payer pour avoir le droit de casser la gueule à un homme ? Eh bien oui, justement, il va *payer* pour en avoir le droit ! C'est bien à ça que sert son argent, non ? À lui donner le *droit* ! Et Charron lui dirait qu'il les a tous ! Et puis, ce n'est pas à un homme qu'il va casser la gueule mais à un sans-abri ! En lui, la rage est maintenant un feu de forêt. Il doit l'éteindre. L'éteindre à coups de poing. Se montrer à lui-même qu'il en a la force.

Daniel arrête la Jag dans une petite rue déserte, avec des duplex et triplex vraiment en sale état. Il sort de son véhicule, actionne le système antivol, consulte l'adresse pour être sûr, puis s'approche d'un duplex aux fenêtres condamnées par des planches brunes. Il s'arrête devant la porte blanche à la peinture écaillée. Et maintenant ? Frapper, sonner, entrer ? Du coup, sa colère descend d'un cran et il examine les alentours, comme s'il venait d'apparaître dans ce quartier sans avoir la moindre idée de la façon dont il y est arrivé. Sa voix intérieure lui dit qu'il devrait partir. Mais tout à coup, il se secoue. Une fois dans son lit, la rage va revenir, il le sait. D'ailleurs, il la sent gonfler à nouveau en ce moment même. Il doit l'évacuer maintenant, il en a le droit !

Résolu, il frappe à la porte. Elle s'ouvre rapidement sur un grand Espagnol, habillé de manière très tape-à-l'œil, qui le regarde avec un sourire idiot.

— *Hola, muchacho !* Qu'est-ce qu'on peut faire pour toi, *what can I do for you ?*

Le gars est manifestement gelé. Daniel se demande s'il ne s'est pas trompé d'endroit. Après s'être raclé la gorge, il dit:

— Je viens pour… heu… *Beat that tramp*.

— *Si, si.* Entre, *senor*.

L'Espagnol est vraiment relax, comme si son visiteur était un épicier qui lui apportait de belles tomates fraîches. Daniel entre tandis que l'autre referme derrière lui. Ils se trouvent dans une petite antichambre sombre, si minuscule qu'une troisième personne aurait du mal à se joindre à eux.

— Alors, tu connais les règles?

— Heu… Un peu mais pas beaucoup.

— OK, écoute: tu peux donner dix coups au gars. Dix coups de poing ou dix coups de pied, comme tu veux. Dix, max. S'il perd connaissance, tu arrêtes, *entendido*?

L'Espagnol n'arrête pas de bouger, comme un ado sur le point d'aller danser, avec son sourire *stone* qui flotte sur ses lèvres. Daniel demande:

— Le sans-abri, il… heu… il ne se défendra pas?

— Avec les yeux bandés et les mains attachées? Ça m'étonnerait!

— Les yeux bandés?

— *Si.* Comme ça, ils peuvent pas nous reconnaître plus tard, ni toi ni moi, ni savoir où ils étaient enfermés.

Ça rassure Daniel. Ça le rassure aussi de savoir que les sans-abris sont ensuite relâchés, qu'ils ne sont pas… Bref, ça le rassure.

— C'est mille cinq cents dollars. On n'accepte pas les chèques.

Et il émet un rire chevalin, fier de sa blague. Daniel lui donne l'argent, puis l'Espagnol ouvre la porte. Les deux hommes marchent dans un couloir sombre, à la tapisserie arrachée et au plancher fissuré. Au bout, Daniel devine une cuisine sale et misérable dans laquelle trois hommes (deux Hispanos et un Blanc) jouent aux cartes en discutant entre eux, la table recouverte de bouteilles d'alcool. Ils ne prêtent aucune attention à Daniel qui, lui, les regarde avec suspicion, à tel point qu'il percute presque le dos de son hôte qui s'est arrêté devant une porte.

— C'est ici, *senor*. Amusez-vous bien.

Il ouvre la porte. Daniel entre.

La pièce n'est pas très grande. L'unique fenêtre est obstruée par un grand morceau de contreplaqué. Des lambeaux de tapisserie pendent des murs, le plancher de marqueterie est noirci. Vide, aucun meuble, sauf une chaise droite en bois, contre le mur du fond, sur laquelle est assis ce qui a déjà été un homme. Maintenant, ça ressemble plus à une loque, avec des vêtements malpropres et rapiécés, une barbe hirsute évoquant un buisson de ronces, des cheveux aux épaules tellement gras qu'ils soulèvent le cœur, et une peau mangée par la petite vérole. Les yeux sont cachés par un bandeau noir, les mains attachées dans le dos. Le tout est éclairé par une ampoule rouge au plafond, qui jette une luminosité écarlate agressante.

— Y a que'qu'un? J'entends que'qu'un...

La voix est rauque, altérée par la misère et la peur. Quel âge peut avoir cet homme? Il semble avoir au moins cinquante ans, mais Daniel est convaincu qu'il est plus jeune. Comment savent-ils, les Hispanos, que le client ne donne pas plus de dix coups? Une caméra cachée quelque part?

— C'est qui, là? Répondez-moé don'!

— Lève-toi.

Daniel ne peut se résigner à frapper un homme assis. L'autre s'exécute lentement, tremblant de peur. Daniel a les poings serrés. Il sait qu'il va le frapper, qu'il ne reculera pas, qu'il *doit* se défouler. Quel meilleur bouc émissaire qu'une telle épave? Mais attaché ainsi, terrorisé, sans défense...

— J'ai pas une cenne, moé! J'suis dans' rue depuis douze ans! Je... Je sers à rien! Vous devriez enlever des riches, à place! Eux autres, y...

Daniel lui allonge son poing droit sur le coin de la bouche. Il ne s'est battu qu'une fois ou deux quand il était jeune, alors le coup est maladroit, pas très fort. De plus, une douleur glaciale lui traverse les doigts et il grimace en secouant sa main. Le sans-abri, lui, titube un peu, mais sans plus. Merde! À croire qu'il a eu moins mal que lui! Mais la surprise et la peur se démultiplient chez le mendiant, qui se met à reculer, à tourner la tête de tous les côtés:

— Hey pourquoi vous faites ça? Dites-moé c'que vous voulez, pis...

Encore plus en colère que lorsqu'il est entré, le PDG frappe à nouveau. Le poing s'écrase sur le nez vérolé et Daniel l'entend casser avec satisfaction. L'homme perd l'équilibre et tombe sur sa chaise en poussant un cri. Daniel s'humecte les lèvres avec fébrilité. Il a encore eu mal à la main, mais ce coup-là valait la peine. Ça lui a procuré un bien fou!

— Arrêtez, câlice! J'ai rien fait, moé! J'ai rien f...

Direct à la mâchoire, cette fois.

— Arrêtez, pitié! J'comprends rien! Arrê...

— Pourquoi tu fais rien de ta peau?

— Au s'cours! Au s'c...

— Hé, j'te parle!

Un coup de poing au visage, tellement fort que Daniel sent le sang gicler sur son poing maintenant engourdi par la douleur. Dieu du Ciel! Il n'aurait jamais cru que c'était si enivrant comme sensation. Jamais il ne traiterait ainsi un être humain normal, mais ici, il s'agit d'un être si opposé à ce qu'il est, d'un symbole de tout ce qu'il a toujours rejeté, méprisé et fui.

— T'aimes mieux gagner ton argent en quêtant? T'aimes mieux te complaire dans ton rôle de *loser*?

Le sans-abri, sous le dernier impact, a basculé et est tombé sur le sol. Il pleure, maintenant. Mais ce n'est plus un mendiant qui gît aux pieds de Daniel: c'est Philippe Bégin, c'est l'inertie de son fils, c'est Valérie.

Et il veut réduire tout cela en bouillie pour que tout le monde comprenne qui il est : le plus fort ! le plus puissant ! *Daniel Saul !*

Il assène un coup de pied en plein visage de sa victime, qui cesse net de pleurer. Daniel, le souffle court, fronce les sourcils. Sans transition, il sent la nausée monter en lui. Il a besoin d'air frais. Il s'apprête à sortir, s'arrête. Il s'empresse de fouiller dans son pantalon, d'ouvrir son portefeuille et d'en sortir un billet de cent dollars qu'il glisse, en grimaçant de dégoût, dans la poche du pantalon nauséabond du sans-abri inconscient.

*Pourquoi fais-tu ça ?*

Enfin, il sort rapidement. Le portier espagnol est appuyé contre le mur du couloir, comme s'il l'attendait, tout souriant.

— Alors, ça s'est bien passé, *senor* ?

Daniel grommelle une réponse vague, marche vers la porte, puis se tourne vers son hôte.

— Il va lui arriver quoi, maintenant ?

— *Qué ?*

— Vous allez faire quoi, avec lui ?

— Rien. On va aller le reconduire là où on l'a pris, dans son trou de merde, pis une fois là-bas, on va le détacher.

Daniel hoche la tête, entend des rires : dans la cuisine, les trois hommes se racontent quelque chose. L'homme d'affaires regarde les autres portes fermées. Y a-t-il d'autres mendiants derrière elles, qui attendent leur tour ? Y aura-t-il d'autres clients que lui, ce soir ?

Il s'empresse de quitter le taudis, s'attendant stupidement à se retrouver face à un barrage policier. Bien entendu, la rue est déserte. Il prend de bonnes respirations. La nausée passe.

De retour dans la Jag, il se masse doucement le front. Jamais il ne s'est senti si déconcerté. Il n'arrive pas à décider s'il est satisfait ou honteux. Peut-être les deux…

Demain matin, le mendiant va se réveiller avec une sale gueule, endolori et confus. Il va finir par trouver le cent dollars. Que fera-t-il ? Il le dépensera en deux jours, évidemment, essentiellement en alcool ou en drogues. Après, il va continuer sa vie minable. Comme avant. Le fait qu'on l'ait tabassé n'aura rien changé. Cela ne va ni lui nuire ni l'aider. Son quotidien est merdique de toute façon. On finira par le retrouver mort de froid un jour, et tout le monde s'en foutra. Bref, l'événement de ce soir n'aura aucun effet sur lui… mais il en a eu un sur Daniel. Car il ne sent plus la colère. Le doute, oui ; une certaine confusion, certes ; mais plus de rage.

C'est déjà ça.

# CHAPITRE 12

L'éclairage est quelconque, la musique d'ambiance anonyme, la salle d'hôtel décorée sans audace, les invités décents ; bref, un cocktail plutôt fade. Il y a eu une époque où Daniel aimait bien ces soirées mondaines entre gens d'affaires, mais depuis quelques années, cela l'ennuie vaguement. En réalité, il ne s'en est rendu compte que récemment. Il doit d'ailleurs s'efforcer de ne pas bâiller devant les deux investisseurs qui le félicitent pour ses rachats de vieilles églises.

— Il paraît qu'il n'y a plus d'églises fermées disponibles au Québec : vous les avez toutes achetées !

— C'est vrai, répond Daniel. Bientôt, il va falloir que je m'attaque aux églises toujours en activité…

Rires civilisés. Deux autres hommes se joignent à eux et Daniel a la surprise de reconnaître Rivard, un quinquagénaire qui se trouvait à la soirée *Night of the living squirts* la semaine dernière. Avait-il déniché cette soirée par le bouche à oreille ou est-il membre de *Hell.com* ? Vu son statut social, Daniel penche pour la seconde possibilité. Bien sûr, les deux businessmen agissent comme s'ils se rencontraient pour la première fois, mais durant la discussion, Daniel remarque les coups d'œil complices de Rivard.

Combien d'autres, ce soir, dans cette salle, sont membres du site ? Un ou deux autres ? *Hell.com* : l'élite dans l'élite. Ce serait un bon slogan, pense Daniel en prenant une gorgée de son verre.

La soirée se poursuit. Daniel n'est pas surpris de constater l'absence de Charron, qui évite ce genre d'événement mondain. Ils se sont vus cette semaine au bureau et n'ont parlé que d'affaires. Une seule fois, Charron a demandé si Daniel avait finalement dépassé le niveau uniquement sexuel du site et le PDG a menti en répondant non. Il ne voulait pas raconter sa soirée avec le sans-abri, comme si le fait d'en parler aurait souligné de manière indélébile la réalité de cet acte qu'il a encore de la difficulté à s'expliquer. Pourtant, cet événement a bel et bien eu lieu et il ne peut nier que cela l'a satisfait au plus haut point. Et il y a une autre raison. S'il en parle à Charron, il se doute de ce que ce dernier va lui dire : « Tu as aimé ça ? Alors, j'ai quelque chose de mieux à te proposer... » Et Daniel n'est pas convaincu qu'il a envie d'aller dans cette direction.

Un peu plus tard, il aperçoit Marie, superbe comme toujours, dans une robe qui, sans être vulgaire, attire tous les regards. Il s'approche alors que deux hommes prétendent parler affaires avec elle. Rapidement, ils comprennent qu'ils ne font pas le poids devant Daniel et finissent par s'éloigner.

— Merci. Je ne savais plus comment me débarrasser d'eux.

— Toujours à votre service, madame.

— Justement. J'aurais envie que tu sois à mon service ce soir. Ça te tente ?

Daniel a un air ennuyé en portant son verre à ses lèvres. Marie prend un ton plus agacé que blessé :

— Écoute, si tu n'as plus envie de moi, dis-le carrément et je vais arrêter d'avoir l'air de la groupie qui insiste. On n'est pas un couple, je te le rappelle, alors pas de chichi entre nous.

— J'ai envie de toi, Marie. Ça fait deux fois que je t'invite à m'accompagner à des soirées et tu refuses.

— Ah, oui ! Ta soirée de gicleuses ! Et dernièrement une séance sadomaso ! Depuis quand tu t'intéresses à ça ?

— Je t'ai expliqué que c'était très *soft* !

En fait, se rappelle Daniel, cela a été un peu plus *hard* que les fois précédentes. La fille jouait carrément le rôle d'une victime, comme si Daniel la violait. Elle pleurait, se débattait, et Daniel devait la frapper de temps à autre. Un simple jeu, bien sûr, mais vraiment réaliste. Et extrêmement excitant.

— *Soft* ou non, ça ne m'intéresse pas, c'est tout, répond Marie.

— Au moins, je propose autre chose. Ça change de nos soirées échangistes, non ?

— Daniel, l'échangisme, c'est justement pour changer !

Elle baisse le ton en regardant autour d'elle. Plus discrètement, Daniel demande :

— Tu souhaites pas aller plus loin, parfois ? Moi, oui.

— Plus loin ? Pourquoi, si je n'en ai pas envie ?

Elle a un petit rire sarcastique.

— C'est bien toi, ça, Daniel. Toujours aller plus loin. Et pas juste dans le sexe : le rachat des églises, ce n'était pas assez. On achète maintenant des HLM en Norvège et on sacre tous les locataires dehors.

— Franchement ! On croirait que tu me fais la morale !

— C'est exactement ce que je fais.

Étonné, il la considère un moment en silence. Elle soutient son regard, sérieuse, solide, puis, une sorte d'éclat pervers traverse ses pupilles.

— Cela dit, ça n'empêche pas que j'ai envie ce soir de me faire prendre par deux ou trois queues. Je peux évidemment me passer de la tienne, mais si elle était du nombre, j'en serais bien aise car elle est drôlement efficace.

Il éclate de rire. Vraiment désarmante, cette fille. Même si elle peut donner l'impression d'être contradictoire, Daniel sait que ce n'est pas le cas. Au contraire, elle est absolument cohérente avec elle-même.

Il voit alors Philippe Bégin passer dans son champ de vision. Son visage durcit et, tout en se mettant en marche, il marmonne à Marie sans la regarder :

— Attends, je reviens.

— OK, mais moi, je pars dans cinq minutes.

Bégin s'adresse à quelqu'un en riant et, tout en approchant, Daniel remarque que quelque chose a changé chez son adversaire. Il s'arrête près des deux hommes et coupe la conversation :

— J'aurais à te parler, Philippe.

Son attitude rustre est totalement contraire à la stratégie qu'il adopte normalement dans ce genre de soirées. Par contre, en comparaison de ce qu'il a envie d'infliger à Bégin, il considère qu'il agit avec beaucoup de retenue. Bégin se tourne et son visage s'éclaire en reconnaissant le malotru. Il s'excuse auprès de son interlocuteur et suit Daniel à l'écart.

— Je t'écoute. Mais j'ai l'impression que je sais exactement ce que tu veux me dire.

— Le contrat de Laval, ça pouvait passer. Mais celui de Toronto, là, tu es allé trop loin.

— Qu'est-ce que tu racontes ? Tu veux me faire pleurer ? Au plus fort la poche. C'est ce que tu m'as déjà dit toi-même, mon cher.

— Justement, c'est…

Il se tait, réalisant ce qu'il allait dire. Mais Bégin l'a compris et hoche la tête d'un air entendu.

— Normalement, tu es le fort et moi le faible, n'est-ce pas ? Mais il semblerait que l'ordre des choses, *ton* ordre des choses, vient de chavirer.

— Ta compagnie s'acharne contre moi, c'est normal qu'elle finisse par gagner des points !

— Non, pas toute la compagnie, Daniel. Seulement moi.

Il avale une gorgée, le regard brillant de malice. Daniel comprend alors ce qu'il y a de différent chez son rival : son attitude, tout simplement. Physiquement, il n'a pas changé, toujours la même stature moyenne, le même visage agréable mais ordinaire, la même voix articulée mais sans souffle ; sauf que maintenant il dégage l'élément essentiel qui lui manquait auparavant : l'assurance. Une assurance qui s'est forgée dans le creuset de sa haine envers Daniel Saul. Comme s'il lisait dans les pensées du PDG, Bégin hoche la tête, exultant, et annonce :

— Et ce n'est que le commencement, Daniel. Le minable sans envergure va te montrer que tu as eu tort.

Daniel s'imagine le soulevant par le cou et le secouant jusqu'à lui décrocher les testicules, et il se demande par quel miracle il réussit à se contenir. Il grogne presque :

— Ne te mêle plus de mes affaires, Bégin, sinon…

— Sinon quoi ?

Et il ose lui lancer un clin d'œil.

— Tu n'es pas aussi puissant que tu le crois, Saul.

Daniel est suffoqué d'indignation, mais Bégin lui tourne le dos, va rejoindre d'autres invités avec qui il s'amuse déjà. Comment ce minable, qui n'était que l'ombre de son père il y a six mois, peut-il maintenant être si habile, si sûr de lui, si vainqueur ? Comment cette larve peut-elle le mettre si facilement en échec ?

Le PDG termine son verre d'un trait et revient sur ses pas. Finalement, il va accepter l'offre de Marie et aller à *L'Éden* avec elle. Au moins, ça va le défouler un peu. Mais il ne la voit nulle part et comprend qu'elle est partie. Il pourrait toujours aller la rejoindre au club, mais il refuse, touché dans son orgueil : si elle n'a pas été capable de l'attendre, tant pis pour elle.

Il quitte la salle sans saluer personne.

◆

Daniel, en sortant de la voiture, articule un «bonne nuit» grognon à son chauffeur. Tandis que la Rolls s'éloigne, une autre voiture vient se stationner tout près de l'entrée : l'Audi de Simon. Depuis leur engueulade il y a trois jours, le père et le fils ne se parlent carrément plus. D'ailleurs, l'adolescent rentre très souvent aux petites heures. Où va-t-il ? Avec qui se tient-il puisqu'il n'a plus d'amis ? Questionnée, Denise lui a répondu qu'il ne mange presque jamais à la maison. Comme Daniel ne lui donne plus d'allocation hebdomadaire, il doit piger dans son compte bancaire pour dîner et souper en ville. Un compte que Daniel a ouvert il y a plusieurs années, auquel Simon a accès quand il veut. Peut-être devrait-il aller mettre un embargo sur ce compte ?... Et puis non ! Si Simon commet des bêtises, tant pis pour lui, il faudra qu'il en soit conscient et assume ! N'empêche, Daniel brûle de lui demander ce qu'il fabrique de son temps, mais pas question de tomber dans ce piège : s'il veut que Simon réalise l'inconséquence de ses actes, il doit s'empêcher d'intervenir dans la vie de son fils, pour que ce dernier touche vraiment le fond et comprenne enfin. Sinon, tout sera à recommencer.

Simon, habillé de vêtements sombres, sort de la voiture et marche vers la maison, sans un regard vers son père à l'écart. Devant la porte d'entrée, l'adolescent prend un certain temps pour trouver sa clé, assez pour que Daniel le rejoigne. Simon sent l'alcool, un peu la dope aussi. Il aurait donc de nouveaux amis ? Alors que la porte s'ouvre, le PDG remarque enfin que son fils a une marque sur la joue, une ecchymose.

— Qu'est-ce que tu as au visage ?

Simon grommelle que ce n'est pas important. Mais cette légère blessure inquiète suffisamment Daniel pour que ce dernier enfreigne sa stratégie du silence :

— Simon, tu as une marque au visage, c'est normal que je veuille savoir d'où tu...

— Il va arriver quoi, si je te le dis pas ? Tu vas recommencer à m'empêcher de sortir ? Je te préviens, si tu fais ça, je pars pis tu me revois plus.

Aucun sourire moqueur et baveux, cette fois, aucun air de défi. Juste une noire détermination que Daniel ne lui a jamais vue.

— Bon Dieu, Simon, combien de temps ça va continuer, cette situation de fous ? Ça peut pas durer, voyons, ç'a pas d'allure ! Qu'est-ce qu'on fait, là ?

La noirceur de Simon vacille brièvement, l'ombre de la détresse traverse son visage, le temps que l'adolescent marmonne :

— Je le sais pas…

Encore ces mots, encore cet aveu d'impuissance, ce cul-de-sac dans lequel l'adolescent se jette tête baissée… Mais aussitôt sa dureté réapparaît et il s'empresse d'entrer dans la maison sans un mot de plus.

◆

Daniel signe le dossier, le range dans son bureau puis se lève pour aller dîner lorsqu'on frappe à sa porte. Sans attendre sa réponse, le visiteur ouvre et Roland Saul apparaît. Daniel savait qu'il avait eu son congé de l'hôpital, mais il ne s'attendait tout de même pas à le voir rebondir au bureau.

— Salut, fils ! En forme ?

Roland Saul, pour sa part, est plus maigre, plus pâle, plus vieux qu'avant son infarctus, c'est d'une évidence douloureuse, mais il a le sourire radieux et le regard éclatant.

— Salut, p'pa. Heu… On n'est pas en fin de trimestre, loin de là…

— Je ne viens pas pour ça. J'ai pensé qu'on pourrait aller dîner tous les deux.

Daniel, la surprise passée, ne peut s'empêcher de rire : il ne se rappelle pas la dernière fois que son père l'a invité à luncher. Son premier réflexe est de décliner l'offre, mais il se rend compte qu'au fond il n'a pas vraiment envie de refuser.

— D'accord, j'ai environ une heure devant moi. Tu proposes d'aller où ?

— Aux quilles !

◆

Roland Saul lance la boule et, deux secondes plus tard, les dix quilles volent en l'air. Il se tourne vers son fils avec fierté et celui-ci lève le pouce. Tout à l'heure, il a résisté à l'idée des quilles, lui qui n'a joué que quelques parties dans sa vie, mais son père a fini par le convaincre. Il le regarde donc accomplir son sixième abat de la partie et commente :

— Je comprends pourquoi tu as gagné tant de tournois.

— Allez, c'est à toi ! Tu te débrouilles pas pire pour un novice, tu sais.

La serveuse arrive avec les sandwichs et les bières et on décide de manger avant de poursuivre.

— T'as l'air en forme, p'pa.

— Bah ! Tu dis ça pour me faire plaisir. Je sais que j'ai l'air plus vieux que jamais, mais dans ma tête et mon cœur, je ne me suis jamais senti aussi bien.

Il mastique avec un drôle de sourire.

— Mieux vaut tard que jamais, hein ?

— Tu ne t'occupes vraiment plus de business, juré ?

— Ni de la tienne ni de celle de mon ami. Je n'en ai plus aucune envie.

Daniel, sceptique, se demande si c'est sincère, si le vieux ne veut pas se convaincre lui-même. Pourtant, il semble réellement sûr de lui.

— Tu fais quoi, alors ?

— J'essaie de réparer les pots cassés.

Daniel fronce les sourcils. Roland Saul, la bouche pleine, ajoute sans aucune amertume :

— Comme je vais partir bientôt…

— Arrête avec ça !

— C'est pas grave, Daniel, je ne veux pas être mélo-dramatique, je te jure. Je dis juste que je n'ai plus de temps à perdre. C'est tard, mais c'est mieux que jamais. Il faut toujours préparer ses départs, mon gars.

Daniel ricane.

— Alors, ça t'est arrivé ? La peur de la mort t'a donné la foi ? Tu penses qu'un grand barbu t'attend de l'autre côté avec le bilan de ta vie ?

Roland glousse, puis :

— Pour préparer son départ, ce n'est pas nécessaire de croire qu'il y a quelque chose après.

Daniel mastique en silence. Son père enlève un cornichon de son sandwich et poursuit :

— Quand on est en visite chez quelqu'un et qu'on part plus tard dans la soirée, on pense pas nécessai-rement à ce qui nous attend une fois la porte franchie. Ce qu'on se demande par contre, sur le chemin du retour, c'est si on a été agréable, si les gens vont garder une bonne impression de la soirée, si on a été adéquat. On va se rappeler les bonnes blagues qu'on a racontées, l'oreille attentive qu'on a prêtée à notre ami qui s'est confié entre deux bières, les discussions intéressantes qu'on a déclenchées… Si on a été ennuyant ou déplacé ou maladroit, on va s'en vouloir, c'est classique. Bref, on songe aux traces qu'on a laissées dans cette soirée.

Il avale sa bouchée.

— C'est ça, l'important : les traces.

Il chasse des miettes de pain sur sa chemise tandis que Daniel l'observe avec attention. Pendant un mo-ment, on n'entend que les boules rouler et les quilles tomber.

— Comment va Simon ?

Pris par surprise, Daniel répond honnêtement :

— Pas fort…

Et regrette aussitôt sa réponse. Le vieil homme, lui, ne semble pas surpris, comme s'il s'en doutait.

— J'aimerais le voir plus souvent.

— Je vais lui dire de passer te voir.

— Ça cloche où ? À l'école ? Avec toi ?

Daniel avale le dernier morceau de son sandwich et se lève.

— Juste une mauvaise passe… Bon ! Je vais aller jouer si on veut finir notre partie !

Son père se lève, maintenant allumé :

— Parfait ! J'ai regardé ton élan, tantôt, et il y a un ou deux trucs que je pourrais te donner…

Durant la demi-heure qui suit, Daniel se laisse prendre au jeu, mais finit par dire à Roland qu'il doit partir.

— Bye, p'pa. Et merci encore.

— Va falloir remettre ça !

— Je suis très occupé, tu le sais…

Un pli d'amertume tord la bouche du vieil homme.

— C'est le monde à l'envers. C'est moi, durant toute ton enfance, qui n'ai pas arrêté de te donner cette réponse. Et maintenant, c'est toi qui me la renvoies.

Daniel, mal à l'aise, se rattrape :

— T'as raison, on va remettre ça.

Son père ne semble pas dupe, mais il sourit tout de même.

Avant de sortir de la salle de quilles, Daniel se tourne vers l'aire de jeu : son père s'est joint à deux hommes de son âge qu'il semble connaître et ils discutent joyeusement en lançant les boules. Le PDG sourit, soudainement attendri, puis s'empresse de sortir : il a plein de choses à régler au bureau avant son rendez-vous avec Charron à la maison, en fin d'après-midi.

◆

— Belle maison, Dan, vraiment.

Charron, en entrant dans le salon, admire la pièce avec approbation, les mains dans les poches de son jeans. Daniel lui-même a enfilé des vêtements moins officiels. L'investisseur précise :

— Un peu sage, comme décoration, mais très chic.

— Un peu sage ? Tu voudrais sans doute que j'accroche des tableaux de démons et d'accouplements sur mes murs !

Ils rient en s'assoyant chacun dans un fauteuil. Denise leur sert aussitôt le café. Charron, en présence de la bonne, affiche son air renfermé habituel, mais dès qu'elle disparaît, il redevient à l'aise. Sur la petite table entre eux attendent deux copies du dossier du projet de L'Aquila.

— Ton fils est absent ?

Daniel, d'un air désapprobateur qui n'échappe pas à l'investisseur, explique que Simon est à son ordinateur.

— Ça n'a pas l'air d'être le beau fixe avec ton ado.

— Mettons que… On est en conflit, ces temps-ci. Cette nuit, on est revenus tous les deux à la maison en même temps et… Il me fuit littéralement.

— D'où revenait-il ?

— Aucune idée. Il avait une blessure au visage et… Merde, je t'avoue que ça commence à m'inquiéter. Je voulais le laisser aller, ne pas intervenir pour qu'il frappe lui-même un mur, mais là… Je ne sais plus trop.

Surprenant qu'il se confie ainsi à Charron. Même à Marie, il n'en raconte pas tant. L'investisseur hoche la tête, songeur. Il a écouté son hôte avec un réel intérêt, ce qui étonne quelque peu Daniel. Mais ils sont là pour parler business et il saisit l'un des dossiers alors que Charron, en s'enfonçant dans son fauteuil, demande tout bonnement :

— Alors ? As-tu enfin utilisé le site pour autre chose que du sexe et du *gambling* ?

Daniel feint de consulter les papiers. Depuis sa soirée avec le sans-abri, il a souvent eu envie de se confier à quelqu'un, en sachant évidemment que ce n'est pas possible. Sauf à Charron. Si quelqu'un peut

le comprendre, c'est bien lui. Alors pourquoi hésiter ?
Peut-être, justement, parce que l'investisseur peut *trop
bien* le comprendre… Daniel dépose le dossier sur
ses genoux.

— OK. Écoute, j'ai fait quelque chose de…

Il secoue la tête, s'assure que Denise ou son fils ne
sont pas dans les parages, puis avance le visage, sur
le ton de la confidence.

— Lundi, j'ai eu une journée atroce. Simon a commis une grosse connerie, ma cinglée d'ex-femme a
appelé… Bref, j'étais bleu, il fallait que je me défoule
et…

Charron, qui s'est aussi avancé, a croisé les mains
entre ses genoux et écoute avec une attention presque
comique, comme s'il attendait une révélation divine.

— J'ai… J'ai participé à une soirée qui… Enfin, ça
s'appelle *Beat that tramp* et…

— C'est vrai ?

Charron pousse un rire bref et ravi, puis examine
Daniel avec… Bon Dieu, oui : avec fierté !

— Je le savais que tu finirais par essayer *autre chose*.

— Tu connais cette soirée ?

— Bien sûr. J'y ai déjà participé. C'est amusant,
non ?

Amusant… Le ton léger avec lequel il utilise ce
mot !

— Je ne sais pas si je me suis amusé, mais…

— Mais quoi ? Ça t'a fait du bien, oui ou non ?

— Je crois que oui.

— T'as aimé ça ?

Daniel dodeline de la tête. Il n'arrive pas à exprimer
ce qu'il a ressenti. Oui, il a aimé ça, mais il n'est pas
sûr qu'il aime l'idée d'avoir aimé ça.

— Ce ne sont que des sans-abris, lui dit Charron.
Que sont-ils, comparés à toi ?

— Rien du tout, je sais. Et puis, je ne l'ai pas tué,
quand même.

— Donc, pas de remords ?

— Je crois que non.

Charron le considère en souriant et, cette fois, c'est plus que de la fierté que Daniel voit dans son regard derrière ses lunettes, c'est carrément de l'admiration, une admiration presque troublante. Charron avance la main et touche celle de son collègue.

— Et ce n'est que le début, Dan. Tu vas pouvoir aller beaucoup plus loin…

Daniel retire sa main vivement.

— Comment, plus loin ? Mais je n'en ai pas l'intention !

— Allons ! La semaine passée, tu prétendais ne vouloir utiliser le site que pour des expériences sexuelles ! Ça ne t'a pas empêché de franchir une nouvelle étape. Et il n'y a pas de raison que ça s'arrête. Parce que c'est en toi, Daniel.

Le PDG secoue la tête.

— Toi, Martin… J'imagine que tu as essayé beaucoup de choses sur le site.

— Absolument.

Réponse lisse, assumée. Bien assis, Charron attend… Il attend que son compagnon insiste, lui demande : « Quoi, par exemple ? » Mais Daniel ne lui accordera pas ce plaisir. S'il en apprend trop sur la vie privée de son collègue, il ne supportera sans doute pas l'idée d'être devenu son ami. Car n'ayons pas peur des mots : ils sont désormais amis. Plus encore : complices.

Charron attend toujours. Daniel sent ses lèvres brûlantes, comme si la question qui n'ose les franchir les irritait par son hésitation. Il s'imagine être un enfant qui s'ennuie dans le bois et qui découvre une maison construite en bonbons. Mais sur le pas de la porte, la traditionnelle sorcière est remplacée par Charron qui l'invite à entrer en lui disant : « Tu vas avoir mal au ventre, tu vas être malade, mais c'est pas grave parce que c'est bon. »

Des pas attirent l'attention de Daniel, qui tourne la tête : Simon, habillé d'un jeans noir et d'un t-shirt aussi sombre, descend l'escalier avec l'enthousiasme d'un condamné marchant au gibet. Charron le considère avec curiosité.

— Ton fils, je suppose ?

Daniel se renfrogne. Il y a deux mois, il aurait été si fier de présenter Simon. Tout de même, il n'agira pas comme s'il n'existait pas... D'une voix qu'il veut détendue, il interpelle l'adolescent. Ce dernier, en voyant qu'il y a un invité, passe du sombre à l'opaque et s'approche à contrecœur. Daniel les présente l'un à l'autre. Simon tend une main molle et hostile que Charron, en se levant, serre vivement.

— Ah, on voit très bien la ressemblance. J'imagine qu'elle est autant intérieure qu'extérieure.

En réaction à ce compliment, Simon jette rapidement un regard teinté de mépris vers son père.

— Et l'école, Simon, comment ça va ? Tu commences le cégep dans une couple de semaines, non ?

— Non, j'irai pas.

Le regard qu'il dirige de nouveau vers son père est maintenant celui du défi. Le PDG veut rectifier le tir, mais Charron demande déjà :

— Ah ? Et pourquoi ?

Étonnant que Charron, normalement taciturne en société, soit si à l'aise avec Simon, comme si ce dernier l'intéressait véritablement. Trop content de provoquer son père, l'adolescent répond sans hésiter :

— Plate à chier et inutile.

« T'étais surtout trop paresseux pour étudier et passer tes examens ! » a envie de préciser Daniel. Charron examine l'adolescent un moment en hochant la tête.

— Oui, je peux comprendre ça. Ce qu'on est fondamentalement, ce n'est pas nécessairement à l'école qu'on l'apprend...

La face de Daniel s'allonge de cinquante centimètres tandis que Simon fronce les sourcils, tous deux pris au dépourvu par cette remarque. L'investisseur en rajoute :

— Je t'avouerais même que c'est au moment où j'ai compris qui j'étais vraiment et ce que je voulais que j'ai lâché l'université.

Daniel se lève et s'empresse de nuancer :

— Simon n'a pas lâché les études. Il est juste en période de réflexion. Bon, on continue notre travail ?

Mais Simon est maintenant moins pressé de partir et considère l'invité de son père avec un étonnement empli de curiosité.

— Simon, tu nous laisses, s'il te plaît ?

L'adolescent marche enfin vers la cuisine, non sans jeter un regard vers Charron, un regard (Daniel le jurerait) brillant de reconnaissance. Tandis que les deux hommes se rassoient, le PDG grommelle, mécontent :

— Franchement, Martin, mon gars n'a surtout pas besoin d'entendre ce genre de niaiseries ! Je le sais que tu veux être *cool* avec lui, mais c'est pas une raison !

— Mais… Je pense vraiment ce que j'ai dit.

Daniel songe un moment à répliquer quelque chose, renonce puis reprend le dossier en main :

— Bon. Ça ne va pas aussi bien qu'on l'espérait avec Lycaune…

Docile, Charron ouvre l'autre dossier. De la cuisine, on entend Simon fouiller dans les armoires.

— Lors de notre dernière contre-offre, ils ont dit qu'ils devaient réfléchir. Ils n'ont toujours pas rappelé. J'ai l'impression qu'ils ont…

Le téléphone sans fil, posé sur la table, sonne. Daniel s'excuse et répond. C'est Wilson. Son ton n'annonce rien de bon :

— Tu es déjà chez toi ?

— J'ai décidé de faire mon meeting avec Martin Charron chez moi. On discute du dossier Lycaune.

— Justement…

Hésitation.

— On l'a perdu.

Daniel sent le sol s'ouvrir sous ses pieds, une sensation qu'il a connue très peu souvent dans sa vie et qu'il éprouve pourtant pour la troisième fois en moins de trois semaines; une sensation à laquelle son corps et son esprit sont si peu habitués que son estomac se révulse, comme s'il se trouvait sur un parcours de montagnes russes particulièrement audacieux. Il réalise seulement qu'il est debout lorsque le vertige se saisit de lui.

— C'est pas vrai…

Dans son fauteuil, Charron hausse un sourcil. La voix de l'anglophone gémit presque:

— Une autre compagnie québécoise a fait une contre-offre plus généreuse que la nôtre, et c'était une proposition finale, alors…

— Mais qu'est-ce qu'elle leur a offert, câlice? La nôtre était déjà ridiculement conciliante!

— Ils n'ont pas voulu me le révéler…

— Est-ce qu'ils ont dit au moins quelle compagnie nous a…

Il s'interrompt. Mais bien sûr. *Bien sûr!* C'est tout à fait ridicule et inadmissible, mais ça ne peut qu'être *lui*. Wilson, funèbre, confirme:

— C'est Bégin.

Daniel ne bronche ni du corps ni du visage. Ce n'est pas du stoïcisme, c'est de l'autodéfense: s'il bouge, ne serait-ce qu'un muscle de son visage, il va exploser, et chacune des miettes de son corps se propagera à des kilomètres à la ronde en hurlant de fureur. Au fond, ce serait peut-être une bonne chose, car le bruit de l'explosion couvrirait le rire de Bégin que le PDG entend en ce moment même, au plus profond de sa crevasse intérieure.

— Daniel?

C'est Wilson, inquiet.

— Daniel? *You're still there?*

Le PDG doit réagir. Prudemment, il ouvre la bouche. Ses lèvres sont deux croûtes de pierre qui s'effritent sur sa langue.

— Je t'avais prévenu de te méfier de Bégin.

— J'ai fait ce que j'ai pu, mais ils…

— T'es viré, Christian.

Long silence incrédule à l'autre bout du fil. Dans le fauteuil, Charron ouvre de grands yeux. Daniel attend, le téléphone fortement appuyé contre son oreille, comme si l'appareil faisait maintenant partie de lui, devenait granit comme tout le reste de son corps.

— *You're joking, Dan, aren't you?*

— Tu libères ton bureau aujourd'hui même.

Et il coupe la communication, geste qui fissure tout son corps. Charron, calme, s'enquiert :

— On a perdu le projet italien ?

Nouvelle qui semble l'émouvoir très modérément. Daniel se met en marche vers l'escalier en lançant d'une voix vide :

— Je reviens.

Tandis qu'il monte l'escalier, il se donne des objectifs à très courts termes : ne pas exploser avant d'atteindre la huitième marche… Ensuite, ne pas exploser avant d'atteindre le haut de l'escalier… Ne pas exploser avant d'entrer dans son bureau… Pas avant d'avoir trouvé le numéro personnel du PDG du groupe Lycaune, Tagliani… Sa rage est tellement à fleur de peau que le simple contact de ses doigts sur les touches du téléphone est douloureux, insupportable, au point qu'il doit se retenir pour ne pas les enfoncer de toutes ses forces afin de laisser jaillir cette douleur, de fendre sa peau, de casser ses os… À l'autre bout du fil, Tagliani, surpris, explique en anglais qu'il est en plein souper d'affaires mais qu'il est prêt à accorder une minute à son confrère d'outre-mer. Daniel en prend dix de plus pour tenter de fléchir le PDG italien. En vain. Tagliani, d'abord poli, finit par montrer des signes d'impatience et annonce qu'on l'attend. Daniel ouvre la bouche pour lui hurler d'aller se faire enculer mais, une fois de plus, il réussit à conserver une apparence de calme, à se rappeler les règles élémentaires en affaires, et se contente d'articuler :

— *Very well, mister Tagliani. It's your decision. Have a pleasant night.*

Il coupe. Observe longuement l'appareil. Cherche l'endroit, dans la pièce, où l'impact causera le plus de dommages, le plus de débris. Avise le miroir sur le mur de droite. Prend son élan. Imagine que le téléphone est la tête de Philippe Bégin. Et le lance de toutes ses forces, au point que son épaule droite craque. Au son, le résultat est décevant (un éclatement bref et somme toute beaucoup moins bruyant que l'éruption volcanique interne du PDG), mais le visuel s'avère spectaculaire, une sorte d'éclosion en accéléré, un jaillissement de plastique, de métal et de vitre, dont l'amplitude est si grande que certains morceaux atteignent Daniel.

Philippe Bégin. N'importe qui sauf lui. Car à la colère et à la frustration s'ajoute l'humiliation. Un sentiment que Daniel n'a jamais vraiment ressenti. *Jamais.*

Avant aujourd'hui.

Il masse son épaule douloureuse tandis que, dans sa tête, le rire de Bégin résonne toujours. Il descend rapidement, va au bar, enfile coup sur coup deux verres de scotch. Il va se soûler la gueule, aucun doute là-dessus. Mais ce ne sera pas suffisant.

Il se souvient que Charron est ici. En vitesse, il va au salon, poursuivi par le rire de Bégin. Charron n'est plus là.

— Martin ?

Des voix proviennent de la cuisine. Là-bas, Charron est en train de parler à Simon qui, les reins appuyés sur la table, un sac de croustilles en mains, écoute l'investisseur. Oubliant presque sa colère pendant un bref moment, Daniel contemple cette scène inattendue. Il n'entend pas ce qu'ils racontent (la tempête dans sa tête hurle trop fort), néanmoins il remarque le visage grave et sérieux de l'investisseur tandis qu'il parle, la profondeur de son regard derrière ses lunettes, les gestes lents et aériens de ses mains. Mais c'est son fils qui l'intrigue le plus : figé, la bouche entrouverte, l'air fasciné, il boit les paroles de l'autre, affichant la même expression qu'il arborait il y a quelques années quand il écoutait son père. Simon, qui ne s'intéresse plus à rien depuis quelque temps et qui, tout à coup, écoute un étranger avec attention... Quelque chose dans cette vision met Daniel mal à l'aise. Et ce n'est pas que la jalousie. Il y a plus, même s'il ignore quoi précisément.

— Martin !

Charron tourne la tête tandis que l'adolescent sursaute et, comme si on l'avait surpris à commettre une action répréhensible, il s'empresse de marcher vers l'escalier en pigeant dans son sac de chips.

— En passant, je ne souperai sûrement pas ici, lui lance Daniel.

Son fils hausse à peine les épaules puis disparaît. Daniel revient à Charron qui s'approche, débonnaire.

— De quoi vous parliez ?

— On faisait connaissance, tout simplement.

Daniel se sent tout à coup ridicule d'être si méfiant. De toute façon, Charron le ramène brusquement à la réalité :

— Alors ? Vous avez perdu l'Italie ?

Daniel masse son épaule en grimaçant de douleur.

— Viens. Allons prendre un coup, je vais te raconter ça.

Charron arbore un air entendu.

— Je pense qu'on ne conduira pas ni l'un ni l'autre, hein ?

— Ouais, t'as raison... Je vais appeler Benoît.

◆

Daniel n'a pas envie d'aller dans un de ses bars habituels, où il tomberait immanquablement sur une connaissance. Il veut l'anonymat pour pouvoir se défouler sans avoir à protéger son image devant quiconque. Il laisse donc Charron décider de l'endroit et l'investisseur donne une adresse à Benoît, sur Saint-Laurent.

Ils se retrouvent dans un bar qui, sans être miteux, n'a pas du tout le standing des endroits normalement fréquentés par le PDG. Le décor en bois usé par le temps évoque la taverne typique et les six clients sont surtout des hommes âgés de trente à soixante ans, de classe moyenne ou ouvrière. Quatre d'entre eux s'activent autour de la table de billard défraîchie, les deux autres sont seuls à la leur. Le barman s'ennuie au bar tandis que la serveuse, vulgaire, rigole avec les joueurs de billard. La musique, pas trop forte, est essentiellement composée de rock des années 70. L'entrée des deux hommes d'affaires est remarquée : même s'ils portent des vêtements de détente, ceux-ci valent plus cher que la garde-robe complète de n'importe lequel des consommateurs présents, et le charisme de Daniel ne manque pas d'impressionner la serveuse. Les deux nouveaux s'assoient à une table et le PDG commande carrément une bouteille de scotch, la meilleure marque de la maison.

— Tu viens souvent ici ? demande-t-il à son ami en regardant autour de lui.

— J'y suis venu deux ou trois fois en quatre ans. Parfait pour avoir la paix.

Daniel a hâte de vider un verre. Et le rire de Bégin n'arrête pas de lui remplir la tête. Quand la serveuse apporte la bouteille, le milliardaire constate qu'il s'agit d'une marque infecte, mais tant pis. Il paie la bouteille et donne cinquante dollars de pourboire à la serveuse impressionnée. Il remplit deux verres, puis ouvre les vannes : Wilson est un ostie d'incompétent, Lycaune un groupe foireux de *losers* sans envergure, et Bégin, ce sale trou du cul de Bégin, la pire merde que l'univers ait jamais chiée. Charron, conciliant, se contente d'écouter, prononçant de temps à autre un « C'est vrai » ou un « T'as raison ». Pour chaque verre bu par l'investisseur, Daniel en descend deux, et au bout d'une heure et demie, le PDG est totalement ivre, au point de ne plus sentir la douleur à son épaule droite. Rien de tout cela ne semble indisposer les autres consommateurs, manifestement habitués à ce genre de diatribe, surtout que d'autres gens sont arrivés entre-temps et que, sur la dizaine de clients maintenant présents, trois ou quatre ne sont pas complètement à jeun non plus.

— Il y a six mois, Bégin était une larve, un des pires hommes d'affaires en ville ! Et aujourd'hui, c'est lui qui s'acharne sur moi ! C'est… c'est trop ridicule ! Je suis meilleur que lui, tout le monde le sait ! Alors comment s'y prend-il pour… pour…

Il se tait, s'envoie une gorgée de son verre. Cette sensation d'humiliation est tellement, *tellement* intolérable ! Et dire que le commun des mortels ressent cette émotion fréquemment ! Bon Dieu ! Comment le supportent-ils ? Charron, plus calme, explique :

— Il te déteste, Dan. La haine peut donner beaucoup de force.

— Ah, ouais ? Ben, j'ai des petites nouvelles pour lui : je le déteste encore plus qu'il me déteste ! Je le hais comme jamais j'ai haï quelqu'un !

— Parfait. Et tu vas faire quoi, avec cette haine ?

— Je vais le réduire en miettes, le fumier !

— Et comment ?

Daniel grommelle quelque chose et, frustré, plonge le nez dans son verre. C'est bien ça, le problème : comment ? Si au moins Bégin avait été devant lui, il aurait pu lui foutre une raclée, lui sectionner le nez avec le goulot de sa bouteille, lui arracher un œil et jouer au billard avec ! Mais non ! Il est dans un bar minable et il ne peut rien faire ! Dans un flash confus, il songe à sa soirée de lundi, au mendiant qu'il a battu. Criss ! s'il en avait un autre sous la main, en ce moment, le gars ne s'en relèverait sûrement pas ! Exaspéré, il reluque autour de lui d'un œil vitreux et avise une fille qui discute avec les joueurs de billard. Dans la trentaine, elle est mal habillée et grassouillette mais a le mot « cochonne » écrit dans le front.

— Hé ! Hé, toi !

La fille finit par comprendre qu'on s'adresse à elle et s'approche de la table, sous l'œil méfiant des joueurs, particulièrement celui d'un grand quadragénaire blond à la peau ravinée.

— Assis-toi et prends un verre avec nous !

— Ben… OK, merci !

Et la fille, contente de boire un verre avec deux « messieurs » qui ont l'air pas mal plus importants que la clientèle habituelle, s'installe. On demande un autre verre, Daniel le remplit et trinque avec la fille.

— À la tienne, chère… Chère comment ?

— Noémie.

— À la tienne, chère Noémie !

Ils boivent, sous le regard indifférent de Charron qui, depuis l'arrivée de la fille, s'est replié dans sa coquille. Le blond, à la table de billard, ne joue plus et regarde la scène d'un œil enflammé. Daniel, avec les gestes lourds propres à l'ivresse, entoure l'épaule de la fille, qui se laisse faire sans déplaisir, et explique d'une voix molle :

— Aujourd'hui, Noémie, je me suis fait fourrer par un ostie de trou du cul !

— Ah, ouais ? C'est poche.

— Ouais. Alors faut que je me défoule pis que je fourre quelqu'un à mon tour.

Malgré la grossièreté de l'allusion, Noémie ne peut s'empêcher de glousser. Charron, silencieux, fixe son verre sans s'occuper d'eux.

— C'est pas la subtilité qui t'étouffe, hein, mon beau ? remarque la fille.

— Regarde-moi dans les yeux pis dis-moi que t'aimes pas ça fourrer...

Les yeux de la fille s'emplissent de concupiscence.

— J'aime pas ça, conter des menteries.

Elle avale une autre gorgée en riant carrément. Daniel approche son visage tout près du sien et la fille en cligne des yeux émoustillés : ce n'est pas tous les jours qu'un tel mec la drague. Le grand blond fait quelques pas vers eux, baguette de billard en main, et Charron, indifférent, trempe ses lèvres dans son verre.

— OK, Noémie, poursuit Daniel. On s'en va chez vous pis je te baise toute la nuit. Qu'est-ce que t'en penses ?

Noémie respire maintenant un peu plus rapidement.

— Peut-être ben...

— Je te fourre pis je te viens partout. Sur les boules, dans le cul pis dans la face.

Dans les yeux de la fille, la lascivité est court-circuitée, traversée par un éclair d'incertitude.

— Ben là...

— Ensuite, je te pisse dessus pis...

— Hey ! Wo, là !

Elle s'écarte brusquement, mais Daniel a sorti son portefeuille et dépose violemment plusieurs billets de cent dollars sur la table. La fille écarquille les yeux.

— Criss, tu me prends pour une pute en plus ?

— C'est quoi ton problème, toi ?

C'est le grand blond, maintenant tout près, qui s'adresse à Daniel. Noémie s'est levée et se tient maintenant près de son protecteur.

— J'ai un problème, moi ? demande Daniel.

— Ouais, t'as un problème : t'as trop bu, tu voles les filles des autres pis tu commences à faire chier. Fait que retourne d'où tu viens pis câlice-nous la paix, correct ?

Tous les clients s'intéressent à la scène, même le barman, qui continue néanmoins à servir une bière, peu impressionné. Charron, verre en main, semble s'ennuyer, comme s'il n'était pas conscient de l'altercation. Daniel prend la liasse de billets sur la table et la lance avec dédain vers le grand blond.

— C'est toi qui vas fermer ta gueule pis retourner dans ta niche, OK, le pitou ?

La main droite du blond, celle qui ne tient pas la baguette, s'élance, profite du court trajet pour se métamorphoser en poing et percute le nez de Daniel. L'homme d'affaires décolle littéralement de sa chaise et s'effondre de tout son long. Aussitôt, Charron se lève avec une rapidité fulgurante et va écraser de toutes ses forces son verre contre le front du blond. Une petite explosion de scotch, de verre et de sang arrose Noémie, qui pousse un couinement apeuré, et le blond tombe à la renverse sur le sol, tandis que l'investisseur attrape au vol la queue de billard. Le visage calme mais les yeux maintenant brillants d'excitation, il marche déjà vers la table de billard, où un gros roux s'est déjà mis en mouvement dans l'intention d'aider son compagnon ; il n'a pas le temps de terminer sa phrase (« Toé, mon ostie, tu vas… ») que Charron lui balance contre le tibia gauche la queue de billard qui se casse en deux sous l'impact. Le gros roux se tient la jambe en hurlant, ce qui permet à son agresseur de saisir une boule de billard et de la lui enfoncer dans sa bouche grande ouverte. Au passage, la boule casse trois dents puis bloque à l'entrée de la gorge, mais Charron la maintient bien enfoncée, tout en appliquant avec force la moitié de sa queue de billard contre l'entrejambe du hurleur qui, tout à coup, émet des gargouillements paniqués.

— Tu préfères quoi ? Étouffer à mort, ne plus avoir de couilles ou te calmer les nerfs ?

La bouche dégoulinante de sang et de bave, le gars, incapable de parler, roule des yeux dont la signification ne laisse aucun doute. Sans lâcher prise, Charron regarde autour de lui, la bouche figée dans un rictus qui laisse voir ses vilaines dents, et demande :

— Quelqu'un d'autre veut jouer ?

Les autres clients, statufiés, ne pipent mot, certains font même un petit signe effrayé de dénégation. Charron retire enfin la boule gluante ainsi que la baguette et le gros roux se laisse tomber à genoux en toussant comme un noyé.

Pendant ce temps, Daniel a fini par se relever en maugréant et, le nez enflé, a titubé jusqu'au grand blond, toujours étendu sur le sol, le front traversé d'une vilaine coupure, pour lui balancer des coups de pied dans les flancs.

— Sais-tu qui je suis, hein, ostie de minable ? Le sais-tu ? *Le sais-tu ?*

Les coups de pied sont maladroits mais solides. Le blond réagit à peine, à moitié assommé, et Noémie, à l'écart, se contente de hurler au PDG d'arrêter. Charron s'approche et, pendant quelques secondes, observe son collègue avec une satisfaction évidente. Enfin, il lui met doucement la main sur l'épaule, dans un geste étonnamment tendre.

— OK, Daniel, on ferait mieux de partir.

Daniel s'arrête enfin, perd presque l'équilibre, puis renifle avec mépris. Sur le sol, le blond roule lentement sur le côté en gémissant : il va s'en tirer avec une belle entaille et deux côtes fêlées. Sous les regards médusés de tous (surtout celui du barman qui se demande s'il doit appeler de l'aide ou non), les deux hommes d'affaires marchent vers la sortie, Daniel en titubant, Charron d'un pas sûr. Juste avant de sortir, le PDG se tourne vers la salle et beugle d'une voix de pochard :

— Pis si vous nous foutez la police au cul, on revient pis on crisse le feu au bar !

Charron éclate de rire, puis entraîne son ami dehors. Sur le trottoir, ils se mettent en marche parmi les badauds qui leur jettent de brefs coups d'œil incertains.

— Bravo pour ta menace finale ! C'était digne d'un film de série B !

— Tu penses qu'ils peuvent prévenir la police ?

— Mais non ! Ce genre de bars, moins ils font affaire avec les flics, mieux ils se portent !

Il donne une claque dans le dos de Daniel qui, vu son état, en perd presque l'équilibre. Charron remarque qu'il est légèrement blessé à une main et, tout en essuyant négligemment le sang sur son jeans, dit :

— J'allais déjà pas souvent dans ce bar, mais là, j'ai l'impression que c'était la dernière fois.

Une minute après, ils sont dans la Rolls de Daniel. Tout en roulant, Benoît ne peut s'empêcher d'examiner avec curiosité, dans le rétroviseur, son patron qui touche son nez enflé en grimaçant.

— Ostie, j'espère qu'il me l'a pas cassé ! Et cette conasse qui jouait les saintes-nitouches !

— Ça fait du bien, non, de se défouler ?

Daniel prend une grande respiration. Oui, ça lui a fait du bien, surtout les coups de pied. Il s'imaginait qu'il frappait Bégin et c'était vraiment jouissif ! Mais si la soirée avec le mendiant l'avait rassasié, la bagarre de ce soir n'a qu'attisé sa rage et son humiliation. C'est comme si on l'avait titillé avec une bonne odeur sans lui permettre de goûter au plat. Mais que faire ? Où aller ? Qu'est-ce qui pourrait lui permettre de pousser sa rage, d'exprimer sa force et sa puissance au maximum ?

— À la maison, Benoît. Le plus vite possible.

Charron, comme s'il avait très bien compris l'intention de son collègue, approuve d'un air entendu.

◆

Quand ils entrent dans la maison, vers vingt heures, Daniel constate rapidement que son fils est parti, ce qui l'arrange : inutile qu'il le voie dans un tel état. Il

attrape une bouteille de scotch avec deux verres, puis
monte avec Charron dans son bureau. Daniel a déjà
terminé un premier verre alors que son ami a à peine
goûté au sien. Le PDG s'en verse un autre tout en
titubant vers son ordinateur.

— Ah! Allons voir ce que l'Enfer offre aux Maîtres!

Pendant que Daniel se branche au logiciel Tor,
Charron, beaucoup moins ivre, est confortablement
affalé dans un petit divan, verre à la main, plis de contentement aux lèvres.

— Ce que l'Enfer offre aux Maîtres, marmonne-t-il.
Je pense que tu ne pouvais pas trouver mieux comme
formule. Ça montre que tu as parfaitement compris.

Daniel se retrouve enfin sur le site. Il s'empresse
de cliquer sur le calendrier, puis clique sur Montréal
en date d'aujourd'hui. Ses yeux rouges lisent le seul
événement répertorié pour ce soir : une orgie sexuelle.
Rien qui ressemble à « *Beat that tramp* ». Et même si,
tout à l'heure, il était prêt à baiser, il se rend compte
qu'il a besoin de *plus*.

— Merde! Y a rien de bon à soir! crie-t-il en frappant sur son bureau.

Il termine son verre puis se masse le front de toutes
ses forces.

*Tu es soûl, va te coucher.*

Il ne peut pas aller tout simplement se coucher,
c'est insensé! Au cœur du vacarme et de l'anarchie qui
règnent dans sa tête, le rire de Bégin tournoie toujours,
ce rire qui lui rappelle son humiliation, sentiment dégradant que seuls les perdants connaissent, et si Daniel
ne découvre pas un moyen de lui fermer la gueule,
Bégin sera toujours là pour lui rappeler cette honte,
toujours, toujours...

C'est intenable... tout simplement *intenable*...

— Tu ne trouves rien parce que tu ne te demandes
pas vraiment ce que tu veux, remarque alors Charron.

— Je veux...

Il est tellement ivre que ses mots sont à peine compréhensibles.

— Je veux faire sortir la rage, la colère, la frustration, la… la…

Charron secoue la tête :

— Que veux-tu *exactement* ?

Daniel le dévisage, hagard, comme s'il ne comprenait pas. Charron se perd dans la contemplation de son verre, la voix lointaine :

— Quand j'étais adolescent et que j'allais à Olympia, on affirmait que je faisais partie de l'élite. Mais parmi vous tous, les beaux, les populaires, les extravertis, avec toutes ces filles qui vous tombaient dans les bras, je ne me sentais pas dans l'élite du tout. Je rentrais chez moi tous les soirs humilié. Ce sentiment, je l'ai connu pendant des années. Jusqu'à l'université…

Daniel, malgré ses tympans qui résonnent et sa difficulté croissante à demeurer concentré, écoute du mieux qu'il le peut. Il prend une gorgée de scotch à même la bouteille, s'en répand sur lui sans même s'en rendre compte. Charron poursuit :

— Jusqu'à ce que mon envie de revanche devienne trop forte…

Il lève un regard entendu vers Daniel en prononçant cette phrase. Daniel cligne des yeux.

Revanche…

Ça lui rappelle un mot qu'il a déjà vu sur le site. Il revient à l'écran et va cliquer sur l'icône « *Search* ». La colonne des choix défile et rapidement il trouve :

Revenge (*Hell-VIP*)

Il clique dessus. Pendant ce temps, la voix de Charron continue de planer dans la pièce :

— J'avais l'héritage de mes parents, j'avais l'argent, j'avais l'intelligence des affaires… J'avais donc tout pour être un gagnant, sauf la beauté physique. Et c'est de cette injustice que j'allais me venger.

Un message prévient tout d'abord que le prix pour commander une vengeance est de cent cinquante mille dollars et que cet argent sera directement retiré du compte attitré de Daniel. En meuglant un « Pas de problème ! » tonitruant, Daniel appuie sur « OK ». Une série de questions apparaissent à l'écran. La première demande d'inscrire le nom du « candidat ». Daniel hésite alors une courte seconde.

*Va te coucher. Tout de suite.*

Mais en lui, le séisme est trop grand, et le rire de Bégin trop fort. Alors, il inscrit « Philippe Bégin » avec un rictus tordu. Bégin l'a humilié ? Alors il va être humilié à son tour ! Et ce sera encore plus honteux pour lui : humilié par Daniel Saul qui, ne daignant même pas s'abaisser à s'en occuper lui-même, aura chargé quelqu'un d'agir à sa place ! Ça, c'est une démonstration de puissance ! À l'arrière-plan, la voix de Charron poursuit :

— Mais me venger des quelques personnes qui m'avaient ridiculisé ou, pire, ignoré, c'était trop mesquin, trop à la portée de n'importe qui. Comme j'étais puissant, comme j'étais un gagnant, je devais me venger du grand responsable lui-même, celui qui, en me donnant la naissance et l'intelligence propres à l'élite tout en m'affublant d'un physique totalement opposé, m'avait condamné à être un paria que les grands de ce monde invitaient à leur table par condescendance mais sans réelle envie. Je devais me venger de Dieu.

L'ivresse de Daniel devient une sorte de transe bercée par la voix rassurante de l'investisseur. Il sent à peine les touches sous ses doigts quand il inscrit la compagnie pour laquelle Bégin travaille.

— Et quel meilleur moyen de se venger de Dieu qu'en accomplissant le contraire de Ses enseignements et en m'en prenant à ceux qui les écoutent : les perdants, les faibles, ceux qui de toute façon sont foutus et qui cherchent un réconfort dans la fatalité de leur souffrance…

À la question « adresse du candidat », Daniel se contente d'inscrire « Montreal, Quebec, Canada ». Ce sera suffisant. Devant ses yeux, l'écran se double, se multiplie, devient une masse informe, mais ses doigts pianotent toujours.

— J'ai donc combattu Dieu pendant un temps, mais de façon trop modeste, presque vaine. Quand j'ai découvert *Hell.com* il y a trois ans, cela a été une véritable révélation.

Une autre question apparaît à l'écran. On demande quel genre de vengeance est souhaitée : un simple avertissement ou une action radicale ? Merde pour les avertissements ! Daniel a déjà prévenu Bégin ! Sans hésiter, il coche « *radical action* ».

— Dieu nous a menti, susurre Charron. Le Paradis n'existe pas. Il n'y a que l'Enfer, avec ses damnés et ses démons. Les faibles avec les premiers, les forts avec les seconds.

Autre question à l'écran : Daniel souhaite-t-il être témoin de la vengeance ? Le PDG, la tête de plus en plus vacillante, les paupières de plus en plus lourdes mais le cerveau toujours vibrant du rire de son rival, avance le visage tout près de l'écran. Être témoin ? Puis il comprend : il pourrait assister à la défaite de Bégin, le voir dégringoler de plus en plus dans sa compagnie, le voir anéanti, ruiné…

…*mort*…

Cette idée traverse le chaos de son esprit avec la vivacité d'une lame de couteau mais, d'un geste mou, il l'écarte en grognant, comme s'il refusait de l'envisager. Il désire juste se venger, point final ! Il ne veut plus entendre le rire de ce salopard, il veut lui montrer ce qu'il en coûte d'humilier Daniel Saul ! Il tente de bouger le curseur jusqu'à la coche signifiant qu'il souhaite être témoin, mais sa main n'arrive pas à placer la flèche au bon endroit, ses yeux ne réussissent plus à lire l'écran, il va s'endormir d'une seconde à l'autre.

Tout à coup, une main rassurante se pose sur la sienne. Lentement, elle aide Daniel à diriger la flèche vers le bon choix, puis elle clique. Daniel tourne un visage de zombie vers Charron qui, tout près, le couve du regard. Un bourdonnement de mouche résonne quelque part, incongru. L'investisseur laisse sa main sur celle du PDG, puis il murmure :

— Et seuls les démons peuvent combattre Dieu.

À l'écran, un simple message apparaît : « *Thank you.* » Daniel entend toujours le rire de Bégin dans sa tête, mais il est accompagné d'un autre ricanement, plus inquiétant, qui étouffe celui de son rival. Le sien ? Celui de son ami ? Ou celui d'un autre ? La voix de Charron s'égoutte, lointaine.

— Je savais que tu étais un des nôtres, Daniel.

Délirant d'ivresse, le PDG renverse la tête par-derrière. Le visage de Mylène, recouvert de larmes, traverse son esprit brumeux, et dans sa tête, d'autres sons s'ajoutent : rires familiers, refrain accrocheur de *Hurts so good*... et la voix de Charron, tout près de son oreille, sensuelle...

— Je le sais depuis longtemps...

Enfin, il sombre.

# CHAPITRE 13

Daniel se réveille avec une des pires gueules de bois de sa vie. Il se tient la tête à deux mains, combat la nausée qui monte en lui, puis réalise enfin qu'il est sur le plancher de son bureau. Il a dormi tout habillé par terre ? Il regarde l'heure : onze heures douze ! Devant lui, l'ordinateur est fermé. Une feuille de papier est sur son clavier et Daniel lit ce qui est inscrit dessus :

*Bon matin, partenaire. Comment va la tête ? J'aurais bien aimé te glisser quelques aspirines dans la bouche, mais tu étais trop comateux. La journée risque d'être longue pour toi, mon vieux. M.*

Le téléphone sonne, mais il ne répond pas : la simple idée d'entendre une voix lui percer l'oreille lui arrache un gémissement de douleur. Il se traîne jusqu'à la salle de bains et, en passant devant la porte fermée de la chambre de son fils, se dit que ce dernier dort encore. À quelle heure a-t-il pu entrer ? Et l'a-t-il vu couché sur le plancher ? Non, impossible : la porte du bureau était close. Charron l'a sans doute refermée en partant. Délicate attention.

À la salle de bains, il examine son nez endolori qui, même s'il est enflé, ne semble pas cassé. Son épaule droite est encore douloureuse, mais moins

qu'hier. Il prend une douche qui lui procure un soulagement très relatif, remet sans s'en apercevoir ses
vêtements de la veille puis se traîne les pieds jusqu'à
la cuisine où il boit la moitié d'un carton de jus. Il
réalise qu'il meurt de faim et se rappelle qu'il n'a pas
soupé hier. Merde alors.

Il veut demander à Denise de lui préparer quelque
chose de pas trop lourd, mais se rappelle que c'est
son week-end de congé. Tandis qu'il déjeune lentement (chaque mastication lui fait craquer le crâne), la
journée de la veille lui revient peu à peu. Surtout la
bagarre au bar. Bon Dieu, il avait vraiment perdu le
contrôle… Heureusement que Charron était là, il lui
avait sûrement évité un petit séjour à l'hôpital. Son
ami avait d'ailleurs démontré des talents de batailleur
étonnants, comme s'il se trouvait dans une situation
tout à fait familière. '

Peut-être est-ce le cas…

Charron, celui qui a essayé beaucoup plus de *choses*
sur *Hell.com* que Daniel… Celui qui défie Dieu…
N'a-t-il pas déblatéré, hier soir, à propos de l'Enfer,
des démons, de la vengeance? Daniel ne se rappelle
pas trop, il était tellement soûl.

Un son lointain, tel un écho, remonte des profondeurs :
le rire de Bégin. Il repense alors à cette «commande»
de vengeance qu'il a passée, hier soir. Que va-t-il lui
arriver, au juste, à cette larve? Il va perdre un contrat?
Il va carrément être viré de sa compagnie? Comment le
site s'y prendra-t-il?

À moins qu'on le tue?

Frappé par cette idée, le PDG cesse de mastiquer
et, dans sa bouche, le morceau de croissant devient
pâteux. Non. Non, ça n'ira quand même pas si loin.
Néanmoins, il vaudrait peut-être mieux annuler tout
ça. Est-ce possible? Le pas lent et lourd, il monte à son
bureau et se branche à *Hell.com*. Il a beau fouiller sur
le site, il ne trouve aucun moyen d'effacer son coup
de tête de la veille. Il fixe longuement et bêtement

son écran… Et puis merde ! Qu'il assume ! Il veut donner une leçon à Bégin, alors il l'aura ! Un échec, une faillite, un licenciement, peu importe ! Un fort n'a pas à regretter ses décisions !

*Les faibles avec les damnés, les forts avec les démons.*

Qu'est-ce que c'est que cette pensée ? N'est-ce pas Charron qui a énoncé cette phrase grandiloquente, hier, au cours de son discours pseudo-mystique ? Peut-être était-il finalement aussi soûl que le PDG.

*Non, il ne l'était pas.*

Il retourne à la cuisine pour poursuivre son déjeuner. À bien y penser, l'idée de voir Bégin mordre la poussière est assez plaisante.

On sonne à la porte. Il songe un moment à ne pas s'en occuper, mais à la troisième sonnerie, il se résigne et va répondre. C'est Marie, tellement en forme que Daniel se sent encore plus pitoyable. Par contre, elle n'a pas l'air de très bonne humeur.

— J'ai appelé mais ça ne répondait pas. Et ton cell est fermé.

— Ça doit être urgent si t'es venue jusqu'ici.

— Assez, oui.

— Entre. Mais parle pas trop fort.

— Ton fils est couché ?

— Oui, mais j'ai surtout la tête en compote.

Elle remarque ses vêtements fripés, sa sale gueule. Il retourne à la cuisine en traînant la patte et, tandis qu'il continue à manger, Marie, debout, le dévisage un moment avant de commenter :

— J'espère au moins que t'as noté le numéro de l'autobus qui t'a frappé.

— J'ai abusé, hier soir.

— Encore une de tes soirées de sexe extrême…

— Non, juste de l'alcool et… (Il hésite, puis :) Juste de l'alcool.

— Tu t'es foutu une bouteille de scotch sur le nez ?

— Non, ça, c'est un… un accident.

— Tu n'étais pas avec Charron, hier après-midi ?

— Oui.

— Incroyable à quel point tes virées ont augmenté depuis qu'il est dans ta vie, celui-là.

— Criss ! Marie, j'apprends qu'on a perdu le partenariat avec Lycaune, alors je me soûle la gueule de frustration, Charron n'a rien à voir là-d'dans !

— Et quand t'as viré Christian, étais-tu déjà soûl ?

Daniel soupire et avale une gorgée de café. Infect. Mais il se force à le boire quand même. Il veut répondre à Marie quand Simon entre dans la pièce, tout ébouriffé, plus renfermé que jamais. Il ne salue pas son père, mais quand il voit Marie, son visage s'éclaire un peu.

— Allô, Marie. Comment tu vas ?

— Bien, Simon, merci. Et toi ?

Simon hausse une épaule et élude la question en en posant une autre :

— Qu'est-ce que tu fabriques de bon ?

— Le travail… Je vais sûrement aller voir ma sœur en Afrique cet automne.

Daniel les regarde d'un air maussade. Ils ont toujours l'air contents de se parler, ces deux-là, et Simon, en ce moment, semble presque normal. Il n'est pas aussi enthousiaste qu'il l'est normalement avec Marie, mais au moins il lui parle, à *elle*.

— Tu fais quoi de tes vacances ? demande la jeune femme.

Simon se gratte la tête.

— Toutes sortes d'affaires…

— Bon, Simon, il faut qu'on parle, Marie et moi, alors…

Marie lui jette un regard de reproche tandis que l'adolescent, qui redevient automatiquement hostile, rétorque à son père :

— Pis tu veux que je trouve de la bouffe où ? Dans les toilettes ?

Daniel soupire, se lève et signifie à Marie de le suivre. Celle-ci, avant de quitter la pièce, salue gentiment Simon, qui lui répond avec un sourire triste. Les deux collègues marchent jusqu'au salon.

— Si tu veux que ça se recolle entre toi et ton fils, tu devrais faire un peu plus d'efforts…

— Hey, t'es vraiment dans une passe Janette Bertrand, toi ! (Il lui désigne un fauteuil.) Assieds-toi, on va…

— J'ai pas le temps de m'asseoir, Daniel. Je voulais juste venir te parler de Christian. Je trouve ça irréfléchi comme décision.

— Christian avait comme mission de surveiller Bégin et il a manqué son coup. Tant pis. Personne ne peut se permettre de rater sa deuxième chance, pas même Wilson !

— Arrête, Daniel, ce n'est pas si simple !

Ils s'obstinent quelques instants, mais cela s'avère un dialogue de sourds. Marie secoue la tête, les mains sur les hanches.

— Tu n'as jamais été un modèle d'humanisme ni d'altruisme, mais là, je trouve que…

Elle ébauche un signe vague et marche vers la porte, en lançant un « À lundi » plutôt glacial. Daniel lui répond mollement, puis se retourne. Simon, appuyé contre le mur près de la cuisine, un pamplemousse à la main, mastique d'un air ironique.

— Wow ! Pour toi, c'est ça, la puissance ? Crisser des employés à la porte ?

— Et toi, tu penses que c'est de se pogner le cul toute la journée ?

Le visage de Simon se ferme.

— Je me pogne pas le cul.

— Tu fais quoi, d'abord ?

En silence, Simon retourne dans la cuisine. Daniel, la tête de plus en plus douloureuse, lisse ses cheveux en désordre. Marie n'a pas tort : c'est pas en étant bête qu'il va inciter son fils à se confier. Sauf que présentement, il a trop la gueule de bois pour penser à ça. En laissant traîner son couvert sale dans le salon, il monte l'escalier.

*Ils vont tuer Bégin.*

Encore cette idée absurde ! Mais non, Bégin ne sera pas tué ! C'est son état lamentable qui lui donne des idées aussi dingues.

Il va se recoucher un peu, cela devrait lui clarifier l'esprit.

◆

Quand il se relève, deux heures plus tard, Simon est parti. Daniel, qui se sent beaucoup mieux, écoute un vieux film d'Orson Welles, puis travaille un peu. Vers vingt et une heures, tandis qu'il mange dans la cuisine, il se demande une fois de plus où peut bien traîner son fils. A-t-il de nouveaux amis ? Il soupire en avalant un morceau de tarte au sucre. Manifestement, sa stratégie consistant à laisser Simon mijoter dans son inertie ne fonctionne pas. Il doit trouver une autre solution. Par exemple, il pourrait découvrir ce que fabrique son fils le soir.

Il appelle sur le cellulaire de l'adolescent. Pas de réponse, évidemment. Deux minutes plus tard, il se retrouve devant son ordinateur et consulte le GPS. Le point clignotant se trouve à Pointe-Claire, près d'un parc. Qu'est-ce qu'il fout là-bas ? S'il fréquente des jeunes dans ce quartier tout à fait convenable, c'est plutôt bon signe, mais un pressentiment pernicieux souffle à Daniel que ce n'est sans doute pas si simple. Malgré sa grande lassitude physique, il décide de s'y rendre.

Une vingtaine de minutes plus tard, vers vingt-deux heures, Daniel roule dans les rues bien entretenues et éclairées, mais à peu près désertes, de Pointe-Claire.

Il trouve le parc en question : aucune trace de l'Audi de Simon. Merde, il est parti. Daniel est venu ici pour rien. Il décide tout de même d'aller jeter un coup d'œil dans le parc. On ne sait jamais.

Quelques instants après, il erre sur un petit sentier entre les arbres, mais ne croise qu'un couple d'amoureux. Dans la noirceur, il distingue les bancs, les balançoires... Un souvenir fugace lui traverse l'esprit : Simon, à cinq ans, qui rigole dans une balançoire tandis que son père le pousse. Un pincement au cœur le fait grimacer et il s'arrête, fatigué et bouleversé. Il est là, dans un parc le soir, à chercher son fils qui va avoir dix-sept ans dans un mois et qui ne fout plus rien de sa vie. Seigneur, quel gâchis !

Il entend un gémissement et tourne la tête. Des jambes dépassent de derrière un buisson. Sûrement un ivrogne qui ne tient plus debout. Mais la persistance du gémissement l'intrigue suffisamment pour qu'il s'approche. C'est un homme dans la cinquantaine, étendu sur le dos. Ses vêtements sont de qualité mais froissés et même déchirés à un ou deux endroits. Ses lèvres saignent et son visage porte des ecchymoses. En voyant Daniel, il a d'abord peur puis se rassure.

— On... On m'a attaqué !

Daniel se demande un moment quoi faire, puis balbutie qu'il appelle la police. Il compose le 911 sur son portable, explique la situation puis coupe.

— L'ambulance et la police s'en viennent.

— Je pense que... que je peux me lever si vous... m'aidez...

Daniel redresse lentement l'homme, qui grimace et gémit mais finit par se tenir debout, sur une seule jambe.

— Non, je... faut que je m'assoie, sinon...

Daniel le guide vers un banc et l'homme s'y laisse tomber en tenant son mollet gauche. Ses blessures paraissent superficielles, sauf sa jambe, sûrement fracturée. Malgré son état, l'inconnu ressent le besoin

d'expulser sa peur en racontant ce qui lui est arrivé.
Il traversait le parc pour se rendre chez lui quand une
bande de jeunes adolescents, cinq ou six, lui sont
tombés dessus et l'ont battu, à coups de pied et coups
de poing. Puis, ils lui ont volé son portefeuille, sa
montre et même son jonc de mariage.

— Vous imaginez ? Battre un homme pour une
centaine de dollars ! J'étais sûr qu'ils allaient me tuer !
Mais pourquoi font-ils…

Il s'arrête, étouffant un sanglot. Debout devant lui,
Daniel est tétanisé. Il réussit à conserver une voix à
peu près normale quand il demande :

— Ces jeunes, vous pourriez les identifier ?

Et il ajoute, comme par prudence :

— Pour la police.

— Je ne pense pas, non. Il faisait noir. C'est allé
tellement vite… Je dirais qu'ils avaient entre quinze et
vingt ans mais, encore là, je peux pas…

Il grimace de nouveau et essuie le sang qui coule de
son nez. Daniel ne dit plus rien. Il a l'impression que
la noirceur du parc devient de plus en plus épaisse.

Quand la police et l'ambulance arrivent, les flics
prennent la déposition du milliardaire qui explique
qu'il marchait dans le parc, tout simplement. En apprenant qu'il habite Westmount, le flic lui demande
la raison de sa présence dans un parc de Pointe-Claire
à pareille heure. Daniel explique calmement qu'il
revenait d'un souper et qu'il voulait s'aérer l'esprit
avant de retourner chez lui. Manifestement, l'agent
considère cela comme étrange, mais après tout il n'est
pas interdit de traverser un parc, même loin de chez
soi.

Quand il se retrouve enfin au volant de la Bentley,
Daniel laisse libre cours à ses idées alarmistes. Pas
Simon ! Il ne peut pas en être là ! Non, c'est juste un
hasard.

*Alors, quoi ? Il y avait une bande de jeunes et ton
fils en même temps dans ce parc tranquille ce soir ?*

Daniel tente d'être rationnel. Simon traverse une mauvaise passe, certes, mais il n'a pas le profil d'un voyou.

*Et ses comportements agressifs à l'école ? Son ex-blonde qui l'a quitté en le traitant de malade ? Sa réaction menaçante envers le psychologue de l'école ? Son obsession de la vraie puissance ?*

Il serre son volant de toutes ses forces.

À la maison, Simon n'est toujours pas revenu. Lui et ses amis sont sans doute allés boire leur butin et…

*Ne saute pas aux conclusions !*

Il s'assoit dans un fauteuil du salon pour attendre son fils, mais sa fatigue est telle qu'il s'endort au bout de quelques minutes. Quand il se réveille, il est trois heures du matin. Il va à la fenêtre : l'Audi de son fils est garée dans l'entrée. Il monte à l'étage, entre dans la chambre de Simon et le réveille sans ménagement.

— Qu'est-ce que t'as fait, ce soir ?

— Hein ? Voyons, criss, que c'est qui te…

— Réponds-moi : *qu'est-ce que t'as fait ?*

Simon dévisage son père puis comprend. La méfiance et le dédain balaient toute fatigue de son visage.

— Tu m'as suivi ou quoi ?

Accroupi près du lit, Daniel recule le visage, comme si on voulait lui cracher dessus.

— Seigneur ! Tu l'as fait !

— Mais comment t'es au courant que…

— Tu as battu et volé un homme !

*Et toi, tu as battu un sans-abri.*

Daniel est si abasourdi par ce lien qu'il se tait un moment. Simon se redresse sur un coude, le visage calme et froid.

— Tu nous as vus ?

— Quoi ? Non ! Mais j'ai…

— C'est pas moi. C'est pas nous. Moi pis mes *chums*, on…

— Criss ! *quels chums* ?

— ... on était là-bas, et on a vu cette autre gang battre le gars. Mais on a pas participé.

— Pis vous avez rien fait ?

— Pas de nos affaires.

C'est aussi ce que Daniel a voulu croire, tout à l'heure, mais il se rend bien compte que ce hasard n'a pas de sens. Et si c'était vrai, Simon n'en parlerait pas avec autant de calme, d'insensibilité. Par ailleurs, s'il a vraiment battu cet homme, ce détachement n'en est que plus effrayant.

— Tu mens, Simon !

— Prouve-le.

L'homme d'affaires en reste sans voix. À bout, il opte pour ses vieux réflexes, par pure impuissance :

— C'est fini, mon p'tit gars, on revient à la case départ : tu ne sors plus, c'est clair ?

— *No way*. Tu ne m'empêcheras pas de sortir.

— ... et cet automne, tu vas suivre des cours de rattrapage ! Je vais m'arranger pour que tu rentres au cégep cet automne, j'ai des relations qui...

— C'est ça, papa et sa pseudo-puissance ! Si tu savais c'est quoi la vraie puissance, tu...

— Arrête de jouer les arrogants ! Je suis ton père et... et...

En criant ces mots, il veut saisir violemment le bras de l'adolescent, mais ce bras se détend soudain pour agripper avec force le poignet de son père. Et le regard que Simon lui porte est plus noir que jamais, tellement noir que Daniel reconnaît à peine son fils. Le PDG n'essaie même pas de se dégager, foudroyé. Il reste ainsi de longues secondes, jusqu'à ce qu'il ressente une douleur aiguë dans la poitrine : il comprend qu'il a oublié de respirer. Il prend une grande inspiration qui sonne comme un gémissement. Simon, imperturbable, lâche soudain son père, lui tourne le dos et se recouche, sans un mot. Daniel le contemple en tenant son poignet. Qui est dans ce lit ? Qui a pris la place de son fils ?

— On va… On va en reparler demain.

Sa voix est déboussolée, éperdue. Il tourne les talons et sort de la pièce, toujours en se tenant le poignet.

Tandis qu'il marche vers sa chambre, il sent un curieux mouvement sous lui. C'est la maison qui tangue. Qui flotte sur une rivière bouillonnante.

À la dérive.

◆

En entrant au bureau lundi matin, Daniel ressent déjà l'ambiance taciturne, créée autant par leur défaite avec Lycaune que par le licenciement de Wilson. Marie, assez froidement, lui signale qu'à la prochaine réunion du CA, on lui demandera des explications sur cette «décision impulsive».

La journée est étrange, peu productive. D'un côté, Daniel plonge dans le travail avec acharnement, dans le but de réparer les dommages causés par la perte du contrat de L'Aquila; d'un autre, plusieurs fois dans la journée et sans avertissement, Simon vient parasiter toute pensée cohérente, comme pour lui rappeler que sa stratégie avec son fils n'a vraiment pas fonctionné. Au contraire: l'inertie qui aurait dû secouer Simon l'a poussé à devenir quelqu'un, *quelque chose* qui échappe totalement à Daniel. Ce dernier n'arrête pas d'imaginer l'adolescent en train de battre et de voler l'homme du parc, image qui lui donne la nausée. Mais en même temps il se revoit, lui, en train de battre un sans-abri. Et dans son cas, ce n'était même pas pour le voler: juste pour se défouler.

*Mais c'était un sans-abri! Pas un… un citoyen normal!*

Il tente de se rassurer: Simon a sans doute peu participé. Peut-être même n'a-t-il été que spectateur.

Néanmoins, il faut absolument le rattraper avant qu'il ne tombe pour de bon dans le précipice. Moyen numéro un : le remettre à l'école au plus vite. Ensuite, l'éloigner de ses nouveaux amis inconnus qui, de toute évidence, sont une mauvaise influence, et le replonger dans *son* monde. Il va le lui annoncer ce soir. L'obliger à comprendre.

Une autre pensée, moins obsédante mais tout de même irritante, vient aussi le titiller de temps à autre au cours de la journée : Philippe Bégin. Ce matin, Daniel est allé vérifier dans son compte bancaire d'inscription : on en a bel et bien retiré cent cinquante mille dollars, au nom d'une œuvre de bienfaisance évidemment bidon. *Hell.com* a donc vraiment enclenché un processus quelconque contre Bégin. Les agents du puissant site seraient par conséquent en train de concocter la ruine de son rival ?

Ou pire ?

C'est cette dernière possibilité qu'il refuse d'envisager. Pourtant, au milieu de l'après-midi, il veut se rassurer et il appelle chez *Bégin inc.* pour parler à Philippe. Ce qu'il va lui dire, au juste, il n'en a aucune idée. De toute façon, on lui annonce que Bégin s'est envolé hier pour l'Italie avec trois autres collègues de la compagnie, nouvelle qui, d'un côté, le met en rogne (car il sait très bien que ce trou du cul est allé finaliser le contrat de partenariat que lui, Daniel, aurait dû signer) et, d'un autre, le rassure, car Bégin, manifestement, continue à vaquer à ses affaires. Il n'est ni amoché ni disparu. Ni mort. Parfait. Daniel raccroche en songeant que, finalement, la vengeance sera sans doute ce qu'il croyait au départ : une humiliation financière quelconque, qui tombera sur son adversaire sans qu'il s'y attende. Ce sera vraiment jouissif. Assis derrière son bureau, il sort une pomme d'un tiroir et croque dedans.

Tout de même, se battre dans un bar, commander une vengeance… Il était soûl, certes, mais ça ne peut tout excuser. « Et tout cela en compagnie de Charron ! » lui dirait Marie. Daniel jongle avec cette idée un moment.

Il est vrai que l'autre soir, tandis que le PDG commandait sa vengeance, Charron n'a pas tenté de le dissuader. Bien au contraire. Il revoit l'investisseur au bar : la violence et la facilité avec lesquelles il a contrôlé la bagarre…

« Seuls les démons peuvent combattre Dieu. »

Daniel trouve la pomme acide et la jette dans la poubelle.

« Je le savais que tu étais un des nôtres, Daniel. Je le sais depuis longtemps. »

Depuis longtemps… De quoi parle-t-il ? Ils ont vécu vingt-six ans sans être en contact l'un avec l'autre. Et à l'école, ils s'ignoraient totalement. Du moins, Daniel l'ignorait. Mais Charron, lui, n'était peut-être pas si indifférent face au futur PDG. L'autre soir, n'a-t-il pas avoué avoir été jaloux de tous les beaux mecs populaires ? Et n'a-t-il pas admis qu'il observait alors beaucoup Daniel ?

« Je t'admirais tellement. »

L'homme d'affaires va se planter devant la grande fenêtre, les mains dans les poches. Peut-être qu'il devrait moins voir Charron. Revenir à une simple relation d'affaires. Pourquoi, d'ailleurs, avoir un nouvel ami ? Il a déjà bien assez de difficulté à voir les rares qu'il possède, comme par exemple René Guénette le cinéphile (Marie a déjà prétendu qu'il a davantage de relations que d'amis). Et puis, malgré ce que Charron en pense, il a peu de points communs avec lui.

*Pourtant, il a su que* Hell.com *m'intéresserait*.

Son téléphone sonne : c'est Lemieux, le VP au marketing, qui veut le voir. Daniel raccroche et sort de son bureau, le pas alerte. Il allait montrer aux Bégin de ce monde comment un Saul remonte une pente.

◆

Dix-huit heures trente. Daniel termine le souper que Denise lui a préparé avant de partir. Il y a aussi une assiette pour Simon. Au cas. Ces derniers temps, son fils passe en coup de vent à la maison pour manger, puis repart. Mais ce soir, Daniel ne le laissera pas filer.

On sonne à la porte. Surpris, Daniel va répondre. Double surprise : c'est Charron.

— Salut. J'aurais un projet dans lequel je veux investir qui pourrait intéresser *Saul inc*.

— Tu n'aurais pas pu venir à mon bureau pour en discuter ?

— Je me suis dit que ce serait plus agréable chez vous, autour d'un verre.

Daniel n'est pas sûr que ce soit une bonne idée, lui qui justement veut prendre un peu de distance par rapport à Charron. Sauf que l'investisseur vient lui parler business. Il ne va quand même pas le mettre à la porte.

— D'accord, entre.

Daniel propose tout de même que la rencontre ait lieu dans son bureau plutôt qu'au salon : cela aura l'air plus officiel.

Trois minutes plus tard, ils sont installés en haut, face à face. Charron a un verre, mais pas Daniel. Tout en consultant un dossier qu'il a apporté, l'investisseur explique l'affaire : le développement d'un quartier « vert » dans l'État de New York. Il décrit le projet, affirme que les responsables cherchent des partenaires.

— Je suis à peu près convaincu qu'Obama va devenir président cet automne, et si c'est le cas, les projets environnementalistes vont être très prisés. J'ai l'intention de me rendre là-bas dans un mois ou deux, et je pourrais leur parler de toi.

Il a un sourire ambigu.

— Comme on est une équipe, maintenant, je nous vois très bien faire des affaires ensemble pendant de nombreuses années. Comme un bon couple solide.

Le PDG écoute distraitement. Il ne peut s'empêcher d'imaginer Charron s'adonnant à plein d'activités épouvantables dénichées sur *Hell.com*. L'investisseur remarque enfin l'air absent de son collègue.

— Ça va, Dan ?

— L'option vengeance sur le site… tu l'as déjà utilisée, toi ?

Charron dépose le dossier sur la petite table et croise les mains, pas du tout surpris du changement de cap de la discussion.

— Oui. Deux fois.

Daniel hoche la tête.

— Et *ils* font quoi au… à la personne désignée ?

— Ah ! Mais je veux te laisser la surprise. Si je me rappelle bien, dans ta commande, tu as demandé d'assister au dénouement, non ?

Silence. Daniel baisse les yeux sur son verre :

— Qu'est-ce que tu as essayé sur *Hell.com* ?

Pourquoi lui poser cette question qu'il a voulu éviter jusqu'ici ? Pour se convaincre encore plus qu'il doit s'éloigner de l'investisseur ? Ou pour avoir un aperçu de ce qu'il manque en se censurant ? Impossible de savoir. Non seulement Charron ne semble pas surpris de la question, mais son expression démontre un contentement certain, comme s'il avait espéré qu'on y arrive.

— Eh bien… J'ai essayé beaucoup, beaucoup de choses. C'est ça l'idée.

— Comme quoi ?

Daniel se sent tendu.

— Un peu de tout, mais surtout les événements exclusifs organisés par le site même. Tu sais, ceux qui portent la mention «Hell-VIP». Il y en a un, entre autres, qui s'appelle « Géhenne ». Ça se déroule en France une fois par année. Le prochain a lieu dans un mois.

— Et qu'est-ce que c'est, au juste ?

— Pourquoi tu n'irais pas voir ?

Et il lui désigne son ordinateur du menton. Daniel hésite. Il devrait oublier cela et revenir à leur discussion d'affaires. Pourtant, il se lève, va vers l'ordinateur et, deux minutes plus tard, la page d'accueil de *Hell.com* est visible. Dans le calendrier, il choisit la section « France ». Suit une liste de quatre ou cinq régions, mais en tête de cette liste est affichée l'annonce suivante :

September : Géhenne (*Hell-VIP*)

Daniel clique sur l'événement. Un descriptif apparaît et Daniel le traduit mentalement :

Comme chaque année, les démons
sont convoqués à venir s'amuser
avec les damnés.
Réservation avant le 25 août.

Daniel, qui ne veut pas réserver, ne clique pas sur le lien et se tourne vers Charron.

— Et il s'y passe quoi exactement ?

— S'ils ne décrivent pas l'événement, c'est justement pour laisser la surprise aux nouveaux participants. Mais je te jure que ça vaut la peine. Uniquement pour les membres du site.

— Ils ne précisent ni la date ni l'endroit…

— Quand on s'inscrit, on paie vingt mille dollars et, au bout d'une semaine, on reçoit plus d'informations et certaines instructions.

— Toi, tu es déjà inscrit ?

— Absolument ! Ce sera ma seconde participation. Et j'ai déjà reçu les infos : ça se déroulera le 10 septembre.

Le 10 septembre… La date de l'anniversaire de Simon. Il aura dix-sept ans…

Charron poursuit :

— Mais je dois être à Paris le 9 au soir, à l'hôtel Zénith. On va m'appeler à la chambre pour les nou-

velles directives. Je vais sans doute arriver à Paris une
semaine plus tôt, pour prendre des vacances. Pourquoi
tu ne t'inscrirais pas, toi aussi ? Il n'est pas encore
trop tard. On logerait tous les deux au Zénith, tu dois
connaître ce luxueux hôtel…

— J'ai un appartement à Paris.

— Moi aussi, mais on m'a dit d'être au Zénith, alors
je…

— Martin, j'ai…

Il a envie d'un verre, mais résiste. Il veut être complètement sobre ce soir.

— J'ai besoin… de savoir… jusqu'où *toi* tu es
allé… J'ai besoin de le savoir… avec exactitude…

Charron soutient son regard tandis qu'il murmure :

— Et voilà, on y est…

Il s'approche du clavier et Daniel s'écarte un peu
pour lui laisser de la place. Malgré tout, l'investisseur
se colle quasiment au PDG et ce dernier en ressent un
certain malaise. Tout en ouvrant la section « *videos* »,
Charron explique d'une voix rapide :

— Tu vas voir. Tu vas apprécier.

Il clique sur la section « snuff ». Daniel a déjà vu
ce mot, l'autre soir, mais il n'a aucune idée de ce que
cela signifie. Il sait une chose par contre : ce qu'il
verra dans quelques secondes va décider de manière
non équivoque du futur de sa relation avec Martin
Charron. Pour ce dernier, l'issue semble être claire, car
tout en cherchant un film dans la centaine proposée,
il susurre :

— On va enfin pouvoir faire tout *ça* ensemble…

Et il clique sur un titre que Daniel n'a pas le temps
de lire. Un écran apparaît. Une pièce vide, comme un
entrepôt abandonné. Une caméra à l'épaule filme une
fille nue, dans la trentaine, au physique quelconque,
qui tente de se sauver en gémissant mais qui ne trouve
pas d'issue. Quatre hommes, nus mais au visage camouflé par un masque de clown, s'approchent d'elle,

commencent à la pousser, à la caresser. La fille résiste, supplie dans une langue que Daniel ne connaît pas mais qui ressemble à de l'allemand. Puis un homme la frappe, ensuite un autre. Daniel sent ses muscles se raidir.

— C'est quoi, ça ?

Charron ne dit rien, fasciné par la scène. La fille est maintenue au sol et l'un des gars, en érection, s'agenouille entre ses jambes. Tout à coup, il la pénètre violemment tandis qu'un autre homme la frappe. La fille veut hurler, mais le sexe d'un de ses agresseurs s'enfonce dans sa bouche et étouffe son cri.

— Excitant, non ? marmonne Charron.

— Criss, Martin, dis-moi que c'est une simulation !

— Voyons, je suis sûr que tu as déjà compris qu'il n'y a rien de faux sur ce site.

— Tu… Tu regardes des viols ? Tu te…

— Je ne regarde pas, Daniel.

Le PDG ne comprend pas. Il revient à l'écran où le salopard qui pénètre la pauvre fille tient maintenant un couteau contre la gorge de sa victime. Le gars n'est pas très grand, mais il est musclé. Un corps familier à Daniel, qu'il a déjà vu nu, il n'y a pas si longtemps…

Oh, mon Dieu… *Oh, mon Dieu* !

— Et la prochaine fois, ajoute Charron, tu pourrais être avec moi…

Tout à coup, le Charron à l'écran entre doucement son couteau dans le sein de la fille. Daniel se lève si rapidement que l'investisseur, déstabilisé, recule de plusieurs pas. Daniel ne crie pas, mais son regard est le plus assourdissant des hurlements.

— Va-t'en.

— Quoi ?

— Sors de chez moi. Tout de suite.

Même s'il ne hausse pas le ton, sa voix tremble d'indignation. Charron a un petit rire sceptique, couvert par les cris de la fille.

— Tu ne vas pas prétendre que ça ne t'excite pas ?

— T'es malade, criss, complètement malade !

— Daniel, arrête de te cacher la vérité.

Malgré son dégoût du contact, le PDG saisit l'investisseur par le bras et le conduit fermement vers la porte.

— Daniel, attends !

— Tu t'en vas. Tout de suite. Et je ne veux plus te voir.

Les deux hommes sont dans le couloir et Daniel ne lâche toujours pas Charron, comme s'il avait peur que l'homme lui échappe pour se cacher dans un interstice entre le plancher et les murs.

— Ne te laisse pas arrêter par la culpabilité ou la morale, Daniel !

Ils descendent l'escalier, le milliardaire pousse presque son ex-ami. Charron a pourtant assez de muscles pour résister, mais il ne le fait pas, se laisse guider vers la sortie en se contentant d'essayer de convaincre Daniel :

— Ce sont des réactions de faible, et tu n'es pas un faible ! Tu es un fort, tu as tous les droits !

Daniel ouvre la porte d'entrée, pousse Charron dehors.

— Tu ne viens plus chez moi, tu ne te présentes plus au bureau et tu ne m'appelles plus, compris ? Tu recevras tes dividendes pour le projet norvégien, mais sinon, c'est fini, Martin !

Charron descend les marches, confus, marche lentement vers sa voiture, puis se retourne, plein de rancœur :

— T'es juste un hypocrite, Daniel Saul ! Un hypocrite qui veut se cacher qui il est vraiment ! Pourtant, dans le passé, t'assumais beaucoup mieux ta nature profonde !

Cette dernière phrase fait bondir le PDG, qui dévale les marches de la galerie, rattrape Charron et le retourne d'un mouvement brusque.

— Qu'est-ce que tu veux insinuer ? De quoi tu parles ?

Ils se rendent à peine compte qu'une Audi vient de s'arrêter dans l'aire de stationnement. L'investisseur répond, sarcastique :

— Pourquoi tu t'es intéressé à *Hell.com* ?

— Pour le sexe et l'argent, tout simplement !

— Vraiment ? Et tes petites tendances sadomaso ? Et le mendiant que tu as battu, l'autre soir ? Et la vengeance que tu as commandée ?

Un claquement de porte fait tourner la tête de Daniel : Simon sort de sa voiture. En reconnaissant Charron, l'adolescent le salue, puis il lance un regard noir à son père :

— Je viens souper pis je repars après.

— Non, jeune homme ! Tu restes ! Il faut qu'on se parle !

En montant les marches, Simon lui adresse un geste insolent, du genre : « Cause toujours. » Daniel s'assure que son fils est entré, puis revient à Charron, la voix toujours furieuse mais plus basse :

— C'est toi qui m'as entraîné dans ce site !

— Parce que je savais qu'il t'intéresserait ! Quand je suis revenu d'Europe et que j'ai lu ce que tu accomplissais avec ces vieilles églises, j'ai su que c'était un signe ! Pour que nous nous rencontrions, j'ai prétexté des raisons d'affaires, mais dès le départ je voulais que tu découvres *Hell.com* !

— Mais pourquoi ? *Pourquoi ?*

L'amertume apparaît sur le visage de l'investisseur, aussi intense que s'il apprenait une trahison. Il recule de quelques pas.

— Peu importe. Je me suis trompé, on dirait. En fait, non, c'est pas moi qui me trompe ; c'est toi qui refuses d'assumer ce que tu es. Mais ça revient au même. Tu veux rester un simple mortel ? Tant pis pour toi.

Il tourne les talons et marche vers sa voiture :

— Peut-être que ton fils, lui, ne reniera pas son sang…

Daniel fronce les sourcils. Que veut dire Charron ? Et tandis que ce dernier monte dans sa voiture, la lumière éclate dans la tête du PDG, qui tourne un visage affolé vers la maison.

L'ordinateur…

Daniel se met à courir vers l'entrée ; il a l'absurde impression d'être au ralenti, comme si un élastique géant le retenait dans le dos. En montant les marches de la galerie, il s'oblige à croire que Simon est déjà dans la cuisine en train de manger. Mais en entrant dans la maison, il entend aussitôt les cris de souffrance provenant de l'ordinateur en haut et il comprend instantanément que son fils n'a pas pu aller manger en entendant ces sons. Tandis qu'il gravit l'escalier en courant, il se demande pourquoi, *pourquoi* il n'a pas fermé l'ordinateur avant de foutre Charron dehors. En traversant le couloir comme une fusée, il se met à implorer Dieu, lui qui n'est même pas convaincu de l'existence de ce dernier.

Simon, figé, fixe l'écran duquel proviennent maintenant des sons gluants, des halètements ignobles. Daniel ne prend même pas le temps de se rendre à l'ordinateur : il tire sur le fil d'alimentation. Il entrevoit tout juste sur l'écran un mélange de chairs coupées, de sang et de sexes érigés, puis tout disparaît. Daniel se met à parler à toute vitesse :

— Simon, c'était pas vrai ! C'était de la mise en scène, tu comprends ? C'était pas vrai !

Il voit enfin le visage de son fils : aucune surprise, aucun dégoût, aucune perplexité. Seulement une immense gravité sombre, comme si l'adolescent réfléchissait à toute vitesse.

— C'était juste un film d'horreur ! insiste Daniel.

D'une voix égale, presque lugubre, Simon rétorque :

— Je te crois pas.

Est-ce là tout l'effet que ça lui procure ? Non : Daniel voit bien que, dans la tête de son fils, les ténèbres, même silencieuses, s'entrechoquent toujours. Il met les deux mains sur les épaules du garçon, implorant :

— C'est Charron qui a voulu me montrer ça ! C'est pour ça que je l'ai mis dehors ! Cet homme-là est fou, il…

— Où tu trouves ça, ces scènes-là ?

Il demande ça d'un ton neutre, en se dégageant d'un mouvement très lent, mais dans sa voix, chaque son enfante la noirceur.

— Je le sais pas, Simon, c'est Charron qui… qui… C'est un accident, tu comprends ?

— *Dis-moi où tu as trouvé ça !*

Cette fois, il a crié, mais d'une voix vide, et ce contraste entre la force de la voix et l'absence d'émotion est totalement terrifiant. Daniel, d'abord surpris, adopte enfin un ton plus ferme :

— Tu ne le sauras pas, Simon ! Ces scènes ne rentreront plus jamais dans cette maison, je te le jure !

Tout à coup, sans un mot, Simon se met en marche. Il sort de la pièce d'un pas égal et Daniel le suit, inquiet.

— Il faut qu'on se parle… Tu m'entends ? Tu ne vas pas bien, mon grand, pas bien du tout, et je pense qu'on devrait…

Simon entre dans sa chambre et referme la porte. Daniel hésite une brève seconde, puis l'ouvre, pour s'immobiliser aussitôt. Son fils se tient debout au centre de la pièce, immobile, les bras le long du corps, et Daniel remarque à quel point il a changé au cours des dernières semaines : ses cheveux sont négligés, son teint est blême… Et son regard… Mon Dieu, son regard… La voix totalement désincarnée, l'adolescent articule :

— Si tu entres une autre fois dans ma chambre sans ma permission, je te casse la gueule.

Comme Daniel ne bouge pas, pétrifié, Simon marche tel un automate vers la porte et la referme lentement, obligeant son père à reculer dans le couloir.

Après de longues, très longues secondes d'inertie, Daniel franchit l'espace qui le sépare de l'escalier. Il s'assoit sur la première marche avec une lourdeur qui dépasse de loin ce qu'il peut supporter. Les deux coudes sur ses genoux, il enfouit son visage entre ses mains.

L'univers se fige.

# CHAPITRE 14

Il n'ira plus sur *Hell.com*.

C'est la millième fois qu'il se répète ce mantra depuis hier soir, et debout devant la fenêtre de son bureau, il se le répète encore, pour se rassurer, pour se prouver qu'il prend la bonne décision. Toute cette histoire est allée beaucoup trop loin. Avec tout le monde. Avec lui-même d'abord : comment a-t-il pu payer pour aller battre un clochard ? Il a encore de la difficulté à y croire. Cette excuse qu'il ne s'agissait que d'un sans-abri ne tient pas la route, il l'admet maintenant. Et cette commande pour se venger de Bégin... Dieu du Ciel, il espère vraiment qu'il n'aura pas à regretter ce geste impulsif. Tout à l'heure, il a appelé chez *Bégin inc.* et on lui a dit que l'homme d'affaires était toujours en Italie. Nouvelle rassurante.

Mais c'est aussi allé trop loin avec Charron, ce fou, ce malade qui se fait filmer en train de violer des femmes, peut-être même de les... Et depuis le début, il a voulu attirer Daniel dans ce site, il a tout manigancé pour l'y amener. Mais pourquoi ?

« Dans le passé, tu assumais beaucoup mieux ta nature profonde... »

Faisait-il référence à...

Daniel appuie son front contre la fenêtre en soupirant. Mais comment pourrait-il être au courant ?

« Je t'admirais tellement. »

Comment Daniel aurait-il pu savoir que cet ancien *nerd* était devenu un tel cinglé ? Il y avait des signes, pourtant : ces tableaux bizarres dans son loft, cette soirée au donjon où il a tabassé une fille, son insistance pour que Daniel essaie plein de trucs sur *Hell.com*... Mais le PDG a préféré ignorer ces signaux parce qu'il était trop séduit par le site.

Oui, *séduit*. Comme cet événement annuel, le 10 septembre prochain, en France, *Géhenne*... Charron s'y rendra et il a même invité Daniel à s'inscrire. Ne s'est-il pas senti attiré par cette invitation mystérieuse qui pourtant ne peut être que malsaine ?

« Je savais que ce site t'intéresserait... »

Il décolle le front de la vitre, le regard sombre.

Mais surtout, surtout, c'est allé trop loin avec son fils. Car l'impensable, l'inimaginable s'est produit : Simon a *vu*. Et ça, Daniel ne se le pardonne pas. Que pense l'adolescent de son père, maintenant ? Et, plus important encore, quels seront les effets d'un tel spectacle sur lui, déjà suffisamment troublé ? Ce matin, en approchant de la chambre de Simon, il a constaté qu'elle était vide : l'adolescent avait déjà quitté la maison. Si tôt... A-t-il seulement dormi à la maison cette nuit ?

*Tout* est allé trop loin. Mais c'est fini, désormais. Daniel n'ira plus sur le site, jusqu'à son désabonnement dans onze mois. Il ne doute pas qu'il en sera capable.

« Tu veux rester un simple mortel ? Tant pis pour toi. »

Foutaises. Il n'allait tout de même pas accorder le moindre crédit aux paroles de ce cinglé !

On frappe à la porte. Il se retourne.

— Entrez.

C'est Marie. Bon Dieu qu'elle est belle... même si elle affiche cet air distant.

— Tu voulais me voir ?

— Oui. Avec l'annonce de la perte du contrat italien, l'action de *Saul inc.* a baissé et il faut au plus vite redonner confiance à nos actionnaires. Convoque une réunion dès demain, on va travailler là-dessus.

— D'accord.

— Et convoque Christian aussi.

Elle hausse les sourcils. Daniel appuie son dos contre son bureau et croise les bras, conciliant.

— Appelle-le. Explique-lui que j'ai paniqué comme un con et demande-lui de m'excuser.

Marie sourit. Ne serait-ce que pour cela, l'homme d'affaires est content de sa décision.

— Tu devrais l'appeler et le lui dire toi-même.

— Non. Fais-le, s'il te plaît.

— D'accord, espèce d'orgueilleux.

Elle sourit toujours, s'attendrit même.

— C'est bien, Dan. C'est très bien.

— C'est une décision d'affaires, pas sentimentale. Christian est doué et on n'a pas les moyens de s'en passer. Je ne voudrais surtout pas qu'il se retrouve chez Bégin.

— Peu importe comment tu veux le justifier, c'est un beau geste.

Il hausse une épaule, la regarde sourire. Oui, franchement, il a été fou de se passer d'elle au cours des dernières semaines.

— Qu'est-ce que tu dirais d'une petite virée à *L'Éden*, ce soir? Ça fait longtemps, non?

Elle le considère d'un air narquois.

— Tu n'es pas trop occupé à courir l'une de tes soirées extrêmes avec ton ami Charron?

— Oublie Charron. On ne le reverra pas de sitôt.

Elle ne masque pas son étonnement. Daniel lui signifie que ce n'est pas important, puis réitère son invitation pour la soirée. Elle accepte, manifestement contente. Lorsqu'elle quitte le bureau, Daniel se met au travail, gonflé d'énergie. Fini *Hell.com*, fini Charron. Il va recommencer avec Marie ses soirées d'échangisme qui, ma foi, étaient fort satisfaisantes, et il va redresser sérieusement l'entreprise.

Il se sentirait parfaitement satisfait si le souvenir de Simon, fasciné par le *snuff movie*, ne venait à tout moment l'ébranler.

◆

Marie est pourtant déchaînée ; elle se laisse sodomiser par Daniel tout en bouffant la chatte d'une jolie blonde aux jambes écartées devant elle, mais rien n'y fait : le PDG ne se sent pas vraiment excité. Bien sûr, il est en érection et ne lésine pas sur son va-et-vient, mais c'est purement mécanique. Qu'est-ce qui lui manque donc ? Pourquoi n'est-il pas plus excité ? Il se dégage alors de Marie, qui le dévisage.

— Qu'est-ce qu'il y a ?

Il doit continuer, il doit avoir son orgasme, car s'il est incapable de baiser ici, ce soir, dans ce contexte, cela impliquera trop de choses, des choses que Daniel ne veut pas admettre. Avec une fébrilité qui ressemble plus à du désespoir qu'à de l'excitation, il prend la blonde et lui relève brutalement le bassin.

— Eh, mon beau, mollo ! Change de condom, avant !

Agacé, Daniel enfile un nouveau condom, puis pénètre la fille si brutalement qu'elle grimace légèrement. Mais il a beau s'activer, ça ne marche pas. Ça ne marche tout simplement *pas* ! Il se saisit alors des deux seins de la fille et se met à les serrer avec force. Oui, ça c'est pas mal... Ses ongles entrent dans la chair, des marques rouges apparaissent. Daniel sent enfin l'excitation le gagner rapidement. Et s'il enfonçait ses ongles encore plus profondément, il est convaincu que ce serait encore mieux. Et s'il la frappait, cette... cette...

(*mortelle*)

Mais des cris le déconcentrent et il réalise que la fille hurle, le repousse de ses deux mains. Abasourdi, il se retire tandis que la fille masse ses seins meurtris.

— Arrête ! T'es un ostie de fou !

Elle pleure, mélange de peur et de colère. Daniel n'en revient pas qu'on lui parle ainsi. Surtout de la part d'une fille aussi... aussi banale ! Il pointe un doigt vers elle :

— Parle-moi pas comme ça, toi ! T'as pas le droit de...

— Daniel !

Il tourne la tête. Marie, à genoux sur le matelas, un peu à l'écart, a les bras croisés dans un incongru geste de pudeur, et elle examine Daniel comme si elle ne le reconnaissait pas.

Plus personne ne bouge. Puis, confus, Daniel sort de la pièce comme s'il se sauvait.

Moins de dix minutes plus tard, seul, il est derrière le volant de sa Jaguar mais ne démarre toujours pas, trop bouleversé. Et si Charron avait raison ? S'il s'était vraiment caché durant toutes ces années sa nature profonde et que *Hell.com* lui avait enfin permis de se révéler à lui-même ? Non... Non, impossible ! Ce site ne l'a pas aidé à s'assumer, il l'a intoxiqué ! C'est bien différent !

*Pourtant, au secondaire, avec Mylène, tu n'étais pas intoxiqué.*

Il frappe sur son volant. En vingt-six ans, il a été capable de ne presque jamais penser à *ça*, et voilà que depuis deux semaines, cette histoire le hante !

Il aperçoit alors Marie qui marche rapidement vers sa voiture et il s'empresse de sortir pour la rejoindre.

— Marie !

Elle sursaute, le reconnaît et Daniel la voit très bien reculer d'un pas.

— Marie, je suis désolé !

Il veut lui toucher le bras, mais elle se raidit tandis qu'une grimace tord sa bouche normalement si sensuelle.

— Marie…

— J'ai pas envie de parler… D'accord ?

Elle remonte nerveusement son sac à main sur son épaule, replace une mèche de ses cheveux.

— Je ne sais pas si je vais rentrer au bureau demain matin. Je vais… Je vais voir. C'est ça, je vais voir.

Il gémit presque :

— C'est la faute de ce malade de Charron, il…

La façade toute en contrôle de la jeune femme se fissure légèrement :

— *Come on*, Daniel, c'est trop facile, voyons ! Je ne sais pas dans quoi t'a entraîné Charron, mais il ne t'y a quand même pas forcé !

Daniel en reste sans voix. Marie s'apprête à monter dans sa voiture, hésite, lâche maladroitement :

— J'avais beaucoup de plaisir avec toi. Vraiment.

Elle monte et démarre. Le silence revient rapidement dans le stationnement, à peine troublé par une engueulade lointaine que Daniel ne perçoit même pas.

◆

Une heure dix du matin. Daniel est seul à la maison. Assis au salon. Verre de scotch à la main. Il ne bouge pas depuis une bonne heure.

Quand il finit par se lever, c'est pour aller consulter le GPS sur l'ordinateur. Le point clignotant se déplace dans les rues du nord de la ville. Après avoir suivi la trajectoire pendant deux minutes, il comprend que son fils est en route vers la maison.

Il revient au salon et se tient debout devant la porte d'entrée. Dix minutes plus tard, Simon entre et tombe sur son père. Daniel s'attend à l'habituel soupir de lassitude ou à un commentaire arrogant, mais l'adolescent ne pipe mot. Il referme la porte puis, l'air absent, marche vers l'escalier en marmonnant :

— Salut…

— Simon, il faut qu'on parle.

— Non.

Pas d'agressivité dans ce «non». La voix est même douce, flottante. Daniel demeure calme. Pas question qu'il se fâche. À aucun prix.

— On va parler, que tu le veuilles ou non. Pour commencer, d'où viens-tu?

— Laisse-moi tranquille.

Daniel comprend enfin ce qui cloche chez Simon. Ce n'est pas son allure, ni ses vêtements de plus en plus sombres, ni sa voix étrangement aérienne. Simon est ailleurs.

— Réponds-moi, Simon, s'il te plaît.

L'adolescent monte les marches.

— Simon…

— Va chier.

Daniel se met en marche vers son fils, sans colère ni hargne, juste avec une urgence paniquée, et tandis qu'il commence à gravir les marches, il abdique enfin, il met tout orgueil de côté, enfouit toute fierté ridicule dans un trou profond, et se dit que, OK, c'est d'accord, il admet qu'il a tort, depuis le début, que tout est de sa faute et qu'il accepte d'aller chercher de l'aide, qu'il engagera un psychologue pour son fils et pour lui-même, et qu'il ne quittera plus la maison tant que Simon n'ira pas mieux, qu'il lui tiendra la main sans arrêt, même si son fils lui crie qu'il le hait, il lui tiendra la main et lui répétera sans cesse qu'il l'aime, qu'il l'aime plus que tout au monde, oui, c'est ce qu'il va faire, et c'est tout cela qu'il a l'intention de dire à Simon tandis qu'il lui met une main sur l'épaule en murmurant le nom de son fils, son fils unique, son sang, sa fierté et sa vie…

Il ne voit pas le coup de poing arriver. Il ne ressent que la douleur, en plein visage, puis dans tous ses membres tandis qu'il dégringole l'escalier, le nom de son enfant encore sur les lèvres.

◆

Il se réveille dans le divan du salon, au matin. Pourquoi n'est-il pas au pied de l'escalier ? Une seule réponse : après l'avoir assommé, Simon est venu l'étendre sur le divan. Daniel se sent partagé entre deux émotions contradictoires : désespéré d'avoir été frappé par son fils, ému d'avoir été transporté par ce dernier.

Il veut se lever en vitesse mais gémit : son corps est tout courbaturé. Mais il finit par se mettre debout. Manifestement, il n'a rien de cassé ni même de foulé. L'horloge indique sept heures trente. En claudiquant, il va jusqu'à la chambre de Simon, qui ne s'y trouve pas. Le lit n'est même pas défait. Il a dû repartir aussitôt après avoir

(*frappé son père*)

porté Daniel jusqu'au divan.

Il va à la salle de bains et se regarde dans le miroir. Il a une vilaine ecchymose sur la joue droite. Il avale trois cachets, puis prend une douche. Sous le jet d'eau, un souvenir ne cesse de tournoyer dans sa tête : Simon à sept ans qui, par erreur, avait donné un coup de bâton de golf en plein visage de son père. Le pauvre petit en avait pleuré de remords pendant une heure et Daniel, malgré son œil au beurre noir, avait bercé son fils durant tout ce temps en lui marmonnant de ne pas s'inquiéter, que ce n'était qu'un accident. Et Simon, entre ses pleurs, ne cessait de bredouiller : « Je ne te frapperai plus jamais, papa, promis ! Jamais-jamais ! » Les mains appuyées contre le carrelage, Daniel pleure sans même s'en rendre compte.

Il s'habille en se demandant comment il pourra passer la journée au travail. Mais rester ici à mijoter dans son jus en attendant le retour de son fils lui apparaît encore pire qu'une journée au boulot.

Durant la réunion d'équipe, personne n'ose lui demander d'où provient cette marque au visage. D'ailleurs, tout le monde trouve le PDG bizarre depuis quelques jours, donc on évite de le contrarier. De toute façon, Daniel remarque à peine la curiosité qu'il inspire. Il y a bien une personne qu'il aurait aimé voir : Marie… mais elle n'est pas au bureau aujourd'hui. Durant une pause, Wilson explique à son patron que la vice-présidente a appelé pour annoncer qu'elle était malade. Daniel feint d'y croire. Wilson ajoute, gêné et reconnaissant :

— En passant, Dan, *thanks a lot*. Marie m'a appelé hier pour me raconter et… En tout cas, tu ne regretteras pas de m'avoir repris, *I swear* !

Daniel hoche la tête, indifférent.

Le soir, il revient chez lui épuisé comme s'il avait abattu un boulot monstre. Mais il s'assoit dans le divan et attend l'arrivée de son fils, décidé à ne pas monter se coucher avant son retour. À deux heures trente du matin, il finit par s'endormir malgré lui et il se réveille le lendemain matin, toujours dans le divan. Il monte à l'étage et constate que son fils a découché une seconde nuit. Cela l'étonne à peine. Il appelle sur son cellulaire, qui est évidemment fermé. Il va consulter le GPS : le point clignotant se trouve dans une rue du Plateau Mont-Royal. Simon a dû dormir chez un de ses voyous d'amis. Peut-être Daniel devrait-il aller le voir ? Non, Simon considérerait cela comme de l'agression, et Daniel ne veut plus être *contre* son fils. L'adolescent va revenir d'une journée à l'autre. Et son père l'attendra, sans rancune, sans discours moralisateur. Il l'attendra et l'écoutera, sans un mot. Il se le jure.

La journée est tout aussi stérile que la veille. Marie est revenue au bureau, mais réussit à éviter son patron. Il respecte sa distance et ne tente pas de lui parler. Pourtant, d'une journée à l'autre, ils devront travailler ensemble à l'un de leurs dossiers. À ce moment-là, on verra bien.

Vers quinze heures, Dubreuil vient lui demander s'il a pris connaissance du message qu'il lui a envoyé

hier soir, chez lui. Daniel lui répond qu'il n'a pas ouvert
sa messagerie depuis la veille mais qu'il allait regarder
ça ce soir.

— Tu peux le faire d'ici, non? remarque Dubreuil,
un peu étonné que son patron n'y pense pas. Ce sont
quelques chiffres que j'aimerais que tu consultes. Rien
d'urgent, mais…

Daniel soupire intérieurement et dit qu'il se branche
tout de suite. Sur le point de sortir, le directeur des
finances hésite, puis :

— T'as pas l'air de filer, Dan.

— Un peu de fatigue, c'est tout…

— Les affaires ne vont pas fort depuis quelques semaines, c'est vrai, mais nous ne sommes pas les seuls.
Juste aux États-Unis, il y a des signaux assez peu en-
courageants, comme ce qui est arrivé à IndyMac…
Mais on va remonter la pente, tu verras. Et puis, on a
la Norvège. Nos travaux avancent bien, là-bas, et…

Daniel est sur le point de le prendre à bras-le-corps
pour le flanquer à travers la fenêtre lorsque Dubreuil
sort enfin. À contrecœur, le PDG se connecte au réseau
pour lire à distance ses courriels personnels. Il voit
bien celui de Dubreuil, mais il y en a un qui provient
d'un certain Guy Normandin, un gars qui lui est parfaitement inconnu.

Les courriels en provenance d'inconnus… Le moyen
employé par *Hell.com* pour envoyer des courriels…
Mais pourquoi le site lui enverrait-il un message? Pris
d'un terrible pressentiment, il clique dessus.

Cher membre,
La commande de vengeance que vous
avez passée sera exécutée aujourd'hui.
À seize heures cet après-midi (heure de
Montréal), rendez-vous dans la section
« contrats » et entrez le numéro suivant:
65603661

Autour de lui, dans la pièce, la température chute brusquement de plusieurs degrés.

Bégin.

On frappe à sa porte. En vitesse, il s'empresse de fermer la fenêtre sur son écran et lorsque Dubreuil entre, Daniel affiche un air décontracté d'une totale fausseté.

— Alors, tu l'as lu ?

— Oui, enfin non, je… j'ai… y a un problème technique, je suis pas… je peux pas prendre mes courriels à distance, ce… c'est… ça bloque.

Dubreuil le dévisage.

— T'es sûr que ça va, Daniel ?

— Calvaire ! je te l'ai dit tantôt, je suis juste fatigué, allez-vous me crisser patience ?

Le directeur des ventes bat en retraite, piqué. Daniel essuie son front moite et revient au message. Il a été envoyé ce matin, à six heures. Et il est maintenant quinze heures dix.

Section «contrats»…

Il s'empresse de noter sur un bout de papier le numéro, puis ferme son ordinateur. Il se lève, tente d'afficher une attitude normale, sort, traverse les couloirs en regardant droit devant lui. Il sent bien quelques regards périphériques, mais il ne détourne pas la tête. À la sortie, la réceptionniste lui dit quelque chose qu'il n'entend pas et il franchit enfin les portes vitrées.

Dix minutes plus tard, de sa Rolls il appelle chez *Bégin inc.* et demande à parler à Philippe. On lui répond qu'il n'est toujours pas rentré de son voyage, mais Daniel insiste pour parler à l'un de ses assistants. On le transfère à un certain Alain Boucher, que Daniel a rencontré à quelques occasions.

— Bonjour, Daniel. Comment allez-vous ?

— Philippe n'est toujours pas revenu de son voyage d'Italie ?

Surpris par une entrée en matière si cavalière, Boucher répond que non. Il y a une sorte de malaise dans sa voix que Daniel, dans son angoisse, ne perçoit que vaguement.

— Écoutez, Alain, je veux lui parler, donnez-moi le numéro de son cellulaire.

— Je comprends que vous nous en vouliez de vous avoir court-circuité avec le projet de Lycaune à L'Aquila, mais ce n'est pas…

— Ça n'a rien à voir, Alain, il *faut* que je lui parle, vous m'entendez ?

Silence. Et Daniel comprend enfin.

— Il lui est arrivé quelque chose, c'est ça ?

— Pourquoi vous pensez ça ?

— Qu'est-ce qui se passe ? demande le PDG d'une voix beaucoup trop forte.

Long soupir à l'autre bout de la ligne, puis :

— On n'a plus aucune nouvelle de Philippe depuis hier matin. Nos trois directeurs qui l'accompagnaient lui avaient donné rendez-vous à l'aéroport il y a deux jours et il ne s'est jamais pointé. Il ne répond pas sur son cellulaire. Il n'est plus à l'hôtel. Personne ne sait où il est.

Daniel ne sent plus la banquette sous ses fesses. D'ailleurs, il ne voit plus la route qui défile par la vitre. Il flotte dans une sorte d'anti-espace, vide de tout, au sein duquel plane une voix qui demande avec suspicion :

— Daniel ? Pourquoi voulez-vous lui parler ? Vous avez l'air inquiet… Est-ce que vous savez quelque chose ? Daniel ?

Le PDG s'entend répondre d'une voix égale :

— Je dois vous laisser, Alain, merci.

Il coupe la communication. Pour une des très rares fois depuis trois ans qu'il travaille pour Daniel, Benoît ose ouvrir la bouche sans autorisation.

— Vous allez bien, monsieur ?

Mais Daniel ne répond pas. Sa conscience est parasitée par des visions de Bégin sortant paisiblement

de son hôtel pour être aussitôt enlevé par des malabars inconnus qui lui recouvrent la tête d'une cagoule
avant de le pousser dans une voiture. Est-ce que l'un
d'eux lui a marmonné à l'oreille : « Daniel Saul veut
te montrer ce qu'il en coûte de jouer dans ses plates-
bandes… » ?

Peu après, en montant l'escalier chez lui, il regarde
sa montre : quinze heures cinquante-deux. Dans dix
minutes, tout ce que Daniel verra sur son ordinateur,
ce sera un Bégin terrifié, attaché sur une chaise, qui se
fera livrer un avertissement par des hommes masqués,
et ce sera tout. Ou alors, on obligera Bégin, sous la
menace, à renoncer à tous ses contrats. Ou quelque
chose du genre. Daniel rigolera, jouira du spectacle de
son rival pissant dans ses culottes, mais ça n'ira pas
plus loin. Bégin reviendra au Québec sans avoir jamais
compris ce qui lui sera arrivé ; chaque fois qu'il ren-
contrera Daniel, il aura des doutes, mais la terreur sera
garante de son silence. Et ce sera tout.

Oui, ce *sera tout !*

Devant son ordinateur, il hésite à aller sur *Hell.com*,
lui qui s'était juré de ne jamais y retourner. Mais il
doit savoir. Le doute le tuerait d'ici la fin de la journée.
Sans s'asseoir, il se branche donc au site. Les lettres
enflammées qui lui sont maintenant familières apparaissent presque aussitôt, ironiques. Dans la section
« calendar », il clique sur « contrats », section qu'il
avait déjà vue sans comprendre ce qu'elle signifiait.
Aussitôt, on lui demande le numéro du contrat. Daniel
sort le papier de sa poche, l'échappe, le ramasse, inscrit
les chiffres mais avec des doigts si tremblants qu'il doit
s'y reprendre à trois fois. Un écran noir apparaît. Au
centre s'égraine un compte à rebours qui indique qu'il
reste deux minutes quinze secondes.

Tout à coup, le PDG sait qu'il ne verra pas Bégin
recevoir un avertissement. Il sait à quoi il va assister.
Plus aucun doute là-dessus. Après toutes les horreurs

qu'il a vues sur ce site, comment peut-il en douter ? Étrangement, l'angoisse se dissipe, remplacée par une sorte de calme incongru et incompréhensible.

Le compteur atteint zéro et l'image apparaît enfin à l'écran. Une cour extérieure, déserte. C'est la nuit. Un spot invisible éclaire violemment un mur de briques. Deux individus masqués apparaissent, habillés de noir. Ils escortent un homme aux vêtements chics mais froissés, à la cravate dénouée, aux mains attachées dans le dos, au visage blême légèrement tuméfié. En reconnaissant Philippe Bégin, Daniel se met à respirer plus vite, les mains crispées sur le bord de son bureau.

— Mais qu'est-ce que vous me voulez ? supplie Bégin d'une voix où l'épuisement l'emporte sur la peur, comme s'il demandait depuis des heures ce qui lui arrivait. *What do you want ? Che cosa volete ?* Répondez-moi, par pitié !

Daniel avance légèrement la tête et, contre toute attente, sent la haine monter en lui. Bégin réintègre enfin le rôle qui lui va le mieux : celui de victime. Il a cru un moment qu'il pouvait jouer dans la cour des grands, alors il doit payer ! Il doit redevenir un

(*damné*)

vaincu ! Comme il a toujours été ! Comme il… Daniel cligne des yeux. Mais qu'est-ce qui lui prend de penser ça ? Lui qui, une minute plus tôt, se sentait mortifié par le sort qui attend Bégin !

L'un des deux hommes masqués sort alors une feuille de papier de sa poche, la déplie et l'érige devant le visage de Bégin. Ce dernier la lit d'un air hagard. Hypnotisé, Daniel ne quitte pas la scène des yeux, en attente. Qu'est-ce qui est écrit sur cette feuille ? Les yeux de Bégin s'emplissent d'incrédulité. Il regarde partout, voit enfin la caméra puis, plongeant son regard dans celui de Daniel, se met à crier :

— Mais t'es malade, Saul ! T'es… t'es complètement fou ! C'est une blague ou quoi ?

Un spasme traverse tout le corps de Daniel et il recule. L'homme qui tenait la feuille sort du champ visuel, tandis que l'autre extrait un objet de sous son t-shirt. Daniel reconnaît un pistolet. Bégin, toujours en fixant la caméra, s'époumone :

— Fais arrêter ça, Daniel ! Arrête tout ça, sinon je te jure que tu vas pourrir en prison ! Tu m'entends ? Tu m'entends, ostie de malade mental ?

Une giclée de rage déferle en Daniel. Malgré le danger qui le guette, Bégin ose lui parler sur ce ton ? lui donner des ordres ? le menacer ? *Lui ?*

*C'est de ta faute, pauvre cave ! Je t'avais prévenu de ne pas me faire chier, et tu ne m'as pas écouté ! Regarde où ça t'a mené !*

Lentement, l'homme masqué lève son arme. Cette fois, toute arrogance quitte l'expression de Bégin. Le PDG lui-même se fige d'épouvante. Pourtant, il ne peut ignorer la petite étincelle de joie malsaine qui lui chatouille l'estomac. Et cette fugitive sensation lui donne soudain la nausée.

*Ne regarde pas !*

Mais il regarde toujours. Bégin, qui effectue quelques pas de côté pour s'éloigner de l'homme armé, se met à couiner, sans lâcher l'arme des yeux :

— T'as gagné, Daniel ! Si… si tu arrêtes tout ça, je te… je te rends le contrat avec Lycaune ! Je te le jure ! Je vais persuader Tagliani !

Un sentiment de victoire traverse l'horreur englobant Daniel : voilà, le nain qui a voulu s'attaquer au géant a compris qui est le plus fort. Il a compris qu'il est un

(*damné*)

faible, alors que Daniel Saul, lui, est un…

À nouveau, le PDG éprouve cette insupportable sensation de dédoublement, et un dégoût profond pour lui-même lui fait monter la bile jusqu'aux lèvres.

L'homme masqué enlève le cran de sûreté de son arme, dans un déclic funèbre. En entendant ce son,

Bégin perd toute contenance et se met à courir. Le zoom de la caméra recule, ce qui permet de constater la superficie limitée de la cour, à peine dix mètres sur douze, et pourtant Bégin n'arrête pas de galoper, partout, nulle part, revenant sur ses pas, se tenant le plus loin possible de son bourreau impassible, trébuchant, se relevant, grotesque et pathétique, et il supplie toujours.

— Je quitterai les affaires, Daniel ! Je…

Il se met à frapper sur le mur, éclate en sanglots.

— Je serai ton serviteur, si tu veux ! Mais sauve-moi !

Daniel, recroquevillé comme s'il avait le dos blessé, émet un son ambigu, qui tient autant du rire que du gémissement, et Bégin, épuisé, court toujours, pantelant.

— *Par pitié ! Sauve-moi !*

Un coup de feu, assourdissant, fait sursauter le PDG. Et en voyant Bégin s'écrouler, il saisit que tout cela se produit parce qu'il l'a voulu, *lui* !

*Parce que j'en avais le pouvoir.*

Griserie, horreur… Comment peut-il éprouver des sensations si contradictoires ? Comment ces sentiments opposés peuvent-ils cohabiter dans le même homme ?

*Ne regarde pas, ne regarde pas !*

Sur le sol de la cour, le blessé bouge mollement, tandis qu'une tache rouge s'agrandit rapidement sur sa chemise. L'homme masqué s'approche, pointe son pistolet vers la tête de Bégin. Malgré les gémissements du moribond, le milliardaire réussit tout de même à discerner un mot.

— *Daniel…*

Un second coup de feu retentit. Le silence qui suit est tel que Daniel croit réellement, pendant une courte seconde de délire, que cette détonation a atteint le cœur même de l'humanité. L'homme masqué fixe le cadavre un moment, puis sort du cadre. La caméra s'approche alors rapidement et cadre le corps en très gros plan, comme pour attester de la réussite du «contrat». Enfin, l'image disparaît, l'écran redevient noir.

Daniel est toujours debout devant son ordinateur, le visage crispé, sa main gauche fermée en un poing et sa droite curieusement détendue. Il vient de goûter au pouvoir, au vrai. Il a avalé chaque bouchée de ce mets, et sur ses lèvres persiste maintenant une saveur d'immondices et de soufre.

Un arrière-goût putride qui, il le sait, ne quittera jamais plus sa langue souillée.

# CHAPITRE 15

Le flic au visage sympathique est assis sur le divan, l'autre à la gueule de boxeur est demeuré debout, à ses côtés. Malgré la confusion qui tient lieu d'esprit à Daniel depuis deux jours, il ne peut s'empêcher de les trouver ridiculement caricaturaux : le bon *cop* et le *bad cop*. Franchement.

— Donc, vous avez aucune idée de ce qui est arrivé à Philippe Bégin ?

— Bien sûr. Je l'ai fait tuer.

Il ne prononce évidemment pas ces mots à voix haute, il se contente de les articuler mentalement. D'ailleurs, c'est la seule pensée claire qui l'habite depuis quarante-huit heures : il est responsable de l'élimination de Philippe Bégin. Il aura beau prétendre que ce n'était pas si clair dans le « contrat », il ne peut plus se leurrer. Il a commandé sa mort. Il a même payé pour assister à sa chute. Bref, il l'a tué. Pas de ses propres mains, mais cela revient au même. Tout le monde sait que l'assassin de Sharon Tate est Charles Manson, même si ce dernier n'était pas sur les lieux du crime.

L'émotion que lui a procurée ce constat est une sorte de dessèchement de tout, comme si les gens, les actions, les situations s'étaient vidés de leur sens. Hier, vendredi, il a erré au bureau tel un zombie, répondant

aux questions d'une voix mécanique, ce qui a aggravé
le malaise de son entourage, qui chuchote de plus en
plus. Marie l'a croisé deux ou trois fois et lui a jeté des
regards perplexes, sans oser lui parler.

Sur le GPS, le point clignotant qui représente la
voiture de Simon n'a toujours pas bougé du Plateau
Mont-Royal. Daniel n'ose toujours pas aller le voir.
Simon va revenir bientôt, c'est certain, il ne pourra pas
crécher chez ses amis indéfiniment. En conséquence,
il a passé les deux dernières soirées dans son salon, à
attendre son fils.

En se répétant qu'il a tué Philippe Bégin.

La nuit, aucun rêve. La noirceur mentale totale.

Et aujourd'hui, en cette fin d'après-midi, la visite
des deux flics. Car Philippe Bégin a officiellement
été porté disparu. La police des deux pays mène donc
une enquête et le nom de Daniel a fini par sortir.

— Selon monsieur Boucher, remarque le flic Sympa,
vous aviez l'air inquiet lorsque vous avez appelé pour
parler à monsieur Bégin.

— Pas du tout. J'ai commencé à l'être lorsqu'il m'a
raconté que Philippe avait disparu depuis deux jours.

— Mais avant même qu'il vous le précise, vous
avez dit… (il consulte son calepin) En fait, vous avez
demandé s'il lui était arrivé quelque chose.

— Comment vous le saviez? demande le flic Boxeur
d'une voix exagérément méchante.

— Je ne le savais pas, mais comme Alain ne répondait pas à mes questions, son silence m'a semblé
étrange, même inquiétant.

Il raconte tout cela avec calme et naturel, bien installé dans son fauteuil, la jambe croisée, café en main.
Ses réflexes d'homme d'affaires habitué au mensonge
et au contrôle de ses émotions reprennent le dessus
sans effort, instinctivement, et ce, même si sa voix
intérieure ne cesse de répéter, inlassablement, qu'il a tué
Philippe Bégin, son concurrent, son adversaire minable
qui a osé jouer dans son carré de sable.

Denise s'approche avec un plateau contenant deux tasses de café. Sympa en prend une, Boxeur refuse. Daniel ajoute :

— Si vous voulez mon avis, Alain Boucher était si nerveux et inquiet lui-même qu'il faisait de la projection.

Silence. Daniel se croit obligé de préciser :

— C'est un terme de psychologie. Ça signifie qu'on projette sur les autres nos prop...

— On sait ce que veut dire projection, monsieur Saul, le coupe doucement Sympa.

— Vous nous prenez pour des idiots ? ajoute Boxeur.

— Bien sûr que non.

Il boit une gorgée de café. Sympa poursuit :

— Dernièrement, Bégin vous avait raflé une couple de contrats, dont un très important avec l'Italie.

— Vous deviez pas l'avoir dans votre cœur, hein ? ajoute Boxeur.

— Je le détestais de toutes mes forces.

Daniel a compris depuis de nombreuses années que rester le plus près possible de la vérité est le meilleur moyen de mentir. Boxeur semble pris au dépourvu par une telle franchise tandis que Sympa sourit :

— Vous comprenez qu'il s'agit d'un entretien de routine : un homme d'affaires comme monsieur Bégin avait quelques ennemis et on doit tous les interroger.

— Je comprends. J'ajouterai donc ceci : sa disparition ne m'attriste pas du tout, mais je trouve tout de même ça terrible.

Et encore là, il ne ment pas. En fait, c'est sans doute la phrase la plus sincère qu'il a prononcée depuis le début de l'interrogatoire.

Encore quelques questions, puis les flics partent, en prévenant Daniel qu'un second interrogatoire, dans un futur rapproché, n'est pas impossible. Une fois seul, Daniel tremble de tous ses membres, le front appuyé contre la porte. Il y demeure deux, trois minutes.

*J'ai tué Philippe Bégin.*

Il veut voir Simon, il a besoin de lui.

Il monte à l'étage, va à son ordinateur et consulte ses courriels, dans l'espoir que Simon lui ait au moins écrit quelque chose. Aucun message de son fils. Il retourne consulter le GPS : la voiture est toujours sur le Plateau. Elle n'a pas bougé depuis presque quatre jours. Tant pis, Daniel va y aller. Il s'était juré de l'attendre, pour ne pas le brusquer ou le provoquer, mais là, il n'en peut plus. Il a besoin de l'enlacer de toutes ses forces. Il note donc l'endroit exact où se trouve la voiture, puis sort.

Vingt minutes plus tard, il est debout dans une rue déserte du Plateau Mont-Royal, devant deux petits magasins défraîchis, l'un de vêtements, l'autre de jeux vidéo. Comme on est samedi et qu'il est dix-sept heures trente, ils sont tous deux fermés. Aucune trace de la voiture de Simon. Daniel examine les alentours, dubitatif. Puis, il considère avec attention la ruelle qui s'ouvre entre les deux magasins. Il y pénètre et marche lentement en examinant le sol. Il trouve enfin : le GPS est là, sur l'asphalte. Ses fils arrachés pendent de chaque côté comme les pattes d'une araignée morte. Simon n'est pas fou. Il a fini par trouver louche que son père sache toujours d'où il venait…

Les mains sur les hanches, Daniel examine le ciel un moment, en jonglant avec une idée qui lui paraît grotesque, exagérée… Puis, il cède, sort de la ruelle et roule jusqu'au poste de police de Westmount.

Il ne raconte aux flics que ce qui est essentiel : ça n'allait pas très bien entre eux deux depuis quelque temps, mais là ça fait quatre jours que son fils n'est pas revenu à la maison. Il explique aussi l'incident du GPS, donne une photo de Simon ainsi que le signalement de l'Audi. Les policiers sont peu impressionnés. À cet âge, bien des jeunes en crise quittent la maison sur un coup de tête, s'installent quelque part puis donnent des nouvelles au bout d'une semaine ou deux.

*Évidemment, j'en conviens, mais ce ne sont pas tous les ados qui sont tombés sur un* snuff movie *sur Internet parce que leur irresponsable de père est membre d'un site criminel. Et pendant que je suis ici, aussi bien en profiter : j'ai tué un homme.*

Les flics promettent tout de même de lancer un avis puis rassurent Daniel en pariant que le fils prodigue donnera signe de vie d'ici quelques jours et que tout redeviendra comme avant. L'homme d'affaires quitte le poste, frappé par la dernière phrase des policiers. C'est ce que Daniel n'a pas cessé de répéter à son fils, ces derniers temps, pour le rassurer : tout redeviendra comme avant. Et si Daniel s'était trompé complètement de tactique ? Si c'était exactement ce que redoutait Simon, que tout redevienne comme avant ?

En fait, il faut que tout change. Complètement. Et c'est maintenant que Daniel le comprend.

Il passe la soirée au salon, près du téléphone, à regarder un film qu'il ne voit pas. Son regard glisse de l'écran de la télévision et tombe sur la console vidéo. Pendant longtemps il fixe les manettes, la console elle-même, le boîtier d'un des jeux. Il se lève et sort de la maison.

Trente minutes plus tard, il rôde dans le parc de Pointe-Claire, le même où Simon et sa bande ont (sans doute) volé un passant. Il croise un premier groupe de jeunes et leur demande s'ils connaissent Simon Saul. On lui répond que non. Il sort du parc, se promène aux alentours et croise deux adolescents, qui lui donnent la même réponse. Sur le point de retourner à sa voiture, il aperçoit autour d'un banc public quatre jeunes de seize à vingt ans, habillés en noir, les cheveux rasés, qui se la jouent dur en parlant fort et en buvant de la bière dans des sacs de papier. Daniel s'approche.

— Excusez-moi… Vous connaissez Simon Saul ?

On dévisage ce richard en veston griffé.

— T'es de la police ?

— Non, je suis son père.

Cette fois, on rigole franchement, sauf l'un d'eux, le plus vieux, qui examine Daniel avec gravité. L'homme d'affaires ne se démonte pas, attend.

— Envoèye, dégage, bonhomme, fait le plus jeune.

Daniel sort son portefeuille, puis tous les billets qu'il renferme, pas loin de quatre cents dollars.

— Vous vous partagez ça si vous avez des informations pour moi.

On se consulte du regard, puis on explique que Simon ne s'est pas montré depuis quatre ou cinq jours. Aucune idée où il peut être. Daniel sent son cœur battre un peu plus vite.

— C'est donc vous, ses… ses nouveaux amis ?

On hausse les épaules, prudents.

— Mais… vous vous êtes rencontrés comment ? Qu'est-ce que vous…

— Hey, tu voulais savoir si on avait vu ton gars, on t'a répondu, à c't'heure tu paies. À moins que tu veuilles qu'on se serve nous autres mêmes…

Ils adoptent des airs menaçants, sauf le plus vieux, incertain. Daniel, trop déprimé pour jouer les fiers, se contente de donner l'argent et de s'éloigner en fixant le sol. Mais alors qu'il est sur le point de monter dans sa Jaguar, quelqu'un le hèle : le plus vieux des quatre jeunes, celui qui doit avoir vingt ans.

— Si tu me paies une bière, je peux répondre à tes questions.

— Pourquoi tu ferais ça ?

— J'imagine que ça doit pas être le fun de chercher son gars.

Il est mal à l'aise de sa propre compassion, et un tel gaillard au visage plein de *piercing*, qui affiche un air si gêné, c'en est presque drôle. Il ajoute :

— Pis ton gars, y m'inquiète…

Le jeune s'appelle Nico. Dix minutes plus tard, lui et Daniel sont installés dans un petit bar bruyant fréquenté par des adolescents, dont certains saluent Nico. Ils ont tous les deux commandé une bière (Daniel un verre, le jeune une pinte). Le dur à cuir s'envoie une longue gorgée avant de se lancer.

— Simon est tombé sur nous autres par hasard, sur Facebook. Le fait qu'on soit un groupe de rebelles, ça l'a intéressé pis un soir, on y a donné rendez-vous.

Daniel se retient pour ne pas cracher son mépris : des rebelles ! Ils jouent les durs, ils ont des *pins* dans le visage, ils ne travaillent pas, mais ils vivent chez leurs parents et fréquentent Facebook. Si c'est ça, être rebelles… Mais il s'oblige au silence ; il est ici pour écouter.

— On a tout de suite vu que c'était un fils de riche, mais justement, il était contre toutes ces valeurs pis ça nous a plu.

Nico prend une autre gorgée et considère son interlocuteur, comme s'il le défiait de répliquer à ça. Devant le silence du « riche », il poursuit :

— Il disait des affaires flyées. Il disait que pour se sentir vivant, fallait se sentir plus puissant que les autres. Ça sonnait anarchiste, on aimait ça.

La puissance, encore… Comment Daniel peut-il en vouloir à son fils d'en être obsédé, alors que lui-même n'arrête pas d'en parler ? Mais manifestement, Simon la cherche au mauvais endroit.

*Parce que toi, tu crois l'avoir trouvée ? Et si vous aviez tort tous les deux ?*

Daniel fixe son verre un moment. Toutes ces fausses routes, tous ces refus de se remettre en question… Il relève la tête.

— Vous faisiez quoi de vos soirées ?

— On se promenait, on fumait du pot, on buvait…

— Des vols à gauche et à droite ?

— Rien de grave.

Pendant une seconde, Daniel traite intérieurement ces jeunes de petits cons parasites, puis s'en veut : son

fils est devenu comme eux. Et Simon n'est pas un con
parasite. De toute évidence, les choses sont plus com-
pliquées qu'elles n'en ont l'air…

— Pourquoi tu m'as dit que Simon t'inquiétait?

Nico passe son doigt lentement sur le rebord de
son verre.

— Un soir, il s'est passé quelque chose…

— Quand vous avez attaqué le passant dans le parc?

Méfiance du jeune.

— C'est Simon qui te l'a avoué?

— Non, je l'ai su, c'est tout.

— Ça arrive, de temps en temps, qu'on vole du
monde. Mais on leur touche pas! On est quatre, cinq
avec Simon, ça fait que le monde a peur de nous pis
ils nous donnent leur argent, sans s'obstiner. C'est tout.
Rien de grave!

Rien de grave! Ils volent des gens sans défense!

*Et toi, tu as commandé la mort d'un homme…*

Une tige de métal traverse le front de Daniel et il doit
se mordre les lèvres pour ne pas gémir de douleur.
Nico continue:

— Ce soir-là, on avait fumé pas mal. On spotte un
bonhomme. On lui demande de nous donner son argent
en prenant des airs de *tough*, rien de plus, comme les
autres fois. Le gars nous donne l'argent, on veut s'en
aller, mais tout à coup, Simon lui câlisse son poing dans
la face, pis il commence à lui donner des coups de pied
dans le ventre.

Daniel garde le silence, mais il respire à peine. Cette
image de Simon lui apparaît comme un puzzle abstrait,
sans modèle de référence.

— Sur le coup, ça a excité Sam, pis lui aussi lui a
donné un ou deux coups, mais il a arrêté en voyant que
le bonhomme gémissait pis se défendait pas. Simon,
lui, y a continué un peu, en faisant un drôle de bruit
avec sa langue… On a fini par lui ordonner d'arrêter.
On s'est sauvés. Plus loin, on a ri, on a dit à Simon qu'il

était fou raide, on faisait les braves, mais dans le fond, ça nous avait ébranlés, c't'affaire-là. Plus tard, j'ai demandé à Simon pourquoi il avait fait ça. Là, il m'a répondu quelque chose de flyé. Je me rappelle plus les mots exacts, mais il m'a dit que la vie avait pas de sens, pis qu'en s'attaquant à elle, on devenait plus fort que… que ce non-sens là…

Les morceaux du puzzle s'assemblent peu à peu, mais le résultat crée un Simon étranger, un fils qu'il ne connaît pas. Mais après tout, peut-être est-ce la première fois que Daniel prend vraiment la peine de monter ce puzzle…

— J'ai pas compris grand-chose, mais j'ai pas aimé ça. Après, il était de plus en plus bizarre, surtout quand il fumait. Les derniers soirs, il voulait qu'on attaque du monde, comme ça, sans raison. Il disait que c'était pour faire un « *fuck you* » à la Grande Pute. Je pense qu'il parlait de la vie, je suis pas sûr. Quand il voyait qu'on le trouvait trop *heavy*, il disait qu'on était comme tout le monde, pis il décrissait. Il revenait le lendemain quand même. Mais depuis quatre-cinq jours, on l'a pas vu. Pis toi non plus, on dirait.

Daniel soutient sa tête à deux mains, les yeux rivés sur sa bière qu'il n'a même pas entamée. Nico, lui, termine la sienne d'un trait, essuie sa bouche et, après avoir émis un rot, conclut :

— Je me suis dit qu'un père a le droit de savoir ça. Parce que si tu veux mon avis, *man*, ton gars est en train de se mettre dans le trouble.

◆

Lundi, avant d'aller au bureau, Daniel veut vérifier un pressentiment. Il va à la banque rencontrer le gérant et lui demande si son fils a retiré de l'argent de son compte dernièrement. Le gérant vérifie puis s'étonne.

— En effet. Il a tout sorti.

— Tout ? Mais… ça monte à quelques milliers de dollars, non ?

— Douze mille, pour être précis.

Seigneur ! Tout cet argent que Simon a longuement économisé ! Daniel se fâche : comment un adolescent peut-il retirer autant d'argent d'un coup ? Le gérant, piqué, rétorque que c'est Daniel lui-même qui tenait à ce que son fils puisse avoir accès à son compte comme bon lui semblait, pour lui apprendre l'autonomie. Daniel ne trouve rien à répliquer. Si Simon a tout retiré, c'est qu'il n'est vraiment pas pressé de rentrer à la maison.

L'après-midi, durant une réunion importante, Daniel se fait remarquer non seulement à cause de ses cernes et de sa pâleur, mais aussi par ses commentaires incohérents et illogiques, démontrant qu'il n'est pas du tout concerné par ce qui se passe. Marie l'observe avec gravité, Wilson et Dubreuil avec incompréhension, et Savard, l'un de ses nombreux directeurs, se sent obligé de mettre les pendules à l'heure :

— Je ne sais pas ce qui se passe dans ta vie privée ces temps-ci, Dan, et ce n'est pas de mes affaires, mais il va falloir que tu te ressaisisses parce qu'à part nos affaires avec la Norvège, on ne peut pas dire que tout va pour le mieux. Alors, oui ou non, te sens-tu en état de travailler ?

Daniel se frotte les yeux, s'excuse, plaide qu'il a mal dormi. Ce qui est vrai : il a fait le même cauchemar à répétition, durant lequel il tue Bégin à coups de marteau, encore et encore, sous les yeux de son fils, et à chaque coup, il rit et pleure en même temps, insulte sa victime et s'excuse de manière incohérente. Il s'est réveillé vers trois heures trente du matin et n'a pas pu se rendormir. Il promet de se reprendre en main. Tout le monde hoche la tête : on veut bien y croire, sauf Marie qui a une moue sceptique. À la fin de la réunion, la jeune femme rattrape son patron dans le couloir. Elle est manifestement mal à l'aise.

— Écoute, Daniel, on ne s'est pas vraiment reparlé depuis notre… dernière soirée à *L'Éden* et…

— Tu as pris la bonne décision en arrêtant de me fréquenter.

D'abord surprise, la vice-présidente émet un soupir triste. Elle ébauche un geste de compassion, se retient, puis propose :

— Tu veux qu'on aille dans un café ? Tu as besoin de parler, je pense.

*J'ai fait tuer Philippe Bégin, Marie ! Et il savait que c'était moi le responsable, il savait que j'assistais à son exécution !*

Il la contemple avec une telle intensité qu'elle se sent troublée. D'une voix vide, il marmonne :

— Tu avais raison, Marie. Nous avons tous une âme. Peu importe que Dieu existe ou non.

Elle est de plus en plus déconcertée. Le cellulaire de Daniel sonne à ce moment précis et l'homme d'affaires y jette un œil morne. Sur l'afficheur, il lit « Martin Charron ». Ce fou ose le rappeler ?

— Je dois répondre, s'excuse-t-il en s'éloignant vers son bureau.

Il referme la porte derrière lui et ouvre l'appareil.

— Qu'est-ce que tu veux, espèce de maniaque ? Je t'ai dit que je ne voulais plus te parler !

La voix de Charron est calme.

— Salut, Daniel. Comment va Simon ?

Le PDG, qui faisait les cent pas dans son bureau, s'immobilise.

— Que… Qu'est-ce que tu veux dire ?

— Réponds à ma question : comment va ton fils ?

— Je ne le sais pas, il a disparu depuis six jours ! Martin, si tu sais quelque chose, dis-le-moi !

— Six jours ? Il a donc disparu le lendemain de sa visite chez moi… Ça ne m'étonne pas vraiment.

— Il est allé chez toi ? s'étouffe presque Daniel.

Daniel se souvient alors du dernier soir où il a vu Simon, quand ce dernier l'a frappé. L'adolescent revenait du nord de la ville. Et Charron habite Parc Extension, dans le nord de Montréal… Mais qu'est-ce que Simon est allé foutre chez ce cinglé ? Après avoir vu le *snuff movie*, il aurait déniché l'adresse de Charron et serait allé le voir ? Daniel serre le téléphone de toutes ses forces. Mais pourquoi, *pourquoi* ? Une voix moqueuse lui souffle une réponse, mais il la repousse, ne veut pas l'entendre.

— Mais qu'est-ce qu'il voulait ? Est-ce qu'il t'a dit ce qu'il avait l'intention de faire ? où il avait l'intention d'aller ?

— Sois chez toi ce soir, je t'appelle vers dix heures.

— Mais… pourquoi ? Qu'est-ce que tu…

— Je t'appellerai sur ton téléphone résidentiel, alors sois *vraiment* chez toi.

— Criss ! Charron, est-ce que tu sais où est Simon, oui ou non ?

— Oui, je le sais, et si tu envoies les flics chez moi, tu ne l'apprendras jamais.

Et il raccroche.

◆

Daniel est assis dans son salon depuis dix-huit heures et il n'en a plus bougé. Il ne prend pas de chance, au cas où Charron déciderait d'appeler plus tôt. Vers dix-neuf heures, Denise est venue lui dire que le souper était prêt, et il a répondu qu'il le mangerait plus tard.

— Je peux donc partir, monsieur ?

Elle a l'air inquiète. Comme Benoît. Même ses employés à la maison commencent à se poser des questions. Sa détresse est-elle si visible ?

— Oui, Denise, bonne soirée.

Vers vingt heures, il va manger, puis revient près du téléphone au salon. Au cours des quatre heures d'attente, l'appareil s'est manifesté deux fois : un appel d'affaires que Daniel a expédié en deux minutes, puis une invitation à souper de son ami René Guénette, qu'il a refusée platement. Le reste du temps, Daniel a réfléchi, tenté d'imaginer ce qu'allait lui apprendre Charron sur son fils. Sont-ils demeurés en contact? Pour quelle raison? Pour se venger de l'abandon de Daniel, Charron a-t-il transformé Simon en allié? Se sont-ils ligués tous deux contre lui? Si c'est le cas, l'investisseur va le payer cher, Daniel en fait le serment. Il va…

Va quoi, au juste? Passer un contrat sur lui? Comme sur Bégin? Saisi de vertige, il ferme les yeux un moment. Il doit se calmer, il s'emballe trop, il imagine le pire et…

Le téléphone sonne. Daniel regarde sa montre: vingt et une heures cinquante-deux. Il répond un «allô» sec.

— Tu te trouves où, en ce moment? demande Charron sans saluer.

— Chez moi, qu'est-ce que tu crois?

— Où, chez toi?

— Mais… dans le salon…

— Monte dans ton bureau.

— Mais qu'est-ce que tu…

— Vas-y.

Agacé, Daniel monte à l'étage, le téléphone contre l'oreille.

— J'y suis.

— Va sur le site.

Mais quel rapport avec… Tout à coup, Daniel comprend.

— Charron, ostie, tu n'as pas abonné mon fils?

— Mais non. Fais ce que je dis et ne pose pas de questions, sinon je raccroche.

Fébrile, Daniel se branche. La page d'accueil du site apparaît.

— J'y suis.

— Va dans la section «*torture*».

Les doigts de Daniel cessent de bouger, comme s'ils n'étaient plus connectés à son cerveau.

— Tu as entendu, Dan ?

— Tu n'as… C'est pas…

— Une seule autre question, et je raccroche. Et tu ne sauras jamais.

Daniel se rend dans la section mentionnée, mais sans vraiment s'en apercevoir, car son cerveau est trop occupé à se répéter que ce qui se passe en ce moment ne peut pas être vrai. Parce que ces choses-là ne peuvent pas se produire dans la vraie vie. Surtout pas dans la sienne.

— Va dans la section « *live* ».

Clique. La liste des pays apparaît.

— Va dans « Canada ».

À côté de Canada est inscrit « *Live now* ». Daniel clique. Un compteur égraine le temps au centre de l'écran. *Live in 1 minute 35… 1 minute 34…* Daniel a une atroce impression de déjà-vu. Sauf que ce n'est pas Philippe Bégin qu'il va voir, cette fois.

*Non… Pitié, pas ça…*

Son souffle est si sifflant, si douloureux que sa voix est à peine perceptible tandis qu'il prononce :

— Qu'est-ce que t'as fait, ostie de malade ?

— Je n'ai rien fait du tout.

Le cœur de Daniel est sur le point d'éclater. À quel moment sa vie a-t-elle donc basculé ? Quand il s'est abonné à *Hell.com*… En réalité, non : lorsque Charron est revenu dans sa vie…

*Non. C'est faux aussi. Ç'a vraiment commencé il y a très longtemps, à la fin de ton secondaire, quand tu as amené Mylène au bal…*

À l'écran, le compteur arrive à zéro, disparaît et laisse place à deux portes, numérotées 1 et 2. En haut est inscrit : *Live from Toronto*.

— Bon visionnement, lui souhaite Charron.

Et il raccroche.

Tout en cliquant sur la première porte, Daniel a de plus en plus de difficulté à respirer. Peut-être qu'il va faire une crise cardiaque. Oui, ce serait bien, ça, en claquer une maintenant, avant que les images ne surgissent à l'écran… et s'il a un peu de chance, il en crèvera.

Un écran apparaît. Salle de céramiques vertes. Un homme attaché contre le mur, nu, les bras en croix. Il appelle à l'aide en anglais. Il est rasé… bedonnant… dans la quarantaine…

Ce n'est pas Simon !

En vitesse, Daniel sort de cet écran et clique sur la seconde porte. Une pièce fort semblable à la première, mais cette fois, c'est une femme qui est attachée au mur, nue et terrifiée… Une *femme* ! Daniel pousse un rugissement de victoire en se frappant dans les mains. Il en verse même des larmes de soulagement. Il voudrait éprouver de la pitié pour la femme, mais il n'y arrive pas vraiment. Il est trop heureux, trop…

Un pressentiment, vague, informe mais tout de même inquiétant, se glisse en lui. Il revient à l'écran. Une autre femme, habillée d'un pantalon et d'un soutien-gorge en cuir, le visage camouflé par un masque de Pierrot, s'approche de la victime. Elle tient un fer à souder. Le pressentiment, encore flou, refuse de disparaître et Daniel clique à nouveau sur la porte numéro 1. Le pauvre quadragénaire grassouillet est toujours attaché au mur. Son bourreau est maintenant entré en scène : un homme affublé lui aussi d'un masque de Pierrot, d'un pantalon de cuir et le torse nu. Il tient un marteau et, immobile, contemple sa victime, comme s'il réfléchissait.

Le pressentiment se précise.

Daniel examine le bourreau en plissant les yeux. Ses cheveux noirs, la forme de son corps, le torse, les épaules… Et tout à coup, un son incongru mais familier fuse de l'écran.

Une sorte de claquement de langue répétitif, produit par le bourreau…

En même temps que l'affreuse révélation éclate dans l'esprit de Daniel, Simon se penche et abat violemment le marteau sur la cheville gauche de l'inconnu. Le hurlement de ce dernier se confond avec le cri bref mais perçant poussé par le PDG. Le marteau s'élève à nouveau et percute le poignet droit, dont le craquement transperce les oreilles de Daniel.

— Simon, non !

Il ne se rend pas compte qu'il crie, pas plus qu'il ne réalise qu'il a saisi le moniteur des deux côtés et le serre de toutes ses forces, comme si inconsciemment il espérait ainsi immobiliser son fils.

— Fais pas ça, Simon, je t'en supplie ! Arrête ! Fais pas ça ! Fais pas...

Le reste se perd dans un bruit de verre brisé produit par le marteau qui pulvérise la rangée supérieure des dents du supplicié. Une onde fulgurante de douleur traverse les propres gencives de Daniel et maintenant il secoue littéralement l'écran, éperdu d'impuissance. Simon, lui, frappe de manière convulsive, deux fois, trois fois, quatre fois, et il atteint le thorax, les bras, le nez, les genoux de sa victime, sans cesser d'émettre son ignoble claquement de langue. Le bureau de Daniel est empli de hurlements, ceux du supplicié et ceux du spectateur, et les mots de ce dernier deviennent de plus en plus confus, délirants... mais il finit par réaliser que son fils

*... que j'ai vu courir après les écureuils, que j'ai embrassé quand il a roulé en vélo pour la première fois, que je faisais tellement rire quand je le laissais me pousser dans le lac chez pappy...*

ne l'entend pas, qu'il continue de frapper ce corps de plus en plus sanglant. Alors, telle une balle de neige écrasée sur une fenêtre, Daniel se laisse glisser, choir, fondre, jusqu'à ce qu'il atteigne le sol, et dans l'abysse une seule pensée se détache, d'une clarté cruelle et absolue.

*Je veux mourir. Tout de suite.*

Les horribles hurlements de douleur cessent tout à coup, de même que les impacts du marteau. On n'entend que des sanglots convulsifs et Daniel finit par comprendre que ce sont les siens. Et quel est ce mur sombre à deux centimètres de ses yeux ? C'est le plancher. Il est à genoux, recroquevillé, le front contre le parquet. Du liquide salé coule de sa bouche : il s'est mordu les lèvres jusqu'au sang.

Vidé de toutes ses forces, il s'agrippe des deux mains à son bureau et se hisse péniblement. Peu importe ce qu'il verra, cela ne pourra pas le détruire plus qu'il ne l'est déjà. Le supplicié, couvert de blessures, respire toujours. Inconscient, dans un sale état mais vivant. Simon, masque de Pierrot toujours en place, marteau dégoulinant à la main, ne bouge pas. De son visage, on ne voit que les yeux, des yeux sans pitié ni remords, mais profondément songeurs. Daniel retient son souffle. Enfin, Simon tourne les talons et s'éloigne, disparaissant du champ de la caméra. Pendant de longues secondes, il ne se passe rien, la caméra continue de filmer le supplicié inconscient. Puis, l'écran devient noir.

D'un geste lent, Daniel ferme l'ordinateur. Ensuite, d'un pas raide, il va jusqu'au placard au fond de la pièce, y prend un *putter* de golf, revient devant son ordinateur, puis balance la tête du bâton dans l'écran qui éclate en morceaux. Pendant trois longues minutes, il s'acharne sur le moniteur jusqu'à ce que celui-ci ne soit plus qu'un amas informe de pièces tordues.

Quand il s'arrête, couvert de sueur, le visage d'une blancheur immaculée, il voit le téléphone sur le sol. Pourtant, il ne songe nullement à appeler la police pour l'envoyer chez Charron. Pas tout de suite.

Le bâton de golf toujours à la main, il sort de la pièce, avec le regard de celui qui s'en va répandre l'apocalypse.

◆

Dans le stationnement désert et obscur, il n'y a que
la voiture de Charron; à cette heure, tous les employés
ont quitté l'immeuble commercial. Daniel sort de sa
Bentley et, *putter* en main, marche vers l'immeuble.
Le sans-abri est toujours là. Assis dos contre le mur,
il boit du vin bon marché à même la bouteille. Il tend
sa main libre :

— Un p'tit peu de change ?

L'esprit de Daniel n'enregistre même pas sa présence. Il entre dans l'immeuble, puis dans l'ascenseur.
Il sort au dixième étage, tourne à gauche et s'arrête
devant la porte du loft. Il frappe avec son poing. Trois
coups sourds, pesants. Rien. Charron a sans doute
compris qui est là. Et il a peur d'ouvrir. Cette pensée
provoque une giclée d'adrénaline supplémentaire en
Daniel qui frappe à nouveau, puis, instinctivement,
tourne la poignée. La porte s'ouvre sans résistance.
L'homme d'affaires s'empresse d'entrer.

Même décor mi-moderne, mi-médiéval, mêmes
sataniques tableaux sexuels, mais aucune trace de l'investisseur. Daniel fait quelques pas en levant son bâton
de golf, songeant qu'il est peut-être stupidement tombé
dans un piège.

Des halètements planent dans le silence, accom-
pagnés de bruits plus clairs, comme des coups. Et des
paroles inaudibles. Cela provient de derrière la grande
porte de métal, celle qui avait déjà attiré son attention
lors de ses précédentes visites. Elle est maintenant
entrouverte. Daniel marche dans cette direction, son
*putter* prêt à frapper. Les sons s'intensifient, teintés
de violence et de haine. Daniel, qui n'éprouve aucune
peur, ouvre la porte toute grande et la franchit.

Une scène de copulation. C'est ce que son cerveau
enregistre en une fraction de seconde. Presque simultanément, des précisions s'ajoutent : Charron qui prend

une jeune Asiatique en levrette, qui la pénètre avec une violence inouïe, l'insulte et la frappe sur les fesses, dans le dos et même au visage. Daniel, immobile, son bâton toujours dressé, ne réagit pas tandis que Charron, la bouche crispée en un rictus de mépris, lui lance d'une voix haletante, sans même le regarder :

— Je t'attendais, Dan !

Le milliardaire regarde autour, pris de court. Les murs sont blancs. Comme seuls meubles, une petite télévision et un matelas dans un coin. Et, incongru, blasphématoire, un immense crucifix en bois contre le mur du fond, parsemé d'obscures taches séchées. Avec tristesse, le Christ agonisant semble observer le spectacle qui se déroule devant lui, à cinquante centimètres à peine de ses pieds. Daniel reconnaît le crucifix que Charron a rapporté de l'église lors de leur première rencontre.

L'investisseur le regarde enfin, le visage en sueur. Sans ses lunettes, son regard est plus perçant que jamais.

— Tu te joins à nous ? Elle peut te sucer pendant que je l'encule, tu peux être sûr qu'elle ne s'y opposera pas ! De toute façon, elle ne parle pas le français !

Il se penche sur son dos et lui allonge une baffe sur la joue. La fille, qui doit avoir seize ou dix-sept ans, n'a aucune réaction, le visage tuméfié et vacant, tournée vers un monde intérieur.

— À moins que tu préfères juste la battre ? Avec ton *putter*, là, tu ferais du bon boulot.

Daniel tente de remettre de l'ordre dans ses esprits. Il ne doit pas se laisser impressionner. Il serre son bâton avec force et crache :

— Dis-moi comment je peux rejoindre Simon, ostie de salaud !

— Certain ? poursuit Charron sans ralentir l'agressivité de ses coups de bassin. Tu veux pas participer ? Alors, tu continues à nier ce que tu es ? Quand tu avais dix-sept ans, pourtant, tu n'aurais pas hésité…

Entre les mains du PDG, le bâton vacille et telle une image subliminale insérée entre deux photogrammes d'un film, le visage de Mylène déchire sa conscience.

*Ne te laisse pas distraire, bordel!*

— Je veux voir Simon! hurle-t-il en avançant de deux pas.

— Je suis à toi dans… un moment…

Le corps de Charron se raidit, il lance une dernière claque et une dernière insulte (*Ah! Criss de chienne!*) puis, après s'être dégagé brusquement, dirige son imposant sexe vers le crucifix en grognant de plaisir. Le sperme jaillit en trois formidables jets qui éclaboussent les jambes du Christ. Puis, il se tourne vers Daniel, luisant de sueur, son sexe toujours brandi et couvert de l'hémoglobine de l'anus qu'il vient de déchirer.

— Milton avait raison: mieux vaut régner en enfer que de servir au ciel!

Il passe sa main dans la raie des fesses de l'Asiatique, y ramasse une poignée de sang poisseux qu'il projette sur le visage du crucifié.

— Et moi, j'ai choisi de régner!

Il lève les bras en avançant vers Daniel qui, son *putter* toujours brandi, ne peut s'empêcher de reculer d'un pas.

— Je ne suis plus l'esclave de personne, tu entends? Personne! Surtout pas du Grand Menteur! Mais toi… Toi, tu as entrevu la puissance, et tu l'as refusée!

Sa voix devient alors triste.

— Tu m'as tellement déçu, Daniel, si tu savais…

Il est maintenant tout près du PDG et il avance même la main, comme pour le toucher. Daniel lève encore plus haut son bâton.

— *Où est Simon!!!*

Charron soupire.

— Je ne sais pas. Dans le coin de Toronto, évidemment, mais où exactement…

— Tu me le dis, sinon je te jure que je t'explose la tête, tout de suite !

Une esquisse de sourire sur les lèvres grasses de Charron.

— Oui, ça te démange… Et si tu savais l'effet que ça procure, tu n'hésiterais pas une seconde.

Puis, il passe devant Daniel et sort de la pièce. Sans se retourner, il lance :

— Tu veux boire quelque chose ? Moi, quand je viens de fourrer, j'ai la bouche sèche comme une vulve juive…

Daniel jette un regard confus vers l'esclave sexuelle : elle est maintenant assise, les genoux remontés vers le menton, le visage penché sur le côté, l'expression vacante. Le PDG sort de la pièce à son tour et marche lentement vers Charron qui, de dos, enfile ses lunettes puis se prépare un verre. Daniel va le frapper jusqu'à ce qu'il crache ce qu'il sait. Car il sait quelque chose, c'est évident. Mais à mi-chemin, il s'arrête en entendant l'investisseur, toujours de dos :

— Ton fils est venu me voir l'autre soir pour une raison précise…

Le PDG attend la suite en baissant lentement son bâton. Charron prend une gorgée, continue :

— Il était fasciné par la scène qu'il avait vue sur ton ordinateur. Il m'a demandé si j'étais au courant. Je lui ai répondu par l'affirmative. Je lui ai même avoué que c'était moi qui t'avais initié à ce site.

Charron se retourne, verre à la main.

— Il m'a alors dit qu'il voulait en voir plus.

La bouche de Daniel se tord en une grimace de souffrance, mais il reste silencieux, veut entendre la suite.

— Je lui ai demandé pourquoi il ne t'en parlait pas à toi. Il m'a dit que tu niais ces images, que tu refusais de lui en révéler plus. Il a ajouté que tu ne le comprenais pas. Que tu ne l'avais jamais compris, de toute façon.

Il avale une autre gorgée, tandis que Daniel tremble de désespoir. Il poursuit :

— Mais il m'a dit que moi, je le comprendrais. Il était certain de ça depuis qu'on s'était parlé, l'autre jour, dans ta cuisine. Quand je lui avais dit qu'il ne devait pas douter de lui, de ses pulsions… J'ai tout de suite vu qu'il a ton sang mais que lui, contrairement à toi, l'assume parfaitement. Que lui a compris que cet appétit de puissance et d'immortalité n'est assumé que par les forts de ce monde.

— Il a rien compris de tout ça, criss de malade ! Il n'a que seize ans, il est mêlé, et toi, tu as profité de son… de sa…

— Tu oses jouer les vierges offensées ? C'est pourtant toi qui crois que dans la vie on est soit des perdants, soit des gagnants.

— C'est… J'ai jamais prétendu que…

Il se frotte nerveusement l'œil gauche. Charron ajoute :

— Et à Olympia, tu ne trouvais pas que Mylène était une perdante, peut-être ?

Encore cette allusion à Mylène ! Mais qu'est-ce que Charron sait au juste ? Est-ce qu'il…

*Ne t'éparpille pas, ne T'ÉPARPILLE PAS !*

— Qu'est-ce que tu as raconté à mon fils ?

— Rien. J'ai ouvert l'ordinateur, je me suis branché à *Hell.com*, il s'est installé devant l'écran, puis je suis parti en ville prendre un verre.

Daniel secoue lentement la tête, incrédule. Charron porte son verre à ses lèvres, puis :

— Quand je suis revenu, au milieu de la nuit, il était toujours sur le site. Il m'a assuré qu'il avait vu tout ce qu'il voulait voir. Il m'a remercié et il est parti. Il ne m'a pas précisé où il allait, mais sur l'ordinateur était affichée la section d'embauche pour les séances de torture, en Ontario. Quand j'ai vu que la date de la séance était ce soir, j'ai pensé qu'on avait de bonnes chances de le voir. Je ne me suis pas trompé.

Daniel sent que ses muscles se liquéfient, il doit tenir son bâton à deux mains pour ne pas l'échapper. Même sa tête s'incline lentement sur sa poitrine, son cou n'ayant plus la force de la conserver droite. Il entend Charron s'approcher, sa voix qui poursuit :

— Avant de partir, il m'a demandé si je me sentais plus en vie depuis que j'avais découvert ce site. En me posant la question, malgré son air dur, il y avait du désespoir dans son regard…

Daniel, la tête toujours inclinée, sent des larmes brûlantes lui monter aux yeux.

*Je veux mon fils… Je veux revenir à la maison, je veux le retrouver dans son lit à trois ans, tout petit, tout pur… Je veux recommencer depuis le début… Je veux une deuxième chance… Par pitié, donnez-moi une deuxième chance !*

La voix de Charron devient un souffle.

— Je lui ai répondu oui.

Daniel remonte la tête, entend des craquements dans son crâne.

— Et tu sais que j'ai raison, poursuit l'investisseur. Le peu que tu as goûté de l'Enfer te l'a démontré.

Le bâton de golf remonte brusquement vers le haut et percute le menton de Charron. Même si le coup n'est pas très puissant, ce dernier vacille par-derrière tout en échappant son verre, puis, Daniel balance le *putter* latéralement vers l'estomac de son ancien collègue. Cette fois, le souffle coupé, Charron s'effondre sur le dos. Daniel, au-dessus de lui, lève son arme, sa vision couverte d'une pellicule rouge. Il va frapper, sans arrêt, jusqu'à ce qu'on lui donne sa seconde chance. Mais l'investisseur se met alors à parler en levant un doigt menaçant.

— Si tu me tues, tu vas être *vraiment* dans le trouble, Dan ! C'est un immeuble commercial, ici, tu n'as pas remarqué les caméras un peu partout ?

Le bâton demeure suspendu en l'air. Charron se redresse.

— Il y en a dehors, à l'entrée, près de l'ascenseur… Tout est enregistré par une agence de sécurité privée. En plus, comme je me doutais que tu me rendrais visite ce soir, je suis allé porter un message dans mon coffret de sûreté, cet après-midi. Un message dans lequel j'explique que tu es abonné à *Hell.com* et dans lequel je parle aussi de ce contrat que tu as payé pour te débarrasser de Philippe Bégin…

— Je me fous de me faire arrêter!

— Alors, qui va retrouver Simon? Parce qu'il ne reviendra pas, Dan, il me l'a affirmé. Ni ici ni chez lui. Et je ne suis pas sûr que tu aies envie de mêler la police à ça, d'expliquer aux flics qu'on doit retrouver ton fils qui a torturé un inconnu…

Daniel hésite, puis il lance avec fureur son bâton qui traverse tout l'appartement avant de terminer son vol parmi les livres de la bibliothèque. Il se met les mains sur la tête en geignant.

— Pourquoi tu as fait ça? *Pourquoi?*

Charron se relève, caresse sa mâchoire marquée d'une entaille qui saigne légèrement.

— J'ai fait ce que tu aurais dû faire en tant que père: je l'ai révélé à lui-même.

— Ostie de malade mental! Tu t'es surtout vengé, avoue-le!

Charron devient grave.

— J'avais de grands projets pour nous deux. Parmi tous les démons de l'Enfer, nous aurions été les rois. Tu as refusé. Mais si tu crois qu'on peut en profiter un peu et partir quand on en a assez, tu te trompes. Une fois qu'on y est, on ne peut plus s'en aller. Et ça n'a rien à voir avec le site, avec le fait que tu restes membre ou non. Cela a rapport avec les choix que tu as faits, avec leurs conséquences.

Il relève le menton.

— Tu es toujours en Enfer, mon vieux.

Daniel ne réplique rien. Il sait qu'il doit sortir de là rapidement, sinon il va reprendre son bâton de golf et, cette fois, il n'aura pas la force de se contenir. Il se met donc en marche vers la sortie, se retenant pour ne pas courir. Dans son dos, la voix de l'investisseur le prévient :

— Si la police vient chez moi, ou si j'entrevois seulement un flic qui me surveille un peu trop, je leur raconte tout. Sur toi… et sur Simon.

Daniel s'arrête devant la porte de métal ouverte. À l'intérieur, la fille est dans la même position que tout à l'heure. Pendant une seconde, il revoit mentalement le catalogue des esclaves sexuelles qu'il avait reluqué un bref moment sur *Hell.com*. De quelles fausses promesses a-t-on bercé cette malheureuse pour qu'elle se retrouve ici ? De quelle drogue l'a-t-on gavée pour qu'elle soit abrutie à ce point ? Combien Charron l'a-t-il payée ? Et depuis combien de temps la *possède*-t-il ? Comme si l'investisseur avait lu dans ses pensées, il s'approche en expliquant :

— C'est tellement simple, si tu savais. Aussi simple que de commander une chaîne stéréo sur eBay. Mais elle a fait son temps. Dans une heure, elle ne sera plus ici.

Avec son sourire odieux qui laisse voir ses dents croches, il ajoute :

— Le service après-vente est aussi très efficace.

Il s'étire, caresse nonchalamment son sexe qui commence déjà à durcir :

— Je vais en profiter une dernière fois, tiens…

Il entre dans la pièce, marche vers l'esclave qui, en le voyant, se remet lentement à quatre pattes, avec une lenteur tragique. Et Daniel, dans un éclair d'une douloureuse luminosité, réalise que son fils n'est pas le seul impliqué dans ce cauchemar. En ce moment, les parents de cette Asiatique se consument de chagrin en se demandant ce qui a bien pu lui arriver. Et ils ne sont pas les seuls. Des dizaines, des centaines d'autres… Et il aura fallu que Simon soit impliqué pour que Daniel le réalise.

Nauséeux, le PDG se sauve du loft. Dans l'ascenseur, il prend de grandes respirations, frappe sur la paroi de toutes ses forces avec le bâton.

Dehors, il s'arrête sur le porche de l'immeuble. La nuit est si chaude, si silencieuse, si paisible. Et pourtant, au dernier étage de l'édifice se déroule en ce moment même un viol immonde. Et quelque part en Ontario, son fils est en train de prendre une douche pour se laver du sang de l'homme qu'il a torturé. Et partout dans le monde…

… partout…

— Ça va pas, *man*?

Daniel tourne la tête. Le sans-abri, appuyé contre le mur, sa bouteille de vin à la main, reluque sans gêne l'homme d'affaires. Il descend une gorgée, essuie le goulot de sa bouteille puis la tend vers Daniel. Celui-ci, interloqué, la considère bêtement de longues secondes. Il la prend enfin et avale une gorgée. Son regard se perd dans la nuit noire.

«Tu es toujours en Enfer, mon vieux.»

Oui, Charron a raison. Car il n'y a pas que les démons en Enfer. Il y a aussi les autres…

# TROISIÈME PARTIE

## LES DAMNÉS

# CHAPITRE 16

Le premier geste qu'il pose, le lendemain matin, c'est d'appeler au bureau et de demander Wilson. Il lui explique qu'il doit prendre un congé, qu'il ne se sent vraiment pas bien. Des vacances de deux ou trois semaines. Marie le remplacera. Wilson est mal à l'aise : est-ce le meilleur moment pour prendre congé ? Les affaires ne tournent pas rond, une crise majeure se pointe aux États-Unis et… Mais Daniel lui répète que, pour le bien de l'entreprise, il est préférable qu'il fasse une pause et qu'il revienne plus en forme. Wilson s'incline, déconcerté. Ensuite, Daniel congédie Benoît, Denise et son jardinier pour une durée indéterminée, en les assurant qu'ils seront payés quand même. Déroutés, ils saluent leur patron et sortent, mais Denise ne peut s'empêcher de lui dire :

— Faites attention à vous, monsieur.

Vers quatorze heures, la police l'appelle pour lui demander s'il a des nouvelles de son fils. D'abord éberlué, Daniel se souvient qu'il a prévenu les flics de la disparition de Simon. Pendant une courte seconde, il songe à tout leur dire, puis finalement répond :

— Oui, il est revenu. Vous aviez raison, une petite fugue stupide. Désolé de vous avoir importuné avec ça.

On l'assure que l'important, c'est que tout finisse bien, et le ton sur lequel le flic parle est si sympathique et si plein de joie de vivre que Daniel a envie d'aller au poste pour lui casser la gueule.

C'est ce monstre de Charron qui a raison : Daniel ne tient pas à ce que les flics s'en mêlent, du moins tant qu'il pourra l'éviter. Bien sûr, ils seraient plus efficaces, mais il faudrait expliquer que son fils a participé à une séance de torture, et de cela, il n'est pas question. Simon n'a pas tué sa victime, certes, mais il l'a suffisamment mutilé pour se retrouver en prison. C'est cette pensée qui sauve Daniel de la démence complète. À chacun de ses douze ou treize réveils en sursaut au cours de la nuit précédente, suffoqué par l'image de l'adolescent en train de réduire en bouillie un être humain impuissant, il finissait par se raccrocher à cette bouée de sauvetage : Simon n'a pas achevé sa victime. A-t-il eu des remords de conscience à la dernière minute ? Ou l'action d'infliger la souffrance était-elle amplement satisfaisante ? S'il a du regret, il reviendra à la maison rapidement. Peut-être même aujourd'hui.

Mais la journée s'allonge, il est maintenant vingt-deux heures et toujours aucun signe de son fils. Et quand Daniel, après une terrible journée à tourner en rond et à broyer du noir, se jette dans son lit comme un suicidaire se jette dans la rivière, les scénarios se remettent à tournoyer dans son esprit. La possibilité la plus optimiste : Simon a réalisé l'horreur de ses gestes et, rongé par le remords, il se terre quelque part en se demandant comment affronter son père. La plus pessimiste : l'adolescent a envie de recommencer, car il y a pris goût. Et, aussi inconcevable que cela puisse paraître, c'est cette seconde hypothèse que Daniel doit envisager. Car si Simon recommence, rien ne garantit que, cette fois, il n'ira pas jusqu'au bout.

Le lendemain matin, après une autre nuit de tourments, il va s'acheter un nouvel écran d'ordinateur, l'installe puis regarde ses courriels. Pas de nouvelles. Il demeure assis un long moment devant son nouvel écran, tentant de repousser une idée folle qui s'insinue lentement en lui. Mais a-t-il le choix ? Résigné, il se connecte donc à *Hell.com*. Il va dans la catégorie « *torture* » et lit les quatre possibilités : « *pictures* », « *videos* », « *live* » et « *recruiting* ».

Daniel imagine son fils, l'autre soir, chez Charron, explorant seul *Hell.com*, découvrant les antichambres du mal avec fascination… puis tombant sur cette section… comprenant qu'il pouvait aussi participer… et prenant la décision de plonger.

Refaire le chemin de Simon…

Il appuie sur « *recruiting* ». Une seule question : « *Which country ?* » Il inscrit « Canada ». Une série de dates apparaît. La plus près est celle du 25 août, donc dans cinq jours, mais la séance se déroulera en Colombie-Britannique. La date suivante est celle du 4 septembre, et la province qui y est rattachée est le Québec. Cette seconde possibilité semble la plus probable : il voit mal Simon se rendre en Colombie-Britannique en voiture. À moins qu'il achète un billet d'avion avec l'argent qu'il a retiré. Mais pourquoi irait-il à l'autre bout du Canada si, quelques jours plus tard, il se passe quelque chose au Québec ? Il clique donc sur la seconde date. Un choix est offert : pour les gens qui habitent près de Québec, et pour ceux qui résident plus près de Montréal. Daniel lit la deuxième description, qu'il traduit mentalement :

*29 août, 12:30, au McDonald coin Peel et Sainte-Catherine, Montréal. Vous commanderez trois Big Mac et deux boissons gazeuses. Vous irez vous asseoir, boirez une gorgée d'une des deux boissons gazeuses puis irez aux toilettes. Prix : 5000 dollars, que vous apporterez dans une mallette.*

Daniel relit plusieurs fois ce message qui, dans d'autres circonstances, lui aurait paru totalement loufoque. Et pourquoi ce rendez-vous le 29 août si la séance est prévue le 4 septembre ? Il prend une feuille de papier et note les instructions.

*Et Simon, lui, a-t-il eu un rendez-vous dans un Burger King de Toronto ?*

Cinq mille dollars. Simon a donc déjà flambé presque la moitié de son argent. Et s'il s'inscrit aussi à cette séance, il ne lui en restera presque plus.

Daniel note les informations, puis fixe la petite icône dans laquelle est indiqué : « Cliquez ici pour confirmer votre présence. » Daniel retient son souffle, puis clique sur l'icône. Enfin, il s'empresse de fermer l'ordinateur.

Le 29 août. Neuf jours à attendre, impuissant.

Peut-être que Simon reviendra d'ici là…

◆

Le taxi s'arrête devant le McDonald. Daniel paie et sort, mallette à la main. Malgré la fine pluie qui tombe, il demeure sur le trottoir à observer un moment l'animation du centre-ville autour de lui. C'est la première fois en une semaine qu'il sort de chez lui. Ce ne sont pourtant pas les opportunités qui ont manqué : son père lui a proposé une partie de quilles, un ou deux collègues l'ont appelé pour des cinq à sept. Il a évidemment tout refusé. Marie a aussi laissé un message, bref : « Je voulais savoir comment tu allais. » Il ne l'a pas rappelée. Au cours des dernières journées, il est resté à la maison à regarder plusieurs fois les photos de Simon depuis son enfance, à visionner les vidéos maison… pour constater avec dépit qu'il possédait bien peu de choses sur son fils.

Un brin nerveux, il prend une grande respiration et entre dans le *fast-food*. À cette heure, il y a des files d'attente à chacun des quatre guichets. Il se met en rang et scrute chaque client, pour la plupart des travailleurs qui sont là pour dîner. Daniel remarque une

femme qui le mitraille de brefs regards à la dérobée.
Il l'observe avec insistance, mais au sourire charmeur
qu'elle finit par lui décocher, il comprend qu'il fait
fausse route. Merde ! Il en est venu à oublier l'effet
qu'il produit sur les femmes, même dans les endroits
les plus anodins !

— Je peux prendre votre commande ?

— Trois Big Mac et deux… deux Coke moyens.

Il étudie la réaction de la caissière tandis qu'elle
pianote la commande : rien, aucun haussement de
sourcils, aucun regard entendu. Elle n'est pas au courant. Le plateau en main, Daniel trouve une table libre.
Il s'assoit, regarde autour : personne ne lui prête attention, du moins en apparence. Lentement, il prend
une gorgée d'une des deux boissons gazeuses, puis se
lève pour aller à la salle de bains, mallette à la main.
Un adolescent y urine, son iPod sur les oreilles. Daniel
se regarde dans le miroir, puis se passe de l'eau dans
le visage.

— Bouge pas.

Le visage dégoulinant, Daniel obéit. Deux mains le
fouillent rapidement, de haut en bas. Il se laisse faire,
mais son cœur bat à tout rompre. Dans quoi s'est-il
embarqué ? Dans quel engrenage a-t-il mis le pied ?
Peut-être, après tout, aurait-il dû prévenir la police ?

— OK, tu retournes à ta table dans dix secondes.

Daniel ne bouge pas. Il entend l'homme sortir.
Devant l'urinoir, le jeune pisse toujours en hochant la
tête au rythme de sa musique : il ne s'est rendu compte
de rien. Daniel sort de la salle de bains, marche vers sa
table. Quelqu'un y est installé, de dos. Daniel s'installe
devant l'inconnu en déposant la mallette à ses pieds.
L'homme est dans la trentaine, aux cheveux frisés mi-
longs, avec une barbe de trois jours. Il porte un simple
jeans et un t-shirt d'un groupe rock que Daniel ne
connaît pas. Il mange un des Big Mac de Daniel et, la
bouche pleine, dit :

— Si un flic me saute dessus, je vais juste lui dire que je suis un ostie de fatigant qui achale le monde.

— Il n'y aura pas de flics.

— Mange pendant qu'on se parle.

— Je n'ai pas vraiment faim.

— Mange quand même.

Daniel déballe un Big Mac et l'entame sans enthousiasme. Le gars se frotte le nez, prend une gorgée d'un des deux Coke, regarde autour de lui et commence :

— Les raisons pour lesquelles tu veux faire ça, on s'en câlisse. On veut juste être sûr que tu sais dans quoi tu t'embarques. Parce qu'on a eu des gens qui nous ont contactés sur un coup de tête : ils voient des films d'horreur au cinéma, ils trouvent que ç'a l'air cool, pis à la dernière minute, ils *chokent* pis veulent tout arrêter. Mais on ne peut pas tout arrêter une fois sur place, c'est ça le problème. Faut y penser avant.

Il défile cela sur un ton monocorde, comme si ces formalités l'ennuyaient. Combien sont-ils, dans cette affaire ? Et comment en arrive-t-on à monter une telle combine ? Quatre ou cinq amis se regroupent un bon soir et proposent : « Tiens, on part-tu une business de torture ? » Le gars émet un rot, se frotte le nez à nouveau en enlevant un *pickel* de son hamburger.

— Fait que si tu *chokes*, tu *chokes* maintenant, parce qu'aujourd'hui, y est pas encore trop tard. Si tu dis que tu *backes*, je me lève, je m'en vais, pis c'est fini. *That's it, that's all*.

Daniel, malgré la bouchée qu'il vient d'avaler, sent sa bouche s'assécher. Depuis le début de la rencontre qu'il cherche un moyen de glaner des informations et il croit voir enfin une brèche. Dégoûté par ses propres paroles, il demande donc :

— Je ne veux pas reculer, au contraire. J'espère même avoir la piqûre. Parce que j'imagine que ça arrive aussi… que certains y prennent goût…

Le gars hausse une épaule.

— Y en a, ouais. Pas beaucoup, mais une couple.

— Donc, c'est possible de... de participer plus d'une fois, de faire partie d'une sorte de réseau...

— De réseau ?

— Oui. Après ma première séance, si j'aime ça et que je déniche une prochaine soirée en Ontario ou dans le Maine, je peux aussi m'y inscrire, non ? Ça doit arriver...

Le gars mâche toujours son hamburger, mais regarde Daniel avec plus d'intensité. Pour se donner contenance, le PDG prend aussi une gorgée de Coke. Le gars marmonne :

— Ça arrive, oui...

Daniel décide de ne pas pousser son interrogatoire plus loin et se contente donc de dire :

— Super ! Je pense que vous allez avoir un client fidèle avec moi.

Le gars se suce un doigt. Manifestement, il n'éprouve ni sympathie ni dégoût pour Daniel. Il se frotte à nouveau le nez (Daniel croit de plus en plus avoir affaire à un cocaïnomane), puis :

— Dernière affaire : des caméras vont vous filmer. C'est pour un usage très privé.

Il ne fait aucune allusion à *Hell.com*. Il n'en a évidemment pas le droit. À moins qu'il ne soit même pas au courant.

— Mais fais-toi-z-en pas : vous êtes tous masqués, impossible de vous reconnaître. Mais on aime mieux vous le dire. Des fois, ça fait changer le monde d'avis. Tu y vois un problème ?

— Non, c'est... Pas de problème si on est masqué.

Le gars engloutit le reste de son hamburger et conclut :

— Le 4 septembre, tu reviens ici à sept heures et demie du soir, tu te mets au coin de la rue pis tu attends. On va venir te ramasser. Pas d'accessoires, pas de portefeuille, rien dans les poches. OK ? Là, je vais me lever. Tu restes assis encore dix minutes. Dix minutes pleines. Si tu te lèves avant, on va le savoir pis le 4, y aura personne pour toi, *buddy*.

Il aspire une bonne dose de Coke avec la paille et, pour la première fois, son air détaché se teinte d'une couche vaguement menaçante.

— Mais une fois là-bas, tu passes à l'acte. Que tu le veuilles ou non. C'est-tu clair?

La bouche de Daniel est si sèche que sa langue lui râpe le palais douloureusement.

— C'est clair.

Le gars hoche la tête, regarde autour de lui puis, attrapant la mallette du milliardaire d'une main et le second Big Mac de l'autre, il s'éloigne vers la sortie.

Et voilà. C'est fait. Daniel n'arrive pas à y croire. C'était trop simple. Et cette simplicité rend tout cela encore plus immonde. Juste la vue de son Big Mac entamé lui lève le cœur. Il s'humecte la bouche avec une gorgée de Coke. Au bout de quinze minutes, il se lève enfin et se sauve du restaurant comme on fuit une scène de crime.

Dans la rue, il pleut toujours, mais Daniel marche au hasard, perdu dans ses pensées. Le gars lui a confirmé que certains clients participaient à plus d'une séance, et pas juste au Québec. Donc il est possible que Simon soit aussi à celle du 4 septembre. Mais s'il s'est inscrit, n'aurait-il pas été au McDonald tout à l'heure lui aussi? Le PDG se rappelle alors qu'en allant chercher les renseignements sur le site, il a dû cliquer sur une icône pour confirmer sa présence au rendez-vous. Sans doute qu'entre chaque confirmation reçue, le site change le lieu de rendez-vous, pour justement éviter que les participants se rencontrent. Donc, même si Simon n'était pas au restaurant tout à l'heure, ça ne signifie rien : peut-être a-t-il été tout simplement convoqué à un autre endroit.

Si son fils se trouve là-bas le 4 septembre, Daniel saura le convaincre de tout arrêter et de revenir avec lui. Il le faut. Mais le dernier avertissement du gars de tout à l'heure résonne dans sa tête.

« Une fois là-bas, tu passes à l'acte. Que tu le veuilles ou non. »

Aussi stupide que cela puisse paraître, jamais l'idée qu'on l'obligerait à *passer à l'acte* ne lui avait traversé l'esprit.

Son cellulaire sonne. Comme chaque fois ces temps-ci, il répond avec surexcitation, vibrant d'espoir, sans même prendre la peine de consulter l'afficheur.

— Daniel…

C'est sa mère. Il est si déçu qu'il doit s'obliger à ne pas couper.

— Salut, m'man, je… je suis très occupé, c'est…

— Au bureau, ils m'ont appris que tu étais en congé.

— Oui, je sais, mais je… En fait, je ne vais pas très bien, alors…

— Ton père non plus.

Il remarque enfin le ton de la voix. Même pas inquiet. Pire : les vibrations de la résignation. Le PDG reste muet, attend la suite. Il entend un bruit humide, imagine sa mère qui s'humecte les lèvres, puis elle articule :

— Tu devrais venir nous rejoindre vite avant que ce soit fini.

◆

Deuxième visite à son père dans un hôpital en un mois. Sans doute la dernière. Personne ne se fait d'illusions : ni les médecins, qui ont expliqué à Daniel que le nouvel infarctus de Roland Saul a achevé son cœur déjà usé ; ni les infirmières, qui ont quitté la chambre dans un silence de mauvais augure ; ni Lucie Saul, assise près du lit et dont l'absence de larmes démontre qu'elle en a déjà versé beaucoup et qu'elle en conserve quelques-unes pour le grand départ. En fait, la seule personne qui refuse cette réalité, c'est Daniel. Debout au pied du lit, il observe le vieil homme inconscient et il enrage. C'est tellement injuste : son père vient à peine de changer sa vision de la vie, de décider de renouer le contact avec les siens… et voilà qu'il meurt !

— Tu vois comment il est juste, ton Dieu, maman ! grommelle le PDG.

— Dieu n'a rien à voir là-dedans.

— Il peut aller se faire foutre quand même.

— Être en guerre contre Dieu, c'est être en guerre contre soi-même.

Pendant une seconde, l'image de Charron traverse l'esprit de Daniel. Il revient à son père et constate avec étonnement qu'il éprouve une réelle et profonde détresse. Pourtant, il y a quelques semaines, la mort de son paternel l'aurait modérément attristé. Même les récentes tentatives de rapprochement de Roland n'ont provoqué chez Daniel qu'un vague attendrissement sans véritable profondeur. Alors pourquoi ce poignant désarroi maintenant ?

Un grognement faible, un œil vitreux qui s'entrouvre. Roland Saul a un sursaut de conscience. Mère et fils s'approchent davantage.

— Daniel est ici, Roland…

Daniel pose une main apaisante sur la poitrine de son père. Les yeux du vieil homme, réduits à deux pâles fenêtres qui contemplent le soleil une dernière fois avant le long hiver, errent un moment puis trouvent enfin celui qu'ils cherchent. Un sourire faible mais sincère repousse les ténèbres.

— Daniel… Je suis tellement content…

— Ne parle pas, papa. Repose-toi.

— Où est… Simon ?

C'était inévitable. Sa mère lui a posé la même question, il donne donc la même réponse :

— Il est parti en Europe, un voyage en solitaire de deux mois.

— Il aurait pu nous appeler avant de partir, franchement ! grommelle de nouveau la vieille femme.

Mais Saul senior observe son fils avec tout le scepticisme que sa faiblesse lui permet d'exprimer. Daniel détourne les yeux, mal à l'aise. Le mourant marmonne :

— Laisse-nous seuls, Lucie.

Elle ne s'oppose pas, comprend que son mari veut un dernier moment d'intimité avec son fils. Elle se lève, donne un baiser sur le front de son époux avec une tendresse inhabituelle chez ce couple, puis sort. Le vieil homme tourne les yeux vers le plafond.

— Je ne sais pas… ce qui se passe avec Simon, mais… Ne le perds pas, Daniel…

Le PDG sent un grand froid lui balayer tout l'intérieur. Roland Saul tourne la tête péniblement vers son fils, la bouche crispée en un douloureux effort.

— Tu entends ce que je… te dis ? Ne… Ne le *perds pas !*

Et Daniel comprend que ce « perdre » dépasse le sens premier du mot, ne concerne pas que l'entité physique de l'adolescent, et cette compréhension déclenche en lui un long hurlement intérieur, dont l'écho se répercute sur les parois de son âme.

— Sinon, tu… tu te perdras toi aussi… Vous… vous vous perdrez tous les deux…

Le visage raviné revient au plafond, épuisé, et il lâche dans un souffle :

— Crois-moi…

Le hurlement en Daniel occupe trop de place, sa cage thoracique va exploser. Il se met à pousser de longs soupirs en jetant des regards effarés autour de lui, puis revient au mourant sur le lit.

*Ne t'en va pas, papa ! J'ai besoin de toi maintenant, tellement, tellement besoin de toi ! J'ai besoin de cette nouvelle lumière qui t'habite !*

La tête toujours tournée vers le plafond, Saul senior respire avec plus de difficulté. Sa main droite se soulève en tremblant, s'agite tel un oiseau en pleine panique. Son fils l'attrape et la serre entre ses deux paumes. Le vieil homme ferme les yeux et, dans un souffle qui ressemble à une véritable imploration, croasse :

— Je t'aime, Daniel…

Daniel porte la main de son père jusqu'à sa bouche et l'embrasse longuement. Le mourant n'ouvre pas les yeux, mais son visage se détend, devient presque serein.

Dix minutes plus tard, Roland Saul meurt en silence. Mais pas seul.

◆

Le défunt est un homme si connu que l'exposition dure trois jours. Daniel s'y trouve la plus grande partie du temps pour soutenir sa mère. Il voit donc passer des dizaines et des dizaines de personnes, autant des amis que des ennemis de son père. Il en connaît plusieurs, mais certains lui sont parfaitement inconnus. Un petit groupe, le deuxième jour, lui semble louche : quelques filles un peu trop grimées pour l'occasion, deux ou trois hommes au look de mafiosi… D'ailleurs, Lucie va les voir, choquée, et Daniel comprend qu'elle leur demande de partir, ce que les inconnus font discrètement, sans récriminer. Le PDG s'approche de sa mère :

— C'était qui ?

Le visage de Lucie est tordu en un désagréable mélange de honte et de dignité.

— Ton père a eu toutes sortes de vies parallèles.

Elle s'éloigne sans rien ajouter. Daniel n'a évidemment jamais cru que son père avait été un enfant de chœur, mais… Tout à coup, un flash épouvantable lui traverse l'esprit :

*Et si ton père avait été membre de* Hell.com *?*

Trois générations d'une même famille qui s'intéresseraient à ce site : perspective particulièrement déprimante. Sauf que *Hell.com* ne peut exister que depuis peu et Roland n'a jamais été intéressé par l'informatique. Néanmoins, cette idée chicote suffisamment Daniel pour que le soir, alors qu'il est allé coucher sa mère en pleurs chez elle, il fouille en cachette l'ordinateur de son père. Aucune trace dans ses courriels du site criminel, ni dans ses liens « favoris », ni dans l'historique. Rien. Et aucune trace non plus, d'ailleurs, de quoi que ce soit de répréhensible dans les documents de l'ordinateur, à l'exception de quelques photos pornographiques bien inoffensives. Peut-être que Roland, qui a bien changé au cours des dernières semaines, a fait un grand ménage dans son passé ? Au fond, peu importe : Daniel ne veut pas songer à l'ancienne vie de son père, mais à ce qu'il voulait être à la toute fin.

« L'important, ce sont les traces qu'on laisse. »

Peut-être que cette phrase prononcée par le vieil homme avait valeur de testament…

Bien sûr, les collègues et rares amis de Daniel viennent rendre un dernier hommage au fondateur de *Saul inc.* et Daniel doit participer aux incontournables discussions :

— Ton père qui meurt pendant que tu es en congé, c'est vraiment horrible comme *timing* !

— D'ailleurs, toi, comment tu vas ?

— Pourquoi tu ne pars pas en vacances ?

— C'est vrai qu'il était temps que tu t'accordes une pause : tu as vraiment l'air magané !

Wilson, Dubreuil et Marie ont réussi à traîner Daniel au fumoir pour lui parler « affaires » : tout n'est pas rose. Même en Norvège, la deuxième phase du projet est loin d'être assurée. Daniel donne quelques conseils, même s'il a la tête complètement ailleurs. Mais une nouvelle de Wilson le fait tout de même tressaillir :

— T'es au courant que la police italienne a retrouvé le corps de Bégin ? Il a été tué par balles ! C'est incompréhensible.

— Il va enfin arrêter de voler nos contrats ! note Dubreuil en ricanant.

Marie trouve la blague de mauvais goût, Daniel se mord les lèvres pour ne pas hurler. Wilson et Dubreuil finissent par s'éloigner, laissant Marie seule dans le fumoir avec Daniel.

— Simon n'est pas ici ? demande-t-elle enfin.

— Il voyage en Europe.

Elle replace une mèche de ses cheveux.

— Daniel, on n'a jamais été amoureux, c'est vrai. On n'est plus amants non plus depuis… depuis ce qui s'est passé l'autre soir, mais il n'y a pas de raisons pour que nous ne soyons plus amis.

— Je suis bien d'accord.

— Alors, pourquoi tu n'acceptes pas que je t'aide ?

— Parce que tu ne peux pas m'aider. Ni toi ni personne.

Il soutient le regard de son ex-amante. Elle a un petit soupir triste mais conciliant, l'embrasse sur la joue et lui dit avant de s'éloigner :

— Quand tu auras besoin de quelqu'un, pense à moi.

Il hoche la tête en silence.

Plusieurs fois, durant ces trois jours au salon funéraire, il s'approche du corps de son père pour se recueillir.

*Où es-tu, p'pa ? Es-tu seulement quelque part ?*

Roland lui a affirmé que ça n'avait pas d'importance. Mais il lui a révélé quelque chose de plus important, juste avant de mourir.

« Ne perds pas Simon, Daniel… Sinon, vous vous perdrez tous les deux… »

C'est en songeant à ces mots que Daniel commence à réaliser que son plan est peut-être présomptueux. Que seul, il n'y arrivera sans doute pas. Constatation qui le hante de plus en plus.

Puis c'est l'enterrement, la paperasse, la lecture du testament par lequel, sans surprise, Roland lègue presque tout à sa femme et à son fils. Il donne aussi une fort belle somme à son petit-fils Simon et, en entendant cette nouvelle, Daniel passe bien près de craquer. Au bout d'une semaine, l'essentiel est réglé. Il ramène une dernière fois sa mère chez elle, l'embrasse et l'assure qu'il l'appellera plus souvent désormais. Elle a un sourire triste et sceptique.

— Cette fois, je te jure que c'est vrai, insiste-t-il.

Elle veut bien le croire.

Chez lui, Daniel s'approche de la piscine et contemple l'eau qui, sans les soins du jardinier, commence à verdir. Encore quatre jours avant le rendez-vous. Il songe à l'abîme dans lequel il se prépare à sauter la tête la première. C'est insensé. Dans son esprit, il a toujours réduit la situation à cette option : si Simon est là, Daniel l'oblige à revenir avec lui. Si son fils n'est pas là, Daniel s'en va. Mais dans les deux cas, ça ne pourra pas être aussi simple. Comme pour le lui confirmer, l'avertissement de son « contact » revient toujours le hanter : une fois sur place, Daniel devra « passer à l'acte », qu'il le veuille ou non. Comment se sortira-t-il de ce pétrin ?

Seul, il ne le pourra pas. Aussi bien l'admettre.

Il s'assoit sur un des bancs de pierre près de la piscine. Un mot s'impose à lui : « police ». Ce qui signifie tout raconter... ou presque. Parler de *Hell.com*. Admettre qu'il est un criminel. Foutre sa carrière en l'air.

La tête levée vers le ciel, il pousse une longue expiration. Il sait que sa décision est prise.

◆

Onze heures du matin. Daniel est dans la salle d'attente depuis environ une heure. De temps en temps, un flic passe en lui jetant un regard curieux, comme s'il était un phénomène de foire. Le milliardaire peut comprendre pourquoi. Il a créé une certaine commotion tout à l'heure.

Comme il ne savait trop comment procéder, il est allé au poste de la SQ le plus près de chez lui. Il a demandé à voir un sergent-détective. Celui-ci, au départ, l'écoutait avec un certain ennui, mais son degré d'attention s'est intensifié au fur et à mesure que Daniel avançait dans son histoire, et il a fini par bre-douiller avec une certaine nervosité :

— Il faut que je parle de ça à mon supérieur…

Le flic s'est absenté quinze minutes, puis un autre s'est présenté, jeune, entre trente-cinq et quarante ans, une apparence conforme au flic typique : baraqué, les cheveux en bataille, la mâchoire carrée, mais pas l'air méchant pour deux sous.

— Sylvain Maisonneuve, directeur de l'escouade des Homicides. J'ai demandé à un collègue de la GRC de nous rejoindre. Il sera là dans à peu près une heure. Je vais vous demander d'attendre dans la petite salle à côté.

Un collègue de la GRC… On considérait donc son cas comme *très* sérieux.

Soixante-quinze minutes plus tard, un homme d'une cinquantaine d'années en veston-cravate fait son appa-rition en compagnie de Maisonneuve. Avec sa maigreur, sa calvitie presque totale et ses lunettes, il ressemble curieusement à un professeur d'université.

— Monsieur Saul ? demande-t-il.

Daniel se lève en signe d'assentiment.

— Martial Courteau, de la Gendarmerie royale du Canada, section Québec.

Il ne tend pas la main et Daniel n'ose le faire lui-même. Maisonneuve lui demande de les suivre et, trois minutes après, ils se retrouvent dans une petite pièce blanche qui ne renferme qu'une table et trois chaises. Daniel est seul d'un côté, Courteau est assis devant lui et Maisonneuve demeure debout, un peu à l'écart, les bras croisés. Courteau, manifestement le responsable de l'affaire, croise les mains sur la table et explique doucement, comme s'il parlait à un enfant :

— À ce stade-ci, je tiens à vous prévenir que tout ce que vous direz peut être retenu contre vous. Si vous voulez contacter votre avocat, c'est sans doute le bon moment. Vous comprenez ce que je vous dis ?

Tout est posé chez cet homme, mais la bouche demeure dure. En fait, le PDG est convaincu que ses lèvres n'ont que très rarement esquissé la forme d'un sourire.

— Avec tout ce que j'ai déjà raconté au précédent enquêteur, il est un peu tard, non ?

— Pas vraiment, lance Maisonneuve. Vous n'étiez pas officiellement en interrogatoire, tantôt. Maintenant, vous l'êtes.

Le cœur de Daniel bat un peu plus vite. Courteau attend sa réponse.

— Pas d'avocat, marmonne enfin le PDG.

— Très bien.

Avec une lenteur déroutante, le quinquagénaire se replace sur sa chaise, avance un peu plus et croise à nouveau les mains devant lui.

— Vous avez donc raconté au détective Pinard, de la Sûreté du Québec, que vous vous êtes inscrit à une soirée de torture en tant que bourreau et que vous souhaitez maintenant notre aide pour démanteler cette organisation, c'est bien cela ?

Le flic aurait résumé une demande de prêt hypothécaire qu'il n'aurait pas usé d'un ton moins monocorde. Tout à l'heure, Daniel a fondu de honte et de remords en expliquant cela, mais maintenant que c'est enclenché, il se sent singulièrement rassuré.

— C'est ça.

— Et vous avez découvert ce genre de soirées sur un site qui s'appelle *Hell.com*…

À nouveau, les avertissements reçus lors de son abonnement lui tournoient dans la tête : s'il parlait du site à quiconque, des documents compromettants sur le PDG seraient mis au jour, des documents que Daniel a lui-même vus, stupéfait par l'efficacité des espions informatiques de *Hell.com*. Mais si les policiers sont discrets, les dirigeants du site ne seront pas au courant.

*Le crois-tu vraiment ?*

— C'est ça.

Il se masse le sourcil. Courteau continue :

— Qui vous a mis en contact avec ce site ?

Depuis ce matin, Daniel a décidé de ne pas impliquer Charron dans son histoire. Parce que si ce dernier se sait trahi, il ne se contentera pas, lui, d'envoyer des documents compromettants aux flics. Il est beaucoup plus dangereux. Et pour se venger de Daniel, il pourrait s'en prendre à Simon… Donc, aussi frustrant cela soit-il, le PDG répond :

— Je suis tombé dessus par hasard.

Courteau sourit alors pour la première fois. Aucune chaleur, aucune sympathie. Le genre de sourire qu'on préfère voir le moins souvent possible.

— Il est impossible de tomber sur ce site par hasard.

Daniel ne sait trop quoi répondre. Courteau commence à s'examiner les ongles, ce qui est sans doute un signal pour Maisonneuve qui, sans bouger, prend le relais :

— Nous connaissons l'existence de cette organisation criminelle depuis quelques années. Ça fait cinq ans que la SQ, au Québec, et la GRC pour l'ensemble du Canada, essaient de la coincer. On travaille de concert avec le FBI, Scotland Yard, la DGSE et les services policiers de plusieurs autres pays. Car *Hell.com* est connu des services policiers du monde entier, monsieur Saul.

Daniel se sent vaguement ridicule sans savoir pourquoi. Courteau s'intéresse toujours à ses ongles, tandis que son collègue poursuit :

— Vous croyez être la première personne à dénoncer ce site ? De temps en temps, un membre est pris de remords et vient se vider le cœur. Comme vous. Et alors, nous enquêtons.

— Donc, vous… vous êtes déjà allé sur *Hell.com* ?

— Oui.

C'est Courteau qui a répondu, et son « oui » est d'une sécheresse telle que Daniel, pourtant peu impressionnable, se sent écrasé.

— Mais on n'a pas pu les retracer encore, ajoute Maisonneuve.

— Comment ça ?

— Une chose à la fois, intervient Courteau en croisant à nouveau ses mains. Répondez à ma question : qui vous a mis en contact avec ce site ?

— C'est un homme d'affaires allemand. J'étais dans un colloque il y a quelques mois, il avait bu et m'a parlé de ce site. Je ne me rappelle même plus son nom et je ne l'ai jamais revu.

Il est clair que les deux agents ne sont pas dupes. Après un long silence, Daniel ajoute :

— Écoutez, je regrette vraiment de m'y être abonné.

— Je veux bien vous croire. Votre visite aujourd'hui semble le démontrer. Alors dites-nous qui vous en a parlé, pour ne pas qu'il contamine d'autres personnes.

— Je vous l'ai dit : c'est un Allemand dont je ne me souviens même pas du nom.

Courteau se permet un très discret soupir.

— Bon. On verra ça plus tard. Vous vous êtes donc inscrit à une soirée de torture, et maintenant vous voulez nous guider à cette soirée pour qu'on arrête tout le monde, c'est ça ?

— C'est ça.

De nouveau, Courteau se replace sur sa chaise avec une lenteur effrayante et plonge son regard d'ébène dans celui de Daniel.

— Vous allez devoir me clarifier ça un peu. Pourquoi vous être inscrit à une telle soirée si vous regrettez de vous être abonné à ce site ?

— Non, non, c'est… Vous ne comprenez pas.

Daniel se lisse les cheveux. Il va falloir jouer serré.

— Je me suis abonné il y a un mois mais, très rapidement, je l'ai regretté. J'ai alors pensé servir d'appât pour cette soirée de… de torture.

C'est une autre décision qu'il a arrêtée ce matin : pas un mot sur Simon. Si Daniel a décidé d'impliquer la police, ce n'est pas pour l'aider à retrouver son fils (il est convaincu qu'il peut y arriver sans aide), mais pour qu'elle l'aide, *lui*, à se sortir de cette soirée sans qu'il soit obligé de torturer qui que ce soit. Bien sûr, si Simon est sur place, alors le PDG n'aura d'autre solution que de tout révéler et fera tout pour que le juge soit indulgent vis-à-vis de l'adolescent. Mais pourquoi parler *tout de suite* de Simon et le salir dans cette histoire si ce n'est pas encore nécessaire ?

— Pourquoi n'être pas venu nous voir *avant* de vous inscrire à cette soirée ? demande Courteau.

— Parce que je savais que vous refuseriez que je serve d'appât. Vous auriez envoyé un agent double à ma place ou quelque chose du genre.

— Et pourquoi pas ?

— Parce que je veux être impliqué. Maintenant que le contact m'a vu et m'a parlé, vous n'avez plus le choix de me laisser y aller.

Maisonneuve a une moue sceptique. Courteau ne bronche pas, son regard toujours soudé à celui de Daniel, qui réussit à le soutenir malgré la chair de poule qui lui recouvre les bras.

— Pourquoi voulez-vous tant être impliqué et vous mettre en danger ?

— C'est ma façon de me pardonner à mes propres yeux d'avoir encouragé ce site.

Pour la seconde fois, Courteau sourit, un sourire plus impressionnant et plus intimidant que n'importe quel crachat de mépris, et cette fois Daniel détourne le regard.

— Qu'est-ce que vous croyez trouver là-bas, monsieur Saul ?

Ce flic n'est pas fou, il se doute de quelque chose, mais pas question que Daniel cède.

— Écoutez, moi, je vous offre un moyen d'attraper cette bande de salauds, vous faites ce que vous voulez. Si vous ne voulez pas m'impliquer, alors je ne vais pas au rendez-vous et c'est le cul-de-sac. Ou alors vous m'utilisez et ramassez enfin les responsables de ce site !

Le sourire de Courteau flotte encore légèrement quand il répond :

— Bref, on n'a pas le choix, n'est-ce pas ?

Il lance un regard à son collègue, qui hausse une épaule, puis Courteau recule sur sa chaise.

— Peut-être que lorsqu'on les aura arrêtés, vous accepterez de *tout* nous déballer.

Daniel soupire intérieurement de soulagement, mais Courteau ajoute :

— Ne vous faites cependant pas d'illusions : ce ne sont pas les dirigeants de *Hell.com* qu'on va arrêter. Seulement des… disons des sous-traitants. Pour remonter jusqu'aux personnes qui sont à la tête du site, c'est plus compliqué.

Silence, puis Daniel demande :

— Alors, vous allez venir chez moi vous connecter au site et essayer de remonter jusqu'à la source ?

— Remonter jusqu'à la source, comme vous dites, ne donne strictement rien. Chaque fois qu'un corps policier a tenté le coup, le résultat a été sensiblement le même : *Hell.com* a *hacké* un ou plusieurs serveurs de PME asiatiques, souvent chinois. Plusieurs pays asiatiques sont des paradis pour ceux qui veulent agir dans l'illégalité sur Internet. Bref, les hébergeurs de *Hell.com* ne sont jamais au courant qu'ils ont ce site comme client.

— Alors, vous allez faire quoi ? Noter tous les événements illégaux et les intercepter ?

— Pas tout de suite. Les événements sur *Hell*.*com* dont les dates et les endroits sont clairement indiqués sont souvent mineurs : partouzes, drogues, *gambling*, combats illégaux… Mener des descentes dans tous ces événements mettrait rapidement la puce à l'oreille de l'organisation, qui modifierait tout simplement ses codes d'accès. Les événements plus *hard* demeurent plus secrets, comme ces soirées de torture. Le site indique la date, jamais l'endroit exact. Ça, c'est le genre d'événements qu'on veut intercepter. Les responsables de ces soirées sont plus susceptibles de nous renseigner sur le site que les simples organisateurs de soirées sadomaso. Je vais vous demander l'adresse actuelle du site ainsi que votre mot de passe, mais on ne s'en servira pas tout de suite. On va se tenir tranquille jusqu'à la soirée de torture. C'est le 4, c'est ça ?

— Dans trois jours, oui.

— Parfait. Réglons donc le cas de cette soirée pour commencer.

— Vous… vous allez me suivre jusqu'à l'endroit où ça se passe, c'est ça ?

— On va essayer. Mais ces gars sont sans doute habitués à déjouer les filatures. On va donc utiliser un moyen supplémentaire.

— Merci… Merci beaucoup.

Naïvement, Daniel aurait souhaité que les deux flics le remercient lui aussi. Mais ils ne disent rien et fixent le PDG en silence. Et à nouveau, Daniel détourne les yeux.

# CHAPITRE 17

Le jeudi 4 septembre, à dix-neuf heures vingt, Daniel est debout devant le même McDonald qu'il y a une semaine, sous un ciel couvert qui menace de crever d'une minute à l'autre. La circulation est dense et Daniel tente d'examiner chaque voiture qui passe, s'attendant à ce que l'une d'elles s'arrête devant lui. Pour la centième fois, il doit lutter contre l'envie de jouer avec le troisième bouton de sa chemise, contenant le petit mouchard électronique qui permettra à Courteau et à ses hommes de le retrouver facilement si jamais la filature conventionnelle est déjouée. Avec ce gadget sur lui, Daniel a l'impression d'être dans un James Bond et il en rirait si son esprit ne cessait de lui rappeler le genre de soirée qui l'attend…

… *dont l'un des participants est peut-être ton fils.*

— Hé, Daniel !

Il fait volte-face, près de la panique. Une femme élégante, dans la quarantaine, s'avance : Suzanne Allard, la directrice d'une compagnie de logiciels qu'il a rencontrée une dizaine de fois dans des colloques ou des partys. Tandis qu'elle l'embrasse, il se souvient d'avoir déjà couché avec elle une fois. Peut-être deux.

— T'es en congé, il paraît ?

— Oui, je… C'est ça.

— Et t'es à Montréal ? Voyage un peu, voyons !

— J'y songe, j'y songe…

Va-t-on venir le chercher même si on le voit discuter avec quelqu'un ? Allard insiste, de bonne humeur :

— On va boire un verre ? J'ai un souper dans une heure, ça me laisse le temps.

— Je… Je ne peux pas maintenant, j'attends quelqu'un.

— T'as l'air bizarre. Tu te sens bien ?

Une voiture s'arrête alors près d'eux, une banale Honda Civic verte. Derrière le volant, Daniel reconnaît son contact de l'autre jour, qui porte maintenant des lunettes de soleil.

— Tiens, justement. Il faut que je parte, désolé. Une autre fois, peut-être…

Il parle en marchant vers la voiture, sans même embrasser ou donner la main à la femme qui, un peu offusquée de ce traitement cavalier, marmonne un au revoir penaud. Daniel monte du côté passager et la Honda repart.

— C'était qui ?

— Personne. Une connaissance.

Le conducteur n'en demande pas plus. Daniel se retient pour ne pas vérifier si on le suit. Il s'oblige à regarder devant lui, le corps raide. La Honda s'engage alors dans une petite rue transversale, puis traverse la guérite d'un stationnement souterrain. Daniel se retourne et constate que deux hommes, aussitôt le véhicule passé, s'empressent de placer une clôture annonçant « complet » devant l'entrée. La voiture descend trois niveaux, puis s'arrête près d'une camionnette stationnée.

— Descends, ordonne le conducteur.

Daniel s'exécute. Personne dans le stationnement, sauf devant la camionnette un homme aux longs cheveux bruns en queue-de-cheval, avec une chemise rouge à carreaux. Et tout à coup, Daniel est convaincu qu'on a découvert son petit plan et qu'on va le tabasser à mort ici même. Tandis que Queue-de-Cheval s'approche de lui, il ouvre déjà la bouche dans l'intention de hurler vers son bouton-mouchard : « Venez me chercher, vite ! », mais rapidement le gars se met à le tâter et Daniel comprend qu'on le fouille, tout simplement. Les mains se promènent dans chaque recoin, passent même sur le bouton-mouchard sans s'attarder, fouillent dans les poches vides, puis Queue-de-Cheval indique à l'autre que c'est OK. Le conducteur de la Honda fait un petit salut désintéressé, puis remonte dans sa voiture, sans démarrer tout de suite. Queue-de-Cheval ouvre la portière arrière de la camionnette et Daniel croit apercevoir une autre silhouette assise à l'intérieur. Queue-de-Cheval s'approche alors avec des menottes.

— Tes mains dans le dos.

— Mais… mais pourqu…

— Simple précaution, aie pas peur.

Daniel obéit. Les menottes se referment sur ses poignets. Puis, un bandeau noir recouvre ses yeux.

— Laisse-toi guider.

Queue-de-Cheval le prend par le bras et, doucement, aide Daniel à monter dans la camionnette. Le PDG s'assoit, aveugle, angoissé. Il sent une respiration à ses côtés : quelqu'un est assis tout près.

La camionnette se met enfin en route, semble remonter vers la surface, puis un bruit de ferraille : une grande porte électrique qui s'ouvre. Ils sortent manifestement du stationnement. Dans un autre véhicule. Qui est muni de vitres teintées, Daniel l'a remarqué. Est-ce que ce petit subterfuge a été suffisant pour semer les flics ? Peut-être que oui… Une seconde de panique, puis il se raisonne : il a le mouchard dans son bouton de chemise, alors du calme.

Tout ira bien.

◆

Les yeux bandés, dans le silence le plus total, il est facile de perdre toute notion du temps. Néanmoins, Daniel estime qu'il s'est écoulé entre soixante-quinze et quatre-vingt-dix minutes depuis leur sortie du stationnement souterrain. Comme la camionnette ne s'arrête jamais et qu'elle semble filer à une bonne vitesse, ils sont sans doute sur une grande route, peut-être l'autoroute 20 ou la 40. Ou la 15 ? À un moment, un nouveau son résonne : le bruit de la pluie qui tombe sur la tôle. Durant tout ce temps, Daniel ne pipe mot, ses bras dans le dos s'engourdissant lentement. À ses côtés, l'*autre* est tout aussi muet : sans doute un participant comme lui. La conscience d'être assis à côté d'un mec qui, lui, veut *vraiment* torturer des gens le met profondément mal à l'aise, au point qu'il s'écarte légèrement sur sa gauche, convaincu que s'il ne fait qu'effleurer cet homme, il se mettra à hurler.

Durant le trajet, il réfléchit à ce qui se prépare, à ce qu'il va trouver là-bas. Il tente de chasser l'idée des autres bourreaux qui seront sur place, des malheureuses victimes qui, en ce moment même, doivent attendre dans des cachots sans savoir ce qui se prépare pour elles, et concentre toutes ses pensées sur Simon, incapable de décider s'il espère le découvrir sur place ou non : s'il est là, ce sera la joie de le retrouver, bien sûr, mais aussi l'arrestation et l'inculpation. S'il n'est pas là, ce sera le soulagement de constater qu'il n'a pas voulu participer à cette séance de torture, mais aussi la recherche qui continuera... Daniel échafaude un plan rapide : si son fils n'est pas du nombre, il questionnera les gens présents avant que les flics n'arrivent.

*Tu es ridicule ! Tu crois vraiment que ces cinglés vont répondre à tes questions ?*

Mais si Simon est là, il s'empressera de lui dire de ne rien faire, que les flics s'en viennent, qu'il ne faudra pas avouer avoir déjà participé à ces séances… Simon s'en tirera peut-être ainsi avec une simple amende et Daniel pourra alors vraiment, *vraiment* s'occuper de son fils, l'amener chez tous les psys qu'il faut, et lui aussi les consultera, et ce sera un nouveau départ, et…

*Ça ne se passera pas comme ça, c'est trop simple !*

Il serre les dents pour museler ces objections. Est-ce que les flics le suivent toujours ? Sinon, est-ce que son mouchard fonctionne convenablement ?

La camionnette ralentit enfin, comme si elle s'engageait dans une sortie. Un court arrêt – quelques minutes de route –, un autre arrêt – encore un peu de route… Daniel a maintenant l'impression qu'ils roulent sur un chemin de terre. Un autre arrêt : une discussion, comme si le conducteur parlementait avec quelqu'un à l'extérieur. Daniel se penche légèrement vers la portière pour essayer d'entendre, mais avec le bruit de la pluie ayant redoublé d'intensité, il ne comprend rien. Tout à coup, l'homme à ses côtés, qui doit vouloir s'étirer un peu, allonge sa jambe droite et entre en contact avec celle de Daniel. Ce dernier la retire brusquement, dégoûté, et il entend l'homme marmonner :

— *Excuse-me*.

Daniel remarque la gêne dans la voix et, avec étonnement, songe que finalement cet homme, pour d'autres raisons, est sans doute aussi mal à l'aise que lui. Qu'avait donc précisé son contact, lors de leur première rencontre au McDonald ? Que certains participants se rendaient finalement compte qu'il n'y avait rien de cool là-dedans ?

Un bruit de chaîne qu'on détache, puis la camionnette se remet en route, très lentement, sur un chemin cette fois carrément cahoteux. Au bout de deux ou trois minutes, le véhicule s'arrête à nouveau et, cette fois, le moteur est coupé. Daniel avale sa salive : on y est. La portière s'ouvre du côté du voisin de Daniel. Il reconnaît la voix de Queue-de-Cheval qui dit :

— *I'll guide you.*

Le PDG comprend qu'on ne s'adresse pas à lui et, donc, ne bouge pas. Il entend son voisin sortir. Des pas s'éloignent. Comme la portière est demeurée ouverte, Daniel dresse l'oreille. Mais rien, aucun son, sauf l'averse.

Il sursaute : la portière de son côté s'est ouverte sans avertissement.

— Laisse-toi guider.

Une main lui saisit le bras. Il sort, docile, se laisse amener Dieu sait où. Pluie intense sur sa tête, odeurs d'herbe et d'arbres… Une forêt ? Il franchit une porte, entre dans un bâtiment silencieux. Il sent les menottes se détacher, le bandeau est retiré de ses yeux. Enfin, il voit. Il est dans une petite pièce en bois rond, sans fenêtre. Des crochets au mur. Une douche dans un coin, avec des serviettes. Une table, sur laquelle se trouvent ce qui ressemble à des vêtements de toile. Et un homme d'une soixantaine d'années, petit, l'air endormi et emprunté. L'inconnu vient pour parler, a une énorme quinte de toux, puis, après avoir récupéré son souffle, dit d'une voix de fausset :

— Déshabillez-vous, accrochez votre linge sur le mur pis mettez les vêtements qui sont sur la table.

Daniel se met à réfléchir à toute vitesse : s'il enlève ses vêtements, il n'aura plus le mouchard sur lui.

— Pourquoi ?

— Pour pas vous salir.

— Ça ne me dérange pas de salir mes vêtements.

— En ville, après, avec votre linge plein de sang, vous allez avoir l'air fou.

Que répliquer à ça sans attirer les soupçons ? Daniel commence à détacher son pantalon lentement, pour se donner le temps de réfléchir.

— Je peux garder ma chemise sous le costume ?

— Non. Le haut, c'est juste une camisole. Ça protégera pas bien votre chemise. Pis c'est aussi pour une question d'*isthétéque*.

D'abord confus, Daniel croit comprendre ce qu'il a voulu dire.

— D'esthétique ?

— Oui. Faut que tout le monde soit habillé pareil. Pour les caméras.

Il précise cela sans émotion. Est-il conscient de ce qui se passe vraiment ici ? Il n'a pas l'air très alerte intellectuellement. Daniel continue d'enlever son pantalon, sent l'angoisse monter en lui. Le petit homme sort en silence. Une fois en sous-vêtement, Daniel enfile le pantalon posé sur la table, tout en toile blanche, sans poche. Puis, il met la camisole du même matériau, qui lui laisse les bras et les épaules nus. Il prend sa chemise, observe le bouton-mouchard. Devrait-il l'arracher pour le garder sur lui ? Mais où le mettrait-il ? Il n'y a pas de poche sur ces vêtements de toile. Et arracher le bouton risquerait d'abîmer le dispositif à l'intérieur. Le petit homme revient et Daniel n'a pas le choix d'accrocher sa chemise au mur. Il tente de se raisonner : après tout, le mouchard va tout de même mener Courteau et ses hommes jusqu'ici. Le petit homme approuve en voyant Daniel dans son costume, puis lui tend quelque chose.

— Mettez ça.

C'est une sorte de cagoule en tissu souple, qui recouvre uniquement la moitié supérieure de la tête, laissant à découvert le menton et la bouche. Daniel l'enfile, se sentant aussi ridicule qu'angoissé.

— OK, suivez-moi.

Ils se retrouvent dans un couloir flanqué d'autres portes. Le petit homme passe la tête par une d'elles, entrouverte.

— *Ready ? Follow me.*

Un homme sort, habillé comme Daniel, la tête ornée de la même cagoule. Le milliardaire comprend qu'il s'agit sans doute de celui qui l'a accompagné dans la camionnette. Tous deux se toisent avec méfiance. À cause des rides autour de la bouche aux fines lèvres et de la barbichette grisonnante, Daniel donne à l'homme au moins quarante-cinq ans. Les yeux bleus, derrière la cagoule, sont nerveux. *Il est ici par choix*, pense Daniel. Cet individu a décidé en toute lucidité de venir torturer un être humain. Qu'est-ce qui l'a poussé à cela?

*Et qu'est-ce qui a poussé ton fils à le faire?*

Ils suivent le petit homme et se retrouvent dehors. Ils sont effectivement dans une forêt traversée par une route de terre battue. Il pleut à verse et avec les nuages, la nuit est totale, éclairée seulement par les lumières extérieures de la cabane. Ils marchent vers la camionnette de laquelle sort Queue-de-Cheval. Ce dernier ouvre la portière arrière et indique au duo d'entrer.

Le véhicule se remet en branle, à vitesse réduite. Daniel, inquiet, songe au bouton-mouchard demeuré dans la cabane d'accueil… mais tente de se rassurer en se disant qu'ils ne vont sûrement pas très loin. Le chemin s'enfonce entre les arbres et, au bout de deux minutes, trois petits chalets en bois apparaissent sous la pluie, dans une clairière. Mais la camionnette les dépasse sans s'arrêter. Merde, où vont-ils? Daniel observe un peu plus son compagnon et lui demande soudain:

— *It's your first time?*

L'inconnu sursaute presque, se tourne vers lui, puis finit par répondre:

— *Yes*. (pause) *And you?*

— *Yes*.

L'inconnu hoche la tête, puis:

— *Quite exciting, isn't it?*

Pourtant, il ne sourit pas. Comment peut-on trouver excitant de torturer quelqu'un ?

*Et toi ? N'as-tu pas trouvé excitant de battre un sans-abri ?*

Il veut se raisonner : c'était moins grave, il s'est contenté de *battre* un homme, il ne l'a pas torturé à mort, mais il n'arrive pas à se convaincre. Vaut-il mieux que cet inconnu si, pour se rassurer, il en est à comparer son degré de monstruosité à celui d'un autre ?

Ils roulent toujours dans le sentier en pleine forêt. Plus ils s'éloignent, plus Daniel s'inquiète : et si les flics n'arrivaient pas à les retrouver ? Enfin, la camionnette s'arrête dans une autre clairière entourée aussi de trois petits chalets en bois. À l'écart, une installation plus grande, genre de cafétéria de colonie de vacances, se dresse dans la pénombre. Le conducteur descend, ouvre la portière arrière et les deux passagers sortent. Des projecteurs ont été allumés pour éclairer la clairière. Trois hommes non masqués, habillés d'un simple jeans et de chemises sport, se tiennent à l'écart, pointant tous un fusil vers le sol, indifférents à la pluie qui les mitraille. Daniel a la fugitive impression d'être dans une milice.

— Rentrez là-dedans, ordonne le conducteur. *Go in there.*

Il indique la « cafétéria ». Tandis que les deux passagers s'y dirigent rapidement, Daniel remarque les antennes de diffusion près des chalets. Antennes qui permettront de retransmettre le spectacle en direct sur Internet pour les membres de *Hell.com* du monde entier.

Il faut absolument que la police découvre l'endroit avant que *ça* commence, sinon Daniel va craquer, c'est certain.

Lui et son « compagnon » entrent dans l'édifice, trempés. Il s'agit d'une grande salle avec quelques tables et un comptoir sur lequel il y a de la nourriture, de l'alcool et des cigarettes. Trois autres individus masqués sont déjà là, chacun dans un coin, comme s'ils voulaient éviter de se côtoyer. L'un d'eux est de toute évidence une femme, les cheveux et les formes sous la camisole ne laissent aucun doute là-dessus. Elle fume une cigarette, appuyée contre un mur. Daniel s'en désintéresse et, en secouant la pluie qui le recouvre, observe les deux autres. L'un est très gras et marche lentement, en fixant le sol. Impossible que ce soit Simon. L'autre, près du comptoir, boit une bière, très relax, et regarde tout le monde. Bien qu'il ait la même charpente que l'adolescent, il n'a ni son attitude ni sa bouche. Un autre gardien armé est dans la salle et, en apercevant les nouveaux, il commence à parler, la voix forte mais sans agressivité.

— Bon. *Someone doesn't understand french ?*

Personne ne réagit, pas même l'anglophone qui a accompagné Daniel. Le gardien commence donc :

— Tout le monde est arrivé, on est juste à temps. On va commencer dans… (il regarde sa montre) douze minutes.

Simon ne sera donc pas ici ce soir. Confus, Daniel se demande s'il doit se sentir déçu ou rassuré. Le gardien continue ses explications :

— Premièrement, deux d'entre vous iront chacun dans un chalet. Vous avez environ vingt minutes. Ensuite, deux autres prennent le relais, pour le même temps. Ensuite, le dernier y va, pis c'est fini. Quand vous revenez dans la salle ici, vous attendez que les autres aient terminé, ensuite on retourne à l'accueil, vous vous rhabillez, on vous rebande les yeux pis on vous ramène tous. Clair pour tout le monde ?

Quatre des participants, dont Daniel, se contentent de hocher la tête, sauf le gars relax qui répond d'une voix rieuse :

— Très clair, *boss* !

On le dévisage, sauf le gardien qui ne semble pas surpris.

— Parfait. Si votre victime meurt avant la fin de votre vingt minutes, vous sortez pis vous revenez ici. À un moment donné, une lumière va *flasher* dans le chalet. C'est pour vous prévenir qu'il vous reste deux minutes avant la fin. Vous pouvez achever votre victime ou non, c'est votre choix.

Daniel marche vers le mur et s'y appuie, sentant le sol se mouvoir sous ses pieds. Cet homme parle de torture comme s'il expliquait les règles d'un jeu de société. Peut-être l'homme d'affaires est-il en train de rêver… Peut-être qu'il s'est endormi il y a plusieurs mois et qu'il va se réveiller dans son lit, tandis que Simon se prépare à aller à l'école…

— Pis en passant, interdiction de toucher ou de parler à la caméra dans le chalet, c'est clair ? Évitez même de la regarder. Bon, je viens chercher les deux premiers dans… neuf minutes.

Il sort. Tous attendent, chacun dans sa bulle. La femme fume toujours, appuyée contre le mur, le gros fait du surplace, celui qui est venu avec Daniel se met à examiner les murs comme s'ils étaient particulièrement fascinants, et le dernier, près du comptoir, boit sa bière. Le PDG, de plus en plus nerveux, se gratte sous le masque qui lui colle à la peau en étudiant les autres participants. La police devrait arriver d'une minute à l'autre. Ça lui laisse donc peu de temps pour trouver des informations sur Simon… s'il peut en trouver. Il prend son courage à deux mains, puis marche vers le gros.

— Salut… Vous faites ça pour la première fois ?

Le gars arrête de marcher, le dévisage presque avec effroi puis, sans un mot, recommence son va-et-vient en baissant la tête. Daniel n'insiste pas, se dirige vers la femme. Mais avant même qu'il arrive près d'elle, il l'entend marmonner :

— J'ai pas envie de parler.

Daniel change donc de direction et va vers le buveur de bière. Là, il se force pour choisir aussi une bouteille et dit d'une voix qu'il veut avenante :

— Bonne idée, ça, une petite broue.

— Ouais, tu vas voir, ça donne de l'énergie !

Pas de doute, celui-là a envie de parler !

— C'est ta première fois ? demande Daniel en prenant une lampée qui lui semble aussi immonde qu'une gorgée d'urine.

— Non, non ! Ma huitième.

Le corps de Daniel est parcouru de démangeaisons, comme si des ondes radioactives émanaient de son interlocuteur, et il doit évoquer mentalement l'image de Simon pour ne pas s'éloigner.

— Moi, c'est la première fois.

— Tu vas peut-être devenir un inconditionnel comme moi !

*Espèce de fou furieux ! À partir de ce soir, tu vas devenir un inconditionnel de la prison, et j'espère que tu vas te faire enculer par chaque prisonnier !*

— En fait, j'ai regardé une séance de torture il y a deux, trois semaines, sur Internet, ça se passait en Ontario, et ça m'a donné envie de...

Derrière le masque, les yeux de l'autre s'étonnent.

— Sur Internet ? Est-ce que tu... es-tu...

Il hésite, puis, à voix basse :

— *Hell.com* ?

— Oui. C'est ça.

Un large sourire élargit la bouche du gars :

— Ah ! On est entre confrères, alors ! Ravi de te rencontrer !

Et il donne la main à Daniel, qui se sent instantanément nauséeux. Ce gars est donc un homme riche et respecté, qui le jour travaille en veston-cravate dans un bureau, qui est peut-être même père de famille, et le soir...

— Moi, c'est Mike. Toi ?

— Heu… Denis.

— Enchanté, Denis ! Mais ne parlons pas de *Hell.com* trop fort, tu sais que c'est confidentiel. Et c'est pas tous les participants ici qui sont nécessairement membres.

Il regarde les autres de haut, qui ne s'occupent pas de lui, puis revient à Daniel en lui lançant carrément un clin d'œil.

— Nous deux, on est des privilégiés, pas vrai ?

Daniel sent la bière lui remonter dans la gorge. N'est-ce pas ce que lui-même croyait il n'y a pas si longtemps ? Mike trinque avec Daniel puis avale une gorgée.

— Alors, comme ça, t'as regardé la séance de l'Ontario… J'y étais, tu sais.

Le cœur de Daniel se met à bondir. Mike continue, comme s'il parlait d'une partie de hockey particulièrement enlevante :

— C'était vraiment génial ! Une des meilleures séances. J'ai l'impression que je m'améliore à chaque fois… que je contrôle de plus en plus ma puissance.

Il hoche la tête, comme s'il s'encourageait lui-même, puis :

— Tu m'as peut-être vu !

— J'ai vu juste un participant, mais je ne pense pas que c'était toi. Il avait l'air pas mal jeune, à peine vingt ans. Et il n'a pas achevé sa… sa victime.

— Ah, ben c'était pas moi certain !

Il rit. Daniel se voit très bien lui casser sa bouteille de bière sur la tête, lui enfoncer le tesson au fond de la gorge… Mike devient songeur :

— Attends une minute… On était quatre et il y en avait un qui avait l'air effectivement très jeune…

— Oui, ça doit être lui, répond Daniel, qui doit contenir son excitation.

— C'est le seul avec qui j'ai un peu parlé. T'as remarqué que le monde est pas tellement jaseux, hein ?

À part moi. Qu'est-ce que tu veux, j'aime ça, moi, parler ! Je suis social !

— Vous avez parlé de quoi ?

Daniel manque de subtilité : il jurerait que Mike, sous son masque, fronce les sourcils.

— Pourquoi tu veux savoir ça ?

— C'est juste que j'ai trouvé ça bizarre qu'il n'achève pas sa victime. Je me demandais s'il t'avait indiqué pourquoi.

Daniel s'étonne lui-même de la spontanéité de sa réponse et, manifestement, il a été convaincant, car le début de méfiance disparaît aussitôt du regard de Mike :

— C'est vrai, tu m'as dit qu'il est pas allé jusqu'au bout… Ça explique ses paroles, d'abord…

— Ah ? Qu'est-ce qu'il t'a dit ?

— Quand il est revenu dans la salle d'attente, je lui ai demandé comment ça s'était passé. Au début, il ne voulait pas répondre, mais il a fini par marmonner que ce n'était pas comme il se l'était imaginé.

— Peut-être qu'il a eu des remords ?

Daniel doit camoufler l'espoir qu'il ressent à cette idée. Mais Mike rétorque :

— Ça m'étonnerait.

— Pourquoi ?

Mike le considère, amusé :

— Il t'intéresse pas mal, ce gars-là, on dirait !

— C'est pas ça. C'est juste que… Il t'a avoué que ce n'était pas comme il se l'imaginait. Et comme moi ça va être ma première fois, je me demande à quoi il s'attendait exactement, parce que peut-être que je m'attends à la même chose.

Daniel se décerne mentalement l'Oscar du meilleur acteur. Mike hoche la tête :

— Ouais, je comprends. Mais t'as pas l'air comme lui, il était pas mal plus *dark*, pas mal plus renfermé. En fait, c'est bizarre, ce qu'il m'a dit. Selon lui, si la victime se défend pas, c'est trop facile et il n'y a donc pas de vraie puissance là-dedans.

Il prend une rasade en gloussant :

— Avoue que tu penses sûrement pas comme lui, hein ?

Daniel sent son début d'espoir de tout à l'heure s'émietter rapidement. Mike se gratte la joue à travers sa cagoule – Daniel essaie d'imaginer son visage et il n'arrive pas à se figurer autre chose qu'une sale gueule immonde – et garde le silence. Daniel veut que l'autre continue de parler. Il fait donc remarquer :

— J'imagine qu'il ne participera plus à ce genre de soirée, alors…

— À des soirées de torture, sûrement pas, mais je lui ai parlé d'un autre événement qui a lieu ce mois-ci et qui serait peut-être plus son genre.

— Ah, oui ? C'est quoi ? Ça pourrait m'intéresser moi aussi.

Mike a une petite moue.

— Je suis pas sûr. En tout cas, pas si t'es comme moi. Je suis tombé là-dessus l'autre jour en me promenant sur… (il baisse le ton, complice) sur *Hell.com*, mais ça ne me branchait pas trop. Mettre ma vie en danger, c'est pas ma tasse de thé. Je suis *surtout* bourreau. Toi ?

— Ça… ça dépend. (gorgée de bière) Et lui, ça l'a intéressé ?

— Et comment !

Silence. Daniel a les nerfs à fleur de peau. Il faut qu'il en apprenne plus !

— Finalement, tu vas y aller avec lui, c'est ça ?

— Non, non ! Ça m'intéresse pas, je te dis. Mais je l'ai appelé le lendemain pour lui donner plus d'informations sur comment s'inscrire et tout ça. En passant, qu'est-ce que tu penses du site ? Moi, depuis que je l'ai découvert, je…

— Tu l'as appelé ? Où ça ?

— Ben… heu… un numéro qu'il m'a laissé… C'était à l'hôtel… mais pourquoi tu veux savoir ça ?

— Quel hôtel ?

Cette fois, Daniel ne peut retenir sa fébrilité et Mike le remarque. Il a moins envie de parler, tout à coup, et pour la première fois il semble se demander réellement avec qui il discute depuis tout à l'heure. Au même moment, le gardien réapparaît.

— OK, qui commence ?

Flottement dans la salle. Mike lève la main, à nouveau enthousiaste. Le gardien approuve :

— Parfait. Ça en prend un autre. Toi, tiens.

Il désigne Daniel, qui s'en rend à peine compte, trop obsédé par la question qu'il vient de poser. Mike marche vers la porte et le PDG le suit en lui demandant :

— Mike, c'est quoi, l'événement ?

— On… On en reparlera tantôt, OK ?

Ils sortent, se retrouvent sous la pluie dans la clairière illuminée par les projecteurs.

— Dis-moi au moins c'est où ? C'est quand ?

Mike se retourne et le dévisage, maintenant carrément méfiant.

— T'es qui, au juste ?

Le gardien intervient de nouveau :

— Toi, tu vas dans ce chalet. Toi, dans celui-là. *Let's go*, vous avez vingt minutes.

Après un dernier regard inquisiteur vers le milliardaire, Mike marche vers le chalet qu'on lui a désigné. Daniel l'interpelle une dernière fois :

— Mike, attends !

— Hey, *man*, t'as entendu ?

C'est le gardien qui, d'un geste sec, lui désigne le chalet situé en face. Daniel revient sur terre brusquement, comme s'il avait plongé dans une piscine vide : la police n'est toujours pas là ! Éberlué, il regarde vers la route : pas de voiture qui arrive en trombe, pas de lointaines sirènes hululantes, juste le bruit feutré de l'averse.

— Alors, tu y vas ou pas ?

Le gardien s'impatiente. Ses deux collègues, à l'écart, attendent aussi, fusils pointés vers le bas. Alors, pour la première fois depuis le début de cette soirée de dingues, Daniel ressent la peur.

— Je… Je n'ai pas envie finalement, j'ai… j'ai fait une erreur.

L'un des gardiens soupire en passant une main dans ses cheveux collés par la pluie. Le gardien principal secoue la tête.

— Non, non. On recule pas ici, on te l'a sûrement dit. T'es trop impliqué pour virer de bord.

— Je pourrai pas, je…

— T'es pas obligé de tuer ta victime. Fais-lui juste mal. Nous autres, on l'achèvera après. Envoèye, *let's go*.

Le gardien prend le ton d'un professeur conciliant qui veut raisonner son élève. Daniel sent sa peur qui menace de se transformer en panique, la sueur imbibe peu à peu sa cagoule déjà toute détrempée par la pluie, qui augmente d'intensité depuis quelques secondes.

— Je… Je…

— Écoute. Oblige-nous pas à faire quelque chose qu'on a vraiment, vraiment pas envie de faire…

Il lève très légèrement son fusil. Les deux autres gardiens, immobiles sous le déluge, sont tout à coup sur le qui-vive. Daniel jette des regards affolés partout autour de lui : impossible de fuir, il sera abattu comme un lapin. Et toujours aucune voiture qui arrive sur cette damnée route !

Les flics l'ont perdu ! Ils l'ont abandonné ! C'est foutu, foutu !

Sans plus sentir le sol boueux sous ses pas, Daniel se met en marche vers le chalet, une petite cabane toute simple, mais qui lui donne l'impression d'être une porte d'entrée sur l'abîme. C'est peut-être lui qui entre dans ce chalet, mais celui qui en sortira sera quelqu'un de différent, un mort-vivant qu'il ne connaîtra pas, qu'il ne voudra pas reconnaître… Tandis qu'il monte les marches, un hurlement le fait sursauter : ça vient de l'autre chalet, celui où *s'active* Mike. Un long cri de souffrance. Daniel tremble littéralement. Lui qui croyait que cette image n'était qu'une métaphore simpliste, il réalise qu'en ce moment il frissonne comme s'il était nu en plein milieu du pôle Nord. Les doigts sans force, il réussit à ouvrir la porte et entre.

Une pièce de la superficie d'une grande chambre à coucher. Quelqu'un suspendu au plafond par les poignets. Une femme, nue, grasse, dans la quarantaine, ses longs cheveux collés par les larmes sur son visage. En voyant cet homme en cagoule dégoulinant de pluie, elle pique littéralement une crise d'hystérie. Qui est cette femme ? Pourquoi est-elle ici ? Quelqu'un a payé pour qu'elle meure ? Ou on l'a enlevée comme ça, au hasard ? Affolé, Daniel regarde autour de lui. Là, une grande table couverte d'horribles accessoires : scalpels, marteaux, couteaux, ciseaux, pinces, scies... Non, il ne pourra pas, c'est impossible. Il s'approche alors de la femme en bredouillant :

— Chuuuuut ! Pleurez pas, je vous ferai pas de mal ! Je vous le jure !

Mais la fille n'arrête pas de crier et Daniel, éperdu, se met les mains sur la tête, vocifère à son tour :

— Mais taisez-vous, arrêtez !

Pendant une seconde, ce n'est pas le visage de l'inconnue qu'il voit, mais celui de Mylène, qui hurle et implore. Tétanisé par cette vision, il recule d'un pas et détourne même la tête, comme pour conjurer cette abominable vision. Son regard tombe alors sur la caméra, dans un coin, dont l'œil de verre impassible est dirigé vers lui. La révolte l'emporte alors sur la peur et en criant, il bondit vers la caméra et lui allonge un coup de pied. L'appareil n'est pas tombé au sol qu'une voix surgit par-dessus les cris de la fille :

— Qu'est-ce tu fous, câlice ?

C'est le gardien, qui se tient sur le seuil d'entrée. Cette fois, son arme est levée et Daniel comprend qu'il vient de commettre l'irréparable. Ce qui le bouleverse soudain n'est pas l'idée qu'il va mourir, mais qu'il n'a pas réussi à sauver son fils.

Des cris dehors, des avertissements, un coup de feu. Le gardien, confus, hésite une seconde, puis, en jurant, retourne dehors. Daniel n'ose y croire. Avec le maximum de vitesse que le lui permettent ses jambes molles, il court vers la porte, oubliant la femme attachée et hurlante derrière lui.

Trois autos-patrouille sont apparues, une douzaine de policiers éparpillés s'activent dans la boue : certains crient des ordres en pointant leurs armes vers les trois gardiens qui, devant le surnombre, laissent tomber les leurs, d'autres courent vers les chalets et la cafétéria où attendent les autres participants. Daniel voit deux hommes qui courent vers lui en pointant leur arme. En reconnaissant Courteau dans l'un d'eux, Daniel s'empresse d'enlever son masque. L'agent baisse son arme et s'arrête près de lui tandis que son collègue continue vers le chalet dans lequel la femme hurle toujours.

— Vous êtes OK ? demande Courteau.

Daniel le rassure d'un signe de tête. L'agent ajoute :

— On a coupé les liaisons-satellites.

Même dans l'action, il affiche un calme déconcertant.

— Il y a d'autres personnes plus haut ! lui crie Daniel en montrant stupidement la route d'une main frénétique. Un poste d'accueil où…

— On sait, on les a…

Des cris plus forts proviennent du chalet où est entré Mike.

— Restez ici, ordonne aussitôt Courteau en se remettant à courir dans cette direction.

Mais Daniel suit le policier et tous deux entrent dans le chalet presque en même temps. L'intérieur est identique à l'autre, mais c'est un homme qui est suspendu par les poignets, un homme nu qui a le torse en lambeaux et dont le pied droit, fraîchement sectionné, gît sur le plancher alors que, plus haut, le moignon pisse le sang. Et devant ce malheureux qui n'a même plus la force de hurler, face aux deux policiers qui lui ordonnent de tout lâcher et de lever les mains en l'air, Mike ne bouge pas, couvert d'hémoglobine, brandissant une scie électrique. Daniel pousse un hoquet d'horreur et même Courteau ne peut s'empêcher de hausser les sourcils. Derrière sa cagoule, les yeux de Mike sont confus, comme s'il ne comprenait pas ce qui se passe, comme s'il n'arrivait pas à croire qu'on puisse l'arrêter. Puis un dédain colossal retrousse ses lèvres et, malgré les beuglements des policiers qui le tiennent toujours en joue, le PDG l'entend cracher :

— Minables…

Entre ses mains, la scie électrique se remet en marche en émettant son ronronnement menaçant. Deux salves sont tirées simultanément par les deux policiers paniqués : ils ont été entraînés à faire face à des voleurs et à des tueurs, certes, mais pas à *ça*. Mike allait-il se servir de sa scie contre eux, contre sa victime ou contre lui-même ? Daniel ne le saura jamais : en recevant trois balles au thorax et l'autre en pleine gorge, le tortionnaire s'effondre au sol et ne bouge plus tandis que la scie, tombée à ses côtés, continue d'émettre son grondement incongru. L'homme d'affaires s'élance en criant « Non ! » et, malgré Courteau qui lui ordonne de s'arrêter, il se penche sur Mike. Ce dernier est bel et bien mort et Daniel le secouerait de rage si l'agent ne le relevait brusquement en jappant d'une voix sèche :

— Sortez d'ici ! Tout de suite !

Daniel se redresse, fixe un moment d'un œil hagard les flics qui détachent le mutilé à peine conscient, puis titube vers la sortie du chalet.

Dehors, l'averse est déchaînée. Les gardiens sont menottés. Deux ambulances arrivent et s'arrêtent derrière les autos-patrouille. Trois agents escortent à l'extérieur du troisième chalet deux femmes et un homme emmitouflés dans des couvertures, manifestement en plein traumatisme : les prochaines victimes. De la cafétéria sortent, encadrés par des agents, les trois autres participants, menottés aussi. Ils n'ont plus leur cagoule et Daniel, malgré la pluie, remarque qu'ils n'ont ni cornes sur la tête, ni verrues sur le nez, ni rien de ce genre : ils ont des visages anonymes, banals. L'un d'eux, sûrement celui qui était avec le PDG dans la camionnette, a même des traits délicats et pleure doucement, comme un gamin qui sort d'un cauchemar éprouvant. Daniel sent alors un liquide plus chaud que la pluie sur ses jambes et il baisse les yeux : à un moment, sans s'en rendre compte, il a uriné dans son pantalon.

Malgré lui, il tombe à genoux dans la boue.

◆

De longues, très longues minutes de confusion suivent. Daniel, totalement perdu, n'en garde que très peu de souvenirs, sinon qu'on l'a aidé à se relever et qu'on l'a entraîné quelque part. Quand son esprit recouvre enfin assez de stabilité pour le remettre en contact avec la réalité, il se rend compte qu'il est sur la banquette arrière d'une voiture, la tête appuyée contre la portière. Il tourne le visage vers la vitre : c'est toujours la nuit, l'averse a diminué d'intensité et ils roulent sur une autoroute. Il porte toujours son « costume » de toile blanche, mais il voit ses vêtements pliés à ses côtés sur la banquette. Il frotte ses yeux, se redresse mais s'immobilise aussitôt, pris d'un haut-le-cœur.

— Restez calme, monsieur Saul. Vous êtes encore en état de choc.

C'est Courteau, assis à l'avant du côté passager. Maisonneuve conduit. Daniel veut parler : sa voix est rauque, sa salive épaisse et immonde.

— Pourquoi ç'a… ç'a été si long ?

Il tousse. Courteau, sans le regarder, lui tend une bouteille d'eau. Daniel la prend et en avale la moitié. Pendant quelques secondes, on n'entend que le glissement des essuie-glaces, puis Courteau explique : grâce au bouton-mouchard, les flics pouvaient se permettre d'être prudents en suivant la voiture à bonne distance. Ils sont donc arrivés sur les lieux au moins quinze minutes après Daniel. L'endroit est une sorte de camp d'été privé, dans la région de Drummondville. Mais deux gardiens surveillaient l'entrée, fermée par une chaîne cadenassée, armés et avec des walkies-talkies. Il fallait les surprendre pour qu'ils n'alertent pas les autres. Cela a demandé tout de même plusieurs minutes. Même chose pour assiéger la cabane d'accueil sans que ses occupants préviennent le groupe plus loin.

— Les organisateurs sont entre nos mains. Et les cinq suppliciés sont vivants, y compris celui qui s'est fait couper un pied. Les autres clients ont aussi été arrêtés. Enfin, trois d'entre eux, puisque le quatrième est mort…

Daniel ferme les yeux un moment, étourdi. Il revoit le cadavre de Mike, celui qui aurait pu lui en apprendre plus… Courteau se tourne alors vers Daniel, le visage toujours aussi neutre.

— Au fait, quand on a tué ce type, vous avez crié « non » en vous précipitant vers lui. Pourquoi ?

Malgré son état lamentable, Daniel réfléchit rapidement, sait qu'il doit rester le plus près possible de la réalité.

— On a discuté avant le… avant votre arrivée, et il m'a parlé d'un autre événement qui aurait lieu bientôt… Il voulait m'en dire plus après sa… sa séance. J'ai pensé que c'était le genre de renseignements que vous auriez aimé avoir.

Courteau le regarde toujours, l'expression indéchiffrable, puis reprend sa position initiale.

— Maintenant que l'intervention est terminée et réussie, on peut s'attaquer au site lui-même. Comme vous nous avez donné l'adresse et votre mot de passe, il y a en ce moment chez vous des techniciens qui, depuis une quinzaine de minutes, fouillent *Hell.com*. En utilisant votre ordinateur, ils risquent moins qu'on les remarque.

— Vous allez démanteler le site ?

— Là, vous êtes un peu optimiste.

Courteau est toujours de dos, mais le léger mouvement de ses épaules montre qu'il soupire. Puis il explique :

— Comme je vous l'ai dit, ce n'est pas la première fois qu'un membre va se confesser aux flics. Ça arrive sept ou huit fois par année, un peu partout dans le monde. Mais au bout du compte, ça ne donne jamais grand-chose. Je vous ai expliqué l'autre jour l'inutilité de remonter la source jusqu'à l'hébergeur, qui change constamment, de toute façon.

Daniel se souvient. Courteau tourne la tête pour observer d'un regard lointain le plat décor de l'autoroute dans la nuit.

— Je vais vous décrire ce qui va sûrement se passer. Premièrement, la gang qu'on a arrêtée ce soir est sans doute indépendante, elle ne fait pas partie de *Hell.com*. Nous avons compris depuis un moment que seuls les événements Hell-VIP sont organisés par les propriétaires du site. Sauf que le site engage beaucoup de sous-traitants de ce genre : agences d'escortes, de sadomaso, de tueurs à gages, de drogues, de combats illégaux… ou de torture. Le site promet à ces groupes des clients de qualité. En agissant ainsi, *Hell.com* se protège. Je vous prédis qu'aucune des personnes arrêtées ce soir ne pourra nous donner une *vraie* piste. Certains dénonceront leurs patrons, bien sûr, qui seront arrêtés d'ici demain, mais ces patrons eux-mêmes ne s'occupent que de l'événement « *torture* » et leurs contacts avec le site seront comme d'habitude impossibles à remonter. Bref, la bande de ce soir connaît *Hell.com*, mais aucune des personnes qui la compose ne sait qui contrôle et dirige le site.

Il essuie la buée sur la vitre.

— Ce qu'il faudrait, c'est intercepter un événement Hell-VIP. En ce moment, les techniciens chez vous travaillent justement là-dessus. Mais on doit se dépêcher parce que, très bientôt, nous n'aurons plus accès au site.

— Pourquoi ? Vous avez le mot de passe ! Vous pouvez y aller tous les jours ! Et ce gars qui est mort, tout à l'heure, Mike, lui aussi était membre ! Envoyez une autre équipe chez lui !

— Monsieur Saul, à l'heure qu'il est, vous pouvez être sûr que les dirigeants de *Hell.com* sont déjà au courant de la descente de ce soir. Ils vont fouiller dans leurs dossiers pour savoir si certains de leurs membres participaient à l'événement et trouver, d'ici la fin de la nuit, que vous et ce dénommé Mike y étiez. Vous allez donc devenir suspects. En apprenant que Mike a été tué, ils vont annuler son mot de passe. Puis ils vont s'intéresser à vous et découvrir assez rapidement que vous êtes venu nous voir il y a quelques jours et quel genre de témoignage vous nous avez livré.

— Voyons, comment pourraient-ils découvrir ça ?

— Ils vont s'informer, espionner, soudoyer… Et très, très rapidement.

Daniel avance légèrement la tête, ce qui accentue son vertige.

— Êtes-vous en train d'insinuer qu'ils peuvent infiltrer vos propres organisations ?

Courteau se tourne à nouveau vers lui.

— *Hell.com* est une organisation criminelle mondiale, monsieur Saul, *mondiale* ! Vous savez ce que ça signifie ? C'est un regroupement de mafias de partout sur la planète qui possède plein de compagnies légales qui lui servent de *front*. Vous et moi avons probablement cotisé à des REER qui les aident à blanchir leurs activités et on ne s'en doute même pas. Quand ces gens veulent des renseignements sur qui que ce soit, vous pouvez être sûr qu'ils les obtiennent.

Daniel ne trouve plus rien à dire, plus nauséeux que jamais. Les essuie-glaces continuent de scander le rythme. Courteau a redirigé son attention sur le paysage nocturne.

— Ils vont donc découvrir d'ici quelques heures votre traîtrise, et votre mot de passe deviendra inopérationnel. D'ailleurs, ils ne prendront pas de chances et changeront l'adresse Internet de leur site. Ils enverront la nouvelle à leurs membres, mais ni à vous ni à Mike, évidemment, et nous n'aurons plus accès au site. Et, par prudence, ils préviendront leurs sous-traitants et plusieurs événements changeront de date. Bref, même si on note la date de ces événements en ce moment même, ça ne donnera pas grand-chose.

— Mais vous avez dit tout à l'heure qu'il faudrait intercepter un événement VIP, pour que vous puissiez tomber sur les organisateurs réels du site !

— Ce serait l'idéal, en effet. Mais le problème des activités Hell-VIP, c'est que soit elles sont purement virtuelles, et donc inutiles pour nous, soit ce sont des événements ultra-protégés qui affichent peu d'informations. Il faut s'inscrire à l'avance et on ne reçoit des précisions sur la date exacte et le lieu où ils se tiendront que plusieurs jours plus tard.

— Alors faites-le ! Dites à vos hommes de s'inscrire à un événement VIP en mon nom ! Qu'ils le fassent tout de suite avant qu'on ne désactive mon mot de passe !

— C'est exactement ce qu'ils sont en train de faire. Hélas, ça ne marchera probablement pas. Car comme le site va vous larguer sous peu, nous ne recevrons jamais les renseignements sur l'événement auquel nous nous sommes inscrits.

Daniel se couvre les yeux de la main, de plus en plus étourdi.

— Alors quand des gens comme moi viennent tout avouer, ça ne donne strictement rien !

Cette fois, c'est Maisonneuve qui répond :

— On fouille quand même le site durant le peu de temps dont on dispose. On ne sait jamais, un jour, ils vont peut-être commettre une erreur... Et puis on réussit parfois des jolis coups. Comme ce soir. Oubliez pas qu'on a arrêté une quinzaine de salauds et qu'on a sauvé cinq vies. Grâce à vous, entre autres.

Dans ces derniers mots, il n'y a pourtant aucune chaleur, Daniel le remarque. De toute façon, le PDG ne se sent ni héros ni fier. Un héros, dès le départ, ne serait jamais devenu membre de ce site. Il se sent surtout malade et déprimé. Ce qu'il retient de cet exposé pessimiste, c'est que même si les flics auront noté toutes les informations concernant les événements à venir, la plupart des dates changeront sitôt la trahison découverte. À ce moment-là, Simon redeviendra une aiguille dans une botte de foin.

*Où es-tu, Simon ? Que te prépares-tu à faire ?*

— En passant, vous avez trouvé ce que vous cherchiez ? demande Courteau.

— Quoi ?

L'enquêteur de la GRC se tourne vers l'homme d'affaires.

— Ce que vous espériez découvrir ou voir en participant vous-même à cette opération... Vous avez eu ce que vous vouliez ?

— Je ne voulais rien ! Je vous l'ai expliqué, je voulais m'impliquer personnellement par... par honneur !

Courteau esquisse ce plissement des lèvres qui ressemble si peu à un sourire, puis il réintègre sa position de départ.

— Maintenant que l'opération est terminée, je vous mets formellement aux arrêts. Nous ne savons pas à quels événements vous avez participé depuis que vous connaissez *Hell.com*, mais le simple fait que vous en soyez membre nous permet de porter des accusations contre vous.

Daniel garde les yeux fermés. L'idée de devoir tout expliquer à son avocate ce soir lui apparaît comme un travail si colossal qu'il préfère remettre ça à demain : mieux vaut passer la nuit en prison !

Derrière ses paupières closes, *Hell.com* apparaît soudainement sous une forme tangible : un amas de tentacules qui se propagent sur tous les continents, dans tous les pays, toutes les villes du globe, des tentacules qui ne sont reliés à aucun corps, aucune tête…

# CHAPITRE 18

Quand Daniel se réveille dans sa cellule, il a l'impression qu'un troupeau de bœufs lui est passé dessus, et il sait que ce n'est pas dû qu'à l'inconfortable couchette : même en dormant, son corps est demeuré crispé. Il consulte sa montre : dix heures du matin ! Comment a-t-il pu dormir si longtemps dans une cellule ? Il a pourtant été visité par mille et un cauchemars, tous plus sanglants les uns que les autres. Il demeure plusieurs minutes assis, engourdi et endolori, à fixer le mur devant lui quand la porte s'ouvre : Couteau apparaît, habillé exactement comme la veille, à croire qu'il n'est pas rentré chez lui de la nuit. Pourtant, il ne semble pas du tout fatigué. Il tient un sandwich et un café qu'il tend à Daniel.

— On a perdu tout contact avec *Hell.com* il y a une vingtaine de minutes. Comme on l'avait prévu, ils ont découvert que vous les avez trahis.

— Si vite !

L'agent approuve en silence, puis :

— On a essayé de retourner sur le site en utilisant un autre ordinateur : en vain. Ils ont déjà changé l'adresse, et les membres ont dû recevoir la nouvelle.

Tout en mangeant son sandwich, Daniel sent l'angoisse revenir : comment trouvera-t-il son fils s'il ne peut plus aller consulter le calendrier des événements ?

— Vous avez noté ce qui se prépare au cours des prochains mois ?

— Oui, mais comme je vous l'ai mentionné, ils vont changer les dates de plusieurs des événements. On va sans doute mettre la main sur deux ou trois soirées de partouzes ou de jeux illégaux, mais rien de plus…

Daniel, toujours assis sur sa couchette, baisse la tête, les mains pendantes entre les jambes.

— Vous n'avez essayé rien d'autre ?

— Vous savez, je ne suis pas obligé de vous raconter tout ça…

— Je sais, mais je me suis investi à fond dans cette histoire, c'est normal que je veuille être tenu au courant ! J'ai même risqué ma vie pour attraper ces types, vous devez le reconnaître !

Courteau hésite, puis il a un imperceptible hochement de tête :

— On a vu qu'il y a un événement VIP bientôt. Ça s'appelle Géhenne.

Daniel devient attentif. Charron lui a parlé de cet événement.

— Mais comme vous l'avez dit, ils vont sûrement changer la date…

— Ils n'auront pas besoin de la changer puisqu'elle n'est pas mentionnée. On annonce seulement que c'est en septembre, en France. Pour avoir la date et l'endroit précis, il aurait fallu s'inscrire. Mais il était trop tard : le site n'acceptait plus d'inscriptions après le 25 août.

Charron, qui s'était inscrit à cette Géhenne, voulait convaincre Daniel de s'inscrire aussi. L'investisseur lui avait précisé que l'événement aurait lieu le 10 septembre, donc dans cinq jours. Impossible de l'oublier, cela tombait le même jour que l'anniversaire de Simon. Daniel avait d'ailleurs trouvé ce hasard cruellement ironique.

*Alors pourquoi ne partages-tu pas ces informations avec Courteau ?*

Ce dernier, qui se tait depuis un moment, ajoute :

— On s'est inscrit à deux ou trois autres activités Hell-VIP, en utilisant votre identité. Cependant, comme ils ont découvert votre trahison et qu'ils vous ont coupé, on ne recevra pas les renseignements désirés.

Il se gratte l'oreille, puis regarde attentivement Daniel.

— Êtes-vous inscrit en ce moment à un événement VIP, monsieur Saul ?

Daniel cesse de mastiquer. Il ne s'est pas inscrit à la Géhenne, mais il a déjà participé à une activité Hell-VIP : la section vengeance. Mais en quoi cela servirait-il Courteau de le lui révéler ? Ça ne lui fournirait aucune piste tangible puisque les flics n'ont plus accès au site. Le seul résultat de cet aveu serait l'inculpation de Daniel pour complicité de meurtre.

*Dis-le quand même ! Débarrasse-toi de ce poids !*

— Non, articule le milliardaire. Mais pourquoi vous voulez savoir ça ?

— Comprenez-moi bien : si vous êtes inscrit à un tel événement et que vous avez déjà reçu les renseignements sur la date et le lieu, ça nous aiderait. On vous ferait suivre. C'est déjà arrivé quelques fois, à ma connaissance, que certaines polices dans certains pays aient procédé ainsi. Mais une fois sur place, le piège a été découvert par les organisateurs et tout est tombé à l'eau. Comme je vous l'ai dit, les activités VIP sont ultra-protégées. Mais ça vaut le coup d'essayer.

— Désolé. Je n'ai aucune info là-dessus.

*C'est faux ! Tu as la date de la Géhenne et le nom de l'hôtel où ils doivent appeler Charron la veille ! Alors pourquoi tu ne dis rien ?*

Les mains dans les poches, Courteau rétorque :

— C'est drôle, le ton de votre réponse ne m'incite pas à croire que vous voulez vraiment qu'on les attrape.

— Mais merde ! J'ai collaboré à fond jusqu'à maintenant, non ? Ce site me révulse et je veux éviter que d'autres personnes…

*comme mon fils*

— … en deviennent les victimes ! Ça vous prend quoi pour que vous croyiez à mes regrets ?

Courteau a une petite moue pensive.

— Vous êtes marié ?

Daniel est dérouté par le changement de propos.

— Je… Divorcé.

— Des enfants ?

Daniel s'efforce de demeurer de marbre.

— Un fils. Presque dix-sept ans.

— Garde partagée ?

— Sa mère est en France et n'a plus aucun droit sur lui. Elle avait des… de gros problèmes.

— Votre fils, vous devriez peut-être le prévenir, non ?

— Il… Il est en voyage. Il fait le tour de l'Europe, avec un sac à dos. Il revient dans… dans deux mois. Où voulez-vous en venir ?

Courteau hoche la tête.

— Je crois que vous êtes sincère, monsieur Saul, que vous voulez vraiment que cette bande de salauds soit arrêtée, que ce site, maintenant, vous dégoûte réellement…

Son sourire sans joie, effrayant, apparaît brièvement.

— … mais vous vous êtes quand même inscrit.

Daniel avale sa salive.

— Je… Je m'y suis inscrit juste pour les… pour les événements sexuels et le *gambling*.

— Et c'est tout ce que vous avez essayé ?

Daniel ne répond pas. Pourtant, en cette seconde même, il ressent une envie presque physique de tout déballer, de lui parler du mendiant qu'il a battu, de Bégin dont il a commandé la mort… Oui, il a envie de se vider le cœur, comme certains le font à la confesse, juste pour se sentir plus léger, juste pour ne plus être le seul à partager ce secret qui le dévore.

Mais il se tait.

Parce qu'il y a Simon.

Simon qu'il doit trouver avant la police.

Courteau sort un cellulaire de son veston :

— Vous allez comparaître devant le juge à quinze heures cet après-midi.

Il tend l'appareil au PDG.

— Je pense qu'il est temps que vous appeliez votre avocat.

◆

Daniel a laissé un message au bureau de Louise Ouellet et sur son cellulaire, bref mais éloquent : il est en tôle, elle doit venir le plus tôt possible. Ensuite, il est resté seul pendant trois heures dans sa cellule. Trois heures à peser le pour et le contre de ce qu'il allait faire.

Il sait que Simon a reçu de Mike une information concernant un événement encore plus dangereux que la soirée de torture, un événement qui aura lieu bientôt et auquel il se rendra sûrement. Mais Daniel ignore de quoi il s'agit. Courteau a sûrement noté cette activité sans le savoir en consultant le site, mais comme il le dit lui-même, les dates changeront, donc cette piste ne le mènera nulle part. De toute façon, Courteau ne communiquera pas ses informations à Daniel : pourquoi le ferait-il ? À moins que Daniel lui avoue qu'il cherche son fils, mais le PDG continue à vouloir épargner Simon de toute inculpation, du moins tant que cela sera possible.

Par contre, il détient des informations que la GRC n'a pas : l'événement Géhenne aura lieu dans cinq jours, et la date ne changera pas puisqu'elle n'était pas annoncée. Charron, en tant que participant, sera contacté la veille au soir à son hôtel parisien le Zénith. D'ailleurs, l'investisseur doit déjà être là-bas puisqu'il a précisé à Daniel qu'il se rendrait à Paris une semaine plus tôt pour prendre des vacances. Toutes ces infos,

Daniel sait maintenant pourquoi il ne les a pas divulguées à Courteau : parce qu'il veut se rendre lui-même à cette Géhenne. Il ne croit évidemment pas que son fils s'y trouve – Simon n'a pu s'inscrire à cet événement réservé seulement aux membres. De plus, c'est lui, son père, qui a son passeport, donc impossible pour l'ado de sortir du pays. Mais comme il s'agit d'un événement VIP, donc organisé par *Hell.com*, il y aura sûrement des représentants du site sur place, voire des dirigeants. Et Daniel veut les rencontrer. Pas pour les menacer ni pour les faire chanter. Juste pour leur demander où est son fils. Et il est prêt à les payer très cher pour avoir ce renseignement. Très, très cher.

Cependant, n'est-ce pas là une attitude irresponsable ? Ne privilégie-t-il pas ainsi ses intérêts personnels ? Mais Courteau l'a admis lui-même : infiltrer un événement VIP par un agent double a été jusqu'ici impossible, car les flics veulent toujours démanteler l'événement. Daniel, lui, ne veut rien démanteler : il désire seulement des informations.

*C'est ça ! Tu penses à ton fils avant de penser au danger collectif que représente le site lui-même.*

Mais évidemment, criss ! qu'il pense à son fils ! Comment pourrait-il en être autrement ? Quand ce sera fini, quand il aura retrouvé Simon et l'aura mis hors de tout danger et de toute inculpation, il collaborera avec les flics, il leur révélera tout ce qu'il aura appris, les amènera à l'endroit où aura eu lieu la Géhenne… Il fera tout pour mettre ce site KO.

*Tu rêves ! Les flics eux-mêmes semblent avoir compris que* Hell.com *est trop gros pour être éliminé : on peut couper quelques tentacules, mais pas tuer la Bête.*

Alors raison de plus pour s'occuper d'abord et avant tout de Simon !

Daniel n'envisage pas l'absurdité de son plan, le danger qu'il court, l'improbabilité de sa réussite. Tout ce qu'il voit, c'est la très étroite piste qui s'ouvre dans la forêt. Et il est prêt à la suivre, peu importe qu'elle soit flanquée d'arbres étouffants et de loups menaçants. Il passe et repasse ces idées dans sa tête durant trois heures, jusqu'à ce que Courteau revienne le voir. Le visage insondable, il tend quelques feuilles de papier et en conserve une :

— On vient de recevoir ça par fax.

Daniel parcourt rapidement les documents qui l'incriminent, lui et sa compagnie, qui donnent les preuves de ses fraudes fiscales au cours des dernières années. Il marmonne :

— C'est *Hell.com*. Quand je suis devenu membre, ils ont découvert ces… ces choses sur moi.

— Ça, c'était avant que vous ne deveniez membre. Mais depuis, il y a eu ça, aussi.

Et il tend la dernière feuille. Fataliste, Daniel la prend, sachant déjà de quoi il s'agit : une copie de la commande de vengeance qu'il a passée sur Bégin. Il n'arrive pas à être effrayé ni désespéré. Il se trouve seulement idiot. Comment a-t-il pu croire qu'il y échapperait ? Comment a-t-il pu ne pas songer que *Hell.com* se servirait de cet élément contre lui ?

Daniel n'ose pas lever la tête. Il devine le regard de Courteau et se sent incapable de l'affronter.

◆

Louise Ouellet arrive enfin en trombe vers treize heures trente. Elle hausse les sourcils devant l'allure de son client : Daniel a les vêtements froissés, les cheveux hirsutes, la barbe pas rasée, le teint blême.

— Eh bien ? Qu'est-ce qui t'arrive ?

Il tend les papiers à son avocate, mais pour le moment conserve celui de la commande de vengeance. Elle parcourt les preuves de fraudes et son visage s'assombrit peu à peu.

— Crime, Daniel ! Comment ils ont eu ça ?

Ce qui l'étonne, ce ne sont pas les fraudes – elle n'est pas naïve, elle sait très bien comment fonctionne le monde dans lequel elle évolue depuis si longtemps –, mais le fait qu'elles aient été mises au jour. Daniel ressent une certaine gêne. Ce n'est plus à la police qu'il va se confier, ce n'est plus à des flics inconnus qu'il va avouer ses vices, mais à une femme qu'il connaît très bien, qu'il fréquente au travail et dans plusieurs soirées mondaines depuis des années. Il croise les mains et plonge. Il lui raconte qu'il est devenu membre d'un site criminel appelé *Hell.com* et lui résume les possibilités offertes par celui-ci. Ouellet écoute en silence, totalement abasourdie. À la fin, elle se passe lentement la main dans les cheveux, cherche ses mots et demande :

— As-tu participé à autre chose qu'à des partouzes et à du *gambling* illégal ?

Avec le geste du coupable qui montre ses mains tachées de sang, Daniel lui tend la dernière feuille, celle qui montre la commande de vengeance contre Bégin. Comme elle ne semble pas trop comprendre, il lui explique. Tandis qu'il parle, elle blêmit mais ne dit rien. À la fin, elle demande tout simplement :

— Tu voulais qu'il meure ?

— Je… Je ne sais pas, je… j'étais…

— Si je me fie à cette feuille, tu n'as jamais écrit nulle part : « Je veux la mort de Philippe Bégin. »

— Non, bien sûr que non, mais…

— Parfait. On va miser là-dessus.

Daniel hoche la tête, ému. Il voit bien que son avocate est ébranlée. Mais elle ne le juge pas, ne le sermonne pas. Elle agit en professionnelle, et le PDG en pleurerait de reconnaissance.

À quinze heures, tous deux se retrouvent devant le juge, qui fixe la date pour l'enquête préliminaire au vendredi 12 septembre, dans une semaine. Pour que Daniel puisse être libre d'ici là, la caution est fixée à vingt mille dollars. Le milliardaire la paie sans protester.

Sur le trottoir en face du palais de justice, Daniel et Louise se donnent la main.

— Nous avons toute la semaine prochaine pour nous préparer à cette enquête préliminaire, remarque Louise.

— Non, on a moins que ça. Faut que je sois à Paris le 9 septembre.

Louise s'emballe : ça ne lui laisse que quatre jours ! Et va falloir travailler tout le week-end ! Et qu'est-ce que c'est que cette histoire d'aller en Europe alors qu'il comparaît la semaine prochaine ? Il est sous enquête, il ne peut pas quitter le pays ! S'il se fait pincer, il va aller droit en tôle sans possibilité de remise en liberté, caution ou non ! Mais Daniel insiste : il n'a pas le choix, c'est de la plus haute importance, et il ne peut surtout pas lui en dire plus, c'est personnel. Il promet qu'il ne sera en France que deux jours et qu'il sera au tribunal vendredi prochain. L'avocate soupire, vaincue.

— D'accord. Viens me rejoindre au bureau demain matin. C'est samedi, on ne sera pas dérangés. Et toi, pas un mot à personne sur ton inculpation. Il va y avoir des fuites parmi les flics, c'est sûr, après tout, tu es quelqu'un d'important, mais ne commente pas même si on t'en parle, surtout si ça vient d'un journaliste, compris ? Simon est en Europe, tu m'as dit ? Parfait ! Inutile qu'il vive tout ça.

— Merci, Louise. (pause, puis :) Tout ça peut foutre ma carrière en l'air, hein ?

Louise hésite.

— On n'en est pas là, Dan.

Daniel hoche la tête. Cette éventualité devrait le consumer d'angoisse, et pourtant, il n'en ressent qu'une vague nervosité. En ce moment, la compagnie est le cadet de ses soucis.

◆

Si, de prime abord, Daniel redoutait que les quatre jours qui le séparaient de son départ soient les plus longs de sa vie, il se retrouve tellement occupé qu'ils passent finalement à la vitesse de l'éclair.

Tout d'abord, le samedi matin, il appelle une connaissance de Paris, Laurent Dutronc, un avocat qu'il a rencontré à quelques reprises dans des congrès européens, reconnu pour défendre les intérêts de plusieurs membres de la mafia parisienne. À leur quatrième ou cinquième rencontre, il y a un an, les deux hommes avaient passablement bu et Dutronc avait amené Daniel dans un bordel de luxe.

— T'as vraiment de bonnes adresses, Laurent ! lui avait dit le PDG québécois.

— J'ai les meilleurs contacts, mon vieux ! avait répliqué le Parisien, passablement éméché. Si t'as besoin de trucs plus ou moins catholiques, tu me fais signe et je te les trouve !

Daniel l'appelle donc et Dutronc, de l'autre côté de l'océan, l'écoute en silence. Puis :

— C'est quand même foutrement spécial, ce que tu me demandes là. On est loin d'une simple fille ou de quelques grammes de coke.

— Tu peux ou tu peux pas ?

— La question n'est pas là…

Daniel, comprenant où est la question, double le montant de la commande. Dutronc hésite encore un moment, mais finit par accepter.

— Je t'envoie toutes les informations pertinentes et les photos par courriel, conclut Daniel. On se voit dans trois jours.

Le lundi, Daniel reçoit l'incontournable appel de la compagnie : c'est Wilson, affolé, qui a appris la « nouvelle », Dieu sait par qui. Pourtant, rien n'a paru dans les journaux, mais il y a des fuites partout. Daniel le rassure : il a le contrôle de la situation, la compagnie n'en sera pas éclaboussée et, de toute façon, il est innocent et le procès le démontrera. Il ment, évidemment, mais Wilson est tout de même relativement rassuré quand il raccroche. Il y a aussi Marie qui lui laisse deux messages sur son répondeur, car malgré son envie de lui parler, il n'a pas pris ses appels.

Durant ces quatre jours, il rencontre quotidiennement Louise Ouellet au bureau de cette dernière, alors qu'elle monte son dossier et prépare sa défense. Jamais l'avocate ne semble le juger : elle traite cette affaire de manière objective, sans poser de questions personnelles ; bref, elle manifeste une discrétion et une réserve qui, en temps normal, démontreraient une fois de plus au PDG qu'il a raison de lui accorder sa confiance. Sauf qu'une fois sur deux, elle est manifestement sur la coke : nerveuse, pleine de tics, étrangement intense. D'ailleurs, elle a maigri depuis quelque temps. Daniel devra-t-il chercher les services d'une autre avocate si ça empire ? Que lui importe, au fond, puisqu'il n'arrive pas vraiment à s'intéresser au dossier.

Le lundi soir, au cours de leur dernière rencontre avant le départ du PDG dans quelques heures pour Paris, elle résume la situation : il plaidera coupable pour la fraude, mais non coupable pour la complicité de meurtre.

— Rien, dans ce papier, n'indique que tu as commandé clairement la mort de Philippe Bégin. Une vengeance, oui, à laquelle tu voulais assister. Mais pas un meurtre. On plaidera que tu souhaitais le voir s'écrouler en affaires, tout simplement.

— Moi-même, je ne suis pas sûr que ce soit vrai, Louise. Inconsciemment, peut-être que… que je voulais qu'il meure, ou…

— On s'en fout, de ton inconscient. L'important, c'est qu'on ne puisse pas t'accuser de meurtre. (Elle ferme le dossier.) Tu sais que je n'approuve pas ton départ pour Paris, mais promets-moi au moins d'être revenu vendredi pour ton enquête préliminaire.

— Je te le promets.

Louise approuve, puis renifle avec fébrilité. D'ailleurs, depuis tout à l'heure, elle n'arrête pas d'agiter les pieds. Elle est en manque, c'est évident. Daniel a envie de lui dire de faire attention avec la dope, qu'elle va vraiment se mettre dans la merde, mais n'ose pas : après tout, elle ne lui demande rien, elle, par rapport à Bégin…

À deux heures du matin, il monte dans le jet privé de la compagnie : le bureau s'en rendra sûrement compte, mais il s'en moque. Il se couche dans un des quatre lits confortables du jet mais n'arrive pas à dormir. Il se rappelle ce que lui a dit Mike, au camp de torture : le numéro de téléphone que lui avait donné Simon était celui d'un hôtel. Voilà donc comment vit son fils depuis sa fugue ? Il se terre dans un hôtel minable ? Mange du *fast-food* ? Et attend avec impatience le prochain événement barbare et dangereux auquel il participera ?

*Il est peut-être trop tard… Cet événement est peut-être déjà passé et…*

Mike a précisé que c'était en septembre. Et il reste vingt et un jours avant la fin du mois.

Il s'endort enfin et se réveille à quatorze heures vingt, heure de Paris, alors que le jet effectue sa descente.

# CHAPITRE 19

À quinze heures cinquante-cinq, Daniel entre dans son appartement parisien, qu'il a acheté il y a quatre ans. Il dépose sa valise sur son lit puis se douche en trois minutes. Il ouvre ensuite sa valise et en sort une enveloppe emplie d'argent. Il enfile un jeans, une chemise et un veston sport. Il prend tous ses papiers personnels, y compris son passeport, et les range dans son coffre-fort. Enfin, il glisse l'enveloppe dans son veston, laisse son cellulaire sur la table puis sort. Il est resté douze minutes dans son appartement.

À seize heures trente, il est dans le luxueux appartement de Laurent Dutronc, en plein cœur de la ville. L'avocat quinquagénaire bedonnant mais élégant tend trois papiers à Daniel : un passeport, un permis de conduire québécois et une carte d'assurance-maladie. Tous avec le nom et l'adresse de Martin Charron, mais avec la photo de Daniel.

— Pas évident de fabriquer de faux papiers québécois ici, à Paris ! remarque Dutronc. Et en quatre jours. Pourquoi tu ne les as pas commandés à Montréal ? T'as sûrement des contacts là-bas aussi…

— Au cas où on me fouillerait aux douanes. Et le reste ?

Dutronc soupire. Il enfile des gants, va ouvrir un tiroir et revient avec un revolver qu'il tend à Daniel. Ce dernier le saisit à mains nues.

— Tu m'expliques comment ça fonctionne ?

— Daniel, qu'est-ce que tu te prépares à faire, au juste ?

— Inquiète-toi pas, t'auras pas de problèmes.

— Moi, non, mais toi, si.

Silence. Dutronc s'humecte les lèvres.

— Si t'as une sale besogne à régler, délègue quelqu'un mais ne t'en occupe pas toi-même. Tu es un homme d'affaires, Daniel, pas un... un...

— Allez, Laurent, montre-moi comment ça fonctionne.

Dutronc soupire et reprend l'arme pour expliquer :

— Écoute, je ne suis pas un expert moi-même, alors...

Après un cours aussi bref qu'approximatif, le Parisien redonne le revolver à Daniel ainsi qu'un silencieux qu'il lui explique comment installer.

— Le pistolet est chargé à bloc, mais si tu veux des cartouches supplémentaires...

— Non, ça ira.

Le PDG met l'arme et le silencieux dans les poches intérieures de son veston, puis remet au Français l'enveloppe emplie d'argent. Tandis qu'ils se serrent la main, Dutronc, par acquit de conscience, insiste :

— Fais pas de bêtises, vieux.

Daniel a envie de lui répondre qu'il est trop tard pour ça, mais se contente de le remercier à nouveau.

◆

— J'ai perdu ma clé électronique, c'est vraiment bête, explique Daniel. Vous pourriez m'en donner une autre, s'il vous plaît ?

— Votre nom, monsieur ?

— Martin Charron.

Le réceptionniste guindé du Zénith vérifie sur son ordinateur, puis :

— Chambre 459 ?

— Exactement.

Daniel sent un long courant électrique lui traverser la colonne vertébrale. C'est encore plus simple qu'il ne l'avait espéré.

— Vous avez une preuve d'identité, monsieur Charron ?

Daniel sort son faux passeport et le tend au réceptionniste. Celui-ci le vérifie puis, satisfait, le remet à Daniel, ainsi qu'une nouvelle clé. Daniel remercie, puis marche vers les ascenseurs. Sur le mur, il avise un téléphone interne, le décroche et compose le numéro 459. Si Charron répond, il raccroche. Dans une telle éventualité, la suite des choses sera un peu plus compliquée. Mais pas impossible.

Dix sonneries, pas de réponse. Charron est sorti. La chance est enfin du côté de Daniel. Il raccroche et monte dans l'ascenseur, avec trois autres clients de l'hôtel. Une minute plus tard, il entre dans la suite 459. Le salon est vaste, avec tapis épais, meubles clinquants et bar en chrome dans un coin. Daniel regarde autour en se frottant la joue, indécis. Que fera-t-il quand Charron reviendra ? Bon Dieu ! il doit réfléchir !

Il va dans la chambre à coucher, qui est presque aussi grande que le salon. Il ouvre la garde-robe : les vêtements de l'investisseur y sont rangés. Sur le sol, près du mur, se trouve une valise. Daniel l'ouvre. Il y a encore quelques vêtements à l'intérieur, mais surtout des accessoires sexuels : menottes, cagoule, godemichés... La vue des menottes lui donne tout de même une idée. Il les examine : elles sont en métal, semblent vraies. Il y a même une petite clé. Daniel vérifie que la clé ouvre bien les menottes, puis il les essaie. Après s'être menotté l'un des deux poignets, il tire de toutes ses forces. Le bracelet tient bon. Il se libère avec la clé et procède au même test avec le second bracelet, qui s'avère tout aussi solide. Il se libère à nouveau et range la clé dans sa poche. Après quoi, il apporte les menottes au salon et les dépose sur le bar.

Il regarde l'heure : dix-sept heures quarante. Charron ne devrait pas rentrer tard puisqu'*on* est censé l'appeler ce soir dans cette chambre pour lui donner les dernières informations concernant la Géhenne. Daniel sort son arme de son veston, installe le silencieux, puis s'assoit dans le divan. Il ne bouge plus et ne quitte pas la porte des yeux. Il ne sent aucune nervosité. Seulement de l'impatience.

Mais à dix-huit heures cinquante, lorsque la poignée de la porte tourne, il se lève d'un bond, tout à coup nerveux, et pointe le pistolet à deux mains devant lui. Charron entre, voit Daniel et se fige, incrédule. Daniel serre l'arme de toutes ses forces :

— Referme la porte, vite !

Charron, sans quitter son ex-ami des yeux, obéit. C'est la première fois que Daniel voit l'investisseur pris au dépourvu et il en ressent une fugitive fierté.

— Approche.

Charron marche lentement. La surprise a enfin quitté ses traits, remplacée par un intérêt grandissant.

— Mais qu'est-ce que tu…

— Stop ! T'es assez près !

Mais Charron approche toujours.

— Stop ou je tire !

— Voyons, Daniel…

Le PDG vise à gauche. Un « flop » discret se fait entendre et un miroir derrière Charron éclate. Daniel sursaute, surpris lui-même d'avoir tiré. Il vise à nouveau l'investisseur, qui s'est enfin arrêté.

— C'est facile de tirer, hein, Dan ? Tu vois, tu n'as même pas hésité. C'est parce qu'au fond tu es…

— Ta gueule.

— Sinon tu me tues ? Je ne crois pas que ce soit pour ça que tu es venu, vieux. Je pourrais me mettre à hurler tout de suite. Les chambres sont bien insonorisées, mais je suis sûr qu'on m'entendrait…

— Si tu cries, je te tire dans l'entrejambe.

— Si tu tires, je vais hurler encore plus, tu ne penses pas ?

— Tant pis. Au moins, j'aurai eu la satisfaction de t'éclater les couilles.

Charron approuve en silence, comprenant sans doute que son visiteur est sérieux. Toujours en le tenant en joue, Daniel lui ordonne de s'approcher du bar. Charron obéit.

— Prends les menottes et attache l'un des bracelets à ton poignet droit.

— Ah. Je vois que tu as trouvé mes jouets.

— Fais ce que je te dis.

Charron s'exécute. Il fixe Daniel avec curiosité, intrigué de savoir où tout cela va mener.

— Maintenant, attache l'autre bracelet à la rampe de métal qui entoure le bar.

Charron hésite. Daniel précise :

— J'ai tes couilles dans ma ligne de mire.

L'investisseur soupire et obéit. Il se retrouve attaché à la rampe du bar.

— Parfait…

Maintenant que Daniel sait Charron hors d'état de nuire, il réalise enfin à quel point tout son corps était crispé. Les jambes flageolantes, il se laisse tomber dans un fauteuil en poussant une longue expiration et, le revolver sur ses cuisses, il se frotte le visage de toutes ses forces. Charron s'assoit à son tour sur l'un des tabourets du bar et tend sa main libre vers une bouteille. Promptement, Daniel saisit son arme et la pointe vers son prisonnier.

— Du calme, Dan, je veux juste un verre.

Daniel hésite. Charron ricane :

— Tu penses que je vais t'assommer en te lançant la bouteille ? On n'est pas dans un western !

Le PDG baisse son pistolet. Charron réussit aussi à attraper un verre, puis le remplit de scotch.

— Tu en veux un ?

Daniel ne répond pas, agacé par le *self control* de son prisonnier. Charron avale une gorgée et, malgré son poignet attaché, réussit à adopter une posture presque naturelle.

— Alors, des nouvelles de ton fils ? J'imagine que non, sinon tu ne serais pas ici.

Silence de Daniel. Charron hausse les épaules.

— Je ne sais pas où il est, je te l'ai déjà dit. Aucune idée. Pourquoi tu ne consultes pas le site pour les événements à venir au Québec ?

Charron lève un sourcil interrogateur.

— Serais-tu déconnecté du site ?

Daniel conserve toujours le silence, mais son expression est éloquente. Charron hoche la tête.

— T'es allé voir les flics, c'est ça ? Tu dois être dans le trouble pas à peu près, maintenant…

— Je l'ai bien cherché.

— Les remords, maintenant. C'est pathétique.

— Ce qui est pathétique, c'est qu'il a fallu que mon fils soit concerné pour que je me rende compte que… que…

Il esquisse un geste dégoûté de la main. Pourquoi parler de ça avec ce malade ? Charron dépose son verre :

— Tu veux peut-être te racheter, mais tu oublies ce que je t'ai dit l'autre jour : on ne quitte pas l'Enfer si aisément.

Nouveau silence. Charron demande :

— Alors, qu'es-tu venu faire ici ?

— Je veux aller à la Géhenne demain.

En voyant un début d'espoir éclairer le visage de Charron, le PDG s'empresse de rectifier :

— C'est pas ce que tu crois, criss de malade ! Il va sûrement y avoir des responsables du site sur place et…

— Tu veux les rencontrer, c'est ça ? Et c'est moi que tu traites de fou ?

Daniel ne réplique rien. Charron ajoute :

— Tu veux les interroger sur Simon ? Mais tout le monde s'en fout de ton fils, Daniel. Tout le monde sauf toi.

Daniel se lève, les lèvres serrées, et avance de quelques pas, pistolet tendu. Aucune peur ne traverse le regard de Charron. Celui-ci se contente de prendre une autre gorgée de son verre. Daniel se calme, baisse son arme et demande d'une voix déterminée :

— *Ils* vont t'appeler ce soir pour les dernières instructions, n'est-ce pas ?

— Oui. *On* m'a dit d'être ici à partir de dix-neuf heures. Ils peuvent donc appeler d'une minute à l'autre.

Daniel se tait un moment, puis il a une idée : en se servant du mot de passe de Charron, il pourrait aller sur le site. Même si l'adresse de *Hell.com* a changé, l'investisseur a évidemment reçu la nouvelle.

— Où est ton *lap-top* ?

— Je ne l'ai pas apporté avec moi.

— Menteur !

— Fouille tout l'appartement si tu veux. Je ne traîne jamais mon ordinateur en voyage. Ce serait vraiment trop risqué de traverser les frontières avec un appareil renfermant tant de dossiers compromettants. De toute façon, je n'en ai pas besoin : avant de quitter le pays, je note tous les événements et les adresses qui m'intéressent. Hier soir, par exemple, je me suis rendu à une soirée vraiment…

— Ta gueule.

Charron obéit. Daniel arpente la pièce, embêté. Il aurait voulu aller vérifier le calendrier du site pour noter les événements susceptibles d'intéresser Simon dans les semaines à venir, au cas où sa visite à la Géhenne ne donnerait aucun résultat. Car dans son esprit, les seuls effets d'un éventuel échec demain se résument à un retour bredouille au Québec. Il ne veut pas, il se *refuse* à croire que les conséquences puissent être beaucoup plus graves. Pourquoi le seraient-elles ?

*Parce que c'est* Hell.com, *pauvre aveugle !*

Et alors ? Demain, ce sera une rencontre d'affaires ! Et les rencontres d'affaires, c'est sa spécialité. Il regarde sa montre : dix-neuf heures onze. Il retourne s'asseoir dans le fauteuil, dépose à nouveau son arme sur sa cuisse.

— Parfait. On va attendre.

Il réalise qu'il meurt de faim. Il avise le frigo près du bar et s'y rend, tout en s'assurant d'être hors de portée de Charron. Il y trouve de l'eau, des biscottes, des pâtés et du caviar. Il apporte le tout à son fauteuil et, le pistolet sur les genoux, se met à manger.

— Et moi ? demande Charron.

— Tu peux crever.

Après s'être rassasié, il fixe longuement la fenêtre à l'autre bout de la pièce, puis regarde son prisonnier avec consternation :

— Pourquoi moi ? Pourquoi tu m'as entraîné dans ce site ?

— Parce que je sais que tu as la force d'être l'un des nôtres. Tu as beau le nier, le combattre, mais c'est en toi.

— Comment pouvais-tu savoir que… que c'était en moi ? Tu ne me connaissais pas !

— Oui, je te connaissais. Au collège, Daniel…

— Arrête avec ça ! On n'a jamais été amis à Olympia ! Charron a un rictus amer.

— C'est vrai… Mais je t'observais quand même, je te l'ai déjà dit. Et j'ai vu tant de choses…

Daniel relève la tête, méfiant.

— De quoi tu parles ?

— Tu le sais très bien. Je parle de Mylène. Je parle du bal des finissants, en juin 82. Je parle de la salle de bains.

Il se met alors à chanter :

— *Hurt so good. Come on baby make it hurt so good. Sometimes love don't feel like it should…*

Daniel recule dans son fauteuil, le visage tordu par la terreur, comme si un fantôme venait de lui apparaître.

— Comment… Comment peux-tu…

— Parce que j'étais là, mon vieux. J'étais *là* !

— Non, c'est faux ! Il n'y avait que…

Mais il n'ose pas continuer. Car s'il prononce les noms, alors cela impliquera que ça s'est *vraiment* passé, et l'armure de déni qu'il a réussi à forger depuis vingt-six ans se fendillera sous ses yeux, éclatera, laissera entrevoir peu à peu son double de boue. Et il n'est pas question d'affronter ce jumeau indésirable, *pas question !* Mais Charron, toujours assis sur son tabouret, poursuit à sa place :

— Oui, en apparence, il n'y avait que toi, Pelchat, Salvail, Dupré… et Mylène, bien sûr.

Même s'il est maintenant tout au fond du fauteuil, Daniel recule toujours, comme s'il voulait traverser le dossier rembourré, et devant lui, l'armure commence à craquer. Malgré les battements de son cœur qui lui poignardent les tympans, il entend Charron qui poursuit :

— Sauf qu'il y avait aussi moi. Dans un des cabinets. C'est ironique, parce qu'au départ je ne voulais pas aller au bal. Qu'est-ce qu'un *nerd*, sans amis ni blonde, irait fabriquer à cette fête, où tout le monde s'amuserait sauf lui ? Mais mes parents, toujours vivants à l'époque, m'ont obligé à y aller. Pour eux, il n'était pas question que je confirme mon rôle de *loser* en restant chez moi. J'y suis donc allé à reculons, en me jurant de filer au bout d'une demi-heure. Je suis cependant resté plus longtemps que prévu. J'étais fasciné, tu comprends ? Fasciné de voir cette bande d'élus à qui le monde appartiendrait dans quelques années. Moi, je n'avais que le fric, rien d'autre. Eux avaient plus. Et toi, tu avais *tout*. Toi que j'enviais le plus, que j'admirais tant, que je…

Il se tait, le visage empreint d'une tendresse ambiguë. Daniel, enfoncé dans son fauteuil, veut lui ordonner de se taire, mais il se sent incapable de parler. Charron continue :

— Je te regardais danser, amuser les autres, être le centre d'attention, comme toujours. Je vous ai tous observés pendant deux bonnes heures, assis seul à la table la plus à l'écart, deux heures sans qu'aucun d'entre vous ne vienne m'adresser la parole. À un moment, je me suis senti malade, même si je n'avais rien bu. J'ai chancelé jusqu'aux toilettes, je me suis enfermé dans une cabine, et j'ai commencé à vomir, en entendant vaguement les rires de un ou deux gars qui étaient dans la salle de bains. Et tandis que je vomissais, des images de meurtre me traversaient l'esprit : je mettais le feu à cette école, j'assassinais tous les étudiants et tous les profs, et je violais toutes les filles, et j'écrasais tout le monde, je les mettais tous à mes pieds… À chaque jet de vomissure, les images se précisaient, devenaient tangibles, *prémonitoires*… Mais parmi toutes mes victimes mentales, tu n'étais pas là. Mon esprit refusait de te détruire.

Il baisse la tête un moment, silencieux. Daniel, la respiration douloureuse, voit l'armure qui continue de se fendiller. Charron relève la tête :

— Je me suis assis un moment sur la cuvette, désespéré. Le silence était total, la salle devait être vide. Je voulais partir. Rentrer chez moi. Mais c'est à ce moment que j'ai entendu quelqu'un entrer. J'ai regardé par la fente de la porte… et je t'ai reconnu.

Daniel s'enfonce de plus en plus dans le fauteuil, il entend même le bois craquer dans son dos, et devant lui l'armure s'émiette et laisse maintenant voir des morceaux de chair boueuse. Charron se lève de son tabouret.

— Tu as regardé sous les portes et je me suis empressé, en silence, de grimper sur la cuvette refermée. Car je voulais voir, je devinais ce qui allait se passer. Mon stratagème a fonctionné : tu n'as vu aucune paire de jambes, tu as cru qu'il n'y avait personne…

L'armure s'effondre par plaques, découvre un œil, le sien, mais il est rouge, sans paupière… Charron avance jusqu'à ce que sa main menottée l'empêche d'aller plus loin.

— J'ai *tout* vu, Daniel. Et pendant que je regardais, je me masturbais, extatique. Jusque-là, tu avais été mon modèle, mais ce soir-là, j'ai eu une révélation.

Daniel commence lentement à lever le revolver. Il veut tirer dans cet œil rouge qui le fixe et qui, maintenant révélé, le suivra pour le reste de ses jours. Charron marmonne presque :

— Même si tu étais plus beau, plus charismatique, même si tu réussissais mieux que moi… nous étions néanmoins *identiques*.

Daniel se lève d'un seul mouvement en brandissant l'arme devant lui. Même s'il ne voit plus l'œil, il sait qu'il est toujours là, à le regarder, à le fixer. Son revolver tremblant est pointé vers Charron et il se dit, le visage crispé de désespoir, que s'il tire sur l'investisseur, s'il fait disparaître ce témoin, peut-être qu'il pourra à nouveau nier.

Mais il y aura toujours l'œil.

Le téléphone sonne et Daniel sursaute avec une telle violence qu'il appuie nerveusement sur la détente du pistolet. Le « plop » se confond avec la sonnerie et un petit trou apparaît dans le mur derrière Charron, au-dessus du bar. L'investisseur n'a même pas un mouvement de stupeur.

Daniel chancelle, haletant, cherche le téléphone des yeux. Une seconde sonnerie lui permet de découvrir sa position.

*Reprends-toi ! Tout de suite ! Pense à Simon ! Pense à ton fils !*

Il marche vers le téléphone, encore secoué. Quand il répond, il réussit à avoir une voix à peu près normale.

— Oui ?

— Qui est à l'appareil ?

Voix à l'accent français, neutre, un rien nasillarde.
Daniel n'a aucune hésitation :

— Martin Charron.

Un flash : Mylène. Il grince des dents et se donne un
coup de poing sur le front. La voix française demande :

— Le mot de passe ?

Affolé, il finit par répondre :

— Attendez, je… je vais regarder dans mes papiers…

Il cale le combiné contre sa poitrine pour ne pas être
entendu et, d'une voix basse, lance vers Charron :

— Le mot de passe !

Le prisonnier a un gloussement provocateur. Daniel
tend son arme en visant l'entrejambe du prisonnier.
Charron soupire et, d'un air faussement résigné, répond :

— *Inferni*.

Daniel remet le combiné contre son oreille :

— Voilà, je l'ai. *Inferni*.

Court silence à l'autre bout du fil. Le Français doit
trouver étranges les agissements de son interlocuteur.
Il parle enfin :

— OK. Demain matin, à dix heures, soyez devant
l'entrée de votre hôtel, sur le trottoir. Pas de bagage à
main, pas de téléphone cellulaire ni rien d'électronique,
seulement vos papiers d'identité.

On coupe. Daniel observe le combiné avec incrédulité, puis raccroche.

Daniel se rend compte qu'il a terriblement mal à
la tête : le décalage horaire, le manque de nourriture,
son inquiétude à propos de Simon, la prise d'otage de
Charron, et surtout, surtout, la résurrection de ce passé
qu'il avait cru enterré si profond qu'il se putréfierait
jusqu'à n'avoir jamais existé… Le pas traînant, il va
jusqu'au divan et s'étend sur le dos, en déposant le
pistolet sur le sol.

— Alors, comment tu vas procéder, demain ? demande Charron.

— Je ne veux plus parler… Tais-toi…

Curieusement, Charron n'insiste pas. Il a même un hochement de tête entendu et retourne s'asseoir sur son tabouret.

«Me reposer», songe Daniel. «Juste un peu…»

Dix minutes après, il dort.

◆

Il sait que c'est un rêve, mais il y est totalement impuissant. Il ne peut intervenir pour l'arrêter ou, mieux encore, pour le modifier. Et il ressent les mêmes émotions qu'à l'époque, comme s'il vivait tout cela pour la première fois.

Il danse sur la piste et Mylène se trémousse devant lui. Il sait exactement comment elle se sent : heureuse d'être là, elle qui vient d'un milieu modeste et fréquente une école publique de bas niveau. Le simple fait de sortir avec le formidable Daniel Saul depuis un mois est déjà inespéré, mais l'accompagner en plus à ce bal ! Daniel sait qu'elle est amoureuse de lui. Ce n'est évidemment pas son cas. À dix-sept ans, pas question de s'attacher bêtement. Et en plus, elle n'est pas de son monde. Il sort avec elle uniquement parce qu'elle ressemble à une *Playmate* et que tous les gars le jalousent. Tout ce qu'il veut, c'est s'amuser un certain temps avec elle et ensuite, ce sera terminé. D'ailleurs, il l'a baisée pour la première fois la semaine dernière, et ça valait vraiment le coup. À tel point qu'il a décidé de rester avec elle encore deux ou trois semaines avant de la larguer. Et puis, c'est un tel privilège pour elle, elle peut bien en profiter encore un peu.

Il n'a donc aucune idée préconçue en l'amenant à ce bal, sinon de l'exhiber tel un trophée. Vers minuit, ils sont tous les deux passablement soûls, comme la grande majorité des adolescents sur place. Les professeurs sont présents mais conciliants : après avoir tant travaillé, la jeune élite a le droit de se laisser aller un peu. Ivre, Mylène danse de manière de plus en plus lascive et commence même à se frotter contre Daniel, qui sent avec fierté les regards d'envie de ses confrères : les filles du collège ont l'habitude d'être plus conscientes de leur image, cette absence de pudeur n'en est donc que plus excitante. Quand Mylène va se chercher un verre, Daniel s'approche de ses trois copains, Dupré, Salvail et Pelchat, dont les trois cavalières discutent quelque part. Les commentaires ne tardent pas, du genre : « Elle a vraiment l'air cochonne… », « C'est donc vrai que les filles pauvres fourrent mieux ? » et autres subtilités du genre. Et puis Pelchat remarque, mine de rien :

— À la voir se frotter comme tantôt, j'ai l'impression qu'elle est capable d'en prendre, non ?

Comprenant tous l'allusion, ils rigolent, et Daniel est tout à coup allumé par cette idée, à laquelle pourtant il ne songeait pas trois secondes plus tôt. Voyant Mylène revenir vers lui, incroyablement bandante dans sa robe ringarde mais tellement révélatrice, il marche vers elle en lançant d'un air innocent à ses amis :

— On sait jamais…

Il s'agit toujours d'une idée fantasmatique, ce n'est pas encore une intention avouée. Pourtant, il agrippe son jouet par la taille, l'embrasse goulûment – ce qu'elle accepte sans résister, au contraire –, puis lui souffle à l'oreille :

— Viens aux toilettes avec moi.

Elle éclate de rire, il ajoute :

— T'es pas *game*, hein ?

Elle sourit toujours, mais une lueur passe dans son regard. Elle sent qu'on lui lance un défi, et les filles de sa condition et de son milieu ont intérêt à accepter ces défis lorsqu'ils proviennent de la caste des Saul, parce qu'ainsi elles peuvent se démarquer. Et ça, Daniel le sait. Une étudiante du collège l'aurait envoyé paître. Mais pas une fille comme Mylène. Comme preuve d'assentiment, elle lui lance son sourire le plus pervers, le genre de sourire qu'elle a dû voir dans certaines revues pornos et qu'elle a pratiqué devant le miroir pour se convaincre qu'elle est une fille cool.

Ils marchent donc en direction de la salle de bains des gars, et Daniel lance un clin d'œil en passant à ses trois potes. Est-ce un simple signe de complicité ou carrément un code ? Daniel a trop bu pour analyser rationnellement ses propres intentions. En tout cas, les trois amis suivent de loin. Quand le couple entre dans la salle de bains immaculée, il y a deux adolescents devant les urinoirs. Daniel leur conseille d'aller pisser ailleurs, et quand le jeune Saul parle dans cette école, on l'écoute. Les deux étudiants sortent avec un sourire entendu et Mylène pouffe, gênée et amusée à la fois. Seuls, ils commencent à s'embrasser, les mains de Daniel deviennent baladeuses et Mylène, soûle mais pas si déconnectée, marmonne qu'il y a peut-être du monde dans les cabines. Daniel passe alors en revue les six portes : aucune paire de pieds. Il revient à sa cavalière, qui, allumée mais prudente, fait remarquer :

— Pis si du monde entre ?

L'adolescent, le regard embué d'alcool, regarde vers la porte et note pour la première fois que Dupré est là, devant l'entrée de la salle de bains, leur tournant le dos, tel un gardien du temple sacré. Daniel le désigne du doigt :

— On sera pas dérangés.

Elle voit Dupré, glousse à nouveau, puis recommence à embrasser son cavalier. Sa main descend sur l'entrejambe de Daniel et, constatant la bosse gonflée qui s'y trouve, commence à déboutonner la braguette.

Tandis qu'elle effectue sa pipe, agenouillée sur le carrelage, elle ne regarde pas une fois vers la porte, aussi à l'aise que si elle se trouvait chez elle, comme si sa propre audace la dégageait de tout stress, comme si elle savait que pas une de ces filles de riches, dans la salle, oserait agir ainsi. Daniel, soûl et ravi, percevant vaguement en sourdine la chanson « *Centerfold* » de J. Geils Band, dénoue sa cravate devenue trop serrée et contemple la bouche en train de s'activer. Pour l'adolescent qu'il est, qui n'a vu que deux ou trois vidéos pornos et qui n'a pas encore couché avec des dizaines de femmes, il a l'impression d'être en train de vivre le summum de l'expérience pornographique. L'alcool mêlé au désir embrouille sa vision et c'est à travers une sorte de brume qu'il voit Pelchat et Salvail s'approcher, tandis que Dupré, qui a toujours été plus timide, moins téméraire, continue de surveiller l'entrée. Mylène les aperçoit à son tour et Daniel est convaincu que tout va s'arrêter. L'adolescente, d'ailleurs, interrompt sa fellation, mais elle ne se relève pas. Elle pousse un « Hey, les gars, franchement ! » qu'elle veut indigné, mais son air choqué est quelque peu équivoque en raison du sourire en coin qu'elle n'arrive pas à camoufler et surtout, surtout, elle ne se décide pas à lâcher le membre toujours en érection de Daniel. Ce dernier dit :

— C'est pas grave, Mylène, continue.

Daniel y croit-il vraiment ? Triompher sexuellement devant sa cour, cela serait vraiment l'apogée de son bal. Mylène proteste mollement. Mais toujours à genoux. Toujours avec un vague sourire. Toujours avec le pénis de Daniel en main. Alors le jeune Saul articule une phrase qui annonce déjà l'habile manipulateur qu'il sera plus tard, en affaires comme en toutes choses :

— Allez, montre-leur ce que tu vaux.

Il sait très bien qu'une telle phrase est cruellement ironique, qu'elle peut passer autant pour une flatterie que pour une insulte, mais il *sait* que Mylène l'entendra comme un compliment. Comme si on venait de lui donner une médaille, elle engouffre la queue de Daniel et poursuit son manège, au grand plaisir du participant et des deux spectateurs. Le silence est total, à part la musique lointaine et les paroles de Dupré, à l'entrée, qui éloignent les éventuels utilisateurs de la salle de bains. Daniel est aussi excité par l'adolescente que par les regards envieux de ses deux amis. Salvail est le premier à caresser la croupe de Mylène sous sa robe. Sans cesser de s'activer, elle a un raidissement incertain, près de la panique, comme si elle réalisait tout à coup ce qui allait se passer, et elle lève même un regard interrogateur vers Daniel. Celui-ci hoche la tête dans un signe d'encouragement et, sous son regard médusé, Mylène se met à quatre pattes et relève les fesses, avec une lenteur qui démontre son incertitude. Daniel adresse un signe à Salvail, tel un roi qui consent à partager ses richesses avec ses sujets. Avec l'air de celui qui n'arrive pas à croire à ce qui lui arrive, Salvail baisse son pantalon et s'agenouille derrière la jeune fille. Il relève la robe, descend la petite culotte puis, maladroitement, la pénètre. Mylène se raidit à nouveau, pousse un gémissement qui s'apparente autant à l'excitation qu'à la stupeur, mais se laisse faire. Les deux amis ne se regardent pas, hypnotisés par leurs propres sexes ; Pelchat les observe, partagé entre le malaise et le désir. Mylène continue de sucer son cavalier sans émettre un son, sans lever les yeux… puis, au bout d'une minute à peine, Salvail a un orgasme, qu'il communique en un long râle. Il ne s'est pas aussitôt dégagé que Pelchat, déjà les culottes aux genoux, prend sa place. Et encore une fois, Mylène lève un regard interrogateur vers Daniel, et celui-ci a un sourire d'encouragement, son sexe si gonflé qu'il en est presque douloureux. Mylène demeure donc silencieuse, passive, suçant de manière de plus en plus mécanique. L'excitation qui monte en Daniel augmente son ivresse et, dans sa tête, la musique qui provient de la salle de bal se module en échos distordus. À la porte, Dupré surveille toujours et, de temps en temps, se tourne vers l'intérieur de la salle de bains, l'œil sombre. Pelchat jouit au bout de deux minutes. Daniel pourrait éjaculer dès maintenant, il le sait, mais il veut se retenir. Il doit être le dernier, évidemment. Tandis que Pelchat remonte son pantalon, il marmonne :

— Allez remplacer Dupré.

Cette fois, Mylène cesse sa fellation et dévisage son cavalier. Son regard brille toujours, mais plus d'amusement, maintenant, ni de perversité. De larmes retenues, peut-être ?

— Daniel…

Sa voix n'a plus aucune trace d'ivresse. Dupré, qui a été remplacé à la porte par les deux autres, est déjà près de l'adolescente, le regard inhabituellement farouche, lui qui est toujours doux. Mylène le voit baisser son pantalon et à nouveau ses yeux reviennent vers son cavalier, attendant désespérément une réponse. Daniel, toujours excité, toujours en érection, s'entend répondre :

— Continue.

— Mais…

— *Continue !*

Alors l'adolescente trouve la force de sourire, un sourire qu'elle veut complice et pervers, mais qui dégouline de résignation. Et cette résignation, Daniel la goûte pleinement, sans comprendre encore qu'il s'agit là d'un sentiment qu'il adorera provoquer au cours des années futures.

Tandis qu'elle poursuit sa fellation, la chanson *Hurt so good* débute dans la salle de bal. Alors Dupré, ce jeune étudiant de dix-sept ans au visage d'ange, fils d'un des chirurgiens les mieux cotés de Montréal, poignarde littéralement la jeune fille de son membre, avec une telle brusquerie qu'elle ne peut s'empêcher de pousser un couinement de douleur.

— Ta gueule, ostie de plotte, grommelle Dupré d'une voix qu'aucun de ses professeurs ne lui reconnaîtrait.

À ces mots, Daniel pousse un bref ricanement stupéfait, impressionné par l'audace de son ami qui, au fond, ose dire tout haut ce que lui-même pense intérieurement depuis tout à l'heure. Dupré s'active alors avec une ardeur presque sauvage, tandis qu'à l'entrée, Pelchat et Salvail lui jettent des coups d'œil en rigolant et en l'encourageant avec des « Vas-y, Dup ! », « Elle en veut, la cochonne ! », et la chanson de John Cougar devient plus forte, plus rythmée, et Daniel sent l'excitation en lui monter en flèche, prendre des proportions gigantesques. Mylène, malgré la douleur qu'elle ressent, suce toujours, les yeux fermés, mais à la suite d'un coup de reins particulièrement violent de l'adolescent, elle pousse un autre cri de douleur, plus franc, et, en se débattant, tourne même la tête vers Dupré pour lui dire quelque chose. Ce dernier allonge brusquement son poing qui percute le nez de l'adolescente. Daniel en sursaute de surprise. Mylène, le nez en sang, lève cette fois vers son cavalier un regard carrément affolé, suppliant. Mais Daniel demeure silencieux. Si Mylène était une fille de l'école, il stopperait tout. Mais ce n'est pas une fille de l'école.

Ce n'est pas une fille de son clan.

C'est une

(*mortelle*)

fille du peuple qui s'est frottée aux

(*démons*)

privilégiés de ce monde et qui doit en payer le prix. Mylène doit lire tout cela dans l'expression de Daniel, car elle ferme les yeux et pleure doucement, comprenant alors que le seul rôle qu'elle peut tenir dans ce club sélect dont elle a cru pendant un moment être membre est celui de

(*damnée*)

jouet. Elle se remet donc à sucer Daniel, le corps littéralement secoué par les assauts de Dupré, et à l'entrée de la salle de bains, Salvail et Pelchat ne rient plus, mais fixent la scène avec une certaine perplexité. Daniel, en voyant son sexe se couvrir de larmes et du sang provenant du nez de l'adolescente, sent bien une vague répulsion, mais il va jouir d'une minute à l'autre, dans quelques secondes, maintenant…

Dupré enfonce alors ses ongles dans les fesses de Mylène jusqu'au sang et pousse un grognement guttural, en même temps que Daniel, éperdu d'extase, retire son membre de la bouche de Mylène pour lui éjaculer en plein visage.

*Black out* de quelques secondes. Un bref trou noir dans lequel Daniel se voit tomber.

Dupré, qui a remonté son pantalon, ressemble à nouveau au bon garçon que tous connaissent. Sans un mot, il marche vers la porte, passe devant un Salvail et un Pelchat tout aussi silencieux. Daniel ne se sent plus ivre du tout. Il remet son sexe dans son pantalon. Il se sent bizarre, décalé. Mylène, à genoux, repliée sur elle-même, émet de brefs sanglots. Daniel l'aide à se relever. Il voit son visage couvert de larmes, de sang et de sperme. *Son* sperme. Il remarque aussi que du sang coule sur ses cuisses. Elle ne ressemble plus du tout à la fille qui est entrée dans la salle de bains il y a moins de dix minutes. Elle n'y ressemblera sans doute plus jamais. Daniel n'a pas envie de se demander s'il éprouve de la satisfaction ou de la culpabilité, de l'amusement ou de l'horreur. En fait, une seule pensée l'occupe : il ne s'est rien passé. Ou plutôt, non : il ne s'est rien passé de *grave*.

— Ça va ?

Il demande cela d'une voix sans moquerie ni pitié. Pour toute réponse, Mylène, qui ne sanglote plus, le regarde droit dans les yeux, s'assurant ainsi de lui révéler tout ce qu'il a détruit, tout ce qu'il a trahi. Daniel explique :

— On est soûls, on voulait juste s'amuser. Toi aussi, d'ailleurs. Tu vas pas nous causer des ennuis avec ça, hein ?

Une lueur de menace passe dans les yeux ruinés de la jeune fille. Alors le futur PDG, avec l'assurance de celui qui sait qu'il a raison, articule :

— Tu ne peux rien contre nous.

À ce moment, il ignore que Charron est dans une des cabines, qu'il se masturbe depuis le début de la scène en espionnant par la fente de la porte et qu'il éjacule, admiratif, au moment précis où Daniel prononce cette phrase. Mylène, elle, en entendant ces mots, abandonne toute tentative de combat. Elle baisse le regard, vaincue.

Dans la réalité, il y a vingt-six ans, Mylène avait lavé son visage en silence et essuyé ses cuisses, puis elle et Daniel étaient sortis de la salle de bains, sans un mot, suivis de Pelchat et de Salvail tout aussi muets. Mylène s'était immédiatement dirigée vers la sortie de l'école. Daniel avait continué la fête, et même si de temps à autre une voix intérieure lui marmonnait à l'oreille « Tu es un salaud », il avait rigolé et dansé toute la nuit, évitant tout de même, consciemment ou non, ses trois amis durant le reste du bal. Sauf qu'à ce point précis, le rêve de Daniel, qui jusque-là reflétait le réel avec une précision troublante, bifurque complètement vers l'onirisme pur : alors qu'il marche vers la sortie de la salle de bains avec Mylène, Daniel entend du bruit en provenance d'une des cabines. Incertain, il s'en approche, ouvre la porte... et tombe sur Charron, un Charron adolescent, déculotté, qui a déjà des lunettes trop épaisses, des dents trop croches, mais un regard dément et brûlant. Il tient dans sa main un sexe énorme et poisseux de sperme, et de sa voix déjà chaude et radiophonique, il lance :

— On est pareils, tous les deux...

Sur ces mots, il devient instantanément le Charron d'aujourd'hui, qui a quarante-trois ans, et ce n'est plus son sexe qu'il a entre les mains mais un ordinateur portable. Daniel, qui se sent aussi devenir adulte,

entend tout à coup des gémissements derrière lui et
se retourne. Une fille est attachée au mur, sa robe de
bal déchirée. Mais ce n'est pas Mylène : c'est Laurie,
l'ex-blonde de son fils, celle qui a quitté la maison en
rage, un soir, en traitant Simon de malade, Daniel n'a
jamais trop su pourquoi, d'ailleurs. Elle est attachée,
en pleurs, le corps sanglant, et un adolescent en habit
de soirée s'approche d'elle, d'horribles instruments
de torture à la main.

Ce jeune, c'est Simon. C'est son fils.

Une main se pose sur l'épaule de Daniel et la voix
moqueuse de Charron susurre à son oreille :

— Et lui aussi, on dirait…

Daniel se réveille en hoquetant, comme s'il cherchait son air, se lève d'un bond et regarde partout
autour de lui. Charron, assis sur le sol, le dos appuyé
au bar et son poignet menotté relevé au-dessus de sa
tête, dort profondément comme s'il se trouvait dans
le plus confortable des lits. Daniel se rassoit dans le
divan, masse un moment son visage en prenant de
profondes respirations, et retient douloureusement les
sanglots qui lui brûlent la gorge. Et il se rappelle.

Il se rappelle qu'après cette soirée, il a continué à
fréquenter Pelchat, Salvail et Dupré pendant quelque
temps, mais moins assidûment. Jamais ils n'ont reparlé de cette soirée. Pas un seul mot, ni même une
allusion. Et peu à peu, ils ont cessé de se voir. Mais
Daniel a entendu parler d'eux par la suite : Pelchat est
architecte et mène une carrière moyenne, sans éclat.
Salvail est producteur de disques et réussit plutôt
bien. Dupré a suivi les traces de son père et, comme
l'avaient prédit ses professeurs, est devenu un brillant
chirurgien.

Il se rappelle n'avoir jamais contacté Mylène par
la suite. Une ou deux fois, pendant les mois qui ont
suivi le bal, il l'a aperçue de loin, avec des amies ou
dans un magasin. Il ne s'est jamais approché. Au

contraire, il l'a fuie chaque fois. Puis, volontairement ou non, il s'est mis à éviter les endroits qu'elle fréquentait. Jusqu'à ne plus jamais tomber sur elle.

Il se rappelle avoir mis en branle son processus de déni pour réduire au silence cette voix qui lui répétait de plus en plus souvent qu'il était un salaud. Et malgré quelques flashs rarissimes du passé, cela a marché.

Jusqu'à aujourd'hui.

Vingt-six ans plus tard, il se retrouve avec un fou furieux endormi devant lui qui était son ami il y a un mois à peine, avec la mort d'un homme sur la conscience et un fils qui lui a échappé dans tous les sens du terme. Il n'a plus dix-sept ans. Il n'est plus soûl. Il a quarante-trois ans et il ne peut plus nier.

Il ferme les yeux et, silencieusement, demande à Mylène un pardon qu'elle ne peut entendre et qu'il sait ne jamais pouvoir recevoir.

# CHAPITRE 20

Daniel, qui avait réussi à se rendormir, se réveille à huit heures. Sa première pensée lui déchire le cœur : c'est aujourd'hui l'anniversaire de Simon. Où fêtera-t-il ses dix-sept ans ? Dans un motel minable ? Chez un nouvel ami junkie ou criminel qu'il a rencontré dans sa nouvelle vie de perdition ?

*Peut-être même ne les fête-t-il pas, s'il est...*

Non. Daniel refuse cette possibilité.

Charron, aussi incroyable que cela paraisse, dort toujours. Daniel entend du mouvement dans le couloir. Il se lève, va à la porte et l'ouvre. Il aperçoit une femme de ménage et lui dit qu'il n'aura pas besoin qu'on remette sa chambre en ordre aujourd'hui. Puis, pour plus de sûreté, il accroche l'écriteau « Ne pas déranger » au bouton de la porte.

Il mange quelques biscottes et boit de l'eau. Il retourne s'asseoir et, pendant plus d'une heure, observe avec dégoût et fascination Charron endormi. Il tente d'imaginer l'adolescence de cet homme, puis ses études non terminées, puis sa vie adulte... Durant tout ce temps, la haine et la révolte fomentaient en lui, jusqu'à ce que, à son retour d'Europe, il entende à nouveau parler de Daniel Saul, son idole de jeunesse, qui maintenant recycle des églises. Ce dingue voit ça comme un signe, se souvient de la soirée du bal… et se dit qu'il doit initier Daniel à *Hell.com*, convaincu qu'ils formeront un duo du tonnerre.

Et le pire, c'est qu'il a eu raison pendant un court laps de temps.

Comment Charron, avant d'être membre du site, laissait-il libre cours à sa folie? A-t-il vraiment commencé lorsqu'il a touché l'héritage de ses parents? D'ailleurs, Daniel n'a-t-il pas appris que la famille de l'investisseur était morte dans un incendie? Le PDG sent un courant froid lui traverser le corps tandis qu'il observe toujours son prisonnier endormi: est-ce que ce malade est allé jusqu'à tuer ses parents? Écœuré, il se lève et va à la salle de bains. Il se rase avec le rasoir électrique de Charron mais n'ose pas prendre sa douche, de peur que le jet d'eau couvre les éventuels appels à l'aide de son prisonnier, et se contente donc de se rafraîchir avec une serviette et du savon. Il s'examine dans le miroir. Franchement, à l'exception de ses cernes, il ressemble au Daniel Saul habituel. Tant mieux: s'il avait l'air d'un zombie tourmenté, il risquerait d'attirer les soupçons.

Quand il revient au salon, Charron est réveillé. Il s'étire et contemple Daniel.

— Frais et dispos. Impossible de deviner que tu as passé une nuit infernale.

— Qui te dit que j'ai passé une nuit infernale?

— J'en suis convaincu.

Daniel ne répond pas et regarde l'heure: dix heures moins vingt. Il va devoir descendre très bientôt. Charron, comme s'il parlait affaires, poursuit:

— Tu sais, ce projet américain sur lequel je pourrais être consultant? Ça va fonctionner. Je sais qu'il y a des rumeurs de crise, mais comme il s'agit d'un projet écologique, ça va…

— Explique-moi ce qui m'attend là-bas, à cette Géhenne. Tu y as participé l'année dernière. Qu'est-ce qui s'y passe?

— Je te laisse la surprise. On ne sait jamais, ça va peut-être te donner le goût de participer pour vrai.

Et il ajoute, soudain grave :

— Délivre-moi tout de suite et je trouverai le moyen de t'emmener avec moi là-bas. Il n'est pas trop tard, Daniel. Il n'est pas trop tard pour t'assumer.

— T'es vraiment malade.

Charron s'assombrit, comprend que c'est inutile.

— Alors, tant pis pour toi.

Daniel attrape son pistolet, hésite sur la suite des opérations : s'il s'en va sans se préoccuper de Charron, ce dernier va se mettre à appeler à l'aide dans les secondes qui suivront. Le plus sûr est donc de l'assommer, avec la crosse du revolver. Il enlève donc le silencieux, s'approche de son prisonnier, s'arrête devant lui en tenant son arme par le canon. Charron le considère calmement. Le PDG lève le revolver, puis l'abaisse avec force en visant la tête. Mais avec une vitesse et une précision fulgurantes, la main libre de Charron s'élève, intercepte le poignet de son agresseur et se met à serrer avec une telle force que Daniel, grimaçant de douleur, lâche son arme qui tombe sur le tapis. Avant que Charron ne s'en empare, Daniel a la présence d'esprit de balayer, avec son pied gauche, le revolver qui glisse hors de portée du prisonnier. Celui-ci lâche le poignet et envoie un puissant coup de poing dans l'estomac de Daniel, qui se plie en deux et tombe sur les genoux en émettant un son étouffé. Il n'a pas retrouvé son souffle que l'étau humain s'empare de sa gorge. Il étouffe peu à peu, mais perçoit à travers la brume de son regard le visage dur et déterminé de Charron.

— Je ne vais pas te tuer, articule calmement l'investisseur. Juste te faire perdre conscience pour me libérer. Je ne veux pas manquer la Géhenne, tu comprends ? Je vais…

Sa phrase est interrompue par le choc de la crosse du revolver qui lui fracasse le front : Daniel, malgré l'asphyxie qui le gagnait peu à peu, a pu tendre le bras pour se saisir de l'arme. La pince autour de sa gorge devient molle et Daniel se laisse tomber sur le dos, hoquetant, prenant de grandes goulées d'air douloureuses. Enfin, il se redresse en massant sa gorge : Charron ne bouge plus, les yeux clos, le front enflé, inconscient.

*Pourquoi ne pas le tuer une fois pour toutes ?*

Mais il rejette cette idée aussi rapidement qu'elle lui est venue. Il a été témoin de suffisamment d'atrocités dernièrement, et il risque d'en voir encore. Et surtout, il a déjà bien assez de sang sur la conscience…

Avec l'une des attaches des rideaux, il réussit à bâillonner le prisonnier, puis lui menotte les deux poignets au bar, de sorte que Charron ne puisse atteindre son bâillon, ce qui empêchera l'investisseur d'appeler à l'aide pour un temps. Il regarde l'heure : dix heures moins sept. Il doit *vraiment* descendre.

Dans le couloir, il laisse l'écriteau « Ne pas déranger » sur le bouton de la porte. Charron ne sera découvert que demain ou après-demain. Il sera complètement affamé et se sera pissé dessus. Idée qui ne déplaît pas du tout au PDG.

Il cherche une poubelle et, s'assurant que le couloir est désert, y jette le revolver et le silencieux. Il marche enfin vers l'ascenseur.

Deux minutes plus tard, il attend sur le trottoir, en face de l'hôtel. Le ciel est couvert, quelques rares piétons passent devant lui, la circulation est fluide autour de l'Arc de Triomphe tout près. Daniel remarque qu'un autre homme attend aussi, à quelques pas de lui. À peu près du même âge que le PDG, pantalon noir et chandail gris, mince et les cheveux épais. Malgré les nuages, il porte des lunettes de soleil et, de temps à autre, reluque Daniel avec curiosité. Un autre participant de la Géhenne ?

Une mini-fourgonnette grise, aux fenêtres teintées, s'arrête devant eux. L'homme qui en descend est habillé

d'un pantalon noir et d'une chemise rouge, a les cheveux courts, la barbe rasée de près. Il consulte un
calepin puis, avec un accent français :

— Monsieur Martin Charron ?

— C'est moi, indique Daniel.

Le Français se tourne vers l'autre homme qui attend
sur le trottoir.

— *And you are mister William Gardner ?*

— *Absolutely.* Mais vous pouvez me parler en français, ça me fera pratiquer.

Gardner n'a presque pas d'accent ; aucune nervosité
ne se dégage de sa personne. Le Français demande
presque sur un ton d'excuse :

— Puis-je voir vos papiers, s'il vous plaît ? Simple
formalité.

Gardner les sort rapidement ; Daniel s'exécute et
tend son faux passeport et son faux permis de conduire.
Le chauffeur examine les papiers et Daniel regarde
avec étonnement autour de lui, surpris que toutes ces
procédures se déroulent en pleine rue. Les organisateurs
ont-ils à ce point confiance en la sécurité de leur
entreprise ? Le Français tend leurs papiers aux propriétaires, ouvre la portière latérale et, en s'inclinant
presque, propose :

— Si vous voulez bien monter, messieurs.

Tout en s'exécutant, Daniel se dit que l'ambiance
est vraiment à l'opposé de celle du groupe de torture
de la semaine dernière. La Géhenne est un événement
exclusif organisé par *Hell.com* et offert uniquement à
ses membres. Donc, on est entre initiés. Entre confrères
de l'élite. Par conséquent, on doit être traités comme
tels.

Dans le véhicule se trouvent installés deux hommes,
un Blanc dans la trentaine et un Noir dans la soixantaine. Parfaitement à l'aise, ils sourient aux deux
nouveaux. Le chauffeur monte à son tour, referme la
portière, puis sort une sorte de petit micro métallique

qu'il promène au-dessus de Gardner, de la tête aux pieds ; l'anglophone se laisse faire sans surprise. Sans doute un détecteur de métal ou de micro ou de tout cela à la fois, pense Daniel. Le bouton-mouchard de la GRC aurait sans doute été détecté ici. Daniel se félicite de ne pas avoir mêlé les flics à ça. Puis, le Français promène son machin autour de Daniel qui, même s'il se sait *clean*, ne peut s'empêcher de se raidir un peu.

— Merci, messieurs.

Il retourne derrière son volant et le véhicule se met en route. Les deux autres passagers se présentent, en anglais. Daniel bredouille son faux nom. Durant le trajet, les quatre individus parlent de leurs affaires sans cachotteries. Le Noir est Américain et fait fortune dans la distribution de films. L'autre est Allemand et possède l'une des plus grosses boîtes d'informatique du pays – Daniel en a d'ailleurs entendu parler. Gardner, lui, est Anglais et il est dans l'import-export. Daniel est bien obligé de parler et raconte qu'il est un *freelance* dans l'immobilier, en évitant bien sûr de mêler le nom de Saul à son histoire.

Durant une bonne heure, ils parlent de leurs affaires, de la bourse, des signes de plus en plus évidents d'une crise économique américaine, des probabilités qu'Obama devienne président… Bref, Daniel a l'impression d'être à l'une de ses soirées mondaines habituelles ou à un colloque d'affaires, comme si aucun de ces hommes ne se rendait à un événement criminel. Comme si, au fond, tout cela était dans l'ordre des choses. À un moment, tandis que les deux autres parlent entre eux, Gardner s'adresse à Daniel, toujours dans son français parfaitement maîtrisé :

— Charron… Il me semble qu'il y avait un Charron, à la Géhenne de l'année dernière. Mais je ne reconnais pas votre visage.

— Ça devait être un autre. Moi, c'est la première fois.

— Ah ! Vous ne savez donc pas ce qui s'y passe !

— Justement, vous pourriez peut-être me dire ce…

— Mais non ! Il ne faut pas gâcher la surprise !

Il réfléchit, puis :

— Êtes-vous un bon tireur ?

— Un bon quoi ?

— Tireur.

Daniel humecte ses lèvres.

— Pas vraiment.

— Alors, choisissez le niveau « facile ». Comme ça, vous êtes plus sûr de ne pas repartir frustré.

Gardner, les yeux brillants de défi, marmonne comme pour lui-même :

— Moi, cette année, je pense que je vais essayer le niveau « difficile »…

Il regarde par la fenêtre teintée, puis :

— Tiens, une boutique de disques… Il faudrait bien que je vienne acheter quelques CD pour mon fils. Il adore *le* chanson française.

Daniel le fixe sans un mot.

◆

Quand ils descendent de la mini-fourgonnette au bout de quatre-vingt-dix minutes, ils ne sont plus à Paris. Le décor ressemble à une sorte d'usine désaffectée, en pleine campagne, sans aucune autre habitation en vue. Autour du bâtiment abandonné, le terrain est plat et nu. Un peu plus loin, il y a deux autres mini-fourgonnettes. Entre les deux, réunis en un petit groupe, huit individus (six hommes et deux femmes) discutent entre eux. À voir leur habillement de bon goût, Daniel est convaincu qu'il s'agit d'autres participants, membres aussi de *Hell.com*. Se tenant chacun près de leur véhiculé respectif, les chauffeurs fument une cigarette.

Comme les trois compagnons de Daniel s'approchent du groupe, le PDG les suit. De nouveau, les présentations s'entrecroisent : un autre Américain, deux Japonais (dont une des deux femmes), une Irlandaise, un autre Anglais, un Canadien anglais et deux Brésiliens, la plupart chefs d'entreprise. Il y en a même une que Daniel a déjà rencontrée deux fois dans des congrès européens : c'est l'Irlandaise qui, justement, le reconnaît à son tour et lui parle en anglais :

— Amusant, de vous revoir ici… Désolée, mais je ne me souviens pas de votre nom.

— Martin, répond Daniel, les bras couverts de chair de poule.

— Comment allez-vous ? Toujours PDG de votre compagnie immobilière ?

Ceux qui étaient dans la camionnette paraissent surpris. Daniel, qui se tient les deux mains pour atténuer ses tremblements, explique que non, qu'il est maintenant *freelance*. Être PDG l'ennuyait, finalement. On le regarde avec étonnement mais, heureusement, la conversation bifurque. Daniel ne dit presque rien, encore ébranlé. Il remarque qu'un des deux Japonais parle aussi peu que lui, manifestement nerveux. Sans doute que c'est aussi sa première fois. On discute ainsi pendant une dizaine de minutes et Daniel, de plus en plus perplexe, regarde autour de lui : ils sont vraiment au milieu de nulle part. Il finit par demander discrètement à Gardner :

— Excusez-moi, mais on attend quoi, exactement ?

Gardner vient pour répondre, puis voit quelque chose dans le ciel. Il se contente donc d'indiquer cette direction avec son doigt. Daniel lève la tête : un petit avion s'approche et le PDG reconnaît un Dassault, sans doute un Falcon, pouvant transporter une quinzaine de passagers. Étonné, il comprend que l'appareil va atterrir, ce qu'il fait sans difficulté car, invisible derrière les hautes herbes qui la bordent, s'étend une longue piste de bitume. La portière s'ouvre et le pilote, habillé aussi d'un pantalon noir et d'une chemise rouge, apparaît et déplie un petit escalier. Sans cesser de discuter, tout le monde marche vers l'avion. Daniel suit et, en montant les marches, tourne la tête vers les trois mini-fourgonnettes. Les chauffeurs, sans se presser, réintègrent leurs véhicules.

— *Good afternoon, sir.*

Daniel sursaute : c'est le pilote devant lequel il vient de passer. Le milliardaire bredouille une salutation et disparaît dans l'avion. Il se retrouve assis au bout d'une rangée de trois personnes. À ses côtés, il y a le Brésilien et l'un des deux Anglais. De l'autre côté de l'allée se trouve le Japonais silencieux. Les hublots sont camouflés par des panneaux fixes. Impossible, donc, de voir où l'on va.

Durant le vol, l'ambiance ne change pas : les passagers devisent en petits groupes. Daniel feint d'écouter ses deux voisins, mais intervient le moins possible. Cette ambiance est surréaliste, à des années-lumière de celle de la séance de torture de la semaine passée. Il finit par regarder le Japonais aussi silencieux que lui et ose lui demander :

— *It's your first time ?*

Le Japonais sourit timidement.

— *Yes.*

Il n'en dit pas plus et replonge dans ses pensées. Daniel continue de l'observer. Pourquoi ce type a-t-il décidé de participer à cette Géhenne qui, même si le PDG ne sait pas encore de quoi il s'agit, s'annonce horrifiante ? Daniel se souvient alors d'une phrase de Charron, quand il parlait de toutes les possibilités de *Hell.com* :

« Il ne s'agit pas de ce que tu veux faire, mais de ce que tu peux faire… »

Daniel n'est-il pas lui-même devenu membre du site pour ces raisons ? Sauf que lui a su s'arrêter à temps.

*À temps ? Vraiment ?*

Il tourne la tête vers le hublot couvert tandis que dans l'avion trois des passagers éclatent de rire.

◆

Quand ils se posent après une demi-heure de vol,
Daniel constate qu'ils sont dans un vaste parc traversé
par une piste d'atterrissage privée. À cent mètres de
l'avion, un véritable château, comme on en voit tant
en Europe, se dresse fièrement, datant sûrement du
quinzième ou seizième siècle. À perte de vue, des
arbres, des montagnes. Impossible de savoir dans quelle
partie de la France ils se trouvent. D'ailleurs, sont-ils
toujours dans l'Hexagone ?

Guidés par le pilote, les douze participants marchent
vers l'entrée principale du château, une monumentale
porte de bois qui s'ouvre dans la pierre de la paroi. De
chaque côté, deux hommes, habillés aussi d'un pantalon
noir et d'une chemise rouge, se tiennent immobiles,
mains croisées devant eux, sans regarder les arrivants.
Des gardes, se dit Daniel. Sûrement armés.

Ils pénètrent dans une sorte de grande salle sans
fenêtre mais éclairée par d'imposants lustres électriques,
qui tient lieu autant de salon que de salle à manger,
avec meubles et tableaux qui semblent tout droit sortis
de la Renaissance. Il y a déjà une douzaine de personnes présentes (une dizaine d'hommes et deux ou
trois femmes), de tous âges et manifestement de toutes
nationalités, la plupart assises dans des fauteuils en train
de discuter, verre à la main, quelques-unes debout près
d'une grande table couverte de victuailles raffinées.
À l'écart, chacun dans son coin, deux autres gardes,
discrets, immuables.

Nouvelles présentations, nouvelles poignées de
mains. Certains se reconnaissent pour avoir participé
à l'événement au cours des dernières années, ce qui
donne lieu à quelques défis lancés amicalement («Alors,
cette année, vous tentez le niveau difficile ou non ? »)
et à quelques anecdotes dont la teneur précise échappe

à Daniel mais lui laissent tout de même présager le pire. De nouveau, Daniel connaît deux ou trois personnes de réputation… et tout à coup, son cœur arrête de battre : un homme un peu plus jeune s'approche de lui, souriant et estomaqué, en tendant la main. Julien Giguère, un des plus gros producteurs de cinéma de Montréal, que le PDG croise souvent dans des soirées mondaines.

— J'ai mon voyage ! Daniel Saul, ici !

Daniel, terrifié, regarde autour de lui : personne n'a entendu. Il prend donc Giguère par le bras et l'amène un peu à l'écart.

— Ne m'appelle pas Daniel ici. Appelle-moi Martin.

— Martin ? Mais… pourquoi ?

— Je… J'ai pas osé donner mon vrai nom.

Giguère éclate de rire.

— T'as pas à être gêné ou prudent ici, voyons ! On est tous dans le même bateau, tout le monde est discret !

Puis, avec un air complice qui dégoûte Daniel :

— Ça ne m'étonne pas qu'un gars comme toi soit membre de *Hell.com*.

Daniel s'efforce de sourire même s'il a plutôt envie de cracher, autant sur Giguère que sur lui-même. Le producteur fronce alors les sourcils :

— Mais comment as-tu pu t'inscrire à la Géhenne sous un faux nom ?

— Oh, c'est… c'est compliqué, je t'expliquerai.

Heureusement, d'autres participants viennent les rejoindre et l'on parle d'autres choses, surtout des signes de la crise économique possible, mais la plupart des gens présents ne paraissent pas inquiétés par cette éventualité, convaincus qu'ils vont s'en tirer, comme toujours. Daniel est fasciné par leur aspect aimable, leurs sourires, leur entregent ; il a beau essayer de déceler une faille dans leur image, une fissure qui laisserait entrevoir le monstre tapi sous cette peau de respectabilité, il n'y arrive pas. C'est sans doute ce qui est le plus effrayant.

Malgré le fait qu'il ne mange que des biscottes et du pâté depuis deux jours, il n'éprouve aucune envie de se sustenter, mais il n'hésite pas à se servir un verre de scotch : jamais de sa vie il n'a eu autant besoin d'alcool.

Les minutes s'allongent. Tout en écoutant distraitement les discussions d'un petit groupe de quatre hommes, Daniel réfléchit enfin à la suite des événements : il est ici pour rencontrer un organisateur de *Hell.com*, mais encore faut-il en trouver un. Ces gardes discrets, dans chaque coin de la pièce, ne sont évidemment que des exécutants, Daniel n'en tirerait pas grand-chose. Peut-être s'est-il trompé : l'activité peut être montée par le site sans qu'aucun dirigeant ne soit présent…

— C'est amusant, remarque alors un Italien dans un anglais laborieux. L'année dernière, il y avait un autre Martin Charron ici. Est-ce un nom si commun au Canada ?

— Au Québec, oui, répond Daniel, qui s'imagine une seconde Charron dans sa chambre d'hôtel, attaché et bâillonné.

— En tout cas, s'ils sont tous comme celui de l'année dernière, vous êtes vraiment inépuisables. Si je me rappelle bien, votre homonyme avait passé sur au moins six ou sept filles au cours de la nuit.

La nuit ? Bien sûr, un tel événement ne peut que se terminer dans le sexe. Partenaires consentants ou esclaves sexuels ? Daniel sera-t-il témoin ce soir de viols à la chaîne ? Accablé par cette idée, il termine son verre d'un trait.

*Tu dois rencontrer un responsable du site, négocier avec lui et repartir au plus vite !*

Une porte au fond de la pièce s'ouvre et un homme dans la trentaine apparaît, souriant. Il porte aussi le pantalon sombre et la chemise écarlate, mais arbore un veston noir en plus. Il tient une liste d'une main et lève l'autre en signe de bienvenue. Il s'adresse à tous en anglais, avec un accent qui trahit sa nationalité française.

— Bonjour à tous. Je m'appelle Richard et, au nom de *Hell.com*, je vous souhaite la bienvenue. Nous sommes contents de voir que plusieurs des participants de l'année dernière sont de retour. Il y a six nouveaux participants cette année et j'ose espérer qu'ils apprécieront leur court mais intense séjour parmi nous.

Les vingt-quatre invités, verres à la main, écoutent ce petit discours comme s'il s'agissait de l'ouverture officielle d'un colloque.

— Je propose que nous passions tout de suite à notre première activité. Si vous voulez bien me suivre.

Tous se lèvent et accompagnent Richard dans un long couloir aux murs de pierre mais au plancher recouvert d'un luxueux tapis. Daniel ne quitte pas des yeux le dos de Richard : c'est à lui qu'il doit s'adresser. Reste à attendre le bon moment.

On monte un escalier sur trois ou quatre étages, on parcourt un autre couloir, puis on débouche sur une vaste terrasse extérieure, flanquée de deux gardes imperturbables, avec chaises et table offrant des bouteilles d'alcool divers. Près de la balustrade en pierre, une autre table sur laquelle reposent sept carabines avec viseur, toutes de modèles différents. La terrasse surplombe l'immense cour intérieure du château qui doit bien avoir la superficie d'un terrain de baseball, délimitée à gauche et à droite par les ailes du château lui-même et, à l'arrière, par un mur de pierre qui s'élève à la même hauteur que la terrasse. La cour est totalement vide, sa surface toute en asphalte. Plusieurs rectangles jaunes d'environ un mètre de large sur cinquante centimètres de long parsèment cependant le sol. Au-delà du mur arrière, la forêt s'étend, puis les montagnes, et enfin le ciel tacheté de nuages. Richard s'approche de la balustrade, près de la table d'armes.

Tandis qu'il parle, la plupart des participants se pré-parent des consommations.

— Pour les nouveaux joueurs, j'explique les règles de base. Vous n'avez droit qu'à un tour chacun, cinq tirs maximum. Quelqu'un qui réussit au niveau « facile » n'a pas de prix, seulement sa satisfaction personnelle. Quelqu'un qui réussit au niveau « moyen » gagne un tour supplémentaire. Et quelqu'un qui réussit au niveau difficile remporte un tour supplémentaire ainsi qu'un abonnement gratuit à *Hell.com* pour l'année prochaine. Pour le reste, je laisse aux nouveaux participants le plaisir de le découvrir au fur et à mesure.

Tout le monde semble satisfait. Daniel commence à se sentir mal.

— Bon. L'ordre a été déterminé au hasard avant votre arrivée, mais il est évident que le premier doit être quelqu'un qui a déjà participé. Il s'agit donc de (il consulte sa liste) Erich Duerer.

Un quinquagénaire chauve s'avance, verre à la main :

— Aussi bien que ce soit maintenant, avant d'être soûl et de ne plus voir clair !

Tous rigolent. Duerer consulte les armes sur la table. Pendant ce temps, les autres invités s'approchent de la balustrade pour bien voir la cour. Daniel ne veut pas s'approcher, ne veut pas voir, mais s'il reste à l'écart, ce sera louche. Il rejoint donc le groupe à contrecœur, se demandant à quel moment il pourra parler à Richard sans trop attirer l'attention. L'Allemand choisit enfin sa carabine.

— Ce sera quel niveau, monsieur Duerer ?

— Facile.

Tout le monde se moque alors gentiment de lui, comme pour le narguer. Avec un sourire de bon joueur, Duerer explique sur le ton de celui à qui on ne la fait pas :

— L'année passée, j'ai choisi « moyen » et je suis reparti bredouille ! Je ne vivrai pas de frustration deux années de suite !

Il va tout contre la balustrade, y dépose son verre puis se met en position de tir vers la cour. Après quelques secondes, il lâche un « Prêt ! » sans équivoque. Richard sort de son veston un walkie-talkie et, en français, chuchote dans l'appareil :

— Numéro 1, niveau «facile».

Le silence est total et tous, verre à la main, dirigent leurs regards vers la cour, y compris Daniel qui, angoissé, se doute déjà de ce qu'il va voir.

Huit portes situées de chaque côté de la cour s'ouvrent en même temps. Rien ne se passe pendant un moment, puis, parmi la vingtaine de rectangles jaunes incrustés dans le sol, quatre surgissent verticalement de l'asphalte jusqu'à mesurer environ deux mètres de haut, formant ainsi quatre petits murs de bois séparés entre eux par une bonne cinquantaine de mètres. Tout à coup, sans prévenir, une silhouette surgit d'une des portes : un homme, nu, trop éloigné pour qu'on puisse estimer précisément son âge. Manifestement, on lui a expliqué ce qui l'attendait, car sans hésitation, à toute vitesse, il court vers l'un des murets de bois et Daniel croit même l'entendre gémir de peur. Duerer, qui surveillait les huit portes en même temps, prend environ deux secondes pour viser l'homme puis tire. Comme l'absence de ralentissement dans la course de la cible indique qu'elle n'a pas été touchée, l'Allemand tire à nouveau, sans vraiment viser, puis l'homme disparaît derrière un muret. Une rumeur parcourt l'assistance, mélange d'exclamations déçues et d'amicales railleries. Duerer fait signe que tout va bien et se met à nouveau en position de tir.

Daniel voudrait croire que ce n'est pas possible, que ce qui se produit sous ses yeux n'existe pas, mais son sens de l'indignation s'est considérablement émoussé. Avec tout ce qu'il a vu sur le site et depuis sa présence à la soirée de torture, il sait qu'il n'y a pas de limites. Il sait que tout est possible. Il sait qu'il peut imaginer le pire, le multiplier par dix, et que le résultat est certainement en train de se produire quelque part.

Tout à coup, quatre autres murets commencent à s'élever du sol, tandis que les précédents s'abaissent lentement. Constatant que son abri disparaît peu à peu, l'homme nu se remet à courir, comme poursuivi par le souffle de sa propre mort. Duerer le suit lentement du canon de son arme, sa langue pointant entre ses lèvres, puis tire. Un cri bref se fait entendre, perce douloureusement les tympans de Daniel. L'homme se met à tituber en se tenant la cuisse, pour finalement s'effondrer derrière l'un des murs protecteurs.

— Touché ! triomphe l'Allemand.

— Mais pas achevé ! raille le Noir sexagénaire.

— Vous savez, Duerer, ajoute Gardner, on devrait proposer l'année prochaine, pour vous, une catégorie « hyper-facile », sans aucun mur amovible.

Tout le monde se marre. Daniel serre les dents de toutes ses forces.

*Ne commets pas de bêtises ! Tu es ici pour avoir des renseignements, et rien d'autre !*

Et pour cette raison, il va assister à un meurtre lâche et dégoûtant sans intervenir ?

Duerer, avec un sourire entendu, attrape son verre :

— Attendez, il me reste deux chances.

Il s'envoie une gorgée, redépose son verre puis vise à nouveau. De derrière le mur protecteur, une voix monte, suppliante, sans doute le blessé qui implore la miséricorde de son bourreau. Daniel, qui se gratte nerveusement la cuisse, se met à espérer que ce salaud de nazi manque ses deux prochains tirs, puis réalise la naïveté de son souhait : croit-il vraiment que l'échec de Duerer se traduira par la libération de sa victime ? Bien sûr que non. Celle-ci deviendrait tout simplement la cible d'un prochain tireur.

*Car les damnés ne quittent pas l'Enfer...*

Tous ces gens autour, qui attendent en buvant leur verre… Et Daniel, parmi eux, ne lèvera pas le petit doigt ? Mais que pourrait-il faire, au juste ? Même s'il leur hurlait d'arrêter, même s'il sautait sur Duerer et qu'il l'assommait, qu'est-ce que ça changerait ? Non seulement il serait éliminé quelque part dans ce château, discrètement et sans bavure, mais cela ne sauverait pas ce malheureux.

Les quatre murets commencent à s'enfoncer dans le sol, tandis que quatre autres, plus loin, en surgissent lentement. L'homme se met péniblement à claudiquer en tenant sa cuisse blessée, mais après quelques mètres, il s'effondre, à bout. Il lève une main désespérée et Daniel croit même le voir pleurer.

— Cette fois…, marmonne Duerer.

Il tire. Un jet de sang jaillit du cou de la cible. Duerer pousse une expression victorieuse en allemand. Les autres participants applaudissent, tandis que Daniel n'arrive pas à détacher son regard du malheureux qui, là-bas, tressaute d'agonie, jusqu'à s'immobiliser enfin. Duerer lève les yeux au ciel en poussant un long soupir de satisfaction.

— *Ach du lieber Gott !* que ça fait du bien !

Il dépose l'arme sur la table.

— Dommage que je ne puisse rapporter sa queue comme trophée.

— Et vous feriez quoi avec ? demande un Français.

— Il la donnerait à sa femme, répond malicieusement une des rares participantes. Elle n'en a sûrement pas vu une depuis un bon moment.

Tout le monde rit, y compris Duerer. Même Richard sourit, mais discrètement, en portant gracieusement le poing à ses lèvres. Daniel, pris d'un léger vertige, dirige son regard vers la cour. Deux gardes sont sortis par une porte et ramènent le cadavre avec eux, tandis que les rires résonnent toujours.

Pas de doute : il est en Enfer.

*Et en t'inscrivant à* Hell.com*, c'est de cette élite
que tu voulais faire partie. Tu en étais fier.*

Il ne doit pas penser à ça, sinon il va être malade.

*Au contraire! Penses-y!*

— Monsieur William Gardner, annonce Richard en
consultant sa fiche.

L'Anglais termine sa consommation d'un trait et,
tout en rejoignant la table d'armes, annonce d'un air
de défi :

— Niveau difficile !

Des exclamations admiratives fusent de toute part
pendant que Gardner, sans hésitation, attrape l'une
des carabines. L'air sûr de lui, il marche vers la balustrade, en mimant la démarche du cowboy, et Daniel
songe une seconde à le pousser par-dessus la rampe
de pierre. Dans son walkie-talkie, Richard dit :

— Numéro deux, niveau « difficile ».

À nouveau, en bas, les portes autour de la cour
s'ouvrent. Cette fois, non pas quatre, mais dix parois
surgissent du sol. Donc beaucoup plus de possibilités
de protection pour la prochaine victime. Cette dernière
surgit d'ailleurs d'une porte, une femme cette fois,
athlétique, jeune. D'où peut bien provenir ce bétail
humain? Enlèvements? « Commandes de vengeance »?
Sans doute les deux… Rapidement, la femme atteint
le muret le plus proche alors que la première balle de
Gardner la manque. Au bout de quelques secondes, les
murs s'abaissent tandis que dix nouveaux s'élèvent.
La distance qui les sépare est plus courte et déjà la
malheureuse court jusqu'à un nouvel abri en poussant
des implorations incompréhensibles. Une seconde
balle la rate.

Daniel se tourne vers la table des rafraîchissements
et farfouille dans les bouteilles avec des gestes désor-
donnés. Il n'a pas soif du tout, mais il ne veut surtout
plus assister à cet immonde spectacle. Il entend deux
nouveaux coups de feu, et à chacun d'eux il sursaute

si violemment qu'il échappe presque son verre. Il jauge Richard qui observe le spectacle d'un air neutre. Comment lui parler discrètement ?

Nouveau coup de feu, nouveau débordement du verre de Daniel. Puis, Richard lève une main :

— Stop, vos cinq coups ont été tirés ! Désolé, monsieur Gardner !

Rumeur de déception. Gardner, ahuri, dévisage son arme avec scepticisme puis la lance presque sur la table. Il s'approche du bar, rageur.

— *Fuck !* Je suis venu pour rien !

Il se prépare un verre, se calme un peu et, philosophe, lance à Daniel :

— Bah ! Je me défoulerai ce soir…

Il prend une gorgée et Daniel, par contenance, boit à son tour et réalise qu'il s'est servi un Tia Maria, alcool qu'il déteste. Il se frotte le front d'un geste brusque, sur le point de craquer. Peut-être qu'il y aura une pause… Pour recharger les armes, par exemple… À ce moment, Daniel pourrait s'approcher de Richard et…

— Monsieur Masaki Asakura, appelle l'hôte, toujours aussi suave.

Daniel reconnaît l'homme qui se détache du groupe : c'est le Japonais un peu nerveux qui participe, lui aussi, pour la première fois. Tout en se rongeant un ongle, il observe les carabines d'un air dépassé, tandis qu'on entend faiblement la femme, dans la cour, pleurer et appeler à l'aide. Il choisit enfin son arme et Richard explique :

— La cible sera la même que celle de monsieur Gardner, puisqu'elle est toujours active. Par contre, vous pouvez changer de niveau si vous le souhaitez.

— Je… Heu… Niveau moyen.

Richard l'annonce dans son walkie-talkie. Tout le monde revient à la balustrade et Daniel lui-même, pour ne pas attirer l'attention, s'approche, malgré la nausée de plus en plus insupportable qui monte en lui. Pourra-t-il assister encore plusieurs fois à ce spectacle révoltant ? Non, il n'en sera pas capable, c'est certain, il va hurler, ou frapper, ou fuir avant la fin.

Et quand son nom sera choisi ? Après tout, il est un des participants, et ce n'est qu'une question de temps avant que ce soit son tour.

Parler à Richard… Le plus vite possible… Tant pis pour la discrétion.

Des dix murs amovibles dressés dans la cour, trois s'abaissent, dont celui qui abrite la femme qui, aussitôt, sans cesser de sangloter, détale vers le muret le plus proche. Asakura tire presque aussitôt, compulsivement, sans vraiment viser. Plusieurs participants se mettent alors à le conseiller, lui disent de prendre son temps, sans moquerie ni ironie cette fois : l'attitude protectrice que tout vétéran a vis-à-vis du « p'tit nouveau ». Asakura approuve en se mordillant les lèvres, semblable au jeune sportif qui écoute son coach juste avant le tournoi. Il s'installe, vise avec plus d'attention. Daniel, en inspirant profondément, s'approche enfin de Richard et lui murmure en français :

— Je peux vous parler ?

Richard doit remarquer la voix quelque peu chevrotante et surtout le visage blême de son interlocuteur, car il fronce les sourcils.

— Ça ne va pas ?

— Je voudrais vous dire un mot. Seul.

Richard hésite, puis indique à l'un des gardiens de surveiller la scène. Il s'éloigne, suivi de Daniel, mais s'arrête après une dizaine de pas.

— On ne peut pas aller ailleurs ?

— Allons, monsieur, je vous écoute.

Un coup de feu. Daniel se raidit, se mord l'intérieur des joues, puis :

— Êtes-vous… Êtes-vous l'un des… des représentants de *Hell.com* ?

— Je vous demande pardon ?

— La Géhenne est un événement exclusif pour les membres du site, non ? Donc, organisé par les... par le site lui-même ?

Richard attend la suite, mais son air suave s'effrite graduellement.

— Je voudrais... Je voudrais parler avec un... un responsable de *Hell.com*.

— Pour quelle raison ?

Cette fois, c'est carrément la méfiance qui prédomine dans l'expression de l'hôte, mais Daniel refuse de croire qu'il est en danger. Après tout, ce qu'il demande n'est pas si compliqué. Sans hésitation, il répond donc :

— C'est personnel.

Un autre coup de feu, qui fait légèrement sursauter le PDG. Entre ses doigts, son verre tremble et il doit le tenir à deux mains pour empêcher les glaçons de tinter.

— Désolé, monsieur, mais ce n'est pas possible.

Daniel demeure calme.

— Pourquoi ? Il n'y en a pas sur place ?

— N'insistez pas, monsieur.

Le visage de Richard s'est durci, mais le ton demeure poli. Daniel comprend : le seul langage que ces gens entendent est sans doute celui des affaires. Le PDG l'avait prévu. Il avance d'un pas, se sentant pour la première fois depuis son arrivée dans son élément :

— Entendez-moi bien, Richard, je ne veux pas une rencontre sociale. Je veux parler business, vous comprenez ?

Quatrième coup de feu qui, cette fois, ne provoque aucune réaction chez Daniel. Richard est peu impressionné par les paroles de son interlocuteur :

— Je comprends, sauf que justement, ce n'est pas une rencontre d'affaires qui se déroule ici, mais un événement récréatif, alors...

— Mais, merde ! Comment on procède si on a une offre pour eux ?

Début d'impatience du milliardaire, mais Richard est imperturbable.

— Avant de partir, demain, vous me laissez votre carte et une proposition écrite. Je les remettrai à qui de droit et vous serez peut-être contacté si l'offre est jugée intéressante.

— Écoutez-moi…

— *Monsieur !*

Le ton est sec, brutal. Deux ou trois participants leur décochent même des regards intrigués. Pendant quelques secondes, on n'entend que les lointaines supplications de la femme dans la cour. Richard poursuit :

— La seule raison de votre présence ici est que vous participiez à la Géhenne. Je vous le demande donc : êtes-vous ici pour participer ou pour une autre raison ?

Daniel sent enfin l'odeur du danger. Il a cru que ce serait semblable à une transaction d'affaires. Après tout, ces gens s'occupent de business. Mais il fait face à plus gros que lui.

Tellement, tellement plus gros…

Il grimace un sourire, serrant le verre avec tant de force qu'il craint de le casser.

— Je suis ici pour participer, bien sûr.

— Alors, retournez avec les autres… et participez… monsieur.

Daniel hoche la tête, avale une grande lampée de son horrible Tia Maria, puis tourne les talons pour rejoindre les autres. Au même moment, Asakura tire son cinquième coup et tous s'exclament de joie : le Japonais a manifestement réussi et, ahuri, il cligne des yeux plusieurs fois alors qu'un sourire s'épanouit peu à peu sur ses lèvres. Richard, qui a retrouvé son attitude d'hôte suave avec une instantanéité surprenante, s'approche :

— Félicitations, monsieur Asakura. Vous gagnez donc un autre tour, quand tout le monde aura terminé le sien.

Le Japonais semble presque en transe. Il va se servir un verre et lance à Daniel :

— Vous allez voir, le feeling est vraiment… unique !

Daniel ne répond rien.

Puis Richard appelle le participant suivant, une femme qui demande le niveau difficile. Mais cette fois, même s'il se trouve près de la balustrade, Daniel demeure étranger à ce qui se passe dans la cour, les idées trop confuses. Il entend bien les coups de feu, les exclamations admiratives lorsque la femme réussit à éliminer la cible, le nom du concurrent suivant qui est appelé, les nouveaux coups de feu… Tous ces sons, parasités par les bruits de discussion, de verres préparés et de rires, traversent ses oreilles mais pas son cerveau affolé qui se focalise sur cet unique constat : il ne pourra rencontrer personne. Toute sa naïveté, voire son inconscience presque imbécile, lui apparaît cruellement. Est-ce sa volonté désespérée de retrouver son fils qui lui fausse tellement le jugement, lui qui n'en a pourtant jamais manqué ? Il ne peut quand même pas être venu ici pour rien, ce serait trop ironique…

Mais qu'est-ce que c'est que ces mots que Richard répète avec insistance ? Des mots que le PDG décode et saisit enfin :

— Monsieur Martin Charron !

Daniel se tourne vers l'hôte de la place comme si on venait de le frapper. Richard semble chercher parmi le groupe la personne qu'il vient d'interpeller. Daniel se manifeste :

— Oui, c'est moi. Désolé, j'étais… Je songeais à…

Daniel s'approche de la table des armes, en songeant qu'il n'a qu'à mal tirer pour être sûr de ne pas toucher la cible. Mais Richard le dévisage avec étonnement et Daniel croit comprendre : le Français, qui a de toute évidence une bonne mémoire, devait s'attendre au même Charron que l'an dernier. Il consulte sa liste, désorienté, puis revient au milliardaire.

— Vous êtes Martin Charron ?

— Je sais, on m'a dit qu'il y en avait un l'année dernière qui portait le même nom. Au Québec, c'est un nom assez fréquent.

Richard, qui trouvait déjà ce participant bizarre, plisse les yeux.

— Sur ma liste, il est écrit qu'il s'agit de votre seconde participation. Donc vous devriez être le même participant qu'en 2007. Or je me souviens très bien du Martin Charron de l'an dernier…

Plus personne ne parle. Tous observent Daniel avec perplexité, en particulier Giguère, qui semble se demander s'il devrait révéler ou non ce qu'il sait. Daniel commence à respirer plus vite, les idées s'entrechoquent dans sa tête.

*Essaie quelque chose… Vite… Tu ne peux pas être venu ici pour que ça se termine de manière si lamentable, il faut au moins que tu essaies QUELQUE CHOSE !*

Les deux gardes sont maintenant sur le qui-vive et Richard s'approche en lançant d'un air menaçant :

— Qui êtes-vous vraiment ?

Daniel laisse tomber son verre et, rapidement, se saisit d'une carabine qu'il pointe aussitôt vers Richard. Exclamations abasourdies dans le groupe :

— Hey, hey, Charron !

— Qu'est-ce que vous foutez là ?

En effet, qu'est-il en train de faire ? Lui-même n'en a aucune idée. Tout ce qu'il sait, c'est qu'à partir de maintenant, ses actes n'auront plus rien de sensé : il n'y a plus de place pour la rationalité. Du coin de l'œil, il voit l'un des deux gardes porter la main à sa poche de veston. Instinctivement, il tourne son fusil et tire, sans vraiment viser, en poussant un couinement grotesque. La balle atteint l'homme à l'épaule, qui s'effondre en grognant de douleur. Aussitôt, Daniel fait volte-face et dirige de nouveau son arme vers Richard. Un flash sanglant et jouissif électrocute la brume de sa conscience

*(ce serait tellement bon de le tuer, lui et ensuite les autres, de les tuer tous)*

mais l'évocation fulgurante de Simon l'arrête à temps et, tout en tenant le Français en joue, il se met à crier en anglais :

— Bougez pas, personne, pas un geste ! Si je vois un… un… le moindre… quelqu'un qui…

Il pousse un juron, frustré de sa propre incohérence, puis beugle :

— Si quelqu'un bouge, je le tue, criss, c'est clair ? Je le tue pis je tire sur tout le monde ! Tout le monde !

*Mais qu'est-ce que tu fais, qu'est-ce que tu fais ?* ne cesse-t-il de se répéter. Manifestement, il inspire la peur car personne ne bouge. Si trois ou quatre d'entre eux (dont Giguère) sont même au bord des larmes, convaincus qu'ils vont mourir, la plupart sont outrés d'un tel comportement, comme s'ils n'arrivaient pas à concevoir que cela leur arrive à *eux*. Richard, les mains levées, a l'air dédaigneux de celui qui savait bien que quelque chose ne tournait pas rond. L'autre garde, qui n'est pas blessé, hésite sur le comportement à adopter. Tenant son arme d'une main, Daniel s'empresse de jeter toutes les autres carabines par-dessus la balustrade. Richard parle enfin, en français, calme et hautain :

— Vous rendez-vous compte de ce que vous êtes en train de faire ?

— Toi, tu me mènes à un des dirigeants de *Hell.com*, tu m'entends ?

— Il n'y a aucun dirigeant du site ici. Nous sommes tous des employés qui…

— *Je veux parler à un responsable tout de suite !* hurle Daniel en agitant sa carabine, tel un enfant en pleine crise de rage.

— Mais qu'est-ce qu'il raconte, bordel ? s'affole un Américain dans sa langue maternelle. Qu'est-ce qu'il veut, ce cinglé ?

Richard s'adresse au groupe en anglais, en manifestant un sang-froid remarquable.

— Ne vous inquiétez pas. Restez tous ici, ne bougez pas et je vous assure que tout rentrera dans l'ordre sous peu.

— J'espère bien ! maugrée un Norvégien en prenant une gorgée de son verre.

Richard se met alors en marche en lançant presque sur un ton négligent vers Daniel :

— Suivez-moi.

Daniel le suit, pointant son arme dans son dos, tournant la tête dans toutes les directions pour que ne le surprennent pas les gardes. Ils traversent une porte et se retrouvent dans un long couloir semblable à ceux qu'ils ont parcouru plus tôt. Il songe un instant à tuer Richard, puis à fuir à toutes jambes, droit devant, sans se retourner, jusqu'à ce qu'une dizaine de balles lui déchirent le dos et lui permettent enfin de quitter cette vie désormais insensée… mais à nouveau l'image de son fils lui donne la force de continuer, même s'il se doute bien que cela risque de ne le mener nulle part. En face, deux nouveaux gardes surgissent soudain, armes au poing, et Daniel, sans cesser de marcher, lève davantage son fusil. Richard s'empresse de s'écrier :

— N'intervenez pas, tout va bien !

Daniel leur crie de disparaître, se retourne et, en voyant que d'autres gardes les suivent, il hurle le même ordre en tirant un coup en l'air. Richard, calme mais autoritaire, leur répète d'obéir. Les gardes, à contrecœur, s'exécutent et le duo marche jusqu'à un autre couloir. Richard, sans se retourner, observe calmement :

— Il reste trois cartouches dans votre carabine et il y a neuf gardes armés dans ce château.

— Si tu m'obéis pas, je pourrai pas tuer tout le monde, c'est vrai, mais tu vas être le premier, ça, c'est sûr.

Dieu du ciel! est-ce vraiment lui qui parle ainsi? D'un geste nerveux, il essuie de son poing gauche la sueur sur son front. Richard rétorque :

— Vous ne croyez tout de même pas vous en sortir, n'est-ce pas ?

Cette fois, Daniel ne répond rien.

Richard s'arrête enfin devant une porte qu'il ouvre. Daniel, juste avant d'entrer, crie aux gardes invisibles mais qui les ont certainement suivis à distance :

— Si je vois juste bouger la poignée de cette porte, je le tue !

Il referme la porte derrière lui et se retourne. Un vaste bureau, tout en bois, richement décoré de nombreuses antiquités. Une seule fenêtre, mais deux autres portes au fond, ce qui embête le PDG : trois portes à surveiller ! À quelques pieds du mur du fond, le bureau lui-même, en chêne, sur lequel trônent un ordinateur et un téléphone. Richard s'approche de ce dernier et le prend. Daniel s'avance en le menaçant :

— Lâche ça !

— Vous voulez parler à un dirigeant de *Hell.com*, oui ou non ?

Daniel se mordille la lèvre et attend au milieu de la pièce, jetant des coups d'œil nerveux vers les trois portes, sa carabine allant dans toutes les directions. Que fera-t-il si des gardes entrent brusquement, il va tirer dans le tas jusqu'à vider son chargeur ? Seigneur ! comment en est-il arrivé là ?

Richard compose un numéro, attend qu'on décroche, le combiné contre l'oreille, puis, la voix grave, se met à parler dans une langue inconnue à Daniel. Polonais ? Suédois ? Norvégien ? Impossible à dire. Les seuls mots que comprend le PDG sont «*Hell.com*» et «Charron». À un moment, Richard écoute attentivement, puis répond brièvement quelque chose dans cette langue inconnue. Il appuie sur un bouton, pose le combiné sur un socle et dit de nouveau quelque chose d'incompréhensible. Aussitôt, une voix amplifiée retentit dans la pièce, comme si elle provenait de partout à la fois, et Daniel, après un sursaut d'effroi, finit par comprendre qu'elle surgit de quatre haut-parleurs accrochés sur les murs.

— Monsieur Charron, vous êtes là ?

— Oui, je... je suis là !

De son arme, il désigne Richard :

— Va dans le coin là-bas, pis bouge pas !

Richard s'exécute et, les mains dans le dos, se tient immobile. La voix poursuit :

— Vous êtes en train de commettre une grosse bêtise, cher monsieur. Il existe d'autres moyens pour nous parler que de foutre en l'air un événement si important et de menacer nos employés.

La Voix est posée mais lasse, comme si cette situation l'embêtait davantage qu'elle ne l'inquiétait. Elle parle un français excellent, mais avec un accent curieux, impossible à définir.

— Je voulais, moi, vous parler calmement, sans causer de problèmes, mais votre sous-fifre, ici, m'a assuré que c'était impossible, qu'il fallait que je laisse ma carte et qu'on me rappellerait peut-être !

— Comme nous, vous êtes un homme d'affaires, monsieur Charron, vous devriez donc être le premier à connaître les procédures. Avez-vous l'habitude de recevoir le premier inconnu qui se présente à votre bureau ?

Daniel, au milieu de la pièce, regarde les murs, les haut-parleurs, Richard, les portes, dirige son arme partout... Bon Dieu, il doit se calmer !

— Qui êtes-vous ?

— Vous vouliez parler à un dirigeant de *Hell.com* ? Alors, allez-y. Je vous accorde trois minutes.

D'où appelle cet homme ? De son bureau ? Dans un autre pays ? Il tente de l'imaginer, chef d'une entreprise tout à fait respectable, alors qu'en réalité, sans que personne ne le sache, il est un des actionnaires principaux du plus grand site Internet criminel de la planète. Daniel se frotte nerveusement le nez et commence enfin :

— Simon… Mon fils de dix-sept ans… Il est tombé sur votre site par erreur à la maison, l'autre jour… J'avais laissé l'ordinateur ouvert et je n'étais pas sorti du site, alors…

*Ne te justifie pas, va droit au but !*

— Il a visité le… les sites de torture et il a… il a quitté la maison et réussi à être recruté comme… comme bourreau…

Il ferme les yeux un moment, mort de honte. Richard, d'ailleurs, ose un léger sourire sarcastique. La Voix dit avec indifférence :

— Navré de constater que votre famille est si dysfonctionnelle, monsieur Charron, mais je ne vois vraiment pas comment je peux y remédier.

— Laissez-moi continuer ! crie Daniel en braquant bêtement son arme vers le téléphone. C'est moi qui tiens la carabine, c'est moi qui ai le contrôle !

— Vous ne contrôlez rien du tout.

Le PDG sait que la Voix a raison. En ce moment même, les gardes, dans le château, sont sans doute en train de préparer une contre-offensive. Il doit se hâter.

— J'ai réussi à infiltrer un groupe de torture, mais mon fils n'y était pas ! J'ai seulement su que… qu'il s'intéressait à un autre événement, plus dangereux… Je ne sais pas lequel !

— Eh bien, allez consulter les événements sur le site, tout simplement.

Ce détachement est tellement saugrenu ! La Voix traite Daniel comme s'il était un vendeur itinérant embêtant, et non pas comme s'il était menaçant.

*Parce que tu ne l'es pas!*

— Je ne peux pas! Je ne suis plus membre! On m'a coupé tout accès au site!

— Pourquoi donc?

Pour la première fois, une nuance d'intérêt apparaît dans la Voix. Daniel se rend compte qu'il est en train de trop en divulguer et se tait, incertain. Il croit entendre des pas derrière une des portes et dirige nerveusement son arme vers elle. Rien ne bouge. La Voix reprend, moins pressée:

— Vous prétendez que vous avez infiltré un groupe de torture… Comment? Seul? Avec la police?

Daniel ne répond toujours pas, la bouche sèche. Richard le fixe d'un regard hargneux. La Voix, comme pour elle-même, marmonne:

— Martin Charron, c'est ça? Et si je me fie à votre accent, je dirais que vous venez du Québec…

Richard intervient, la voix lisse:

— J'ai tout lieu de croire qu'il ne s'agit pas de sa vraie identité, monsieur.

Des haut-parleurs provient un cliquetis que Daniel reconnaît très bien: des doigts qui s'activent sur un clavier d'ordinateur. Comme pour confirmer cette pensée, la Voix, après quelques secondes de silence, dit:

— Nous avons un seul Martin Charron, au Québec, et son abonnement n'a pas été interrompu.

Sur le front de Daniel, la sueur déferle maintenant en ruisseaux. Richard plisse les yeux.

— Auriez-vous la décence de décliner votre vraie identité? demande la Voix.

Daniel, toujours silencieux, essuie rapidement son front. La Voix reprend:

— Écoutez-moi bien: dévoiler votre identité ne vous mettra pas dans la merde davantage, puisque vous y êtes déjà jusqu'au cou. Alors si dans cinq secondes vous ne me dites pas votre nom, je raccroche et je laisse Richard et ses hommes s'occuper de vous.

Daniel toise le Français, qui soutient son regard ; il regarde les portes, derrière lesquelles se trouvent sans doute les gardes en train de se préparer. Il a beau être armé, il n'est pas un soldat d'élite, il ne tiendra pas trois secondes face à une offensive de tueurs professionnels... surtout pas avec trois balles. La Voix a raison : il est dans la merde de toute façon. Daniel se rend enfin compte qu'il a peur, une peur qui l'habite depuis son arrivée au château, mais qui jusqu'à maintenant a été éclipsée par l'urgence et l'irrationalité de la situation. Sauf que là il ne peut plus ignorer cette pression sur son cœur qui s'intensifie de plus en plus.

Aller jusqu'au bout... Tant qu'à être foutu, aussi bien l'être en tentant l'impossible... Il ouvre donc la bouche et articule d'une voix vide :

— Daniel Saul.

Nouveau silence, entrecoupé seulement du bruit du clavier. Mouvement derrière les portes. Daniel pointe toujours son arme vers elles, mais avec moins de frénésie. Puis la Voix :

— Ah... C'est donc vous.

Elle semble maintenant très intéressée.

— Vous avez fait arrêter l'un de nos groupes soustraitants, on vous a débranché et on a envoyé des papiers compromettants pour vous et votre entreprise à la police, et malgré tout cela, vous venez jusqu'ici ?

Même si la Voix démontre maintenant de la curiosité, elle demeure marquée par la lassitude. En fait, ce n'est pas de la lassitude, mais autre chose. Quelque chose de plus profond.

— Ou vous êtes totalement inconscient, monsieur Saul, ou vous êtes totalement idiot.

— Je veux seulement retrouver mon fils ! Je veux que vous me disiez à quel événement horrible il s'est inscrit !

— Comment voulez-vous que je le sache ?

— Mais... Mais vous êtes un des dirigeants de *Hell.com* ! Vous... vous êtes le Diable !

— Le Diable ?

Un ricanement rebondit sur les murs, celui de la Voix qui semble franchement amusée quoique toujours teintée de cette lassitude contradictoire.

— Nous nous doutions bien qu'en appelant notre site *Hell.com*, nous alimenterions l'imaginaire religieux des gens. On a beau se croire détaché du christianisme, il imprègne toujours notre inconscient, n'est-ce pas ?

Puis, plus sérieusement :

— Vous croyez que le Diable connaît chacun de ses damnés ? L'Enfer est trop vaste, monsieur Saul, il comporte une multitude d'antichambres. Les seuls événements que nous contrôlons vraiment sont ceux qui sont exclusifs et préparés par nous, comme la Géhenne. Mais comme votre fils n'est pas membre du site, il ne peut s'être engagé que dans un événement contrôlé par un de nos sous-traitants. Et à travers le monde, nous en comptons quelques milliers.

Cet homme ne parle pas de crimes, de torture ou de vies humaines, il parle d'une entreprise, d'un conglomérat comme un autre. La voix enrouée, Daniel s'entête :

— Il... Simon s'est sûrement inscrit à un événement qui aura lieu au Québec, c'est... Criss ! Vous pouvez entreprendre des recherches, non ? Vous en êtes capable, j'en suis sûr ! Demandez à vos... vos associés !

— Pourquoi perdrais-je mon temps à pareille chose ? Quel serait mon intérêt ?

— Vous voulez parler affaires ? Parfait ! Je suis prêt à vous payer cinq millions si vous me dites où est mon fils !

— Monsieur Saul...

— Je vous donne le double ! Le triple ! Trouvez mon fils et je vous donne tout ce que j'ai, vous m'entendez ?

Silence dans les haut-parleurs. Daniel a maintenant le souffle court et regarde vers le téléphone. Il ressent soudainement une émotion qu'il croyait ne plus jamais éprouver : l'espoir. Richard attend aussi la réponse de son patron, le visage grave. Enfin, sur un ton énigmatique, la Voix marmonne :

— C'est intéressant…

— Quoi, ça ? s'écrie Daniel sur un ton presque victorieux. Mon offre ?

— Non, vous.

Daniel ferme les yeux en gémissant. Il entend bien des mouvements derrière les portes, mais il ne s'en préoccupe plus, comme il n'accorde plus aucun regard à Richard. Désespéré, en abaissant son arme malgré lui, il rétorque :

— Non ! Je n'ai plus aucun intérêt pour vous, je ne suis plus un… un démon !

— Vous voulez rester dans les métaphores religieuses ? Vous devriez savoir alors qu'on ne peut cesser d'être un démon sans en payer le prix.

Daniel, oubliant toute prudence, n'a plus d'énergie pour relever son arme. L'espoir, telle l'oasis rêvée par l'homme perdu en plein désert, s'estompe dans le brouillard de son abattement. Brouillard si épais qu'il lui cache tout : les murs, le téléphone… et Richard, qui semble maintenant sur le point de bondir.

— Je sais, souffle Daniel. Je suis parmi les damnés, maintenant…

— Pas encore tout à fait…

Daniel a à peine le temps de se demander ce qu'insinue cette dernière remarque qu'une douleur aiguë au poignet gauche l'oblige à crier et à échapper son arme. En même temps, Richard lui ceinture le cou d'un bras solide et lui agrippe le poignet droit. Simultanément, les trois portes s'ouvrent et plusieurs gardes surgissent. Ils forment un demi-cercle autour du duo en pointant leurs pistolets, dans un silence plus menaçant que n'importe quel ultimatum proféré à haute voix. Daniel se débat sous la solide prise de Richard, mais en vain. La terreur le ramollit en quelques secondes : il sait qu'il a perdu. Qu'il va sans doute se retrouver dans la cour, avec les autres cibles humaines. Qu'il va mourir pour rien, sans avoir pu sauver son fils. La Voix reprend calmement, avec son mélange d'intérêt et de lassitude :

— Plus le chemin de croix est insoutenable, plus la récompense est méritée. Et le plus ironique, c'est que je suis sûr que vous n'êtes pas croyant.

Daniel, qui ne se débat plus, songe tout à coup aux paroles de son père :

« L'important n'est pas de savoir où on va après sa mort, mais les traces qu'on laisse… »

Il pousse un véritable cri de rage et de détresse tandis que la Voix, insensible à son hurlement, ajoute :

— Mais peu importe. La rédemption n'a pas besoin de Dieu…

Un coup terrible sur le haut de son crâne, puis Daniel se sent choir, exactement comme lorsqu'il est tombé sur les genoux, à la séance de torture. Tandis que les ténèbres l'envahissent, il songe confusément qu'il s'agit là de sa seconde chute.

# CHAPITRE 21

C'est la deuxième fois en quelques semaines que Daniel est assommé et l'éveil est tout aussi désagréable : sa bouche est pâteuse, une vague nausée lui mange le cœur et sa tête est si douloureuse qu'il a l'impression qu'elle est fissurée de toutes parts.

Malgré son état pitoyable, il a tout de même assez de lucidité pour constater qu'il n'est ni dans la cour du château, ni devant un peloton d'exécution, ni rien de ce genre. Il est tout simplement assis sur le sol, le dos appuyé contre le mur d'un bâtiment abandonné, face à un grand terrain vague, en pleine campagne. Il est revenu à son point de départ, à l'endroit où l'avion est venu les chercher, lui et les autres participants.

On l'a tout simplement ramené. Mais pourquoi ? Pourquoi l'avoir épargné ?

En gémissant de douleur, convaincu que sa cervelle va s'écouler par ses oreilles, il finit par se lever. Après quelques pas, il se laisse tomber sur le sol et ne bouge plus pendant vingt longues minutes. Quand il a enfin l'impression (mais, justement, ce n'est peut-être qu'une impression) que ça va mieux, il se relève, marche péniblement vers le chemin puis entreprend de se mettre en route vers Paris. Quelle heure peut-il bien être ? Fin d'après-midi ou début de soirée, s'il se fie à la position du soleil. Quelques minutes plus tard, une voiture passe. Daniel lui fait signe d'arrêter, mais elle continue. Il poursuit sa route en maudissant ce sale égoïste, puis, dix minutes plus tard, il a plus de chance avec une autre automobile qui s'arrête. Le conducteur doit avoir son âge et semble être un joyeux luron. Daniel ne s'est même pas assis qu'il demande, hilare :

— Ben dites donc, mon vieux, vous avez été catapulté ici ou quoi ?

La voix molle, Daniel raconte qu'il a pris un auto-stoppeur qui l'a assommé et a manifestement volé sa voiture de location. Mais cette histoire, loin de calmer la bonne humeur du conducteur, le fait presque éclater de rire tandis qu'il se remet en route.

— C'est pas vrai ! Je croyais qu'on ne voyait ça que dans les films de série B ! Et en plus, vous êtes Canadien, non ?

Il finit tout de même par demander à Daniel si ça va. Le PDG grommelle qu'il va s'en tirer.

— Je vous emmène dans une préfecture de Paris ?

— Non, je voudrais…

Daniel grimace en se massant la tempe droite. Il regarde l'heure sur le tableau de bord : dix-huit heures trente-cinq.

— … je voudrais juste retourner à mon appartement.

— Ce serait plus sage d'alerter les flics, vous savez.

— Je vais m'en occuper… de chez moi…

— Comme vous voulez.

Pendant le trajet, le bon samaritain veut poser des questions sur l'agression proprement dite, mais Daniel, qui n'en peut plus, explique qu'il a trop mal à la tête pour parler. Le gars est déçu mais n'insiste pas. Daniel ferme les yeux et s'abandonne au désespoir : ce voyage n'a absolument rien donné. Et maintenant, il ne sait plus du tout comment trouver cette activité dangereuse à laquelle son fils a l'intention de participer. Tout ce qu'il sait, c'est que l'événement se passe en septembre, et qu'on est déjà le 10. Pour la première fois, il soupçonne qu'il est peut-être trop tard…

La voiture finit par s'arrêter devant l'appartement de Daniel et le conducteur siffle d'admiration.

— En plein VII^e arrondissement ! Eh ben, dites donc !

Daniel ouvre la porte. L'homme demande s'il a besoin d'être accompagné, mais Daniel le remercie.

— Attendez-moi, je vais aller vous chercher un petit dédommagement.

— Hé, ho, vous me vexez, mon vieux ! Si on ne peut plus rendre service gratuitement, maintenant !

Et, en rappelant à Daniel d'appeler les flics immédiatement, il repart, comme s'il venait de prendre un banal auto-stoppeur. Daniel le regarde s'éloigner et se rend compte que tomber sur un tel homme est rassurant. Il y a encore des gens bien dans ce monde de détraqués…

Dans son appartement, il se laisse choir sur son lit. Il est vivant, libre, et surtout complètement déconcerté : pourquoi la Voix l'a-t-elle laissé partir ? Il a rencontré des hommes d'affaires importants et connus qu'il pourrait dénoncer aujourd'hui même. Giguère, par exemple. Mais la Voix sait qu'il ne le fera pas : quelles preuves a-t-il contre ces gens ? Et de toute façon, ce n'est pas ce qui l'intéresse.

Le sommeil le gagne peu à peu. Il n'a pas la force de résister.

*Simon… Comment vais-je te retrouver, maintenant ?*

Il s'endort sur cette angoissante question.

◆

— Mais qu'est-ce que tu foutais, merde ! J'ai laissé dix messages que je laisse sur ton cellulaire depuis hier !

C'est Louise Ouellet, à l'autre bout de la ligne, si excédée que Daniel est convaincu que tous les gens qu'il croise, en traversant l'aéroport, doivent l'entendre gueuler. Heureusement que le PDG, après quinze heures de sommeil, n'a presque plus mal à la tête.

— Louise, je t'avais avertie que je venais à Paris pour quelque chose de privé. Je n'ai même pas emporté mon cellulaire avec moi, hier. Mais maintenant, je te rappelle, alors…

— T'as oublié qu'il est quatre heures du matin ici?

— Désolé. Il y avait une urgence?

— Pas vraiment. Mais comme ton enquête préliminaire a lieu demain, faudrait se voir avant, tu ne penses pas?

— Je serai à Montréal autour de onze heures.

— OK. Viens me rejoindre au bureau dès que tu arrives.

Va-t-elle s'envoyer une petite ligne de coke pour compenser son manque de sommeil? Daniel, évidemment, s'abstient de poser la question et coupe le contact. Tout en marchant dans le long couloir qui le mène à la section des avions privés, il consulte son cellulaire et constate qu'il y a plusieurs autres messages enregistrés, la plupart du bureau.

Il croise quelques personnes, surpris de n'être intercepté par aucun flic. Charron, qui a sans doute été libéré par les gens de l'hôtel, aurait pu porter plainte aux flics de Paris, qui l'auraient alors attendu à l'aérogare. Et pourtant, non: on a examiné son passeport (son vrai) et on l'a laissé passer. Charron ne l'a donc pas dénoncé. Au fond, le PDG ne devrait pas s'en étonner: son ex-collègue n'est pas le genre à mêler la police à ses affaires. Les quelques personnes qui croisent Daniel ne lui prêtent donc aucune attention… sauf ce type, dans la cinquantaine, en complet-cravate avec attaché-case, le prototype même du *businessman*. Tout en le dépassant, il reluque Daniel avec insistance, ce qui intrigue ce dernier. Le milliardaire, malgré son teint pâle et ses cernes, est pourtant rasé, douché, vêtu de vêtements propres. À moins qu'il ait déjà rencontré cet homme dans un congrès ? Mais ce n'est vraiment pas le moment de s'occuper de cela. Il poursuit son chemin, tandis que, derrière lui, l'homme en complet l'examine toujours.

Dix minutes plus tard, quand il entre dans son jet privé, le pilote l'aborde avec malaise. Wilson l'a appelé hier pour lui dire que Daniel avait nolisé le jet sans obtenir les autorisations habituelles de la compagnie. Daniel le rassure, lui promet qu'il n'aura pas de problèmes, ce qui semble soulager le pilote.

Pendant les premières heures du vol, le PDG, encore une fois, se creuse les méninges à essayer de comprendre pourquoi on lui a laissé la vie sauve, mais peu à peu, son fils devient le centre de ses pensées. Il doit absolument trouver un moyen de consulter le calendrier de *Hell.com*. Et il ne voit pas comment. Plus il approche de Montréal, plus son désespoir s'intensifie et lorsqu'il sort de l'avion, à onze heures dix, il a la déprimante impression d'être revenu au même point qu'à son départ.

*Sauf que Simon a maintenant dix-sept ans. Et que normalement il aurait commencé son cégep. Il y a quelque temps, il avait si hâte d'y aller, d'y étudier, d'y préparer son avenir brillant et spectaculaire, d'y…*

En marchant dans le couloir de l'aéroport, Daniel ferme les yeux un bref moment : non, ça, c'est la vision du père, et non celle du fils.

*Simon, si je te retrouve, je t'aiderai à découvrir ta voie… La tienne, pas celle que je veux. Je te le jure.*

La musique de son cellulaire le tire de ses pensées et, sans cesser de marcher, il répond. C'est Ouellet.

— Tu es arrivé ?

— Je sors de l'avion à l'instant.

— Viens me rejoindre chez moi, finalement. Je suis vraiment trop fatiguée pour me rendre au bureau. On travaillera de la maison, d'accord ?

Daniel dit que c'est d'accord et coupe. L'avocate avait une drôle de voix, un brin nerveuse. A-t-elle appris des choses embêtantes sur son client? Même si c'est le cas, Daniel s'en moque: il n'arrive tout simplement pas à se préoccuper de son éventuel procès.

Dans le taxi qui l'emmène à Outremont, Daniel se rend à l'évidence: le seul qui peut sans doute le renseigner sur le calendrier de *Hell.com*, c'est Courteau. Mais pour que l'agent de la GRC accepte de l'aider, Daniel devra vraiment tout lui révéler, lui expliquer les terribles agissements de Simon *et* ce qu'il s'apprête à faire. Depuis le début, c'est ce qu'il veut éviter, mais il n'a peut-être plus le choix, même si l'idée de tout raconter aux flics lui apparaît comme une preuve supplémentaire qu'il a échoué dans son rôle de père.

Son cellulaire sonne encore et, trop préoccupé pour vérifier qui appelle, il répond. C'est Marie.

— Daniel! Tu ne prends pas tes messages?

Marie… Il n'y a pas si longtemps, ils étaient tellement complices. Bons collègues, bons amants…

— J'étais… J'étais en France…

— On le sait! Tu as nolisé le jet sans en parler! Qu'est-ce qui se passe, au juste? Et ces histoires de fraude que la police a contre toi! Il y a même une rumeur selon laquelle tu… tu aurais quelque chose à voir avec la mort de Bégin? Daniel, dis-moi que c'est insensé!

Daniel penche la tête vers l'arrière.

— Je suis sous enquête préliminaire, Marie, je ne peux rien dire.

Long silence consterné, puis la jeune femme explique lentement:

— Daniel, le conseil d'administration a tenu une réunion extraordinaire hier et… Écoute, plus personne ne te comprend. Et ce procès qui te pend au bout du nez…

— Le CA va exiger ma démission bientôt, je le sais. Je le sais très bien.

*Et je m'en fous, Marie, à un point que tu ne peux imaginer. Plus rien n'a de sens sauf Simon, mon fils que je suis en train de perdre, que j'ai peut-être déjà perdu…*

La voix de Marie se veut conciliante, rassurante, même si l'inquiétude y vibre intensément.

— Je t'ai soutenu devant les membres du conseil. Mais si tu reviens pas t'expliquer, je ne pourrai plus te défendre.

Elle sait qu'il se passe quelque chose, que Daniel est

(*en Enfer*)

dans la merde, une merde qu'il ne veut pas avouer… Et elle veut l'aider.

*Pourquoi tu veux m'aider, ma douce et belle Marie ? Je ne le mérite pas… Si tu savais à quel point je ne le mérite pas !*

Il doit interrompre cette conversation avant d'éclater en sanglots. Il bredouille donc :

— Je vais… Il faut que je raccroche, mais je vais te rappeler, d'accord ?

— Non, ne me rappelle pas : viens me voir.

Elle insiste :

— Viens me voir, Daniel.

Daniel se mord violemment la lèvre inférieure.

— Je… Je ne sais pas.

Il coupe et se plaque les deux paumes contre les yeux. Dans le rétroviseur, le chauffeur de taxi lui jette un regard incertain.

Il est presque midi trente lorsqu'il sonne à la porte de l'imposante demeure de Louise Ouellet, maison qu'elle a réussi à conserver lors de son divorce il y a quatre ans. Tandis qu'il attend qu'elle lui ouvre, il décide qu'après cette rencontre il appellera Courteau pour tout lui raconter. Il n'a plus le choix.

Ouellet se présente enfin. Habillée en tailleur chic comme toujours, maquillée sobrement, bien peignée. Pourtant, elle n'est vraiment pas comme d'habitude.

— Ah, Daniel ! Entre !

La fatigue ? Non. Au contraire, elle semble surexcitée. Elle l'embrasse sur les joues, mais rapidement,
presque gênée.

— Salut, Louise. Alors, pas trop fat…

— Viens, on va aller dans mon bureau.

Elle adopte une démarche aussi rapide que sa voix.
Dérouté, Daniel la suit, puis comprend : elle a sniffé
de la poudre, évidemment. Sauf qu'elle a poussé la dose
un peu fort. Sa dépendance devient un réel problème.
A-t-elle même commencé à perdre des clients ?

Le bureau est vaste. Un coin causette avec deux
fauteuils, un foyer sur le côté, des murs couverts de
livres et, au fond, le bureau proprement dit. Pas de
fenêtre, éclairé sobrement par quelques halogènes.
Ouellet aime cette ambiance de recluse pour travailler,
cette atmosphère de cocon fermé au monde extérieur.
Elle invite Daniel à s'asseoir dans un des fauteuils et
elle s'installe dans le second.

— Alors, pas trop fatiguée ? redemande Daniel qui
veut être poli.

— Non, non, ça va, finalement.

Elle sourit trop, un sourire faux. Et elle cligne des
yeux souvent, signe chez elle qu'elle est *high*. Daniel
commence :

— J'aime mieux te le dire tout de suite : je vais
appeler Courteau.

— Ah, bon ?

— Je vais lui expliquer quelque chose que je n'ai
encore dit à personne.

— Hmm-hmm…

Elle joue frénétiquement avec le rebord de sa jupe,
les yeux lumineux comme des feux de circulation. Il
y a même une légère pellicule de sueur sur son front.
Daniel est tout de même étonné : la drogue ne l'a
jamais mise dans un tel état.

— Louise, tu m'as l'air pas mal… heu…

— Avant de me raconter tout ça, va chercher ton dossier, d'accord ? Il est sur mon bureau.

Elle parle beaucoup trop fort. Daniel se tait, pris au dépourvu. Mais pourquoi n'y va-t-elle pas elle-même ? Il se lève et marche vers le bureau. Si elle ne se ressaisit pas, il la vire et engage un autre avocat, surtout si Simon doit être défendu... Il est à mi-chemin du bureau, donc devant le foyer, lorsque la voix surexcitée lui lance :

— T'as vu mon nouveau set d'accessoires pour le foyer ?

Daniel se retourne, déconcerté.

— Pardon ?

Louise, face à lui, sourit avec tant d'exagération que sa bouche semble contenir trois mille dents. Elle se frotte le nez, puis pointe un doigt vague vers le foyer.

— Je me suis acheté des nouveaux accessoires. Ils sont vraiment beaux, tu devrais regarder ça !

Daniel la considère comme si elle s'était transformée en attardée mentale. Patient, il articule :

— Eh bien, tant mieux, mais...

— Va voir le tisonnier. Il est vraiment chic. Vas-y, prends-le.

Elle cligne des yeux, le sourire presque affolé, la main gauche crispée sur sa cuisse. Seigneur ! elle est en plein délire !

— Louise, franchement, je n'ai pas env...

— Je te demande pas grand-chose, criss ! Je veux juste que tu regardes mon tisonnier, c'est-tu trop te demander ?

Daniel passe près d'éclater de rage, mais finalement abdique et marche vers le foyer en se disant que le mieux est de l'écouter gentiment, puis de foutre le camp. Car sa décision est irrévocable : Louise a dépassé la limite, il ne peut plus lui faire confiance professionnellement, pas après une scène aussi grotesque. Il attrape donc le tisonnier, feint de le regarder (il n'est pas neuf du tout !), puis se tourne vers l'avocate.

— Voilà, il est très beau. Maintenant, je pense que je devrais part…

Louise, debout près de son fauteuil, pointe un revolver vers son client.

La première pensée de Daniel est incongrue : *Encore une arme pointée vers moi !*, puis la question qu'il pose lui paraît tout aussi ridicule :

— D'où sors-tu cette arme ?

— Je l'avais mise sous… sous mon fauteuil, juste avant que tu arrives, lui répond la femme d'une voix fébrile. Normalement, je la garde dans le… le tiroir de mon bureau, mais… je voulais être prête quand… quand tu…

Elle se tait, comme si elle réalisait à son tour l'absurdité de la situation. Mais Daniel n'arrive pas à avoir peur puisqu'il ne comprend pas ce qui se passe. Tisonnier en main, il a un ricanement interrogatif :

— C'est une blague ou quoi ?

— Non, c'est pas une… Non, non.

Et effectivement, Ouellet ne s'amuse pas du tout. Elle est plus anxieuse que jamais, l'arme tremble sérieusement et ses yeux clignotent comme si un fusible avait sauté dans son crâne. Daniel commence enfin à entrevoir le danger. Il ose deux pas en levant sa main libre :

— Louise, je sais que tu as sniffé de la coke avant que j'arrive, mais…

— Arrête-toi ! Bouge plus !

Daniel obéit. Louise grimace, embêtée.

— Merde ! J'aurais dû tirer avant que tu te retournes ! Parce que là, c'est… c'est tellement…

— Mais qu'est-ce qui te prend ? Pourquoi tu fais ça ?

— J'ai pas le choix, Daniel ! J'ai vraiment, vraiment besoin d'argent, sinon je… je vais être dans le trouble ! Le gros trouble !

Elle est affolée, halète presque et parle si vite que le PDG saisit mal ce qu'elle raconte.

— Quel argent ? Mais de quoi tu parles ?

Les yeux se remettent à clignoter, complètement désynchronisés ; elle marmonne, le visage ruisselant de sueur :

— Ah, c'est vrai, tu… tu peux pas être au courant… C'est sur le site juste depuis ce matin…

Sur le site ?

Dans sa main, le tisonnier pèse tout à coup une tonne.

— Oh non ! Louise… Pas toi…

— Et pourquoi pas moi ? crache-t-elle avec rancœur en pointant le revolver de manière plus ostentatoire. Si toi tu y as droit, et plein d'autres, pourquoi pas moi ? Je suis dans la même gang que vous autres, non ? Quand vous êtes dans le trouble, vous êtes bien contents que je vous aide ! Alors *pourquoi pas moi ?*

Daniel se souvient qu'elle a commencé à consommer très sérieusement de la coke il y a un an et demi. Est-ce que cela coïncide avec le moment où elle a découvert *Hell.com* et, par conséquent, la qualité phénoménale de la drogue qu'on peut y trouver ? Tellement phénoménale qu'elle y a engouffré tout son argent ?

L'avocate émet alors un rire bref mais complètement dingue, qui démontre plus son désarroi que son amusement, et lâche d'une voix hystérique :

— Je le sais pas ce que t'es allé foutre à Paris, Daniel, mais en tout cas, ça… ça t'a vraiment mis dans la marde !

— Louise…

— Je vais raconter aux flics que c'est toi qui m'as attaquée ! explique-t-elle à toute vitesse, comme si elle voulait se convaincre elle-même. Tu t'es fâché, t'as pris le tisonnier pour me frapper, pis moi, j'ai été obligée de me défendre ! Ils vont me croire, il va y avoir tes empreintes sur le… le…

— Louise, écoute-moi…

— Tais-toi ! gémit-elle, mi-menaçante, mi-déses-pérée. J'ai besoin de cet argent, Daniel, j'ai tout perdu, j'ai plus une cenne, je me suis endettée comme une folle pis… J'ai plus le choix, tu comprends ? *J'ai plus le choix !*

Elle est gelée comme jamais elle ne l'a été, elle a sûrement pris tout ce qui lui restait de poudre pour se donner du courage, le courage de tuer Daniel et, même si ce dernier ne comprend toujours pas ce qu'elle a exactement vu sur le site pour lui donner envie de le tuer, il perçoit dans ses yeux la folie et le désespoir qui forment un cocktail effrayant, il voit sa main libre qui tire sur sa jupe comme si elle voulait l'arracher, il voit le doigt se recroqueviller sur la détente de l'arme, il voit qu'elle va tirer d'une seconde à l'autre…

Elle cligne alors des yeux plusieurs fois… et aus-sitôt, sans réfléchir, par instinct de survie, Daniel pro-jette violemment le tisonnier vers l'avant et se jette au sol en même temps. L'avocate reçoit le tisonnier à plat dans l'abdomen au moment où elle tire et la balle manque de peu Daniel qui, en heurtant le plancher, entend Louise pousser un cri de surprise et de douleur. L'écho de la détonation n'a pas disparu qu'il est déjà debout et s'élance vers la femme qui, encore déstabi-lisée, tire au hasard et manque totalement sa cible. Elle reçoit Daniel tel un train lancé à toute vapeur, échappe le revolver et s'effondre sur le dos. Tandis que le PDG l'enfourche, elle se met à tambouriner de ses deux poings sur lui en couinant, folle de rage :

— *T'as pas le droit - t'as pas le droit - t'as pas le droit - t'as pas le droit !*

Le premier coup de poing la réduit au silence, le second l'assomme pour le compte. À bout de souffle, encore sous le choc d'avoir senti une balle passer si près de lui, Daniel se relève, ébauche quelques pas tel un homme ivre, puis son regard tombe sur le tisonnier. Aveuglé par la colère, il l'agrippe, revient

au-dessus de Louise et lève l'instrument, prêt à frapper.
Elle a osé ! Cette salope a osé lui tirer dessus, lui !
*Lui !* Mais d'un coup il se calme, terrifié par cette part
jamais lointaine de lui qui ressurgit toujours avec une
facilité effrayante. Il lance le tisonnier au loin et se
masse le visage.

Pourquoi vouloir le tuer ? Pour l'argent ? Mais *quel*
argent ?

« C'est sur le site juste depuis ce matin… »

Comme si elle l'avait consulté avant qu'il n'arrive
à Montréal… Ce qui signifie que…

Il se dirige rapidement vers le bureau et se plante
devant l'ordinateur allumé. L'écran de veille montre
une poule se promenant partout, suivie de ses poussins.
Tremblant d'espoir, il tend la main vers le clavier et
appuie sur une touche. L'écran de veille fait place à
la page d'accueil de *Hell.com*. Daniel ne peut s'empêcher de pousser un cri de victoire en brandissant le
poing, comme si son équipe de hockey venait de
compter un but. Il veut cliquer sur l'icône « *calendar* »,
mais deux mots, au centre de l'écran, juste sous le nom
du site, clignotent avec insistance :

special announcement

Première fois qu'il voit ça.

Un pressentiment. Glauque, gluant, comme une
chape d'humidité tropicale qui vous tombe dessus sans
prévenir.

Il clique sur ce « message spécial ». Une grande
photo, qui occupe la moitié de l'écran, apparaît, et Daniel
doit s'asseoir sur la chaise pour ne pas s'effondrer.
L'homme qui le regarde en souriant est nul autre que
lui-même, une photo datant de deux ou trois ans, la
plus connue de lui, qu'on retrouve dans les journaux
d'affaires ou les programmes de colloque. Au-dessus
de son visage charismatique et confiant, un simple
mot, en lettres blanches, crève l'écran :

# WANTED

Incrédule, le regard du PDG va plusieurs fois de sa photo à ce mot incongru, comme s'il n'arrivait pas à lier dans son esprit ces deux éléments, puis il se décide enfin à lire le texte anglais écrit sous la photo, qu'il traduit mentalement:

> *Hell.com*, soucieux d'offrir de nouveaux défis à ses membres les plus audacieux, lance une chasse à l'homme pour la troisième fois en six ans. Dix millions de dollars américains seront remis à celui ou celle qui assassinera Daniel Saul, un homme d'affaires de Montréal, Canada, ancien membre du site. Comme preuve de votre réussite, vous n'aurez qu'à envoyer une photo numérique du cadavre (qui ne proviendra ni d'un journal, ni d'un dossier de police) à l'adresse de courriel inscrite au bas de l'écran (veuillez noter que l'adresse changera chaque jour), et nous vous contacterons pour vous remettre ladite somme. Daniel Saul a quarante-trois ans et il est PDG de l'entreprise « Saul inc. ». Sa principale résidence est à Westmount (Québec, Canada), au 6475, rue Surli. Il a aussi un appartement à Paris, un autre à Barcelone et un troisième à New York, dont voici les adresses…

Tout se met à rétrécir autour de Daniel; cet effet de recroquevillement se fait aussi sentir à l'intérieur de son corps, comme si tous ses organes se pressaient les uns contre les autres pour ne former qu'une boule compacte dans laquelle son souffle n'arrive plus à passer.

*Respire, bon Dieu, respire!*

La sonnerie du téléphone le fait littéralement bondir et, par la même occasion, décoince le nœud en lui. Il se remet à respirer en prenant de grandes goulées, comme s'il remontait à la surface d'un lac après de longues secondes d'immersion. Il fixe avec terreur le téléphone qui, après quatre sonneries, se tait enfin. Daniel revient à l'ordinateur, à sa photo, au message impossible dessous. Plus tard… Il pensera à cela plus tard… Pour l'instant, il doit se dépêcher de consulter le calendrier. Il clique donc sur « *calendar* », puis va sur la page qui concerne le Québec. Un message explique de bien vérifier les dates, car certaines d'entre elles ont été changées au cours des derniers jours. Courteau l'avait prédit : quand un membre trahit le site, celui-ci modifie plusieurs dates par sécurité. Daniel attrape un crayon qui traîne sur le bureau et le premier papier qui lui tombe sous la main et, d'un œil fiévreux, consulte les activités à venir. Mike a parlé d'un événement dangereux, au cours duquel la vie même du participant est en jeu… Daniel néglige donc les soirées sexuelles, les paris illégaux, les ventes de drogue… puis tombe sur cette soirée :

Push your limits

Il traduit la phrase descriptive de l'événement :

L'endroit où vous pouvez aller jusqu'au bout.

C'est vague, mais cela peut impliquer une notion de danger. Ou uniquement de sexe extrême ?… Pas de chance à prendre, il note les infos : la date (13 septembre), l'heure (23 heures), le prix d'entrée (500 dollars) et l'adresse (dans le nord-est de la ville). On y stipule aussi qu'il ne faudra stationner aucune voiture à proximité du lieu – sans doute pour ne pas attirer l'attention. Il continue de fouiller dans le calendrier, en jetant de rapides coups d'œil vers Ouellet toujours inconsciente. Un autre événement attire son attention : *Death Fights*. Cette fois, on précise davantage la nature de la soirée.

Venez parier sur des combats extrêmes.
Huit combats en tout.
Mise minimum : 500 dollars.
Mise maximum : 5000 dollars.
Mot de passe : Golgotha.

Daniel se masse le front. Est-ce que son fils oserait participer à une folie semblable ?

L'événement a lieu le 18 septembre, dans un hôtel pas très loin de Sherbrooke. Il note à nouveau l'adresse, l'heure (22 heures), le prix d'entrée (2000 dollars) et le mot de passe.

Le reste des événements du mois de septembre ne parle ni de violence, ni de mort, ni de défis extrêmes. Daniel relit les infos sur les deux soirées qu'il a notées. Comme aucune des deux n'est un événement Hell-VIP, Daniel pourra s'y rendre sans réserver à l'avance.

Simon sera à l'une de ces deux soirées, Daniel en est convaincu. Pas comme spectateur, comme participant.

Tout à coup, une idée lui traverse l'esprit : ces deux dates sont sans doute nouvelles. Et comme Simon n'a pas accès au site, il ne le sait pas et ne pourra donc pas s'y rendre au bon moment... et Daniel va le manquer ! D'abord affolé, il tente de se raisonner : si Simon s'est inscrit, il a sûrement laissé le même numéro de téléphone qu'il a laissé à Mike, ce numéro de l'hôtel où il doit habiter. Donc, si on a changé les dates, les responsables ont certainement appelé tous les participants pour les prévenir.

*Ça, c'est si Simon leur a laissé un numéro, s'il ne change pas de chambre d'hôtel, si... si... si...*

Daniel se masse les tempes. Il doit s'accrocher à cette possibilité. Il n'a pas le choix.

Toujours assis, il se met à réfléchir sur la conduite à adopter. Tout à l'heure, il était prêt à appeler Courteau pour obtenir de l'aide. Mais maintenant qu'il a ces deux pistes, l'aide de la GRC n'est plus nécessaire.

Daniel a encore une chance de trouver Simon et de le sortir de cet enfer sans qu'aucune accusation ne soit portée contre l'adolescent. Sauf que la tête du PDG est maintenant mise à prix, les adresses de sa maison et de ses appartements sont disponibles sur le site; même s'il n'y a évidemment pas des centaines de tueurs à sa recherche en ce moment, retourner chez lui devient dangereux. Le meilleur moyen pour avoir une protection serait d'appeler Courteau et de tout lui expliquer. Mais s'il fait ça, il devra aller à son enquête préliminaire demain et risquer d'être incarcéré. Ainsi, il ne pourra se rendre aux événements qu'il a notés… sauf avec les flics. Simon n'échappera donc pas à la justice.

Conclusion: Daniel ne préviendra pas la GRC et demeurera sur ses gardes.

Et Louise? Aussitôt qu'elle reprendra conscience, elle appellera les flics pour leur raconter que Daniel l'a agressée, bien sûr! Et la police n'aura pas de difficulté à la croire, surtout en constatant que Daniel n'est plus chez lui et qu'il a disparu dans la nature. À moins que *lui* ne dénonce Louise puis se sauve tout de suite après… La GRC, en arrivant sur place, consultera tout de suite l'ordinateur pour constater la véracité de la dénonciation de Daniel. Il étire la main vers le téléphone, mais il s'arrête aussitôt: si les flics savent que Ouellet est membre de *Hell.com*, ils fouilleront sur le site, procéderont à des descentes au cours des prochaines soirées annoncées et éveilleront ainsi les soupçons du site qui, par prudence, changera encore les dates des événements. Et les renseignements trouvés par Daniel ne serviront plus à rien. Bref, pas question de dénoncer Louise.

Donc, s'il veut s'occuper de Simon seul pour éviter que son fils soit inculpé, il doit devenir un fugitif au cours de la prochaine semaine. Après, quand il aura trouvé Simon…

(*si je le trouve*)

… qu'il l'aura tiré de ce cauchemar…

(*et comment réussiras-tu ça ?*)

… et qu'il sera convaincu que son fils ne risque plus rien, ni du site ni des flics…

(*comment en seras-tu certain ?*)

… alors il pourra se rendre à la GRC. Et arrivera ce qui arrivera.

De ses deux poings, il frappe le bureau et se lève : il doit se secouer. Filer au plus vite et se dénicher une planque avant que Louise ne prévienne les flics. Il pourrait toujours attacher l'avocate pour l'empêcher d'appeler à son réveil, mais elle vit seule ici, il peut se passer des jours et des jours avant qu'on ne la trouve. Elle pourrait en mourir.

*Pas question. Pas une autre mort.*

Il appelle un taxi et, sur le point de sortir, voit le revolver sur le sol. Il hésite une seconde, puis va le prendre. Il le glisse dans son pantalon et le recouvre de sa chemise. Enfin, il sort. Trois minutes plus tard, il est dans le taxi qui roule vers Côte-des-Neiges, quartier parfait pour lui puisqu'il n'y connaît personne. Il ferme les yeux, tente de se relaxer un peu, mais n'y parvient tout simplement pas. Il revoit sa photo sur *Hell.com*, le message presque candide qui annonce la récompense pour son assassinat…

Un cauchemar… Un véritable cauchemar duquel il ne peut se réveiller…

Combien y a-t-il de membres du site à Montréal ? Dix ? Moins ? Plus ? Comment savoir ? Ont-ils tous vu sa photo sur le site ? Sans doute. Cet homme d'affaires croisé ce matin, à l'aérogare de Paris, qui le fixait avec insistance… Un membre qui l'a reconnu ? Daniel appuie son front contre la vitre. Du calme, voyons ! Cet homme le regardait peut-être pour une tout autre raison… Et même s'il s'agissait d'un membre du site l'ayant reconnu, cela ne veut pas dire qu'il souhaitait le tuer ! On ne devient pas automatiquement un tueur pour une promesse de récompense !

*Louise n'est pas une tueuse, et pourtant elle était prête à te flinguer tout à l'heure…*

Louise a de gros problèmes de drogue, d'énormes dettes, elle est en train de toucher le fond. Bref, il doit rationaliser tout ça : les risques qu'il croise par hasard un membre de *Hell.com* sont minces. Et si cela arrive, on ne tentera pas nécessairement de le tuer. Les membres du site ne sont pas tous des tueurs cinglés, quand même !

*Mais plusieurs paient pour avoir des esclaves sexuels, pour torturer des inconnus, pour tirer sur des innocents qui courent dans des cours de châteaux…*

Mais pas tous, merde, pas *tous* ! Au pire, il peut y avoir trois ou quatre membres montréalais assez maniaques pour vouloir sa peau… et ceux-là sont sans doute à sa recherche en ce moment.

Il songe alors qu'il doit se procurer de l'argent le plus vite possible. Car dans peu de temps, tous ses comptes seront gelés par la police. Une fois dans Côte-des-Neiges, le taxi s'arrête près d'un guichet automatique et, avec trois cartes différentes, Daniel réussit à retirer cinq mille dollars.

Dans la rue, il se met à examiner tout le monde, convaincu qu'on l'épie et qu'on s'apprête à lui sauter dessus pour le trucider. Il a beau se répéter qu'un tel comportement parano est absurde, il n'arrive pas à se raisonner. Il entre donc dans une petite boutique et s'achète une casquette et des lunettes de soleil. De retour dans la rue, il jette son cellulaire dans une poubelle : plus question de l'utiliser, désormais.

Comme il doit se trouver un appartement, il s'achète un journal et va le lire dans un coin isolé d'un Van Houtte, en tournant le dos au reste de la salle. Dans les petites annonces, il se concentre sur les locations offertes dans le quartier Côte-des-Neiges et tombe sur un immeuble qui loue des logements au mois. Moins de trente minutes plus tard, il trouve la rue en question et entre dans l'immeuble décrépit. Daniel rencontre le concierge, un Asiatique dans la soixantaine qui parle un anglais épouvantable. Pour un mois, le PDG peut avoir un trois et demi meublé (avec téléphone et télé) pour six cents dollars. Daniel, sans même visiter, paie comptant, ce qui n'impressionne pas le concierge blasé.

Daniel visite sa planque en une minute : les meubles sont en ruine, les murs sont défraîchis, les fenêtres sales, la télévision date des années 70 et l'homme d'affaires voit même une coquerelle s'enfuir sous le frigo. Assis dans un divan bancal au milieu du salon, le revolver posé sur une petite table chambranlante, il fixe la fenêtre crasseuse qui peine à laisser filtrer le soleil.

Un fugitif, voilà ce qu'il est. Qui se sauve autant d'un site international qui veut sa peau que de la police. Un fugitif que personne ne peut aider. Que personne ne peut cacher.

Enfoncé dans le divan trop mou, il sent une étrange mélancolie l'envahir. Il voudrait avoir dix ans. Il voudrait être avec son père et lui dire qu'il peut changer maintenant, tout de suite, qu'il n'a pas à attendre d'être malade pour s'y mettre. Il voudrait être avec son fils dans ce parc où il l'a amené pique-niquer il y a un siècle. Il voudrait s'y retrouver avec Simon, quand il avait dix ans, et c'est là, à ce moment précis, qu'il changerait la direction de sa vie, qu'il changerait tout, qu'il saisirait à pleines mains sa deuxième chance, et il se jurerait que le sourire qui illuminait les traits de son fils ce jour-là ne disparaîtrait plus jamais, ne serait jamais remplacé par ce visage terrible qu'il affichait lors de son dernier affrontement avec son père... Mais c'est trop tard, il le pressent. Car même s'il réussit à sauver Simon, il sait que lui, Daniel Saul, finira en prison. Et comment pourra-t-il être le bon père qu'il souhaite devenir s'il croupit en tôle ?

Il se couche sur le divan, remonte ses genoux jusqu'à son torse et ne bouge plus.

◆

Le lendemain matin, Daniel, le revolver glissé dans son pantalon, ose enfin sortir pour aller dans une pharmacie. Là, il achète de la teinture pour cheveux puis revient dans son appartement. Sur le chemin du retour, il a l'impression que quelques personnes le toisent avec insistance, mais il se traite d'idiot : les chances qu'un membre de *Hell.com* traîne dans ce quartier, le reconnaisse et veuille le tuer frôlent l'impossibilité.

Une heure plus tard, il sort à nouveau, toujours armé, avec sa barbe de deux jours, ses lunettes de soleil et surtout ses cheveux désormais blonds lissés par-derrière. Il va au supermarché, achète un peu de nourriture et paie le tout à la caissière… qui l'observe à la dérobée. Il est totalement ridicule ! Croit-il vraiment qu'une jeune employée de supermarché est membre du site ? Les filles l'ont toujours regardé parce qu'il est bel homme, ce n'est pas parce qu'il est maintenant blond que cela va changer.

Dans son appartement, il se prépare à dîner et passe le reste de la journée à regarder la télé, sans vraiment être conscient des émissions qui s'enchaînent. Il pense à Simon. Sans cesse. Tout le temps. Il dresse mentalement une liste de toutes les fois où il a manqué l'occasion d'être un père plus complice, plus présent. Et cette liste s'allonge à l'infini. Daniel voudrait revivre chacun de ces rendez-vous manqués, l'un après l'autre, pour les effacer… ou, mieux encore, les corriger.

En début de soirée, il songe à prendre ses messages à la maison, puis réalise que cela pourrait être dangereux : la police a dû mettre son téléphone sur écoute. Il attend donc et, à vingt-deux heures, une fois la nuit tombée, il sort, trouve un taxi et demande au chauffeur de rouler vers la Rive-Sud. Là, dans les rues de

Longueuil, il fait arrêter la voiture près d'une cabine téléphonique.

— Attendez-moi ici.

Il va dans la cabine et écoute ses messages téléphoniques à la maison. Il y en a sept. Courteau n'a appelé qu'une fois et sa voix est toujours aussi calme :

— Monsieur Saul, vous ne vous êtes pas présenté à votre enquête préliminaire et personne ne sait où vous vous trouvez. Vous êtes donc considéré comme un fugitif.

Courteau ne parle pas de Ouellet. L'avocate, finalement, a peut-être décidé de ne pas porter plainte, de peur que Daniel dénonce son lien à *Hell.com*. Ou le flic n'en parle pas par ruse. Impossible de savoir.

— Je suis persuadé que vous me cachez des choses depuis le début, mais là, vous vous enfoncez dangereusement. Vous avez ma carte, alors appelez-moi. Peu importe ce qui vous arrive, nous pourrons vous aider si vous vous rendez de vous-même. Plus vous nous fuirez, plus vous vous mettrez dans le trouble. Je ne suis pas convaincu que c'est le genre de surprise que vous voulez faire à votre fils quand il reviendra d'Europe…

Un autre message est de Wilson. Déconcerté, ce dernier lui annonce que la police a appelé au bureau et qu'elle le cherche partout. Mal à l'aise, il laisse sous-entendre que son cas est, pour la compagnie, de plus en plus problématique. Un autre message est de Marie. La voix malheureuse et pleine de compassion, elle se contente d'une seule phrase, la même que la dernière fois :

— Viens me voir, Daniel.

Ces mots touchent le PDG plus qu'il ne l'aurait cru, mais le message suivant l'exaspère au plus haut point : c'est Valérie, soûle ou gelée ou les deux, qui, sur fond de musique de discothèque, hurle littéralement qu'elle veut parler à son fils, que Daniel a brisé sa vie en lui enlevant tout droit légal sur Simon, puis elle éclate en sanglots et finalement pousse un rire hystérique en criant à quelqu'un qu'elle arrive tout de suite. Un autre message émane de René Guénette, qui a reçu la visite des flics et qui s'inquiète pour son ami.

Mais les deux messages les plus déchirants sont ceux de sa mère. Sur le premier, la voix digne mais exaspérée, elle demande à Daniel de rappeler : il y a encore tant de choses à régler pour la succession de Roland, elle n'y arrivera pas toute seule, et de plus, il avait promis de la voir plus souvent. Sur le second message, l'inquiétude est palpable, confine même au désespoir.

— Où es-tu, Daniel ? Qu'est-ce qui t'arrive ? La police te cherche, elle est venue me voir ! Dis-moi ce qui se passe ! Je t'aime et je suis inquiète, tu m'entends ? Rappelle-moi !

Daniel n'ignore pas qu'en ce moment même les flics tentent sans doute de localiser d'où vient l'appel qui prend ces messages à distance, mais tant pis, il ne peut pas ne pas rappeler sa mère. À toute vitesse, il compose et, aussitôt qu'elle répond, parle à toute vitesse :

— C'est moi, maman.

— Daniel ! Mais qu'est-ce qui se passe, qu'est-ce qui...

— Je ne peux pas te parler longtemps. Je veux juste t'assurer que tout va bien, que tu n'as pas à t'inquiéter !

— C'est pas vrai, je le sais ! Pourquoi la police te...

— Tout va s'arranger, je te le promets.

— Mais... Et... Et Simon ? Il est au courant ? Tu l'as rejoint en Europe ?

— Non, je ne peux pas le rejoindre, mais...

— Daniel, je t'en supplie...

Elle commence à pleurer et le PDG serre le combiné avec force.

— Il faut que je te laisse, maman. Ça va s'arranger. Je t'aime.

— Non, ne rac…

Il raccroche, appuie l'arrière de sa tête contre la paroi de la cabine téléphonique et sent une brûlure atroce lui serrer la gorge.

*Pas le temps de s'apitoyer, la police est peut-être en route…*

En vitesse, il retourne dans le taxi et donne l'adresse de son taudis.

Une heure plus tard, il est couché, les yeux rivés au plafond, les murs de la chambre réussissant à peine à filtrer les bruits de discussion ou d'engueulade des voisins. Demain soir, c'est l'événement *Push your limits*. Demain soir, il retrouvera peut-être Simon. Simon qui, en ce moment même, est sans doute lui aussi couché dans un lit de chambre de motel minable, à s'enfoncer dans l'abîme…

*Sauf si l'événement auquel il est inscrit est déjà passé et qu'il est…*

Il secoue la tête avec force : non… *Non !*

Autre pensée : où sont en ce moment les membres montréalais de *Hell.com*

*…ou ceux de Québec, ou de Toronto…*

qui sont à la recherche de Daniel ? Trois ou quatre détraqués prêts à le tuer pour la récompense ou, pire encore, juste pour le défi que cela représente ? pour le jeu ?

Pour se sentir au-dessus de tout ?

Juste avant de s'endormir, une question étonnante lui traverse l'esprit pour la première fois depuis vingt-six ans.

Qu'est devenue Mylène ?

◆

On est presque à la mi-septembre, mais l'été ne semble pas pressé de tirer sa révérence. Il est seize heures trente et Daniel, malgré la fenêtre ouverte du taxi, sent la sueur s'épaissir dans son dos. Il pourrait toujours enlever sa casquette et ses lunettes noires qui collent contre ses sourcils humides, mais il n'ose pas, même si ce chauffeur a autant de chance d'être membre de *Hell.com* que Martin Charron de devenir un moine bouddhiste. Daniel se demande d'ailleurs vaguement ce qu'il est devenu, celui-là… En tout cas, le PDG espère qu'il a chié deux ou trois fois dans son pantalon avant que le personnel de l'hôtel l'ait libéré.

— Alors, vous pensez qu'Obama a des chances ?

Le chauffeur est Noir et on le sent excité. En tout cas, lui y croit, c'est palpable.

— Je ne sais pas, répond poliment Daniel.

— Vous savez c'est quoi, Obama ? C'est l'espoir. S'il gagne, alors c'est la preuve que tout est possible.

Il sourit à pleines dents, tout heureux. Daniel envie subitement la joie de cet homme.

Le taxi tourne dans l'une des avenues du quartier Rosemont, roule le long de la rue tranquille et flanquée de grands arbres encore tout feuillus puis s'arrête. Une minute plus tard, le taxi est reparti et Daniel, sur le trottoir, regarde autour de lui. Duplex et triplex s'alignent de chaque côté de la rue, en rang serré, avec les escaliers qui descendent jusqu'au trottoir. Décor typique des quartiers populaires de Montréal, que Daniel a vu plus souvent sur des cartes postales qu'en réalité. Les yeux du PDG se posent sur l'appartement 5442, au rez-de-chaussée du duplex en face de lui. L'immeuble est modeste mais bien entretenu.

Qu'est-ce que Daniel est venu foutre ici ? Il s'est posé la même question quand, tout à l'heure, il est allé fouiller dans l'annuaire d'une cabine téléphonique. Il s'était pourtant juré de ne pas sortir de son taudis avant ce soir, avant de partir pour l'événement *Push your limits*. Alors pourquoi cette recherche absurde ? Et espérait-il vraiment trouver son nom dans le bottin ? Peut-être n'habitait-elle même plus Montréal. Et même si elle y habitait toujours, il y avait bien des chances que son adresse soit sous le nom d'un éventuel mari. Dans l'annuaire, il était tombé sur plusieurs M. Hébert, mais une seule Mylène. Il avait noté l'adresse, espérant que ce soit la bonne.

Le voilà maintenant devant le duplex, incapable de définir clairement la raison de sa présence ici. Veut-il, au fond, se confirmer ce qu'il redoute ? Qu'il a été si salaud avec cette fille qu'il a littéralement brisé sa vie ? Peut-être est-elle devenue une épave, misérable assistée sociale monoparentale, démunie et alcoolo… A-t-il donc tant besoin de se sentir coupable, de s'enfoncer dans le remords ? Étrangement, il n'est pas nerveux pendant qu'il monte les quatre marches puis sonne à la porte. Comment réagira-t-il si ses doutes se confirment ?

Il lui demandera pardon. Tout simplement.

*Et qu'espères-tu de ce pardon ? Tu le fais pour elle ou pour toi ?*

Personne ne vient répondre à la porte. Travaille-t-elle le samedi ? À moins qu'elle soit assise dans son salon, si soûle ou si gelée qu'elle n'entend même pas la sonnette… Peut-être n'est-il même pas à la bonne adresse ! Il se traite d'idiot, descend de la galerie et marche rapidement vers le boulevard Masson pour y trouver un taxi.

Peu après, dans la voiture, il broie du noir en regardant dehors. Et cette chaleur qui le rend fou ! Agacé, il enlève sa casquette et ses lunettes et, au moment où le taxi s'arrête à un feu rouge, il ouvre la fenêtre à sa pleine grandeur. Il remarque alors la voiture de luxe juste à côté, qui attend aussi le feu vert. À l'intérieur, un homme dans la trentaine, habillé en veston-cravate malgré la chaleur, tourne machinalement la tête vers le taxi et voit Daniel. Le PDG rêve-t-il ou le conducteur fronce-t-il vraiment les sourcils ? Alarmé, Daniel remet sa casquette et ses lunettes de soleil, puis regarde droit devant lui. Mais pourquoi le feu ne change-t-il pas au vert ? Il ose tourner légèrement la tête vers l'autre voiture.

Le trentenaire le dévisage toujours.

Enfin, le taxi repart. Daniel appuie sa tête contre la banquette, soudain anxieux. Ce gars, avec sa voiture de luxe et son look prospère, a tous les attributs d'un mec riche. Le genre qui peut très bien être membre de *Hell.com*. Et Daniel qui a été assez idiot pour enlever sa casquette et ses lunettes !

*Du calme ! Tu as une barbe de trois jours, les cheveux lissés et blonds. Il n'a pas pu te reconnaître en quelques secondes !*

Quand il descend du taxi devant son immeuble délabré, il se sent un peu plus calme. Mais en ouvrant la porte de l'immeuble, il voit une voiture passer lentement dans la rue, la même que celle qui s'est arrêtée près du taxi, tout à l'heure. Du moins, elle lui ressemble beaucoup… Est-ce vraiment la même ? Mais elle a déjà tourné le coin.

Il se fait des idées.

*Ah, oui ? Et des voitures luxueuses de ce genre, tu en as vu combien dans le quartier, jusqu'à maintenant ?*

Daniel demeure immobile à fixer le coin de la rue, comme s'il craignait que l'automobile revienne, la main contre son ventre où il sent le contact du revolver. Il se décide enfin à rentrer et fait les cent pas dans son minuscule salon, la main gauche sur la tête. Il doit se calmer. C'est le premier gars riche qu'il croise depuis son arrivée dans cet appartement et il le soupçonne tout de suite d'être un tueur, c'est ridicule !

Il doit penser à ce soir… À l'événement *Push your limits*…

*Soirée où il y aura sans doute quelques membres du site…*

Mais l'idée d'y retrouver son fils balaie toute peur, et c'est le cœur gonflé d'espoir qu'il se prépare à manger.

# CHAPITRE 22

Daniel a d'abord cru que c'était une erreur. Il y a dix minutes à peine, à vingt-trois heures moins dix, le taxi l'a laissé dans ce coin désert du nord-est de Montréal, une rue ne comportant que des commerces fermés, dont cette sorte de grand supermarché abandonné, aux fenêtres condamnées, sans aucune lumière ni signe de vie. Daniel a eu beau consulter son papier : c'était bien l'adresse de *Push your limits*.

Puis, frissonnant sous le petit vent frisquet qui traversait aisément sa chemise (il aurait dû s'acheter un manteau) et contrastait avec la chaleur de l'après-midi, le PDG a cherché une porte pour entrer dans cet entrepôt fantôme. Il a fini par trouver, à l'arrière, une ouverture qui donnait sur un escalier descendant sous l'immeuble. L'impression de suivre une fausse route a persisté une fois en bas : une cave, tout en ciment, avec quelques colonnes défraîchies pour soutenir la structure. Des ampoules suspendues éclairaient inégalement l'ensemble. Ne pouvant voir convenablement avec ses lunettes noires, Daniel s'est résigné à les enlever avant de se mettre en marche, jetant un œil perplexe vers une ouverture, dans un mur, qui menait manifestement à une salle de bains (on entrevoyait des lavabos à l'intérieur).

Heureusement, il a fini par entendre un brouhaha, comme si des gens discutaient, et, en tournant le coin, au bout, il a vu une autre salle, plus modeste, qui renfermait une cinquantaine de personnes. C'est à ce moment qu'il a enfin su qu'il était au bon endroit.

Et maintenant, parmi cette petite foule, la casquette enfoncée au maximum, il attend comme les autres qui, pour la plupart, discutent en groupes de deux ou trois, comme des gens normaux qui attendraient en file au cinéma. Au fond de la salle, une porte close, vraisemblablement l'entrée officielle. Sans doute sera-t-il fouillé, mais il y a pensé : il a laissé le revolver à l'appartement. Par contre, il a apporté tout l'argent qui lui reste, presque quatre mille dollars. Fébrile à l'idée de reconnaître son fils, il tente de discerner les visages autour de lui, tâche qui serait plus aisée s'il pouvait louvoyer parmi cette meute. Mais il n'ose pas bouger, de peur d'attirer l'attention. La variété des gens sur place est étonnante : de vingt à cinquante-cinq ans, des élégants et des relâchés, quasiment autant de femmes que d'hommes. Daniel se dit que les membres du site doivent être très minoritaires ici. Mais il peut tout de même y en avoir, donc prudence. D'ailleurs, il croit reconnaître un homme d'affaires qu'il a croisé une ou deux fois dans des cocktails.

En tout cas, aucune trace de Simon. Daniel sent le découragement poindre ; mais il y a encore des visages qu'il n'arrive pas à voir. Comme ce gars, de dos, dont la coupe de cheveux et la stature lui rappelle quelqu'un…

Charron ?

Se fait-il des idées ? Il avance de quelques pas entre les gens, dans l'intention de mieux distinguer la silhouette familière. Mais en se déplaçant ainsi, il remarque un homme dans la quarantaine, barbu et grassouillet, qui le fixe avec attention. Un homme portant des vêtements griffés, aux cheveux bien peignés, à l'allure très *class*…

Un gars qui pourrait très bien être membre du site.

Daniel se détourne rapidement et enfonce encore davantage sa casquette, les bras couverts de chair de poule. Bon Dieu ! Est-ce qu'il va paniquer comme ça chaque fois que quelqu'un le regardera plus de deux secondes ?

— La dernière fois, *man*, y a sept mois, j'avais eu envie de fourrer l'obèse, mais criss, j'avais pas osé.

Discussion que Daniel entend malgré lui, entre deux jeunes hommes aux tignasses hirsutes. Daniel, sans les regarder, ne peut s'empêcher d'écouter.

— Mais s'ils ont encore une grosse à soir, je me la fais, *man*, j'te le jure ! Imagines-tu ? Fourrer une grosse salope de quatre cents livres ! Devant tout le monde, en plus !

— Moi, je me tape un transsexuel à soir...

— Ah ! Mon ostie de fif !

— J'suis pas fif ! C'est comme une fille avec une queue ! Ça t'excite pas, toi ? La dernière fois, y en avait une ostie de belle ! Trois gars ont couché avec, tu te souviens pas ? Pis ils avaient pas l'air fifs, c'est certain !

Daniel a un mauvais pressentiment. Après une hésitation, il relève la tête et ose enfin s'adresser aux deux gars qui, de toute façon, n'ont pas le profil de membres de *Hell.com*.

— Excusez-moi, mais... Est-ce que cette soirée est uniquement sexuelle ?

Les deux gars le dévisagent, outrés.

— Qu'est-ce tu veux, toé ?

— Je ne cherche pas le trouble, les gars. Je veux juste savoir si les activités de la soirée sont uniquement sexuelles.

Les deux jeunes ont une grimace de suspicion, puis tournent carrément le dos au PDG qui insiste :

— Les gars, s'il vous plaît...

— Oui, c'est uniquement sexuel.

La réponse provient d'une voix féminine, à sa droite. Une femme dans la quarantaine, qui veut être sexy mais qui ne réussit qu'à être vulgaire, avec son visage trop maquillé et son parfum trop fort, sourit à Daniel avec exagération. Ce dernier demande :

— C'est quoi, comme soirée ?

— On offre une série de perversions sexuelles. C'est devant public. On va le plus loin possible. C'est drôle.

Le découragement, qui ne s'était que profilé tout à l'heure, s'abat maintenant comme une masse sur Daniel. Une soirée d'exhibitionnisme extrême. Simon ne sera pas ici, lui qui, selon Mike, veut carrément mettre sa vie en danger. Cet après-midi, le PDG a vécu quelques heures d'espoir, et maintenant, tout cela s'envole en quelques secondes. Il lui faudra attendre encore cinq jours le prochain événement.

La porte s'ouvre au même moment et un mastodonte chauve commence à faire payer les gens, qui se mettent en branle. Daniel s'apprête à s'éloigner lorsque la femme l'attrape par la main.

— Moi, je veux qu'on me vomisse dessus…

Daniel la dévisage, pas convaincu d'avoir bien entendu. La femme, la voix basse mais vibrante d'une excitation presque suppliante, poursuit :

— Pendant que je me fais fourrer, je veux qu'on me vomisse dessus. Pis si les spectateurs veulent participer, pas de problème. Ça te tenterait-tu, toi ?

Elle serre le bras de Daniel à le broyer.

— Hein ? Ça te tente-tu ?

Daniel n'arrive pas à articuler un seul mot. Il réussit à se libérer de la poigne de la femme et s'esquive rapidement. Derrière lui, la rumeur du groupe diminue de plus en plus et, après avoir tourné le coin et accédé à l'autre salle, il n'entend plus rien. Ce seul silence lui procure le plus grand bien et il ralentit le pas. Sa bouche est sèche, il boirait trois litres d'eau. Tandis qu'il marche vers l'escalier de la sortie, il aperçoit à nouveau cette salle de bains qui s'ouvre sur le côté et s'y dirige sans hésiter.

La pièce renferme trois cabines et un lavabo, pas d'urinoirs. Le seul éclairage provient de la salle qu'il vient de quitter et laisse donc l'endroit dans la pénombre. Daniel devine tout de même, aux murs de ciment lézardés, à l'odeur rance, aux bouteilles de bière vides et aux mégots de cigarettes sur le sol, que l'endroit n'est plus entretenu depuis longtemps. Le plancher est même cassé à deux ou trois endroits et quelques gros morceaux de marbre et de ciment gisent dans un coin. Y a-t-il encore de l'eau courante et potable ? Daniel va au lavabo, dont l'émail sale, fendu et noirci le fait grimacer, puis ouvre le robinet poisseux. De l'eau coule, mais malgré la pénombre, il devine qu'elle n'est pas tout à fait claire. Pas question de boire ça. Il ferme le robinet, ce qui lui permet d'entendre des pas tout près.

Deux silhouettes entrent dans la salle de bains obscure. Daniel, dont les yeux commencent à s'habituer, reconnaît le barbu de tout à l'heure, celui qui le fixait avec curiosité. L'autre est un gars aux cheveux rasés, dans la trentaine, et qui, avec son veston sur mesure, semble occuper le même rang social que son compagnon. Daniel ne bouge pas, et tandis qu'il sent la crainte le gagner, la voix de la raison tente de le convaincre qu'encore une fois il s'imagine des choses, que ce n'est qu'un hasard si ces gars-là sont venus pisser.

— J'avais raison, hein ? demande le barbu à son ami, sa voix répercutée par les murs sales de la pièce. Tu vois bien que c'est lui !

Cette fois, la peur explose dans le cœur du PDG.

— C'est dur à dire, on voit rien ! réplique le rasé.

Daniel ne bouge toujours pas, cherchant désespérément quelle attitude prendre. Celle de ne pas bouger et de les fixer bêtement n'est sûrement pas la meilleure.

Pendant une seconde, on n'entend que les gouttes du robinet mal fermé, puis Barbu demande :

— Vous êtes Daniel Saul ?

— Pas du tout, répond le PDG avec une rapidité qui le trahit.

— Votre nom, c'est quoi ?

Cette fois, Daniel se met en marche. Il n'a qu'à sortir, voilà tout ! S'il semble sûr de lui, ça devrait fonctionner. En fonçant presque tête baissée, il bredouille :

— Je dois partir, messieurs, alors si vous...

Mais le barbu, grand et costaud, le retient par un bras.

— Mais oui, Marc, c'est lui ! Regarde-le !

— On dirait bien, souffle Rasé, stupéfait.

— Mais lâchez-moi, voyons ! Qu'est-ce que...

Sa phrase est interrompue par le poing de Barbu qui l'atteint directement sur la pommette gauche. La casquette s'envole tandis que Daniel titube par-derrière, avec l'impression que son visage entier entre en éruption volcanique, la lave de sa douleur se répandant partout, jusque dans son cou et son crâne. Il a à peine repris son équilibre qu'un second coup, gracieuseté du même commanditaire, l'atteint à nouveau, en plein sur son œil droit. Cette fois, la douleur ne se propage pas, mais se concentre en un seul point précis, et en s'écroulant sur le sol, Daniel est traversé par une pensée aussi absurde qu'incongrue.

*...je tombe pour la troisième fois...*

L'arrière de son crâne percute le sol et tout devient flou. Sur les rives de l'inconscience, il entend tout de même les deux hommes discuter avec agitation.

— Dix millions, Marc ! Cinq chacun !

— Voyons, on va pas... Tu veux vraiment qu'on le...

— Si je le tue tout seul, je garde l'argent pour moi ! Tu prendras la photo avec ton cellulaire !

Daniel, avec l'impression de se mouvoir dans de l'huile épaisse, redresse péniblement la tête. Son œil droit, amas de douleur électrique, ne lui procure plus aucune vision…

*Il est crevé, mon Dieu, je suis sûr qu'il est crevé !*

… mais son gauche lui permet d'entrevoir Barbu qui marche vers l'amas de gravats, se penche et ramasse un morceau de ciment de la grosseur d'un cantaloup. Et tandis qu'il s'approche de sa victime, Rasé va ramasser à son tour un débris plus petit en gémissant presque :

— OK, OK, je vais… je le fais aussi !

Daniel veut se relever mais, trop sonné, il retombe sur le dos. Il se redresse à moitié, ouvre sa bouche asséchée pour appeler à l'aide, mais le cri qui en sort est cassé, pathétique. Il voit les deux silhouettes obscures se dresser au-dessus de lui, hautes comme des falaises, avec chacune leur morceau de ciment en main. La voix presque inaudible, Daniel se met à supplier :

— Faites pas ça… Par pitié, faites pas ça… Faut que… que je retrouve…

— T'es prêt ?

Barbu lève son débris de ciment.

— …que je retrouve mon fils…

La masse s'abat au moment même où Daniel lève sa main gauche. Le morceau de ciment fracasse son poignet et la douleur fulgurante redonne à Daniel sa voix : il pousse un hurlement terrible qui recouvre totalement le craquement sinistre provoqué par la cassure de l'os. Le PDG se tortille de douleur en tenant son poignet cassé. Il entend toujours Barbu qui s'impatiente :

— Mais vas-y, toi aussi ! Envoèye, vas-y !

Malgré son extrême souffrance, il voit Rasé lever son morceau de ciment, hésiter, puis, en grimaçant de dégoût, le lancer gauchement, presque comme un enfant, vers sa victime qui ferme les yeux.

*C'est fini, ça y est… Oh ! Simon, Simon !*

Le morceau de ciment, lancé sans conviction, tombe tout près de sa tête et éclate en morceaux qui lacèrent son visage. Le fracas est assourdissant et explose dans l'oreille du PDG assourdi, qui n'entend même plus ses propres cris. Assourdies comme si elles provenaient du fond de la mer, les voix de ses bourreaux reprennent :

— Criss, qu'est-ce que tu fous ?

— Je… Je sais pas ! On est… on est pas des tueurs, voyons !

— Laisse-moi faire, ostie de lâche !

— Ça suffit. Laissez-le tranquille.

Une troisième voix, grave, chaude et calme. Une aide inespérée ? Daniel, le visage couvert de sang et de larmes, réussit à lever la tête. Un autre individu vient d'entrer, les traits noyés dans la pénombre. Paniqué par l'apparition de ce témoin imprévu, Rasé pousse un couinement étouffé et se sauve à toutes jambes, frôlant l'inconnu qui ne lui prête aucune attention. Barbu, lui, hésite toujours, son morceau de ciment entre les mains.

— De quoi tu te mêles, toi ?

— Je te donne trois secondes pour sortir.

Cette voix… Daniel la reconnaît maintenant, sans l'ombre d'un doute. Il gémit, encore plus désespéré qu'il ne l'était une minute plus tôt.

Barbu opte finalement pour le quitte ou double et lève son débris, prêt à frapper l'inconnu. Mais ce dernier fonce déjà sur lui. De son côté, Daniel se désintéresse de la scène. Non seulement il sait comment elle se conclura (Barbu va regretter sa témérité), mais s'il veut encore s'en sortir, c'est le moment pour lui de fuir. Accompagné en fond sonore par les bruits de lutte entre les deux hommes, Daniel tente de se relever. Un terrible étourdissement le secoue et il doit se mettre à quatre pattes, mais la pression ainsi exercée sur son poignet cassé déclenche un nouveau hurlement et il retombe, cette fois à plat ventre. Il tourne son œil valide vers les combattants et constate que Barbu est déjà au sol, vaincu.

— Allez, dehors, lui crache son agresseur.

Cette fois, Barbu ne joue pas les braves et, vacillant, sort de la salle de bains. Dans le silence, on n'entend plus, encore une fois, que le robinet qui goutte. Daniel se met sur le côté en grimaçant, tandis que la silhouette l'observe sans bouger.

— Tu sais que ç'a pris deux jours avant que les employés de l'hôtel se décident à entrer dans ma suite ?

L'ouïe du PDG est toujours assourdie, mais il entend tout de même les paroles qu'on lui adresse. Il entreprend de s'appuyer sur ses deux avant-bras pour pouvoir se relever. Toujours calme, l'autre continue :

— Évidemment, j'ai raconté qu'un inconnu m'avait attaqué, je n'ai pas parlé de toi. Nos querelles de couple ne concernent nullement la police, pas vrai ?

Lentement, Daniel commence à se redresser, en évitant de s'appuyer sur son poignet gauche. Il garde le silence, trop concentré sur ses efforts, le cœur battant à tout rompre, tandis que l'homme commence à avancer.

— Qu'est-ce que tu fais ici, Daniel ? J'ai été très surpris de te voir, tout à l'heure, au moment où tu quittais le groupe. Tu cherches toujours ton fils, c'est ça ?

Daniel est maintenant à genoux. Il baisse la tête un instant pour calmer le terrible étourdissement qui tourbillonne dans sa tête endolorie. Il a l'impression que son poignet est aussi gros qu'une citrouille et son œil droit n'a toujours pas recouvré la vue.

— Tu as donc eu accès au site, on dirait. Bravo. Et tes cheveux blonds, ta barbe mal rasée et cette ridicule casquette… Comme tu vois, ça n'a pas empêché le monde de te reconnaître. Comme les deux clowns de tout à l'heure… ou moi.

Daniel, presque debout, reçoit un troisième coup de poing dans le visage, beaucoup plus puissant que les deux précédents, et se retrouve à nouveau sur le dos, au centre d'une tornade nauséeuse. Il se met à tousser, hagard. Dans son champ de vision embrouillé, le visage de Charron apparaît, avec son rictus aux dents mal alignées.

— Ne t'inquiète pas. Je ne veux pas te tuer. Je t'ai bien trop admiré pour ça. Je t'ai bien trop…

Il s'interrompt et son rictus se transforme en grimace amère. Tout à coup, il retourne brutalement Daniel sur le ventre et ce dernier pousse un gémissement étouffé.

— J'avais tellement de beaux et grands projets pour nous deux, si tu savais ! Notre combat contre Dieu aurait été épique ! Ensemble, nous aurions été totalement, parfaitement unis !

Le PDG sent qu'on lui baisse le pantalon. Affolé, il trouve un sursaut d'énergie pour essayer de se redresser, mais Charron le maintient au sol avec une poigne incroyablement lourde.

— Tu as fait ton choix. Mais moi, j'ai toujours ce que je veux, Dan.

Deux mains froides remontent son bassin vers le haut. Daniel pousse un appel à l'aide aussi faible qu'inutile, en même temps qu'il entend la voix de l'investisseur cracher dans un mélange de triomphe et de tristesse :

— De gré ou de force !

La douleur est pire que ce qu'il aurait pu imaginer, comme si on lui enfonçait une paire de ciseaux dans l'anus puis qu'on les écartait au maximum. Le hurlement qu'il pousse est totalement animal, et tandis qu'il essaie de se dégager, une main saisit ses cheveux et lui frappe le front contre le sol. Toute force quitte instantanément Daniel. Son esprit devient confus, il ne combat plus la douleur, ni l'humiliation, ni l'horreur. Même la souffrance qui le pistonne violemment se désincarne graduellement, les grognements de plaisir de son agresseur ne sont que des échos lointains. Son œil valide, dont la vue est brouillée par le sang qui coule de son front, s'ouvre légèrement. La chambre de bains, sale et vétuste, se transforme, devient lumineuse, propre, blanche… Une salle de bains familière, dans laquelle il s'est trouvé il y a vingt-six ans… Un râle franchit ses lèvres :

— Mylène…

Le corps secoué par les assauts de Charron, il tourne légèrement la tête. Il voit des silhouettes entrer dans la salle de bains immaculée. Mylène, d'abord, avec son beau visage souillé, du sang sur les cuisses ; puis le mendiant qu'il a battu, la face tuméfiée ; enfin Philippe Bégin, le corps criblé de balles. Tous trois observent le viol, silencieux, parfaitement impassibles. Puis une dernière personne se glisse dans la pièce, un petit garçon de cinq ans qui vient se placer entre les trois autres. C'est Simon, tout jeune, si beau, si pur. Il sourit à son père et ce dernier, toujours empalé par le membre dévastateur de Charron, tend une main tremblante vers lui… mais ce dernier n'a plus cinq ans, maintenant, mais dix, et même s'il sourit toujours, une ombre recouvre son visage. L'insoutenable brûlure atteint maintenant le ventre de Daniel, qui ne peut s'empêcher de crier une nouvelle fois et de fermer les yeux une brève seconde, la main toujours tendue vers son fils. Lorsqu'il rouvre les paupières, les trois premiers personnages ont disparu. Il ne reste que Simon, qui a maintenant dix-sept ans et dont le visage n'est désormais que ténèbres, et ses yeux fixent son père avec une froideur désespérée. La main de Daniel devient suppliante.

— Simon…

L'adolescent tourne les talons, marche lentement vers la sortie de la pièce, et plus il s'éloigne, plus la lumière blanche diminue, plus les murs se fissurent, plus le plancher se souille… Tandis que Daniel laisse retomber sa main et ferme ses yeux débordant de larmes, Charron pousse un grognement sourd, le corps traversé d'un intense tremblement.

Daniel ne bouge plus, ne profère plus aucun son, même lorsque son agresseur se retire. Son corps et son âme ne sont plus qu'une seule et même globale douleur, si intense qu'il ne saurait préciser d'où elle émane, comme si la souffrance était désormais la seule référence. La voix de Charron, un rien haletante, lui parvient :

— Tu ne me reverras plus, Daniel. Je pars pour les États-Unis dans deux jours, pour travailler à ce projet dont je t'ai parlé…

Bruit de pantalon qu'on remonte, un ricanement, puis :

— Ils sont sur le point d'élire un messie comme président, là-bas… Y combattre Dieu n'en sera que plus stimulant, tu ne penses pas ?

L'homme au sol ne bouge toujours pas. S'il ouvre la bouche, il va hurler jusqu'à sombrer dans le néant. Charron s'adresse à lui une dernière fois, sans ironie cette fois, la voix grave, presque solennelle.

— Adieu, Daniel.

Puis ses pas s'éloignent, jusqu'à disparaître.

Silence. Bruit du robinet qui fuit.

Daniel a peur de bouger, peur de tomber en morceaux. Au bout de peut-être une demi-heure, pourtant, il se redresse avec la lenteur d'une larve, évitant de bouger son poignet cassé. Il a toujours l'impression qu'un chalumeau lui grille l'anus et il pousse deux ou trois couinements perçants, mais il finit par se tenir debout sur ses deux jambes. Il sent des fluides immondes s'écouler le long de ses cuisses tandis qu'il remonte son pantalon, et il a tout juste le temps de se pencher sur le lavabo avant de vomir longuement.

Une fois dehors, l'air frais de la nuit lui apporte un semblant de soulagement, mais marcher jusqu'à un boulevard plus fréquenté lui arrache une grimace à chaque pas. Là, le sang sur son visage et sa chemise ainsi que sa démarche pénible attirent les regards méfiants des quelques piétons qu'il croise. Son œil droit ne voit toujours pas, mais Daniel finit tout de même par apercevoir un taxi. Il lève une main et, lorsqu'il s'assoit sur la banquette arrière, ne peut s'empêcher de gémir de douleur.

— Hé, mon ami, ça va pas très bien pour vous, là! s'exclame le chauffeur, un Arabe d'une quarantaine d'années.

Daniel marmonne son adresse et la voiture démarre. Incapable de demeurer assis, il finit par se coucher sur le côté.

— Sûr que ça va, mon ami?

— Ça va, ça va...

Daniel examine son poignet. Il a triplé de volume. Puis il touche son œil gauche: enflé, bouché, mais manifestement pas crevé.

Les minutes passent. Tout à coup, l'homme d'affaires vomit à nouveau. Furieux, le conducteur s'arrête et lui ordonne de sortir. Daniel se confond en excuses, le supplie de continuer, mais le conducteur est intraitable. Penaud, le milliardaire sort et tend mollement un billet de cent dollars vers le conducteur qui, à la vue de cet argent, se radoucit un peu:

— De toute façon, vous êtes presque chez vous, juste deux coins de rue encore...

Et le taxi repart. Daniel reconnaît effectivement le quartier et, péniblement, se remet en marche. Mais alors qu'il est à une cinquantaine de mètres de son immeuble, il remarque une voiture stationnée juste en face, sous le lampadaire. Une voiture de luxe qui jure dans ce quartier. Une voiture qui ressemble à celle croisée cet après-midi... Celle de ce riche trentenaire qui le regardait fixement... qui l'a suivi jusqu'à son appartement...

Daniel s'arrête, oubliant instantanément toute sa souffrance physique. Le gars est revenu. Il est revenu pour l'éliminer. D'ailleurs, il voit deux silhouettes dans la voiture. Il ne peut distinguer leurs traits, mais il est convaincu que c'est le trentenaire avec du renfort. La voix de la raison tente de le convaincre qu'il est encore une fois en pleine paranoïa, qu'il fait trop noir pour affirmer qu'il s'agit de la même voiture…

*Et les deux gars qui ont voulu te tuer, tout à l'heure, c'était de la paranoïa ?*

S'il pouvait atteindre son appartement et y prendre le revolver…

La portière de la voiture s'ouvre et le conducteur en sort. Cette simple action déclenche la panique de Daniel, qui tourne les talons et s'enfuit. Même si chaque enjambée déclenche une douleur atroce, il ne ralentit pas la cadence et se retrouve sur le chemin de la Côte-des-Neiges. Il n'ose même pas se retourner, convaincu d'avoir les deux individus à sa poursuite. Il court toujours, sous les regards étonnés des piétons, puis hèle un nouveau taxi. Il s'y engouffre en gémissant de douleur.

— Es-tu correct, mon gars ?

Est-ce que tous les chauffeurs de taxi vont lui poser cette stupide question ?

— Roulez ! N'importe où, roulez !

La voiture démarre. Daniel essaie de se calmer, mais n'y arrive pas. Il sent son pantalon qui s'imbibe de plus en plus de sang et, d'un geste nerveux, essuie son visage couvert d'hémoglobine et de vomi séchés.

— On va où, là ?

— Je… Suivez Côte-des-Neiges, jusqu'au bout !

Il n'a aucune idée de l'endroit où il va. C'est absurde, il ne va pas rouler en taxi toute la nuit ! Peut-être que les deux gars le suivent… Peut-être qu'il s'agit, en fait, des deux agresseurs de tout à l'heure qui l'ont retrouvé… Comment savoir ? Il y en a tellement, partout, cachés, qui l'attendent, le cherchent… Et pourquoi son chauffeur le regarde-t-il comme ça, dans le rétroviseur ? D'ailleurs, ce Blanc dans la quarantaine n'a pas tellement l'air d'un chauffeur de taxi, avec son allure de *playboy* bien éduqué…

— Pourquoi vous me regardez comme ça ?

— Ben… Mettons que vous êtes pas mal magané…

Mon œil ! C'est un membre du site qui se prétend chauffeur de taxi ! C'est évident ! Ce soir, la chasse est ouverte et *ils* ont décidé d'en finir une fois pour toutes !

— Arrêtez-vous ici ! Tout de suite !

— Comme vous voulez…

Le taxi s'arrête, Daniel lance littéralement un billet de cent vers le chauffeur, puis bondit hors du véhicule, comme un homme fuyant une maison en feu. Sur le trottoir, il effectue plusieurs pas, puis s'arrête, hébété, se demandant où il peut bien être. Il réalise enfin qu'il est en plein centre-ville, dans l'ouest, près de Crescent.

Le quartier où fraient les riches, les hommes d'affaires…

… *les membres de* Hell.com…

La panique prend des proportions alarmantes. Il marche en titubant, remarque que tout le monde le regarde, tout le monde le dévisage, et il s'attend à ce que quelqu'un lui saute dessus d'une minute à l'autre, pour le tuer, pour le… Une main se pose sur son épaule. Il hurle et tombe sur le sol, directement sur son poignet gauche, ce qui lui fait pousser un nouveau cri. L'homme qui l'a touché, assez âgé, s'inquiète :

— Vous n'allez pas bien, monsieur ? Vous êtes blessé ?

Quatre, cinq badauds sont maintenant arrêtés et l'examinent avec des yeux inquiets… Non, pas inquiets… Menaçants, oui ! Dangereux !

— Touchez-moi pas !

Il se lève rapidement, l'effroi le rendant parfaitement insensible à la souffrance qui lui traverse tout le corps. Les gens reculent, effrayés par son délire.

— Touchez-moi pas personne !

Et il s'enfuit, éperdu. Mais où aller ? Malgré sa confusion, il s'efforce de réfléchir, se frappe le front pour se concentrer. Centre-ville… Près de Crescent… Qui pourrait-il…

Un flash. Oui, bien sûr ! Mais s'il y va, il devra tout lui expliquer et…

Tous ces yeux braqués sur lui… Ces voitures qui ralentissent à sa hauteur… Titubant, ressemblant à un dément échappé d'un hôpital, il se met à gémir en tournant la tête de tous les côtés.

Tant pis ! Il n'a plus le choix !

Il change de direction, bouscule les gens sur son passage, se cache le visage de ses deux mains, pousse un cri chaque fois que quelqu'un l'effleure… Il a l'impression d'être dans un manège de foire qui tourne de plus en plus vite… Et enfin il trouve la rue. Il s'y engage, trébuche mais se rétablit, reconnaît l'immeuble qu'il cherche puis entre. Les noms des locataires s'embrouillent, se chevauchent… Il cligne des yeux plusieurs fois, finit par voir clair de son œil valide. Il sonne au bon numéro et, après de longues secondes, une voix endormie mais familière déchire l'aura de terreur qui l'enveloppe :

— Oui ?

— C'est moi ! Ouvre vite !

Mais la panique a transformé sa voix, l'a rendue méconnaissable.

— Mais… qui ça ?

— Daniel, c'est Daniel Saul ! Je t'en supplie, ouvre !

— Daniel ? C'est toi ?

— *Ouvre !*

Un timbre électrique indique le déclenchement du mécanisme de la porte et Daniel s'élance littéralement dessus, tombe presque sur le sol de l'autre côté. Il zigzague dans le luxueux hall d'entrée et se rend à l'ascenseur. Quand celui-ci s'ouvre, il s'attend presque à voir une foule de tueurs en sortir, arme au poing, et recule même d'un pas en levant sa main valide. Mais l'ascenseur est vide et il s'y engouffre. La montée jusqu'au dixième étage dure un siècle. Appuyé contre la paroi, il sent à nouveau la douleur, les déchirures, le sang qui coule sur son visage, ses jambes... La porte glisse et il titube dans le couloir. Il la voit, là-bas, devant une porte ouverte, incrédule, puis inquiète.

— Daniel? Mais... Mon Dieu! Qu'est-ce qui t'arrive?

— Il faut me cacher!

Chacun de ses pas est maintenant une torture.

— Il faut... faut pas appeler la police, ni personne... Il faut...

Il trébuche à nouveau et Marie le rattrape juste à temps, désorientée. Il lève son visage vers elle, lui agrippe l'épaule avec force et, dans un sanglot qui ressemble à celui d'un enfant, s'écrie d'une voix brisée par la détresse:

— Sauve-moi!

# CHAPITRE 23

D'abord un bain. Long et chaud.

Quand il pénètre dans la baignoire et que ses fesses entrent en contact avec l'eau, il hurle. Marie le rassure, lui caresse les cheveux, et peu à peu, la douleur devient supportable.

Marie le lave.

Marie ne pose aucune question sur ses blessures, ni sur rien.

Marie sait attendre.

Daniel, docile, est reconnaissant du silence de son ex-amante. Il sent peu à peu son corps se détendre, sa peur se diluer dans l'eau rougie par le sang. Quand il sort, il enfile une robe de chambre. Marie soigne ses blessures au visage, mais en constatant que le poignet est fracturé, propose d'appeler un médecin. Il se remet à paniquer, alors elle redevient rassurante, lui promet qu'elle n'appellera personne.

Marie sait attendre.

Elle lui bande le poignet au mieux de ses connaissances. Puis l'installe au salon, dans un fauteuil moelleux. La position assise est inconfortable mais soutenable. Marie lui apporte un café, s'installe devant lui et croise les jambes sous sa robe de chambre, inquiète mais silencieuse, patiente.

Marie sait attendre.

Daniel prend une gorgée de son café. Tout en fixant sa tasse, il articule d'une voix enrouillée :

— Je suis dans la merde, Marie. Et pas juste parce que la police me cherche. Il y a bien… bien d'autres choses.

Marie, qui tient aussi une tasse entre ses mains, réfléchit un moment, puis :

— La police est venue nous voir, nous a posé plein de questions, mais on n'en sait pas plus. Hier, le conseil a voté pour que tu sois démis de tes fonctions.

Daniel demeure complètement indifférent, les yeux toujours rivés sur sa tasse. Marie replace une mèche de ses cheveux.

— Qu'est-ce qui se passe, Daniel ?

— Je ne peux pas te le dire. C'est trop… trop…

— Daniel…

— Écoute, j'aimerais seulement rester ici jusqu'à demain. Après, je repars, je ne t'embêterai plus.

La jeune femme soupire, secoue la tête. Elle se lève et, confuse, esquisse quelques pas dans le salon ultra-moderne.

— Tu me mets dans une situation impossible, tu le réalises ? La police te cherche, tu es inculpé pour fraudes et… et pour meurtre, tu arrives ici ensanglanté et tu me demandes de te cacher jusqu'à demain ? sans rien m'expliquer ?

— Ne le fais pas pour moi, Marie. Fais-le pour Simon.

— Simon ?

Elle s'approche, vient s'accroupir devant l'ex-PDG.

— Qu'est-ce qui lui arrive ?

— Je ne peux pas te le révéler, mais… mais si la police m'arrête, je ne pourrai plus… je ne pourrai plus l'aider comme je le veux. On le trouvera, oui, mais il sera dans le trouble, vraiment dans le trouble. Et ce n'est pas lui, le responsable, c'est moi. Moi seul.

Marie le dévisage, épouvantée. Elle lui entoure les épaules, appuie son front contre le sien. Ils ne bougent plus.

◆

Il se réveille dans le lit de la chambre d'amis à onze heures trente du matin. Il n'a pas dormi aussi profondément depuis des années. Quand il se lève, les courbatures qui le traversent lui arrachent une grimace. Le pansement autour de son poignet cassé tient bon et, dans le miroir, il constate que son œil a désenflé suffisamment pour qu'il puisse voir à nouveau. Sa barbe commence à être bien fournie, ce qui est parfait. Sauf qu'il ressent un besoin irrépressible de déféquer, et cette éventualité le terrifie. Il prend son courage à deux mains, s'assoit sur la toilette, puis… La douleur est si aiguë qu'il ne peut s'empêcher de hurler. Après de longues minutes de torture, le visage couvert de sueur, il tire enfin la chasse, sans oser regarder dans la cuvette qu'il sait emplie de sang.

Marie est partie. Elle a laissé un court message sur le comptoir de la cuisine :

*Je sais qu'on est dimanche, mais ça brasse vraiment beaucoup au bureau. Je reviens vers 19:00. Je rapporterai un souper. Repose-toi et, surtout, ne pars pas avant mon retour.*

Ce simple message l'émeut et il décide d'obéir. De toute façon, il n'arriverait à aller nulle part aujourd'hui.

Il mange. S'immerge dans un bain brûlant qui lui procure le plus grand bien. Il croit même dormir dans l'eau durant quelques minutes.

Vers quatorze heures, Marie l'appelle.

— Dieu merci, tu es toujours là.

— Je suis trop magané pour partir. J'aurais voulu mais…

— C'est parfait comme ça. On se voit ce soir. Je ne peux pas te parler plus longtemps, c'est le bordel

ici. D'ailleurs, si mes collègues savaient que je te parle
en ce moment…

Il se couche, dort deux ou trois heures. Ensuite, il
songe à l'événement *Death Fights* qui a lieu dans
quatre jours, à Sherbrooke. Il a l'adresse sur lui et
encore plus de trois mille dollars. Cela devrait aller.
Il partira demain. Il ne peut pas mêler Marie à tout
cela plus longtemps.

Elle revient à dix-neuf heures trente avec des sushis.
Elle commence par examiner les blessures de son protégé, puis change le pansement de son poignet, qui
est toujours enflé.

— Ce pansement n'est pas suffisant, ton os ne se
ressoudera pas… ou il va se ressouder tout croche. Il
faudrait vraiment que tu vois un do…

— Tes pansements sont parfaits, je t'assure.

Elle n'insiste pas et lui fait plutôt un autre bandage.
Ils mangent, accompagnent les sushis d'une bonne
bouteille de vin. Il lui annonce qu'il va partir demain.

— Tu ne veux toujours rien me révéler ?

Il hésite, puis :

— J'ai commis des choses terribles, Marie. Tu dois
t'en douter.

Silence, et :

— Quand tout sera fini, tu me raconteras ?

Il a un petit rire funeste.

— Quand tout sera fini, je serai en prison. Ce sont
les journaux qui te raconteront tout ça, pas moi.

Il mange quelques bouchées avant de poursuivre :

— Je sais que si tu acceptes de m'aider, c'est pour
Simon et je t'en remercie.

— C'est vrai. Mais Simon n'est pas le seul qui
mérite d'être sauvé dans cette histoire.

Il hoche la tête en silence. Elle ajoute en le regardant
droit dans les yeux :

— Je ne sais pas ce qui est arrivé à ton fils, ni dans
quel pétrin il est… Mais une fois que tu l'auras retrouvé,

quand tout sera terminé, si… si vous avez besoin
d'aide… Lui ou toi… N'hésite pas.

Il ne trouve rien à répondre, ému.

Après le repas, elle lui offre de fumer un joint: ils
ont tous deux besoin de se relaxer. D'abord dérouté,
il finit par accepter. Ils se retrouvent donc au salon,
assis côte à côte, à fumer du hasch d'excellente qualité.
Daniel sent l'épouvantable tension en lui s'amollir peu
à peu et cela lui fait tellement de bien qu'il pose même
des questions à Marie sur ce qui se passe dans sa vie
en ce moment. Elle a un sourire gêné.

— C'est moi qui ai été nommée présidente de
*Saul inc.*

Il prend une touche du joint.

— Tu n'as pas à être gênée. C'était un choix évident.

— Ça sent la crise économique, Daniel, je ne sais
pas si je pourrai…

— Tu vas être parfaite. Tu seras une bien meilleure
présidente que moi, j'en suis sûr.

— Comment peux-tu en être si certain?

— Parce que tu acceptes d'être une mortelle.

Elle fronce les sourcils. Il réalise qu'il commence
à être sérieusement gelé. En passant le joint à Marie,
il change de sujet:

— Et côté personnel?

Elle secoue la tête:

— Comment est-ce qu'on peut parler de moi alors
que tu vis des choses épouvantables? C'est toi qui
devrais me raconter ce que…

— Allez, ça me fait du bien de t'entendre.

Elle inspire une longue bouffée, appuie la tête sur
sa main en remontant ses jambes sur le divan.

— J'ai deux amants réguliers, en ce moment. Il y
en a un, Éric, qui accepte de venir à *L'Éden* avec moi,
mais pas l'autre.

— Il ne sait pas ce qu'il manque.

Ils rient tous les deux, un rire un peu douloureux mais agréable tout de même. Daniel allonge même son rire de quelques secondes, trop surpris d'entendre un tel son sortir de sa bouche. Il a l'impression de vivre un intermède, comme si l'on avait ouvert une parenthèse dans sa vie cauchemardesque pour lui rappeler, le temps d'une soirée, ce qu'est le bonheur.

— C'était bien, à *L'Éden*, soupire-t-il.

— Oui, c'était bien. Ce l'est encore. Éric est super. Mais il ne t'arrive pas à la cheville.

Elle sourit, la tête toujours appuyée sur sa main. Il est en train de se dire que cette ambiance érotique est totalement incongrue lorsque Marie se penche et l'embrasse.

— Marie… J'ai le corps en compote…

— Je bougerai pour deux.

Elle tient promesse. Au moment où il a son orgasme, une partie de lui sait que peu importe la suite des choses, c'est la dernière fois qu'il couche avec elle.

Et il sait que Marie le sait aussi.

◆

Daniel dépose le *clipper* dans l'évier de la salle de bains et se regarde dans le miroir : il ne s'est jamais vu le crâne lisse comme un œuf. Avec sa barbe de plus en plus fournie, le résultat est étonnant. Il commence vraiment à être difficile à reconnaître.

Il enfile ses vêtements maintenant propres et bien repassés. Son poignet gauche est entouré d'un nouveau bandage. Il a encore mal un peu partout, mais c'est endurable. Tout à l'heure, il a même pu déféquer sans hurler, même s'il se mordillait les lèvres de douleur. Son œil est à peine enflé et les marques sur son visage sont somme toute discrètes. Il regarde sa montre : dix heures trente. Marie a laissé un message ce matin :

*Je vais revenir ce midi. Attends-moi avant de partir.*

Il va dans le bureau de Marie, trouve du papier et un crayon. En une heure, il rédige trois lettres, difficiles à écrire car elles impliquent l'inadmissible. Mais il ne peut prendre de chance. Quand il a terminé, il fouille dans le bureau et déniche trois enveloppes blanches et une plus grande, brune. Il met les trois lettres dans les enveloppes blanches. Sur l'une d'elles, il inscrit une adresse, puis la range dans sa poche de pantalon. Sur chacune des deux autres enveloppes, il n'inscrit qu'un nom et glisse les deux dans l'enveloppe brune. Il va déposer cette dernière sous les couvertures du lit de Marie, pour s'assurer qu'elle ne la découvre qu'après son départ.

Il écoute les nouvelles à la télé en attendant Marie. Un seul événement occupe toutes les chaînes : la banque d'investissement Lehman Brothers déclare faillite, une nouvelle qui, selon tous les analystes, aura des répercussions majeures sur l'économie mondiale. Quand Marie entre, vers midi dix, Daniel regarde toujours la télé. La jeune femme hoche la tête et commente :

— Ça va péter de partout.

Daniel approuve en silence. Il y a peu de temps, cette nouvelle l'aurait mis sur le pied de guerre. Tandis que maintenant... Il imagine tous les dieux de ce monde en train de paniquer, de trembler... et de réaliser leur simple condition de mortels. Il ferme la télévision et se lève. Marie examine son nouveau look et s'efforce de faire de l'humour.

— Très sexy. Es-tu rasé vraiment partout ?

Elle sourit, mais l'inquiétude transperce son regard. Tous deux marchent jusqu'à la porte. Elle veut insister jusqu'à la fin :

— Peu importe où tu vas, je peux aller te conduire.

— Non. Je vais me débrouiller. C'est mieux ainsi.

Elle devient grave.

— N'oublie pas ce que je t'ai dit, hier.

*Oh, non, je n'ai pas oublié... Au contraire...*

Il hoche la tête. Il voudrait sourire mais n'y arrive pas.

— Merci, Marie. Merci pour tout. D'avoir accepté de m'aider, sans questionner, sans juger. Merci. Pour Simon.

— J'ai accepté parce que je suis convaincue que ce que tu te prépares à faire est pour le mieux.

Elle est sincère, mais elle a peur. Pire : elle est terrifiée, Daniel le sent parfaitement. Ils s'embrassent sur la bouche, un baiser court et pudique mais sincère.

Tandis qu'il marche vers l'ascenseur, elle demeure dans l'embrasure de la porte de son appartement. Elle le regarde jusqu'à ce qu'il entre dans l'ascenseur. Il lui envoie la main. Elle ne répond pas, trop inquiète.

Il marche au centre-ville, en plein soleil, mais cette fois sans angoisse. Il était en pleine paranoïa, l'autre soir, ce qui n'est plus le cas. Et puis, avec son crâne chauve et sa barbe, il se sent réellement incognito.

Il va déposer sa lettre dans un bureau de poste, en espérant de tout son cœur que cette démarche soit inutile. Il trouve ensuite un taxi et donne une adresse dans le quartier Rosemont : il doit régler *ça* avant de partir.

Le taxi roule dans la rue bordée d'arbres que Daniel reconnaît. Au loin, il voit le duplex, le 5442 au rez-de-chaussée… Mais il distingue aussi une femme, assise sur les marches de la petite galerie, qui observe deux enfants jouant sur le trottoir. Daniel demande au taxi de s'arrêter quelques maisons avant. Une fois la voiture garée, l'ex-PDG ouvre la fenêtre pour mieux voir la femme assise. Même si elle est maintenant dans la quarantaine, même si sa peau est un peu plus ridée qu'elle ne devrait l'être pour son âge, même si elle a un petit surplus de poids, Mylène est parfaitement reconnaissable, et cette vision procure à Daniel un véritable choc. Elle est encore belle. Très belle, même. Elle porte des vêtements modestes mais de bon goût.

Elle fume une cigarette et regarde les deux jeunes enfants jouer à la marelle, deux fillettes de huit à dix ans.

— J'ai réussi, maman ! crie l'une des deux.

— Parfait, laisse essayer ta sœur, maintenant.

Bruit d'un téléphone : Mylène attrape son cellulaire, parle à quelqu'un, puis éclate de rire.

Daniel agrippe le bord de la fenêtre, la bouche entrouverte. Il ne s'attendait pas à ce visage paisible, à ce sourire complice, à tout cet amour dans ce regard qui couve les deux enfants. Il se rend compte qu'il s'est trompé dès le départ. Au secondaire, il croyait avoir baisé

(*violé*)

une adolescente inférieure, faible, perdante. Aujourd'hui, vingt-six ans plus tard, il réalise qu'il avait affaire à une jeune fille forte. Une gagnante. Une vraie. Le soulagement glisse doucement en lui, avec néanmoins un goût d'amertume. Il remonte lentement la vitre sans quitter Mylène des yeux.

— On s'en va.

Le taxi se remet en route, passe devant la femme et les deux enfants qui n'accordent aucune attention au véhicule.

◆

Le taxi est maintenant arrêté devant l'immeuble de Charron. Cet arrêt, Daniel ne l'avait pas prévu. Il l'a décidé sur un coup de tête alors que le taxi quittait le quartier Rosemont.

— Attendez-moi ici.

Il sort en grimaçant (son dos est encore douloureux) et marche vers l'entrée. Le mendiant est là, assis contre le mur, et tend sans grand espoir une main vers lui :

— Un p'tit peu de change ?

Daniel s'arrête, le considère un moment.

— Qu'est-ce qui vous est arrivé ?

Le clochard le dévisage, surpris qu'on lui adresse la parole.

— T'es un journaliste ou quoi ?

— Qu'est-ce qui vous est arrivé pour que vous finissiez comme ça ?

Le mendiant émet un rire rocailleux et se gratte l'entrejambe.

— C'est pas simple, mon homme !

Daniel hoche la tête.

— C'est vrai… Ce n'est jamais simple…

Nonchalamment, il sort un billet de cent dollars de sa poche et le donne au misérable. Sans attendre la réaction de celui-ci, il s'empresse d'entrer dans l'immeuble et s'engouffre dans l'ascenseur. Charron lui a dit qu'il déménageait dans deux jours, donc aujourd'hui. Est-ce vrai ? Lui a-t-il menti pour donner un faux espoir à Daniel alors qu'en réalité il l'attendra à Sherbrooke pour foutre son plan à l'eau ? Aussi risqué et idiot que cela puisse sembler, il doit s'en assurer.

Au dixième étage, il hésite devant la porte de Charron, puis tente de l'ouvrir. Elle n'est pas verrouillée, elle s'ouvre sans résistance. Daniel, prudent, avance de quelques pas à l'intérieur.

Le loft est vide. Plus aucun meuble. Ne subsistent des tableaux diaboliques que de vagues rectangles plus pâles, comme si les peintures avaient imprégné un peu de leur essence sur les murs. Daniel hoche la tête, soulagé. Il ne reverra plus Charron. Plus jamais. L'investisseur continuera sa guerre contre Dieu, sans que personne ne puisse l'arrêter. Il continuera de naviguer sur *Hell.com*. Lui et bien d'autres.

Daniel tourne les talons pour ressortir quand il voit la grande porte de métal entrouverte. Malgré lui, comme s'il s'attendait à y trouver encore l'esclave sexuelle (alors qu'il sait que c'est impossible), il se dirige vers la porte et la pousse de sa main valide. Plus personne, bien sûr. Plus de matelas sale non plus, ni de télé. Mais l'immense crucifix est encore là, accroché au mur, impressionnant dans ce vide et ce silence. Fasciné par l'icône, Daniel traverse la pièce, s'arrête tout près de la croix. Il devine les traces de souillure séchées sur la sculpture du Christ. Il étudie avec attention le visage du mourant qui regarde vers le sol d'un air humble et résigné. Il ne se souvient pas d'avoir été touché ne serait-ce qu'une fois, au cours de sa vie, par ce symbole religieux. Alors qu'attend-il de différent aujourd'hui ? Une révélation mystique ? Pourquoi ? Parce qu'il est maintenant en Enfer ? Parce qu'il est maintenant un damné ? Les étranges paroles de la Voix, au château, lui reviennent en mémoire.

« Plus le chemin de croix est insoutenable, plus la récompense est méritée… »

Est-ce donc cette récompense qu'il attend, face au célèbre martyr ?

Il se voit lever les mains, puis toucher le torse du Christ. La sculpture est froide, dure. Il lève ses mains jusqu'au visage. Les laisse là une minute, malgré la douleur de son poignet. Deux minutes.

Il n'éprouve absolument rien.

Se sentant vaguement ridicule et pourtant déçu, il les retire et fixe le crucifié presque avec rancœur.

Dieu n'est pas là. Il en est certain. Alors où est-il ?

Il tourne les talons, puis sort sans refermer la porte.

◆

Dans l'autobus qui le mène vers Sherbrooke, Daniel ne quitte pas le décor extérieur du regard pendant les cent trente minutes que dure le voyage.

Il voudrait prier. Pour supplier que Simon soit là-bas. Pour qu'il réussisse à le convaincre de le suivre, de revenir avec lui. Pour qu'ils puissent guérir tous deux de leurs blessures respectives et communes, et vieillir ensemble. Il voudrait prier pour s'assurer que, dans vingt ou trente ans, il recevra la visite de son fils et de ses petits-enfants, les admirera avec toute la fierté du père qui sait qu'il a accompli son devoir.

Oui, il voudrait prier. Mais il ne sait pas à qui s'adresser.

# QUATRIÈME PARTIE

## *LE DIABLE*

# CHAPITRE 24

Pendant trois jours, à Sherbrooke, Daniel ne fait rien. Il se contente de rester dans la chambre d'hôtel qu'il a louée, près du terminus. En réalité, il ne sort qu'à deux occasions. Une fois, le premier soir, pour se rendre en taxi à l'adresse où aura lieu la soirée *Death Fights*. On l'amène sur un boulevard près de la sortie de la ville, devant un vaste hôtel indépendant haut de six étages, de qualité moyenne, et dont une grande pancarte à l'entrée annonce qu'il est fermé pour rénovations. Endroit parfait pour s'adonner à des activités illégales : le propriétaire de l'hôtel doit être de mèche avec les organisateurs. C'est donc ici qu'il viendra jeudi. Sa seconde sortie a lieu le lendemain pour s'acheter des vêtements et un manteau. Les journées rafraîchissent et il n'en peut tout simplement plus d'avoir toujours les mêmes fringues sur le dos.

Le reste du temps, il demeure dans sa chambre, y mange, puis attend. Durant ces trois jours, une grande résignation descend graduellement en lui, telle une longue éclipse solaire. Non qu'il s'attende à ne pas trouver Simon, au contraire, il est à peu près convaincu que son fils y sera, même si cette conviction n'est sans doute qu'un espoir qu'il s'efforce de travestir en certitude ; il s'agit d'une résignation différente, qui ne prend racine dans rien de précis, ou en tout cas dans rien de conscient, et le plus déroutant est qu'elle n'est pas du tout désagréable.

La nuit, il dort profondément. Sans rêves.

Puis la soirée tant attendue arrive. Daniel, assis dans le fauteuil de sa chambre d'hôtel, habillé de ses nouveaux vêtements sobres et de son manteau, relit le papier une millième fois : la convocation est pour vingt-deux heures. Sa montre indique vingt et une heures trente. Il ne veut pas être le premier arrivé, pour ne pas attirer l'attention. Mais à vingt-deux heures, il n'en peut plus : il ne doit pas non plus arriver *trop tard*, au cas où Simon... Il se secoue et se lève.

Quinze minutes plus tard, le taxi s'arrête devant l'hôtel en rénovation. Tandis qu'il se fait payer, le chauffeur demande d'un air dubitatif :

— Vous êtes sûr que c'est ici ? Il est fermé depuis deux semaines, cet hôtel-là !

— C'est parfait, merci.

Le taxi part. La soirée est froide et Daniel remonte la fermeture éclair de son manteau. Aucune lumière ne brille aux fenêtres de l'hôtel, sauf une, au sixième étage. Est-ce là que se déroule la soirée ? À chaque niveau, une galerie entoure l'immeuble et, au coin, un escalier extérieur en descend. On peut donc accéder aux chambres par l'intérieur et par l'extérieur. Il pourrait ainsi, sans entrer dans l'hôtel, monter à cette chambre éclairée pour y jeter un œil. Mais ce serait imprudent : si on le découvre, tout est fini. Aussi bien passer pour un spectateur normal... du moins pour commencer. Il se dirige vers l'entrée et ouvre la porte, qui n'est pas verrouillée. Il traverse le hall désert puis arrive au comptoir d'enregistrement, où un jeune homme à la barbe hirsute et aux cheveux courts et sales l'observe d'un œil méfiant.

— Désolé, mais l'hôtel est fermé. On rénove.

— Ah, oui ?

— Ouais. Faut partir.

Daniel, du coin de l'œil, voit un homme qui se tient dans l'ombre, près de la porte menant aux étages. Un homme habillé simplement, mais dont la carrure et la gueule ne laissent aucun doute sur sa fonction. Daniel a l'impression d'avoir beaucoup vu ce type de gorilles depuis quelque temps. À croire qu'il existe une usine quelque part qui produit à la chaîne ce genre de malabars. À moins qu'il existe, dans les cégeps, une technique en « Intimidation et sécurité en événements illégaux »… Comment peut-il faire preuve de dérision en un tel moment ? Peut-être à cause de (ou grâce à) cette résignation étrange qui continue à flotter en lui…

Il se décide enfin à articuler le mot de passe :

— Golgotha.

Un rien rassuré, le commis hoche la tête.

— OK. Deux mille piastres.

Daniel paie, calculant mentalement qu'il doit lui rester autour de mille dollars sur lui. Ensuite, le commis montre du menton la porte gardée :

— Accrochez votre manteau ici pis descendez à la piscine.

Daniel marche vers la porte. Le gorille prend son manteau, le suspend contre le mur parmi une vingtaine d'autres, puis fouille rapidement l'ex-PDG. Ce dernier n'oppose aucune réaction. Enfin, on le laisse passer.

Tout en descendant, il s'étonne de son état émotif. Il se sent fébrile à l'idée qu'il va peut-être enfin revoir Simon, mais ne ressent aucune crainte. Malgré le fait qu'un membre du site peut le reconnaître, malgré le fait qu'il n'a aucune idée de ce qui l'attend ce soir, il n'arrive tout simplement pas à avoir peur. Comme s'il avait dépassé cette émotion.

… comme si cette résignation lancinante, en lui, occupait toute la place…

Dans les couloirs vides, il suit les indications qui mènent à la piscine. Une rumeur lui parvient peu à peu, brouhaha de cris de toutes sortes. Il sait qu'il est sur le point d'entrer dans une autre antichambre de l'enfer. Il traverse néanmoins la porte sans hésitation.

La place est très grande, sans fenêtre, et ressemble à toutes les salles de piscine intérieure avec ses murs vert pâle, son plancher en céramique et l'absence totale de décoration. Le système de lumière est discret, mais suffisant pour bien éclairer tout le monde : les trois gardes baraqués qui se tiennent immobiles dans trois coins différents de la salle ; un homme d'une soixantaine d'années, au look d'ancien rocker, qui, près d'un mur, est assis derrière un petit bureau couvert de papiers et d'argent ; et finalement, la vingtaine de personnes de tout âge, très majoritairement des hommes, qui entourent la piscine et qui regardent à l'intérieur de celle-ci. L'écho de leurs cris d'encouragement crée une ambiance cacophonique. Encouragent-ils des nageurs ? Perplexe, Daniel approche lentement de la piscine. Le rocker vieillissant, derrière son bureau, lui adresse un petit salut, mais à peu près personne d'autre ne s'occupe de lui, tous sont trop attentifs au spectacle. Avant même de rejoindre le groupe, Daniel constate qu'il n'y a pas d'eau dans le bassin. Pourtant, des cris en proviennent, plus rauques et moins enthousiastes que ceux de la foule. Il rejoint enfin les spectateurs et peut voir la scène dans son ensemble.

Dans la partie la moins creuse de la piscine, qui doit faire environ un mètre de profondeur, deux hommes se battent à poings nus. Habillés d'un simple caleçon, âgés de vingt à vingt-cinq ans, ils sont littéralement l'un par-dessus l'autre, sur le sol en ciment, et roulent en s'assenant des coups, en poussant des grognements d'effort et de douleur. Leur visage en sang démontre que le combat est commencé depuis plusieurs minutes. Daniel comprend que la foule a misé sur l'issue du combat et que les encouragements des spectateurs sont divisés entre les deux pugilistes.

Simon va-t-il participer à l'un de ces combats ?

Inquiet, Daniel regarde vers la partie la plus creuse de la piscine, celle qui a près de quatre mètres de profondeur. Environ la moitié de cette section est remplie de lanières ou de cordes dont Daniel n'arrive pas à déterminer la nature. Il s'avance en plissant les yeux, puis comprend : des fils barbelés, des dizaines de fils barbelés qui s'entrecroisent de haut en bas, de gauche à droite, qui remplissent la moitié inférieure de la section profonde. Daniel revient aux deux pugilistes, toujours l'un sur l'autre. Ils sont à un mètre de la pente qui descend vers les barbelés. S'ils s'écartent un peu trop…

Comme pour confirmer les craintes de Daniel, celui qui porte le caleçon vert repousse brutalement son adversaire au caleçon rouge, qui roule sur le côté… et tout à coup se met à glisser sur le dos le long de la pente, pieds devant. Les cris dans l'assistance se décuplent, mélange d'approbations enthousiastes et de protestations déçues. Rouge, qui glisse toujours, s'agrippe le mieux qu'il peut avec ses mains, le visage affolé, et il réussit à ralentir sa glissade, même à la stopper. Mais au moment où il s'immobilise, ses deux pieds atteignent malgré tout quelques fils barbelés et il ne peut s'empêcher de serrer les dents quand les pointes lui entrent dans les talons et les chevilles. En accomplissant des gestes précis et réfléchis, il réussit à remonter lentement la pente. Les cris de découragement se transforment en applaudissements, et vice-versa. En haut, Vert est toujours sur le dos et cherche son souffle, exténué. En voyant revenir celui qu'il croyait avoir mis hors de combat, il se lève, stupéfait, et l'on constate qu'il est à bout. Comme si sa remontée miraculeuse l'avait requinqué, Rouge se lance sur son adversaire en poussant un cri de guerrier, un cri provenant de l'âge lointain où l'homme n'avait pas encore dompté la Bête, et, saisissant Vert aux épaules, il lui fait exécuter un demi-tour complet, lui allonge un, deux, puis trois coups de poing et, enfin, le pousse de toutes ses forces à deux mains. Les pieds de Vert quittent littéralement le sol, il effectue un court vol plané au-dessus de la pente descendante et atterrit directement, de face, dans l'entrelacement de fils barbelés. En poussant des cris atroces, il se démène au milieu des pointes qui lui labourent les membres, mais ne réussit qu'à s'enfoncer davantage et bientôt, son corps n'est plus que chairs déchirées et sanguinolentes, desquelles surgissent des cris et des gestes de plus en plus faibles. Daniel détourne discrètement les yeux et, en songeant que Simon est peut-être l'un des prochains participants, il sent le sol vaciller sous ses pieds.

Le gagnant du combat sort de la piscine et lève les bras en signe de victoire, le visage grimaçant de triomphe animal. Sous les acclamations de la moitié de l'assistance, il s'approche du bureau où le rocker vieillissant lui donne une petite pile de billets de banque. Après quoi, il marche vers une porte latérale par laquelle il disparaît tandis qu'une douzaine de spectateurs vont à leur tour au bureau pour percevoir de l'argent. Daniel comprend qu'il s'agit de ceux qui ont parié sur Rouge. Les autres demeurent autour de la piscine et parlent entre eux, affirmant qu'ils vont se renflouer avec les prochains combats. L'ex-PDG observe un moment deux gardiens qui, à l'aide de perches au bout desquelles pendent des nœuds coulants, tirent le cadavre ensanglanté hors des fils barbelés, ce qui n'est pas une mince tâche. Une idée affolante lui coupe soudain le souffle. Il se tourne vers son voisin immédiat :

— Est-ce que c'était le premier combat ?

Sa voix anxieuse amuse l'homme à qui il s'adresse.

— Oui, oui, inquiétez-vous pas. Il en reste quatre.

Daniel se sent si soulagé qu'il en pousse une longue expiration. Mais en voyant les deux gardiens transporter le cadavre vers une troisième porte, il se sent soudain nauséeux, presque coupable : ce jeune dans la vingtaine a sans doute aussi des parents, quelque part, qui ne savent pas que leur fils vient de mourir en participant à un événement insensé et barbare. Venait-il lui aussi d'une famille riche ? dysfonctionnelle ? avec un père incompétent ? Ou, pire encore, d'un milieu familial parfaitement sain et équilibré ? « C'est pas simple », lui a dit le sans-abri il y a quelques jours. C'est justement de cela que Daniel se sent le plus coupable : d'avoir cru pendant seize ans que ce serait simple avec Simon. Parce qu'il était son fils. Parce qu'il était un Saul.

La porte par laquelle est sorti le gagnant s'ouvre et deux autres jeunes hommes, un en caleçon Vert et l'autre en Rouge, s'avancent vers la piscine, puis s'immobilisent. Le silence s'installe, tandis que le rocker se lève derrière son bureau et clame :

— Second combat. Les paris sont ouverts.

Les vingt spectateurs étudient un moment les deux combattants, comme des consommateurs qui jaugeraient la qualité d'une voiture avant de l'acheter. Vert, qui doit avoir vingt ans maximum, est plus grand mais pas très musclé. Rouge est plus petit, plus en muscles, mais plus vieux d'une dizaine d'années. Ils ne bougent pas, attendent patiemment. Sur leur visage, Daniel devine une excitation retenue. Plus qu'une excitation, en fait : une furie qui gronde et qui n'attend que le bon moment pour surgir. Dans leur regard, Daniel peut lire la haine. La haine des autres, de soi, de la vie. Mais une haine mutante qui, au départ, était autre chose, du désespoir ou de la détresse, et qui, à force d'être stérile et retenue, s'est forgé un cocon pour finalement s'y métamorphoser en une émotion plus radicale. Daniel les observe avec une infinie tristesse. S'il voyait les yeux de Simon, il est convaincu qu'ils seraient semblables à ceux de ces deux jeunes hommes.

Presque tout le monde s'approche du bureau et Daniel entend vaguement les mises : mille dollars sur Vert, deux mille sur Rouge, cinq cents sur Rouge, cinq mille sur Vert… Les deux adversaires descendent enfin dans la piscine, dans l'aire de combat. Ils se font face, attendent le signal, un brin nerveux. Tout le monde est revenu prendre position autour de la piscine.

*Ils ne se connaissent pas, mais ils vont se battre. Jusqu'à ce que l'un d'eux meure. Ils vont s'entretuer pour un peu de fric.*

Le plus affreux, c'est que Daniel est presque convaincu qu'ils participeraient sans qu'il y ait de l'argent en jeu.

— C'est parti ! crie le rocker en se rassoyant derrière son bureau.

Les cris d'encouragement éclatent avec fracas et les deux hommes se mettent en position de combat, tournent légèrement sur place, se fusillent du regard, sur le point de se sauter dessus. Daniel se frotte le front en regardant autour de lui. Que va-t-il faire, au juste ? Regarder les quatre combats restants dans l'espoir de voir son fils apparaître ? Et si c'est le cas, il procédera comment ? Il le suppliera d'arrêter et de revenir avec lui à la maison ? Et il espère qu'on va le laisser agir ? L'expérience du château en France ne lui a donc pas servi de leçon ?

Il doit opérer autrement…

Rouge donne un premier coup de poing que Vert reçoit sur le nez. Mais celui-ci riposte avec un coup de pied, puis les deux se mêlent en un corps à corps intense, chacun cherchant à précipiter l'autre vers la partie creuse de la piscine. Les spectateurs crient de plus belle et Daniel dévisage ces derniers, leurs gestes d'encouragement, leurs visages extatiques, leur excitation quasi sexuelle… Tous ces gens ont-ils des femmes et des enfants qui les attendent à la maison ? un travail normal auquel ils se rendront demain matin ? Il secoue la tête : ce n'est pas le moment de penser à ça. À nouveau, il examine la salle et voit au plafond une caméra tournée vers la piscine. Il s'empresse de baisser la tête : si on les observe, il doit demeurer discret. Il se contente donc de jeter des coups d'œil vers la porte d'où sont sortis les combattants. C'est là qu'il doit se rendre. Mais il y a trois gardes dans la salle, dont un tout près de cette porte. Par l'extérieur de la salle, peut-être…

La recrudescence des cris des spectateurs incite Daniel à regarder vers la piscine. Les deux belligérants, toujours enlacés dans une violente accolade, se sont déplacés sans s'en rendre compte vers la pente et les voilà qui la descendent malgré eux, incapables de s'arrêter et qui, sans se lâcher, basculent dans les fils barbelés. Daniel, avant de détourner les yeux, a tout juste le temps d'apercevoir les deux corps s'empêtrant dans les fils, sans cesser de se battre, se mutilant davantage à chaque mouvement, pataugeant dans le sang qui gicle à gros bouillons, criant autant de rage que de souffrance.

Risquant le tout pour le tout, l'ex-PDG se dirige, d'un pas qu'il espère naturel, vers la porte par laquelle il est entré tout à l'heure, laissant derrière lui la foule qui crie unanimement sa déception face à l'absence de gagnant.

*Si un garde m'intercepte, je lui dis que je vais pisser.*

C'est un plan idiot, mais il n'a pas le choix. Il atteint la porte. Saisit la poignée. Autour de lui, aucun garde ne réagit. Il ouvre la porte. Sort. La referme derrière lui.

Incroyable. Il est dans le couloir désert et personne ne l'a encore arrêté.

Rapidement, il marche vers le fond et arrive devant une autre porte. Cela devrait correspondre à la pièce d'où sont sortis les combattants. Après une très légère hésitation, il entre. Il s'agit d'un vestiaire, comme on en voit des milliers. Casiers verts alignés sur les murs, plusieurs longs bancs. Quatre hommes sont là, la plupart dans la vingtaine, tous en caleçons, chacun dans sa bulle. Trois sont vraiment bien baraqués. Il y en a deux qui font des pompes et miment des coups de poing dans le vide pour se préparer, les deux autres sont assis et ont les yeux fermés, comme s'ils se concentraient. Mais rapidement, ils se tournent tous les quatre vers Daniel, le dévisagent un moment, puis continuent leur occupation, sauf un qui demande :

— T'es qui, toi ?

— Je… Je cherche quelqu'un, mais…

Sa gorge se serre, il a l'impression qu'il va se mettre à chialer tant la déception lui transperce le ventre. Il réussit tout de même à compléter :

— … mais il… il est pas ici…

— Y en a deux autres l'autre bord.

Et, avant de poursuivre ses pompes, le gars indique du menton une ouverture dans un mur mitoyen. Daniel s'y dirige rapidement. Il arrive dans une autre partie du vestiaire, identique à la première. Il n'y a que deux individus dans celle-ci, chacun assis à un bout du long banc de bois. Le premier est un gars d'une trentaine d'années, rasé et musclé, et le second…

Au cours du dernier mois, Daniel a toujours cru qu'au moment où il retrouverait son fils, il le prendrait dans ses bras, le serrerait contre lui et lui répéterait jusqu'à la fin des temps qu'il l'aime. Mais maintenant qu'il le voit enfin, il ne réussit pas à bouger. La respiration coupée, il ne peut qu'observer Simon, assis, vêtu d'un caleçon vert, immobile et perdu dans ses pensées, et l'esprit de Daniel est traversé de constatations qui sont autant d'éclairs de joie.

Il est là.

Il n'est pas mort.

Il n'a pas encore participé à ce combat.

Il n'est pas trop tard !

— Simon…

L'adolescent tourne la tête. Jamais Daniel n'aurait cru qu'un regard pouvait être si vide, si perdu. Surtout pas celui de son fils. Et il a maigri, beaucoup trop. Mon Dieu, comment a-t-il vécu ces dernières semaines ? Bouleversé, Daniel s'agenouille devant son fils et lui saisit la main. Elle est tellement froide, trop froide... L'adolescent fronce les sourcils, perplexe, ne reconnaissant pas d'abord cet homme chauve, puis c'est l'incrédulité.

— P'pa !

*Dis-lui que tu l'aimes ! Dis-lui tout ce que tu as écrit dans cette lettre, chez Marie ! Dis-le-lui maintenant !*

Mais les seuls mots qui traversent ses lèvres tremblantes sont :

— Pardonne-moi !

Et il les répète sans cesse, portant la main de son fils à sa bouche, la cage thoracique traversée par la plus brûlante des douleurs :

— Pardonne-moi, pardonne-moi... Pardonne-moi...

La main se retire lentement. Simon, malgré sa surprise, est au ralenti, comme s'il se trouvait entre l'éveil et le sommeil, et Daniel finit par comprendre que son fils est complètement gelé. Bon sang ! Il va se faire massacrer s'il se bat dans un tel état !

— Qu'est-ce que... tu fais ici ?

L'adolescent pose la question comme si, au fond, cela ne l'intéressait pas. Il est ailleurs, dans son monde de douleurs et de lumière noire. L'urgence se saisit enfin de Daniel qui, toujours à genoux, devient pressant :

— Viens avec moi ! On va retourner à la maison et...

Il s'interrompt en secouant la tête. Non, pas à la maison. C'est sans doute le plus mauvais argument pour convaincre Simon. Il reprend :

— On va tout recommencer, Simon. Tout.

Simon secoue la tête avec une mollesse terrifiante. Daniel ne peut plus parler tant cette vision le brise : ce mort-vivant ne peut pas être son fils !

*Mais je vais tout réparer ! Qu'on me laisse le sortir d'ici, et je vais tout réparer, je le jure !*

— Non, marmonne l'adolescent.

— Simon, tu vas te faire tuer !

— Pas sûr...

— Mais pourquoi ? Pourquoi faire *ça* ?

Simon fixe son père, mais ce dernier est convaincu qu'il ne le voit pas vraiment : il doit visualiser le combat qui l'attend. Une grimace indéfinissable étire les lèvres de l'adolescent :

— Tuer quelqu'un pour rester en vie... Jamais je me sentirai plus vivant...

Daniel s'empare des mains de son fils, en ignorant complètement l'onde de douleur qui déchire son poignet blessé, et le supplie.

— Non, Simon, y a d'autres moyens ! Viens avec moi !

Simon tente de se dégager, agacé.

— Lâche-moi...

— Je t'en supplie !

— J'en veux pas, de ta puissance de marde !

— J'ai eu tort, Simon, je me suis trompé sur tout ! Donne-moi une autre chance ! Par pitié, donne-moi une *dernière chance* !

Simon regarde à nouveau son père et celui-ci a cette fois la conviction que son fils le voit *réellement*. Pendant une seconde, un éclat de lucidité déchire la nuit du regard, mais cette lucidité est tout aussi sombre, rendue opaque par la superposition du désespoir et de la résignation. Et Daniel lit parfaitement le message envoyé par cet abîme dans lequel se débat son enfant : « Trop tard... Il est trop tard... »

— C'est quoi, le problème, au juste ?

Daniel se retourne : deux participants sont là, menaçants.

— Ça... ça ne vous regarde pas !

— Ah, ouais ? On pourrait appeler les responsables pour voir ce qu'ils en pensent.

— Ou te casser la gueule tout de suite. Moi, un petit réchauffement avant le vrai combat, je suis pour.

— C'est correct! intervient alors Daniel. On s'en allait, là!

Il revient à l'adolescent pour le supplier une dernière fois, mais c'est Simon qui, fataliste, murmure :

— Désolé, p'pa.

Daniel serre les mâchoires, éperdu, et, tout à coup, presse la tête de son fils entre ses deux mains.

— Je ne t'abandonnerai pas. Je ne t'abandonnerai plus.

Il se lève et marche rapidement vers la porte, en passant à côté des jeunes hommes qui le suivent des yeux avec mépris. Daniel a arrêté sa décision : il s'en va chercher les flics. Tout de suite. Tant pis si on inculpe son fils de quoi que ce soit; l'important, maintenant, est de le sortir de là au plus vite, et vivant.

En sortant du vestiaire, il s'immobilise avant même le deuxième pas. Devant lui, deux hommes bloquent le couloir. L'un, un peu en arrière, est manifestement un garde, avec sa stature de lutteur olympique et son visage simiesque. L'autre, plus petit et tout en nerfs, dans la quarantaine, porte un veston criard et des bijoux ringards. Une fine barbe fantaisiste entoure sa bouche qui s'étire en un sourire arrogant :

— Vous cherchez quelqu'un?

Évidemment, tout était trop simple jusqu'à maintenant. Daniel demeure calme : à force de vivre de telles situations, il se maîtrise de mieux en mieux.

— Je cherche quelqu'un, un gars qui s'est déjà battu dans un combat du même genre, mais je ne l'ai pas trouvé. Je reviendrai à une prochaine soirée, j'aurai peut-être plus de chance.

Il commence à marcher. Mais bien entendu, les deux hommes ne bougent pas. Le gorille a même sorti un revolver de sous son t-shirt et le ringard, qui se donne des airs de star de cinéma, crachote avec un air de dur qui le rend grotesque :

— Vous allez nous suivre sagement, monsieur Saul.

Il l'a appelé par son nom ! Il est repéré. Il comprend que le combat de son fils va avoir lieu.

— On… On va où ?

Le sourire bidon du cabotin s'élargit.

— Dans mon bureau, au sixième étage. On a de la grande visite, ce soir. Et cette visite veut vous rencontrer.

# CHAPITRE 25

Sixième étage. Le ringard ouvre la marche, Daniel le suit, le gorille est derrière et pointe son arme vers l'ex-PDG. On marche sur une dizaine de mètres, puis le ringard ouvre la porte d'une des chambres de l'hôtel. L'intérieur est banal, éclairé par trois lampes fixées aux murs, mais le lit double a été repoussé pour laisser la place à un vaste bureau recouvert de papiers. Derrière celui-ci, contre le mur, trois moniteurs sont allumés, mais le son coupé. L'un montre, en noir et blanc, ce qui se passe près de la piscine, l'autre surveille la réception de l'hôtel et le dernier transmet l'intérieur du vestiaire où attendent les prochains pugilistes. Entre le bureau et les moniteurs est installé un homme dans un fauteuil confortable. Il tourne le dos aux trois visiteurs et observe les moniteurs. Le trio s'arrête et Ringard annonce :

— Il est là, monsieur.

Toujours de dos, l'homme se met à parler. Voix calme teintée d'un accent indéfinissable, un rien traînante, dénotant une grande fatigue.

— Il faut vraiment que vous soyez très prometteur pour que je vienne jusqu'ici, monsieur Saul.

Daniel reconnaît instantanément ce ton. C'est la Voix, celle du château.

Le fauteuil pivote et l'homme apparaît de face. Un rien grassouillet, il a une calvitie qui laisse croire qu'il a au moins cinquante ans, mais son visage n'arbore presque pas de rides. Ses yeux légèrement en amande appartiennent au type oriental, mais la couleur foncée de sa peau rappelle plutôt les Espagnols. Barbe bien taillée, il n'est ni laid ni beau, et son visage ne dégage aucune émotion particulière, sinon un certain intérêt et une réelle fatigue.

— Surtout cette semaine, alors que l'économie mondiale est en train de s'effondrer.

Puis, du menton, il indique une chaise en bois au centre de la pièce. Le garde pousse légèrement Daniel vers cette chaise et lui ordonne de s'asseoir. Le prisonnier obéit.

— Les mains dans le dos, grogne le gorille.

Daniel s'exécute et le garde attache ses deux poignets à l'un des barreaux du dossier à l'aide d'une paire de menottes. Daniel grimace de douleur quand le bracelet se ferme sur son poignet cassé. L'homme derrière le bureau continue :

— Cette crise économique nous fera sans doute perdre quelques clients, mais pas trop. Les grands de ce monde, loin de comprendre la leçon, auront plus que jamais besoin de nous pour se croire à nouveau immortels.

Il soupire :

— La chute de Rome n'a pas éradiqué la décadence à tout jamais…

Daniel lance nerveusement :

— Il faut empêcher mon fils de se battre, vous entendez ?

— Du calme, monsieur Saul. Nous avons le temps de discuter.

Et, toujours assis dans son fauteuil, il indique l'un des trois moniteurs, celui qui montre la piscine. Daniel voit deux autres participants se battre. Aucun n'est

Simon. Encore quelques minutes de sursis. Daniel ne peut s'empêcher de demander :

— Que faites-vous ici ? L'événement de ce soir n'a pas été organisé par *Hell.com* !

— En effet. C'est Rick, un de nos sous-traitants, qui a préparé la soirée. Mais quand il a su que j'allais venir, il a eu l'amabilité de me prêter son bureau.

Ringard, alias Rick, s'incline, tout à coup dégoulinant d'humilité.

— On n'a pas de la grande visite comme ça tous les jours ! C'est même la première fois que...

— D'ailleurs, Rick, si vous pouviez nous laisser, j'ai à parler avec monsieur Saul.

— Pas de problème ! Je vais être en bas. S'il y a quoi que ce soit, vous appuyez sur le bouton, là, sur mon bureau. On va monter en vingt secondes !

— Merci, Rick.

Rick et son gorille saluent bien bas, puis sortent de la pièce. Daniel regarde vers le moniteur : les deux combattants sont toujours au corps à corps. Puis il parcourt rapidement la pièce des yeux. Il y a une autre porte, là-bas. Elle doit donner sur la galerie qui entoure l'hôtel. Daniel se rappelle les escaliers qui descendent de cette galerie jusqu'au stationnement. Se sauver par là serait donc la meilleure solution. Il tire sur ses menottes et sent la douleur dans son poignet : il faudrait briser le barreau auquel sont attachées ses mains, mais il ne voit vraiment pas comment. Il revient à l'homme derrière le bureau et demande :

— Si la soirée n'est pas organisée par le site, pourquoi son propriétaire vient-il jusqu'ici ?

— Allons, monsieur Saul, vous ne croyez tout de même pas que *Hell.com* n'appartient qu'à un seul individu ? Vous connaissez le monde des affaires autant que moi. Je suis l'un des principaux organisateurs et actionnaires, voilà tout. D'ailleurs, les *autres* ne savent même pas que je suis ici.

— Peu importe : pourquoi le Diable s'est-il déplacé jusqu'ici ?

Le Diable a un petit ricanement, amusé mais las.

— C'est vrai, j'avais oublié vos métaphores religieuses…

— Je ne crois pas à Satan. Mais je crois en vous.

Dans son fauteuil, le Diable hoche la tête d'un air entendu. Sur le moniteur qui montre la réception de l'hôtel, on aperçoit Rick et son gorille qui ont rejoint les deux autres gardes et qui discutent.

Daniel se sent confus. Que lui veut cet homme, au juste ? Il répète donc pour la troisième fois :

— Pourquoi vous êtes ici ?

Le Diable se lève enfin en poussant un soupir, comme si ce simple geste lui demandait un effort considérable, contourne le bureau et s'appuie le dos contre le meuble, les bras croisés.

— Il m'arrive de moins en moins souvent d'éprouver un réel intérêt pour quelque chose ou pour quelqu'un…

— Avec votre site, vous ne devez pourtant pas vous ennuyer souvent !

— Je ne suis pas membre de *Hell.com*. Je n'en ai aucune envie. Et je ne regarde jamais ce genre de spectacle, que je trouve d'une barbarie et d'une décadence sans nom.

Et sans se retourner, il pointe un pouce négligent vers le moniteur central derrière lui, sur lequel les deux pugilistes se battent.

— Les quelques vices auxquels je m'adonne à l'occasion sont tout à fait banals et pratiqués par le commun des mortels.

Il croise à nouveau les bras et son visage devient grave.

— Je suis le Diable parce que les gens exigent mon existence.

— Pourquoi répondre à cette exigence ?

— Parce que c'est payant.

Daniel le dévisage d'un air dubitatif et grimace de mépris. Le Diable esquisse un sourire sans joie, et il semble plus fatigué que jamais.

— Même le Diable peut être décevant.

Daniel comprend enfin que ce que dégage cet homme n'est pas la lassitude mais l'ennui. Un ennui teinté de résignation. Le Diable décroise les bras et effectue quelques pas vers son prisonnier.

— Vous n'êtes pas le premier à nous dénoncer à la police. La machine s'est chaque fois remise en marche sans problème. Mais vous êtes venu jusqu'à nous, et ça, c'était une première. Encore là, il aurait été facile de vous mettre hors circuit de façon définitive, mais je voulais savoir ce qui pouvait pousser quelqu'un à agir de manière si… eh bien, disons suicidaire, pour rester cordial. Et là, tandis que je vous écoutais au château, j'avoue que je vous m'avez… intéressé, ce qui m'arrive peu souvent, comme je vous l'ai déjà mentionné. Vous étiez comme Orphée qui défie le Cerbère et les Enfers pour aller chercher Eurydice.

Il penche la tête sur le côté, les mains dans le dos.

— Alors j'ai agi comme Hadès et je vous ai laissé repartir. Pour voir jusqu'où vous iriez. J'ai regardé quels événements, au Québec, pourraient être susceptibles d'attirer votre fils. J'ai découvert celui de ce soir.

— Mais vous avez mis ma tête à prix !

— Mais oui ! Un obstacle supplémentaire qui donnait encore plus de mérite à votre quête ! Seriez-vous en mesure de trouver l'événement de ce soir sans avoir accès au site ? Pourriez-vous déjouer d'éventuels chasseurs qui voudraient vous éliminer pour avoir la récompense ? J'espérais vraiment, vraiment que vous vous rendiez jusqu'ici. Quand je vous ai vu entrer dans l'hôtel, tout à l'heure, j'étais extrêmement content.

— Mais… mais pourquoi ? Tout ça pour me voir sauver mon fils ?

Le Diable s'approche encore, penche le torse vers Daniel.

— Je me fous de votre fils, monsieur Saul. Ulti-
mement, c'est de vous qu'il s'agit.

Daniel ne comprend toujours pas. Il jette un rapide
coup d'œil vers le moniteur : les deux concurrents se
battent toujours. Il revient au Diable, qui ajoute doucement :

— Vous êtes intéressant parce que vous êtes un
démon qui veut devenir Dieu.

— Devenir Dieu ? balbutie l'ex-PDG, qui commence
à croire que l'homme devant lui est complètement fou.

— Vouloir sauver son âme, c'est vouloir devenir
Dieu.

Le Diable se redresse et marche vers la fenêtre qui
donne sur la nuit.

— Le grand mensonge du catholicisme, c'est de
nous prétendre que Dieu et le Diable sont deux entités
distinctes et hors de nous. Alors qu'il ne s'agit évidemment que de deux facettes de l'humain. En ce moment,
vous ne voyez qu'une seule facette de moi. Mais si
vous pouviez me suivre dans le quotidien, vous seriez
étonné.

Il s'arrête près de la fenêtre.

— J'avoue, cependant, qu'être le Diable répond à
des besoins très lucratifs. Mais être Dieu aussi répond
à des besoins, et c'est ce que vous êtes en train de découvrir. Et ça, c'est fascinant.

Daniel l'écoute, complètement désorienté. Et pourtant, il comprend que cet homme ne délire pas. Il le
sent au plus profond de lui-même. Le Diable se tourne
vers lui, l'air soudain triste.

— Mais il semble que vous n'ayez pas tout à fait
réussi.

Il indique le moniteur où l'on voit les futurs combattants dans le vestiaire. Simon est assis, absent, dans
son monde intérieur de ténèbres.

— Votre fils est toujours là. Vous avez échoué.

— Il est… il est trop malheureux, trop perdu !

Le Diable, les mains toujours dans le dos, regarde son prisonnier avec attention. Daniel articule :

— Il m'a dit qu'il se sentait puissant parce que… parce qu'il devait enlever la vie à quelqu'un pour sauver la sienne !

— Il n'a pas tort. Mais il y a un moyen d'être encore plus puissant. Un moyen très près de celui choisi par votre fils.

Daniel le dévisage, égaré. De quoi parle-t-il ? Mais le Diable s'est tu, semble attendre la suite. L'ex-PDG regarde vers le moniteur central : un des deux combattants est mort, pris au milieu des fils barbelés. On est en train de remettre l'argent au gagnant et aux participants qui ont bien misé. Un autre combat va donc commencer bientôt. Affolé, Daniel s'écrie :

— Je l'aurais emmené de force, mais on m'en a empêché ! Et c'est vous qui m'avez arrêté alors que je voulais aller chercher la police !

— Ce n'est pas à la police de sauver votre fils.

— Aidez-moi ! Empêchez-le de participer à ce massacre, je vous en supplie ! Qu'il gagne ou non le combat, il sera *perdu* ! Empêchez-le, par pitié !

— Je ne vois pas pourquoi j'accéderais à votre requête. Je vous ai donné la chance de réussir. Je suis désolé.

Et il semble sincèrement l'être, tandis qu'il retourne vers son bureau, l'air à nouveau très fatigué.

— Vous comprendrez que je ne peux pas vous laisser partir une seconde fois…

Daniel gigote dans tous les sens. Inutile : le barreau de bois ne casse pas. Il revient au moniteur central, où deux nouveaux participants entrent dans la salle de la piscine. Et celui avec le caleçon vert, c'est Simon ! Daniel pousse un véritable gémissement de panique. Il faut qu'il casse cette chaise…

Qu'il la *casse* !

Toute pensée rationnelle, toute logique le quittent à l'instant. D'un bond, il se lève. La chaise, attachée à

lui dans son dos, suit le mouvement et, en poussant
un cri guttural, il court vers le mur. Au moment de
l'atteindre, il pivote sur lui-même et la chaise percute
le mur avec force. Sous le choc, Daniel tombe,
l'épaule traversée d'une onde de douleur vive, tandis
qu'il sent l'os cassé de son poignet bouger contre sa
chair. Le Diable, qui s'est arrêté un moment, se remet
en marche vers le bureau en soupirant.

— Arrêtez, monsieur Saul. Même si vous cassez
la chaise, cela donnera quoi ?

Malgré la souffrance intolérable, Daniel se relève
le plus vite qu'il peut. La chaise tient toujours bon dans
son dos, mais il est sûr de l'avoir entendu craquer.
Haletant, sous le regard agacé du Diable, il court vers
l'autre mur. Nouvel impact, nouvelle douleur dans sa
deuxième épaule et dans son poignet, mais cette fois,
la chaise se brise à deux endroits, dont le barreau du
dossier. Il est libre ! Comme la chaîne entre les bracelets est assez longue, il réussit à passer ses jambes
sous les menottes, de sorte que ses poignets attachés
sont maintenant devant lui. Il se relève en jetant un
rapide coup d'œil au moniteur : les participants en-
gagent leurs paris, Simon et son adversaire attendent.
Simon, au visage si noir, si fermé... Daniel marche
vers le bureau en levant ses deux poings menottés d'un
air menaçant, sans accorder la moindre attention à sa
main gauche qui pend mollement au bout du poignet
désarticulé.

— Arrêtez ce combat immédiatement !

Mais le Diable, impassible derrière son bureau, se
contente d'appuyer sur un bouton du meuble. Daniel
s'immobilise net. Sur le moniteur qui montre la réception de l'hôtel, on voit Rick et ses hommes se mettre
en branle, comme s'ils venaient d'entendre un signal
d'alarme.

— Ils seront ici dans vingt secondes, annonce calmement le Diable. Vous pouvez vous battre avec moi,

mais avec vos menottes, vous ne me causerez pas grand mal.

Fébrile, Daniel regarde vers la porte de la galerie. En deux secondes, il peut y être. Descendre l'escalier jusqu'au stationnement. Courir jusqu'au boulevard tout près où l'on n'osera pas l'attraper. Mais son regard fiévreux va au moniteur central. Simon et son adversaire commencent à descendre dans la piscine.

Non, il ne peut pas fuir… Il ne *peut pas* !

Tout tourne dans son esprit, tout se confond, mais la phrase de Simon flotte au-dessus de ce tourbillon : prendre la vie d'un autre pour sauver la sienne… Et le Diable qui a précisé, tout à l'heure, qu'on peut être encore plus puissant en accomplissant autre chose de semblable… de presque semblable…

… de contraire ?

— Empêchez mon fils de se battre, et je ne me sauve pas !

Le Diable fronce les sourcils. Sur le moniteur, les deux combattants se mettent en position, tournent sur eux-mêmes, prêts à l'assaut. Couvert de sueur, Daniel crie :

— Ma vie pour en sauver une autre !

Le Diable penche la tête sur le côté, totalement pris au dépourvu. En provenance du couloir, on entend des bruits de pas qui approchent. Daniel se redresse de toute sa grandeur, les mains devant lui, la tête haute :

— Je reste !

Au même instant, la porte s'ouvre brutalement. Rick entre et lance à ses trois gorilles qui l'accompagnent :

— Attrapez-le, vite !

Deux gars se saisissent de Daniel sans ménagement, mais le Diable leur crie soudain :

— Attendez !

Tout le monde s'immobilise. Daniel, entre les deux molosses qui le tiennent par les épaules, jette un regard halluciné vers le moniteur : son fils et l'autre gars ont commencé à se battre… et Simon ne fait manifestement pas le poids. L'ex-PDG revient au Diable et le supplie du regard. Le Diable le considère un moment, caressant doucement son menton de son index. Puis il lance à Rick :

— Arrêtez ce combat tout de suite. Mais ne laissez pas partir celui avec le caleçon vert.

Rick fait signe à son troisième garde, qui sort rapidement de la pièce. Cependant, Daniel n'est pas encore rassuré. Il ne quitte pas des yeux le moniteur, où Simon est de plus en plus malmené, où l'autre le pousse de plus en plus vers la pente de la piscine… Le silence est total, Daniel sent à peine les deux malabars qui lui tiennent les épaules. Enfin, deux gardes descendent dans la piscine, arrêtent le combat sous les airs stupéfaits des spectateurs. Simon, qui ne comprend rien, est amené ailleurs, tandis que deux autres pugilistes font rapidement leur apparition.

Daniel ferme les yeux. Quatre semaines de fatigue, de tension et d'angoisse s'abattent sur lui d'un seul coup, au point que les deux gorilles doivent le soutenir pour qu'il ne s'effondre pas. Malgré son vertige, il entend le Diable lui demander :

— Qu'est-ce que vous voulez que je fasse de votre fils, monsieur Saul ?

Les yeux toujours fermés, la voix éteinte, Daniel s'entend répondre :

— Emmenez-le chez une amie… Elle s'occupera de lui…

Il balbutie le nom de Marie, son adresse. Il entend le bruit d'un crayon, comme si quelqu'un notait les renseignements. Il a l'impression d'être dans l'eau et de flotter. Ce n'est ni euphorisant ni désagréable. Seulement reposant. Il se dit que la mort doit ressembler à ça. Du moins, il l'espère.

Il entend des pas. Ouvre les yeux. Le Diable est devant lui. Il y a quelque chose de nouveau dans son regard, quelque chose qui atténue la fatigue de ses traits. Une sorte d'admiration. Daniel s'humecte la bouche :

— Pourquoi avez-vous accepté ?

— Même le Diable doit s'incliner devant quelqu'un qui réussit à sauver son âme.

Il adresse un petit signe à Rick, qui aussitôt ordonne :

— Emmenez-le.

Daniel ne résiste pas. Un doute, un seul : le Diable tiendra-t-il parole ?

Tandis qu'on le guide vers un endroit inconnu, Daniel ferme à nouveau les yeux et visualise son fils. Il le voit comme il doit être, comme il peut l'être : lumineux, rayonnant, heureux. D'une voix à peine audible, il prononce quelques mots.

— Qu'est-ce qu'il a dit ? demande l'un des deux gardes.

— J'ai dû mal comprendre, répond l'autre, déconcerté. J'ai entendu : « Je t'aime » !

# ÉPILOGUE

*DIEU*

Quand on a sonné à sa porte, peu après le souper, Marie est allée répondre en courant, comme si elle savait. Elle a demandé dans l'interphone qui était là.

— C'est Simon.

Son cœur s'est arrêté de battre. Elle l'a attendu dans le couloir. La porte de l'ascenseur s'est ouverte et Simon en est sorti. Amaigri. Cerné. Les vêtements usés et froissés. Le visage sombre et fermé. Mais c'était bien Simon. Elle n'a pas osé le prendre dans ses bras, ni le toucher. Il est entré en la regardant à peine. Elle a entrevu deux silhouettes d'hommes se profiler de l'intérieur de l'ascenseur, comme si elles vérifiaient que Simon s'était bel et bien rendu. Un frisson l'a parcourue, puis elle est entrée à son tour.

Maintenant, ils sont face à face, assis au salon. Simon a la tête basse, fixe le plancher. Elle commence à parler doucement, sans savoir si elle s'y prend de la bonne façon ou non. Elle précise qu'elle n'est pas vraiment au courant de ce qui se passe. Qu'elle sait seulement que Daniel a de graves ennuis et qu'il a remué ciel et terre pour le retrouver. Elle dit qu'il lui a laissé une lettre, à elle, il y a quatre jours.

— Il a écrit que c'était possible que vous ne vous en sortiez ni l'un ni l'autre. Il a écrit que c'était possible que lui seul s'en sorte, ce qui lui apparaissait comme la pire éventualité. Il a aussi écrit que... que c'était possible que toi seul t'en sortes... Et que si cette dernière hypothèse se réalisait... si on le retrouvait mort (sa voix tremble un peu)... il souhaitait que... que ce soit moi ta tutrice légale, pour ta dernière année en tant que mineur. Il dit qu'il a aussi envoyé une lettre à son notaire pour officialiser la chose. Il semblerait que ta mère ne... ne pourra rien contre ça.

Elle hésite, puis demande :

— Est-ce que... est-ce que tu sais ce qui est arrivé à ton père ?

Sans lever les yeux, Simon secoue la tête lentement, le visage fermé.

— Tu ne l'as pas vu ?

Il hésite, puis, d'une voix à peine audible :

— Je l'ai vu hier. Mais je sais pas ce qui lui est arrivé ensuite.

Elle hoche la tête. Elle imagine le pire, mais elle ne doit pas craquer tout de suite. Il y a Simon. Elle continue donc, la voix un peu plus tremblante :

— Il a écrit qu'officiellement tu étais en Europe au cours du dernier mois et... qu'il fallait que ce soit ce que tout le monde continue de croire. Tout le monde.

Elle replace nerveusement une mèche de cheveux, avance un peu, songe un moment à toucher Simon, mais renonce.

— Il a écrit aussi... que peut-être tu me raconterais... et peut-être que non. Il m'a dit que tu aurais besoin d'aide. De beaucoup, beaucoup d'aide.

Aucune réaction de Simon. Marie se lève, puis revient avec une enveloppe à la main.

— Il a également laissé une lettre pour toi. Il m'a expliqué que si tu t'en sortais mais pas lui, je devais te la donner. Je ne l'ai pas lue, mais je pense qu'il t'a écrit tout ce qu'il aurait voulu te dire si... s'il était ici, maintenant, avec toi.

Elle lui tend l'enveloppe. Simon lève légèrement les yeux, puis les baisse à nouveau, les lèvres serrées. Marie sent le combat en lui, comme on sent l'odeur de brûlé. Elle murmure :

— Je ne sais pas ce qui t'est arrivé, mais je suis convaincue d'une chose : ton père t'a sauvé.

Simon ne bouge pas. Le combat fait rage en silence. Marie ajoute :

— Et je pense que tu le sais aussi.

Simon serre toujours les lèvres, mais accepte l'enveloppe, l'ouvre et en sort une feuille. Il commence à la lire en silence. Dans son regard, quelque chose vacille. Sa respiration devient un peu plus bruyante. Et malgré les grandes ailes sombres qui continuent de planer sur le visage de l'adolescent, Marie se met à espérer qu'elles seront peut-être repoussées, avec du temps et du travail.

En voyant les larmes gonfler les yeux de Simon, son espoir devient conviction.

◆

Quand il se réveille, la première question que se pose Daniel n'est pas où il se trouve mais ce qui est arrivé à son fils.

Il est attaché contre un mur, nu, les mains et les pieds étendus en X, maintenus par des colliers d'acier. La pièce est petite, éclairée crûment, vide, à l'exception d'une table recouverte d'instruments qui ne laissent aucun doute sur leur fonction : pinces, scalpels, ciseaux… Et, dans un coin près de la porte, une caméra est dirigée vers lui. Le petit voyant éteint indique que l'appareil n'est pas encore en marche.

Daniel comprend parfaitement où il se trouve. Comme il comprend parfaitement ce qui va lui arriver. Mais il songe trop à son fils pour s'en horrifier.

Et si le Diable lui avait menti ?

La porte s'ouvre et un gars entre, cheveux longs, t-shirt et cigarette à la bouche. Il s'approche.

— *I don't know why, but I have to show you this*.

Il lève une photo devant les yeux du prisonnier. Le cliché est un peu flou et a été saisi à travers une fenêtre, sans doute en cachette. Mais l'ex-PDG reconnaît le salon de la maison de sa mère. Il la reconnaît elle aussi, debout et émue, devant deux personnes qui semblent s'approcher d'elle. L'une est Marie, l'autre Simon. Un Simon qui paraît bouleversé. Puis, l'homme montre une seconde photo. Cette fois, Simon et sa grand-mère s'enlacent, sous le regard ému de Marie.

Daniel sourit. La même sensation qu'il a éprouvée dans le bureau du Diable s'empare à nouveau de lui : celle de flotter dans l'eau. Et de retrouver cet état le rassure.

— *Thank you*.

Stupéfait d'une telle réaction, le gars sort de la pièce. Daniel, écartelé, regarde le plafond sans cesser de sourire.

Presque aussitôt, la lumière se ferme et est remplacée par un éclairage rouge agressif. Le voyant de la caméra s'allume. Daniel n'a toujours pas peur. Il peut bien souffrir, maintenant. Ça ne pourra pas être pire que tout ce qu'il a enduré. Une question incongrue lui traverse l'esprit : est-il toujours au Québec ? Sûrement pas, puisqu'il y a eu une soirée de torture il y a peu de temps. Une autre province ? Les États-Unis ?

La porte s'ouvre et un homme habillé tout en cuir entre lentement, le visage masqué d'une cagoule du même matériau, la respiration bruyante. Tandis que l'inconnu examine la table à la recherche d'un instrument, Daniel se demande ce qui l'attend après la mort. Mais quelle importance, au fond ?

Il a laissé ses traces.

Le bourreau, scalpel à la main, avance vers lui. D'une voix calme, Daniel lui dit :

— Je suis plus puissant que toi.

L'homme en cuir s'arrête un moment, déstabilisé, puis se remet en marche. Daniel tourne son visage vers la caméra, fier, et lance à la lentille :

— Je suis plus puissant que vous.

Puis il regarde droit devant lui, au-dessus du bourreau, et tandis que celui-ci lève son scalpel, Daniel clame :

— Je suis le plus puissant.

# REMERCIEMENTS

À Karine Davidson Tremblay et Christian Sauvé, pour leurs conseils techniques des plus pertinents et pour leurs commentaires très appréciés.

À René Flagéole et Alain Roy, pour leur lecture fort éclairante.

À Jean Pettigrew, l'éditeur-qui-décèle-les-failles plus vite que son ombre.

À Sophie Dagenais, toujours présente, toujours aimante, toujours.

## PATRICK SENÉCAL...

... est né à Drummondville en 1967. Bachelier en études françaises de l'Université de Montréal, il a enseigné pendant plusieurs années la littérature et le cinéma au cégep de Drummondville. Passionné par toutes les formes artistiques mettant en œuvre le suspense, le fantastique et la terreur, il publie en 1994 un premier roman d'horreur, *5150, rue des Ormes*, où tension et émotions fortes sont à l'honneur. Son troisième roman, *Sur le seuil*, un suspense fantastique publié en 1998, a été acclamé de façon unanime par la critique. Après *Aliss* (2000), une relecture extrêmement originale et grinçante du chef-d'œuvre de Lewis Carroll, *Les Sept Jours du talion* (2002), *Oniria* (2004), *Le Vide* (2007) et *Hell.com* (2009) ont conquis le grand public dès leur sortie des presses. *Sur le seuil* et *5150, rue des Ormes* ont été portés au grand écran par Éric Tessier (2003 et 2009), et c'est Podz qui a réalisé *Les Sept Jours du talion* (2010). Trois autres romans sont présentement en développement tant au Québec qu'à l'étranger.

# EXTRAIT DU CATALOGUE

**ALIRE**

## Collection « Romans » / Collection « Nouvelles »

VOUS VOULEZ LIRE DES EXTRAITS
DE TOUS LES LIVRES PUBLIÉS AUX ÉDITIONS ALIRE ?
VENEZ VISITER NOTRE DEMEURE VIRTUELLE !
**www.alire.com**

**HELL.COM**
est le cent soixante-troisième titre publié
par Les Éditions Alire inc.

Ce quatrième tirage
a été achevé d'imprimer
en décembre 2013 sur les presses de

**MARQUIS**
Imprimé au Canada